KB073792

LA DISPARITION
DE STEPHANIE MAILER

JOËL DICKER

이 책을 콩스탕스에게 바친다.

스테파니 메일러 실종사건

조엘 디케르 장편소설 / 임미경 옮김

밝은세상

스테파니 메일러 실종사건

초판 1쇄 인쇄일 2019년 7월 31일 | **초판 1쇄 발행일** 2019년 8월 12일

지은이 조엘 디케르 | **옮긴이** 임미경 | **펴낸이** 김석원

펴낸곳 도서출판 밝은세상 | **출판등록** 1990. 10. 5 (제 10 – 427호)

주 소 (10881) 경기도 파주시 문발로 119, 202호

전 화 031-955-8101 | **팩 스** 031-955-8110 | **메일** wsesang@hanmail.net

블로그 blog.naver.com/balgunsesang8101 | **인스타그램** www.instagram.com/wsesang

ISBN 978-89-8437-376-1 03860 | **값** 18,000원 | 잘못된 책은 구입한 곳에서 교환해드립니다.

이 책을 펼쳐든 독자들에게

편집자 베르나르 드 팔루아에게 경의를 표한다. 그는 2018년 1월 우리 곁을 떠났다. 그는 비범했고 작품을 보는 탁월한 안목이 있었다. 내가 이룬 모든 성과는 그가 있었기에 가능했다. 그는 내 삶에 주어진 행운이었다. 앞으로도 그가 몹시 그리울 것이다.

이제 읽으시라.

차례

1994년 7월 30일에 발생한 살인사건에 대하여

뉴욕 주 햄프턴, 대서양에 면한 작은 휴양지인 오르피아를 찾는 사람이라면 1994년 7월 30일에 이 지역에서 발생한 4인 살인사건에 대해 들어본 적 있을 것이다.

그날 저녁 오르피아에서는 제1회 연극제 개막식이 열렸고, 전국적인 관심이 집중된 공연을 보기 위해 수많은 관객들이 몰려들었다. 해가 기울기 시작한 늦은 오후부터 이 작은 휴양도시를 찾은 관광객들과 주민들은 시에서 마련한 다채로운 행사를 즐기기 위해 중심가로 몰려들기 시작했다. 인근 주택가는 거리를 오가는 사람을 보기 힘들 만큼 인적이 끊겨 마치 유령마을 같은 분위기를 자아냈다. 평소처럼 현관 포치에 나와 앉은 부부도, 골목길에서 롤러스케이트를 타는 아이들도 없었다. 모두들 대극장이 있는 시내 중심가로 몰려가 있어 공원도 한적하기는 마찬가지였다.

저녁 8시경, 자동차 한 대가 인적이 끊긴 펜필드로드를 천천히 가로질렀다. 운전대를 잡은 남자는 계속 두리번거리며 보도 쪽을 살폈고, 그의 눈빛에 뭔가 두려워하는 기색이 역력히 드러나 있었다. 남자는 지금처럼 고립된 느낌에 휩싸여본 적이 없었다. 도우러 와줄 사람도 없어 혼자서는 어떻게 해야 좋을지 막막하기만 했다. 남자는 조깅을 하겠다며 집을 나간 뒤 돌아오지 않는 아내를 찾아 정신없이 헤매는 중이었다.

사무엘 패들린과 메간 패들린 부부는 연극제 개막일에 집에 머물러있기로 한 극소수 주민에 속했다. 개막 공연을 보기 위해 수많은 사람들이 몰려든 탓에 티켓을 손에 넣지 못했고, 중심가와 해변 일대에서 열리는 축하행사에는 별로 관심이 없었다.

저녁 6시 30분경, 메간은 평소처럼 조깅을 하기 위해 집을 나섰다. 그녀는 일요일만 빼고 매일이다시피 일정한 코스를 달렸다. 현관문을 나선 그녀는 펜필드로드를 달려 펜필드크레센트까지 갔다. 도로가 반원을 그리며 휘어져 돌아가는 안쪽 작은 공원에 다다르면 잔디밭에서 늘 같은 동작으로 스트레칭을 했고, 코스를 역순으로 달려 집으로 돌아왔다. 매일 정확하게 45분이 걸리는 코스였지만 이따금 잔디밭에서 스트레칭을 몇 가지 더 추가할 경우 5분쯤 귀가 시간이 늦어졌다.

저녁 7시 30분, 사무엘 패들린은 메간이 돌아오지 않아 의아한 생각이 들었다.

저녁 7시 45분, 서서히 걱정이 되기 시작했다.

저녁 8시, 초조해서 자리에 앉아 있을 수가 없었다.

저녁 8시 10분, 더는 기다릴 수 없어 자동차에 올라 시동을 걸었다. 메간이 매일처럼 달리는 조깅 코스를 따라가 보는 방법이 가장 합리적이라고 생각하며 차를 출발했다.

사무엘이 펜필드로드를 거슬러 올라가 분기점인 펜필드크레센트에 도착한 시각은 8시 20분이었다. 사방 어디에도 살아 움직이는 생명체는 눈에 띄지 않았다. 사무엘은 차에서 내려 잠시 공원을 둘러보았지만 사람의 자취를 발견할 수 없었다. 다시 차에 올라 시동을 걸고 헤드라이트를 켜는 순간 보도 위에 쓰러져 있는 사람의 형체가 눈에 들어왔다.

사무엘은 심장이 요동치는 가운데 차 문을 열고 밖으로 뛰어나 갔다. 도로에 쓰러져 있는 사람은 다름 아닌 그의 아내 메간 패들 린이었다. 그는 처음에는 메간이 심장마비를 일으켜 쓰러졌다고 생각했지만 가까이 다가가보니 머리 뒤통수에 구멍이 나 있었고, 둘레에 피가 흥건하게 고여 있었다.

사무엘은 주위에 혹시 있을지노 보를 누군가를 향해 살려달라고 비명을 질렀다. 그는 잠시 어떻게 해야 할지 갈피를 잡을 수 없었 다. 이미 숨진 메간의 시신을 지키고 있어야 할지 이웃집으로 달려 가 문을 두드리고 도움을 요청해야 할지 가늠할 수 없었다. 눈앞이 아득해지며 두 다리가 저절로 무너져 내렸다. 마침 인근 주민이 그 의 비명소리를 듣고 구급대에 신고했다.

잠시 후, 경찰이 그 지역 일대를 봉쇄했다. 가장 먼저 현장에 도 착한 경관이 폴리스라인을 치다가 시장 자택 문이 조금 열려있는 걸 발견했다. 메간의 시신이 있는 지점과 직선거리로 가장 가까운 집이었다. 경관은 이상한 느낌이 들어 시장 집으로 다가갔다.

경관은 총을 뽑아들고 현관계단을 뛰어올라가 초인종을 눌렀다. 대답이 없어 문을 발끝으로 살짝 밀자 그대로 열렸다. 집안 복도에 누운 자세로 널브러져 있는 한 여자의 시신이 눈에 들어왔다. 경관 은 곧바로 지원을 요청하고 나서 권총을 꺼내들고 조심스럽게 집 안으로 발걸음을 옮겨놓았다. 그는 오른편 작은 거실을 들여다보 는 순간 흠칫 놀랐다. 남자아이 하나가 죽어있었다. 시장의 시신은 주방에서 발견되었다. 시신 둘레에 피가 흥건했다.

일가족이 몰살당한 사건이었다.

제1부
심연에서

7장

여기자 실종

2014년 6월 23일 월요일 - 7월 1일 화요일

제스 로젠버그
2014년 6월 23일 월요일
제21회 오르피아 연극제 개막 33일전

내가 스테파니 메일러를 처음이자 마지막으로 만난 자리는 내 환송식에서였다. 경찰을 떠나기로 결정한 나를 위해 마련한 조촐한 모임이었는데 그녀가 그 자리에 연락도 없이 나타났다.

그날 뉴욕 주 경찰본부 주차장에 송별행사를 위한 목조연단이 임시로 마련되었고, 그 맞은편에 경찰들이 정오의 햇살을 받으며 모여앉아 있었다. 나는 연단 위에 있었고, 내 직속상관인 맥케나 과장이 나의 경찰 이력을 되짚으며 공적을 치하하는 중이었다.

"제스 로젠버그 반장은 아직 앞날이 창창한 경찰인데 뭐가 그리 급한지 옷을 벗고 떠나야겠답니다." 맥케나의 말에 참석자들이 웃음을 터뜨렸다. "제스가 나보다 먼저 경찰서 문을 나서게 될 줄은 미처 몰랐습니다. 무엇이든 뜻대로 된다면 인생이 아니겠죠. 모두들 옷을 벗기를 바라는 나는 이 자리에 남아 있고, 함께 하길 바라는 제스는 떠나려하고 있습니다."

나는 마흔다섯 살이었고, 23년간 몸담았던 경찰을 떠나 오래 전부터 마음속에 간직해온 계획을 실행에 옮길 결심이었다. 내가 퇴직하기로 한 6월 30일이 되려면 아직 일주일이 더 남아있었고, 그 시간이 지나면 이제 내 삶의 새로운 장이 열리게 되어 있었다.

맥케나 과장이 환송사를 이어갔다.

"제스가 큰 사건을 처음 맡았을 때가 기억납니다. 네 사람이 살해된 대형사건이었는데 제스와 데렉이 멋지게 해결했지요. 그때만 해도 제스는 애송이였기 때문에 그 사건을 해결할 수 있으리라고 생각지 못했습니다. 나는 그때부터 제스가 얼마나 유능한 경찰인지 알게 되었지요. 제스와 함께 일해 본 사람이라면 누구나 그가 얼마나 뛰어난 형사인지 알고 있을 겁니다. 우리들 중에서 가장 뛰어난 형사였다고 해도 과언이 아닙니다. 제스는 담당한 사건을 백 퍼센트 해결하는 수완을 보여주었고, 그 덕분에 '백퍼센트 반장'이라는 별명을 얻기도 했지요. 제스는 오랜 세월 동료들로부터 존중받는 경찰이자 수사전문가였고, 경찰아카데미 교관으로도 발군의 능력을 보여주었습니다. 내가 이 말은 반드시 해야겠네요. 제스, 지난 20년 동안 우리는 자네의 능력을 질투했어!"

연단 맞은편에 앉은 경찰들이 또 다시 웃음을 터뜨렸다.

"제스, 자네가 계획한 일이 뭔지는 모르지만 행운이 함께 하기를 빌겠네. 장담컨대 자네는 우리를 그리워하게 될 거야. 아마도 자네는 경찰 자선바자회에 몰려와 자네의 얼굴을 넋 놓고 바라보던 여인네들을 그리워하게 될 거야."

환송식에 참석한 동료경찰들은 맥케나 형사과장의 환송사에 박수로 화답했다. 나는 맥케나 과장과 포옹을 나누고 나서 단상을 내려가 참석자들과 일일이 인사를 나누며 자리를 함께 해준 것에 대해 감사를 표했다. 이제 모두들 음식이 준비된 테이블로 자리를 옮겼다.

내 옆자리가 잠시 비어있는 틈을 타 서른 살 가량의 낯선 여자가 옆으로 다가왔다. 첫눈에도 무척 아름다운 여자였는데 만나본 기억이 전혀 없었다.

"그 유명하신 백퍼센트 반장님이죠?"

"우리가 서로 아는 사이인가요?"

내가 웃으며 되물었다.

"아뇨. 저는 스테파니 메일러이고, 《오르피아크로니클》지 기자입니다."

악수를 나누고 나서 스테파니가 말했다.

"저는 백퍼센트가 아니라 99퍼센트 반장님이라고 부르고 싶은데, 괜찮을까요?"

나는 미간을 살짝 찌푸리며 물었다.

"그 말씀은 내가 어떤 사건을 해결하지 못했다는 뜻인가요?"

스테파니는 대답 대신 가방을 열어 복사해온 신문스크랩 한 장을 꺼내 내밀었다.

1994년 8월 1일자 《오르피아크로니클》지 기사였다.

오르피아에서 살인사건 발생

시장 일가족 포함 4명이 살해된 시신으로 발견되다!

토요일 저녁, 오르피아 시장 조셉 고든과 그의 부인, 10세인 아들이 자택에서 살해된 시신으로 발견되었다. 시장 일가족 이외의 희생자는 32세의 메간 패들린으로 밝혀졌다. 네 번째 희생자인 메간은 살해당하기 직전까지 조깅 중이었고, 시장 자택 앞 길 한가운데에서 총에 맞아 숨졌다. 네 번째로 희생된 메간은 시장 일가족 살해현장의 목격자로 추정된다.

기사에 첨부된 사진에는 내가 사건현장을 조사하는 모습이 담겨있었다. 내 옆에는 당시 내 파트너였던 데렉 스콧도 보였다.

"그 사건 수사가 뭔가 잘못되기라도 했나요?"

"엄밀히 말해 그 사건은 아직 해결되지 않았습니다."

"그렇게 주장하는 근거가 있나요?"

"반장님은 범인을 잘못 짚었어요."

처음에는 동료들이 짓궂은 장난을 준비한줄 알았는데 스테파니의 태도를 보니 몹시 진지해보였다.

"그 사건을 조사해봤다는 말인가요?"

"거의 그런 셈이죠."

"'거의' 그런 셈이라니요?"

"아직 조사 중이고, 마무리되지는 않았다는 뜻입니다."

"나를 찾아온 이유는 뭔가요?"

"그 사건을 수사했던 경찰은 분명 잘못된 결론을 내렸고, 지금이라도 과실을 인정하고 재수사에 착수해야 한다고 생각합니다. 기자인 저에게는 물론 결코 놓치고 싶지 않은 특종감이기도 하죠. 때가 되면 제가 조사해 알아낸 사실들을 반장님께 다 말씀드리겠습니다. 그 전에 한 가지 부탁할 게 있어서 찾아왔습니다. 뉴욕 주 경찰본부 자료보관실에 들어가 그 사건 관련 수사 자료를 볼 수 있게 해주세요."

"당신 말대로 그 당시 수사를 맡은 우리가 잘못된 결론을 내렸다면 매우 심각한 사안입니다. 먼저 당신이 무슨 근거로 그런 주장을 펴는지 알아야 수사 자료를 보여줄 수 있습니다."

"현 시점에서 제가 조사한 내용을 공개할 수야 없죠. 경찰이 중간에서 가로채면 곤란하니까."

"당신이 조사해 습득한 정보가 그 당시 수사 결과를 뒤집을 수 있는 내용이라면 경찰에 제공해야 할 의무가 있습니다. 필요할 경우 당신이 소속된 신문사를 압수수색할 수도 있어요."

스테파니는 내 반응에 실망하는 기색이 역력했다.

"반장님이 적극 협조해줄 거라 생각했는데 유감이군요. 하긴 은퇴를 눈앞에 두고 있는 마당에 과거 사건에 휩쓸려봐야 골치만 아프겠죠. 반장님은 은퇴한 이후 뭐하시게요? 요트를 구입해 바다에 나가시게요?"

"내가 은퇴 이후에 무얼 할지는 당신이 상관할 일이 아닙니다."

스테파니는 어깨를 추어올리고 나서 가보겠다는 뜻으로 돌아섰다. 몇 걸음 옮겨놓던 그녀가 다시 몸을 돌려 다가왔다.

"해답은 눈앞에 있었어요. 단지 반장님이 보지 못했을 뿐이죠."

나는 이제 당혹스러운 한편 짜증이 났다.

"무슨 뜻이죠?"

스테파니가 내 눈높이까지 손을 들어 올리더니 손가락을 펼쳤다.

"뭐가 보이세요?"

"손이 보이네요."

"저는 손가락을 보여드렸는데요. 반장님은 눈에 보이는 그대로 본 게 아니라 보고 싶어 하는 것만 본 겁니다. 그 결과 중대한 오류를 범하게 되었죠."

스테파니는 수수께끼 같은 말과 함께 명함 한 장, 신문기사 사본만 남겨두고 떠났다.

음식을 차려놓은 테이블 근처에 있는 데렉 스콧의 모습이 눈에 들어왔다. 예전에는 나와 함께 현장을 누비던 형사였는데 지금은 행정직으로 옮겨 내근을 하고 있었다.

나는 데렉에게 다가가 신문기사를 내밀었다. 데렉은 기사를 통

해 20년 전 우리가 맡아 해결했던 사건을 다시 접하게 되어 감회가
새로운 듯했다.

"자네 옆에서 한참 동안 이야기를 나누던 여자가 가져온 기사
야?"

"신문기자인데, 우리가 그 당시 잘못된 수사 결론을 내렸다고 주
장하더군."

"말도 안 돼."

데렉이 사레들린 소리를 냈다.

"그 여자가 말하길 해답이 바로 눈앞에 있었는데 우리가 보지 못
했다는 거야."

스테파니가 주차장에 세워둔 차에 오르는 모습이 눈에 들어왔
다. 그녀가 나를 향해 손을 흔들며 소리쳤다.

"또 만나요, 로젠버그 반장님."

하지만 우리가 '또 만나는' 일은 일어나지 않았다.

바로 그날 스테파니 메일러는 실종되었으니까.

데렉 스콧

그날은 1994년 7월 30일, 토요일이었다.

나는 제스와 함께 당직이었고, 저녁식사를 하기 위해 〈블루라군〉에 들렀다. 늘 붐비는 식당으로 나타샤와 달라가 웨이트리스로 일하고 있었다.

제스와 나타샤는 지난 몇 년 동안 함께 해온 커플이었다. 달라는 나타샤와 가장 친한 친구였다. 나타샤는 달라와 함께 식당을 열 계획을 세우고, 차분히 준비하는 중이었다. 이미 식당 자리를 물색해두었다. 매일 저녁 〈블루라군〉에서 서빙을 해 번 돈의 절반을 창업 자금으로 쓰기 위해 저축해오고 있었다. 원래는 〈블루라군〉에서 식당관리와 주방 일을 익히고자 했지만 주인의 생각은 달랐다.

"당신들은 미모가 빼어나니까 주방보다는 홀에서 일하는 게 좋겠어. 주방 일을 하고 받는 급여보다 홀에서 서빙을 해주고 받는 팁이 훨씬 더 짭짤할 거야."

주인의 노림수는 적중했다. 나타샤와 달라의 서빙을 받으며 식사를 하기 위해 〈블루라군〉을 찾는 손님들이 많았다. 젊고 아름다운 미모에 상냥하고 친절한 성격도 한몫했다. 나타샤와 달라가 식당을 열면 분명 성공할 듯했다. 아직 식당을 열지도 않았는데 벌써부터 그녀들에 대한 입소문이 널리 퍼져나갔으니까.

달라를 처음 만난 이후 내 머릿속은 온통 그녀로 가득 찼다. 나타샤와 달라가 일할 시각이면 제스를 졸라 〈블루라군〉에 갔다. 나타샤와 달라는 식당 개업에 대해 상의할 일이 있을 때마다 제스의 집을 이용했다. 그런 날에는 나도 제스의 집에 들러 달라의 점수를 따내려고 애썼다.

7월 30일 저녁 8시 30분경 제스와 나는 〈블루라군〉에서 식사를 하고 있었고, 나타샤와 달라가 수변을 오갈 때마다 즐거운 대화를 나누었다. 한창 맛있는 식사를 하고 있을 때 제스와 나의 호출기가 동시에 울렸다. 우리는 심상찮은 일이 벌어졌다는 걸 직감하며 서로의 얼굴을 마주보았다. 마침 옆에 있던 나타샤도 한마디 거들었다.

"호출기가 동시에 울리는 걸 보니 심각한 일이 생겼나봐."

나타샤가 공중전화부스와 카운터에 놓인 전화기를 가리켜보였다. 제스는 공중전화부스로 갔고, 나는 카운터로 갔다.

호출내용은 간단했다.

"네 사람이 살해당한 사건이 벌어졌어."

나는 카운터의 전화기를 내려놓고 문 쪽으로 달려 나가며 의자에 걸쳐둔 외투를 챙겨 입는 제스를 향해 소리쳤다.

"우리가 가장 먼저 현장에 도착해야 수사를 따낼 수 있어."

우리가 처음으로 중요한 사건을 맡을 수 있는 기회였다. 제스보다 일찍 경찰이 된 나는 당시 계급이 경사였다. 상급자들은 모두들 내가 앞으로 유능한 형사가 될 거라 기대했다.

우리는 차를 세워둔 곳까지 힘껏 달려갔고, 내가 운전대를 잡고 제스가 조수석에 올랐다. 내가 급히 시동을 걸고 차를 출발시키자 제스가 바닥에 놓아둔 경광등을 차 지붕 위에 고정시켰다. 차가 붉은 섬광을 어둠 속으로 쏘아 보내며 달리기 시작했다.

제스 로젠버그

2014년 6월 26일 목요일

연극제 개막 30일전

나는 경찰서에서 보내는 마지막 한 주를 복도에서 어슬렁대다가 우연히 마주치는 동료들과 커피를 마시며 작별인사를 나누게 될 거라 예상했는데 전혀 생각지도 않은 과제에 매달려 있었다. 나는 사흘 전부터 사무실에 틀어박혀 뉴욕 주 경찰본부 자료보관실에서 가져온 1994년 4인 살인사건 관련 자료들을 보고 있었다.

스테파니 메일러가 다녀간 이후 혼란스러운 기분을 떨쳐버릴 수 없었다. 그녀가 보여준 신문기사와 '답이 눈앞에 있었는데 보지 못했을 뿐'이라는 말이 머릿속을 떠나지 않고 맴돌았다.

그 당시 수사기록을 검토해보았지만 딱히 수사상 오류를 발견할 수 없었다. 우리가 지목했던 용의자가 범인이라는 증거는 많았다.

스테파니는 무엇을 보고 우리가 잘못된 결론을 내렸다고 주장했을까?

그날 오후, 마침 데렉이 내 사무실에 들렀다.

"모두들 식당에서 기다리고 있는데 방에 처박혀서 뭐하는 거야? 행정부서 동료들이 자넬 위해 케이크를 만들어왔으니까 어서 가봐야지."

"1994년에 벌어졌던 4인 살인사건 수사기록을 꺼내 들여다보고 있었어."

데렉이 책상 위에 흩어져 있는 서류들을 힐끗 보더니 한 장을 집어 들었다.

"연락도 없이 불쑥 찾아왔던 여기자 말을 믿는 거야?"

"많은 사람들이 희생된 사건이라 혹시나 하는 마음에 다시 검토해봤는데 전혀 오류를 발견하지 못했어."

"전혀 문제가 없는 수사였는데 오류가 있을 리 없지. 자, 모두들 기다리고 있으니까 어서 가."

"뒤따라 갈 테니까 먼저 가 있어."

데렉은 할 수 없다는 듯 한숨을 내쉬더니 사무실을 나갔다. 나는 테이블에 놓인 스테파니의 명함을 집어 들고 휴대폰번호를 눌렀다. 전원이 꺼져있다는 안내가 들려왔다. 전날에도 전화했는데 휴대폰이 꺼져있었다. 나는 이제 더는 미련을 두지 말아야겠다고 생각하며 동료들이 기다리는 식당으로 갔다.

한 시간 후, 동료들과 회합을 끝내고 사무실로 돌아오다가 뉴욕 주 경찰 리버데일 지서에서 보낸 팩스에 눈이 갔다.

실종자 성명 스테파니 메일러, 나이 32세, 신문기자, 월요일부터 연락두절 상태.

갑자기 서늘한 기운이 등골을 스쳐지나갔다. 나는 부리나케 전화기를 집어 들고 리버데일 지서의 전화번호를 눌렀다. 전화를 받은 경관이 말했다.

"점심시간 직후 스테파니 메일러의 부모가 찾아와 월요일부터 딸의 행방이 묘연하다며 실종신고를 접수했습니다."

"스테파니의 부모가 지역 경찰서로 가지 않고 뉴욕 주 경찰을 찾아온 이유가 있습니까?"

"지역 경찰서에 신고했는데 반응이 시큰둥해 곧바로 뉴욕 주 경찰 강력계에 알리게 되었답니다. 단순 가출일 수도 있지만 일단 보고는 해야겠다고 생각했습니다."

"잘했어요. 이 사건은 내가 맡을게요."

스테파니의 어머니에게 전화를 걸었더니 딸의 안위에 대해 몹시 걱정하고 있었다. 월요일 아침에 스테파니와 마지막으로 통화한 이후 휴대폰 전원이 꺼져 있어 전혀 연락이 닿지 않는다고 했다.

"스테파니의 친구들에게도 연락해봤는데 다들 모른다더군요. 지역 경찰과 함께 스테파니가 사는 집에도 가보았지만 텅 비어 있었어요."

나는 곧바로 데렉을 만나러 행정부서로 갔다.

"스테파니 메일러가 실종되었어. 지난 월요일에 찾아왔던 여기자 말이야."

"무슨 소리야?"

나는 즉시 데렉에게 팩스 용지를 내밀었다.

"오르피아에 가서 무슨 일이 벌어지고 있는지 알아봐야겠어. 우연한 일로 보이지 않아."

데렉이 한숨을 푹 내쉬었다.

"자네는 옷을 벗는다고 하지 않았어?"

"아직 나흘 남았어."

"이 사건은 다른 사람에게 맡겨. 은퇴를 나흘 앞두고 사건을 맡을 수는 없잖아."

데렉은 내가 사건에 뛰어드는 걸 말렸다.

"우리가 맡았던 사건이야, 스테파니가 말하기로는 1994년에……."

내가 미처 말을 마치기도 전에 데렉이 목소리를 높였다.

"그 수사는 완벽하게 종결되었어. 이미 끝난 사건을 다시 들추는 건 시간 낭비야."

데렉의 도움을 받을 수 없다는 게 아쉬웠다.

"자네는 그 사건을 다시 들여다볼 마음이 없다는 뜻이지?"

"난 그럴 생각이 없어. 내가 보기에 자네는 완전히 돌았어."

$$\therefore$$

나는 20년 만에 오르피아로 갔다. 그 사건이 종결된 이후 처음이었다.

뉴욕 주 경찰본부에서 차로 두 시간 걸리는 거리였지만 사이렌과 경광등을 켜고 제한속도를 초과해 달렸다. 싱그러운 숲을 지나 수련이 피어 있는 호수를 빠져나가는 마지막 구간의 경치가 매우 아름다웠다. 도로변의 대형 안내판이 시야에 들어왔다.

뉴욕 주 오르피아
전국 연극축제에 초대합니다. 기간 7.26-8.9

오후 5시, 나는 가로수와 꽃들이 양편을 장식하고 있는 중심도로를 따라 오르피아로 들어섰다. 식당과 카페테라스, 상점들이 이어졌고, 휴양지다운 여유와 나른한 느낌이 배어났다. 7월 4일 독립기념일을 앞두고 가로등마다 성조기가 걸려 있었다. 독립기념일 밤에 열리는 불꽃놀이 홍보포스터가 사방에 붙어 있었고, 꽃 덤불과 낮은 관목들 사이로 나 있는 해변 산책로를 따라 관광객들이 어슬렁거렸다. 여기저기 산재해 있는 카바나에서는 고래 떼를 관찰할 수 있는 방갈로를 제공하거나 자전거를 대여해주고 있었다. 마치 영화의 한 장면을 옮겨놓은 듯 이색적인 풍경이었다.

나는 오르피아경찰서를 찾아가 론 걸리버 서장을 만났다. 우리는 20년 전에도 만난 적이 있는 구면이었다.

"얼굴이 그대로네요."

론 걸리버가 내 손을 잡고 흔들며 말했다. 그는 20년 전에 비해 얼굴이 폭삭 늙어보였고, 배에 비곗살이 덕지덕지 붙은 모습이었다. 그는 점심시간이 한참 지난 오후 5시인데 플라스틱 용기에 담긴 즉석 스파게티를 먹고 있었다. 그는 스파게티를 게걸스럽게 입 안으로 쓸어 넣으며 내가 방문한 이유를 물었다.

"그렇잖아도 스테파니의 부모가 찾아와 얼마나 귀찮게 구는지 도저히 다른 일을 할 수가 없었죠. 내가 보기에는 실종이 아니라 잠시 잠수를 탄 것 같던데요."

"스테파니의 부모와 통화했는데 사흘 동안 연락이 두절된 적은 없었다더군요."

"나이가 서른둘인 여자가 사흘간 연락이 안 된다고 실종신고를 한다는 건 말이 안 되잖아요. 어딘가에서 푹 쉬다가 돌아올 테니까 걱정하지 말아요."

"실종이 아니라고 확신하는 근거가 뭐죠?"

"《오르피아크로니클》지의 편집장인 마이클과 통화해봤어요. 스테파니가 월요일 밤에 마이클의 휴대폰에 문자메시지를 남겼더군요. 잠시 오르피아를 떠나 있겠다고요."

"스테파니가 실종된 날이군요."

"실종된 게 아니라니까요!"

론 걸리버가 버럭 소리를 지르는 바람에 입에서 토마토소스 파편이 튀어나왔다.

"재스퍼가 스테파니의 부모와 함께 그 여자의 집에 가봤는데 전혀 이상한 점을 발견할 수 없었답니다. 마이클이 받은 문자메시지만 봐도 별일 아니라는 걸 알 수 있잖아요. 나이가 서른둘인 여자가 자기 인생을 어떻게 살든 우리가 상관할 일은 아니죠."

나는 물러서지 않았다.

"이 사건은 내가 직접 조사해볼 테니까 신경 쓰지 마세요. 일단 문제가 없는지 확인이 되면 나도 손을 털고 뉴욕으로 돌아갈 테니까."

"그럼 재스퍼 몬테인을 만나보세요. 이 사건 담당자인데 곧 돌아올 겁니다."

재스퍼는 어깨가 떡 벌어진 단단한 근육질 몸에 위협적인 기운이 흘러나오는 사람이었다. 그는 스테파니의 부모와 함께 집을 둘러봤는데 전혀 이상한 기미를 발견하지 못했다고 했다.

"인근 도로와 숲을 수색해보았고, 이 지역 병원들과 경찰서에 일일이 전화해보았는데 소득이 없었습니다. 스테파니가 잠시 어딘가로 떠났을 거라는 생각이 들더군요."

내가 스테파니의 집을 둘러보고 싶다고 하자 재스퍼가 안내해주겠다고 했다. 그녀의 집은 벤담로드에 있는 3층짜리 건물로 1층에는 철물점이 있었고, 2층과 3층이 주거용 집이었다. 그녀의 집은 3층에 있었다.

초인종을 눌러보고, 문을 두드려보았지만 역시 응답이 없었다.

재스퍼가 말했다.

"보시다시피 집은 비어 있습니다."

문손잡이를 돌려보았지만 안에서 잠겨 있었다.

"집안으로 들어가 볼 수 있을까요?"

"열쇠가 없는데요. 지난번에는 스테파니의 부모가 열쇠를 가지고 있어 문을 열어주었습니다."

"아래층 사람은 뭐라고 하던가요?"

"아래층에 사는 브랫 멜쇼라는 사람을 만나봤는데 스테파니와 관련해 아는 게 전혀 없다고 하더군요. 사내 중심가에 있는 〈카페 아테나〉의 주방장인데 지금은 식당에 나가 있을 시간입니다."

나는 한 층 아래로 내려가 초인종을 눌러보았지만 역시 대답이 없었다.

내가 2층에 머무는 사이 재스퍼는 이미 건물 밖으로 나가 있었다. 출입문이 있는 현관 로비까지 내려온 나는 스테파니의 우편함을 들여다보았다. 우편함 안쪽에 봉투 하나가 들어 있었다. 봉투 안에 들어 있는 종이를 꺼내 반으로 접은 다음 뒷주머니에 넣었다.

재스퍼는 나를 중심가에 있는 《오르피아크로니클》지로 데려갔다. 붉은 벽돌로 이루어진 건물 외관은 보기 좋았지만 내부는 낡고 퇴락해있었다.

편집장인 마이클 버드가 우리를 맞아주었다. 1994년에도 오르피아에 있었다는데 한 번도 마주친 기억이 없었다.

"1994년에 4인 살인사건이 일어나고 나서 사흘 후 《오르피아크로니클》지에서 일하기 시작했어요. 그 사건 때문에 온통 떠들썩하던 때라 편집실에 붙어 앉아 있어야만 했죠. 어찌나 바쁘던지 사건 현장에는 나가볼 겨를이 없었습니다."

"스테파니 메일러 기자는 언제부터 여기서 일하기 시작했죠?"

"작년 9월부터니까 대략 아홉 달 전입니다."

"유능한 편인가요?"

"이 신문의 수준을 한 단계 업그레이드 시켰다고 해도 과언이 아닐 만큼 유능한 기자입니다. 기사의 품질을 일정하게 유지하는 건 말처럼 쉽지 않죠. 요즘 이 신문사는 재정적으로 매우 어려운 형편입니다. 오르피아 시에서 일부나마 재정을 지원해주고 있어 겨우 지탱해오고 있죠. 이 건물도 시에서 무상으로 임대해주고 있거든요. 사람들이 신문을 읽지 않아 광고도 대폭 줄었어요. 예전에는 구독자가 많아 지역사회에서 영향력이 컸는데 요즘은 다들 외면하는 실정이라 권위를 잃었죠. 온라인으로 《뉴욕타임스》를 볼 수 있는데 누가 《오르피아크로니클》을 보려고 하겠어요. 아예 신문은 거들떠보지도 않고, 모든 정보를 페이스북을 통해 얻는 사람들도 점점 늘어나고 있죠."

"스테파니를 언제 마지막으로 보았죠?"

"월요일 아침, 주간 편집회의 때였습니다."

"혹시 평소와 달라 보이는 점은 없던가요? 가령 평소에는 하지 않던 행동을 한다든지요."

"글쎄요, 딱히 그런 점은 없었습니다. 스테파니가 월요일 밤 늦게 잠시 떠나있겠다는 문자메시지를 보내왔으니 너무 걱정하지 않아도 될 듯합니다."

마이클이 호주머니에서 휴대폰을 꺼내더니 문자메시지를 보여주었다. 메시지 수신시각은 월요일에서 화요일로 넘어가는 자정 무렵이었다.

오르피아를 떠나 잠시 다녀올 데가 있어요. 매우 중요한 일입니다. 자세한 건 다녀와서 말씀드릴게요.

"문자메시지를 보낸 이후로는 아무런 연락이 없었습니까?"

"스테파니는 구속받길 싫어하는 성격이고, 문제의 핵심에 접근하는 나름의 취재 방식이 있어요. 스테파니는 참견하지 않아도 일을 알아서 잘하는 기자라서 내버려두는 편입니다."

"스테파니가 사라진 게 전혀 이상한 일은 아니라는 뜻입니까?"

"사라졌다기보다는 잠시 어딘가로 떠나있다는 표현이 맞을 겁니다. 사실 신문기자는 수시로 집을 떠날 수밖에 없는 직업이니까요."

"스테파니가 최근에는 어떤 기사를 취재하고 있었습니까?"

"오르피아에서 매년 7월 말에 열리는 연극제를 취재하고 있었습니다. 연극제에 대해서는 알고 계시죠?"

"네, 알고 있습니다."

"최근에 연극제 자원봉사자들을 인터뷰했죠. 스테파니는 자원봉사자들의 헌신적인 노력이 해마다 연극제를 성공적으로 이끌어가는 동력이라고 생각하고 있었습니다."

나는 질문을 이어나갔다.

"스테파니가 현재 무엇을 조사하는지 말한 적 있습니까? 제가 그녀를 만나 직접 듣기로는 1994년에 일어났던 4인 살인사건을 조사하는 중이라고 하던데요."

마이클 버드는 고개를 가로저었다.

"저에게는 그 사건과 관련해 아무 말도 하지 않았습니다."

재스퍼도 나에게 그다지 우려할 일이 아니니 뉴욕으로 돌아가라는 뜻을 내비쳤다.

"걸리버 서장님께 뉴욕으로 가실 거라고 보고할까요?"

"그러시죠. 필요한 조사를 마친 셈이니까요."

나는 차로 돌아와 스테파니의 집 우편함에서 가져온 봉투를 열었다. 카드사용명세서가 들어 있어 사용내역을 자세히 살펴보았다. 주유, 슈퍼마켓에서 장보기, 현금인출, 도서구입 이외에 맨해튼으로 진입하는 톨게이트 통행료가 반복적으로 사용되었다는 걸 알 수 있었다. 스테파니가 근래에 뉴욕을 자주 드나들었다는 뜻이었다. 그녀가 로스앤젤레스 행 비행기 티켓을 구입한 내역이 시선을 끌었다. 이용날짜가 6월 10일에서 13일까지로 지정된 왕복표였다. 로스앤젤레스의 호텔에서 몇 차례 결제한 내역도 있었다.

스테파니는 무척이나 활동적인 기자라 오르피아에서 잠시 자취를 감춘다한들 그리 놀랄 일은 아니었다. 그녀와 관련된 사람들을 만나본 결과 이 지역 경찰이 시큰둥한 반응을 보인 것에 대해 수긍이 되었다. 그녀가 실종되었다고 추정할 근거는 없었다. 이제 단념하고 뉴욕으로 돌아가야 할 차례였는데 왠지 마음 한 구석이 찜찜했다. 《오르피아크로니클》을 방문했을 때 받은 인상 때문이었다. 스테파니를 처음 만난 사흘 전만 해도 그녀에 대한 사전 정보가 전혀 없었다. 그녀가 보여준 태도는 소도시에 있는 작은 신문사의 기자라기보다는 《뉴욕타임스》 정도 되는 유력지 기자로 보일만큼 자신만만했다. 그냥 돌아가자니 기분이 개운하지 않아 마지막으로 스테파니의 부모를 찾아가보기로 했다. 그들은 신문사에서 20분 거리인 새그하버에 살고 있었다.

저녁 7시였다.

∴

같은 시각, 애나 캐너는 오르피아 중심가에 위치한 〈카페아테나〉 앞에 차를 세웠다. 친구인 로렌 부부와 저녁식사를 하기로 되어 있었다.

로렌과 폴은 애나가 뉴욕을 떠나 오르피아에 살기 시작한 이후 가장 가깝게 지내는 사이였다. 오르피아에서 25킬로미터쯤 떨어진 사우스햄프턴에 폴의 부모가 소유한 별장이 있었다. 그들 부부는 교통체증을 피하기 위해 매주 목요일마다 맨해튼을 벗어나 사우스햄프턴 별장에서 주말을 보냈다.

애나는 차에서 내리면서 테라스에 앉아 있는 로렌과 폴을 발견했다. 문득 그들 부부와 함께 앉아 있는 남자의 모습이 눈에 들어왔다. 애나는 즉시 상황을 눈치 채고 로렌에게 전화를 걸었다.

"나 몰래 무슨 일을 꾸민 거야? 남자는 안 만난다고 했잖아."

애나는 로렌이 전화를 받자마자 쏘아붙였다.

로렌이 당황한 듯 잠시 머뭇거렸다.

"어떻게 알았어?"

애나는 식당 앞에 와있다는 말은 하지 않았다.

"내가 싫다는데 왜 자꾸 쓸데없는 짓을 하는 거야?"

"이번에 만나볼 남자는 마음에 들 거야."

로렌은 동석한 남자가 통화내용을 들을 수 없게 하려고 테이블에서 일어나 서너 걸음 옮겨놓은 상태였다.

"신경써주는 마음은 고마운데 오늘은 처리해야 할 일이 잔뜩 쌓여 있어 아직 못가고 있어."

애나의 눈에 로렌이 안절부절못하는 모습이 보였다.

"기다릴 테니까 늦더라도 꼭 나와. 나이 서른셋이면 한창 젊은 나이인데 남자랑 자본 게 언제인지 기억도 안 나지?"

애나는 남자와 소개팅을 하는 게 썩 내키지 않았다.

"미안해, 오늘은 일이 많아서 곤란해."

"이제 제발 일 타령 좀 그만하고 즐기면서 살아."

그 순간 도로에서 클랙슨소리가 울리는 바람에 로렌은 비로소 상황을 눈치 챘다. 휴대폰을 통해서도 클랙슨소리를 들을 수 있었기 때문이다.

"너, 이 근처에 있지? 하마터면 감쪽같이 속을 뻔했잖아."

애나는 미처 피할 사이도 없이 발각되었다. 그제야 그녀는 웃음을 터뜨리며 차 문을 열고 밖으로 나왔다.

로렌이 분석한 바에 따르면 애나가 애정문제에 번번이 실패하는 이유는 딱 두 가지였다. 첫 번째는 적극성이 없는 탓이었고, 두 번째는 그녀의 직업이 남자들을 '겁먹게' 하기 때문이었다.

애나에게 남자를 소개시켜줄 때마다 로렌은 말했다.

"네 직업이 뭔지는 말해주지 않았어, 미리부터 주눅 들게 할 필요는 없잖아."

애나는 어쩔 수 없이 테라스의 자리에 합류했다. 로렌이 소개해준 남자의 이름은 조쉬였고, 자신감이 지나쳐 살짝 건방져보였다. 조쉬는 인사를 건네며 마치 애나를 눈으로 삼켜버릴 듯 빤히 쳐다보았다. 애나는 언젠가는 멋진 왕자를 만나는 날이 있을지도 모르지만 오늘은 포기해야겠다고 생각했다.

$$\therefore$$

나는 메일러 부부를 새그하버의 자택 거실에서 만났다.

트루디 메일러가 월요일에 무슨 일이 있었는지 설명했다.

"월요일 아침에 스테파니에게 전화했어요. 편집회의 중이니까 끝나면 전화하겠다고 했는데 여태껏 연락이 오지 않았어요."

데니스 메일러도 옆에서 한 마디 거들었다.

"스테파니는 전화한다고 해놓고 잊어버리는 경우가 없거든요."

나는 이 지역 경찰이 메일러 부부에게 짜증을 내는 이유가 뭔지 짐작되었다. 메일러 부부는 모든 상황을 연극처럼 만드는 재주가 있었다. 나를 맞아들여 커피를 권할 때조차 그랬다. 내가 사양하자 트루디 메일러가 낙심한 표정을 지으며 되물었다.

"커피를 좋아하지 않으세요?"

데니스 메일러도 거들었다.

"그럼 홍차를 내드릴까요?"

나는 거듭 괜찮다고 사양하며 몇 가지 질문을 했다.

"스테파니에게 고민거리가 있었습니까?"

"딱히 없었어요."

그들은 단호하게 부인했다.

"혹시 마약을 했나요?"

"절대로 그럴 리 없어요."

"사귀는 남자가 있었습니까?"

"우리가 아는 한에는 없었어요."

"두 분이 짐작하기로 스테파니가 갑자기 소식을 끊고 잠적할 만한 이유가 있었을까요?"

"전혀 없어요."

메일러 부부는 스테파니가 아무런 말없이 사라질 리 없다고 단언했지만 나는 그렇게 단정할 수만은 없다는 생각이 들었다.

"2주전, 스테파니가 로스앤젤레스에는 왜 갔었죠?"

"스테파니가 로스앤젤레스에 가요? 우리는 몰랐는데요."

트루디 메일러가 깜짝 놀라는 기색을 했다.

"분명 사흘 일정으로 로스앤젤레스에 다녀왔던데요."

트루디 메일러가 풀죽은 목소리로 대답했다.

"우리는 전혀 모르는 일입니다."

데니스 메일러가 말을 이었다.

"이상한 일이네요. 스테파니가 우리에게 알리지도 않고 로스앤젤레스에 다녀올 리 없는데요. 신문사 일로 갔다면 이해되긴 합니다. 신문에 낼 기사에 대해서는 입이 무거운 편이니까요."

《오르피아크로니클》지에서 로스앤젤레스에 취재차 보냈을 수도 있겠나는 생각이 늘었다.

"스테파니는 언제 오르피아에 왔습니까?"

트루디 메일러가 대답했다.

"오르피아에 오기 전에는 뉴욕에서 지냈어요. 노틀담대학교에서 문학을 전공했는데 어릴 때부터 작가가 되고 싶어 했죠. 《뉴요커》지에 단편소설을 두 번 싣기도 했죠. 대학을 졸업하고 《뉴욕문학리뷰》에서 일하다가 작년 9월에 그만두었어요."

"그만둔 이유가 있나요?"

"자세한 건 모르지만 그 잡지사의 재정 형편이 좋지 않았나봐요. 그 이후 《오르피아크로니클》지에서 기자로 일하게 되면서 오르피아에서 살기 시작했죠."

데니스 메일러가 잠시 망설이다가 말을 이었다.

"로젠버그 반장님, 우리 부부는 대수롭지 않은 일로 경찰을 성가시게 하고 싶지 않아요. 우리가 보기에는 뭔가 심상찮은 문제가 발생한 게 분명해요. 스테파니는 뉴욕에 당일치기로 갈 때조차 문자메시지로 알려주었어요. 돌아와서도 잘 다녀왔다는 메시지를 빼먹지 않았죠. 이번에는 왜 편집장에게만 문자메시지를 보내고 우리에게는 아무런 연락도 하지 않았을까요? 그 점이 납득되지 않아요."

내가 놓치지 않고 되물었다.

"맨해튼에는 무슨 일 때문에 그리 자주 갔습니까?"

데니스 메일러가 대답했다.

"그리 자주는 아니었을 텐데요."

"제가 조사한 바로는 분명 자주 뉴욕에 갔습니다. 대개는 뉴욕에 가는 요일과 시간이 동일했어요."

메일러 부부는 또다시 무슨 말인지 모르겠다는 표정을 지었다.

데니스 메일러가 물었다.

"혹시 스테파니의 집에 가봤습니까?"

"가보긴 했는데 문이 잠겨있어 집안을 둘러보진 못했습니다."

"그럼 지금이라도 한번 둘러보시겠어요? 로젠버그 반장님이라면 우리가 미처 보지 못한 걸 찾아낼 수도 있으니까요."

이쯤에서 수사를 접자면 스테파니의 집을 둘러보고 오르피아경찰서에서 내린 판단이 과연 옳은지 점검할 필요가 있었다. 스테파니는 로스앤젤레스든 뉴욕이든 원하는 대로 갈 수 있는 나이였다.

저녁 8시에 벤담로드에 위치한 스테파니의 집에 도착했다. 나는 트루디 메일러가 건네준 열쇠를 구멍에 꽂고 돌렸다. 열쇠가 헛도는 걸 보면 문이 잠겨있지 않다는 뜻이었다. 갑자기 정신이 번쩍 들며 피가 빠르게 돌기 시작했다.

스테파니가 돌아왔나?

문손잡이를 가볍게 잡고 살짝 밀자 문이 열렸다. 메일러 부부에게 소리를 내지 말라는 뜻으로 검지를 세워 입술에 붙였다. 난장판이 된 거실의 모습이 눈에 들어왔다. 누군가 집안에 들어와 뭔가를 찾아내려고 뒤진 흔적이었다.

"두 분은 차로 돌아가 기다리세요."

데니스 메일러가 고개를 끄덕이고 나서 트루디 메일러의 손을 잡아끌었다. 나는 총을 뽑아들고 집안으로 들어가 일단 거실부터 둘러보았다. 책장의 책들이 온통 바닥에 굴러 떨어져 있었고, 소파 위의 쿠션들은 온통 속이 드러나 있었다. 나는 바닥에 뒤죽박죽 흩어져 있는 물건들을 살피느라 누군가 등 뒤에서 은밀히 다가서고 있다는 사실을 알아채지 못했다. 다른 방을 둘러보려고 몸을 돌린 순간 비로소 어렴풋한 형체와 맞닥뜨렸다. 코앞의 형체가 내 얼굴에 최루액을 분사했다. 마치 눈에 불이 붙은 듯 고통스러웠다. 허공으로 손을 뻗고 허우적거리는데 별안간 숨이 턱 막혔다. 명치에 강한 주먹을 맞은 나는 그대로 몸을 접으며 고꾸라졌고, 이내 의식을 잃었다.

∴

저녁 8시 5분, 카페아테나

애나는 고문 같은 식사자리를 마련한 로렌 부부가 야속할 지경이었다. 조쉬는 한 시간째 쉬지도 않고 떠들어대는 중이었다. 그의 입에서 흘러나오는 말은 온통 자기자랑밖에 없었다. 애나는 그의 말을 한 귀로 흘려버리고 도대체 '나'라는 단어를 몇 번이나 말하는지 세는 데 열중했다. 입을 열 때마다 '나는', '나를', '나에게' 들이 바퀴벌레처럼 쏟아져 나왔다.

애나는 알코올이 첨가되지 않은 칵테일을 마셨다. 조쉬가 말하다가 지쳤는지 물 한 컵을 단숨에 들이켰다. 반가운 침묵의 순간이 지나고 나서 그가 애나를 쳐다보며 물었다.

"당신은 어떤 일을 하죠? 로렌이 한사코 가르쳐주지 않더군요."

그 순간, 애나의 휴대폰이 울렸다. 애나가 화면에 뜬 발신번호를 힐끗 들여다보고 나서 말했다.

"잠시 실례할게요."

긴급한 일이 벌어진 게 분명했다.

애나는 휴대폰을 들고 홀 구석으로 샀다가 빠른 걸음으로 되돌아와 일행을 향해 말했다.

"갑자기 일이 생겨서 먼저 가봐야겠어요."

"벌써 가게요?"

조쉬는 몹시 아쉬운 듯 실망한 표정을 감추지 못했다.

"덕분에 즐거웠어요."

애나는 로렌 부부를 가볍게 포옹하고 나서 조쉬에게 손을 들어 인사를 건넸다.

애나는 내심 다시는 만날 일이 없는 남자라고 생각하고 있었다.

조쉬가 자리에서 일어나 보도까지 애나를 뒤따라가며 말했다.

"내 차로 데려다줄게요."

"고맙지만 차를 가져왔어요."

애나가 차 문을 여는 동안 조쉬는 여전히 버티고 서 있었다.

"이 동네에 자주 들르니까 가끔 만나 커피라도 같이 해요."

"그러시든지."

애나는 한시바삐 그를 떼어버리기 위해 시큰둥하게 대답하면서 뒷자리에 놓인 캔버스가방을 열었다.

"당신이 무슨 일을 하는지 아직 말해주지 않았어요."

조쉬가 말을 맺기 무섭게 애나가 가방에서 방탄조끼를 꺼내 입었다. 조쉬의 눈이 휘둥그레지며 방탄조끼에 붙은 휘장을 바라보았다. 휘장에 선명하게 박힌 글자가 빛을 반사했다.

POLICE

"오르피아경찰서 부서장이에요."

애나가 총이 꽂혀 있는 권총집을 꺼내 허리띠에 걸었다.

조쉬가 반쯤 넋이 빠진 얼굴로 애나를 바라보았다. 차에 오른 그녀는 경광등을 차 지붕에 올리고 질풍같이 내달았다. 경광등에서 흘러나온 푸르고 붉은 섬광이 밤거리의 네온불빛 속으로 쏟아졌고, 사이렌 소리가 울려 퍼졌나. 행인늘의 시선이 일제히 사이렌 소리를 따라갔다.

애나는 주 경찰 소속 형사가 인근 아파트에서 괴한에게 피습 당했다는 소식을 접수하고 현장으로 달려가는 중이었다. 당직자를 포함해 가용할 수 있는 경찰병력 전원에게 출동명령이 떨어졌다.

애나는 속도를 최대한 높여 중심가를 향해 내달렸다. 횡단보도를 건너던 보행자들이 사이렌 소리에 놀라 멈칫했다가 인도 위로 몸을 피했다. 도로를 달리는 차량들도 자리를 내주기 위해 바깥차선으로 비켜났다. 사건이 일어난 건물에 도착해보니 이미 순찰차 한 대가 도착해있었다. 아파트 출입구로 들어서던 그녀는 계단을 급히 뛰어내려오는 동료경찰들과 마주쳤다. 동료들 가운데 한 명이 그녀를 보고 소리쳤다.

"용의자가 아파트 건물 뒷문을 통해 달아났어!"

애나는 건물 뒤편 비상구를 통해 밖으로 뛰어나갔다. 바깥으로 나와 보니 인적이 드문 뒷골목이었다. 묘한 정적이 감돌아 귀를 기울여보니 어디선가 희미한 소리가 들려왔다. 소리가 나는 쪽으로 달려가자 작은 공원이 나왔고, 인기척 없이 고요했다.

풀숲에서 바스락거리는 소리가 들려 허리춤에서 권총을 뽑아들고 공원 안쪽을 향해 달려갔다. 별안간 그림자 하나가 언뜻 시야에 들어왔다가 순식간에 사라졌다. 그림자를 뒤쫓아 달려갔지만 놓치고 말았다.

애나는 숨이 턱까지 차 달리기를 멈추었다. 그때 풀이 우거진 덤
불 뒤편에서 부스럭거리는 소리가 났다. 그림자가 발소리를 죽이
며 다가오고 있었다. 그녀는 거리가 최대한 좁혀질 때까지 숨죽이
며 기다리고 있다가 앞으로 달려 나가며 소리쳤다.

"꼼짝 마!"

그림자의 주인공은 재스퍼였다.

"빌어먹을! 애나, 미쳤어?"

애나는 숨을 몰아쉬며 권총을 허리춤에 꽂아 넣었다. 갑자기 맥
이 탁 풀리는 바람에 몸을 반으로 접으며 호흡을 가다듬었다.

"대체 여기서 뭐해?"

"내가 묻고 싶은 말이야. 당신은 오늘 저녁에 비번 아니었어?"

재스퍼 몬테인은 수석 부서장이고 애나는 차석 부서장이었다. 계
급은 같았지만 경찰서 내의 서열로 따지자면 재스퍼가 상관이었다.

"오늘 당직이라 출동명령을 받고 달려왔어."

"내가 수상한 놈을 잡을 뻔했는데 당신 때문에 놓쳤잖아."

재스퍼가 화를 벌컥 냈다.

"무슨 소리야? 내가 현장에 도착했을 때만 해도 아파트 건물 앞
에 순찰차라고는 달랑 한 대밖에 없었어."

"나는 뒷골목을 통해 왔어. 현장에 도착했으면 먼저 무전기로 위
치를 알렸어야지."

"무전기를 갖고 있지 않아."

"차에는 있잖아? 아무튼 당신은 사고뭉치라니까. 이 경찰서에 온
첫날부터 물을 먹이더니 여전하네."

재스퍼는 바닥에 침을 뱉고 몸을 돌려 사건현장으로 향했다. 애

나는 화가 치밀어 몇 걸음 거리를 두고 뒤따라갔다. 벤담로드에는 어느새 구급차들이 몰려와 있었다.

"애나! 재스퍼!"

걸리버 서장이 두 사람을 발견하고 소리쳤다.

재스퍼가 투덜거렸다.

"놈을 잡을 수 있었는데 애나 때문에 놓쳤어요."

애나도 지지 않고 맞받아쳤다.

"누가 할 소리인데 그래?"

재스퍼가 발끈했다.

"당신은 그냥 집에 가서 발 닦고 잠이나 자. 이 사건은 내가 맡을 테니까."

"누구 맘대로? 이 사건은 내가 맡을 거야. 현장에 먼저 도착했으니까."

"당신은 빠져 있는 게 도와주는 거야."

애나는 걸리버 서장에게로 몸을 돌리며 따져 물었다.

"서장님은 누가 먼저 현장에 도착했는지 아시잖아요?"

걸리버 서장은 대답하기 마땅치 않은 표정이었다.

"애나, 자네는 오늘 비번이잖아?"

"비번이 아니라 당직입니다."

"아무튼 이 사건은 재스퍼에게 넘겨."

걸리버 서장이 잘라 말했다.

재스퍼는 득의양양한 미소를 지으며 아파트 건물 안으로 들어갔다.

애나가 강력하게 항의했다.

"지극히 편파적이고 부당한 처사입니다. 재스퍼가 늘 동료를 무시하는 말을 지껄이는데 서장님은 왜 보고만 있죠?"

애나가 따지고 들자 걸리버 서장이 질색했다.

"여긴 사건이 벌어진 현장이야. 지금은 임무수행 중이고, 자네와 입씨름이나 하고 있을 시간이 없어."

걸리버 서장이 새삼 애나의 얼굴을 다시 보더니 호기심을 내비쳤다.

"자네, 오늘 저녁에 데이트 약속이 있었지?"

"왜 그렇게 생각하세요?"

"척 보면 알아. 립스틱을 발랐잖아."

"립스틱은 늘 발라요."

걸리버 서장이 사건현장으로 들어가며 말했다.

"평소보다 진하니까 하는 얘기야. 자, 이제 자네 임무는 끝났으니 돌아가서 데이트나 즐겨."

애나는 누군가 부르는 소리에 놀라 고개를 돌렸다.

《오르피아크로니클》의 편집장 마이클이었다.

"애나, 무슨 사건이죠?"

"나는 사건 담당이 아니라서 말씀드릴 수 없어요."

"조금 전, 몬테인 부서장과 다투는 소리를 들었어요. 너무 조급해하지 마세요. 당신은 앞으로 이 지역 경찰서를 지휘할 사람이잖아요."

"무슨 소리죠?"

"다 알면서 왜 그러세요? 모두들 당신이 오르피아경찰서의 차기 서장이 될 거라 생각하고 있어요."

애나는 그 말에 아무런 대꾸도 하지 않고 몸을 돌려 차를 향해 걸어갔다. 그녀는 방탄조끼를 벗어 뒷좌석에 던져 넣고 차의 시동을 걸었다. 〈카페아테나〉로 다시 돌아가고 싶지 않아 집을 향해 차를 몰았다. 집에 도착한 그녀는 술을 한잔 가득 따라 들고 포치에 나와 앉았다. 밤공기가 포근했다.

애나 캐너

내가 처음 오르피아에 온 날은 2013년 9월 14일 토요일이었다. 뉴욕에서 차로 두 시간밖에 안 걸리는 거리였지만 마치 지구를 가로질러 달려온 느낌이었다. 맨해튼의 마천루 숲을 벗어나 조용한 소도시로 들어서는 동안 사위가 온통 아늑한 석양빛에 물들어 있었다. 차를 타고 중심도로를 거슬러 올라가다가 내가 앞으로 살게 될 동네로 접어들었다. 지나가는 행인들, 푸드 트럭의 아이스크림 기계 앞에 모여선 아이들, 화단을 가꾸는 주민들의 모습이 눈에 들어왔다. 일말의 불안감도 찾아볼 수 없을 만큼 평온한 느낌을 풍기는 동네였다.

마침내 내가 살게 될 집에 도착했다. 새로운 삶의 시작이었다. 이전의 삶에서 남은 것이라고는 몇몇 가구들이 전부였다. 이사대행업체에서 가구들을 미리 실어다놓기로 예정되어 있었다. 출입문을 열고 집안으로 들어가 불을 켰다. 이삿짐을 담은 상자들이 바닥에 그대로 쌓여 있어 아연실색했다. 나는 당혹감을 느끼며 집안 구석구석을 돌아보았다. 방마다 이삿짐이 포장된 상태 그대로 쌓여 있었다.

이사대행업체에 즉시 전화를 걸어 따져 물었더니 직원이 냉랭한 목소리로 대꾸했다.

"계약서를 확인해봤는데 이삿짐을 운송해주는 서비스에 사인했을 뿐 집안정리는 포함되어 있지 않던데요."

눈앞에 뒤죽박죽으로 쌓여 있는 이삿짐을 보고 있자니 울화가 치밀었다. 바깥으로 나와 현관 계단에 주저앉았다. 그때 양 손에 맥주병을 든 남자가 나타났다. 이웃집에 사는 코디 일리노이였다. 코디는 이미 전에도 두 번 마주친 적이 있는 사람이었다. 처음 집을 구하러 왔을 때와 임대차계약서에 서명하고 집안을 둘러보러 왔을 때였다.

"오르피아에 오신 걸 환영합니다."

"고마워요."

나는 시큰둥하게 대답했다.

"기분이 썩 좋아 보이지 않네요."

나는 대답 대신 어깨를 으쓱했다. 코디가 맥주병 하나를 건네며 옆에 걸터앉았다. 코디에게 이사대행업체와 계약이 잘못돼 일이 꼬인 이야기를 털어놓았다. 그가 짐을 푸는 일을 도와주겠다고 나섰다.

잠시 후, 우리는 침실에서 침대를 조립했다.

"이 동네 사람들과 잘 지내려면 어떻게 해야 하죠?"

"내년 여름에 열릴 연극제 때 자원봉사자로 일해 보는 건 어때요? 전국적인 규모의 행사라서 자원봉사자가 많이 필요해요."

코디는 내가 오르피아에 와서 처음으로 사귄 친구로 시내 중심가에서 서점을 운영하고 있었다. 나는 곧 코디가 운영하는 서점을 내 집처럼 드나들게 되었다.

코디가 돌아가고 나서 얼마 후 옷가지를 정리하고 있을 때 전 남편 마크가 전화를 걸어왔다.

"정말 이러기야? 어디로 간다는 말도 없이 뉴욕을 떠나다니 정말 너무 하네."

"작별인사는 오래 전에 했잖아. 용건이 뭐야?"

"그냥 당신과 이야기를 나누고 싶었어."

"우린 이미 끝난 사이라는 걸 받아들여."

마크는 내 말을 못들은 척했다.

"오늘 저녁에 장인어른과 함께 식사했어."

"아버지를 귀찮게 하지 말라고 했잖아."

"장인어른이 먼저 식사하자고 했어."

"가구들을 조립해야 하는데 방법을 몰라 헤매고 있어. 한가하게 당신과 시답잖은 대화나 하고 있을 시간이 없으니까 전화 끊어!"

나는 말을 내뱉고 나서 즉시 후회했다. 눈치 빠른 마크가 물고기를 낚아채듯 지체 없이 달려와 도와주겠다고 할 게 뻔했다.

"내가 가서 도와줄 테니까 기다려."

"안 돼, 절대로 오지 마!"

"두 시간이면 도착해. 당신이 살 집인데 내가 가구 조립을 해주고 싶어."

"오지 말라니까."

나는 일방적으로 전화를 끊고 나서 아예 휴대폰 전원을 꺼버렸다. 마크와 시시콜콜하게 싸우는 것도 지겨웠다.

나는 다음날 아침 현관문 앞에 서 있는 마크를 보고 기겁하듯 놀랐다.

마크가 과장스럽게 웃어 보이며 말했다.

"짐정리를 도와주러 왔어."

"집 주소는 어떻게 알았어?"

"장모님이 가르쳐주셨지."

"다들 너무 하네!"

"당신도 알다시피 장모님은 우리가 다시 합치길 바라시잖아. 손자를 안아보는 게 소원이시래."

"당신 도움은 필요 없으니까 그만 돌아가."

마크의 코앞에서 문을 닫으려는 순간 그가 재빨리 집안으로 들어섰다.

"짐정리만 해주고 돌아갈 테니까 너무 야박하게 그러지 마."

이미 집안으로 들어선 사람을 야멸치게 내쫓을 수도 없었다.

마크는 내 앞에서 유감없이 일솜씨를 발휘했다. 가구를 조립하고, 벽에 그림을 걸고, 샹들리에를 보기 좋게 매달았다.

마크가 드릴로 못을 박다가 문득 생각난 듯 물었다.

"이 집에 혼자 살 거야?"

"난 이곳에서 새 삶을 시작할 거야."

∴

그 다음 월요일에 오르피아경찰서에 처음 출근했다. 아침 8시에 민간인 복장으로 경찰서에 도착해 안내데스크를 찾아갔다.

"범죄신고를 하러 오셨어요?"

담당경찰이 신문에서 눈을 떼지도 않고 물었다.

"아뇨. 경찰서에서 일하게 된 사람인데요."

경찰이 그제야 눈을 들어 나를 빤히 쳐다보더니 호의적인 웃음을 흘렸다. 그가 경찰서 안쪽을 향해 소리쳤다.

"다들 나와 봐요. 앞으로 함께 일할 여자 경찰이 왔어요."

경찰 일개분대가 몰려나오더니 나를 신기한 동물 구경하듯 둘러쌌다.

걸리버 서장이 다가오며 친절하게 손을 내밀었다.

"어서 와요."

모두들 반갑게 맞아주었고, 나는 함께 일하게 될 동료들과 일일이 인사를 나누었다. 동료들은 나에게 관심이 많은 듯 손수 커피를 만들어주며 이것저것 물었다. 동료들 중 하나가 소리쳤다.

"난 이제부터 산타클로스의 존재를 믿을래. 꼴 보기 싫은 영감탱이가 은퇴한 대신 젊고 멋진 여자산타클로스가 왔으니까!"

그 말에 모두들 웃음을 터뜨렸다. 안타깝게도 호의적인 분위기는 그리 오래 지속되지 않았다.

제스 로젠버그

2014년 6월 27일 금요일

연극제 개막 29일전

아침 일찍 오르피아를 향해 차를 몰았다. 어젯밤 스테파니의 아파트에서 발생한 사건을 무시하고 그냥 넘길 수는 없었다. 걸리버 서장은 단순 강도 사건으로 보는 눈치였지만 내 생각은 달랐다. 감식반이 밤늦게까지 현장에 머물며 지문을 채취해보려고 했지만 실패했다. 지문은커녕 작은 단서 하나도 찾아내지 못했다. 내가 기습적인 일격을 당하고 쓰러진 순간을 떠올려볼 때 상대는 분명 남자였다.

스테파니의 행방을 알아내야 하는데 시간이 없어 초조감이 밀려왔다. 오르피아로 가는 17번 도로를 달리는 동안 최대한 가속페달을 밟았다. 경광등이나 사이렌은 켜지 않았다. 시 경계에 세워져 있는 도로표지판을 지나치는 순간 경찰표식을 달지 않은 순찰차 한 대가 갑자기 나타나며 뒤따라 붙었다. 갓길에 차를 세우고 백미러를 통해 경찰제복 차림의 젊은 여자가 차에서 내려 다가오는 모습을 지켜보았다. 그때까지만 해도 나는 그녀가 나를 도와 이 사건에 뛰어들게 되리라는 걸 미처 몰랐다.

여자 경찰이 가까이 다가왔고, 나는 차창을 내리고 경찰배지를 보여주며 겸연쩍게 웃었다.

"제스 로젠버그 반장님이시군요."

여자 경찰이 내 신분증을 확인하고 나서 말했다.

"과속하시던데 긴급 상황이라도 발생했나요?"

"긴급 상황은 아니지만 대체로 시간이 없긴 해요. 어제 벤담로드에서 당신을 봤어요. 스테파니의 아파트에서 괴한에게 당한 경찰이 바로 나였죠."

"오르피아경찰서 부서장인 애나 캐너 경사입니다." 여자 경찰이 자기소개를 했다. "명치를 세게 맞았다던데 괜찮습니까?"

"지금은 괜찮아요. 걸리버 서장은 단순 강도 사건으로 보려고 하던데 내 생각은 달라요."

"걸리버 서장님이 꽉 막힌 사람은 아니니까 다시 한 번 만나서 이야기를 나누어보세요. 사실은 저도 이 사건에 흥미가 있어요."

그 순간 나는 그녀가 우군이 되어 주리라 직감했다.

"커피 한 잔 할까요? 커피를 마시며 무슨 일이 있었는지 전부 이야기해줄게요."

잠시 후, 나는 애나와 함께 도로변 간이식당 테이블에 마주앉았다. 손님들이 없어 이야기를 나누기에 적합했다.

"사실은 주초에 스테파니 메일러 기자가 나를 찾아왔어요. 그녀는 1994년에 오르피아에서 벌어진 4인 살인사건을 재조사하고 있다고 하더군요."

"1994년에 네 사람이 살해당했다고요? 어떤 사건이었죠?"

"시장 일가족과 공원에서 조깅하던 여자가 살해당했어요. 오르피아 연극제가 시작되는 개막일이었고, 범행시각은 개막공연이 막을 올린 저녁이었어요. 그 당시 나와 데렉 스콧이 조를 이루어 그 사건을 수사했어요. 지난 월요일에 스테파니 메일러 기자가 나를 찾아와 그 당시 우리가 잘못된 결론을 내렸다는 거예요. 스테파니는 그 이후 종적을 감추었죠. 내가 어제 스테파니의 아파트에 갔던 이유입니다."

애나는 내 이야기를 듣는 동안 줄곧 흥미를 보였다. 우리는 커피를 마시고 나서 함께 스테파니의 아파트로 갔다. 집 앞에 폴리스라인이 설치돼 있었다. 문은 굳게 잠긴 상태였지만 내게는 스테파니의 부모로부터 받아둔 열쇠가 있었다.

집안은 여전히 뒤죽박죽이었다. 그나마 제 형상을 유지하는 것이라고는 출입문밖에 없었다.

애나에게 말했다.

"스테파니 말고 이 집 열쇠를 가지고 있는 사람은 그녀의 부모밖에 없었다더군요. 부모를 만났을 때 그 얘기를 들었어요. 다시 말해 어제 이 집에 침입했던 자는 스테파니가 지니고 있던 열쇠를 사용해 문을 열었을 공산이 커요."

"괴한이 스테파니의 열쇠를 갖고 있었다면 그녀의 휴대폰도 확보하고 있었을 가능성이 크네요."

"만약 그렇다면 신문사 편집장에게 문자메시지를 보낸 사람이 스테파니 본인이 아닐 수도 있다는 뜻이죠."

나는 바지 뒷주머니에서 봉투를 꺼내 애나에게 내밀었다. 전날 스테파니의 집 우편함에서 가져온 카드사용명세서였다.

"스테파니의 카드사용내역인데 이번 달 초에 로스앤젤레스에 다녀온 뒤로 비행기를 탄 적은 없어요. 만약 스테파니가 자의로 사라졌다면 차량을 이용하고 있다고 봐야겠죠. 스테파니의 차량번호판을 수배해놓았어요. 스테파니가 만약 도로에서 차를 달리고 있다면 곧 고속도로순찰대에 포착되겠죠."

"로젠버그 반장님의 수사 속도를 따라잡는 건 그리 쉬운 일이 아니겠는데요."

그저 내가 듣기 좋으라고 하는 소리 같지는 않았다.

"스테파니의 통화내역과 최근 몇 달 동안의 카드사용내역을 보내달라고 요청해놓았는데 오늘 저녁에 받아볼 수 있었으면 좋겠어요."

애나가 카드사용명세서를 빠르게 훑어보며 말했다.

"스테파니가 마지막으로 카드를 사용한 시점이 지난 월요일 저녁 9시 55분이었어요. 중심가에 있는 식당 〈코디악그릴〉에서 카드를 사용했네요. 그 식당에 가봐야겠어요. 누군가 수상쩍은 뭔가를 봤을 수도 있으니까요."

〈코디악그릴〉은 중심가에 자리하고 있었다. 지배인은 관리 장부를 들여다보더니 지난 월요일 밤에 홀 서비스를 맡았던 직원들이 누군지 알려주었다. 여종업원 하나가 우리가 내민 스테파니의 사진을 보더니 금세 알아보았다.

"월요일에 왔던 손님입니다. 일행 없이 혼자였죠."

"식당을 찾는 손님들이 많았을 텐데 이 여자 손님을 기억하게 된 특이점이 있었나요?"

"이 식당에 처음 온 손님은 아니었어요. 올 때마다 매번 같은 테이블에 앉아 누군가를 기다렸지만 약속 상대가 나타난 적은 한 번도 없었어요."

"월요일에는 어땠나요?"

"저녁 6시경에 왔어요. 영업이 시작된 직후였죠. 시저샐러드와 콜라를 주문했고, 제법 오랫동안 자리에 앉아 있다가 일어났어요."

"그때가 몇 시쯤이었죠? 밤 10시쯤 되었나요?"

"정확한 시각은 모르겠는데 아마도 그쯤 되었을 거예요. 여기까지가 내가 기억하고 있는 전부입니다."

〈코디악그릴〉을 나오다가 우리는 현금자동인출기를 보았다. 옆 건물이 은행이었고, 자동인출기는 건물 외부에 설치되어 있었다.

"은행에서 설치한 감시카메라가 있을 거예요. 월요일에 스테파니의 모습이 찍혔을 수도 있어요."

잠시 후, 우리는 은행의 경비초소에 들어와 있었다. 경비원은 건물 여럿 곳에 설치된 감시카메라의 촬영 시야를 우리에게 보여주었다, 카메라 한 대는 보도를 향해 있었다. 〈코디악그릴〉의 테라스가 눈에 들어왔다. 경비원이 월요일 저녁 6시 이후 영상을 우리에게 보여주었다. 화면에 나타났다가 사라지는 행인들을 주시하던 중 스테파니의 모습이 눈에 잡혔다.

"잠깐 영상을 멈춰 봐요. 스테파니가 있으니까."

경비원이 영상 정지버튼을 눌렀다.

"자, 이제부터는 영상을 느린 속도로 뒤로 돌려봐요."

경비원이 내 말에 따라 동영상을 뒤로 돌렸다.

화면 속 스테파니가 뒷걸음질 쳤다. 입에 물고 있는 담배가 다시 원래의 길이로 돌아오더니 금장라이터로 담뱃불을 붙였다. 스테파니는 여전히 뒷걸음질 치며 보도를 벗어나 파란색 소형승용차로 몸을 밀어 넣었다.

내가 말했다.

"스테파니의 차예요. 파란색 마쓰다 3도어 해치백이죠. 스테파니가 월요일 날 주 경찰본부 주차장에서 저 차에 오르는 모습을 봤어요."

나는 경비원에게 영상을 다시 한 번 재생해달라고 했다. 스테파니가 차에서 내려 담뱃불을 붙이고 몇 모금 빨아들이며 보도 위로 올라가 〈코디악그릴〉를 향해 가고 있었다.

영상을 빨리 감기로 전환하자 스테파니가 카드로 계산한 시점인 밤 9시 55분까지 왔다. 잠시 후 스테파니의 모습이 다시 영상에 나타났다. 그녀는 조급한 걸음걸이로 자동차까지 갔다. 차에 오르기 직전 가방에서 휴대폰을 꺼내는 모습이 보였다. 누군가가 전화를 걸어온 듯했다. 스테파니가 귀에 휴대폰을 댔다가 곧 팔을 내렸다. 통화시간은 매우 짧았고, 말을 하지 않고 듣기만 했다. 스테파니는 전화를 끊고 나서 잠시 운전석에 꼼짝도 하지 않고 앉아 있었다. 차창을 통해 그녀의 자취가 또렷이 보였다. 그녀는 전화번호를 검색하는지 잠시 휴대폰을 들여다보다가 이내 누군가와 다시 짧게 통화했다. 그 이후에도 초조한 표정으로 운전석에 앉아 5분가량 기다렸다. 그러다가 다시 어딘가로 전화를 걸고 통화했다. 이번에는 뭔가 말을 했고, 통화는 20초가량 지속되다가 끝났다. 마침내 그녀는 시동을 걸더니 북쪽 방향으로 차를 몰고 사라졌다.

내가 나지막이 중얼거렸다.

"이 영상이 스테파니의 마지막 모습이네요."

그날 오후, 우리는 스테파니의 친구들을 찾아다녔다. 대부분 스테파니가 태어난 동네인 새그하버에 살고 있었다. 그들 가운데 월요일 이후 스테파니와 연락이 닿은 친구는 없었고, 모두들 그녀의 안위를 걱정하고 있었다. 스테파니의 부모가 일일이 전화를 걸어 딸의 행방을 물어본 탓에 다들 불안감이 팽배해있는 상태였다. 그들은 저마다 휴대폰, 이메일, 페이스북이나 트위터를 통해 스테파니와 연락을 시도해봤다고 했다. 스테파니의 집에까지 찾아가 문을 두드려본 친구도 있었지만 아무도 소식을 들을 수 없었다.

스테파니의 친구들과 이야기를 나누면서 그녀가 매우 성실한 사람이었다는 걸 알게 되었다. 스테파니는 마약을 하거나 술을 폭음하는 일이 없었고, 주변 사람들과의 관계도 원만했다. 부모보다는 주로 친구들에게 속말을 털어놓는다는 것도 알 수 있었다. 한 친구로부터 스테파니가 최근 어떤 남자를 사귀고 있었다는 말을 들었나.

"스테파니가 언젠가 파티에 사귀는 남자를 데려온 적이 있어요. 선이라는 남자였는데 둘 사이의 분위기가 묘했어요."

"묘했다는 게 무슨 뜻이죠?"

"왠지 어울리지 않아 보였다는 뜻입니다."

또 다른 친구는 스테파니가 워커홀릭처럼 일에 빠져 있었다고 했다.

"근래에는 스테파니의 얼굴을 자주 보지 못했어요. 전화하면 늘 일이 많다고 했죠."

"무슨 일을 하느라 바쁜지 말하지 않던가요?"

"그저 바쁘다고 할 뿐 구체적인 얘기는 하지 않았어요."

세 번째 친구는 스테파니가 로스앤젤레스에 다녀온 사실을 알고 있었다.

"스테파니가 보름 전 로스앤젤레스에 다녀왔다고 했어요. 무슨 용무로 갔었는지에 대해서는 말하지 않았어요."

우리가 마지막으로 찾아간 친구는 티모시 볼트라는 남자였다. 그는 지난 일요일 저녁에 스테파니와 만났다고 했다.

"스테파니가 집으로 찾아와 둘이서 한 잔 했어요."

"그날 스테파니가 왠지 초조해하거나 어딘가 모르게 걱정거리가 있어 보이지는 않던가요?"

"전혀 그런 느낌을 받지 못했는데요."

"스테파니는 어떤 친구인가요?"

"명석하고 센스있는 친구인데 한편으로는 끈질기고 고집이 세기도 하죠. 뭔가 한 가지 생각에 몰입하면 끝장을 봐야하는 성격입니다."

"혹시 최근에 어떤 일에 열중하고 있는지 말해주지 않던가요?"

"현재 엄청난 프로젝트를 추진하고 있다고 했어요."

"어떤 종류의 프로젝트라고 하던가요?"

"스테파니는 글을 쓰고 있어요. 맨해튼에서 지내다가 오르피아에 오게 된 것도 조용한 환경에서 글을 쓰기 위해서였죠."

"그래요?"

"스테파니는 언젠가 반드시 유명작가가 되고 싶어 했어요. 그녀는 작년 9월까지 돈벌이 수단으로 어느 문학잡지에서 기자로 일하기도 했어요."

《뉴욕문학리뷰》 말씀이죠?"

"네, 맞아요. 사실 그 일은 생활비를 벌기 위한 방편이었죠. 스테파니는 대학을 졸업하고 나서 햄프턴으로 돌아와 글을 쓰며 살고 싶다고 했어요. 언젠가 스테파니가 '내가 햄프턴으로 돌아와 살기로 결정한다는 건 소설을 쓰겠다는 의미야.'라고 말한 적이 있어요. 스테파니는 여유 있는 시간과 조용한 환경을 원했어요. 뉴욕처럼 복잡한 대도시에서는 글쓰기에 집중하기 힘들었기 때문일 거예요. 나무와 숲이 있는 전원적인 환경을 좋아하는 작가들이 많잖아요."

"스테파니는 주로 어디에서 글을 썼죠?"

"주로 집에서 작업했을 거예요."

"글을 쓸 때 컴퓨터를 이용하던가요?"

"잘 모르겠어요. 그게 중요한가요?"

티모시 볼트의 집을 나오면서 애나는 스테파니의 집에서 컴퓨터를 보지 못했다는 사실을 알려주었다.

"어젯밤에 침입했던 '방문자'가 컴퓨터를 가져갔을지도 몰라요."

새그하버에 온 김에 스테파니의 부모를 만나보러 갔다. 메일러 부부는 션이라는 남자친구에 대해 들어본 적이 없다고 했고, 컴퓨터를 맡겨두지도 않았다고 했다.

우리는 스테파니가 고교 시절까지 사용했던 방을 둘러보게 해달라고 부탁하고 허락을 얻어냈다. 그녀가 고교를 졸업한 이후에는 사용한 적 없는 방이라 말끔히 정돈된 상태였지만 온기가 없었다. 벽에 붙은 몇 장의 포스터, 운동경기에 참가해 받은 트로피, 침대 위에 놓인 헝겊인형들, 학창시절 교과서들이 눈에 들어왔다.

"방을 사용하지 않은 지 오래 되었어요."

트루디 메일러가 말했다.

"스테파니는 대학교에 들어간 이후 줄곧 뉴욕에서 지냈죠. 9월에 《뉴욕문학리뷰》를 그만둘 때까지요."

"스테파니가 오르피아에 집을 얻은 동기가 있을까요?"

나는 티모시 볼트에게서 들은 이야기를 숨기고 슬쩍 물어보았다.

"어제도 말씀드렸지만 뉴욕에서 일자리를 잃고 나서 햄프턴으로 돌아오고 싶어 했어요."

"왜 하필 오르피아에 자리 잡았을까요?"

나는 계속 캐물었다.

"이 지역에서는 아무래도 오르피아가 중심지니까 그랬겠죠."

"스테파니가 뉴욕에서 지낼 때 혹시 누군가와 심한 갈등을 빚은 적이 있습니까?"

"내가 알기로는 없었어요."

"뉴욕에서도 줄곧 혼자 살았습니까?"

"집세를 줄이기 위해 룸메이트와 함께 살았어요. 이름이 앨리스 필모어이고, 《뉴욕문학리뷰》에서 함께 일하는 동료였죠. 우리도 앨리스를 딱 한 번 만난 적이 있어요. 스테파니가 살던 뉴욕 집에서 가구를 실어오려고 갔을 때였죠. 이삿짐이라고 해봐야 고작 작은 가구 서너 개밖에 안 돼 우리가 직접 오르피아까지 실어다주기로 했거든요."

메일러 부부를 만나봤지만 변변한 성과를 거두지 못한 우리는 《오르피아크로니클》지 편집실에 가보기로 했다. 신문사에 스테파니의 컴퓨터가 있는지 확인해볼 생각이었다.

오후 5시, 마이클이 신문사에 도착한 우리를 편집실로 안내했다. 스테파니가 쓰던 자리는 어느새 말끔히 정돈되어 있었고, 책상 위에 컴퓨터 모니터와 키보드, 티슈, 머그컵에 가득 꽂혀 있는 똑같은 종류의 펜들, 메모지 그리고 몇 장의 서류가 놓여 있었다. 재빨리 자리를 둘러보았지만 특별히 시선을 끄는 단서는 없었다.

"스테파니가 신문사에 나오지 않는 동안 누군가 컴퓨터를 사용하지는 않았나요?"

나는 마이클에게 묻고 나서 키보드의 전원버튼을 눌렀다.

"아뇨, 없어요. 직원들이 사용하는 컴퓨터에는 다들 비밀번호가 설정되어 있거든요."

키보드의 전원이 들어오지 않아 버튼을 한 번 더 누르며 마이클에게 물었다.

"누군가 스테파니 몰래 이 컴퓨터에 들어 있는 자료들을 들여다보았을 가능성이 전혀 없다는 뜻이죠?"

"비밀번호를 모르면 컴퓨터를 볼 수 없을 테니까요."

"이 컴퓨터를 경찰서로 가져가 조사해 봐야겠습니다."

"비밀번호가 없으면 컴퓨터를 열지도 못할 텐데 뭘 조사해보겠다는 건지 모르겠네요."

"컴퓨터를 전담해서 조사하는 전문요원들이 있습니다."

나는 컴퓨터 본체를 확인하려고 책상 아래로 몸을 숙였는데 아무엇도 없었다.

"컴퓨터 본체는 어디에 있죠?"

"책상 밑에 있을 텐데요."

"책상 밑에 아무것도 없는데요."

마이클과 애나도 몸을 숙이고 들여다본 결과 책상 아래에는 흐트러져 있는 케이블들밖에 없다는 사실을 확인했다.

마이클이 얼빠진 표정으로 소리쳤다.

"누군가 스테파니의 컴퓨터를 훔쳐갔어요."

오후 6시 30분,《오르피아크로니클》지로 오르피아경찰서와 뉴욕 주 경찰본부 소속 순찰차들이 몰려들었다. 신문사 사옥 안에서는 과학수사대 요원들이 현장 감식 결과를 설명했다. 누군가 사옥 안으로 불법 침입한 흔적이 있다고 했다. 애나, 나, 마이클은 과학수사대 요원을 따라 건물 지하에 있는 기계실로 내려갔다. 잡동사니 보관창고이자 비상출구이기도 했다. 기계실 구석에 있는 문을 열자 경사가 급한 계단이 보였다. 곧장 거리로 나갈 수 있는 계단이었다. 문 바로 옆에 있는 창문의 유리가 깨져 있었다. 누군가 손을 안쪽으로 밀어 넣어 문손잡이를 돌리기 위해 유리창을 깼다는 사실을 알 수 있었다.

"기계실은 평소 잘 사용하지 않나요?"

"자료보관실로 쓰고 있는데, 그다지 들춰볼 일이 없는 자료들을 쌓아두고 있어 평소 발길이 뜸한 곳이죠."

애나가 물었다.

"경보기나 감시카메라도 없습니까?"

"신문사 자금 사정이 어떤지 잘 아시잖아요? 그런 장비를 갖출 여력이 없어요. 만약 돈이 있다면 노후화된 배관 공사부터 시급히 해야 할 겁니다."

과학수사대 요원이 말했다.

"문손잡이에서 지문을 채취해보려고 했지만 온갖 오염물이 묻어 있어 의미 있는 결과를 추출해낼 수 없었습니다. 스테파니가 쓰던 책상에서도 타인의 지문이 묻어 있는지 살펴보았는데 결국 찾아내지 못했죠. 창문을 깨고 기계실 안으로 들어온 범인은 편집실로 올라가 스테파니의 컴퓨터를 훔쳐 달아난 것으로 보입니다."

우리는 편집실로 돌아왔다.

"편집실 기자들 중에서 혹시 누군가 스테파니의 컴퓨터를 훔쳐갔을 가능성은 없을까요?"

마이클이 강하게 부인했다.

"절대로 그럴 리 없어요. 나는 전적으로 기자들을 신뢰합니다."

"만약 외부사람이 범인이라면 스테파니의 컴퓨터가 어디에 있는지 어떻게 알았을까요?"

"난들 어떻게 알겠습니까?"

마이클이 한숨을 푹 내쉬었다.

애나가 물었다.

"아침에 가장 먼저 출근하는 직원이 누구죠?"

"대개는 셜리가 아침 일찍 나와 편집실 문을 열어요."

마이클이 급히 불러온 셜리에게 내가 물었다.

"최근 며칠 동안 아침 일찍 편집실에 들어서면서 뭔가 평소와 다른 느낌을 받았거나 본 적이 있습니까?"

셜리는 처음에는 아무것도 기억나지 않는다고 하다가 한참 동안 생각하더니 비로소 뭔가 떠오른 듯 눈에 생기가 돌았다.

"제 눈으로 직접 본 건 없어요. 다만 화요일 아침에 뉴턴 기자가 말하기를 컴퓨터 전원이 들어와 있다고 하는 거예요. 전날 마지막으로 퇴근하면서 분명 전원을 껐는데 이상하다며 혹시 누군가 몰래 자기 컴퓨터를 켜보려고 한 게 틀림없다면서 얼토당토않게 저를 걸고 넘어지더군요. 뉴턴 기자가 컴퓨터를 끈다고 하면서 깜박 잊어버렸겠죠. 달리 무슨 이유가 있겠어요."

"뉴턴의 자리가 어디죠?"

"스테파니 바로 옆자리예요."

나는 그 컴퓨터의 전원버튼을 눌렀다. 자판에서 지문을 채취하기란 어렵다는 걸 알고 있었다. 컴퓨터는 그 후로도 사용되었을 테니까.

사용자 뉴턴
비밀번호를 입력하세요.

나는 내 추론을 이야기했다.

"편집실에 들어온 침입자는 우선 아무 컴퓨터나 전원을 켜보았을 겁니다. 사용자 이름이 모니터에 뜨는 걸 확인한 그는 결국 스테파니의 컴퓨터를 찾아냈을 테고요."

마이클이 안심한 표정으로 끼어들었다.

"결국 내부 기자들이 저지른 짓이 아니라는 사실이 증명됐네요."

나는 말을 이었다.

"컴퓨터를 훔쳐간 때가 월요일에서 화요일 사이 밤 시간이라는 사실이 중요합니다. 그날 밤에 스테파니가 실종되었으니까요. 스테파니가 작성한 기사를 전부 출력해줄 수 있죠?"

"그야 어렵지 않지만 대체 무슨 일이 일어나고 있는 거죠? 스테파니에게 불상사가 생겼을까요?"

나는 시인했다.

"내 생각에는 상황이 매우 위급합니다."

신문사 편집실을 나오다가 건물 앞에서 걸리버 서장과 오르피아 시장인 앨런 브라운과 마주쳤다. 두 사람은 건물 앞에서 경찰이 무슨 일로 신문사에 출동했는지 알아보고 있는 중이었다. 앨런 브라운이 곧바로 나를 알아보고 마치 유령을 본 사람처럼 화들짝 놀랐다.

"로젠버그 반장이 여긴 웬일입니까?"

"이런 상황에서 다시 만나게 되다니 얄궂은 운명이군요."

"이런 상황이라니, 대체 무슨 일인데요? 뉴욕 주 경찰본부 형사가 단순 강도 사건 때문에 총출동한 건 아닐 테고요."

걸리버 서장이 못을 박듯 말했다.

"이 구역은 내 관할입니다."

내가 말했다.

"실종사건은 주 경찰 소관입니다."

"실종사건이라고요?"

앨런 브라운이 당혹스러운 표정을 지었다.

걸리버 서장이 짜증이 묻어나는 목소리로 목소리를 높였다.

"실종이 아니라니까 그러네요. 실종사건으로 추정할 만한 아무런 단서도 없는데 너무 단정적으로 말하면 안 되잖아요. 자신만만하게 나오는 걸 보니 이미 검찰과는 이야기가 다 되어 있나보군요."

나는 아무런 대답도 하지 않고 자리를 떴다.

그날 밤 새벽 3시, 오르피아 소방본부에 화재신고가 접수되었다. 벤담로드 77번지에 있는 스테파니 메일러의 아파트 주소였다.

데릭 스콧

1994년 7월 30일, 오르피아에서 4인 살인사건이 벌어진 날 저녁이었다. 우리가 오르피아에 도착한 시각은 8시 55분이었다. 중심가 초입부터 사이렌을 켰다. 마침 연극제가 열리는 개막일이라 중심 도로는 차량 진입이 통제되고 있었다. 지역 경찰들이 우리가 펜필드 구역으로 들어가는 길을 열어주었다. 펜필드는 이미 인근에서 총출동한 구급차들에 둘러싸여 있어 주차할 공간이 마땅치 않았다. 경찰대대가 펜필드레인을 둘러싸고 도열해있었고, 뒤편으로 군중들이 호기심 가득한 눈으로 현장을 주시하며 웅성거렸다. 사람들은 흥미로운 구경거리를 놓칠 수 없다는 듯 계속 몰려들고 있었다.

형사들 가운데 제스와 내가 가장 먼저 현장에 도착했다. 오르피아경찰서의 커크 하비 서장이 우리를 맞이하기 위해 다가왔다.

"뉴욕 주 경찰본부 소속인 데릭 스콧 형사입니다. 이 친구는 저와 조를 이뤄 활동하는 제스 로젠버그 형사이고요."

나는 서장에게 인사를 건네며 경찰 배지를 내보였다.

"오르피아경찰서장 커크 하비요."

자기소개를 하는 커크 하비의 얼굴에 안도감이 비쳤다. 골치 아픈 사건을 떠넘기게 되어 안심한 표정이었다.

"솔직히 이번 사건은 우리 능력 밖입니다. 우리는 강력사건을 다

뭐본 경험이 없거든요. 도살장도 아니고, 사람을 넷이나 죽이다니, 이거야 원."

경찰들이 사방으로 바삐 뛰어다녔다. 이런저런 지시와 명령을 전달하는 소리가 허공에서 메아리쳤다. 나는 현장에 출동한 경찰들 가운데 계급이 가장 높았으므로 지휘를 맡기 위해 커크 하비 서장을 재촉했다.

"오르피아에서 외부로 통하는 모든 도로를 즉시 봉쇄해야 합니다. 모든 도로에 바리케이드를 설치하세요. 고속도로경찰대와 주 경찰 부대에도 추가로 지원 병력을 요청하겠습니다."

우리가 서 있던 지점에서 20여 미터 떨어진 거리에 한 여자의 시신이 있었다. 트레이닝복 차림이었고, 시신 주변이 온통 피 웅덩이를 이루고 있었다. 제스와 나는 시신을 향해 천천히 다가갔다. 시신을 지키고 있던 경관이 우리에게 말했다.

"시신을 최초로 발견한 사람은 살해된 여자의 남편입니다. 현재 구급차에 타고 있으니까 만나보길 원하신다면 즉시 불러줄 수 있습니다. 집안 현장은 더욱 끔찍합니다. 아이와 애 엄마까지 잔혹하게 살해했더군요."

경관이 손을 들어 집을 가리켜 보였다.

제스와 나는 즉시 집을 향해 걸어갔다. 직선거리로 가로질러 가려고 잔디밭으로 들어섰다가 4센티미터쯤 고인 물에 신발이 흠뻑 젖어들었다.

"빌어먹을! 신발이 물에 흠뻑 빠졌어. 비가 오지 않은 지 벌써 몇 주 째인데 왜 여기에 물이 잔뜩 고여 있지?"

내가 불만스럽게 말하자 집 앞에서 경계를 서던 경관이 설명해 주었다.

"스프링클러의 노즐이 부러지는 바람에 물바다가 되었습니다. 물이 세지 않게 할 방법을 찾고 있는 중입니다."

내가 지시했다.

"현장에는 절대로 손을 대지 말아요. 과학수사대가 모든 작업을 마칠 때까지 현장을 그대로 보존해야 합니다. 잔디밭 양편에 경찰 부대를 배치시켜 통행자들이 포석 이외에는 아예 발을 딛지 못하게 해주세요. 잔디밭의 물을 밟고 들락거려 현장을 훼손해서는 안 됩니다."

나는 현관 계단에 신발을 문질러 흙을 털어내고 나서 집안으로 들어갔다. 누군가 출입문을 발로 세게 걷어찬 듯 부서져 있었다. 정면으로 보이는 복도에 한 여자가 총에 난사당해 쓰러져 있었다. 여자의 시신 옆에 반쯤 짐을 넣은 여행용캐리어가 있었고, 내용물이 다 보이도록 열려 있었다. 복도 오른편 작은 거실에 열 살쯤으로 보이는 남자아이가 총을 여러 발 맞고 숨져 있었다. 아이가 커튼을 움켜쥐고 쓰러져 있는 것으로 보아 범인을 피해 몸을 숨기려다가 변을 당한 듯했다. 주방에는 사십대로 보이는 남자가 피 웅덩이를 이룬 가운데 쓰러져 있었다. 범인을 피해 달아나다가 그 지점에서 쓰러진 것으로 추정되었다.

피비린내와 더불어 집안에 가득 들어찬 시신 냄새를 견디기 어려웠다. 제스와 나는 달음박질치듯 집밖으로 나왔다. 우리는 방금 목격한 참혹한 장면에 충격을 금할 수 없었고, 둘 다 얼굴이 납빛이 되었다. 차고로 내려가 고든 시장의 차를 점검했다. 차 트렁크에도 여행캐리어와 짐들이 실려 있었다. 고든 시장이 가족들과 어디론가 떠나려다가 살해된 게 분명했다.

정장 차림의 젊은 부시장 앨런 브라운은 무더운 날씨라 땀에 흠

뺙 젖어들어 있었다. 그는 중심가를 메우고 있는 군중들을 헤집고 달려왔다고 했다. 연극개막공연이 열리는 대극장에 있다가 사건 소식을 들었고, 중심도로를 가득 채운 인파 때문에 차를 이용할 수 없어 펜필드크레센트까지 뛰어왔다고 했다.

우리는 하비 서장과 이야기를 나누는 중이었다.

브라운 부시장이 하비 서장에게 물었다.

"고든 시장님과 일가족이 살해당했다던데 사실입니까?"

"안타까운 일이지만 사실입니다."

하비 서장이 무거운 목소리로 대답했다. 그가 고든 시장의 자택을 턱짓으로 가리키며 말을 이었다.

"가족 세 사람이 총에 난사 당해 살해되었어요."

하비 서장이 우리를 브라운 부시장에게 소개했다.

브라운 부시장이 우리에게 물었다.

"뭔가 단서를 찾았습니까?"

제스가 대답했다.

"과학수사대 요원들이 증거 확보 작업을 하고 있으니 좀 더 기다려봐야 합니다. 연극제 개막일 저녁을 노린 계획적인 범행으로 보입니다."

"고든 시장님과 가족들에 대해 잘 아는 자의 소행일까요?"

"미리 넘겨짚지 마세요. 고든 시장은 그 시각에 연극개막공연이 열리는 대극장에 있어야 마땅한데 집에 있었습니다. 그 부분이 현재 가장 큰 의문입니다."

"고든 시장님은 7시에 대극장에 오시기로 되어 있었습니다. 약속 시간이 지나도 오지 않아 집으로 전화했는데 받지 않더군요. 어쩔 수 없이 제가 개막 인사를 할 수밖에 없었습니다. 개막작을 보던 중 막간에 참사 소식을 전해 듣고 달려오는 길입니다."

하비 서장이 말했다.

"고든 시장의 차에 여행캐리어가 실려 있었어요. 고든 시장이 가족들을 데리고 어딘가로 떠나려 했던 것 같은데, 혹시 아는 게 있습니까?"

"고든 시장님이 시에서 주최한 연극제 행사가 열리는 와중에 자리를 비우고 어딘가로 떠나려고 했다니요?"

이번에는 내가 나섰다.

"그 이유가 뭔지 곧 밝혀지겠죠. 혹시 근래에 고든 시장이 누군가로부터 협박당하거나 화를 당할까봐 초조해하는 기색을 보이지는 않던가요?"

"아니, 전혀요. 그나저나 제가 직접 집안을 둘러보면 안 될까요?"

하비 서장이 브라운 부시장을 만류하고 나섰다.

"현장이 변질되면 안 됩니다. 게다가 집안이 온통 피 칠갑입니다. 아이는 거실에, 부인 레슬리는 복도에, 고든 시장은 주방에 쓰러져 있는데 피 냄새가 역해요."

브라운 부시장은 큰 충격을 받은 듯 잠시 멍한 표정을 짓다가 별안간 다리에 힘이 쑥 빠진 듯 보도에 주저앉았다. 브라운 부시장의 눈길이 흰색 천으로 덮여있는 시신에 머물렀다.

브라운 부시장이 눈앞의 시신을 가리키며 물었다.

"저기 있는 시신은 뭡니까?"

내가 대답했다.

"메간 패들린이라는 여성인데 조깅을 하다가 범인과 마주치는 바람에 당한 것 같아요."

브라운 부시장이 두 손으로 얼굴을 감싸며 중얼거렸다.

"악몽이야."

그때 걸리버 부서장이 다가오더니 브라운 부시장에게 말했다.

"누군가 기자들 앞에 나서서 브리핑을 해줘야 할 것 같은데요."

브라운 부시장이 얼굴이 납빛이 되어 웅얼거렸다.

"나는 지금 기자들을 상대할 정신이 없어요."

하비 서장이 말했다.

"당신이 이제 시장 대행이니까 언론을 상대해야죠."

제스 로젠버그

2014년 6월 28일 토요일

연극제 개막 28일전

아침 8시, 오르피아 시가 서서히 잠을 깨며 기지개를 켜는 동안 벤담로드에 소방차들이 몰려와 북새통을 이루었다. 스테파니가 살던 아파트는 이제 시커멓게 그을린 골조만 남아 연기를 피워 올렸다. 애나와 나는 보도에 서서 화재현장 주변을 분주히 오가는 소방관들을 바라보고 있었다. 그들은 호스를 거두어들이며 소방장비들을 철수시키고 있었다.

소방대장이 다가오더니 말했다.

"방화사건이 분명하고, 사상자는 없습니다. 2층에 사는 사람이 집안에 있다가 불이 난 사실을 발견하고 화재신고를 했죠."

우리는 소방대장을 따라 아파트 건물 안으로 들어갔다. 소방대장이 아직 연기가 가시지 않은 계단을 앞장서서 올라갔다. 3층이 스테파니가 살던 아파트였다.

애나가 물었다.

"소방관들이 문의 잠금장치를 부수지 않고 어떻게 집안으로 들어갈 수 있었죠?"

소방대장이 말했다.

"우리가 도착해보니 문은 처음부터 활짝 열려 있었습니다."

내가 말했다.

"방화범이 아파트 열쇠를 가지고 있었을 공산이 크군요."

애나가 진지한 표정으로 나를 바라보았다.

"지난 목요일 밤에 침입했던 자가 불을 지른 것 같아요."

나는 계단을 끝까지 올라가 집안을 들여다보았다. 가구, 벽지, 액자, 책들이 모두 잿더미가 되어 있었다. 방화범의 목적은 집 안에 있는 모든 물건을 태워버리는 것인 듯했다.

집안을 둘러보고 내려와 보니 몸에 담요를 두른 2층 남자 브랫멜쇼가 맞은편 건물 계단에 앉아 커피를 마시고 있었다. 화염으로 검게 그을린 아파트 건물이 정면으로 마주보이는 위치였다.

〈카페아테나〉 주방장인 그가 말했다.

"밤 11시 30분쯤 일을 마치고 집으로 돌아왔어요. 샤워를 하고 나서 잠시 TV를 보다가 소파에서 잠들었죠. 새벽 3시쯤 설핏 잠에서 깨어났는데 소스라치게 놀랐어요. 실내에 연기가 자욱하더군요. 위층에서 불이 났다는 걸 알아채고 달려 내려와 화재신고를 했죠. 스테파니에게 문제가 생겼습니까?"

"누가 스테파니 얘기를 하던가요?"

"다들 그러던데요. 오르피아는 좁은 곳이거든요."

"스테파니와 친한 사이였나요?"

"오가다가 마주치면 서로 인사하는 정도였어요. 우리는 활동하는 시간대가 많이 달랐죠. 스테파니는 작년 9월에 이사 왔는데 호감 가는 인상이었죠."

"혹시 스테파니가 곧 여행을 떠날 거라는 말을 하지 않던가요?"

"우리는 그런 이야기를 나눌 만큼 가깝지 않았어요."

"이웃이니까 화분에 물주는 거나 우편물을 챙겨달라는 부탁 정도는 할 수 있잖아요?"

"스테파니는 그런 부탁을 한 적이 없습니다."

그러다가 별안간 브랫 멜쇼의 눈이 반짝였다.

"깜박 잊을 뻔했는데 스테파니가 며칠 전 밤에 경관과 말다툼을 벌인 적이 있어요."

"언제요?"

"지난 주 토요일 밤에요."

"무슨 일 때문이었죠?"

"자정 무렵 식당 일을 마치고 집으로 걸어오고 있었는데 아파트 건물 앞에 경찰차 한 대가 서 있었어요. 지나치면서 보니 스테파니가 차에 탄 경관과 말다툼을 벌이고 있더군요. 스테파니가 '그 일을 해줄 수 없다고 해도 당신을 좋아해.'라고 하자 경찰이 '당신과 더는 얽히고 싶지 않아. 또 다시 전화하면 고발할 거야.'라고 말하고는 차의 시동을 걸고 떠나버렸어요. 스테파니는 잠시 그대로 서 있었는데 많이 상심한 표정이었죠. 스테파니가 먼저 집으로 올라갈 때까지 길모퉁이에 서서 기다렸어요. 내가 다투는 장면을 보았다는 사실을 알게 되면 그녀의 마음이 불편할 수도 있으니까."

애나가 물었다.

"오르피아경찰서 소속 순찰차던가요? 아니면 뉴욕 주 경찰이나 고속도로순찰대 소속이었나요?"

"어두워서 자세히 보지는 못했습니다."

브라운 시장이 불쑥 나타나는 바람에 우리는 대화를 중단했다. 그가 내 눈앞에 《오르피아크로니클》지 한 부를 펼쳐 보이며 화난 목소리로 물었다.

"로젠버그 반장님도 신문을 봤죠?"

신문 1면에 스테파니의 사진이 실려 있었고, 다음과 같은 제목이 박혀 있었다.

이 젊은 여기자는 어디로 사라졌는가?

《오르피아크로니클》지의 스테파니 메일러 기자가 월요일 이후 종적이 묘연하다. 이 젊은 여성의 실종과 관련해 수상한 사건들이 연이어 벌어지고 있어 뉴욕 주 경찰이 수사에 착수했다.

내가 말했다.

"나는 이 기사가 난 걸 전혀 몰랐어요."

브라운 시장이 거칠게 말했다.

"기사가 난 걸 알았든 몰랐든 당신 때문에 이 모든 사달이 벌어지고 있잖아요."

나는 화염으로 그을린 건물 쪽으로 시선을 돌렸다.

"현재 오르피아에서 벌어지고 있는 일들이 모두 내 탓이라는 말입니까?"

"지역 경찰이 충분히 해결할 수 있는 일을 뉴욕 주 경찰이 개입해 소란을 피우고 있어서 하는 말입니다. 오르피아는 현재 재정상태가 좋지 않아요. 오르피아 시민들 모두가 이번 휴가기간과 연극제를 기폭제로 삼아 지역경제를 일으켜보려고 애쓰고 있습니다. 수상한 사건이 발생하면 관광객들이 불안감을 느껴 찾아올 리 만무하잖아요."

"스테파니 실종사건은 매우 중대한 문제로 비화될 수도 있어요."

"당신은 첫 단추를 잘못 끼웠습니다. 걸리버 서장 말로는 스테파니의 차가 월요일부터 보이지 않았다고 하던데 어디론가 여행을 떠났을 수도 있잖아요. 로젠버그 반장님, 당신은 돌아오는 월요일에 옷을 벗기로 했다면서 왜 스테파니 문제에 그토록 집착하죠?"

애나의 표정이 갑자기 바뀌었다.

"로젠버그 반장님, 정말 다음 주 월요일에 옷을 벗게 됩니까?"

"이 사건의 진상이 명명백백하게 밝혀지기 전에는 옷을 벗지 않을 테니까 걱정하지 말아요."

애나와 함께 벤담로드를 떠나 오르피아경찰서로 가고 있을 때 맥케나 과장으로부터 전화가 걸려왔다. 나는 브라운 시장이 얼마나 발이 넓은 사람인지 실감했다.

"오르피아의 브라운 시장이 내게 전화해 성화를 부렸어. 그가 말하길 자네가 괜히 여기저기 들쑤시고 다니며 불안감을 조장하고 있다던데 사실이야?"

"스테파니 메일러 기자가 실종되었는데 아무래도 1994년에 벌어졌던 고든 시장 일가족 살해사건과 연관이 있어 보입니다."

"이미 종결된 사건을 들쑤시고 다녀봐야 무슨 소득이 있다고 그러나? 그 사건을 맡아서 해결했던 사람이 바로 자네 아닌가?"

"당시 수사 때 뭔가 착오가 있었다면 지금이라도 바로 잡아야죠."

"무슨 뚱딴지같은 소리야?"

"스테파니 메일러 기자는 1994년 사건을 재조사하다가 실종되었습니다. 그 사건을 다시 들여다봐야 할 것 같아요."

맥케나 과장의 목소리에 역정이 묻어났다.

"브라운 시장이 말하길 자네가 구체적인 물증도 없으면서 일을 벌이고 다닌다는 거야. 자네 덕분에 나도 토요일을 망치고 있어. 퇴임을 이틀 앞두고 평지풍파를 일으켜봐야 좋을 게 없잖아?"

내가 가타부타 대답이 없자 맥케나 과장이 다소 누그러진 목소리로 말을 이었다.

"이번 주말에 나는 가족들과 함께 챔플레인 호수로 여행을 떠나기로 했어. 휴대폰은 집에 놓아두고 떠날 생각이니까 내일 밤까지 연락이 닿지 않을 거야. 내가 월요일 아침에 출근하기 전까지 스테파니 메일러 기자가 실종된 사건에 대해 확실히 정리가 되어 있길 바라네."

"무슨 말씀인지 잘 알겠습니다."

나는 오르피아경찰서 애나의 사무실에서 지금껏 찾아낸 자료들을 마그네틱보드에 정리하기 시작했다.

"편집실에 있던 스테파니의 컴퓨터를 도난당한 시점은 월요일에서 화요일 사이로 보여요. 누군가 스테파니의 아파트에 침입한 날은 목요일 밤이고, 어젯밤에는 화재사건이 발생했어요."

애나가 내게 커피를 내밀며 물었다.

"로젠버그 반장님, 그 사건들의 연결고리가 뭘까요?"

"하나같이 스테파니와 밀접하게 관련되어 있잖아요. 편집실에 있던 컴퓨터를 훔쳐가 뒤져봤지만 별로 건져낸 게 없자 그녀의 아파트를 샅샅이 뒤졌겠죠. 아파트에서도 별 성과를 얻지 못하자 다음날 위험을 무릅쓰고 다시 찾아와 불을 지른 겁니다."

나는 어제 뉴욕 주 경찰본부에 부탁해 뽑아둔 스테파니의 휴대폰 통화내역과 은행계좌 명세서를 책상 위에 꺼내놓으며 말했다.

"스테파니가 〈코디악그릴〉에서 나온 직후 통화한 사람이 누군지 알아봅시다."

나는 스테파니의 마지막 통화내역을 살펴보았다.

스테파니가 밤 10시 3분에 전화를 받은 기록이 있었다. 이어서 동일한 번호로 두 번 연거푸 전화를 걸었다. 발신 시각은 각각 10시 5분과 10시 10분이었다. 첫 번째 통화는 곧바로 끊겼고, 두 번째 통화는 20초간 지속되었다.

애나가 컴퓨터 앞에 앉았고, 10시 3분에 스테파니에게 전화한 번호를 불러주었다. 스테파니와 통화한 상대를 찾아내려는 시도였다.

애나가 소리쳤다.

"맙소사!"

나는 컴퓨터 화면을 들여다보며 물었다.

"뭐죠?"

"〈코디악그릴〉에 설치된 공중전화 번호였어요."

"누군가 〈코디악그릴〉에 있다가 스테파니가 나간 직후 전화를 걸었다는 뜻이잖아요."

의외의 결과였다.

"스테파니가 누군가를 기다리고 있는 동안 어떤 사람이 그녀를 줄곧 지켜보고 있었던 거예요."

스테파니가 마지막으로 통화한 전화번호에 밑줄을 그었다. 그 번호를 애나에게 불러주고 마찬가지 방식으로 검색해보았다.

애나는 컴퓨터화면에 뜬 이름을 보고 나서 아연실색했다. 그녀가 창백해진 얼굴로 나를 쳐다보며 물었다.

"이럴 수가? 혹시 오류 아닐까요?"

애나는 내게 전화번호를 다시 불러달라고 하고 나서 다급하게 자판을 두드렸다.

나는 컴퓨터로 다가가 화면에 뜬 이름을 보았다.

"션 오도넬? 아는 사람입니까?"

애나가 망연자실한 표정으로 말했다.

"션 오도넬은 오르피아경찰서 소속 동료입니다."

∴

스테파니의 통화내역을 확인한 걸리버 서장은 순찰 중인 션 오도넬을 경찰서로 불러들였다. 내가 걸리버 서장과 애나를 대동해 조사실로 들어서자 션이 엉거주춤한 자세로 몸을 일으켰다.

션이 걱정스러운 목소리로 물었다.

"무슨 일이죠?"

걸리버 서장이 대답했다.

"로젠버그 반장이 자네에게 물어볼 말이 있나 봐."

걸리버 서장과 나는 테이블을 사이에 두고 션과 마주앉았다.

애나는 몇 걸음 물러나 벽에 등을 기대고 섰다.

내가 말했다.

"자네가 월요일 밤에 스테파니 메일러에게 전화한 사실을 알고 있어. 스테파니는 자네와 마지막으로 통화하고 나서 사라진 거야."

션이 머리카락을 두 손으로 감싸 쥐며 신음하듯 말했다.

"스테파니와 한때 잠시 사귀었어요. 어느 바에서 처음 스테파니를 발견하고 먼저 다가갔죠. 그때만 해도 스테파니의 반응은 미지근했어요. 내가 끈질기게 한잔 사겠다고 하자 결국 받아들이더군요. 스테파니와 이야기를 나누다가 계속 반응이 시큰둥해 더는 진도를 나가기 어렵겠다는 생각이 들었어요. 그런데 제가 오르피아 경찰서에서 근무한다는 말을 하자 스테파니의 태도가 갑자기 달라지더군요. 우리는 서로 전화번호를 교환하고 가끔씩 만나게 되었어요. 2주 전에는 처음으로 동침도 했지만 거기까지였죠. 저는 스테파니와 더 이상 만나고 싶지 않았어요."

내가 물었다.

"왜 그런 생각을 하게 되었지?"

"스테파니는 저라는 남자보다 경찰서의 수사기록보관실에 관심이 더 많았어요."

"수사기록보관실?"

"보름 전 처음으로 침대에서 같이 자고 나서 한다는 얘기가 수사기록보관실에 들여보내달라는 겁니다. 하룻밤 자주었으니 이제 저도 그녀의 요구를 들어주어야 한다는 식이었죠. 스테파니가 저를 이용하려는 태도에 크게 상처 받았고, 다시는 만나지 않겠다고 선언하고 그녀의 집을 나왔어요."

걸리버 서장이 물었다.

"스테파니가 수사기록보관실에 관심을 보이는 이유가 궁금하지 않던가?"

"당연히 궁금했지만 꼬치꼬치 캐묻지는 않았습니다. 저를 이용하려던 여자였으니까요. 스테파니를 진심으로 좋아했기에 큰 상처를 받았습니다."

내가 물었다.

"그 일이 있은 이후 스테파니를 만난 적은 없었나?"

"지난 토요일에 한 번 더 만났습니다. 그날 밤 스테파니가 여러 번 전화했지만 받지 않았죠. 그러다 말겠지 했는데 계속 전화가 오더군요. 어찌나 짜증이 나던지 그녀의 집 앞에서 보자고 했죠. 차에서 내리지도 않고 차창만 내린 상태로 그녀에게 한 번만 더 전화하면 스토킹으로 간주해 고발하겠다고 했어요. 스테파니는 제발한 번만 꼭 도와달라고 했지만 저는 그 말을 믿을 수 없었습니다."

"스테파니가 어떤 말을 하던가?"

"스테파니는 1994년에 일어난 어떤 사건의 수사기록을 봐야한다고 했습니다. 처음부터 단추를 잘못 끼우는 바람에 엉뚱한 결론이 도출되었다면서요. '수사가 잘못된 가운데 종결되었어. 수사기록을 살펴보면 무엇이 잘못되었는지 실마리를 찾을 수 있을 거야.'리고요. 스테파니는 갑자기 손을 들어 올리더니 무엇이 보이냐고 물었습니다. 제가 '손이 보여.'라고 했더니 스테파니가 '당신은 눈에 보이는 그대로가 아니라 보고 싶은 것만 보는 거야.'라고 하더군요. 스테파니가 여전히 저를 깔보고 무시한다는 생각이 들어 그녀를 거리에 내버려두고 차를 출발시켰죠. 더 이상 스테파니의 노리개가 되고 싶지 않았습니다."

내가 물었다.

"그 이후 스테파니를 만난 적이 없다는 건가?"

"그 이후로는 스테파니와 연락한 적 없습니다."

나는 잠시 입을 다물고 있다가 손에 쥔 패를 내보였다.

"월요일 밤에 자네가 스테파니와 통화한 적이 있다는 사실을 알고 있어. 바로 그날 밤, 스테파니가 실종되었지."

"맹세코 스테파니와 통화한 적이 없습니다."

나는 스테파니의 통화내역을 그의 눈앞에 들이댔다.

"자, 이렇게 20초간 통화한 기록이 남아 있는데 부인할 건가?"

"스테파니가 월요일 밤에 두 번 전화했지만 받지 않았습니다. 그러자 음성사서함에 메시지를 남겼더군요. 아마도 통화내역에 나와 있는 기록은 음성메시지였을 겁니다."

확인해본 결과 선이 말한 대로였다. 그의 휴대폰에 월요일 밤 10시에 받은 20초 길이의 음성메시지가 남아있었다. 재생버튼을 누르자 휴대폰 스피커에서 스테파니의 목소리가 흘러나왔다.

선, 급한 일이야. 제발… (침묵) 선, 난 지금 겁이 나. 정말이지 몹시 겁이 나.

스테파니의 목소리에 두려움이 배어 있었다.

"처음에는 음성메시지를 듣지 않았습니다. 저를 이용하기 위해 연극을 꾸미고 있다고 생각했으니까요. 화요일에 스테파니의 부모가 경찰서를 방문해 실종신고를 하고 나서야 음성메시지를 재생해보았습니다."

"왜 그 사실을 아무에게도 알리지 않았지?"

"한편으로는 스테파니가 잘못되었을까 봐 두렵기도 하고, 제 자신이 부끄럽기도 했어요."

"스테파니가 자네에게 신변에 위협을 느낀다고 말한 적 있나?"

"겁이 난다는 말을 한 건 처음이었습니다."

"월요일 밤 10시경, 스테파니가 전화했을 때 자네는 어디에서 무얼 하고 있었는지 말해보게."

"이스트햄프턴의 바에 있었습니다. 친구가 바의 지배인이라 가끔 가서 어울려 노는 곳입니다. 그날 밤에도 새벽까지 바에서 친구들과 어울렸어요. 필요하다면 같이 놀았던 친구들의 이름을 댈 수도 있습니다."

선이 저녁 7시부터 새벽 1시까지 바에 머물렀다는 사실은 여러 증인을 통해 확인할 수 있었다. 애나의 방에 있는 마그네틱보드에 스테파니의 실종이 내게 던진 수수께끼를 적어보았다.

1994년 사건 당시 눈앞에 있었지만 보지 못한 건 무엇인가?

애나와 나는 수사기록보관실로 갔다. 놀랍게도 1994년 4인 살인 사건의 수사기록이 담긴 파일이 모두 사라지고 없었고, 누렇게 변색된 종이 한 장만이 남아 있었다. 종이에 타자기로 친 문구가 적혀있었다.

여기서 '다크 나이트(Dark Night)'가 시작된다.

마치 보물찾기놀이의 개시를 알리는 문구 같았다.

∴

우리가 손에 쥔 유일한 단서는 스테파니가 〈코디악그릴〉에서 나온 직후 걸려온 전화 한 통이었다. 우리는 〈코디악그릴〉에 가서 전날 이야기를 나눈 여종업원을 다시 만났다.

"공중전화가 어디에 있죠?"

여종업원이 대답했다.

"카운터 전화기를 써도 돼요."

"이 식당 어디에 공중전화가 설치되어 있죠?"

여종업원은 홀을 가로질러 식당 뒤편으로 우리를 안내했다. 화장실과 현금인출기를 지난 자리에 공중전화부스가 있었다.

애나가 식당 천장을 살펴보며 물었다.

"혹시 감시카메라가 있나요?"

"식당 내부에는 감시카메라가 없습니다."

"공중전화를 사용하는 손님들이 더러 있나요?"

"간혹 공중전화가 어디 있는지 묻는 분들은 있었지만 실제로 사용했는지는 모르겠어요."

그 순간 애나의 휴대폰이 울렸다. 바닷가 부근에서 스테파니의 차가 발견되었다는 연락이었다.

∴

애나와 나는 오션로드를 따라 전속력으로 달려갔다. 오르피아의 중심가에서 해변으로 나가는 도로였다. 해수욕장 입구에 넓은 원형 주차장이 있었다. 주차장에서 백여 미터 떨어진 지점 갓길에 경찰차 한 대가 서 있었고, 밖으로 나온 경관이 우리를 향해 손을 흔들었다. 나는 경찰차 뒤편에 차를 댔다. 그 지점에서부터 숲으로 이어지는 비포장도로가 있었다.

경관이 우리에게 설명했다.

"숲에서 산책하던 사람이 으슥한 숲에 세워져 있는 차를 발견해 신고했습니다. 화요일부터 줄곧 세워져 있었던 것 같아요. 신고자는 마침 오늘 아침 신문에서 스테파니 메일러 실종사건 기사를 본 기억이 떠올라 신고했답니다. 차량번호를 조회해보았는데 스테파니 메일러의 차가 맞습니다."

우리는 스테파니의 차가 세워져 있는 숲으로 이동했다. 후미진 곳이라 사람들 눈에 쉽게 띄지 않을 듯했다. 은행의 감시카메라에 잡힌 파란색 마쓰다였다. 차 문은 굳게 잠겨 있는 상태였다. 나는 라텍스장갑을 착용하고 차를 따라 한 바퀴 돌며 내부를 살펴보았다.

애나가 큰소리로 말했다

"설마 스테파니가 차 트렁크 안에 들어있지는 않겠죠?"

경관이 노루발장도리를 가져다주었다. 트렁크의 홈에 노루발장도리를 끼우고 서서히 힘을 가했다. 애나는 몹시 긴장되는 듯 숨을 죽였다. 트렁크가 열리는 순간 나도 모르게 움찔하며 한 걸음 뒤로 물러섰다.

"트렁크에는 아무도 없어요. 일단 과학수사대를 부릅시다. 이제 브라운 시장이나 걸리버 서장도 더는 시큰둥하게 받아들일 수 없을 것 같네요."

후미진 숲에서 스테파니의 차가 발견되면서 사건은 전혀 다른 국면으로 접어들었다. 브라운 시장과 걸리버 서장이 소식을 듣고 현장으로 달려왔다. 브라운 시장은 비로소 사태의 중요성을 인지한 듯 심각한 표정을 지었고, 걸리버 서장은 오르피아경찰서 병력만으로는 실종자 수색작업을 감당하기 어렵다고 판단해 인근 경찰서들에 지원을 요청했다.

한 시간 후, 오션로드 중간 지점부터 해변 주차장까지 차량 출입이 봉쇄되었다. 오르피아는 물론 인근 지역 경찰병력이 총동원돼 수색작업에 착수했고, 뉴욕 주 경찰 순찰대도 지원에 나섰다. 호기심에 사로잡힌 구경꾼들이 경찰통제선 부근까지 꾸역꾸역 몰려들었다.

흰색 방염복 차림의 과학수사대 요원들이 스테파니의 차와 주변 일대를 샅샅이 체크하며 분주하게 움직였다. 탐지견과 함께 수색작업에 나선 책임자가 숲 사이에 난 길을 지목하며 말했다.

"탐지견들이 저 길을 따라 이 지점까지 왔습니다."

산책을 하는 사람들이 해변에서 숲으로 들어갈 때 이용하는 지름길이었다.

"탐지견들은 현재 제가 서 있는 이 지점에서 멈췄고, 냄새를 놓친 듯 제자리를 맴돌았습니다."

탐지견 책임자는 말 그대로 주차장 한가운데에 서 있었다.

내가 물었다.

"개들이 그 자리에 멈춰선 건 뭘 의미하죠?"

"실종자가 바로 이 지점에서 차에 올랐다는 뜻입니다."

브라운 시장이 내게로 몸을 돌려 물었다.

"로젠버그 반장님은 어떻게 생각하십니까?"

"누군가 이 지점에서 스테파니를 기다리고 있었겠죠. 아마도 사전에 서로 약속이 되어 있었을 겁니다. 〈코디악그릴〉에서 누군가 스테파니를 줄곧 지켜보고 있었죠. 스테파니가 식당 문을 나서자 공중전화로 그녀에게 전화를 걸어 해변에서 만나자고 약속했을 가능성이 큽니다. 스테파니는 가급적 공개된 장소에서 만날 생각이었는데 인적이 드문 해변으로 가야만 하는 상황이 된 겁니다. 잘 아시다시피 그 시각에는 해변을 오가는 사람이 없습니다. 스테파니는 도움을 청하려고 션에게 전화를 걸었지만 받지 않았습니다. 고심 끝에 해변 근처 숲속 길에 차를 세웠습니다. 스테파니는 왜 차를 주차장에 세우지 않고, 숲 속에 세웠을까요? 그 이유가 뭔지는 아직 분명하지 않습니다. 그녀는 차문을 걸어 잠그고, 주차장까지 걸어와 상대의 차에 올랐습니다. 그녀는 어디로 갔을까요?"

한동안 모두들 입이 얼어붙은 듯 말이 없었다.

걸리버 서장이 혼잣말로 웅얼거렸다.

"스테파니 메일러 실종사건이 시작되었군."

데렉 스콧

1994년 7월 30일 밤, 맥케나 과장이 다른 형사들을 데리고 오르피아의 4인 살인사건 현장에 도착했다. 맥케나 과장은 상황을 점검하고 나서 나를 구석자리로 데려갔다.

"자네들이 가장 먼저 현장에 도착했나?"

"예, 과장님. 한 시간 전에 저와 제스가 현장에 도착했습니다. 제가 상관이라 현장지휘를 맡아 몇 가지 지시를 내렸습니다. 우선 오르피아를 빠져나가는 모든 도로에 바리케이드를 쳐 봉쇄했습니다."

"적절한 조치였어. 자네가 이 사건을 맡을 수 있겠나?"

"맡겨주시면 최선을 다하겠습니다."

맥케나 과장은 우리가 못미더운 눈치였다.

"이봐 데렉, 자네는 아직 한 번도 큰 사건을 맡은 경험이 없어. 제스야 두 말할 필요도 없는 초보 형사이지."

"제스는 경력이 부족하지만 수사 감각이 뛰어난 친구입니다. 믿고 맡겨주신다면 실망시키지 않겠습니다."

맥케나 과장은 잠시 생각에 잠겼다가 마침내 고개를 끄덕였다.

"내가 자네들에게 이 사건을 맡겼다는 사실을 알게 되면 다들 수군거리겠지. 하지만 난 자네들을 믿는 만큼 수사를 맡기겠네."

맥케나 과장이 나와 제스를 부르더니 그 자리에 있던 동료들이 다 들을 수 있도록 큰소리로 말했다.

"데렉과 제스가 이 사건을 맡아."

나는 맥케나 과장이 이 사건을 우리에게 맡기기로 한 결정을 후회하지 않도록 최선을 다하겠다고 결심했다. 그날 밤, 제스와 나는 오르피아에 남아 수사에 필요한 기초자료를 수집했다. 다음 날 아침 7시에 나는 녹초가 된 몸으로 제스를 퀸스에 있는 그의 집 앞에 내려주었다. 제스가 집으로 들어가 커피를 마시고 가라고 했다. 우리는 몹시 피곤했지만 마음이 들뜬 탓에 잠이 쉽게 올 것 같지 않았다.

제스가 커피를 끓이는 동안 나는 메모지를 펼쳐놓았다.

가족을 모두 살해할 만큼 고든 시장에게 원한을 품은 자는 누구일까?

나는 메모한 내용을 큰 소리로 읽었다. 제스가 메모지를 냉장고에 붙였다.

제스가 말했다.

"우선 고든 시장의 주변사람들을 조사해봐야겠어."

"고든 시장과 가족은 연극 개막제가 열리는 대극장에 있어야 마땅한 시간에 집에서 무얼 하고 있었을까? 게다가 짐이 잔뜩 들어 있는 여행캐리어가 차에 실려 있었어. 고든 시장은 가족들을 데리고 어디론가 떠날 생각이었던 거야."

"중요한 행사가 열리고 있는 와중에 대체 왜 그랬을까?"

"우리가 바로 그 이유를 찾아내야 해."

나는 두 번째 메모지를 냉장고에 붙였다.

고든 시장에게 적이 있었을까?

그때 나타샤가 우리 앞에 나타났다. 아직 잠이 덜 깬 모습이었다. 그녀가 제스에게 다가가 몸을 기대며 물었다.

"어젯밤에 무슨 일 있었어?"

내가 대신 대답했다.

"오르피아에서 4인 살인사건이 발생했어."

나타샤가 냉장고를 열려다가 문짝에 붙여둔 메모를 발견했다.

"4인 살인사건?"

제스가 대답했다.

"우리가 편의상 그렇게 명명한 거야."

나타샤가 우리에게 줄 팬케이크를 구웠다. 그녀가 냉장고 문에 붙여놓은 메모를 다시 한 번 쳐다보더니 우리를 향해 물었다.

"두 사람이 세운 첫 번째 가설이 뭐야?"

제스 로젠버그

2014년 6월 29일 일요일

연극제 개막 27일전

　수색작업은 아무런 성과도 거두지 못하고 마무리되었다. 오르피
아와 인근 지역 경찰병력이 총동원되어 24시간 동안 수색작업을
펼쳤지만 자그마한 단서 하나조차 찾아내지 못했다. 탐지견들과
잠수부, 헬리콥터까지 출동한 수색작업이었다. 자원봉사자들이 거
리를 돌며 수색전단을 붙이고, 상점과 주유소를 찾아가 스테파니
를 본 적이 있는지 일일이 물었다. 스테파니의 부모는 지역 신문사
들과 TV방송국을 직접 찾아가 스테파니의 사진을 보여주며 협조
를 부탁했다.

　〈코디악그릴〉에서는 수색작업에 참여한 모든 사람에게 음료
수를 공짜로 제공했다. 오르피아의 최고급호텔 레이크팰리스는 자
원봉사자들이 머물 본부로 사용하도록 객실 하나를 내주었다. 수
색작업에 참가한 자원봉사자들은 일단 호텔에 모였다가 수색구역
을 배정받아 현장으로 출발했다.

　우리는 오르피아경찰서 애나의 사무실을 아지트로 삼기로 했다.
스테파니가 로스앤젤레스에 무슨 일 때문에 갔었는지 여전히 베일
에 싸여 있었다. 캘리포니아에서 돌아온 스테파니는 션 오도넬에
게 수사기록보관실에 들여보내달라고 간청했다.

나는 스테파니가 숙박한 호텔에 연락해보았지만 얻어낸 게 없었다. 그나마 카드사용명세서를 보다가 의미 있는 사실 한 가지를 알게 되었다. 스테파니는 뉴욕을 정기적으로 오가며 주차위반이나 주차시간 초과로 범칙금을 부과 받은 적이 몇 번 있었다. 차가 견인되는 바람에 차량보관소에 가서 되찾아온 적도 있었다. 그 모든 일들이 한곳에서 일어났다는 점이 특이했다.

애나는 거리를 검색해 사업소와 상점 리스트를 만들었다. 식당, 병원, 변호사 사무소, 체형교정센터, 세탁소들로 이루어진 거리였다. 무엇보다 《뉴욕문학리뷰》 간판이 내 눈길을 끌었다.

내가 애나에게 물었다.

"어떻게 이럴 수 있을까요? 스테파니의 어머니는 딸이 작년 9월 《뉴욕문학리뷰》에서 해고당해 오르피아에 왔다고 했어요. 스테파니가 해고된 회사에 계속 드나든 이유가 뭘까요?"

"톨게이트를 통과한 날과 범칙금이 부과된 날이 일치해요. 주차위반 딱지를 뗀 위치가 《뉴욕문학리뷰》가 있는 출입구 근처라는 점도 주목할 만하네요. 그 잡지사 편집장에게 전화해 이야기를 들어보는 게 좋겠어요."

애나가 지체 없이 휴대폰을 꺼내 들었다. 그녀가 미처 전화번호를 누르기도 전에 누군가 방문을 두드렸다. 뉴욕 주 경찰 과학수사대 요원이었다. 그가 묵직한 봉투를 내밀어 보이며 말했다.

"스테파니 메일러의 아파트와 자동차에서 찾아낸 단서들을 분석해본 결과 매우 흥미로운 점을 발견했습니다."

과학수사대 요원이 회의테이블 가장자리에 엉덩이를 걸쳐 앉으며 말을 이었다.

"우선 스테파니의 아파트 화재는 실내에 인화성 물질을 뿌린 점으로 미루어보아 방화사건이 분명합니다. 스테파니 본인이 방화범이 아니라는 사실도 조사 결과 증명되었습니다."

"어떻게 그 사실을 증명할 수 있죠?"

과학수사대 요원이 지폐뭉치가 담긴 비닐봉지를 눈앞에서 흔들어보였다.

"집안에 현금 1만 달러를 숨겨두었더군요. 주물로 제작한 모카포트 하단부에 돈이 들어 있었어요. 돈은 화재에도 전혀 손상되지 않았습니다."

애나가 알겠다는 듯 고개를 끄덕였다.

"스테파니가 현금 1만 달러를 집안에 숨겨두었다면 아파트에 불을 지르기 전에 챙겼을 거라는 뜻이군요."

내가 물었다.

"스테파니의 차에서도 단서가 나왔습니까?"

"스테파니의 DNA 말고는 찾아낸 게 없어요. 다만 운전석 밑에서 수수께끼 같은 쪽지 하나를 발견했습니다. 필체를 확인해본 결과 스테파니가 직접 쓴 쪽지였어요."

과학수사대 요원이 비닐 안에 든 쪽지를 흔들어보였다. 연습장에서 찢어낸 쪽지에 다음과 같은 글귀가 적혀 있었다.

다크 나이트 → 오르피아 연극제
이 부분에 대해 마이클 버드와 이야기해볼 것

애나가 말했다.

"'다크 나이트'라니? 1994년 4인 살인사건의 수사기록이 모두 사라지고 그 자리에 남아있던 문구잖아요."

내가 말했다.

"마이클 버드를 찾아가 이야기를 나누어봐야겠어요. 그가 지금 껏 우리에게 말해준 것보다 훨씬 더 많은 사실들을 알고 있을지도 모르겠네요."

∴

우리는 《오르피아크로니클》지로 마이클을 찾아갔다. 지난번에 내 부탁을 받은 그는 스테파니가 작성한 기사들을 복사해두고 있었다. 주로 지역정보 성격의 기사였다. 학교축제, 콜럼버스데이 퍼 레이드, 독거하는 사람들을 위한 추수감사절 행사, 핼러윈 호박경 진대회, 교통사고와 관련된 기사들로 사회면 한 귀퉁이에 실린 시 시콜콜한 내용들이었다. 나는 기사들을 넘겨보며 마이클에게 물었 다.

"스테파니는 급여를 얼마나 받았죠?"

"월급으로 천오백 달러를 받았어요. 그건 왜 묻죠?"

"솔직히 말해 나는 스테파니가 뉴욕을 떠나 오르피아에 와서 콜 럼버스데이나 핼러윈데이 기사나 쓰면서 지낸 이유를 모르겠어요. 그런 일들이 하찮다는 게 아니라 야심만만하던 그녀의 이미지와는 어울리지 않아 보여서요. 부모와 친구들 이야기를 들어보면 스테 파니는 나름 야망이 큰 인물이었거든요."

"무슨 말인지 이해합니다. 스테파니는 《뉴욕문학리뷰》지에서 해 고당했을 때 한동안 의기소침해 지내다가 대도시에서 지내온 환경 을 바꾸고 싶었답니다. 그녀가 지역신문사에서 일하기로 결정한 건 좌절이 아니라 새로운 도전이었죠."

"내가 생각하기에는 분명 뭔가 다른 동기가 있어 보입니다."

나는 스테파니의 차에서 찾아낸 쪽지를 마이클에게 보여주었다.

"이 쪽지는 뭐죠?"

"스테파니가 직접 적은 메모입니다. 연극제에 대해 언급하면서 당신과 이야기를 나눠봐야겠다고 적어놓았더군요. 우리에게 뭔가 숨기는 게 있으면 허심탄회하게 털어놔 봐요."

마이클이 한숨을 푹 내쉬었다.

"스테파니에게 비밀을 지키겠다고 약속했습니다."

"현재 스테파니는 실종된 상황입니다. 아직도 얼마나 심각한 일이 벌어지고 있는지 모르겠습니까?"

"스테파니가 당분간 오르피아를 떠나있기로 결정했다면 그럴 만한 이유가 있었을 겁니다. 당신들이 사냥개들을 풀어 일을 모두 망치려고 있어요."

"가령 스테파니가 오르피아를 떠날 만한 이유라면 뭐가 있을까요?"

"스테파니는 위험이 닥쳐온 사실을 알고 몸을 숨기기로 결정한 겁니다. 당신들이 여기저기 들쑤시고 다니면 스테파니가 오히려 궁지에 몰릴 위험이 커집니다. 스테파니는 뭔가 중요한 문제를 취재하고 있었고, 진실이 드러나길 바라지 않는 자들이 그녀에게 해코지를 가하려고 하자 몸을 숨기기로 결정했을 겁니다."

"스테파니가 취재하고 있던 범죄사건 말인가요?"

"스테파니는 저에게 현재 무엇을 취재하고 있는지 일일이 언급하지 않았습니다."

"그 일이 연극제와는 무슨 상관이 있을까요?"

편집실에 다른 사람은 없었고 사무실 문이 굳게 닫혀 있었지만 마이클은 마치 누군가 엿듣기라도 하듯 목소리를 낮추었다.

"스테파니는 연극제와 관련해 모종의 음모가 개입돼 있다고 판단했고, 자원봉사자들을 만나 탐문조사를 해볼 생각이었습니다. 취재 과정에서 의심을 사서는 안 되는 일인 만큼 연극제 관련 기사를 시리즈로 써보라고 제안했죠. 그러면 아무런 의심도 받지 않고 완벽하게 위장할 수 있을 테니까요."

"자원봉사자들을 가짜로 인터뷰한다고요?"

"반드시 가짜 인터뷰라고 할 수는 없죠. 실제로 인터뷰를 진행하고 기사를 썼으니까요. 일전에 지역신문사의 재정난에 대해 말한 적이 있잖습니까? 스테파니는 탐사하고 있는 사건의 결과물이 기사로 나오게 될 경우 신문사의 재정난을 어느 정도 타개할 수 있을 거라고 자신했어요. 스테파니가 나에게 말하길 '기사가 나가면 사람들이 앞 다투어 《오르피아크로니클》지를 사려고 몰려들 거예요.'라고요."

경찰서로 돌아오면서 우리는 《뉴욕문학리뷰》 편집장 스티븐 버그도프에게 연락을 취해보기로 했다. 애나가 스피커모드를 작동시키고 전화를 걸어 내가 통화내용을 들을 수 있게 했다.

애나로부터 상황 설명을 들은 스티븐 버그도프가 말했다.

"제발 스테파니에게 아무 일도 없길 바랍니다. 정말이지 똑 부러진 친구였고, 글을 매우 잘 쓰는 기자였습니다. 성격도 좋아 동료들과도 잘 어울렸죠. 절대로 적을 만들거나 원한을 살만한 사람이 아닌데 어떻게 된 일일까요?"

"스테파니가 작년 가을에 《뉴욕문학리뷰》에서 해고당한 이유가 뭡니까?"

"우리로서도 정말이지 어려운 결정이었습니다. 작년 여름을 지나면서 정기구독자 수가 급격히 줄어들다보니 지출을 대폭 줄일 수밖에 없었죠. 누군가를 내보낼 수밖에 없는 상황이었어요."

"해고 통보를 받은 스테파니의 반응은 어땠죠?"

"당연히 받아들이기 힘들어 했지만 이후에도 우린 좋은 관계를 유지했습니다. 10월에 스테파니에게 편지로 안부를 물었더니 《오르피아크로니클》지에서 일한다고 알려주더군요. 스테파니 말로는 일이 정말 재미있다고 해서 조금 놀라긴 했지만 진심으로 축하해주었습니다."

"왜 놀랐죠?"

스티븐이 차분히 대답했다

"스테파니는 《뉴욕타임스》의 기자라고 해도 전혀 이상한 일이 아닐 만큼 실력이 뛰어났습니다. 그런 그녀가 예상 외로 지역신문사에서 일한다고 하는 바람에 많이 놀랐습니다."

"스테파니가 해고된 이후 《뉴욕문학리뷰》에 들른 적이 있습니까?

"아뇨, 내가 아는 한 여기에 한 번도 온 적이 없습니다. 그건 왜 묻죠?"

"최근 몇 달 동안 스테파니의 차가 《뉴욕문학리뷰》 근처에 자주 세워져 있었거든요."

∴

일요일이어서 《뉴욕문학리뷰》 편집실은 매우 한적했다. 스티븐은 전화를 끊고 나서 한참 동안 뒤숭숭한 기분에 휩싸여 있었다.

엘리스가 물었다.

"무슨 일이야?"

스물다섯 살인 앨리스는 사무실 소파에 앉아 손톱에 매니큐어를 칠하고 있었다.

"경찰인데 스테파니 메일러가 실종되었다는 거야."

"이미 지난 일이지만 스테파니는 멍청한 년이었어."

"당신은 스테파니에 대해 뭔가 아는 게 있어?"

"여길 그만두고 나서는 한 번도 만난 적 없어. 멍청한 년이니까 해고당해도 싸."

스티븐은 의자에서 벌떡 일어나 창가로 걸어갔다.

앨리스가 힐난하는 목소리로 말했다.

"당신이 불안해할 필요는 없잖아?"

"당신이 스테파니를 해고하라고 들볶지만 않았어도 이런 일이 발생하지는 않았을 거야."

"스테파니는 해고당해 마땅한 년이야."

"그동안 스테파니와 연락한 적 없어?"

"만난 적은 없지만 몇 번인가 통화했어. 아마 최종적으로 통화한 게 2주 전이었을 거야."

"설마 스테파니를 도발하려고 먼저 전화한 건 아니지? 스테파니는 여전히 자기가 왜 해고당했는지 납득하기 힘들 거야."

"스테파니가 남자를 유혹하는 방법을 묻기에 나름 성심껏 대답해주었어. '스테파니, 남자를 유혹하는 방법은 매우 간단해. 거시기를 열심히 빨아주고, 적재적소에서 가랑이를 벌려주면 되는 거야. 복잡하게 생각할 필요 없어.'라고 말해주었지."

"스테파니가 남자를 유혹하려다가 위험에 빠졌을 수도 있어."

"이제 스테파니 이야기는 그만해. 당신 셔츠가 다 구겨졌어. 새

옷으로 갈아입고 모양 좀 내봐. 근사한 곳에 가서 저녁이나 먹게."

"오늘 저녁은 곤란해."

"내가 저녁 먹으러 가자고 하면 그냥 군말 없이 따라."

스티븐은 고개를 떨어뜨리고 커피를 가져오겠다며 사무실을 나왔다. 그는 아내 트레이시에게 전화해 잡지 최종편집에 문제가 생겨 집에서 저녁을 먹을 수 없을 것 같다고 말했다. 그는 전화를 끊고 나서 얼굴을 두 손에 묻었다.

어쩌다가 이 지경이 되었을까? 어쩌다가 나이 오십에 젊은 여자의 포로 신세가 되었을까?

$$\therefore$$

애나와 나는 스테파니의 집에서 찾아낸 돈이 이번 수사의 실마리가 되어줄 거라 기대했다.

1만 달러의 현금은 어디서 생긴 걸까?

스테파니의 월급이 천오백 달러라고 했으니 집세, 차량유지비, 생활비를 감당하기에도 빠듯해보였다. 더구나 저축을 하려면 은행계좌에 넣어두는 게 자연스러웠다.

우리는 하루 종일 스테파니의 부모와 친구들을 만나 혹시 돈의 출처에 대해 아는지 물었지만 아무런 소득이 없었다. 메일러 부부의 말에 따르면 스테파니는 늘 스스로 돈 문제를 해결해왔다고 했다. 대학시절에는 장학금을 받아 학비를 댔고, 졸업 후에는 월급으로 생활했다. 친구들은 스테파니가 간혹 카드대금을 갚느라 고생한 적이 있다고 했다. 스테파니는 단 한 번도 저축을 할 수 있을 만큼 경제 사정이 좋았던 적이 없었다.

뉴욕으로 돌아오기 전 17번 국도로 올라서는 대신 펜필드 구역에 있는 펜필드크레센트로 갔다. 나는 고든 시장이 살았던 집 앞에 차를 세웠다. 20년 전, 이 집에서부터 모든 일이 시작되었다.

한참 동안 그 자리에 머물다가 뉴욕으로 돌아오는 길에 데렉과 달라가 사는 집 앞에 멈춰 섰다. 누군가와 함께 있다는 느낌을 줄 사람이 필요했고, 내게 그런 친구는 데렉밖에 없었다.

저녁 8시였고, 나는 초인종을 누르지 못하고 잠시 그대로 서 있었다. 집안에서 울려 퍼지는 즐거운 목소리가 들려왔다. 가족들이 한 자리에 모여 앉아 저녁식사를 하고 있는 듯했다.

나는 창문으로 다가가 데렉의 가족이 식사하는 모습을 훔쳐보았다. 데렉의 세 아이는 모두 고교생들이었다. 맏이는 내년에 대학 진학을 앞두고 있었다. 세 아이 중 하나와 눈이 마주치게 되었고, 모두들 창문 쪽으로 일제히 얼굴을 돌려 나를 쳐다보았다.

데렉이 입 속에 든 피자를 삼키고 나서 집밖으로 나왔다.

"왜 들어오지 않고 바깥에 있어? 마침 피자를 먹고 있었는데 같이 먹어."

"배가 안 고파. 오르피아에서 이상한 일들이 벌어지고 있어."

데렉이 한숨을 푹 내쉬었다.

"주말 내내 오르피아에 있다가 오는 길이야?"

나는 최근에 벌어진 일들을 간략하게 설명했다.

"이제 더 이상 의심할 여지가 없어. 스테파니는 1994년에 벌어진 4인 살인사건의 새로운 단서들을 찾아내려다가 화를 당한 거야."

"아직은 추론에 불과하잖아."

"1994년의 수사기록이 담긴 문서가 있어야할 자리에 '다크 나이트'라고 쓴 쪽지가 놓여 있었어. 게다가 스테파니는 연극제와 관련된 비리를 탐사하는 중이었어. 자네도 기억하겠지만 연극제는 1994년 여름에 시작되었지. 연극제와 4인 살인사건 사이에 뭔가 연결고리가 있다는 생각이 들어."

"4인 살인사건을 재수사한다는 건 우리의 실패를 자인하는 거야."

"스테파니는 우리가 중요한 사실을 놓쳤다고 했어. 우리 눈앞에 펼쳐져 있는 사실을 있는 그대로 보지 않았다는 거야."

데렉이 더는 참지 못하고 화를 냈다.

"그 당시 우리는 수사에 집중했고, 빈틈이 없었어. 과거를 되돌릴 수 없듯 이미 마무리된 사건을 다시 들춰내봐야 아무것도 얻을 게 없어. 그 사건을 다시 파고드는 이유가 뭐야?"

"수사가 잘못되었다면 바로잡아야 하니까!"

"자네는 옷을 벗기로 했고, 내일이 경찰서에서 보내는 마지막 날이야. 그 사건은 이제 자네와 아무런 상관이 없어."

"잠시 퇴임을 보류할 생각이야. 수사하던 사건을 해결하지 않고 옷을 벗을 수는 없잖아."

"자네가 신경 쓸 일이 아니니까 두 눈 딱 감고 잊어."

데렉은 더 이상 대화하고 싶지 않다는 듯 집으로 들어가려고 했다.

"내일 맥케나 과장을 만나 스테파니 메일러 실종사건이 4인 살인사건과 연관되어 있다는 증거를 내놓아야 해. 자네가 나를 좀 도와줘."

데렉이 몸을 돌려 다시 나를 바라보았다.

"스테파니 메일러 실종사건을 맡으려는 이유가 뭐야? 왜 굳이 지긋지긋한 사건 속으로 다시 들어가지 못해 안달하지?"

"우린 콤비였잖아. 이번 한 번만 더 나를 도와줘."

"현장 수사에 발을 들여놓지 않은 지 20년이나 지났어."

"내가 아는 한 자네는 여전히 최고의 형사야. 자네는 늘 나보다 뛰어났어. 강력반장이 되었어야 할 사람은 내가 아니라 자네였지."

"자네는 내가 지난 20년간 책상머리에 붙어 앉아 서류나 작성하며 세월을 보낸 이유를 누구보다 잘 알잖아."

"이번 사건이 내가 20년 동안 짊어지고 있던 마음의 빚을 갚을 기회가 되어줄지도 몰라."

"우리가 무엇을 하든 그 빚을 갚지는 못해. 수사 얘기는 여기서 끝내고 집에 들어가 피자나 먹자. 모두들 자네를 환영할 거야."

데렉이 문을 열었다. 그 순간 내 입에서는 다음과 같은 말이 튀어나왔다.

"자네가 부러워."

데렉이 몸을 돌렸다.

"무엇이?"

"사랑하고 사랑받는 것."

데렉이 화난 표정으로 고개를 저었다.

"나타샤가 떠난 지 벌써 20년이 지났어. 자네는 이미 오래 전에 새로운 인생을 시작했어야 하는데 아직 한 발자국도 움직이지 않고 있어. 나타샤는 아무리 기다려도 돌아오지 않아."

"날마다 나타샤를 생각해. 문을 열고 집에 들어설 때마다 나타샤가 집안에 있기를 간절히 바라곤 하지."

데렉은 어깨를 늘어뜨리고 바닥을 노려보다가 이윽고 말했다.

"이제 나타샤를 보내주고 자네의 삶을 살아야 해."

데렉은 집으로 들어갔고, 나는 몸을 돌려 차를 세워놓은 곳으로 돌아왔다. 시동을 걸려는 순간 달라가 바삐 다가오는 모습이 보였다. 창유리를 내리자 달라가 화난 목소리로 소리쳤다.

"데렉을 가만히 내버려둬! 과거의 망령을 깨우려 들지 마."

"내가 설명할 테니 들어봐."

"그냥 당신이 내 말을 들어줘. 데렉에게 그 사건을 들이밀지 마. 과거를 다시 끌어낼 생각이라면 다시는 찾아오지 마. 20년 전, 무슨 일이 있었는지 당신도 잘 알잖아?"

"단 하루도 그때 일을 잊은 적이 없어. 아침에 잠을 깨고 나서 잠들기 전까지 늘 그때 일을 생각해."

달라가 슬픈 눈으로 나를 바라보았다. 그 이야기를 꺼낸 걸 후회하는 눈치였다.

"미안해, 제스. 집에 들어가서 함께 저녁을 먹자. 피자를 먹고 있었어. 내가 만든 티라미수도 있어."

"난 이만 돌아갈게."

집으로 돌아와 술을 한잔 따라들고 오래된 서류함을 꺼냈다. 그 안에 1994년의 신문기사들이 들어 있었다. 신문기사들을 하나씩 꺼내 읽어 내려갔다. 그중 한 기사에 눈길이 멎었다.

경찰 영웅 표창

데렉 스콧 형사가 살인용의자 체포과정에서 동료 경찰 제스 로젠버그 형사의 생명을 구한 공로로 뉴욕 주 경찰본부에서 표창을 받았다. 그 당시 추격전을 펼치는 과정에서 추락사고로 숨진 용의자 테드 테넨바움은 이번 여름 오르피아에서 발생한 4인 살인사건의 범인으로 밝혀졌다.

신문기사를 뒤적거리고 있을 때 현관문에서 초인종 소리가 울려 정신이 번쩍 들었다.

이렇게 늦은 시간에 찾아올 사람이 누굴까?

테이블에 내려놓았던 총을 허리춤에 차고 조심스럽게 문으로 다가갔다. 문구멍으로 내다보자 데렉이 서 있었다.

문을 열고 한동안 데렉을 마주보았다. 그가 허리에 차고 있는 총으로 눈길을 옮겼다.

"이번 사건이 총을 지참하고 문을 열어줄 만큼 심각한 거야?"

나는 고개를 끄덕였다.

"자네가 찾아낸 단서들을 보여줘."

내가 수집한 단서들을 모두 꺼내 주방 테이블에 늘어놓았다. 감시카메라에 찍힌 사진들, 스테파니의 차에서 발견한 쪽지, 현금, 카드사용명세서 따위였다.

데렉이 한동안 집중한 얼굴로 카드명세서의 지출내역을 들여다보았다.

내가 설명했다.

"스테파니는 수입보다 더 많은 돈을 쓰고 다녔어. 로스앤젤레스행 항공권만 해도 900달러야. 월급 이외에 다른 수입이 있었다고 봐야지."

순간적으로 데렉의 눈이 반짝했다. 아주 오랜 시간 보지 못하고 지내온 눈빛이었다. 데렉이 펜을 쥐고 카드명세서에서 11월 이후 매월 60달러씩 자동 이체된 항목들에 동그라미를 쳤다.

"내가 동그라미를 친 항목은 모두 SVMA라는 회사에서 청구되었어. 그 회사에 대해 뭔가 아는 게 있나?"

"전혀 모르는 회사야."

데렉이 내 노트북컴퓨터를 가져와 인터넷을 검색했다. 잠시 후, 그가 노트북 화면에 뜬 검색결과를 보여주며 말했다.

"오르피아에 있는 무인 이삿짐보관창고야."

나는 스테파니의 어머니로부터 들은 말을 떠올리며 의아해했다. 스테파니가 뉴욕에서 오르피아로 옮길 때 이삿짐이 얼마 되지 않아 메일러 부부가 직접 차로 실어다주었다고 했기 때문이다.

스테파니가 11월부터 이삿짐보관창고를 임대해온 이유가 무엇일까?

우리는 24시간 운용되는 이삿짐보관창고를 직접 찾아가보기로 했다. 당직 경비원은 경찰신분증을 보여주자 장부를 뒤적여 스테파니가 임대한 부스의 번호를 알려주었다.

우리는 긴 미로를 지나 경비원이 알려준 부스 앞에 멈춰 섰다. 셔터가 잠겨 있어 미리 준비해온 펜치로 자물쇠를 풀었다. 내가 셔터를 들어 올리자 데렉이 손전등으로 내부를 비추었다.

우리는 눈앞에 드러난 자취에 놀라 할 말을 잃었다.

데릭 스콧

1994년 8월 초, 오르피아에서 4인 살인사건이 일어난 지 일주일이 흘렀다.

제스와 나는 잠을 설쳐가며 수사에 매진했다. 휴일도 없었고, 월차나 휴가도 자진 반납했다. 제스와 나타샤가 살고 있는 아파트가 우리가 밤새 일하는 아지트였다. 뉴욕 주 경찰본부 사무실보다는 훨씬 아늑했다. 나타샤는 한밤중에 일어나 먹을거리를 챙겨주며 우리를 배려해주었다. 그녀는 앞으로 개업할 식당에서 메뉴로 올릴 요리를 직접 만들어보는 것뿐이라고 했다.

나는 나타샤가 만들어준 음식을 입 안 가득 밀어 넣으며 말했다. 마침 나타샤는 잠깐 자리를 비우고 없었다.

"제스, 자네는 나타샤를 놓치면 평생 후회할 거야. 나타샤와 당장 결혼하는 게 어때?"

제스가 내 말을 듣고 있다가 말했다.

"그렇잖아도 나타샤와 곧 결혼할 생각이야."

"언제?"

제스가 씩 웃었다.

"조만간 하게 될 거야. 반지 보여줄까?"

"물론이지."

제스는 잠시 자리를 떴다가 작은 보석함을 들고 돌아왔다. 보석함에 다이아반지가 들어 있었다.

"아주 멋진 일이야."

"사실은 할머니에게 물려받은 반지야."

제스는 내게 반지의 내력에 대해 말해주다가 나타샤가 집으로 들어오는 바람에 황급히 보석함을 주머니에 집어넣었다.

∴

범행에 사용된 탄환을 분석한 결과 베레타 한 가지로 밝혀졌다. 한 사람이 4인을 모두 살해했다는 뜻이었다. 범죄분석전문가들은 범인이 남자일 가능성이 크다고 분석했다. 범행의 난폭성과 문을 발로 차 부서뜨릴 정도로 완력이 센 자라는 게 남자로 추정하는 근거였다.

검사의 요구에 따라 우리는 4인 살인사건이 진행된 과정을 순차적으로 재구성했다. 살인범은 고든 시장의 집 현관문을 발로 차 부수었다. 현관문이 열리면서 집안에 있던 고든 시장의 부인 레슬리와 가장 먼저 마주쳤고, 그녀를 향해 총을 발사했다. 그런 다음 작은 거실에 있는 아이를 발견하고 등을 향해 두 발을 발사해 즉사시켰다. 바로 그때 범인은 창문을 여는 소리를 들었고, 그쪽을 향해 돌아섰다. 고든 시장이 주방 발코니 문을 통해 정원으로 도망치려 하고 있었다. 범인은 고든 시장의 등에 네 발을 발사했고, 다시 복도를 통해 현관문으로 나왔다. 그가 발사한 총알은 한 번도 과녁을 벗어나지 않았다. 말하자면 숙련된 저격수였다.

범인은 출입문을 통해 집을 빠져나오다가 조깅을 하고 있던 메간 패들린과 마주쳤다. 메간이 도주를 시도하자 범인은 등을 향해 두 발을 발사했다. 범인은 이미 얼굴을 노출했기 때문에 메간의 머리에 한 발을 더 발사해 그 자리에서 숨이 끊어지게 했다.

　목격자가 없어 수사는 난항을 겪을 수밖에 없었다. 범행이 일어난 시각에 펜필드크레센트는 거의 텅 비어있는 상황이었다. 모두들 연극 개막공연을 보기 위해 대극장으로 몰려가 있어 그 일대의 집 여덟 채 대부분이 빈집이었다. 그나마 간접적인 증인 두 사람이 있었다.

　거리 맨 끝에 사는 레나 벨라미는 석 달된 막내를 돌보느라 대극장에 가지 않고 집에 남아있었다. 남편 테렌스는 두 아들과 해변에 나가 산책을 즐기고 있었다. 레나 벨라미는 여러 발의 총성을 들었지만 당시에는 연극제 개막을 알리는 폭죽 소리라고 생각해 괘념치 않았다. 다만 총성이 시작되기 직전 고든 시장 자택 가까이에 있는 도로에서 검정색 밴 한 대를 보았다고 했다. 밴의 뒤쪽 창에 큼지막한 상호가 붙어있었다는 것을 기억했지만 구체적으로 떠올리지는 못했다. 그림 형태 상호였는데 당시에는 무심결에 스치듯 보았기에 무엇을 그린 그림이었는지 기억하지 못했다.

　두 번째 증인 알버트 플랜트는 독신남자로 시장 자택과 골목 하나를 사이에 두고 마주보는 집에 살았다. 오래 전, 사고 후유증으로 휠체어에 의지해야 하는 처지여서 집안에 머물러 있었다. 그는 저녁식사를 하던 중 여러 발의 총성을 들었다. 현관 포치로 나간 그는 총소리에 귀를 기울였고, 그 시간은 저녁 7시 10분이었다. 다시 사방이 조용해졌고, 그는 아이들이 폭죽놀이를 한 소리라 짐작했다. 그는 포치에서 온화한 저녁공기를 즐기며 대략 한 시간 정도 머물렀고, 8시 20분경 한 남자가 울부짖는 소리를 들었다. 남자는 구조를 요청했고, 그는 즉시 경찰에 신고했다.

　무엇보다 범행의 동기를 가늠할 수 없다는 점이 문제였다. 고든 시장과 일가족을 몰살한 범인이 누군지 가려내려면 일단 범행 동기가 뚜렷한 사람을 찾아내는 게 급선무였다. 일차 탐문조사 결과 허탕을 쳤다. 이웃 주민들, 시청 직원, 시상 부부의 일가친척과 친구들을 차례로 만나 조사해봤지만 허사였다. 고든 시장과 가족들은 주변사람들과 매우 원만한 관계를 유지해온 듯 척을 진 사람이 없었고, 빚을 지지도 않았고, 원망을 살 만한 일을 저지른 적도 없었다.

레슬리 고든은 오르피아 초등학교 교사였고, 고든 시장은 업무 수행 능력은 그다지 뛰어나지 않지만 주민들로부터 신뢰를 한 몸에 받고 있었다. 모두들 그가 9월 지방선거에서 경쟁자로 나설 현 부시장 앨런 브라운을 꺾고 재선에 성공하리라 예상했다.

수사 자료들을 앞에 두고 검토를 거듭해오던 어느 날 오후, 나는 문득 떠오른 생각을 제스에게 말했다.

"고든 시장 일가족이 어딘가로 떠나려던 게 아닐 수도 있잖아. 우리가 처음부터 잘못 짚지는 않았을까?"

"그렇게 생각하는 이유라도 있어?"

"우리는 처음부터 고든 시장이 대극장에 가지 않고 집에 남아있었다는 사실에 초점을 맞춰 수사를 시작했어. 시장 일가족이 짐을 꾸려서 어디론가 떠날 준비를 하고 있었다는 점에 주목한 거야."

"고든 시장이 개막식에 나가지 않기로 결정한 건 도저히 납득하기 힘든 일이야. 오르피아 연극제는 고든 시장이 기획한 행사였으니까."

"잠시 시간이 늦긴 했지만 대극장에 가려고 했을 수도 있잖아. 공식적인 개막식은 저녁 7시 30분으로 예정되어 있었으니까. 자동차로 10분 거리잖아. 다음날 휴가를 떠날 계획으로 미리 짐을 꾸려놓았을 수도 있지. 고든 시장의 부인과 아들이 여름휴가를 즐기길 원했을 테니까. 대극장에 갔다가 돌아오면 시간이 많이 늦을 테니까 미리 짐을 싸두었을 수도 있지."

"고든 시장 가족이 몰살당한 건 어떻게 설명할 거야?"

"도둑이 집에 들어왔다가 일이 꼬였을 수도 있어. 도둑은 고든 시장 가족이 대극장에 가있을 거라고 생각하고 집안으로 들이닥쳤는데 예상이 빗나간 거야."

"도둑이 고든 시장 일가족을 죽였을 뿐 물건에는 손도 대지 않은 사실은 어떻게 설명할 거야? 도둑질을 하려면 몰래 집안으로 들어가야 마땅한데 문을 발로 차서 부순 이유는 뭘까? 시청직원들 가운데 고든 시장이 휴가를 떠날 계획이었다고 진술한 사람은 없어. 시장 일가족을 몰살한 범인은 현장 주변에 아무런 단서도 남기지 않았을 만큼 치밀한 계획 아래 움직였어."

제스는 수사 자료들을 뒤적이다가 사진 한 장을 찾아들었다. 범행현장에서 찍은 고든 시장의 시신이었다. 제스가 사진을 한참 동안 들여다보다가 내게 물었다.

"이 사진에서 특별히 눈길이 가는 부분이 있어?"

"피 웅덩이에 잠겨있는 시신 빼놓고?"

"고든 시장은 넥타이정장 차림이 아니라 캐주얼 차림이야. 이런 옷차림으로 개막식 축사를 하러 가는 시장이 있을까? 시장은 애초부터 개막식 행사장에 갈 의사가 없었던 거야."

시장 부인 옆에 놓여있던 여행캐리어가 약간 열려 있는 상태였다. 현장을 찍은 사진에 여행캐리어 안에 들어 있는 사진앨범들과 실내장식품이 보였다.

"고든 시장은 총에 맞을 당시 여행캐리어에 개인소지품을 챙겨넣고 있었어. 휴가를 떠나면서 사진앨범을 가져가는 사람은 없잖아. 고든 시장 일가족은 몰래 도망치려고 했지만 미처 피하기 전에 범인이 집으로 들이닥치는 바람에 살해된 거야. 범인은 사전에 시장 일가족이 대극장에 가지 않으리라는 걸 알고 있었다는 뜻이야."

나타샤가 집으로 들어서며 물었다.

"결정적인 단서를 찾았어?"

"전혀."

나는 한숨을 쉬며 대답하고 나서 제스와 하던 얘기를 계속했다.

"아직 조사해봐야 할 게 한 가지 더 남아 있어. 뒤창에 상호를 그려 붙인 검은색 밴 말이야."

우리는 문에서 들려온 초인종 소리에 말을 멈췄다.

내가 물었다.

"누구지?"

나타샤가 대답했다.

"달라일 거야. 개업할 식당의 내부설비 계획을 이야기하러 온 거야."

우리는 테이블 위에 늘어놓은 수사 자료들을 끌어 모아 서류홀더에 넣었다.

나는 문을 열어주러 가는 나타샤의 등 뒤에 대고 부탁했다.

"수사에 대한 이야기가 밖으로 새어나가면 안 돼."

나타샤가 무심결에 대답했다.

"알았어."

나는 노파심에 한 마디 더 보탰다.

"만약 수사 내용이 새어나가면 제스와 나는 큰 낭패를 보게 될 거야."

"입도 뻥긋 하지 않을 테니까 안심해."

나타샤가 문을 열었다. 달라가 집 안으로 들어서면서 내가 들고 있는 서류홀더를 보며 물었다.

"수사는 어떻게 되어가고 있어?"

"그냥 그럭저럭 잘 되어가고 있어."

달라가 장난스럽게 푸념했다.

"나에게 해줄 얘기가 고작 그 정도야?"

"나머지는 수사기밀이야."

생각과 달리 내 목소리가 다소 냉랭하게 흘러나왔다.

달라는 기분이 상한 듯 뾰로통한 표정이 되었다.

"수사기밀? 분명 나타샤는 다 알고 있을걸."

제스 로젠버그
2014년 6월 30일 월요일
연극제 개막 26일전

새벽 1시 30분, 나는 애나를 깨워 데렉과 내가 있는 이삿짐보관 창고로 와달라고 했다. 20분 후, 데렉과 나는 주차장으로 나가 애나를 맞았다. 밤공기에 후끈한 열기가 배어 있었고, 하늘에는 별이 쏟아질 듯 총총했다.

나는 데렉과 애나를 인사시키고 나서 말했다.

"스테파니가 1994년 사건을 조사하면서 아지트로 삼은 곳이 바로 여기였어요."

데렉과 나는 애나를 데리고 들어가 234-A라는 번호가 적힌 셔터 앞에 멈춰 섰다. 셔터를 올리고 불을 켜자 가로 2미터, 세로 3미터 크기의 작은 방이 눈앞에 나타났다. 벽면에 1994년 4인 살인사건 관련 자료가 빼곡하게 붙어 있었다. 당시 여러 신문에 나왔던 관련 기사들이 눈에 들어왔고, 특히 《오르피아크로니클》지에 실렸던 일련의 기사들이 눈길을 끌었다. 희생자들의 사진과 사건 당일 저녁에 찍은 고든 시장의 자택 사진도 있었고, 내 사진도 있었다. 시장 자택을 배경으로 데렉과 나, 다른 몇몇 경관들이 흰 천으로 덮인 메간 패들린의 시신을 둘러싸고 서 있었다. 스테파니가 그 사진에 사인펜으로 적어놓은 글자가 눈에 들어왔다.

아무도 보지 못한 것

컨테이너 작은 방 안에 가구라고는 작은 테이블과 의자 하나가 전부였다. 스테파니가 테이블에서 사건 관련 자료들을 검토하며 많은 시간을 보냈으리라 짐작되었다. 임시 수사데스크 위에 종이와 펜들이 놓여 있었다. 각별히 중요한 일이라는 듯 벽에 붙여놓은 메모 한 장이 눈에 들어왔다.

커크 하비를 찾아낼 것

애나가 흥분이 가라앉지 않은 듯 상기된 목소리로 물었다.

"커크 하비가 누구죠?"

내가 대답했다.

"그 당시 오르피아 경찰서장이었어요."

"그 분은 현재 어디에 있는데요?"

"그 사건 이후 옷을 벗고 어디론가 사라졌어요. 커크를 반드시 만나봐야 해요. 스테파니가 그를 찾아가 만났을 가능성이 커요."

나는 방안에 쌓인 자료들을 뒤적이다가 메모 한 장을 더 찾아냈다. 로스앤젤레스 행 항공권으로 스테파니가 낙서하듯 메모해놓은 글자가 남아 있었다.

다크 나이트 → 경찰의 수사기록보관실

애나가 혼잣말처럼 중얼거렸다.

"'다크 나이트'라니, 도대체 무얼 의미하는 걸까요?"

내가 말했다.

"스테파니가 로스앤젤레스에 간 일이 1994년 4인 살인사건 조사와 밀접한 관련이 있다는 사실이 명백해졌어요."

벽면에는 브라운 시장의 사진도 한 장 붙어있었다. 아마도 어느 동영상 화면을 캡처해 부분적으로 잘라낸 사진으로 보였다. 브라운 시장이 뭔가를 적은 종이를 손에 들고 마이크 앞에 서 있는 것으로 보아 연설을 하는 중인 듯했다. 그가 들고 있는 종이에 사인펜으로 동그라미 표시가 되어 있었다. 대극장 무대가 사진의 배경인 듯했다.

데렉이 말했다.

"그 당시 부시장이었던 앨런 브라운이 사건당일 저녁 대극장에서 연극제 개막 축사를 하는 장면일 거야."

내가 물었다.

"축사를 하는 장면이라는 걸 어떻게 알 수 있지? 브라운 시장이 당시에 입고 있던 옷을 기억하고 있는 거야?"

데렉이 브라운 시장을 찍은 신문기사 사진을 들어보였다.

"사건 현장을 찍은 사진과 옷차림이 동일하잖아."

우리는 그날 밤을 이삿짐보관창고에서 보냈다. 감시카메라도 없고, 경비원 역시 아무것도 보지 못했다고 했다. 문제가 있을 경우 창고에 와보는데 그런 일이 발생한 적이 없었다는 것이었다. 이용자들은 창고를 어떤 절차나 사전 통보 없이 자유롭게 오가고 있었다.

뉴욕 주 경찰 과학수사대가 도착해 현장 정밀감식에 착수했다. 종이박스 안에서 스테파니의 컴퓨터가 나왔다. 컴퓨터는 이중박스에 담겨 있었고, 박스를 나르던 경찰이 무게를 수상하게 여겨 열어본 결과 컴퓨터를 발견했다.

내가 말했다.

"스테파니의 아파트에 불을 지른 자는 이 컴퓨터를 찾고 있었을 거야. 신문사 편집실에 침입한 목적도 컴퓨터였어."

과학수사대에서 컴퓨터를 가져가 분석해보기로 했다. 뒤에 남은 우리는 이삿짐보관창고 벽에 붙어 있던 자료들을 그대로 가져와 오르피아경찰시 애나의 사무실 벽에 동일한 순서로 재배치했다.

새벽 6시 30분, 데렉이 시장 자택 앞 사진을 압정으로 고정하고 한참 동안 들여다보더니 스테파니가 적어놓은 낙서를 소리 내어 읽었다.

"아무도 보지 못한 것."

데렉은 사진에 눈을 바싹 갖다 대고 거기 있는 인물들의 얼굴을 찬찬히 들여다보았다.

"브라운 시장도 있어."

데렉이 밝은 색 양복을 입은 남자를 가리켰다.

나는 사진 속의 인물 하나를 손가락으로 짚으며 애나에게 말했다.

"이 사람이 바로 커크 하비 서장이에요."

나는 이제 뉴욕 주 경찰본부로 돌아가 맥케나 과장에게 상황보고를 하고 나서 수사의 필요성을 입증해야 할 차례였다. 데렉이 함께 가겠다며 따라나섰다. 오르피아를 출발해 아침 햇살이 내려쬐는 중심도로를 따라 차를 운행하고 있을 때 데렉이 불쑥 말했다.

"여긴 20년 동안 전혀 변하지 않았어. 마치 시간이 멈춰버린 곳 같아."

한 시간 후, 데렉과 나는 맥케나 과장을 마주했다. 내가 지난 주말에 겪은 일들을 보고하자 깜짝 놀란 눈치였다. 이삿짐보관창고를 발견한 덕분에 우리는 스테파니가 1994년 4인 살인사건을 조사하고 있었다는 사실을 어렵지 않게 증명할 수 있었다. 스테파니가 그 사건과 연관된 단서를 확보하고 있으리라는 것도 충분히 짐작 가능했다.

맥케나 과장이 어이없다는 듯 긴 한숨을 내쉬었다.

"빌어먹을! 이러다가 평생 그 사건에 얽매이게 되는 건 아니겠지?"

내가 말했다.

"그렇게 되지 않도록 이번에는 끝장을 봐야죠."

"자네들은 당시 수사가 오류로 결론난다는 게 무엇을 의미하는지 알고 있나?"

"제 퇴임을 보류해주시면 이번에는 완벽하게 끝내겠습니다."

맥케나 과장은 선뜻 결정내리기 힘든 표정이었다.

"재수사 필요성을 상부에 알리고 설득을 이끌어낸다는 게 그리 쉽지는 않을 거야. 층층이 보고서를 작성해 올려야하고, 이러쿵저러쿵 설명하느라 시간과 노력을 쏟아 부어야 하니까."

"과장님만 믿겠습니다."

"자네의 새로운 인생 계획은 어쩌려고?"

"이번 수사를 매듭지을 때까지 미뤄야죠."

나는 자신 있게 대답했다.

맥케나 과장은 몇 마디 더 구시렁거리더니 서랍을 열어 서류를 꺼냈다.

"자네 때문에 수락하는 거야. 자네는 이제껏 내가 보아온 최고의 형사니까."

"감사합니다."

"자네가 쓰던 방은 이미 내일자로 다른 사람에게 배정되었는데 어쩌지?"

"사무실은 필요 없어요. 제 물건들을 치우고 방을 비워둘게요."

"자네 혼자 수사하게 할 수는 없으니까 함께 일할 파트너를 붙여줄게. 강력반은 현재 2인 1조로 뛰고 있어서 당장 파트너가 되어줄 사람이 없어. 누구든 찾아내 보내줄 테니까 걱정 말게."

데렉이 계속 침묵을 지키다가 입을 열었다.

"저를 제스의 파트너로 일하게 해주세요. 그러려고 여기까지 따라온 겁니다."

맥케나 과장이 깜짝 놀라며 되물었다.

"자네는 현장에 발을 들여놓지 않은 지 너무 오래 됐어."

"지난 20년간 현장을 떠나 있었지만 제스와 함께라면 잘 해낼 수 있을 겁니다."

내가 옆에서 거들었다.

"이번에도 데렉 덕분에 이삿짐보관창고를 찾아낼 수 있었습니다."

맥케나 과장은 또 한 번 긴 숨을 내쉬었다.

"데렉, 정말 수사현장에 뛰어들고 싶나?"

"그렇습니다."

데렉의 어조는 확고했다.

맥케나 과장이 한참 동안 우리를 쳐다보았다.

"데렉, 자네 총은 어디에 있지?"

"책상서랍에 있습니다."

"총을 잘 다룰 수 있겠어?"

"물론입니다."

"우선 사격연습장에 가서 탄창 하나를 다 비우고 나서 총을 허리에 차도록 해. 이번 수사는 중요하니까 신속하게 끝내야 하네. 우리 모두가 망해 자빠지는 꼴은 피해야지."

∴

커크 하비 서장의 행방을 찾아 나선 애나는 아직 첫 단추도 꿰지
못하고 있었다. 커크의 행방이나 소식을 알고 있는 사람이 아무도
없었고, 주소나 전화번호도 없었다.

난감해진 애나는 이웃집 남자 코디를 만나기 위해 《오르피아크
로니클》지 근처에 있는 서점으로 갔다.

코디가 서점 문을 밀고 들어서는 애나를 보며 말했다.

"오늘은 손님이 없어 가뜩이나 무료했는데 마침 잘 왔어요."

코디의 말대로 서점은 파리가 날리고 있었다.

"7월 14일 독립기념일에나 기대해봐야겠어요. 이번 6월 한 달 동
안은 정말 손님이 뜸하더군요."

애나는 서가를 두리번거리다가 소설 한 권을 집어 들었다.

"이 소설, 재미있어요?"

"읽을 만해요."

"이 소설을 살게요."

"눈치를 보아하니 책을 사러 온 건 아닌 것 같은데요."

"책도 살 겸 물어볼 게 있어서 들렀어요."

애나가 50달러를 내밀며 말을 이었다.

"사실은 1994년에 일어난 4인 살인사건에 대한 이야기를 들어보
려고 왔어요."

코디가 눈썹을 찡그렸다.

"그 사건에 대해 뭘 알고 싶은데요?"

"그야말로 끔찍한 사건이었는데, 오르피아의 주민들 분위기는
어땠어요?"

"다들 큰 충격을 받았죠. 고든 시장 일가족이 피살당했고, 메간도 희생되었어요. 메간은 성격도 좋고 친절해 오르피아 사람들 대부분이 좋아했죠. 정말이지 안타까운 죽음이었어요."

"당신도 그 여자와 잘 아는 사이였나요?"

"아직 몰랐나 봐요? 메간은 이 서점에서 일했어요. 메간 덕분인지는 몰라도 그 시절만 해도 책을 사러오는 손님들이 많았어요. 서점에 가면 예쁘고 상냥한 여자가 다정하게 웃으며 책을 골라준다고 상상해 봐요. 실제로 메간을 보려고 서점을 찾는 사람이 제법 많았죠. 메간의 죽음은 내게도 엄청난 충격이어서 서점을 접고 떠나야겠다는 생각이 들 정도였어요. 하지만 세상천지에 아는 사람도 변변히 없는 내가 어딜 가겠어요. 미적거리다가 다시 눌러 앉았죠. 메간이 살해당한 이유는 고든 시장 일가족을 죽인 범인이 누군지 알아봤기 때문이었을 거예요. 오르피아 주민들 가운데 한 사람이 범인이었다는 뜻이죠. 나중에 알고 보니 역시나 예상이 틀리지 않더군요."

"범인이 누구였는데요?"

"테드 테넌바움이라는 인물이었어요. 인정 많고 화통하고 집안도 좋은 사람이었는데 왜 그런 짓을 저질렀는지 납득이 되지 않았죠. 테드는 모범적인 시민이었고, 식당을 운영하면서 연극제 자원봉사대에 합류해 구조대원으로도 활동했죠."

코디는 말끝에 한숨을 푹 내쉬었다.

"혹시 커크 하비에 대해 알아요?"

"하비 서장이라면 잘 알죠. 걸리버 서장 전임이었어요."

"어딜 가면 커크 하비를 만날 수 있을까요?"

애나를 마주보던 코디의 표정이 묘해졌다.

"하비 서장은 어느 날 갑자기 사라져버린 이후 한 번도 소식을 듣지 못했어요. 그가 사라진 때는 4인 살인사건이 일어나고 나서 석 달쯤 지난 시점이었어요. 악몽 같은 여름이었죠. 오르피아 사람들은 살인사건을 잊고 싶어 했지만 쉽게 충격이 가시지 않았어요."

코디가 서점 열쇠를 찾아들더니 카운터 위에 놓인 휴대폰을 주머니 속에 챙겨 넣었다.

"벌써 문을 닫게요?"

"손님도 없는데 대극장에 가서 연극제 준비 작업이나 거들려고요. 자원봉사자들이 대극장에 모여 있어요."

"마침 나도 대극장에 가려고 했는데 잘 됐네요. 제 차로 태워드릴게요."

대극장은 오르피아 중심도로의 끝 지점인 〈카페아테나〉 옆에 있었다. 해변으로 들어가는 입구를 마주보는 위치였다.

대개 지방 소도시 공공건물들이 출입이 자유롭듯 오르피아 대극장 역시 누구나 쉽게 드나들 수 있었다. 애나와 코디는 중앙홀로 들어선 뒤 가운데 통로를 따라 무대로 내려갔다. 통로 좌우로 붉은 벨벳 천을 씌운 좌석들이 열 지어 늘어서 있었다.

무대 장막 뒤편으로 들어가 문을 밀자 자원봉사자들이 일하는 공간이 나왔다. 연극제 입장권 발매를 준비하는 사람들, 물자지원을 맡은 사람들이 분주하게 움직이고 있었다. 연극제 홍보포스터에 대한 최종 점검과 이제 곧 인쇄소에 넘길 팸플릿 원고의 최종교정 작업도 한창이었다. 무대 팀은 작업장에서 골조를 세우는 작업에 몰두해 있었다.

애나는 자원봉사자들을 한 사람씩 만나보았다. 그들은 전날 잠시 일손을 멈추고 수색작업에 참가했던 사람들이라 애나에게 수사의 진척이 있는지 물었다.

"아직 이렇다 할 단서를 찾지 못하고 있어요. 스테파니가 대극장에 자주 들렀다고 하던데요."

입장권 발매를 준비하던 작은 체구의 남자가 말했다.

"자원봉사자들에 대한 기사를 쓰려고 찾아왔었죠."

얼마 전 오르피아로 이사온 사람이 말했다.

누군가가 끼어들었다.

"스테파니가 나에게는 한 번도 취재요청을 하지 않았어요."

누군가 그 말을 반박했다.

"댁은 1994년에 이곳에 없었으니까."

애나가 되물었다.

"스테파니가 1994년 사건에 대해 물었나요?"

"스테파니는 1994년에 처음 열린 연극제에도 관심을 보였어요."

"그녀는 무엇을 알고 싶어 하던가요?"

자원봉사자들의 대답은 저마다 달랐지만 한 가지 사실에 대해서는 일치했다. 스테파니가 1994년 연극제 당시 재난구조요원으로 일한 사람이 누군지 캐물었다고 했다.

애나는 자원봉사자들을 만나보고 나서 다시 코디를 찾아 구석방으로 갔다. 코디가 임시사무실로 사용하는 장소였다. 탁자 위에 놓인 낡은 컴퓨터와 뒤죽박죽 쌓여있는 서류 뭉치들이 눈에 들어왔다.

"1994년 연극제 개막일에 대극장에서 재난구조요원으로 일한 사람이 누구였죠?"

코디가 얼토당토않은 질문이라는 듯 눈을 크게 뜨며 말했다.

"그가 바로 테드 테넨바움이었어요. 1994년에 벌어진 4인 살인 사건의 범인이었죠. 그는 이미 죽었으니 만나볼 수는 없겠네요."

애나 캐너

2013년 가을, 오르피아경찰서에 처음 출근하던 날 나를 맞아주었던 유쾌한 분위기는 불과 이틀을 넘기지 않았다. 우선 남녀 성별에 따른 불편이 이만저만이 아니었다. 경찰서 건물 각 층의 화장실은 죄다 남성용으로 소변기가 줄지어 늘어선 형태였다.

동료경찰 한 사람이 그 문제에 대해 언급했다.

"적어도 화장실 한 군데는 여성 전용으로 해야 하지 않을까요?"

옆에 앉아있던 동료경찰이 말했다.

"그렇게 할 경우 볼일이 급할 때 아래층이나 위층으로 가야하는데, 그럼 너무 불편하잖아요."

내가 나서서 제안했다.

"남녀 구분하지 말고 사용할 수도 있잖아요. 남녀 공동으로 쓰면 되지 않나요?"

동료경찰 하나가 초등학생처럼 손을 번쩍 치켜들고 말했다.

"내가 소변을 보고 있는데 어떤 여성이 화장실 부스 안에 있다고 생각하면 기분이 찜찜하잖아요."

누군가가 히죽거리며 말했다.

"그럼 잘 나오던 오줌 줄기가 갑자기 뚝 끊어지겠네요."

그 말에 모두들 웃음을 터뜨렸다.

민원실 화장실은 남녀 성별에 따라 구분되어 있었고, 접수계 바로 옆에 위치해 있었다. 나는 민원실 화장실을 자주 이용했다. 어느 날, 화장실에 다녀오다가 접수계에서 일하는 동료경찰들이 낄낄대며 속닥거리는 소리를 들었다.

"애나는 볼일을 너무 자주 봐요. 오늘만 벌써 세 번째예요."

경찰서에 하나밖에 없는 탈의실도 문제였다. 넓은 샤워 시설도 있고, 간막이노 갖춰져 있었지만 어쨌거나 하나였다. 동료경찰 모두가 하나밖에 없는 탈의실을 이용할 수밖에 없었다.

나 때문에 동료경찰 모두에게 탈의실 사용 금지 결정이 내려졌다. 물론 내가 요청한 일은 아니었다. 걸리버 서장이 탈의실 문에 '여성용'이라는 글자를 붙여 놓은 탓이었다. 그가 어이없어 하는 표정으로 쳐다보는 동료경찰들에게 말했다.

"탈의실은 남녀가 구분해서 사용해야 되는 거야. 브라운 시장이 여성용 탈의실을 별도로 만들어주라고 지시했으니까 앞으로 자네들은 각자 방에서 알아서 옷을 갈아입도록 해."

동료경찰들이 투덜대는 모습을 지켜보다 못해 차라리 내가 사무실에서 옷을 갈아입겠다고 했다.

걸리버 서장이 내 제안을 거부했다.

"이 친구들이 자네가 팬티만 걸치고 있는 모습을 문틈으로 훔쳐보면 어쩌려고 그래?"

결국 내가 집에 가서 옷을 갈아입고 오는 것으로 타협을 보았다.

다음날 내가 아예 제복차림으로 출근하자 걸리버 서장이 방으로 나를 불렀다.

"자네가 제복을 입고 민간인 차량을 운전하는 모습이 보기에 좋지 않아."

"제가 옷을 갈아입을 탈의실이 없잖아요?"

"경찰마크가 없는 차를 내줄 테니까 제복차림으로 오갈 때는 그 차를 쓰도록 해."

짙게 선팅한 검은색 지프였다. 유리 상단과 그릴 안쪽에 경광등이 숨겨져 있었다. 오르피아경찰서 주차장에 세워져 있는 차량들 중에서 두 대만이 경찰마크가 붙어있지 않았다. 다른 한 대는 걸리버 서장이 사용하는 차량이었다. 동료경찰들이 보물인 듯 탐내던 차를 내가 타고 다니게 된 셈이었다.

휴게실에서 임시회의가 열렸다.

"경찰서에 온 지 며칠 되지도 않은 신참이 벌써부터 온갖 특권을 혼자 독차지하고 있어요."

노골적으로 불만을 토로하는 동료경찰들에게 내가 말했다.

"차를 양보할 테니까 탈의실을 나 혼자 사용하게 해주세요."

누군가가 나서서 빈정거렸다.

"당신이 방에서 옷을 갈아입으면 되잖아요. 우리가 덮칠까 봐 겁나요?"

차량 문제가 재스퍼와 처음으로 충돌하게 된 계기로 작용했다. 그가 오래 전부터 지프를 탐내오고 있었다는 사실을 나중에야 알게 되었다.

재스퍼는 걸리버 서장을 찾아가 불만을 토로했다.

"제가 수석부서장이니까 그 차를 사용하게 해줘요."

"나도 여간 골치 아픈 문제가 아니야. 여자경찰 없이 지낼 때가 좋았지. 애나가 온 이후 나도 스트레스를 정말 많이 받고 있어. 저러다가 갑자기 임신했다고 빠지면 어쩔 거야. 빈자리를 채우자면 자네와 내가 추가근무를 해야 하겠지."

오르피아경찰서에서 근무를 시작할 때 나에게 차석부서장 지위가 주어졌다. 지난 몇 년간 시의 규모가 커지면서 업무량이 많아진 만큼 부서장 자리를 하나 더 늘리고 새로운 인원을 편성해 과도한 업무에 숨통을 터주자는 의도였다.

내가 처음 부임했을 때 동료경찰들이 꼬치꼬치 캐물었다.

"당신을 차석부서장 자리에 앉힌 이유가 뭐죠?"

"나를 위한 일이 아니라 새로운 직책을 하나 더 만들고 새로운 인원을 배치한 거예요."

동료경찰들은 의구심을 풀지 않았다.

"순찰을 돌다가 길길이 날뛰는 불량배 놈과 마주칠 경우 당신 혼자서 체포할 자신이 있어요?"

"당신은 할 수 있어요?"

"물론이죠."

"당신은 할 수 있는데 나는 왜 못할 거라 생각하죠?"

"범죄현장에 나가본 적 있어요?"

"뉴욕에 있을 때 허구한 날 나가봤어요."

그들은 차석부서장이라는 내 직위를 인정해줄 생각이 없어보였다.

"어떤 일을 했는데요?"

"인질협상 담당자였어요. 인질극이 벌어지면 내가 나서서 중재했어요. 가정폭력 현장이나 시위 현장에도 나가 봤고, 자살하려는 사람을 회유해 안전지대로 데려오는 일도 해봤어요."

동료경찰들은 내 말을 듣고 어깨를 으쓱하며 시큰둥한 표정을 지었다.

"강력범죄현장과 그런 일은 차원이 달라요."

그들은 내가 무슨 말을 해도 끝내 인정하려들지 않았다.

∴

오르피아경찰서에서 근무하기 시작한 첫 달에는 은퇴를 얼마 남겨
두지 않은 루이스 어반과 팀을 이루었다. 근무시간에 어디론가 잠적
해버리는 일이 잦아 그의 몫까지 대신 뛰어야 했다. 주요 업무는 야
간에 해변과 시립공원을 순찰하고, 교통위반 딱지를 떼고, 술집 폐점
시간이면 으레 벌어지는 취객들의 싸움을 뜯어말리는 일이었다.

현장에 출동할 때마다 빠르고 정확한 사건처리 능력을 입증해보
였지만 동료들과의 관계는 갈수록 꼬여갔다. 나 때문에 잘 돌아가
던 지휘계통이 혼선을 빚게 되었다는 불만이 이어졌다. 오르피아
경찰서는 수년간 걸리버 서장과 재스퍼를 중심으로 돌아가는 쌍두
마차 체재였다. 두 사람이 진두에 서서 각자 추종하는 무리들을 거
느려왔다. 걸리버 서장은 다음해 10월 1일에 은퇴가 결정되어 있
었고, 차기 서장으로 재스퍼가 유력했다. 걸리버 서장은 이미 지는
해라 실질적인 리더는 재스퍼였다. 내가 차석부서장으로 부임하면
서 재스퍼 중심의 지휘라인에 혼선이 빚어졌다. 나는 재스퍼와 계
급이 같은 경사였고, 명령을 무조건 받아들일 의무는 없었다.

재스퍼가 나를 비방하기 시작했다. 그는 동료들에게 나와 친하
게 지내면 신상에 좋지 않을 거라며 은근히 압력을 가했다. 그와의
관계가 껄끄러워지기를 바라는 사람이 없다보니 업무상 접촉을 제
외하면 어느 누구도 나와 친밀하게 지내는 걸 원하지 않았다. 퇴근
시간에 탈의실에서 맥주 한잔 하러 가자는 말이 나올 때마다 재스
퍼가 엄포를 놓았다.

"은퇴할 때까지 똥 치우는 일을 맡고 싶지 않으면 그 멍청한 년
을 데려가자는 말은 하지 마."

"당연하죠."

다들 재스퍼의 말에 충성을 맹세했다.

동료경찰들은 내가 퇴근 후에 한잔 하자고 제안하면 이런저런 핑계를 대며 회피했다. 일요일에 동료들을 집에 초대한 적이 있었는데 다들 약속시간을 얼마 남겨두지 않고 갑자기 일이 생겼다며 오지 않았다. 나는 아홉 사람이 먹을 음식을 앞에 두고 혼자 식사를 할 수밖에 없었다. 동료들로부터 노골적인 따돌림을 당하다보니 사교활동이 극히 제한되었다. 가끔 브라운 시장의 부인 샬롯 브라운과 저녁식사를 하는 게 고작이었다. 〈카페아테나〉를 즐겨 찾다 보니 여주인 실비아 테넨바움과도 얼굴을 익혔다. 실비아는 친구 사이라고 말할 단계는 아니었지만 가끔 편하게 이야기를 나누었다. 그나마 자주 만나는 사람은 이웃에 사는 코디 일리노이였다. 근무가 없을 때면 그가 운영하는 서점을 찾았고, 일을 거들어주는 경우도 많았다. 코디는 연극제 자원봉사자협회 회장이기도 했다. 여름으로 접어들면서 나도 자원봉사자협회에 가입하게 되었고, 일주일에 한 번씩 사람들과 어울려 저녁시간을 보냈다.

동료들의 태도가 호의적으로 바뀌려할 때마다 재스퍼가 나서서 제동을 걸었다. 그는 내 과거이력을 캐내 이름을 부를 때마다 앞에 별명을 붙였다.

'방아쇠 애나', '살인 애나'.

동료들이 그런 별명으로 부르는 이유를 묻자 재스퍼가 얼간이처럼 키득거리며 말했다.

"다들 조심해. 애나는 방아쇠를 가볍게 당기는 사람이야. 애나, 난 당신이 뉴욕에서 왜 이 촌구석으로 밀려났는지 알고 있어."

오르피아경찰서의 내 사무실 출입문에 신문에서 스크랩한 기사가 붙어 있었다. 다음과 같은 제목의 기사였다.

맨해튼 보석상 강도사건
경찰의 오발로 인질 사망

나는 걸리버 서장을 찾아가 스크랩기사를 내보이며 물었다.

"서장님이 재스퍼에게 내 이야기를 해주었죠?"

"나는 전혀 모르는 일이야."

"서장님이 얘기해주지 않았는데 재스퍼가 그 일에 대해 어떻게 알게 되었을까요?"

"자네 인사기록에 다 나와 있는 내용이야. 재스퍼가 무슨 수를 썼는지 모르지만 자네 인사카드를 들여다봤겠지."

재스퍼는 나를 망신주기 위해 온갖 치졸한 짓을 다했다. 내가 시내나 외곽에서 혼자 순찰을 돌다 보면 무전기로 빈번하게 호출이 왔다.

"여기는 본부, 애나 캐너 경사는 현장으로 긴급 출동하시오."

내가 사이렌과 경광등을 켜고 현장으로 급히 달려가 보면 지극히 하찮은 사고 일색이었다.

기러기 떼가 17번 도로를 점령했다거나 고양이 한 마리가 옹이구멍에 빠져 나오지 못한다거나 치매기가 있는 노부인이 수상한 소리가 들린다며 밤새 세 번이나 신고했을 때 어김없이 나를 호출해 현장으로 달려가게 했다.

내 사진이 《오르피아크로니클》지에 실린 적도 있었다. 기사 제목은 '목장 울타리를 탈출한 소떼'였다. 그 기사에 내가 쇠똥을 흠씬 뒤집어쓴 우스꽝스러운 모습으로 암소의 꼬리를 잡고 도로 밖으로 끌어내는 사진이 실려 있었다. 사진 밑에 '경찰의 활약상'이라는 설명이 붙어 있었다.

그 기사 스크랩이 내가 타고 다니는 경찰차 와이퍼에 끼워져 있었고, 누군가 사인펜으로 '오르피아의 두 암소'라고 휘갈겨 쓴 글씨가 적혀 있었다.

주말에 그 기사를 본 내 부모가 오르피아로 나를 찾아왔다.

아버지가 《오르피아크로니클》지를 내 눈앞에 들이대고 흔들어 보였다.

"고작 소떼나 몰려고 여기에 왔니? 아무리 생각해도 넌 변호사가 되었어야 해."

"아버지, 15년째 똑같은 말씀을 반복하고 있다는 걸 아세요?"

"로스쿨을 졸업한 네가 촌구석에 처박혀 경찰 노릇을 한다는 게 말이 안 되니까 하는 소리야."

"제가 좋아서 하는 일이라고 했잖아요. 가장 중요한 게 바로 그 점 아닌가요?"

아버지가 내게 통고하듯 말했다.

"마크를 로펌 소속 변호사로 승진시킬 생각이다."

나도 모르게 한숨이 터져 나왔다.

"딸의 전남편과 일하는 게 그렇게 좋아요?"

"너도 알다시피 마크는 좋은 친구야."

"마크 이야기는 그만해요."

나는 화제를 돌리려고 했다.

"마크는 다시 너랑 결합할 준비가 되어 있어. 마크와 다시 합치고, 너도 로펌에 들어와 일해라."

"저는 경찰이 좋아요."

제스 로젠버그

2014년 7월 1일 화요일

연극제 개막 25일전

스테파니 메일러가 실종된 지 일주일이 지났다.

오르피아 사람들의 관심은 온통 스테파니 메일러 실종사건에 쏠려 있었다. 다들 스테파니가 나쁜 일을 당했을지 모른다고 생각하며 혹시 또 다른 피해자가 발생하지 않을까 불안에 떨었다.

7월 1일, 데렉과 나는 〈카페아테나〉에서 애나를 만나 함께 아침식사를 했다. 애나는 소리 소문 없이 증발해버린 커크 하비 서장에 대한 이야기를 우리에게 전했다.

"《오르피아크로니클》지에서 자료창고를 뒤져봤어요. 1994년 연극제 관련기사를 찾다가 우연히 발견했는데 한 번 보세요."

애나가 카피한 기사를 우리 앞에 내밀었다.

저명한 비평가 메타 오스트롭스키
연극제에 대해 말하다

뉴욕의 저명한 비평가 메타 오스트롭스키가 연극제를 어떻게 보았는지 다룬 기사였다. 기사를 읽어 내려가던 중 별안간 한 대목이 눈길을 사로잡았다.

나는 데렉에게 그 대목을 읽어주었다.

"기자가 비평가 메타 오스트롭스키를 만나 이번 연극제에 출품한 작품들 가운데 각별히 참신하고 놀라운 작품이 있었는지 묻자 다음과 같은 대답을 내놓았다. '연극을 본 사람들이라면 다들 동의하겠지만 《엉클 바니아》가 가장 신선하고 매력적인 작품이었다고 생각합니다. 엘레나 역을 맡은 샬롯 커렐이 작품을 한 자원 늘어올리는 연기를 펼쳐보였지요. 그 반면 크게 실망스러운 작품도 있었는데 커크 하비의 우스꽝스러운 일인극은 처음부터 끝까지 참담한 수준이었습니다. 그 정도 작품을 전국적인 규모의 연극제 무대에 올린다면 관객에 대한 모독이죠.'"

데렉이 믿기 어렵다는 듯 말했다.

"우리가 찾고 있는 커크 하비가 맞아?"

애나가 대답했다.

"네, 바로 그 커크 하비 맞아요."

나는 놀란 기분으로 중얼거렸다.

"커크 하비가 연극제에 나왔단 말이야?"

데렉이 한 마디 거들었다.

"이제 보니 커크 하비는 1994년 4인 살인사건과 연극제에 다 관련된 인물이네."

"스테파니가 그를 찾아다녔던 것도 그런 이유 때문이었을까? 어쨌거나 우린 그를 한시바삐 찾아내야해."

우리는 오래 전부터 오르피아경찰서에 근무하다가 애나가 부임해 오고 나서 얼마 뒤 은퇴한 루이스 어반을 찾아갔다. 하비 서장과 오랫동안 함께 근무한 사람이기 때문에 뭔가 알고 있을 수도 있었다.

우리가 찾아갔을 때 루이스 어반은 화단을 손질하는 중이었다.

그가 애나를 보자 다정한 미소를 지으며 말했다.

"오르피아경찰서에서 나를 찾아온 사람은 자네가 처음이야."

"사실은 뭘 좀 물어볼게 있어서 왔어요. 함께 온 이 분들은 주 경찰 소속 형사들입니다. 우리는 커크 하비 서장을 찾고 있어요."

루이스 어반이 우리를 다이닝룸으로 데려가더니 커피를 내왔다.

"유감스럽지만 나도 하비 서장이 어디로 사라졌는지 몰라."

애나가 다시 물었다.

"사망했을까요?"

"사망이 아니라 실종이라고 봐야겠지. 하비 서장이 살아있다면 올해 나이 쉰다섯일 거야."

애나가 문제를 파고들었다.

"4인 살인사건이 종결된 직후였죠?"

"그 무렵이야. 그야말로 하비 서장은 어느 날 갑자기 사라져버렸어. 사직서를 남겨두긴 했지만 무엇 때문에 사라졌는지 자세한 내막은 알 수 없었지."

"당시 그의 실종에 대해 수사가 이루어졌나요?"

루이스가 고개를 숙이며 겸연쩍은 기색으로 대답했다.

"그냥 덮어버렸어."

애나가 캐물었다.

"경찰서장이 사라졌는데, 어느 누구도 행방을 알고자 하지 않았다는 건가요?"

루이스 어반이 대답했다.

"다들 하비 서장을 싫어했으니까. 실종 당시 그는 수하 경찰들을 통솔할 수 있는 권위를 상실했어. 그 대신 걸리버 부서장이 실권을 쥐고 있었지. 우리는 하비 서장을 미워했기에 그의 지시를 무시했어. 심지어 그를 '나 홀로 서장'이라고 불렀으니까."

데렉이 나서서 물었다.

"다들 싫어하는 사람이 어떻게 서장이 될 수 있었죠?"

"처음에는 달랐어요. 하비 서장은 카리스마도 있고, 영리하고 통솔력 있는 사람이었는데 연극에 빠져 다른 사람처럼 변했어요. 하비 서장은 일과를 마치면 줄곧 연극대본을 썼어요. 휴가 때가 되면 뉴욕에 머물면서 브로드웨이 공연을 빼놓지 않고 챙겨봤죠. 그러다가 작품 한편을 완성해 무대에 올렸어요. 알바니대학 연극단원들과 함께 한 공연이었는데 여러 신문에 커크 하비라는 이름이 오르내릴 만큼 성공을 거두었죠. 알바니대학 연극단원인 여학생과 사랑에 빠지기도 했어요."

데렉이 이야기를 재촉했다.

"그래서 어떻게 되었죠?"

"하비 서장은 나름 자신감을 얻어 새 희곡을 썼고, 오르피아 연극제에 개막작으로 올리고 싶어 했어요. 고든 시장이 희곡을 검토해보더니 별로라며 퇴짜를 놓았죠. 두 사람은 그 문제로 틈날 때마다 다투었어요."

데렉이 다시 물었다.

"고든 시장이 그토록 반대했는데 어떻게 하비 서장의 작품이 무대에 오를 수 있었죠?"

"고든 시장이 연극제 개막일에 살해당했으니까요. 그 후 앨런 브라운이 시장대행을 맡게 되었고, 하비 서장은 직접 쓴 일인극을 연극제 공연리스트에 올려놓을 수 있게 되었죠. 브라운 부시장이 커크의 희곡을 리스트에 올려준 이유가 뭔지는 모르겠지만요."

내가 확인하듯 말했다.

"하비 서장이 연극을 무대에 올릴 수 있었던 건 순전히 고든 시장이 사망했기 때문이네요."

"그런 셈이죠. 저도 하비 서장의 연극공연을 봤는데 차마 눈뜨고 봐줄 수 없을 만큼 참담한 수준이었죠. 그때부터 하비 서장은 내리막길을 걷기 시작했어요. 그의 명예는 바닥으로 추락했고, 알바니 대학 연극 단원이었던 여학생도 떠나버렸죠."

내가 물었다.

"경찰서 사람들이 연극 때문에 하비 서장을 미워하게 된 겁니까?"

"아뇨, 연극제가 열리기 몇 달 전 하비 서장은 부친이 알바니 병원에서 암 치료를 받고 있다며 무급 휴가를 내고 간병을 하러 가야겠다고 했어요. 동료경찰들 모두가 안타까워하며 돈을 걷어 전달하는 한편 하비 서장이 출근하지 않아도 월급을 받을 수 있게 월차를 몰아주었죠. 그때만 해도 다들 하비 서장을 좋아하며 따랐으니까요."

"그래서 어떻게 되었죠?"

"알고 보니 하비 서장의 부친은 건강하게 잘 지내고 있었어요. 그가 알바니에 가서 연극대본을 쓸 시간을 벌기 위해 거짓말을 한 거예요. 그 후로는 아무도 그의 말을 믿지 않게 되었고, 서장으로서의 권위를 상실했죠."

"언제쯤 그런 일이 있었습니까?"

"하비 서장의 거짓말이 들통 난 건 아마도 1994년 7월 중순쯤이었을 거예요."

"커크 하비가 서장 역할을 제대로 할 수 없는 상태였는데 7월부터 10월까지 경찰서가 문제없이 굴러간 게 이상하네요."

"걸리버 부서장이 실질적인 서장 역할을 했어요. 시장의 공식 임명 절차를 밟지는 않았지만 아무도 문제 삼지 않았죠. 고든 시장이 살해된 이후 시장이 된 앨런 브라운은 시급히 해결해야 할 현안들이 산적해 있어 경찰서 인사문제를 챙길 여력이 없었거든요."

데렉이 의문을 제기했다.

"4인 살인사건을 수사하는 동안 우리는 줄곧 하비 서장과 공조하며 수사했는데요."

루이스 어반이 반문했다.

"하비 서장 말고 다른 협력자가 있었나요?"

"하비 서장만이 우리와 협력했어요."

"혹시 이상하다는 생각이 들지 않던가요?"

"당시에는 어찌나 바쁜지 미처 그런 생각을 하지 못했어요."

"하비 서장이 4인 살인사건의 정보를 독식하며 단독 수사를 진행한 겁니다. 그는 그 사건에 깊숙이 빠져있는 듯 보였어요."

"관련 기록이 남아있습니까?"

"오르피아경찰서 수사기록보관실에 하비 서장이 작성한 사건조서가 남아있을 겁니다."

애나가 말했다.

"수사기록보관실 서류함을 열어봤는데 텅 비어 있었어요."

루이스 어반이 말했다.

"그럼 지하 골방에 있는 하비 서장의 책상에 수사기록이 남아 있을지도 몰라요."

애나가 의아한 듯 물었다.

"지하 골방이 따로 있어요?"

"1994년 7월 어느 날, 하비 서장에게 단단히 속은 것에 화가 난 동료들이 해명을 요구하며 서장실로 몰려갔어요. 마침 하비 서장이 자리에 없는 바람에 몇몇이 책상을 뒤지기 시작했고, 그가 경찰

업무보다는 연극대본을 쓰느라 더 많은 시간을 할애하고 있다는 사실을 알게 되었죠. 그의 책상 서랍은 온통 연극 관련 자료들로 채워져 있었어요. 우리는 경찰 업무와 관련 없는 문서들을 전부 파쇄기에 집어넣고 나서 컴퓨터 전원을 뽑고 의자와 책상을 지하골 방으로 옮겼어요. 잡동사니를 쌓아두는 창고에 딸린 방인데 창도 없고 통풍도 안 되는 곳이었죠. 그날부터 하비 서장은 출근하는 즉시 지하 골방으로 내려갔어요. 다들 일주일도 버티지 못할 거라고 했지만 하비 서장은 무려 석 달이나 그 자리를 지키고 있다가 1994년 10월에 갑자기 어디론가 증발했어요."

우리는 쿠데타사건이 놀라워 잠시 할 말을 잃었다.

내가 말했다.

"그러니까 하비 서장은 어느 날 갑자기 소식이 끊긴 셈이네요."

"하비 서장이 사라지기 전날 나를 찾아와 꼭 전해야 할 말이 있다고 했어요."

∴

1994년 10월말, 오르피아

루이스 어반은 경찰서 화장실로 들어서다가 세면대에서 손을 씻고 있는 하비 서장과 눈이 마주쳤다.

하비 서장이 말했다.

"자네에게 꼭 해야 할 말이 있어."

루이스는 못들은 척하다가 하비 서장이 눈길을 거두지 않고 계속 쳐다보자 중얼거리듯 말했다.

"동료경찰들로부터 신뢰를 잃고 싶지 않아요."

"의도야 어떻든 내가 잘못했으니까 이제라도 사과할게."

"우린 월차까지 양보해가며 도움을 주려고 했는데 어쩜 그렇게 감쪽같이 속일 수 있죠?"

하비 서장이 억울하다는 듯 말했다.

"난 그저 무급휴가를 신청했을 뿐 자네들에게 도움을 요청한 적이 없어. 게다가 난 속일 생각이 전혀 없었는데 자네들이 도움을 주겠다고 자청하는 바람에 일이 이렇게 된 거야."

"서장님 잘못은 없고 죄다 우리가 잘못했다는 겁니까?"

"그런 뜻이 아니라니까 그러네. 나를 미워해도 좋으니까 한 번만 도와줘."

"내가 서장님과 대화를 주고받은 사실을 알게 되면 동료들이 내 자리도 지하 골방으로 옮기려고 할 겁니다."

"그럼 우리 다른 곳에서 만나 얘기할까? 오늘 저녁 8시에 마리나의 주차장에서 기다릴게. 테드 테넨바움에 대한 이야기인데 아주 중요한 일이야."

$$\therefore$$

나는 혹시 잘못들은 건 아닌지 의아해하며 물었다.

"하비 서장이 하려던 말이 테드 테넨바움에 대한 얘기였다고요?"

"난 약속장소에 나가지 않았어요. 하비 서장과 함께 있다가 동료들에게 들킬 경우 전염병 환자 취급을 당할 게 뻔했으니까요. 다음 날 출근해보니 걸리버 부서장이 하비 서장의 책상에 놓인 편지 한 통을 발견했다는 소식을 알려주더군요, 자필 서명이 들어간 편지였는데 하비 서장은 오르피아를 떠나면 다시는 돌아오지 않을 거라는 말을 남겨놓았어요."

데렉이 물었다.

"그때 당신은 어떤 생각이 들던가요?"

"솔직히 귀찮은 짐을 벗어버렸다는 생각이 들었어요. 하비 서장이 사라져주는 게 우리 모두를 위해 좋은 일이었죠."

루이스 어반의 집에서 돌아오는 길에 애나가 말했다.

"스테파니가 대극장에서 연극제 자원봉사자들을 인터뷰한 목적은 4인 살인사건이 벌어진 바로 그 시간에 테드가 어떻게 움직였는지 정확한 시간표를 작성하기 위해서였어요."

데렉이 말했다.

"지난 20년간 우리는 테드가 범인이라고 철석같이 믿고 있었어요. 하비 서장은 그와 관련해 무엇을 찾아낸 걸까요? 왜 그는 우리에게 그 이야기를 하지 않았을까요?"

그날 우리는 과학수사대로부터 스테파니의 컴퓨터를 분석한 결과와 함께 본체를 전달받았다. 우리는 스테파니의 컴퓨터에 달라붙어 MS워드로 작성한 파일을 열어보았다.

데렉이 말했다.

"스테파니가 작성한 기사일 거야."

애나가 말했다.

"기사가 아니라 소설 같은데요."

애나의 말대로 우리는 스테파니가 4인 살인사건을 소재로 소설을 한편 썼다는 사실을 알 수 있었다.

무죄

스테파니 메일러 작

그 이상한 구인광고는 구둣가게 광고와 어느 중국식당 광고 사이에 자리 잡고 있었다. 20달러도 안 되는 가격에 뷔페를 제공한다는 식당이었다.

성공작을 쓰고 싶습니까?
진지한 집필 작업을 맡아줄 야망 있는 작가를 구함.
신원보증서 필수.

처음에는 대수롭지 않게 여기고 그냥 넘어가려했다. 그러다가 문득 궁금증이 일었다. 나는 광고 하단부에 적힌 번호로 전화를 걸었다. 한 남자가 전화를 받았고, 그때만 해도 나는 목소리의 주인공이 누군지 알아차리지 못했다. 다음날 남자가 일러준 대로 소호에 있는 카페에 들어서고 나서야 그가 누군지 알아보았다.

"당신이었어요?"

나는 그를 보자마자 깜짝 놀랐다.

그도 나만큼 놀란 눈치였다. 그는 오래전부터 머릿속에서 맴돌고 있는 작품이 있는데 대신 써줄 작가를 찾고 있다고 했다.

그가 말했다.

"사실은 작가를 찾는 구인광고를 싣기 시작한 지 20년이 되어가고 있어요. 지금껏 만나본 지원자들은 글쓰기 실력이 하나같이 보기 민망한 수준이었죠."

"왜 소설을 직접 쓰지 않고 대신 써줄 사람을 구하죠?"

"나를 위한 책이니까요. 당신이 집필을 맡아줘요."

"왜 직접 쓰지 않는지 이유를 말해줘요."

"내가 직접 쓰면 사람들이 뭐라고 하겠어요? 소설을 쓰고 나면 당신은 별 걱정 없이 살 수 있을 만큼 돈을 벌 수 있어요."

"무슨 말씀이죠?"

"그 소설이 당신을 유명작가로 만들어줄 거예요. 또 그 소설이 나에게는 평화를 가져다줄 겁니다. 지난 20년간 나를 따라다니며 괴롭혀온 질문에 대해 마침내 해답을 찾게 되었다는 만족감을 얻게 될 테니까요. 당신이 수수께끼를 풀어줄 열쇠를 찾아내기만 한다면 매우 뛰어난 추리소설이 될 수 있어요. 독자들이 아주 좋아할 거예요."

스테파니의 소설은 읽는 사람의 시선을 붙잡아두는 힘이 있었다. 한편 스테파니는 소설에서 1994년에 벌어진 4인 살인사건을 조사할 수 있는 환경과 명분을 얻기 위해 《오르피아크로니클》지에 들어가게 되었다고 했다.

다만 어떤 부분이 실제로 있었던 일이고, 어떤 부분이 허구인지 구분하기 어려웠다. 스테파니가 소설에서 쓴 내용이 실제로 벌어졌던 일이라면 소설을 써달라고 부탁했던 수수께끼 같은 인물은 과연 누구일까? 또 소설을 대신 써달라고 한 이유는 무엇일까? 스테파니는 이름을 언급하지 않았지만 내용상 그녀가 익히 알고 지내던 사람이 분명했다. 그가 4인 살인사건이 일어났던 시각에 대극장 안에 있었다는 것도 분명해보였다.

"내가 신문사회면에 대대적으로 보도된 그 사건을 머릿속에서 떨쳐버리지 못하는 건 아마도 그런 이유 때문일 거예요. 그 사건이 일어나고 있을 때 난 대극장에 있었고, 무대에서 공연되고 있는 작품을 지켜보고 있었어요. 《엉클 바니아》라는 작품이었는데 바로 그 시각에 거기서 가까운 펜필드에서 사람들을 경악하게 만든 비극적 사건이 벌어지고 있었죠. 그날부터 단 하루도 그 사건에 대한 상상을 멈출 수 없었어요. 과연 무슨 일이 있었는지 계속 내 자신에게 질문을 던지며 장차 그 이야기로 추리소설을 써야겠다고 생각해왔어요."

"그 사건이라면 이미 범인이 누군지 밝혀졌는데요. 테드 테넨바움이라는 남자로 오르피아에서 식당을 운영하던 인물이었어요."

"경찰이 찾아낸 여러 단서들이 테드가 범인이라는 사실을 입증해주긴 했지만 나는 아직 그 결론에 백퍼센트 동의하기 어려워요. 그 사건이 일어나던 날, 테드는 대극장에서 자원봉사대 구조원으로 일하고 있었죠. 그날 저녁 7시가 되기 직전 내가 거리로 나왔을 때 밴 한 대가 눈앞에서 지나가는 게 보였어요. 차 뒤창에 특이한 로고스티커가 붙어 있어 금세 내 눈에 띄게 되었죠. 얼마 후 신문 기사를 읽다가 그 밴이 테드의 차량이라는 사실을 알게 되었어요. 문제는 그 당시 밴을 몰았던 사람은 테드가 아니었다는 거예요."

애나가 물었다.

"밴이 유력한 단서였나요?"

데렉이 설명했다.

"밴의 소유자가 테드라는 사실이 체포영장을 청구하는 핵심증거가 되었죠. 사건이 벌어지던 바로 그 시간에 고든 시장의 자택 앞에 세워져 있던 밴을 본 목격자가 있었어요."

"밴을 운전한 사람이 정말 테드가 아니었을까요?"

이번에는 내가 대답했다.

"이 책에 등장하는 남자는 그렇게 주장하고 있네요. 스테파니가 나를 찾아와 범인을 잘못 짚었다고 했던 이유도 바로 그 남자의 말에 근거를 두고 있었나 봐요."

데렉이 중얼거렸다.

"그렇다면 그 남자는 테드가 범인이 아닐 수도 있다는 사실을 알고 있었으면서 왜 입을 다물고 있었을까?"

우리 세 사람이 보기에 한 가지는 분명했다. 스테파니가 의도적으로 모습을 감추었다면 컴퓨터를 놓아두고 떠났을 리 없다는 사실이었다.

유감스럽게도 우리의 예상은 틀리지 않았다. 7월 2일 수요일 아침, 디어 호 주변을 둘러보던 여성 조류탐사가가 수련과 갈대 사이에 떠 있는 뭔가를 포착했다. 이상한 생각이 들어 쌍안경으로 자세히 살펴본 결과 사람 시체라는 걸 알 수 있었다.

데릭 스콧

1994년 8월, 수사는 답보상태를 면하지 못하고 제자리를 맴돌았다. 우리는 여전히 유력한 용의자를 찾아내지 못했다. 그날 밤, 정황상 고든 시장 일가족이 오르피아를 급히 떠나려다가 살해되었다는 걸 알 수 있었으나 그 이유가 뭔지에 대해서는 밝혀낼 수 없었다. 고든 시장 부부의 주변 사람들도 딱히 이상한 기미를 발견하지 못했다고 했고, 계좌추적을 해봤지만 특이점을 찾아내지 못했다.

범행에 사용된 무기는 베레타 권총이었고, 범인은 비교적 잘 훈련된 사수였다. 등록된 총기를 열람해보고, 사격협회 회원 명부를 살펴보았으나 이렇다 할 실마리를 찾아내지 못했다. 답답한 수사 상황이 계속되는 가운데 범행 직전 살해현장 근처에 세워져 있던 검은색 밴이 유일하게 기대를 걸어볼 수 있는 단서였다.

맥케나 과장은 수시로 우리를 압박했다.

"내가 자네들을 잘못 본 건가? 형사들이 휴게실에 둘러앉아 뭐라고 수군거리는지 알아? 자네들이 애송이들이라 수사가 진척되지 않는다는 거야. 계속 이런 식이면 자네들은 얼간이 낙인이 찍히겠지. 자네들에게 수사를 맡긴 나도 얼간이 취급을 받게 될 거야. 네 사람이 죽은 중대한 사건이야. 다들 이 사건에 촉각을 곤두세우고 있어. 분명 어딘가에 단서가 남아 있을 테니까 한시바삐 찾아내."

우리는 하루에 스무 시간씩 수사에 매진했다. 나는 사실상 제스와 나타샤의 집에 붙어살게 되었고, 별 수 없이 욕실을 같이 썼다. 이제 그 집 욕실에는 칫솔 세 개가 나란히 놓여 있었다.

검은색 밴을 목격했던 레나 벨라미 덕분에 수사는 획기적인 전환점을 맞게 되었다. 4인 살인사건이 일어난 지 열흘이 되던 날 레나는 남편과 함께 시내중심가로 저녁식사를 하러 나왔다. 그녀는 집 주변에서 끔찍한 살인사건이 벌어진 이후 겁이 나 바깥출입을 할 엄두를 내지 못하고 줄곧 집안에서 지냈다. 아이들을 집 맞은편에 있는 공원 놀이터에 보내기조차 꺼림칙했다.

테렌스는 몇 번이나 레나의 기분을 바꿔주려고 애쓴 끝에 마침내 함께 외출할 기회를 얻게 되었다. 그들은 연극제 개막에 맞춰 문을 연 〈카페아테나〉로 향했다. 그 식당은 벌써부터 입소문이 자자한 핫플레이스가 되어 자리를 예약하기 쉽지 않았다.

테렌스는 마리나의 주차장에 차를 세우고, 감미로운 저녁 공기를 음미하며 〈카페아테나〉까지 산책하듯 걸었다. 식당의 멋진 외관이 눈길을 사로잡았다. 사방에 촛불을 밝힌 테라스에는 아름다운 꽃들이 만발해 있었다. 식당 전면이 온통 유리로 되어 있었고, 올빼미 모습을 형상화한 그림이 그려져 있었다.

식당 전면을 바라보던 레나가 별안간 소스라치며 몸을 떨었다.

레나가 남편에게 말했다.

"저 그림이야!"

"무슨 그림?"

"검은색 밴 뒤창에 붙어있던 그림이 바로 저 올빼미 형상이었어."

벨라미 부부는 곧장 우리에게 연락했고, 제스와 나는 전속력으로 오르피아를 향해 달려갔다. 벨라미 부부가 마리나 주차장에서 우리를 기다리고 있었다. 문제의 검은색 밴이 〈카페아테나〉 앞에 주차되어 있었다. 식당 유리창 그림과 밴의 뒤창 그림이 의심의 여지없이 일치했다. 벨라미 부부는 어깨가 떡 벌어진 남자가 밴을 세우고 식당 건물 안으로 들어가는 걸 보았다고 했다. 차량번호를 조회한 결과 밴의 주인은 〈카페아테나〉의 주인인 테드 테넨바움이었다.

우리는 테드를 서둘러 체포하는 대신 은밀히 뒷조사를 벌였다. 그 결과 테드가 일 년 전 권총을 구입한 사실을 알아냈지만 베레타는 아니었다. 게다가 사격장을 정기적으로 이용했다. 사격장 주인은 테드가 사격에 남다른 소질이 있었다고 진술했다.

테드는 맨해튼의 유복한 가정에서 자랐고, 그의 부친은 다혈질 성격에 주먹을 휘두르는 일이 잦았다. 아버지에게 매를 맞고 자란 사람들이 흔히 그러하듯 테드 역시 자주 폭력적 성향을 보여 스탠퍼드대학에서 퇴학당했고, 몇 달간 감옥신세를 지기도 했다. 전과 경력 탓에 그는 한동안 총기 소지 면허를 받을 수 없었다.

테드는 몇 년 전 오르피아에 와서 자리를 잡았고, 눈에 띄는 행동을 한 적은 없었다. 그는 레이크팰리스호텔에서 일하다가 그만두고 자기 사업으로 〈카페아테나〉를 열었다. 〈카페아테나〉 개업 문제로 고든 시장과 심한 갈등을 빚기도 했다.

테드는 식당이 대성공을 거두리라는 자신감이 있었고, 사업을 구상하며 눈여겨봐둔 중심가의 건물을 사들였다. 소유주가 가격을 지나치게 높게 책정해놓아 입지를 탐내던 사람들이 많았지만 매입을 포기한 건물이었다. 우선 식당을 열려면 지목변경이 필요했다. 테드는 지목변경을 신청하면 고든 시장이 별 문제없이 들어줄 거라고 믿었다. 기대와 달리 고든 시장은 〈카페아테나〉 사업 계획에 대해 반대의사를 표하며 지목변경을 거부했다.

테드는 맨해튼 스타일의 고급식당을 열 생각이었고, 고든 시장은 호화식당이 오르피아의 발전을 위해 그다지 도움이 되지 않는다는 입장을 고수했다. 시정 직원들의 증언에 따르면 두 사람은 그 문제로 여러 번 거친 설전을 벌였다.

2월 어느 날 밤, 그 건물에 화재가 발생했다. 화재사건은 테드에게 유리한 국면을 만들어주었다. 건물이 불에 전소된 탓에 이제는 지목변경이 아니라 아예 새 건물을 지어야만 했다. 결국 시에서도 지목변경 허가를 내줄 수밖에 없었다. 당시 그 일에 대해 우리에게 이야기해준 사람이 바로 하비 서장이었다.

"결국 화재가 나는 바람에 테드가 식당을 개업할 수 있었다는 뜻이군요."

"그런 셈이죠."

"그렇다면 화재사건도 방화로 추정할 수 있겠네요."

"물론 그런 추론이 가능하지만 테드가 방화했다고 입증할 증거는 없어요. 일이 잘 풀리려고 때마침 화재가 났다고 봐야겠죠. 테드는 결국 영업허가를 얻어냈고, 연극제가 열리기 직전 〈카페아테나〉를 오픈할 수 있었습니다."

바로 그런 점들이 수사에 결정적인 영향을 미쳤다. 고든 시장이 테드의 지목변경 요청을 받아들이지 않는 바람에 양자간 다툼이 심했다는 사실이 여러 증인들의 진술을 통해 밝혀졌다. 걸리버 부서장이 말하길 갈등이 한창 고조될 무렵 두 사람이 백주대로에서 몸싸움을 벌인 적도 있다고 했다.

우리는 수사를 시작한 지 열흘이 지나서야 그런 정보를 입수할 수 있었다는 게 아쉬웠다.

"고든 시장과 테드 사이에 심각한 갈등이 있었다는 사실을 왜 아무도 우리에게 알려주지 않았죠?"

걸리버 부서장이 대답했다.

"지난 3월에 있었던 일이라 나 역시 까맣게 잊고 있었어요. 이해관계에 따른 분쟁은 어디서든 자주 발생하는 일이니까요. 시의회가 열릴 때 방청석에 앉아 무슨 얘기들을 주고받는지 구경해보면 금세 알 수 있을 겁니다. 저마다 자기 이익을 실현하기 위해 악착같이 치고받기 마련이죠. 그들 사이에 이해관계에 따른 갈등이 있었다고 하더라도 상대에게 무자비한 총질을 가했을 거라고 의심할 수는 없잖아요."

제스와 나는 사건을 끌 생각이 없었다. 마침내 명백한 혐의가 있는 용의자를 찾아냈다고 확신했다. 테드에게는 분명 고든 시장을 살해할 동기가 있었다. 테드는 숙련된 사수였고, 범행이 벌어지던 바로 그 시각에 그의 소유인 밴이 고든 시장 자택 앞에 세워져 있었다.

1994년 8월 12일 새벽, 우리는 고든 시장과 레슬리 고든, 그들 부부의 아들인 아더 고든 그리고 메간 패들린을 살해한 혐의로 테드 테넨바움을 전격 체포했다.

우리는 동료 형사들과 맥케나 과장이 감탄어린 눈빛으로 지켜보는 가운데 뉴욕 주 경찰본부로 의기양양하게 개선했다. 우리의 승리는 고작 몇 시간밖에 지속되지 못했다. 테드는 뉴욕의 거물변호사 로빈 스타에게 변호를 요청했다. 테드의 누나가 보석금 10만 달러를 지불한 직후 로빈 스타가 테드를 변호하기 위해 경찰서에 왔다.

로빈 스타는 날카로운 지적으로 제스와 나의 허점을 파고들었다. 맥케나 과장은 조사실 유리창 뒤편에서 우리가 노련한 변호사에게 속절없이 당하는 모습을 노기등등한 얼굴로 지켜보았고, 동료 형사들은 우리를 조소했다.

로빈 스타가 말했다.

"그동안 기본이 안 되어 있는 형사들을 많이 봐왔지만 당신들은 단연 최악이군요. 대체 무슨 근거로 내 의뢰인을 유력한 용의자로 보고 있는지 다시 한 번 설명해 봐요."

내가 응수했다.

"용의자는 〈카페아테나〉 개업 문제로 몇 달 전부터 고든 시장과 심각한 갈등을 빚어왔습니다. 식당을 연극제 개막 전에 개업하자면 건축을 서둘러야했는데 고든 시장은 아예 개업 자체를 무산시키려고 했죠. 양자 사이에 빈번한 충돌이 빚어졌고, 용의자는 고든 시장 일가족과 자택 앞에서 조깅하던 메간 패들린을 살해하기에 이른 겁니다. 변호사님도 잘 알고 있겠지만 용의자는 사격에 능한 사람이기도 하죠."

로빈 스타가 나를 빤히 쳐다보았다.

"처음부터 끝까지 모호한 주장 일색이군요. 아주 감탄스러울 지경입니다."

테드는 계속 변호사가 대신 말하게 내버려두고 있었다.

로빈 스타가 말을 이었다.

"내 의뢰인은 7월 30일 저녁 7시에 고든 시장의 자택에 갈 수 없었던 아주 단순하고도 명백한 이유가 있었습니다. 대극장에서 자원봉사구조원으로 일하고 있었으니까요. 그날 밤 대극장 무대 뒤에서 일한 자원봉사자들 가운데 아무나 붙잡고 물어보세요. 테드가 어디에 있었는지 다들 자세히 말해줄 테니까."

내가 말했다.

"그날 저녁은 연극제 개막일이라 수많은 사람들이 무대 뒤를 오갔습니다. 테드가 슬쩍 자리를 빠져나와도 눈에 띄기 쉽지 않았죠. 게다가 대극장에서 고든 시장의 자택까지는 불과 몇 분밖에 걸리지 않는 거리였어요."

"그러니까 형사님의 주장은 내 의뢰인이 재빨리 차를 타고 시장 집으로 달려가 눈에 보이는 대로 일가족을 모두 쏴죽이고 아무 일도 없었다는 듯 대극장으로 돌아와 맡은 바 역할을 수행했다는 건가요?"

나는 자꾸 변호사에게 말려드는 느낌이 들어 결정적인 패를 꺼내 보이기로 작정했다.

"용의자가 소유한 검은색 밴이 범행 식전 고는 시장의 자택 앞에 세워져 있는 걸 본 사람이 있습니다."

로빈 스타가 나를 쏘아보다가 피식 웃음을 터뜨렸다.

"검은색 밴이 고든 시장 집 앞에 세워져 있었다는 증언이 바로 형사님들의 수사가 모래성에 불과하다는 걸 입증해주는 근거입니다. 게다가 증인은 열흘 동안 검정색 밴의 뒤창에 그려져 있는 그림이 뭔지 기억해내지 못하다가 별안간 발견했죠. 법정에서 증인이 확신하지 못하는 증언을 증거로 채택해주는 판사는 없습니다. 결국 있으나마나 한 증거이지요. 당신들의 수사는 보이스카우트 놀이 수준에 불과합니다. 부끄러운 줄 아세요. 더 이상 할 말이 없으면 의뢰인과 나는 이만 돌아가보겠습니다."

조사실 문이 열렸고, 맥케나 과장이 우리를 노려보았다. 테드와 로빈 스타가 돌아가는 모습을 물끄러미 지켜보던 그가 조사실 문을 닫더니 불같이 화를 내며 의자 하나를 발로 차 쓰러뜨렸다.

"내가 보기에도 변호사 말에 일리가 있어. 목격자의 기억에 의존한 증언은 법정에서 증거로 채택될 수 없어."

내가 말했다.

"테드가 범인입니다."

"그 알량한 심증만으로 무엇을 할 수 있지? 어서 썩 꺼져. 처음부터 다시 수사를 시작해!"

6장

살해된 여기자

2014년 7월 2일 수요일 – 7월 8일 화요일

제스 로젠버그

2014년 7월 2일 수요일

연극제 개막 24일전

17번 도로에서 디어 호로 진입하는 도로는 갑자기 밀려든 차량들로 완전히 가로막혀 있었다. 소방차, 구급차, 인근 경찰서에서 출동한 수십 대의 경찰차들이 장사진을 치고 있었다. 고속도로순찰대가 도로를 막고 차량들을 우회시켰다. 호수 인근 초지와 숲 자락에는 기동대원들이 깔린 상태였고, 경찰들이 진입로에 바리케이드를 치고 구경꾼들과 특종 냄새를 맡고 달려온 기자들의 접근을 제지했다.

애나와 데렉, 나는 호수의 비탈진 제방을 내려와 수면을 바라보고 있었다. 걸리버 서장과 몇 명의 경찰이 우리와 동행했다. 우리가 서있는 물가에는 갈대와 들쭉나무 덤불이 우거져 있었고, 수생식물들로 뒤덮인 호수가 우리의 눈앞에서 몽환적인 풍광을 자아내고 있었다. 물풀이 우거진 호수의 중간지점에 주변 수면과 색깔이 확연히 다른 시신이 보였다. 우리는 뉴욕 주 경찰본부에서 파견한 잠수부들이 도착하기를 기다리고 있었다.

내가 걸리버 서장에게 물었다.

"지난번에 이쪽 지역은 수색하지 않았습니까?"

"이 지역은 비탈면을 타고 호수로 내려오기도 어려울뿐더러 사방이 진창이고 갈대숲이어서 수색하기 힘든 곳입니다."

브라운 시장이 재스퍼와 함께 현장에 왔고, 잠수부들도 도착했다. 경찰들이 고무보트를 앞장서서 운반했고, 잠수부들이 묵직한 장비 가방을 짊어지고 뒤따랐다.

브라운 시장은 수련으로 뒤덮인 호수 수면에서 눈을 떼지 못했다. 잠수부들이 고무보트들을 호수에 띄웠다. 걸리버 서장과 나도 보트 하나에 올라탔다. 우리가 탄 보트가 먼저 출발했고, 잠수부들을 태운 보트가 뒤따랐다. 마침내 시신이 있는 위치에 도착했고, 보트 엔진을 껐다. 사방에 무시무시한 정적이 내리덮였다. 잠수부들이 호수로 뛰어들어 수련 사이에서 시신을 건져내는 모습을 지켜보았다. 잠수부들이 엎드린 자세로 있는 시신을 돌려놓는 순간 나도 모르게 몸을 움찔했다. 물에 불어 얼굴이 많이 변하긴 했지만 의심할 여지없이 스테파니 메일러였다.

시신을 호수에서 건져 내 제방으로 옮겨놓았다. 법의학 전문가인 란지트 싱 박사가 일차 검시에 착수했다. 애나와 데렉, 나, 브라운 시장, 걸리버 서장은 란지트 싱 박사의 설명을 듣기 위해 주변으로 모여들었다.

란지트 싱 박사가 말했다.

"피해자는 교살당한 것으로 추정됩니다."

브라운 시장이 두 손으로 얼굴을 감쌌다.

법의학 전문가가 말을 이었다.

"시신의 목에서 혈종이 보이고, 청색증 징후도 뚜렷이 나타나고 있습니다. 두 팔과 얼굴에는 손톱에 할퀸 상처가 있고, 팔꿈치와 무릎에는 찰과상이 있습니다."

걸리버 서장이 물었다.

"사망 시점이 언젠데 이제야 시신이 떠올랐을까요?"

"시신이 수면 위로 떠오르려면 어느 정도 시간이 필요합니다. 시신의 상태로 볼 때 사망 시점은 일주일이 넘은 것으로 추정됩니다."

"그렇다면 실종되던 날 밤에 살해당했겠군요."

브라운 시장이 경악한 표정을 지었다.

"맙소사! 누가 이런 짓을 했을까요?"

데렉이 말했다.

"매우 중대한 상황입니다. 우린 아직 범인의 살해동기에 대해 전혀 모르고 있고, 추가 범죄가 우려되는 실정입니다. 뉴욕 주 경찰본부에서 방범비상령을 선포해 병력 지원을 받아야 할 수도 있습니다."

브라운 시장이 걱정스러운 표정으로 물었다.

"방범비상령을 선포할 경우 외지에서 온 관광객들이 몹시 불안해할 텐데요. 오르피아는 해수욕장이 주요 수입원입니다. 이 지역에 살인자가 어슬렁거린다는 소문이 퍼져나가면 올여름 장사는 끝입니다. 오르피아에 관광객의 발길이 끊긴다는 게 과연 어떤 의미인지 다들 아실 겁니다."

브라운 시장이 몸을 돌려 걸리버 서장과 애나를 번갈아 쳐다보며 물었다.

"소문을 차단할 수 있을까요?"

걸리버 서장이 대답했다.

"이미 늦었습니다. 보시다시피 벌써 기자들이 수두룩하게 와 있잖아요."

별안간 통곡소리가 들려왔다. 스테파니의 부모가 호수 제방 위에서 울부짖고 있었다.

"스테파니!"

트루디 메일러가 실성한 사람처럼 울부짖었다. 메일러 부부가 정신없이 비탈을 달려 내려왔다. 애나와 내가 메일러 부부를 달래 경찰구급차가 있는 곳으로 데려갔고, 대기하고 있던 심리상담사가 그들을 맡았다.

햄프턴 전역에서 달려온 기자들이 조바심을 내며 브리핑을 기다리고 있었다. 브라운 시장과 걸리버 서장이 바리케이드로 막아놓은 경찰저지선까지 다가오자 방송사의 마이크와 카메라가 일제히 집결해 숲을 이루었다.

《오르피아크로니클》의 마이클 버드가 목청을 높여 질문했다.

"호수에서 발견된 시신이 스테파니 메일러 맞습니까?"

브라운 시장이 대답했다.

"추후 공식발표가 있을 예정이니 예단은 삼가주시기 바랍니다."

"스테파니 메일러일 가능성이 높기는 하죠?"

브라운 시장은 어쩔 수 없이 시인했다.

"아직 가족들의 확인절차를 거치지 않았으나 그럴 가능성이 높은 건 사실입니다."

다른 기자들의 질문이 빗발처럼 쏟아지는 가운데 마이클 버드가 다시 다른 목소리를 누르며 소리쳤다.

"스테파니의 아파트에서 일어난 화재도 우연한 사고가 아니었군요. 현재 오르피아에서 무슨 일이 벌어지고 있는지 솔직하게 말씀해주십시오."

브라운 시장이 차분한 어조로 대답했다.

"수사팀이 꾸려져 있는 만큼 정확한 수사 결론이 나올 때까지 기다려주시기 바랍니다. 저도 현재로서는 뭐라 말씀드릴 게 없습니다."

"심상찮은 살인사건이 발생했는데 독립기념일에 불꽃놀이 축제를 강행하실 겁니까?"

브라운 시장은 예기치 않은 질문을 받자 잠시 머뭇거리다가 대답했다.

"독립기념일의 불꽃놀이 축제는 부득이 취소할 수밖에 없습니다."

기자들과 구경꾼들이 일제히 웅성거렸다.

애나와 네렉, 나는 호숫가 비탈면을 탐색하면서 스테파니가 어떤 과정을 겪으며 디어 호에 다다랐는지 동선을 추정해보았다. 데렉은 범인이 스테파니를 살해해 호수에 던져버린 건 사전에 계획한 범행이 아닌 것 같다는 의견을 제시했다.

"만약 범인이 사전에 범행을 계획했다면 시체에 모래주머니 따위를 매달았어야 마땅하잖아."

디어 호의 제방에는 키가 큰 갈대들이 장벽처럼 빽빽이 들어 차 있는 탓에 사람들이 접근하기조차 어려웠다. 그 덕분에 새들이 서식하기에는 최상의 환경이 조성되었고, 수십여 종의 조류들이 갈대숲에 둥지를 틀고 있었다. 갈대밭이 있는 제방 위쪽은 소나무 숲이었다. 17번 도로가 그 소나무 숲을 끼고 대서양까지 닿았다.

우리는 처음에는 디어 호로 접근하려면 비탈면을 이용하는 수밖에 없다고 생각했는데 근처 지형을 둘러보다가 소나무 숲으로 이어지는 지점의 갈대들이 일부 쓰러져 있다는 사실을 발견했다. 늪지대라 땅이 물러 발이 푹푹 빠졌지만 우리는 갈대가 쓰러져 있는 지점까지 어렵사리 다가갔다. 소나무 숲과 맞닿아 있는 평지였고, 바닥에 사람 발자국이 보였다.

데렉이 말했다.

"스테파니는 우리와 동일한 경로로 이곳에 오지는 않았을 거야."

애나가 말을 받았다.

"소나무 숲을 통과해 이곳에 왔을 거라는 뜻이죠?"

"네, 맞아요."

우리는 경찰병력 몇 명을 지원받아 소나무 숲을 수색했다. 그 결과 나뭇가지들이 더러 부러져 있는 것을 발견했고, 덤불에 걸린 천 조각을 찾아냈다.

내가 말했다.

"스테파니가 월요일에 입고 있던 옷에서 떨어져 나온 천 조각이야."

나는 라텍스장갑을 낀 손으로 천 조각을 집어 들고 비닐봉지에 담았다. 우리는 스테파니의 시신 오른발에만 신발이 신겨져 있었다는 점에 착안해 수색작업을 벌인 결과 나무 그루터기에 걸려 있는 왼쪽 신발을 찾아냈다.

데렉이 말했다.

"스테파니가 숲에서 달음박질치다가 신발이 벗겨진 거야. 매우 위협적인 누군가가 뒤따라오고 있었다는 뜻이지."

애나가 덧붙였다.

"추격자는 호숫가에서 도주로가 막혀버린 스테파니를 붙잡아 호수로 밀어 넣었고요."

데렉이 말했다.

"해변 주차장에서 소나무 숲까지는 어떻게 이동했을까요? 8킬로미터 이상 되니까 무작정 달리기에는 무리한 거리거든요."

소나무 숲을 가로지르자 도로가 나왔다. 호수 가까이 바리케이드를 설치한 경찰저지선으로부터 대략 200미터쯤 떨어진 곳이었다.

데렉이 말했다.

"범인이 운전하는 차량에 탑승하고 있던 스테파니는 바로 이 지점에서 탈출해 소나무 숲으로 들어갔을 거야."

데렉이 지목한 도로 갓길에 타이어자국이 남아 있었다. 범인이 스테파니를 차에 태우고 그 지점까지 이동했다는 뜻이었다.

∴

같은 시각, 뉴욕

메타 오스트룹스키는 《뉴욕문학리뷰》지의 자기 방에서 창문 너머로 다람쥐 한 마리가 잔디밭을 가로질러 뛰어가고 있는 모습을 지켜보았다. 그는 프랑스 평론지와 미국 독자들이 유럽문학작품을 어떤 방식으로 받아들이고 이해하는지에 대해 인터뷰를 나누는 중이었다.

"지난 30년간 제가 평론가로 명성을 유지해올 수 있었던 건 엄정한 입장을 고수해왔기 때문입니다. 엄정한 잣대가 제가 비평에 임하는 원칙이자 비결이죠."

전화기 너머에서 상대 기자가 떨떠름한 목소리로 말을 받았다.

"일부 독설가들은 비평가를 실패한 작가로 폄하하기도 합니다. 비평가가 부여받은 역할은 뭐라고 생각하십니까?"

"비평가의 고유한 역할은 독자 혹은 관객들이 우수한 작품과 쓰레기를 가려낼 수 있도록 해주는 겁니다. 어떤 작품을 보고 나서 제대로 옥석을 가려낼 수 있는 시각을 보유하고 있는 사람들은 극소수에 불과하죠. 그러다보니 간혹 아무런 가치도 없는 저열한 작품이 격찬을 받는 경우도 종종 발생합니다. 비평가들은 그런 어처구니없는 일이 발생하지 않도록 교통정리를 해줄 의무가 있습니다. 다시 말하자면 비평가는 지적인 진실을 수호하는 경찰 역할을 하는 겁니다."

메타 오스트롭스키는 인터뷰를 마치고 생각에 잠겼다.

얼마나 재기 넘치는 답변이야. 내 명석한 두뇌는 아직 쓸 만하다니까!

여직원이 노크도 없이 사무실 문을 열고 들어섰다.

"앞으로는 반드시 노크를 하세요. 여기는 어중이떠중이가 드나드는 방이 아니니까."

여직원이 상사의 지적사항을 귓등으로 흘려들으며 가져온 편지를 건넸다.

"오늘 도착한 편지입니다."

메타 오스트롭스키가 실망한 듯 물었다.

"편지가 한 통 뿐이었습니까?"

돌아서서 나가던 여직원이 대답했다.

"네, 한 통밖에 없었습니다."

《뉴욕타임스》에서 일할 때만 해도 독자들이 보낸 편지가 산더미처럼 쌓였는데 이제는 모두 지난 일이었다. 독자들은 더 이상 그에게 편지를 보내지 않았고, 거리에서 알아봐주는 사람도 없었다. 이제는 작가들이 아파트 아래에서 목을 빼고 기다리다가 서평을 부탁하는 일도 없었다. 작가들은 그가 자기 소설에 대해 단 한 줄이라도 언급해주길 바라며 매달렸다. 수많은 신인 작가들이 그가 쓴 서평 덕분에 성공의 길로 접어들었고, 신랄한 독설 한 마디에 유명 작가들도 바닥으로 추락했다. 그의 비평은 누군가에게는 면류관을 씌워주었고, 어느 누군가에게는 극약처방이 되었다. 과거와 달리 그의 영향력은 현저하게 줄어들었고, 이제 그를 두려워하는 작가는 없었다.

그날 아침, 잠에서 깨어난 메타 오스트롭스키는 오늘 매우 중요한 일이 벌어지게 될 것이고, 새 출발할 수 있는 계기가 될 수 있으리라는 예감이 들었다. 지금 눈앞에 놓인 편지가 예감을 뒷받침하는 물증이라고 생각했다. 그의 예감은 언제나 적중했다.

전화를 하면 될 텐데 군이 편지를 보낸 이유가 궁금했다. 어쩌면 어느 제작자가 그의 일대기를 그린 영화를 만들어보자고 제안하는 편지일 수도 있었다. 그는 두근거리는 마음으로 봉투에서 편지를 꺼내들었고, 곧장 발신인의 이름에 눈길이 갔다.

오르피아 시장, 앨런 브라운.

친애하는 메타 오스트롭스키 씨

올해 뉴욕 주 오르피아에서 열리는 제21회 전국 연극제에 귀하를 초대하오니 부디 참석하여 자리를 빛내주시기 바랍니다. 비평계에서 더할 나위 없이 명성이 높은 귀하를 연극제에 모실 수 있다면 더 없는 영광이 될 것입니다. 귀하는 20년 전 1회 연극제에도 참석해 한껏 권위를 높여주신 바 있습니다. 부디 21회 연극제에도 참석해 특별한 기쁨을 나눠주시길 간곡히 부탁드립니다. 연극제 기간 동안 체류경비 일체를 오르피아 시에서 부담하고, 머무는 동안 최상의 환경을 제공하겠습니다.

편지에 연극제 프로그램과 오르피아 시 관광안내서가 동봉되어 있었다.

메타는 실망을 금할 수 없었다. 어느 시골 시장이 보낸 달갑지 않은 초대장이었다. 그는 초대장을 쓰레기통에 처박고 기분전환을 위해 《뉴욕문학리뷰》지에 게재할 비평문을 쓰기 시작했다. 그는 글을 쓰기에 앞서 도서사이트로 들어가 최근의 도서판매 현황을 살펴보았다. 가장 많이 팔린 작품을 찾아낸 그는 읽어보지도 않은 그 소설에 대해 악의로 가득 찬 글을 써내려가기 시작했다.

메타는 글을 쓰다가 메일 수신음을 들었다. 화면에 메일을 보낸 사람의 이름이 떠 있었다. 《뉴욕문학리뷰》의 편집장 스티븐 버그도프가 보낸 메일이었다.

메타, 전화를 받지 않아 메일로 다음사항을 전달합니다. 오늘부로 《뉴욕문학리뷰》는 당신을 해고합니다. 스티븐 버그도프.

메타는 의자에서 벌떡 일어나 사무실 밖으로 뛰어나갔다. 복도를 가로질러 편집장 방으로 달려간 그는 문을 활짝 열어젖혔다.

사무실에 앉아 있던 스티븐이 놀란 얼굴로 쳐다보았다.

"지난 30년간 나는 최고의 비평가라는 명성을 들어왔습니다. 감히 나에게 이럴 수가 있어요?"

"이제는 그런 명성이 바뀔 때가 되었어요. 미안하지만 당신은 이제 새로운 세대에게 자리를 물려줘야 합니다."

메타는 편집장의 얼굴에 주먹을 한 방 날리고 싶은 충동을 가까스로 억누르며 인사도 하지 않고 몸을 돌렸다. 사무실로 돌아온 그는 빈 박스에 물건들을 담기 시작했다. 일생을 통틀어 가장 치욕스러운 날이었다.

∴

스테파니의 시신이 발견되고 시장이 독립기념일에 불꽃놀이 축제를 취소한다고 발표한 이후 주민들은 불안감에 사로잡혔다. 시청 건물 앞으로 몰려온 상인들이 독립기념일에 불꽃놀이 축제를 예정대로 개최해야 한다며 시위를 벌였다.

가판에서 멕시코음식을 파는 대머리남자가 항변했다.

"독립기념일에 불꽃놀이 축제가 열리지 않는다면 나는 뭘 먹고 살라는 말입니까? 그날이 연중 최고의 대목이란 말입니다."

다른 사람도 사기 형편을 하소연했다.

"나는 불꽃놀이 때 물건을 팔려고 큰돈을 주고 마리나에 자리를 세냈습니다. 일하는 사람까지 고용했는데 불꽃놀이 축제를 취소하면 투자한 돈은 누가 보상해줄 겁니까?"

"스테파니 메일러가 살해된 사건과 독립기념일이 무슨 상관입니까? 매년 불꽃놀이를 보려고 수많은 사람들이 마리나를 찾아오는데 취소해버리면 어쩌자는 겁니까?"

애나는 3층에 있는 시장실로 브라운 시장을 만나러갔다. 그는 창가에 서서 시위대를 내려다보고 있었다.

"살인사건이 벌어졌는데 축제를 강행하면 유족들의 아픔을 외면한다는 비난을 들을 수밖에 없을 테고, 취소하면 상인들을 벼랑 끝으로 내모는 악덕 시장으로 몰리게 생겼어요."

"오르파아 사람들은 시장님을 좋아해요."

"그렇지 않아요. 다가올 9월 선거에서 난 재선에 성공하지 못할 가능성이 큽니다. 오르피아 사람들은 변화를 바라고 있어요. 커피를 마시고 싶은데 같이 할래요?"

"물론이죠."

브라운 시장이 앞장서서 복도로 나가더니 커피자판기에 동전을 집어넣었다. 그는 말과 행동에 품위가 느껴지는 사람이었다. 눈빛이 그윽해 영화배우 같은 인상을 풍기기도 했다. 언제나 옷을 잘

갖춰 입었고, 흰머리가 섞인 잿빛 머리카락을 완벽하게 손질해두
고 있었다.

"재선 실패가 시장님에게는 어떤 의미죠?"

"1992년에 고든 시장이 나에게 부시장으로 일해보지 않겠냐고
제안했을 당시만 해도 오르피아는 아무것도 적혀 있지 않은 백지
상태나 다름없었습니다. 내가 시장이 된 이후 이 지역 사람들의 수입
이 대폭 늘어났어요. 공공서비스의 품질도 향상되고, 사회복지도 증
대되었죠. 나는 세금을 올리지 않고도 그런 일들을 해냈습니다."

"그런 성과를 낸 시장인데 왜 낙선을 우려하죠?"

"내가 시장이 되고 나서 많은 시간이 흘렀고, 사람들은 새로운
기대를 하기 시작했어요. 야심 많은 정치가 지망생들이 여기저기
서 나서고 있습니다. 차기 시장의 권력욕과 모든 권한을 틀어쥐려
는 사사로운 욕망이 오르피아를 단숨에 망가뜨릴 수도 있어요."

"차기 시장으로 누가 유력하다고 보는데요?"

"아직은 모습을 드러내지 않고 있지만 곧 보게 될 겁니다."

시장선거 후보 등록시한은 이번 달 말일이었다.

그날 오후 애나는 스테파니의 부모를 방문하기 위해 새그하버로
가는 브라운 시장을 경호차 따라나섰다. 메일러 부부의 집 앞 거리
에 수많은 사람들이 밀집해 있었고, 가로등 아래에 마련된 분향소
앞에는 꽃과 편지, 인형들이 가득 쌓여 있었다.

기자들과 지역방송국 중계차가 집 앞을 온통 점령하고 있는 상
황이었다.

브라운 시장이 나타나자 기자들이 몰려들었다.

기자 하나가 물었다.

"독립기념일에 불꽃놀이 축제를 예정대로 진행할 겁니까?"

브라운 시장이 마이크에 대고 말했다.

"독립기념일 불꽃놀이 축제를 취소할 경우 지역경제가 심각한 위기에 봉착하게 됩니다. 내부적으로 충분히 상의한 결과 불꽃놀이 축제를 예정대로 개최하되 스테파니 메일러를 추모하는 의미를 담아 치르기로 했습니다."

브라운 시장은 사람들의 호의석인 반응에 흡족해하며 메일러 부부를 만나기 위해 발걸음을 옮겼다. 기자들의 질문이 계속 이어졌지만 일절 대답하지 않았다.

그날 저녁 브라운 시장에 대한 경호를 마친 애나는 마리나 주차장에 차를 세웠다. 저녁 8시였고, 차창을 열자 감미로운 열기를 품은 밤공기가 안으로 밀려들었다. 애나는 집으로 들어가 혼자 저녁시간을 보내는 게 내키지 않아 친구 로렌에게 전화했다.

로렌이 전화기에 대고 푸념했다.

"내가 저녁을 먹자고 할 때는 기를 쓰고 피하더니 뉴욕에 와 있으니까 만나자고 하네."

애나는 전화를 끊고 스낵바로 가서 테이크아웃으로 음식을 샀다. 경찰서로 돌아간 그녀는 방에서 수사상황을 기록해놓은 마그네틱보드를 바라보며 식사를 했다.

보드에 적힌 커크 하비라는 이름에 눈길이 닿는 순간 애나는 전임 서장이 한동안 혼자 지냈다는 지하 골방에 내려가 보기로 했다. 20년 전 좁은 공간에 혼자 웅크리고 앉아 있었을 하비 서장의 모습이 머릿속에 그려졌다.

전등이 망가져 손전등을 비춰가며 망가진 의자들, 낡은 캐비닛, 다리 길이가 맞지 않아 건들거리는 탁자, 종이상자들이 쌓여 있는 골방으로 들어섰다. 잡동사니들을 옆으로 치워가며 몇 걸음 옮겨놓은 끝에 래커를 칠한 나무책상 앞에 다다랐다. 책상표면에 먼지가 두텁게 쌓여 있었고, 사무용품이 아무렇게나 방치되어 있었다. 철제 독서대에 새겨져 있는 K.하비라는 글자가 눈에 들어왔다.

애나는 책상에 딸린 서랍을 차례로 열어보았다. 서랍 세 개는 텅 비어 있었고, 네 번째는 열쇠로 잠가놓아 열리지 않았다. 장비실로 올라가 장도리를 찾아들고 다시 돌아온 그녀는 잠금장치를 부수고 서랍을 열었다. 누렇게 바랜 종이에 쓰여 있는 손 글씨가 보였다.

다크 나이트

애나 캐너

오르피아에서 내가 가장 좋아하는 일은 야간순찰이었다. 무엇보다 여름밤의 열기가 차 안으로 배어드는 고요하고 평화로운 밤거리의 느낌이 좋았다. 순찰을 돌다 위를 보면 반 고흐가 그린 푸른 밤처럼 별이 쏟아지는 하늘이 펼쳐져 있었다. 한적한 주택가 골목길로 느리게 차를 모는 일도 좋았다. 이따금 산책하는 사람과 마주칠 때도 있었고, 테라스에 나와 여름밤의 정취를 즐기던 주민들이 지나가는 차를 향해 반갑게 손을 흔들어 줄 때의 기분도 좋았다.

겨울에는 야간순찰을 돌다보면 별안간 눈이 내릴 때도 있었다. 모든 거리가 금세 흰 눈에 파묻혔고, 그럴 때면 세상에서 유일하게 깨어있는 느낌이 들었다. 제설차가 작업을 시작하기 전 흰 눈에 가장 먼저 발자국을 남기는 사람이 되는 즐거움도 만끽했다. 눈이 내리면 차를 세우고 밖으로 나와 교차로의 작은 광장을 거닐며 발밑에서 뽀드득거리는 소리에 귀를 기울였다. 눈 내린 밤의 차갑고 청량한 공기를 가슴 가득 빨아들이면 힘이 절로 났다.

새벽에 시내 중심가를 깡충거리며 거슬러 올라가는 여우 한 마리와 마주치는 경우도 있었다. 수평선을 뚫고 팔딱거리는 선홍색 점 하나가 떠올라 서서히 오렌지색으로 번져가다가 마침내 붉은 공처럼 변하며 넘실거리는 바다의 물결 위로 솟아오르는 일출 장면을 마주하며 신비한 기분을 만끽하기도 했다.

오르피아에 오기 몇 달 전 나는 이혼서류에 서명했다. 마크는 능력이 뛰어난 남자였지만 좋은 사람은 아니었다. 나는 어릴 때부터 아버지와 친밀한 관계를 유지해왔다. 아버지와 늘 붙어 있었고, 우리 사이에는 언제나 견고한 유대감이 형성돼 있었다. 아버지가 무슨 일을 하고 있으면 나도 하고 싶어 했고, 말하면 그대로 따랐다.

아버지와 같은 클럽에 소속되어 테니스를 쳤고, 일요일이면 종종 시합을 했다. 해가 갈수록 우리는 막상막하의 치열한 승부를 펼쳤다.

겨울이 되면 브리티시콜롬비아 주의 휘슬러로 겨울 휴가를 떠났다. 긴 겨울 휴가 기간 동안 매일 저녁마다 호텔 휴게실에서 스크래블 대결을 펼쳤다. 게임이 끝날 때마다 우리는 누가 이겼고, 몇 점을 올렸는지 빠짐없이 기록했다.

아버지는 하버드 로스쿨을 나온 변호사였다. 나는 당연한 듯 하버드 로스쿨에 들어가 법을 공부했다. 마치 내가 예전부터 간절히 바라온 일 같았다.

사람들이 예의상 나를 칭찬할 때조차 아버지는 희색이 만면이었다. 아버지는 딸에 대한 자부심이 지나치게 높아 내가 사귀는 남자 친구들을 쉽게 받아들이지 못했다. 아버지 눈에는 내가 열예닐곱 살 무렵부터 가까이 지냈던 남자 친구들은 그리 뛰어난 점도 없고, 성격도 별로고, 생김새도 그저 그렇고, 그다지 명석하지 않게 보이기 십상이었다.

아버지는 내게 말했다.

"넌 눈을 더 높여야 해!"

"제가 그 아이를 좋아한다는 게 중요하잖아요?"

"그 아이와 결혼할 생각이냐?"

"아직 열일곱 살인데 결혼을 생각하기에는 이르죠."

결국 사귀던 남자친구와 번번이 헤어졌다. 그럴 때마다 내가 그를 사랑하지 않기 때문이라고 믿었다.

내가 새로운 남자친구를 만날 때마다 아버지는 말했다.

"지난번에 사귀던 그 아이가 차라리 괜찮았어. 지금 그 친구는 노대체 무슨 매력이 있어 만나는 거냐?"

나는 아버지의 마음에 들지 않는 남자와 생을 함께 할 자신이 없었다. 돌이켜보면 내가 사귀던 남자친구들과 헤어지게 된 이유였다.

나는 하버드 로스쿨을 졸업하고 나서 변호사 시험에 합격한 이후 아버지가 대표 변호사로 있는 로펌에서 일 년 정도 일했다. 정의가 작동하기까지 시간과 비용이 많이 들었다. 법정에서 정의를 구현하려면 소송을 해야 하고, 온통 복잡하게 얽힌 절차를 밟아야만 했다. 재판에서 승리하더라도 법정을 나설 때는 상처투성이가 되어 있기 일쑤였다.

나는 사건현장에서 발로 뛰어다니며 얻을 수 있는 정의가 법정에서보다 더 클 수도 있다는 생각을 품게 되었고, 아버지의 반대를 무릅쓰고 NYPD(뉴욕경찰) 경찰아카데미에 입학했다. 아버지는 내가 로펌을 그만두려는 이유를 이해하지 못했다. 정의를 이루기 위해 사건현장에서 뛰고 싶다고 하자 내 결심을 한때의 치기로 받아들이는 눈치였다. 아버지는 내가 경찰아카데미를 중도에 그만두고 다시 로펌으로 돌아올 거라고 철석같이 믿었다. 일 년 뒤 경찰아카데미를 수석으로 졸업한 나는 맨해튼 55번가 경찰서 강력계에서 근무를 시작했다.

나는 강력계 업무를 좋아하게 되었다. 나날이 축적되는 작은 승리감이 좋았다. 좋은 경찰이란 온갖 폭력에 맞서 일종의 회복기능을 수행한다는 걸 알게 되었다.

　내가 떠난 로펌의 빈자리는 마크가 차지했다. 나보다 몇 살 더 많은 마크는 노련한 변호사였고, 아버지는 그에게 단단히 반했다. 아버지가 내 앞에서 마크를 입이 마르도록 칭찬하며 사귀어보라고 추천했다. 난생 처음 있는 일이었다.

　"마크는 똑똑하고 유능한 청년이야. 너도 마음에 들 거야."

　경찰아카데미를 졸업한 이후 몇 번 소개팅을 해봤지만 저녁식사만 하고 나서 끝났다. 소개팅을 주선한 사람이 미처 모습을 감추기도 전에 끝난 경우도 있었다. 내가 강력계 형사라고 하면 사람들은 호기심에 불타 온갖 질문을 던져댔다. 형사라는 내 직업은 사람들의 관심을 끌었고, 어디서나 주목받는 대상이었다.

　남자들은 다음과 같은 말로 나에게 결별을 통고했다.

　"당신과 함께 있다 보면 견디기 힘들어져. 당신이 사람들의 관심과 시선을 독차지하는 바람에 마치 투명인간이 된 느낌이야."

　아버지의 로펌에 들렀다가 마크를 처음 만나게 되었다. 마크는 지나가던 사람이 고개를 돌려 쳐다볼 만큼 잘 생긴 남자였고, 어떤 대화 주제도 쉽게 풀어나가는 재주가 있었다.

　마크와 카페에서 커피를 마시는 동안 곧장 전류가 통했다. 우리는 완벽한 화학작용을 불러일으키며 엄청난 에너지를 생성해냈다. 그날 밤, 마크가 내가 누워 있는 침대로 커피를 가져왔다. 그날 우리가 세 번째로 함께 마시는 커피였다.

　어느 날 저녁, 마크가 저녁식사를 하며 말했다.

　"나는 우리 관계가 진지해지길 바라."

　"그런데 뭐?"

　"당신 아버지가 딸을 얼마나 애지중지하는지 알고 있어. 내가 과연 당신 아버지의 기대를 충족시킬 수 있을까? 한편으로 당신이 나를 얼마나 좋아하는지에 대해서도 자신이 없어."

아버지에게 넌지시 마크의 우려에 대해 전했다. 그날 이후, 아버지는 더욱 마크가 귀여워 죽을 지경이 되었다.

어느 날, 아버지는 마크를 집으로 불러 샴페인을 터뜨렸다.

"내 딸을 매료시킨 남자를 위해 건배!"

그날 이후, 마크와 뜨거운 시절이 시작되었다. 서로 진지하게 만나기 시작한 지 얼마 안 돼 마크의 부모 집을 찾아가 함께 저녁식사를 하곤 했다. 내가 마크와 사귀기 시작하자 아버지와 엄마는 얼굴이 활짝 피어날 만큼 좋아했다.

저녁식사를 함께 한 다음날 아버지가 나에게 전화해 말했다.

"마크는 보면 볼수록 놀라운 친구야!"

엄마가 옆에서 맞장구치는 소리가 들려왔다.

"요즘 젊은 사람치고는 너무나 특별하지!"

아버지는 그동안 내 남자친구들이 떠나도록 훼방을 놓은 걸 잊은 듯 말했다.

"마크를 다른 녀석들처럼 떠나게 해서는 안 돼!"

엄마도 거들었다.

"마크를 놓치지 마."

마크를 진지하게 만나기 시작한 지 일 년이 다 되어갈 무렵 우리는 만남 1주년을 맞아 여행 계획을 짰다. 공교롭게도 우리 가족이 해마다 브리티시콜롬비아 주의 휘슬러로 스키휴가를 떠나는 시기와 겹쳐 있었다. 아버지는 우리에게 휘슬러로 가자고 제안했고, 마크는 기꺼이 동의했다.

"당신이 닷새 동안 아버지와 함께 저녁시간을 보내며 연속으로

스크래블 게임을 하고도 살아남을 수 있다면 상을 받을 자격이 충분해."

마크는 살아있었을 뿐만 아니라 스크래블 게임을 세 판이나 이겼다. 스키 실력도 입이 벌어질 만큼 뛰어났다. 휴가 마지막 날 식당에서 저녁식사를 하고 있을 때 옆 테이블 남자 손님 하나가 별안간 심장발작을 일으켰다. 마크가 급히 구급차를 부르는 한편 직접 인공호흡을 시작했다.

남자는 가까스로 호흡을 되찾았다. 앰뷸런스를 타고 온 의사가 마크의 손을 잡아주며 말했다.

"당신이 이 환자의 목숨을 구했습니다."

식당 안에 있던 사람들이 일제히 박수를 보냈다. 우리가 식사비를 계산하려고 하자 식당주인이 받지 않겠다고 했다.

1년 6개월 뒤 우리는 마침내 결혼하게 되었다. 아버지는 결혼식장에서 하객들에게 그 당시 일화를 소개하며 마크가 얼마나 비범한 사람인지 자랑했다. 웨딩드레스를 입은 나는 행복에 젖은 눈빛으로 마크를 바라보았다.

제스 로젠버그

2014년 7월 3일 목요일

연극제 개막 23일전

《오르피아크로니클》지 1면 기사

스테파니 메일러의 살해동기, 연극제와 연관 의혹

《오르피아크로니클》지의 스테파니 메일러 기자가 디어 호에서 살해당한 시신으로 발견되어 오르피아를 충격에 빠뜨렸다. 여름휴가 시즌을 코앞에 둔 시점이라 주민들은 살인사건의 여파로 관광객들의 발길이 끊기게 될까봐 초조해하고 있고, 시당국은 살인범의 등장에 긴장을 풀지 못하고 있다.

스테파니의 차에서 발견된 메모에 오르피아 연극제에 대해 언급해놓은 부분이 있는 것으로 미루어볼 때 1994년에 벌어진 4인 살인사건을 재조사하는 과정에서 살해당했을 가능성이 제기되고 있다. 1994년 4인 살인사건은 오르피아에 연극제를 유치한 고든 시장 일가족과 주변에서 조깅을 하던 메간 패들린이 잔혹하게 살해된 사건이다.

애나가 기사가 실린 신문을 데렉과 나에게 내밀었다. 그날 아침 우리는 법의학전문가 란지트 싱 박사로부터 시신 일차부검결과를 듣기 위해 주 경찰본부에 와있었다.

애나가 말했다.

"오는 길에 〈카페아테나〉 앞에서 마이클과 마주쳤는데 스테파니의 죽음 때문에 무척이나 괴로워하는 눈치였어요. 마이클은 자기 책임이 크다며 자책하더군요. 과학수사대 조사 결과 중에서 뭔가 주목할 만한 게 있었나요?"

"17번 도로 갓길에서 찾아낸 타이어 자국은 너무 흐릿해 차종을 알아낼 방법이 없답니다. 소나무 숲에서 발견한 신발은 스테파니가 신고 있던 게 맞고, 천 조각 역시 그녀의 옷에서 떨어져 나왔답니다. 그녀의 신발 자국을 도로 갓길에서도 찾아냈다더군요."

애나가 말했다.

"스테파니가 숲을 가로질러 호수까지 도망쳐왔다는 사실이 입증된 셈이네요."

우리는 란지트 싱 박사가 들어서는 바람에 이야기를 중단했다. 그가 안경을 꺼내 쓰고 부검결과를 설명했다.

"스테파니 메일러의 정확한 사인은 익사입니다. 폐와 위에 다량의 물이 차 있고, 기관지에서 진흙이 검출되었습니다. 청색증 징후가 뚜렷하고 호흡곤란을 겪은 흔적이 남아 있는 것으로 보아 숨이 끊어지기 직전 격렬하게 저항했다는 뜻입니다. 뒷목에 남아 있는 혈종은 누군가 뒤에서 목을 잡고 강하게 누를 때 생긴 것으로 보입니다. 기관지로 유입된 진흙이 입술과 치아에도 묻어있고, 머리카락 속에도 남아 있습니다. 범인이 희생자의 머리를 바닥이 얕은 물속에 대고 숨이 끊어질 때까지 누르고 있었다는 뜻이죠."

데렉이 물었다.

"익사 전에도 물리적인 폭력을 가한 흔적이 있습니까?"

"구타나 성폭행 흔적은 없었습니다. 짐작기로 스테파니는 살인범을 피해 도망치다가 호수 부근에서 따라잡혀 살해된 것으로 보입니다."

데렉이 말했다.

"범인을 남자로 단정하십니까?"

"희생자가 완강하게 저항하는 가운데 머리를 물 바닥에 대고 누르려면 상당한 완력이 필요하죠. 물론 힘이 남달리 센 여자라면 가능합니다."

내가 말했다.

"미리 계획하고 저지른 살인은 아닐 수도 있겠네요."

란지트 싱 박사가 사진 몇 장을 보여주었다. 시신의 어깨, 팔꿈치, 손, 무릎 등을 클로즈업한 사진들로 불그스름한 상처가 나 있었다.

애나가 작은 소리로 말했다.

"마치 화상처럼 보이는데요."

란지트 싱 박사가 말했다.

"표피박리가 일어난 부위들입니다. 이 부위들에서 역청과 모래자갈 성분을 찾아냈습니다. 아스팔트에서 구를 때 생긴 상처들입니다. 아마도 스테파니는 달리는 차에서 뛰어내려 숲으로 도망친 것으로 추정됩니다."

란지트 싱 박사의 결론을 뒷받침하는 두 가지 증언이 나왔다.

첫 번째는 오르피아 해변으로 휴가를 왔던 청년이 뉴욕 주 경찰 본부를 찾아와 증언한 내용이었다. 청년은 매일 밤 해변에서 친구들과 어울려 놀았는데 그 장소가 스테파니의 차가 발견된 지점과 가까웠다. 청년은 그날 밤에도 친구들과 놀다가 뉴욕에 있는 여자

친구와 통화하기 위해 혼자 숲으로 들어와 한적한 바위에 앉았다고 했다.

청년이 말했다.

"바위에서 해변주차장이 훤히 보였습니다. 주차장 일대에는 오가는 사람이 없어 고요했는데, 10시 30분쯤 숲길 쪽에서 한 여자가 나타났죠. 마침 여자 친구와 통화를 마친 때라 시간을 정확하게 기억합니다. 잠시 후 주차장으로 차 한 대가 들어와 멈춰 서더군요. 여자의 모습이 헤드라이트 불빛에 드러나 좀 더 자세히 볼 수 있었습니다. 젊은 여자였고, 흰 티셔츠를 입고 있었습니다. 여자가 운전자와 몇 마디 이야기를 나누더니 조수석에 올라탔고, 차는 즉시 출발했죠."

애나가 물었다.

"혹시 번호판을 봤나요? 번호판의 일부라도 좋으니 기억을 떠올려 봐요."

"기억나지 않네요, 죄송합니다."

"운전자는 남자였나요?"

"차 안에 타고 있어 정확하게 알 수는 없었습니다. 그 일대가 매우 어두운 편이었고, 그들을 본 시간이 매우 짧았어요. 더구나 그때는 무심결에 스치듯 봤거든요."

힉스빌에 사는 외판원도 뉴욕 주 경찰본부를 찾아와 목격담을 이야기했다. 그는 그날 고객을 만나기 위해 오르피아에 들렀다고 했다.

"밤 10시 30분에 일을 마치고 17번 도로를 달리다가 국도로 올라갈 생각이었습니다. 디어 호 부근에 다다랐을 때 갓길에 자동차 한 대가 세워져 있는 걸 봤어요. 시동을 켜놓은 상태였고, 앞문 양쪽이 활짝 열려있었습니다. 문득 이상한 생각이 들어 속도를 줄였어요."

"그때가 몇 시쯤이었죠?"

"아마 10시 50분쯤이었을 겁니다."

"그곳에서 무얼 보았습니까?"

"속도를 줄이며 차가 세워져 있는 곳을 살펴봤는데 도로 아래쪽에서 어떤 사람이 경사면을 올라오는 중이었어요. 그때는 그냥 생리현상이 급해 잠깐 동안 차를 세우고 볼일을 본 거라 여기고 별의심 없이 지나쳤죠. 한동안 그 일을 까마득히 잊고 있었는데 방금전 텔레비전 뉴스에서 월요일 밤 디어 호에서 발생한 살인사건 소식을 보고 나서 문득 그날 본 장면이 수상쩍게 여겨졌습니다."

"경사면을 올라오던 사람이 남자였나요?"

"어두운 곳이라 정확하지는 않지만 체구로 봐서는 남자였습니다."

우리는 오르피아경찰서로 돌아오는 동안 두 사람의 증언을 참조해 스테파니의 마지막 시간을 재구성해보았다.

내가 말했다.

"스테파니는 저녁 여섯 시에 〈코디악그릴〉에 도착해 누군가를 기다렸지만 나타나지 않았어. 스테파니를 만나기로 약속한 사람은 식당 구석에서 몸을 숨기고 그녀를 몰래 지켜보고 있었지. 스테파니는 밤 10시에 식당을 나왔고, 몸을 숨기고 있던 사람은 식당 내에 있는 공중전화를 이용해 그녀에게 전화를 걸어 해변에서 만나자고 약속했어. 불안감을 느낀 스테파니는 션에게 도움을 요청하기 위해 전화했지만 받지 않았지. 그녀는 어쩔 수 없이 약속장소로 혼자 나갔고, 밤 10시 30분에 차를 타고 나타난 누군가를 만났어. 목격자들의 증언이나 이후 전개된 상황으로 미루어볼 때 스테파니는 차를 타고 나타난 상대와 잘 아는 사이였던 게 분명해."

차는 해변 주차장을 출발해 오션로드를 따라 17번 도로에 오른 뒤 북동쪽으로 호수를 끼고 달렸다. 해변에서 디어 호까지는 8킬로미터 남짓 되는 거리로 15분 안에 갈 수 있었다.

나는 말을 이어 나갔다.

"10시 45분 경, 스테파니는 위험에 처한 사실을 깨닫고 차에서 뛰어내려 소나무 숲으로 달아났지만 끝내 범인에게 붙잡혀 살해당했어. 범인은 스테파니를 살해한 이후 차에 남아있던 가방에서 그녀의 집 열쇠를 챙겼을 거야. 그날 밤 스테파니의 집을 찾아간 범인은 원하던 자료를 찾아내지 못하자 편집실로 가서 컴퓨터를 훔쳤어. 문제는 컴퓨터에도 범인이 원하는 자료가 들어 있지 않았다는 거야. 그만큼 스테파니가 신중하고 치밀했다는 증거이기도 하지. 자정 무렵 범인은 시간을 벌기 위해 스테파니의 휴대폰으로 마이클에게 문자메시지를 보냈어. 마이클이 스테파니의 상사라는 사실을 알고 있었다는 뜻이지. 범인은 문자메시지를 보낼 당시만 해도 스테파니가 조사한 자료를 손에 넣을 수 있으리라 생각했는데 경찰이 실종에 무게를 두고 수사를 시작하자 갑자기 긴박한 상황이 된 거야. 범인은 다시 스테파니의 아파트에 갔다가 나와 맞닥뜨렸지. 나에게 기습적으로 일격을 가해 쓰러뜨린 범인은 다음날 다시 스테파니의 아파트를 찾아가 불을 질렀어. 스테파니가 조사한 자료를 찾아낼 수 없다면 차라리 영원히 묻어버리는 편이 낫겠다고 판단한 거야."

우리는 수사에 착수한 이후 처음으로 사건을 좀 더 명확하게 바라볼 수 있게 되었다.

《오르피아크로니클》지를 본 코디가 애나에게 전화했다.

"오늘 자 신문을 봤어요. 스테파니가 살해된 사건이 연극제와 깊

은 연관이 있다면서요? 자원봉사자들이 오늘 오후 5시에 〈카페아
테나〉에서 모임을 열기로 했어요. 아마도 올해 연극제는 예정대
로 열리기 힘들 것 같아요."

∴

같은 시각, 뉴욕

스티븐 버그도프는 트레이시와 함께 걸어서 집으로 돌아오고 있
었다.

"《뉴욕문학리뷰》에 복잡한 문제가 있다는 걸 알지만 휴가를 포
기할 필요는 없잖아?"

"재정이 어려워 여행경비를 지출할 형편이 못돼."

"언니가 캠핑카를 빌려주겠다고 했으니까 최소 비용으로 여행을
떠날 수 있어. 당신도 아이들이 얼마나 옐로스톤에 가보고 싶어 하
는지 잘 알잖아?"

"옐로스톤은 곰을 비롯해 위험한 짐승들이 자주 출몰하는 곳이
야. 아이들을 데려가는 건 위험해."

"당신, 요즘 왜 그리 매사에 부정적이야."

집 앞에 다다랐을 때 스티븐이 흠칫 놀라며 몸을 부르르 떨었다.
앨리스가 집 앞에 서 있었다.

"안녕하세요, 버그도프 편집장님."

스티븐이 말을 더듬었다.

"연락도 없이 웬일이야?"

"제가 가져온 서류에 서명해주시면 돼요. 아주 급한 서류인데 자
리를 비우시는 바람에 댁까지 찾아왔어요."

스티븐은 트레이시의 눈치를 살피며 얼간이처럼 웃었다.

앨리스가 몇 가지 우편물이 담긴 서류철을 내밀었다. 스티븐은 트레이시가 내용을 볼 수 없도록 몸을 비스듬히 틀고 첫 번째 편지를 열었다. 하찮은 광고전단이었다. 다음 편지를 개봉했다. 백지 한가운데에 앨리스가 쓴 글씨가 있었다.

오늘 나에게 연락하지 않고 제멋대로 행동한 벌금 : 1천 달러.

바로 밑에 수표장에서 뜯어낸 수표 한 장이 클립으로 고정되어 있었다. 수표에는 그와 앨리스의 이름이 각각 발행인과 수신인으로 적혀있었다.

스티븐이 떨리는 목소리로 말했다.

"금액이 너무 비싸게 책정되었어."

"매우 적절한 금액입니다."

스티븐은 가벼운 한숨을 내쉬고 나서 1천 달러 수표에 서명하고 앨리스를 향해 억지미소를 지어보인 다음 트레이시와 함께 집안으로 들어갔다. 그는 집으로 들어가자마자 욕실로 들어가 수도꼭지를 틀고 앨리스에게 전화했다.

"당신, 미쳤어?"

"그러는 당신은 한 마디 말도 없이 어디에 갔었어?"

"트레이시와 함께 처리해야 할 급한 일이 있었어."

"어떤 일?

"그건 말할 수 없어."

"당장 털어놓지 않으면 초인종을 눌러 트레이시에게 우리가 어떤 사이인지 전부 말할 거야."

스티븐이 볼멘소리로 말했다.

"알았으니까 이제 그만해. 신문에서 스테파니가 살해되었다는 소식을 보고 오르피아에 갔었어."

"거길 가서 뭐하게? 이런 바보!"

앨리스는 전화를 끊고 나서 택시를 타고 맨해튼으로 향했다. 명품상점들이 즐비한 맨해튼 5번가에 가서 맘껏 쇼핑을 즐길 생각이었다. 방금 전 1천 달러를 손에 넣었으니까.

택시는 외벽이 유리로 된 고층타워 아래에 앨리스를 내려놓았다. 고층타워에 〈채널14〉 방송국이 있었다. 방송국의 최고경영자 제리 에덴은 54층 회의실에서 임원회의를 소집했다.

"다들 알다시피 최근 시청률이 저조해 특단의 조치가 필요한 시점입니다. 특히 저녁 6시 시간대가 취약해요. 〈워치!〉에서 만든 프로가 동시간대에 압도적인 시청률을 기록하고 있습니다. 홍보국장이 〈워치!〉에서 내보내는 프로에 대해 간단히 설명해주세요."

〈워치!〉는 〈채널14〉와 콘텐츠가 비슷해 시청자 층이 겹치는 경쟁사로 치열한 시청률 경쟁을 펼쳐왔다.

홍보국장이 말했다.

"〈워치!〉에서 만든 리얼리티 프로그램이 대성공을 거두고 있습니다. 세 자매의 일상을 가감 없이 보여주는 프로인데 식당에 가서 밥을 먹고 쇼핑하고 헬스클럽에도 가죠. 서로 다투었다가 화해도 하고요. 세 자매의 하루를 있는 그대로 따라잡는 프로입니다."

제리가 자신 있게 말했다.

"리얼리티 쇼라면 우리가 경쟁사보다 더 잘 만들 수 있습니다. 리얼리티 쇼를 일상과 최대한 밀착시키는 겁니다."

편성국장이 반대하고 나섰다.

"리얼리티 쇼의 주시청자는 상대적으로 저소득층이고 교육수준이 낮은 편입니다. 그들은 텔레비전을 켜면서 어느 정도 환상을 충족시킬 수 있길 바라죠."

제리가 말했다.

"우리는 시청자들의 환상과 꿈을 충족시켜주는 프로를 구상해볼 필요가 있습니다. 리얼리티 쇼를 통해 시청자들이 꿈을 향해 나아가도록 이끌어주는 겁니다. 이미 슬로건이 떠올랐어요. 〈채널14〉, 당신이 만들어나가는 꿈!"

홍보국장이 환영하고 나섰다.

"좋네요."

제리가 다시 나섰다.

"저녁 6시 프로에 승부를 걸어야 합니다. 적어도 9월에는 획기적인 프로를 만들어 시청률을 대폭 끌어올려야만 합니다. 열흘간 시간을 주겠습니다. 7월 14일 월요일에 시안을 만들어 다시 모입시다."

회의를 마쳤을 때 제리의 휴대폰이 울렸다.

전화를 받자마자 아내 신시아가 대뜸 말했다.

"다코타가 오늘 아침 11시에 집에 돌아왔는데 아직 약에 취해있어."

제리는 한숨을 푹 내쉬었다.

"날더러 어쩌라고?"

"당신도 닥터 런이 하는 말을 들었잖아. 다코타를 더 이상 뉴욕에 있게 해선 안 되겠어."

"다코타가 뉴욕을 떠나 다른 곳으로 간다한들 바뀔 수 있을까?"

"겨우 열아홉 살이야. 아직 포기하기에는 일러."

"우리는 그동안 다코타를 위해서라면 뭐든 다 해주었어."

"당신은 여전히 다코타가 어떤 문제로 괴로워하는지 몰라."

"내 딸이 약에 절어 있다는 건 분명하게 알아."

"5시에 닥터 런과 상담이 예약돼 있어. 설마 잊은 건 아니지?"

제리는 오늘 상담치료가 있다는 사실을 까마득히 망각하고 있다가 정신이 번쩍 들며 부리나케 사무실을 달려 나와 엘리베이터에 올랐다. 그는 다행히 매디슨 애비뉴에 있는 닥터 런 클리닉에 늦지 않게 도착했다. 그들 가족은 여섯 달 전부터 매주 닥터 런에게 가족 심리치료를 받아오고 있었다.

에덴 부부와 다코타는 의사 맞은편 카우치에 나란히 앉았다.

"지난번 상담 이후 어떤 일이 있었죠?"

다코타가 샐쭉한 얼굴로 쏘아붙였다.

"지난주에는 아빠가 빠졌잖아요."

신시아가 말했다.

"제리에게 다코타와 가급적 많은 시간을 보내야한다고 이야기했어요."

닥터 런이 제리에게 물었다.

"그 점에 대해 어떻게 생각하십니까?"

"올여름에는 도저히 시간을 내기 힘들 것 같습니다. 가을이 되기 전까지 시청률을 끌어올릴 획기적인 프로그램 하나를 개발해야 하거든요."

신시아가 화를 내며 말했다.

"당신이 아니더라도 그 일을 할 사람은 많아."

제리가 냉소적으로 응수했다.

"난 가족들을 먹여 살리느라 죽기 살기로 일할 뿐이야."

다코타가 빈정거렸다.

"아빠 머릿속엔 늘 그 엿 같은 일 생각밖에 없어요?"

제리가 엄하게 딸을 나무랐다.

"저속한 말을 쓰지 말라고 했지."

잠자코 보고 있던 닥터 런이 제리에게 물었다.

"다코타가 아빠에게 하고 싶은 얘기가 뭐라고 생각하세요?"

"내가 피 터지게 일해 다코타가 원하는 휴대폰, 옷, 차를 구입할 돈을 대달라는 말 아닌가요? 수시로 약값도 대주고요."

닥터 런이 이번에는 다코타에게 물었다.

"아빠에게 하고 싶었던 말이 그거였어?"

"아뇨. 강아지를 사고 싶어요."

제리가 탄식하듯 말했다.

"일전에는 노트북을 사달라더니 이번에는 강아지야?"

다코타가 반발했다.

"노트북은 이제 됐다고 했잖아요."

닥터 런이 물었다.

"노트북을 사달라고 한 이유가 뭐죠?"

신시아가 대답했다.

"다코타는 글을 쓸 때 노트북을 사용하고 싶어 해요."

닥터 런이 다시 제리에게 물었다.

"개를 사주고 싶지 않은 이유는 뭡니까?"

"제 앞가림도 못하면서 개를 돌본다는 건 말이 안 되잖아요."

다코타가 발끈했다.

"개를 키우게 해준 적도 없으면서 어쩜 그리 잘 알아요?"

"하나를 보면 열을 아는 법이야!"

신시아가 목청을 높였다.

"제리! 제발 그만해!"

제리가 말했다.

"다코타는 얼마 전까지 개를 키울 생각이 없었어요. 친구 레일라가 개를 사서 키우니까 갑자기 부러워진 거예요. 게다가 레일라는 개의 이름을 마리화나라고 지었더군요."

다코타가 항변했다.

"마리화나는 정말 예쁘고, 두 달밖에 안됐는데 배변을 가려요."

제리가 벌컥 짜증을 냈다.

"빌어먹을! 그런 문제가 아니라니까!"

닥터 런이 물었다.

"그럼 뭐가 문제죠?"

"레일라가 다코타를 만나 온갖 나쁜 물을 들이고 있어요. 둘이 함께 어울리기만 하면 어김없이 어리석은 짓을 저지르죠. 문제는 레일라 때문입니다."

다코타가 소리를 질렀다.

"문제는 바로 아빠 때문이에요. 아빠는 너무 멍청해 아무것도 이해하지 못하잖아요."

다코타는 카우치에서 벌떡 일어나 방을 나갔다. 가족 심리치료는 고작 15분 만에 끝났다.

∴

오후 5시 15분, 애나와 데렉, 나는 〈카페아테나〉에 도착했다. 홀 안쪽 구석 테이블이 마침 비어 있었다. 우리는 사람들 눈에 띄지 않게 구석자리에 앉았다. 식당 안은 연극제 자원봉사자들로 가득했다. 자원봉사자 대표인 코디가 나서서 선창하면 나머지 사람들이 따라서 외쳤다.

"브라운 시장은 스테파니 메일러가 살해당한 진짜 이유를 숨기고 있다. 그녀가 살해당한 이유가 뭔지 진상을 밝혀라!"

자원봉사자들이 후렴으로 박자를 맞췄다.

"진상을 밝혀라!"

"연극제가 사람을 죽였다!"

"연극제가 사람을 죽였다!"

종업원이 우리가 주문한 세트메뉴와 커피를 테이블로 가져왔다. 나는 전에도 희끗희끗한 머리카락을 어깨까지 늘어뜨린 그를 본 적 있었다. 아메리카인디언 후예로 이름을 처음 들었을 때 어찌나 특이하던지 곧장 머리에 입력되었다. 매사추세츠(영국인 이민자들이 아메리카 신대륙에 처음 상륙한 곳이 매사추세츠로, 이곳에 살던 인디언 왐파노아그족이 이민자들의 정착에 도움을 주었다. : 옮긴이)라는 이름이었다.

브라운 시장도 그 자리에 참석해 있었다. 그는 자원봉사자들이 쏟아내는 불만들을 귀담아 들으며 그들을 안심시키기 위해 애썼다.

브라운 시장이 말했다.

"여러분, 스테파니 살인사건은 연극제와 아무런 관련이 없습니다. 그 부분에 대해 조금도 걱정하지 마세요."

코디는 다시 의자 위로 올라섰다.

"시장님은 연극제만 중요하고 주민의 안전은 전혀 고려하지 않는 겁니까? 스테파니를 살해한 범인이 이 작은 도시 어딘가에 있습니다."

"연극제를 취소할 경우 오르피아에 미칠 부정적인 영향을 우려하지 않을 수 없습니다. 아무리 힘들더라도 우리는 반드시 연극제를 개최해야 합니다."

코디가 어수선한 분위기를 진정시키며 표결을 제안했다.

"스테파니를 살해한 범인이 체포되기 전까지 연극제 준비를 잠정적으로 중단하셨습니다. 제 말에 찬성하는 분들은 손을 들어주세요."

거의 모든 자원봉사자들이 손을 들었다.

"우리의 안전이 보장될 때까지 연극제 준비를 중단하기로 결정했습니다. 다들 그렇게 알고 돌아가세요."

사람들이 시끌벅적 떠들어대며 흩어졌다. 브라운 시장도 심사가 몹시 괴로운 듯 어두운 표정으로 자리에서 일어나 밖으로 사라졌다.

방금 전 〈카페아테나〉의 문이 열리며 홀로 들어선 사람은 식당 주인인 실비아 테넨바움이었다. 테드의 누나였고, 1994년에 마흔 살이었으니 현재 예순 살이었지만 외모는 변함없이 그대로였다. 우리를 발견한 그녀는 한순간 당황한 기색을 감추지 못했다.

실비아가 냉랭한 목소리로 말했다.

"두 분이 오르피아에 다시 나타났다는 말을 들었어요."

"당신이 이 식당을 맡아 운영하고 있는 줄은 미처 몰랐어요."

"당신들이 내 동생을 죽였으니 내가 대신 맡을 수밖에요."

데렉이 발끈했다.

"우리가 당신 동생을 죽이다니요?"

실비아가 차갑게 쏘아붙였다.

"당신들과 더 이상 말하고 싶지 않으니 식대를 계산하고 당장 나가요."

나는 매사추세츠에게 계산서를 가져오게 했다.

$$\therefore$$

애나가 〈카페아테나〉에서 나오며 말했다.

"저는 사실 테넌바움 남매에 대해 별로 아는 게 없어요. 테드에게 무슨 일이 있었죠?"

데렉과 나는 그 이야기를 꺼내고 싶지 않아 잠시 침묵했다.

데렉이 말했다.

"테드에 대해서는 곧 알게 될 거예요. 지금은 마이클을 만나 '다크 나이트'가 뭔지 알아보는 게 시급해요."

우리가 편집실로 들어서자 마이클이 엉거주춤한 자세로 몸을 일으켰다.

데렉이 물었다.

"스테파니가 반복적으로 '다크 나이트'에 대해 메모해놓았던데 우리는 그 의미가 도대체 뭔지 모르겠어요."

마이클이 재미있다는 듯 입 꼬리를 올리며 웃었다.

"당신들이 스테파니의 차에서 나온 메모에 '다크 나이트'가 적혀 있었던 걸 보여주었을 때 나 역시 무슨 의미인지 몰랐습니다. 자료실에 내려가 '다크 나이트'가 의미하는 바가 뭔지 알아보았죠."

마이클이 서랍에서 서류철을 꺼내 우리에게 내밀었다. 서류철 안에 1993년 가을부터 1994년 여름 사이에 작성된 일련의 기사들이 들어있었다.

그 당시 우체국 벽에 다음과 같은 낙서가 등장했다.

'이제 곧 다크 나이트가 도래한다.'

1993년 11월, 수백여 대의 차량 와이퍼에 전단지가 꽂혀 있었다. 전단지에 '다크 나이트가 도래한다.'라는 글귀가 적혀 있었다.

1993년 12월, 어느 아침에 주민들은 문 앞에 뿌려진 전단지를 발견했다. 전단지의 내용은 '준비하라, 다크 나이트가 도래한다.'였다.

1994년 1월, 시청 출입문에 누군가 페인트로 휘갈겨놓은 낙서가 등장했다.

'다크 나이트 여섯 달 전.'

1994년 2월, 중심가에 있는 빈 건물에 방화로 추정되는 화재가 발생했다. 소방관들은 건물 벽에서 이상한 낙서를 발견했다.

'이제 곧 다크 나이트가 도래한다.'

1994년 6월 초, 대극장 전면에도 다음과 같은 낙서가 등장했다.

'다크 나이트와 함께 연극제가 열릴 것이다.'

데렉이 말했다.

"누군가 의도적으로 '다크 나이트'를 연극제와 연관시키려고 했군요."

마이클이 말했다.

"경찰이 수사를 벌였지만 '다크 나이트'를 앞세워 여론을 자극한 자가 누군지 밝혀내지 못했습니다."

이번에는 내가 나섰다.

"수사기록보관실에 가봤는데 1994년 4인 살인사건에 대한 서류가 들어있어야 할 자리에 '다크 나이트'라고 적힌 종이 한 장이 들어 있더군요. 애나도 오르피아경찰서 지하실 골방에 있는 하비 서장의 책상 서랍에서도 역시 그 글귀를 찾아냈습니다."

커크 하비는 뭔가 알고 있었을까? 그가 바람처럼 사라져버린 이유도 '다크 나이트' 때문이었을까? 우리는 1994년 2월 11일에서 12

일에 이르는 밤에 무슨 일이 벌어졌는지 알아보기로 했다. 그 문제는 신문자료를 뒤져보는 것만으로도 답을 얻을 수 있었다. 2월 13일자 신문에 방화사건을 다룬 기사가 실려 있었다.

테드가 소유한 중심가 건물에서 방화로 추정되는 화재사건이 발생했다. 테드는 건물을 식당으로 개조하려고 했지만 고든 시장이 완강하게 반대하는 바람에 뜻을 이루지 못하고 있었다는 내용이 기사에 실려 있었다.

데렉과 나는 당시 수사를 담당한 형사였기에 그 사실을 익히 잘 알고 있었지만 애나는 처음 접하는 정보였다.

데렉이 애나를 위해 설명을 덧붙였다.

"〈카페아테나〉를 개업하기 이전에 일어난 화재사건이었어요. 테드는 화재가 나는 바람에 건물의 지목변경을 할 수 있게 되었고, 마침내 〈카페아테나〉를 열게 되었죠."

"테드가 지목변경을 노리고 스스로 불을 질렀을까요?"

"화재사건에 대한 정확한 진상이 밝혀지지 않아 많은 구설이 떠돌았어요."

데릭 스콧

1994년 8월 중순 테드의 변호를 맡은 로빈 스타 변호사에게 굴욕적인 수모를 당한 우리는 허탈한 기분을 달래려고 퀸스로 갔다. 달라와 나타샤가 우리의 기분을 풀어주려고 식당으로 초대했다. 개업을 얼마 앞둔 그녀들의 식당은 퀸스 레고파크에 위치해 있었다. 아직 내부 공사가 끝나지 않은 상태였고, 간판은 가림 막으로 덮여 있었다. 그녀들이 식당 앞에서 우리를 기다리고 있다가 반갑게 맞아주었다. 그때까지 기분이 축 처져 있던 우리는 갑자기 하늘이 환하게 밝아지는 느낌을 받았다.

달라가 웃으며 말했다.

"미래의 우리 식당인데 어때?"

두 사람이 식당을 열기 위해 노력해온 결실을 맺기 직전이었다.

제스가 말을 받았다.

"당연히 아주 마음에 들어. 언제 오픈할 예정이야?"

나타샤가 대답했다.

"아직 내부에 손봐야 할 곳이 많지만 12월 이전에는 문을 열 생각이야."

제스가 물었다.

"식당 이름은 지었어?"

"이미 이름을 지어 간판을 달아두었어. 오픈하기 전에 간판을 먼저 달아놓아야 사람들 사이에서 입소문이 돌 테니까."

나타샤가 보드카 한 병을 가져오더니 잔을 가득 채워 우리에게 내밀었다. 달라가 간판을 덮고 있는 가림 막에 연결된 끈을 잡았다. 두 사람이 신호에 맞춰 끈을 잡아당겼다. 가림 막이 낙하산처럼 유영하며 바닥으로 떨어졌다. 어둠을 배경으로 식당 간판이 우리의 눈앞에서 빛을 반사했다.

더 리틀 러시아

우리는 〈더 리틀 러시아〉의 성공을 위해 건배했다. 달라와 나타샤가 우리를 데리고 식당 안으로 들어가 실내 설계도면을 보여주었다. 내부공사가 마무리되면 어떤 모습이 될지 가늠해볼 수 있었다. 2층에 작은 공간이 있었고, 달라와 나타샤는 그곳에 휴식공간을 꾸밀 계획이라고 했다. 2층에서 사다리를 타고 위로 올라가면 지붕으로 나갈 수 있는 문이 나왔다. 우리는 지붕 위로 나가 촛불을 켜놓고, 두 여자가 밤 소풍을 위해 만들어온 음식을 먹었다. 저 멀리 우뚝 선 맨해튼의 마천루들이 보였고, 우리는 보드카를 마시며 깊어가는 한여름 밤의 정취를 만끽했다.

서로를 얼싸 안은 제스와 나타샤가 아름답고 행복해보였다. 나도 그런 행복을 맛보고 싶었다. 나는 곁에 앉은 달라의 눈을 들여다보았다. 그녀가 손을 내밀었다. 나는 그녀가 내민 손을 잡으며 입술에 키스했다.

다음날 우리는 〈카페아테나〉 앞에서 잠복근무에 들어갔다. 우리는 둘 다 숙취가 가시지 않은 상태였다.

제스가 나에게 물었다.

"달라의 집에서 잤어?"

내가 대답 대신 계면쩍어하자 제스가 짓궂은 웃음을 터뜨렸다.

우리는 레나 벨라미가 목격한 밴에 테드가 타고 있었다고 확신했다. 테드는 〈카페아테나〉의 홍보를 위해 그림으로 표현한 독특한 로고를 밴의 뒤창에 붙이고 다녔다. 다만 레나의 진술만으로는 테드의 혐의를 입증할 방법이 없었다. 우리는 좀 더 확실한 증거가 필요했다. 다시 수사에 착수한 우리는 시청직원들로부터 테드가 인수한 건물에 화재가 발생했을 당시 고든 시장이 몹시 격분했다는 증언을 얻어냈다. 고든 시장은 테드가 고의로 방화했을 거라고 믿었다. 오르피아경찰서의 대다수 경관들도 그런 심증을 갖고 있었지만 테드가 방화를 저질렀다는 증거는 그 어디에도 없었다. 우리는 4인 살인사건이 벌어졌던 그 시간에 테드가 대극장을 떠나 있었다는 사실을 입증해 알리바이를 무너뜨리기로 했다. 테드가 대극장에서 구조원으로 근무하기로 약속한 시간은 오후 5시부터 11시까지였다. 대극장에서 고든 시장의 집에 갔다가 돌아오는 시간은 20분이면 족했다. 우리는 연극제 개막일에 무대 뒤에 있었던 자원봉사자들을 일일이 만나 조사했다. 그들은 대부분 테드가 그날 저녁에 대극장에 있는 걸 보았다고 증언했다. 다만 테드가 6시간 동안 줄곧 대극장에 있었는지 아니면 5시간 40분 동안만 있었는지에 대해서는 확신하지 못했다. 문제의 20분 동안 테드가 어디에 있었는지에 따라 상황이 완벽하게 뒤바뀔 수도 있었지만 정작 그 부분에 대해 명확하게 증언해주는 사람은 없었다.

수사가 답보상태에 머물러있던 어느 날 아침 힉스빌 은행에 근무하는 여직원이 전화를 걸어왔고, 그녀의 증언이 수사에 활력을 불어넣으며 새로운 전기를 마련하게 되었다.

제스 로젠버그

2014년 7월 4일 금요일에서 5일 토요일 사이

연극제 개막 22일전

데렉과 달라는 해마다 독립기념일에 집 정원에서 바비큐파티를 열었다. 데렉의 가족은 애나와 나를 독립기념일 바비큐파티에 초대했지만 나는 다른 약속이 있다는 핑계를 대고 혼자 집에 틀어박혀 지냈다. 예전에 나타샤가 만들어주었던 햄버거 소스를 직접 만들어보았지만 결과가 신통찮았다. 반드시 들어가야 할 재료가 빠졌는데 뭔지 알아낼 방법이 없었다. 나타샤가 로스트비프샌드위치에 쓰려고 만든 소스였다. 내가 먹어보고 나서 햄버거와도 잘 어울리겠다고 조언했고, 결과는 대성공이었다.

∴

애나는 독립기념일을 가족과 함께 보내기 위해 부모가 있는 뉴욕 시 교외 지역인 위체스터에 갔다. 그녀가 부모 집에 도착할 무렵 여동생으로부터 전화가 걸려왔다.

"언니, 어디까지 왔어?"

"거의 다 왔어."

"오늘 바비큐파티는 옆집에서 열려. 새로운 이웃이 파티를 준비했어."

"마침내 그 집이 팔렸구나?"

"누가 옆집을 샀는지 알아?"

"아니, 내가 그걸 어떻게 알아."

"마크가 샀어."

애나는 기겁하듯 놀라며 급브레이크를 밟았다. 하필이면 그녀가 급정거한 지점이 바로 문제의 집 바로 앞이었다. 늘 예쁜 집이라고 생각해왔는데 갑자기 정나미가 떨어졌다. 그녀는 집으로 들어가야 할지 차를 돌려 오르피아로 되돌아가야 할지 판단을 내리지 못하고 차에 앉아 있었다.

엄마가 나타나더니 차창을 두드렸다.

"어서 들어가자. 모두들 네가 온 사실을 알고 있어."

"왜 진작 말해주지 않았죠? 만약 알았다면 오지 않았을 거예요."

"그럴까봐 말해주지 않았어."

"마크의 집에서 독립기념일 바비큐 파티를 열겠다니, 말도 안돼요."

"이웃과 독립기념일을 함께 축하하려는 것뿐이야."

초대받은 손님들이 잔디밭으로 하나둘씩 모여들었다.

마크가 다가오더니 엄마에게 특유의 풀죽은 강아지 표정을 지어 보이며 말했다.

"제 잘못이에요. 애나에게 사전에 연락해 허락을 받았어야 했나 봐요. 아무래도 오늘 파티는 이만 접어야겠어요."

애나의 엄마는 터무니없는 말이라는 듯 손사래를 쳤다.

"아니야, 애나에게 미리 알릴 의무는 없었어!"

누군가 중얼거리는 소리가 애나의 귀에 들려왔다.

"가엾은 마크! 근사한 파티를 준비해놓고도 마치 죄지은 사람처럼 잘못을 빌어야 하다니?"

애나는 비난의 눈길이 일제히 날아와 꽂히는 걸 느꼈다. 그녀는
어쩔 수 없이 차에서 내려 파티에 합류했다.

아버지와 마크는 앞치마를 두르고 그릴 주위를 분주히 오갔다.
모두들 우아하게 꾸민 새 집에 대해 감탄사를 늘어놓았고, 마크가
만들어준 햄버거에 대해서도 맛있다고 칭찬하느라 여념이 없었다.
애나는 화이트와인을 한잔 따라 들고 구석자리에 가서 앉았다. 마
크와 충돌해 파티를 망치고 싶지 않았다.

∴

메타는 맨해튼 센트럴파크웨스트에 있는 자신의 아파트 서재에
서 창문 너머를 쓸쓸히 바라보고 있었다. 그는 《뉴욕문학리뷰》에
서 해고된 다음날 스티븐이 전화를 걸어와 충동적이고 경솔하게
해고 결정을 내린 것에 대해 심심한 사과를 표하며 다시 출근해달
라고 부탁하리라 믿었다. 기대와 달리 스티븐은 아무런 연락도 하
지 않았다. 참다못해 사무실에 나가봤더니 어느새 개인물품인 책
과 노트 따위를 집으로 가져가기 편하게 상자에 차곡차곡 담아 포
장해두고 있었다. 스티븐을 만나보려고 했지만 비서들이 막아서는
바람에 실패했다. 어찌나 화가 나던지 그의 휴대폰으로 전화했더
니 받지 않았다.

가사도우미가 들어와 차 한 잔을 내밀었다.

"저는 이만 돌아가봐야겠어요. 아들과 함께 독립기념일을 보내
려고요."

"그래야죠, 이만 돌아가 보세요."

"가기 전에 제가 해야 할 일이 더 있을까요?"

"쿠션을 가져와 나를 질식사시켜줄래요?"

"아무리 농담이라도 그런 말씀은 마세요."

메타는 한숨을 푹 내쉬었다.

"그럼 그냥 가세요."

∴

제리와 신시아는 외출준비를 끝냈다. 그들은 친구의 집에서 열리는 독립기념일 파티에 갈 계획이었다. 다코타는 두통이 일어 머리가 지끈거린다며 집에 남아 있겠다고 했다.

부모들이 집을 나갈 때 다코타는 거실에서 TV를 보고 있었다. 몇 시간은 그럭저럭 시간을 잘 흘려보냈는데 마침내 지겨워져 마리화나를 한 개비 말고 나서 보드카를 꺼내왔다. 다코타는 주방 환풍구 아래에 앉아 보드카를 마시며 마리화나를 피웠다. 점차 술기운이 오르며 가벼운 환각상태로 빠져들었다.

다코타는 방으로 들어가 고교 시절 졸업앨범을 꺼내 한 장씩 넘기다가 마침내 사진 한 장을 찾아냈다. 그녀는 다시 주방 환풍구 아래로 돌아가 두 번째 마리화나를 말았다.

다코타는 보드카를 마시며 사진을 쓰다듬었다. 태라 스칼리니의 사진이었다.

다코타는 소리 내어 이름을 불러보았다.

"태라."

다코타는 바닥에 주저앉아 소리 없이 울었다. 그때 휴대폰 벨이 울렸다. 레일라였다.

"안녕."

"목소리가 맛이 갔네. 너 혹시 울었어?"

"응."

바닥에 드러누워 있는 다코타의 머리카락이 작은 얼굴을 중심으로 주변부로 갈기처럼 펼쳐져 있었다.

"나올래?"

"엄마 아빠와 집에 있겠다고 약속했으니까 네가 와."

다코타는 주머니에서 연한 색 가루가 담겨 있는 비닐봉투를 꺼냈다. 환각제의 일종인 케타민이었다. 그녀는 가루를 보드카 잔에 쏟아 붓고 휘저은 다음 단숨에 들이켰다.

제리는 다음날인 토요일 아침이 되어서야 보드카 병을 발견했다. 그는 내친 김에 주방에 있는 쓰레기통을 뒤져 마리화나 꽁초 두 개를 찾아냈다. 그는 아직 잠에 빠져 있는 다코타를 깨우려고 했지만 신시아가 급히 말리고 나섰다.

"다코타가 잠에서 깨면 말해."

10시가 지나서야 다코타는 침실에서 나왔다. 제리는 보드카 병과 마리화나 꽁초를 흔들어 보이며 다코타를 다그쳤다.

"넌 또다시 아빠 엄마를 배신했어!"

"흥분하지 말아요. 아빠도 나처럼 이럴 때가 있지 않았어요?"

다코타는 다시 방으로 들어가 침대에 누웠다. 부모가 뒤따라 들어왔다.

제리가 성난 목소리로 다그쳤다.

"보드카 한 병을 마시고, 마리화나까지 피웠는데 네가 부모라면 이해하겠어?"

신시아도 딸이 상처받을까봐 조심스러워하며 한 마디 거들었다.

"그래, 아빠 말대로 네가 지나쳤어."

"엄마 아빠는 차라리 내가 어디론가 사라져주길 바라죠?"

신시아가 딸을 나무랐다.

"어떻게 엄마 아빠 앞에서 그런 말을 할 수 있니? 말도 안 되는 소리야."

제리가 나시 캐물었다.

"설거지통에 술잔이 두 개 있던데 누가 집에 왔었니?"

"친구를 오게 했는데, 문제 있어요?"

"마리화나를 피운 게 문제야."

"고작 마리화나를 피웠다고 난리치지 말아요."

"네가 환각제에도 손을 대고 있다는 걸 알아. 돌대가리 레일라가 왔었구나?"

"레일라는 돌대가리가 아니에요!"

"넌 아무래도 마약중독을 치료해주는 시설에 들어가야 할 것 같아."

"이미 닥터 런 클리닉에 다니고 있잖아요."

"닥터 런보다는 좀 더 전문적인 시설에 가는 게 좋겠어."

"나를 치료시설에 가두려고요? 난 절대 그렇게 못해요. 당장 내 방에서 나가줘요!"

다코타는 낡은 헝겊인형을 집어 들고 문짝을 향해 집어던졌다.

제리가 못 박았다.

"엄마 아빠가 시키는 대로 하는 게 좋아. 다 너를 위한 일이니까."

"치료시설에는 절대로 안 가요."

다코타는 침대에서 벌떡 일어나 부모를 밖으로 밀어내고 나서 문을 쾅 닫았다. 그녀는 울먹이며 레일라에게 전화를 걸었다.

레일라가 걱정스레 물었다.

"왜 울어? 무슨 일이야?"

"엄마 아빠가 나를 치료시설에 보내려고 해."

"언제 가게 되는데?"

"나도 몰라. 월요일에 정신과의사를 만나 상의해볼 거래. 난 절대로 안가. 차라리 오늘 밤에 도망칠 거야. 엄마 아빠가 잠이 들면 그때 집을 나갈 거야."

∴

같은 날 아침, 애나는 워체스터의 부모 집에서 자고 일어나 아침식사를 하는 동안 엄마의 온갖 질문에 시달렸다.

"마크와 헤어지지 않고 이웃집에서 살았더라면 얼마나 좋았겠니?"

"이미 다 지난 일이에요."

엄마가 한숨을 푹 내쉬었다.

"마크와는 정말 끝난 거야?"

"이혼한 지 벌써 일 년이 지났어요."

"일 년이 대수야? 세 번 이혼하고 다시 합치는 부부도 있어."

애나는 대답 대신 커피 잔을 들고 자리에서 일어섰다.

"보석상 참사 이후 넌 달라졌어. 경찰이 되면서 인생을 망친 거야."

"내 실수로 한 사람이 목숨을 잃었어요. 그 사실은 영원히 달라지지 않아요."

"그 일 때문에 촌구석 경찰서로 떠났니?"

"난 오르피아에서 지내는 게 좋아요."

애나는 대답을 마치고 나서 마음이 답답해 테라스로 나갔다.

애나 캐너

2014년 어느 화창한 봄날 이른 시각에 나는 현관 포치에 나와 매일 아침 배달되는 《오르피아크로니클》지를 집어 들고 소파에 앉았다. 이웃집 코디가 마주보이는 집 앞 길에서 내게 인사를 건넸다.

"애나, 브라보!"

뜬금없는 인사말에 내가 되물었다.

"브라보라니, 뭐가요?"

"신문에 당신과 관련된 기사가 났어요."

나는 즉시 신문을 펼쳐보았다. 1면에 내 사진이 실려 있었고, 다음과 같은 헤드라인이 눈에 들어왔다.

이 여성경찰이 오르피아경찰서의 차기 서장이 될 것인가?

오르피아경찰서의 론 걸리버 서장이 올가을 은퇴를 앞두고 있는 가운데 누가 후임 서장이 될지 벌써부터 관심이 집중되고 있다. 차기 경찰서장은 현 수석부서장인 재스퍼 몬테인이 아니라 차석부서장인 애나 캐너가 유력하다는 설이 흘러나오고 있다. 애나 캐너 경사는 작년 9월에 오르피아경찰서에 부임했다.

신문기사를 본 재스퍼와 동료들이 어떤 반응을 보일지 걱정스러웠다. 내가 경찰서로 들어서자 동료들 모두가 따가운 눈총을 보냈다.

"당신이 걸리버 서장의 후임이 될 거라던데 사실이야?"

나는 대답 대신 걸리버 서장의 방으로 달려갔다. 재스퍼의 고함 소리가 서장실 문밖으로 흘러나왔다.

"애나가 차기 서장으로 유력하다는 게 사실입니까?"

"얼토당토않은 낭설이야. 그런 얼빠진 헛소리는 나도 처음 들어 봤어. 애나는 이 경찰서에 갓 부임해왔을 뿐인데 서장이라니, 말도 안 돼. 게다가 다른 친구들이 여자 서장의 명령을 고분고분 따를 리 없잖아!"

"그럼 왜 애나를 부서장으로 임명했는데요?"

"정확하게 말하자면 차석 부서장이야. 원래 그 자리는 없었는데 브라운 시장이 억지로 만들어냈어. 요즘은 여자들에게 적당히 자리를 배분해야 진보적이라는 평을 듣잖아. 브라운 시장은 툭하면 성 평등을 내세우지만 자네도 알다시피 웃기는 짓이지."

"그렇다면 내가 서장이 될 경우 부서장 자리는 애나에게 줘야한 다는 말이잖아요?"

"차석 부서장은 대외홍보용으로 만든 자리야. 나야 브라운 시장 때문에 코가 꿰었지만 자네가 서장이 되면 애나를 쫓아내버려도 상관없어. 앞으로 애나가 나대지 못하도록 단단히 일러둘 테니까 걱정하지 마."

잠시 후, 걸리버 서장이 나를 자기 방으로 불렀다. 그는 나를 맞은편에 앉히더니 책상 위에 놓인 《오르피아크로니클》지를 집어 들었다.

걸리버 서장이 지극히 사무적인 목소리로 말했다.

"자네를 위해서 하는 말인데 몸을 최대한 낮추게. 자네가 부서장 직함을 받은 건 오로지 브라운 시장의 빌어먹을 혁신적 사고 때문이야. 브라운 시장은 어떻게 해서든 오르피아경찰서 최초로 여자 경찰을 영입하고 싶어 했거든. 다양성이 어떻고, 성 차별이 어떻고, 도무지 알아들을 수 없는 말들로 나를 들들 볶아댔지. 나는 그저 임기를 일 년 남겨놓은 마당에 시장과 신경전을 벌이기 싫어 원하는 대로 해주었을 뿐이야. 내가 말을 안 들어주면 브라운 시장이 비열하게 경찰서 예산을 삿고 장난칠 게 뻔했으니까. 브라운 시장의 요구는 여자 경찰을 반드시 쓰라는 것이었는데 자네가 그때 마침 지원한 거야. 차석 부서장 자리는 어쩔 수 없이 여자 경찰로 채워 넣도록 할당되어 있었을 뿐이야."

걸리버 서장의 말을 듣고 나자 동료들과 눈길을 마주하고 싶지 않아 순찰차를 끌고 거리로 나섰다. 나는 17번 도로의 대형표지판 뒤에 차를 세웠다. 표지판 뒤편에 있는 작은 공간이 내가 종종 차를 세우고 휴식을 취하는 피신처였다. 오르피아에 온 뒤로 조용히 생각할 일이 있거나 동료들과의 갈등으로 심신이 피폐해졌을 때 마음의 평화를 얻고자 찾는 장소였다.

아침시간이라 아직 차량 통행이 뜸했다. 나는 도로 쪽을 건성으로 살피며 로렌이 보낸 문자메시지를 확인했다. 나에게 완벽하게 어울리는 남자를 찾아냈으니 조만간 저녁식사 약속을 잡아보라는 내용이었다. 나는 즉시 남자를 만나볼 마음이 없으니 헛수고 하지 말라는 답신을 보냈다. 그러자 로렌이 즉시 반발하는 문자를 보냈다.

'계속 그런 식으로 살다가는 죽을 때까지 혼자일 거야.'

로렌과 서너 번쯤 문자메시지를 주고받았다. 나는 걸리버 서장에 대한 불만을 토로했고, 로렌은 나에게 다시 뉴욕으로 돌아오라고 조언했다. 그렇지만 나는 뉴욕으로 다시 돌아갈 마음은 없었다. 동료들과의 껄끄러운 문제를 빼면 오르피아에서의 생활에 만족했다. 오르피아는 숲과 바다가 있어 쾌적했다. 긴 모래해변과 울창한 숲, 연꽃으로 뒤덮인 호수, 바닷물이 육지로 휘어져 들어와 갖가지 짐승들을 끌어 모으는 좁다란 해협이 있어 더없이 매혹적이었다.

나는 이곳에서 행복해질 수 있다고 믿었다.

제스 로젠버그

2014년 7월 7일 월요일

연극제 개막 19일전

2014년 7월 7일 월요일자 〈오르피아크로니클〉지 1면 기사

연극제 보이콧

  지난 20년 동안 여름이면 오르피아의 구심점 역할을 해온 연극제가 전면적으로 보이콧 될 수도 있는 위기에 처하게 되었다. 오르피아 연극제는 그동안 자원봉사자들의 헌신과 열정을 바탕으로 개최되어왔다고 해도 과언이 아니다. 올해는 연극제의 핵심 동력인 자원봉사자들이 안전보장을 요구하며 보이콧을 결의했다. 상황이 이렇게 되자 과연 연극제가 존속될 수 있을지 우려하는 목소리가 크다. 자원봉사자들의 뒷받침 없이 과연 연극제를 무사히 개최할 수 있을지 귀추가 주목되고 있다.

  애나는 일요일에도 커크 하비의 종적을 추적하느라 여념이 없었다. 그 결과 마침내 커크 하비의 부친 코넬리우스 하비를 찾아냈다. 코넬리우스는 오르피아에서 자동차로 세 시간 거리인 포킵 시 소재 양로원에서 인생의 황혼기를 보내고 있었다.

  애나는 양로원에 연락해 방문 의사를 밝혔고, 나는 그녀와 함께

그곳으로 달려갔다.

"어제도 쉬지 않고 일했어요? 나는 사실 애나가 부모님 댁에서 주말을 보내고 올 거라고 생각했거든요."

애나는 어깨를 으쓱해 보이고 나서 말했다.

"솔직히 말하자면 할 일이 있어서 오히려 좋았어요. 기분전환에도 큰 도움이 되었죠. 데렉 형사님은 어디 가셨어요?"

"주 경찰본부에서 1994년 수사기록을 재검토하고 있어요. 데렉은 우리가 그 당시 수사에서 뭔가 오류를 범했을지도 모른다는 생각에 마음이 괴로운가 봐요."

"1994년 당시 두 분에게 무슨 일이 있었죠? 그 이전부터 두 분은 절친한 사이였던 것 같던데요."

"1994년에 벌어졌던 일에 대해 아직은 편하게 이야기할 수 있을 것 같지 않네요."

애나는 내 기분을 이해한 듯 화제를 돌렸다.

"독립기념일에는 어떻게 보내셨어요?"

"그냥 집에 있었어요."

"혼자?"

"혼자 소스가 들어간 햄버거를 만들어 먹었죠. 나타샤가 만들어주면 맛이 기가 막혔는데 역시 솜씨 탓인지 별로였어요."

나는 쓸데없이 디테일하게 이야기했다고 생각하며 내심 후회했다.

"나타샤가 누군데요?"

"내 약혼자."

"약혼했어요?"

"오래 전에. 이제는 다 지난 일이죠."

애나가 내 마음을 이해한다는 듯 입가에 가느다란 미소를 지었다.

"나도 이혼한 이후 친구들이 내내 혼자 살다가 인생 종치게 될지도 모른다며 은근히 위협을 가하고 있어요."

"살다보면 누군가를 만나게 되겠죠."

"사실 걱정하지는 않아요. 나타샤와는 무슨 문제가 있었어요?"

"때로는 삶이 우리에게 아주 고약한 심술을 부리죠."

애나의 눈빛이 내 말을 잘 이해했다고 알려주었다.

〈떡갈나무 숲 양로원〉은 포킵 시 외곽에 위치해 있었다. 발코니마다 놓인 꽃이 눈에 들어왔다. 휠체어에 앉은 노인 몇 사람이 현관 로비에서 출입문을 지켜보고 있었다.

무릎에 장기판을 올려놓은 노인이 우리를 보자 외쳤다.

"방문객이야!"

치아가 없어 거북이 같은 인상을 주는 노인이 애나와 나를 보며 물었다.

"누굴 찾아 왔어요?"

애나가 쾌활한 말투로 대답했다.

"코넬리우스 하비 씨를 만나러 왔습니다."

체구가 마른 나뭇가지처럼 앙상한 노부인이 떨리는 목소리로 말했다.

"아무도 나를 만나러오지 않아."

장기판을 들여다보던 노인이 그 말을 받아 한 마디했다.

"우리아이들은 두 달 전에 다녀간 뒤로는 얼굴을 보여주지 않네."

우리는 안내데스크에 가서 용건을 말했다. 잠시 후, 원장이 나타나더니 우리에게 물었다.

"코넬리우스 하비 씨를 만나려는 목적이 뭐죠?"

"그분의 아들을 찾고 있습니다."

"그분의 아들이 범죄사건에 연루됐습니까?"

"그런 건 아니고, 코넬리우스 하비 씨를 직접 만나 말씀드리겠습니다."

원장이 우리를 앞장서서 안내했다. 복도를 지나면서 보니 방안 여기저기에 노인들이 자리 잡고 앉아 카드놀이를 하거나 책을 읽고 있었다. 더러 허공을 망연히 바라보는 노인들도 있었다.

원장이 방으로 들어가더니 백발이 성성한 노인을 향해 말했다.

"코넬리우스, 손님이 찾아왔어요."

코넬리우스는 키가 크고 몸집이 호리호리한 사람이었다. 두꺼운 실내복차림으로 소파에 앉아 있던 그가 몸을 일으키며 우리를 쳐다보았다. 그가 애나의 제복을 주시하며 물었다.

"오르피아경찰서에서 온 거요? 무슨 일이죠?"

애나가 노인에게 말했다.

"우리는 커크 하비를 찾고 있습니다."

코넬리우스가 걱정스러운 얼굴로 물었다.

"커크에게 무슨 일이 생겼어요?"

"1994년에 아드님은 오르피아에서 발생한 4인 살인사건을 수사한 적이 있어요. 얼마 전 젊은 여기자 하나가 살해당했는데 우리는 두 사건의 범인을 동일인물로 추정하고 있습니다. 아드님이 이 사건의 비밀을 풀어줄 열쇠를 쥐고 있을 가능성이 있어 찾아다니고 있습니다. 아드님의 도움이 필요해요. 아드님과 연락하고 계시죠?"

"가끔 통화하고 있어요."

"여기에 온 적도 있습니까?"

"여긴 너무 멀어서 오기 힘들어요."

"어디 있는데요?"

"캘리포니아에서 연극대본을 쓰고 있는데, 무대에 올리면 어마어마한 성공을 거두게 될 거라더군요. 커크는 글도 잘 쓰지만 훌륭한 연출가니까요. 커크의 작품이 무대에 오르면 나도 근사하게 차려 입고 공연을 보러 갈 거요."

"아드님과 연락할 방법을 말씀해주시겠어요?"

"전화번호가 있는데 메시지를 남겨놓으면 커크가 전화할 거요."

코넬리우스가 호주머니에서 수첩을 꺼내 애나에게 번호를 불러주었다.

내가 물었다.

"아드님이 캘리포니아에 머문 지는 얼마나 되었습니까?"

"아마 20년 정도 되었을 거요."

"오르피아를 떠나 곧바로 캘리포니아로 갔군요. 혹시 그렇게 갑자기 떠난 이유가 뭔지 아십니까?"

코넬리우스가 당연하다는 듯 대답했다.

"'다크 나이트' 때문이오."

"'다크 나이트'가 뭐죠?"

코넬리우스가 대답 대신 말했다.

"커크는 1994년 사건의 범인이 누군지 알아냈어요. 그래서 떠날 수밖에 없었지."

"테드 테넌바움이 범인이 아니라는 사실을 알아냈다는 건가요? 그렇다면 왜 진범을 잡지 않았죠?"

"나야 모르지. 커크만이 그 질문에 대답할 수 있을 거요. 커크를 만나게 되면 대신 안부나 전해줘요."

양로원을 나오자마자 애나는 코넬리우스가 준 전화번호를 눌렀다.

전화기에서 여자 목소리가 흘러나왔다.

"안녕하세요, 〈벨루가 바〉입니다."

예상 밖의 목소리에 잠시 멈칫했던 애나가 용건을 말했다.

"커크 하비 씨와 통화하길 원합니다."

"연락처를 남겨주시면 전화드릴 겁니다."

애나가 이름과 전화번호를 남기고, 매우 중요한 일이라는 말을 덧붙였다. 우리는 전화를 끊고 나서 〈벨루가 바〉를 인터넷으로 검색했다. 로스앤젤레스 메도우드에 있는 바였고, 왠지 이름이 낯설지 않았다. 나는 즉시 데렉에게 전화해 스테파니의 카드사용명세서를 살펴봐달라고 했다.

데렉은 자료를 확인하고 나서 알려주었다.

"스테파니는 지난 6월에 로스앤젤레스에 머물 당시 〈벨루가 바〉에서 세 번이나 카드로 결제했어."

"스테파니가 무엇 때문에 로스앤젤레스에 갔는지 이제야 알겠어."

스테파니는 커크를 만나기 위해 로스앤젤레스에 갔던 게 분명했다.

∴

같은 날, 뉴욕

에덴 부부는 당황해서 어쩔 줄 몰랐다. 다코타가 실종된 지 이틀째였다. 에덴 부부는 경찰에 실종신고를 했고, 다코타와 친한 친구들의 집을 일일이 방문했다. 딸이 가있을 만한 곳이면 어디든 마다하지 않고 달려가 봤지만 허사였다.

신경이 극도로 예민해진 제리가 불안하게 거실을 돌아치며 말했다.

"돈이 떨어지면 돌아올 거야."

"당신과 다코타는 한때 내가 질투심을 느낄 만큼 사이가 좋았는데 어쩌다 이렇게 되었지?"

"빌어먹을 돈 때문이야. 난 요즘 돈을 버느라 정신없이 바빴어."

에덴 부부는 다코타가 집을 나간 사실을 일요일 오후에야 알아차렸다. 다코타가 늦잠을 자고 있다고 생각해 오전에는 내버려두었기 때문이다.

신시아가 자책하며 말했다.

"좀 더 일찍 다코타의 방을 들여다봤어야 해."

"닥터 런이 아이의 '내밀한 공간'을 지켜줘야 한다고 했잖아. 우리는 그 빌어먹을 의사가 강조한 신뢰원칙을 지키려다가 이렇게 된 거야."

"닥터 런이 가족치료 중에 그렇게 말한 건 다코타가 당신에 대해 불만을 터뜨렸기 때문이었어. 당신이 환각제를 찾아내겠다며 다코타의 방을 뒤졌잖아. 닥터 런은 아이의 프라이버시를 지켜줘야 한다는 뜻에서 신뢰원칙이라는 말을 한 거야. 다코타가 잘 있는지 살펴봐서는 안 된다고 한 게 아니야."

그 순간 전화벨이 울렸다. 제리가 전화기로 달려갔다.

"뉴욕경찰인데 거리에서 잠들어 있는 다코타를 찾아냈습니다. 따님은 약에 취한 상태입니다. 현재 마운트시나이 병원에서 검사를 받고 있습니다."

∴

《뉴욕문학리뷰》의 부편집장 스킵 낼런이 편집장실 방문을 거칠게 열고 안으로 들이닥치며 소리쳤다.

"메타를 쫓아내고 앨리스에게 칼럼을 맡기면 어쩌자는 겁니까? 앨리스가 쓴 칼럼을 읽어봤습니다. 그따위 허접스러운 칼럼을 우리 잡지에 싣는다는 건 말이 안 됩니다."

"자네는 몰라서 하는 소리야. 앨리스는 훌륭한 저널리스트가 될 자질이 있어."

스킵이 두 손으로 머리를 감쌌다.

"메타를 쫓아내고 편집실에서 우편물이나 분류하던 여직원에게 고정 칼럼을 맡긴다는 게 말이 된다고 생각하세요?"

"메타는 요즘 감각이 예전 같지 않아. 편집장인 내가 결정한 일이니까 자네는 잠자코 있어."

"앨리스가 쓴 칼럼을 읽어보니 자질은커녕 그냥 쓰레기던데요."

스킵이 세차게 문을 닫고 나갔다. 그가 사라지자 붙박이장 문이 벌컥 열리더니 안에서 앨리스가 튀어나왔다.

"스킵이 나에 대해 악담을 퍼붓는데 당신은 왜 가만히 듣고만 있어?"

"내가 하는 말 못 들었어? 당신이 훌륭한 칼럼니스트가 될 자질이 있다고 추켜세웠잖아."

"오늘 부로 스킵을 쫓아내!"

"이미 스테파니와 메타를 잘랐어. 일 잘하는 사람들을 전부 내보내면 어쩌자는 거야?"

"스킵을 해고하지 않으려면 선물을 사줘."

스티븐은 어쩔 수 없이 그런다고 약속했다. 그는 5번가의 명품 상점에 들러 앨리스가 갖길 원한 핸드백을 찾아내 계산을 하려고 카드를 내밀었다.

"한도 초과인데요."

카드단말기에 한도 초과 신호가 떴다. 다른 카드를 내밀었지만 역시 한도 초과였다. 이마에 식은땀이 맺혔다. 고작 7월 7일인데 카드 세 개가 모두 한도 초과였다.

스티븐은 어쩔 수 없이 《뉴욕문학리뷰》 법인카드로 결제했다. 이제 여름휴가를 갈 돈이 없었고, 트레이시를 설득해 옐로스톤 캠핑카 여행계획을 단념하게 만들어야 했다.

스티븐은 거리를 정처 없이 쏘다녔다. 잔뜩 흐린 하늘에서 떨어지는 미지근한 빗줄기가 셔츠와 머리카락을 적셨다. 그는 셔츠가 푹 젖어들도록 하염없이 걷다가 빗줄기가 더욱 굵어지는 바람에 어쩔 수 없이 눈에 띄는 맥도날드로 들어갔다. 그는 비에 젖어 후줄근해진 옷만큼이나 우울한 절망감에 휩싸였다.

∴

애나와 나는 고든 시장이 반대해 공연이 무산될 뻔했다는 커크의 작품을 찾아보기로 했다. 포킵 시에서 돌아오는 길에 코디에게 전화해 초대 연극제 관련 자료들을 모두 챙겨달라고 부탁했다. 특히 커크가 무대에 올린 작품에 대한 자료들이 필요하다고 미리 말해두었다.

코디가 대극장 사무실에서 우리가 부탁한 자료들을 챙겨두고 기다리고 있었다.

"커크가 무대에 올린 일인극은 제목이 《나, 커크 하비》라는 작품이었는데 한 마디로 지루하기 그지없었죠. 개막작은 《엉클 바니아》였고요. 여기 공연프로그램이 있네요."

코디가 상자 안에서 누렇게 바랜 팸플릿 하나를 꺼내 나에게 내밀었다.

"팸플릿이 더 남아 있으니까 가져가도 상관없습니다."

상자 안을 뒤적이던 그가 소책자 하나를 꺼냈다.

"이 책이 혹시 수사에 도움이 될지도 모르겠네요."

나는 소책자를 받아들고 제목을 보았다.

《오르피아 연극제의 역사》
스티븐 버그도프

나는 곧장 코디에게 물었다.

"이 책은 뭐죠?"

애나도 저자 이름이 스티븐 버그도프라는 사실을 확인하고는 깜짝 놀란 눈치였다.

코디는 우리에게 4인 살인사건이 일어나기 두 달 전 이야기를 들려주었다.

$$\therefore$$

1994년 5월, 오르피아

코디가 서점 사무실에서 신간을 주문하고 있을 때 메간이 조심스럽게 문을 밀고 안으로 들어섰다.

"고든 시장님이 와계시는데 할 말이 있대요."

코디는 지난 3월 이후 발길이 뜸했던 고든 시장이 직접 찾아온 이유가 궁금했다. 고든 시장이 서점 계산대 뒤에 앉아 책 한 권을 뒤적이고 있었다.

코디가 인기척을 하며 고든 시장에게로 다가갔다.

"시장님, 안녕하세요?"

"그동안 잘 지냈나?"

두 사람은 반갑게 악수를 나누었다.

고든 시장이 책들이 빼곡하게 꽂혀 있는 서가를 둘러보며 말했다.

"정말이지 오르피아에 이런 훌륭한 서점이 있다는 건 행운이야."

"시장님이 한동안 발길이 뜸해 우리 서점에 대해 혹시 안 좋은 인상을 받은 건 아닌지 걱정했어요."

"요즘은 연극제 준비로 바빠 시간을 내지 못했을 뿐이야. 나도 책을 좋아하니까 연극제가 끝나면 자주 들르게 될 거야."

고든 시장의 말을 듣고 나니 매우 상냥하고 순박한 사람이라는 느낌이 들었다.

고든 시장이 말을 이었다.

"자네도 알다시피 오는 7월 30일이 연극제 개막일이야."

"연극제에 맞춰 이미 《엉클 바니아》를 판본별로 주문해놓았어요. 연극제 때 서점을 찾는 손님들에게 권하려고요."

"《오르피아크로니클》지 편집장인 스티븐 버그도프가 연극제와 관련해 책을 한 권 썼어. 자네 서점에서 그가 쓴 책을 팔 수 있을까? 자, 여기 책을 한 권 가져왔네."

시장은 손에 들고 있던 작은 책을 코디에게 내밀었다. 대극장과 고든 시장을 배경으로 찍은 사진 위에 책제목이 박혀 있었다.

코디가 어리둥절한 표정을 지으며 물었다.

"올해 처음 열리는 연극제인데 왜 제목을 《오르피아 연극제의 역사》로 지었을까요?"

고든 시장이 돌아가려고 몸을 일으키며 말했다.

"그냥 연극제 준비와 관련된 이야기라고 생각하면 돼. 아주 놀랄 만한 내용이 들어있으니까 기대해도 좋아."

코디는 딱히 흥미를 느끼지 못했지만 고든 시장과 좋은 관계를 유지하기 위해 책을 판매해보기로 했다.

고든 시장이 돌아가고 나서 메간이 다가왔다.

"고든 시장님이 찾아온 이유가 뭐래요?"

"책을 판매해달라고 부탁했어."

메간은 잔뜩 긴장하고 있다가 그제야 마음을 놓은 눈치였다. 그녀가 고든 시장이 가져온 책을 뒤적여보고 나더니 말했다.

"일단 책 내용은 그리 나쁘지 않네요. 요즘은 자비로 책을 내는 사람들이 많아졌어요. 이 지역 작가들이 자비로 출판한 책들을 따로 모아두는 코너가 있어도 괜찮겠어요."

"그렇게 하려면 서가를 늘려야하는데 마땅한 공간이 없어. 게다가 사람들이 이 지역 작가가 쓴 책에 대해 관심을 가질까?"

메간이 생각을 굽히지 않았다.

"구석에 있는 비품보관 창고를 서가로 개조해 이 지역 작가들을 위한 별도의 부스를 만드는 건 어때요? 사실 작가들이야말로 서점의 주요고객들이잖아요. 이 지역 작가들은 자기 책이 서가에 진열되어 있는 걸 보기 위해서라도 서점을 자주 방문할 거예요. 서점에 들른 이상 다른 책들을 구입할 테고요."

메간의 말을 듣고 보니 제법 괜찮은 아이디어 같았다.

"그럼 비품창고를 서가로 개조해볼까?"

메간이 고개를 끄덕여 동의했다.

"반응이 신통찮으면 다시 비품창고로 되돌려놓으면 되니까. 아무튼 고든 시장 덕분에 스티븐 버그도프가 책을 썼다는 걸 알게 되었군."

∴

애나는 뜻밖의 사실에 놀란 눈치였다.

"스티븐이《오르피아크로니클》의 편집장이었다는 건가요? 반장님도 진작부터 그 사실을 알고 있었어요?"

나는 전혀 모르는 사실이었다. 당시 스티븐을 만난 적이 있었는지에 대해서도 기억나지 않았다.

이번에는 코디가 우리의 반응을 보고 놀라며 물었다.

"두 분도 이미 스티븐을 알고 있었어요?"

애나가 말했다.

"스티븐은 현재 스테파니가 뉴욕에서 일했던《뉴욕문학리뷰》의 편집장으로 있어요."

나는 조사결과 스티븐이 기억나지 않은 이유를 알게 되었다. 스티븐은 4인 살인사건이 일어난 다음날《오르피아크로니클》의 편집장 자리를 그만두었고, 마이클이 후임으로 왔다.

우리는 다음날 아침 일찍 뉴욕으로 출발해 스티븐을 만나볼 생각이었다. 그날 저녁, 애나의 휴대폰이 울렸다. 〈벨루가 바〉에서 걸려온 전화였다.

애나가 전화를 받자 남자가 말했다.

"내가 바로 커크 하비요."

데릭 스콧

1994년 8월 22일 월요일, 4인 살인사건이 일어난 지 3주가 지났다. 제스와 나는 롱아일랜드은행 여직원의 연락을 받고 뉴욕과 오르피아 사이에 위치한 힉스빌로 달려가는 중이었다.

나는 차 안에서 제스에게 말했다.

"은행 창구 여직원이 굳이 카페에서 우릴 보자고 하는 걸 보면 지점장에게는 알리고 싶지 않은 제보사항이 있나 봐."

"고든 시장과 관련된 제보일까?"

"아마도 그렇겠지."

제스는 고기에 갈색소스를 듬뿍 바른 샌드위치를 먹고 있었다.

"자네도 먹어볼래?"

나는 제스가 내민 샌드위치를 한입 베어 물었다. 그야말로 맛이 일품이었다.

"나타샤가 직접 개발한 소스로 만든 샌드위치야. 내가 나타샤소스라는 이름을 붙여주었어."

"나타샤가 오늘 아침에 이 샌드위치를 만들어줬단 말이야?"

"나타샤는 식당에서 판매할 메뉴를 만드느라 새벽 4시면 일어나. 달라도 아침 일찍 달려오더군. 내가 강력하게 추천한 샌드위치야. 누구나 매료되지 않을 수 없을 만큼 맛이 기막히잖아."

"아마도 감자튀김을 듬뿍 주면 더 잘 팔릴 거야. 샌드위치를 먹을 때마다 감자튀김을 듬뿍 주지 않아 아쉬웠거든."

롱아일랜드은행 여직원의 이름은 메이시 워윅이었다. 카페로 들어서는 순간 우리 눈에 카푸치노를 마시고 있는 메이시의 초조한 모습이 눈에 들어왔다.

"신문에서 살해당한 고든 시장 일가족 사진을 봤어요. 어디선가 많이 본 것 같은 얼굴이라 곰곰이 생각해봤더니 우리 은행 고객이더군요."

메이시는 입금내역이 기록되어 있는 서류철을 우리에게 내밀었다.

"은행 정보시스템에 들어가 검색해봤어요. 고든 시장이 지난 몇 달 동안 일주일에 서너 번씩 은행을 방문한 적이 있더군요."

제스와 나는 메이시의 말을 들으며 서류에 나와 있는 입금내역을 살펴보았다. 고든 시장은 롱아일랜드은행을 방문할 때마다 매번 2만 달러를 계좌에 예치했다.

"참고로 말씀드리자면 2만 달러는 자금출처를 밝히지 않고 입금할 수 있는 최고액입니다."

우리는 지난 3월에 첫 거래가 시작되었다는 걸 알 수 있었다.

"고든 시장이 입금한 돈이 계좌에 그대로 남아 있습니까?"

"입금은 여기 은행에서 했지만 몬태나 주의 보즈먼 지점에서 개설한 계좌라 우리에게는 잔고를 확인할 권한이 주어지지 않았습니다."

제스와 나는 깜짝 놀랐다. 고든 시장 자택을 수색했을 당시 우리는 햄프턴의 은행에서 개설한 계좌밖에 찾아내지 못했다. 몬태나 주 보즈먼 지점에서 개설한 계좌는 대체 무슨 용도였는지 자못 궁금하지 않을 수 없었다.

우리는 곧바로 몬태나 주 경찰에 연락해 협조를 요청했다. 제스와 나는 당장 비행기를 타고 보즈먼으로 날아갔다. 고든 시장은 4

월에 보즈먼에 작은 집을 임대했다. 임대료는 수상한 계좌에서 이체되었다. 우리는 거래를 성사시킨 부동산 업자를 찾아갔다. 그가 을씨년스러운 느낌을 풍기는 판잣집으로 우리를 안내했다. 두 거리가 교차하는 지점 모퉁이에 자리 잡은 집이었다.

부동산 업자는 우리가 내민 고든 시장의 사진을 힐끔 보더니 곧장 알아보았다.

"네, 이 분이 맞습니다. 보즈먼에는 4월에 딱 한 번 왔어요. 동행 없이 혼자였는데 자동차에 종이상자들이 가득 실려 있었죠. 이 집을 한 번도 본 적 없는데 덜컥 계약하자고 했습니다. 어쩐지 믿음이 가지 않아 몰래 얼굴과 자동차번호판을 사진으로 찍어두었죠."

부동산 업자가 서류철에서 사진 한 장을 꺼냈다. 사진에 찍힌 남자는 고든 시장이었다. 그는 파란색 컨버터블 자동차 트렁크에서 종이상자를 내리고 있었다.

"고든 시장이 이 집을 구하는 이유를 이야기하던가요?"

"아무튼 뭔가 말하긴 했는데 분명히 기억나지는 않아요. '여기까지 나를 찾아오는 사람은 없을 거야.' 정도였어요."

"언제부터 살기로 예정되어 있었죠?"

"4월에 집을 임대했는데 언제부터 살려고 하는지는 몰랐어요. 사실 우리 같은 부동산 업자에게 그런 문제는 중요하지 않으니까요. 임대료만 내면 나머지는 상관없는 일이죠."

고든 시장이 보즈먼 지점에서 계좌를 개설한 시점이 3월이었고, 4월에 집을 임대했다. 이미 그때부터 도주계획을 세우고 있었던 셈이었다. 그는 살해된 날 저녁 가족과 함께 오르피아를 떠나려고 했다.

살인범은 고든 시장이 떠나려한다는 사실을 어떻게 알았을까?

고든 시장이 살해된 원인을 따져보자면 보즈먼 지점 계좌에 입금해둔 돈과 밀접한 관련이 있어보였다. 현금으로 자그마치 50만 달러에 달하는 거액이었다.

그 많은 돈이 과연 어디서 나왔을까?

우선 테드와 고든 시장 사이의 거래를 확인해볼 필요가 있어 보였다. 고든 시장이 수상쩍은 돈을 받기 시작한 시점이 〈카페아테나〉 건물공사가 시작될 무렵이 아닌지 알아봐야 했다. 고든 시장이 공사를 막지 않는 조건으로 테드로부터 돈을 받아내고, 연극제 개막에 맞춰 식당을 개업하게 했으리라는 의심이 가능한 상황이었다.

검사는 우리의 가설이 충분히 합리적이라고 판단하고 테드와 고든 시장의 계좌에 대해 압수수색영장을 발부해주었다. 그 결과 우리는 1994년 2월에서 7월 사이 테드가 부친으로부터 물려받은 맨해튼은행 계좌에서 50만 달러를 인출했다는 사실을 알게 되었다.

제스 로젠버그
2014년 7월 8일 화요일
연극제 개막 18일전

그날 아침, 애나는 뉴욕으로 가는 차 안에서 데렉과 나에게 커크와 나눈 대화내용을 말해주었다.

"커크는 전화상으로는 아무것도 말하지 않겠다는 입장이었어요. 자기를 만나려면 수요일 저녁 6시에 〈벨루가 바〉로 오라고 하더군요."

나는 서쪽 끝으로 날아가야 한다는 생각에 미리부터 질려서 되물었다.

"로스앤젤레스까지 오라고요? 그 사람, 지금 장난하나?"

"커크는 나름 진지해보였어요. 로스앤젤레스 행 항공권을 알아봤는데 내일 아침 10시에 뜨는 비행기가 있어요."

내가 항의했다.

"나보고 가라는 거예요?"

"마땅히 뉴욕 주 경찰본부 형사가 가야죠. 데렉 형사님은 아이들이 있으니까 반장님이 제격이잖아요."

나는 한숨을 푹 내쉬었다.

"내가 로스앤젤레스 행에 당첨되었군."

스티븐에게 우리가 찾아간다는 사실을 미리 알리지 않았다. 사전에 답변을 준비할 시간을 주지 않기 위해서였다. 우리가 《뉴욕 문학리뷰》 편집실로 들어서자 그가 말했다.

"스테파니 사망소식을 알고 있어요. 범인은 잡혔나요?"

데렉이 툭 내뱉었다.

"당신과 깊이 연관된 사건일 수도 있어요."

스티븐의 얼굴에서 핏기가 가셨다.

"나와 연관되어 있다니, 무슨 말이죠?"

"스테파니가 《오르피아크로니클》지에 들어간 건 1994년에 발생한 4인 살인사건을 은밀히 조사하기 위해서였어요. 스테파니는 그 사건을 소재로 다룬 소설을 쓰고 있었죠."

"정말이지 놀라운 일이네요. 나는 전혀 몰랐어요."

데렉이 의외라는 듯 말했다.

"누군가가 스테파니에게 4인 살인사건을 다룬 소설을 쓰도록 동기를 부여했어요. 고든 시장 일가족이 살해당하던 시간에 대극장에 남아있었던 사람이겠죠. 그 시간에 당신은 어디에 있었죠?"

"형사님 말대로 대극장에 있었습니다. 그날 저녁에는 오르피아 사람들 대부분이 대극장에 있었죠. 나는 4인 살인사건에 대해 스테파니와 그 어떤 대화도 나눈 적이 없습니다."

"당신은 《오르피아크로니클》의 편집장이었는데 4인 살인사건이 일어나자 별안간 사직했어요. 게다가 연극제에 대한 책까지 썼더군요. 스테파니가 연극제에 대한 관심을 고스란히 이어받았어요. 우연으로 치부하기에는 겹치는 부분이 너무 많아요. 당신이 스테파니에게 4인 살인사건을 조사해 책을 써보라고 부추기지는 않았나요?"

"내가 왜 그런 짓을 하겠습니까?"

"오르피아에 마지막으로 갔던 때가 언제죠?"

"작년 5월에 브라운 시장의 초청을 받아 한 번 방문한 적이 있어요. 1994년에 오르피아를 떠난 이후 처음이었죠."

"4인 살인사건이 일어난 직후 오르피아를 떠난 이유는 뭔가요?"

"고든 시장 때문입니다."

스티븐은 20년 전 일을 되짚어가며 우리에게 설명했다.

"고든 시장은 원래 개인사업을 벌이다가 실패한 사업가였습니다. 그는 운영하던 회사가 망하자 정치에 투신했죠."

"정치 경험이 없는 사람이 어떻게 시장에 당선되었죠?"

"조셉 고든의 최대 무기는 뛰어난 말솜씨였습니다. 유창한 말솜씨로 뭐든 그럴 듯하게 포장하는 기술이 대단했죠. 에스키모들에게 눈을 팔아먹을 수도 있을 정도였어요. 다만 눈을 팔기는 해도 실제로 눈을 쥐어주지는 못했을 겁니다. 1990년 시장 선거는 경제 상황이 좋지 않아 분위기가 잔뜩 침체되어 있었어요. 조셉 고든은 사람들이 듣길 원하는 이야기를 들려주었고, 무난하게 선거에 이겨 시장이 되었죠. 언변은 좋아도 여전히 무능한 정치인이었기에 얼마 지나지 않아 인기가 크게 추락하게 되었지만요."

나는 스티븐의 말이 의아하게 들렸다.

"연극제를 처음 유치한 사람이 고든 시장 아니었나요?"

"연극제를 유치한 사람은 고든 시장이 아니라 당시 부시장이었던 앨런 브라운이었습니다. 조셉 고든은 시장에 당선되고 나서 행정을 제대로 펴나가려면 유능한 보좌진이 필요하다는 사실을 절실히 깨달았죠. 로스쿨을 갓 졸업한 앨런 브라운을 부시장으로 영입한 배경입니다. 앨런 브라운은 영리한 사람이라 곧 발군의 능력을 발휘하기 시작했어요. 그는 오르피아의 경제를 되살리기 위해 다양한 아이디어를 짜냈죠. 관광산업을 부흥시키는 한편 불꽃놀이로 유명한 독립기념일 축제의 규모를 대대적으로 키웠습니다. 관광객들을 상대할 점포를 유치하고, 상인들을 지원하면서 오르피아의 중심가를 새로운 모습으로 단장했습니다. 그 당시는 클린턴 대통령 재임 기간이었고, 경기가 호황이라 사업을 추진하는데 큰 도움이 되었어요."

내가 물었다.

"고든 시장이 사망하고 나서 곧바로 앨런 브라운이 시장으로 추대되었습니까?"

"추대된 게 아니라 고든 시장이 살해되고 나서 앨런 브라운이 자연스럽게 시장 대행 역할을 맡아 수행했어요. 그러다가 1994년 9월에 시장선거에 출마해 압도적인 득표로 당선되었죠."

데렉이 물었다.

"고든 시장에게 적이 있었나요?"

"그는 뚜렷한 정치적 소신이 없는 사람이었습니다. 그러다보니 사람들과 충돌을 빚는 경우가 많았죠."

"테드와 건물의 지목변경 문제로 갈등을 빚은 것도 그런 이유 때문입니까?"

"테드가 식당을 개업하는 과정에서 고든 시장과 자주 마찰을 빚긴 했습니다. 하지만 테드가 총을 들고 찾아가 고든 시장 일가족을 살해할 만큼 원한이 깊지는 않았어요. 테드가 범인이라는 결론이 내려졌다는 소식을 들었을 때 도무지 믿기지 않았습니다."

"그런데 왜 이의제기를 하지 않았죠?"

"누구에게 이의제기를 하죠? 담당 형사를 찾아가 수사가 잘못되었다고 지적했어야 한다는 뜻입니까? 그 당시만 해도 나는 테드가 범인으로 몰려 죽을 수밖에 없었던 건 꼼짝할 수 없는 증거가 있었기 때문이라 여겼습니다. 게다가 나는 그 사건에 대해 좀 무관심했죠. 오르피아를 떠나 맨해튼에 와있을 때였으니까요. 거리를 두고 일이 어떻게 되어 가는지 구경이나 하자는 심사였어요. 아무튼 아까도 말했지만 고든 시장이 앨런 브라운을 부시장으로 영입하면서 시작된 공공사업은 오르피아 소상공인들에게는 일종의 축복이었습니다. 그 무렵 시청청사를 개축하고, 식당들을 새 단장하고, 시립도서관을 비롯한 신축건물들을 다수 건립하게 되었죠. 그 와중에 고든 시장은 공사계약을 따낸 업자들에게 뇌물을 받아 챙겼어요. 앞으로는 일거리를 만들어주면서 뒤로는 반대급부를 요구한 셈이었죠."

데렉이 깜짝 놀라며 물었다.

"고든 시장이 뇌물을 수수했다고요?"

"네, 그랬어요."

애나가 의아하다는 듯 물었다.

"당시 수사 때 왜 아무도 고든 시장의 뇌물수수에 대해 증언하지 않았을까요?"

스티븐이 말했다.

"도급업자들이 뇌물을 준 사실을 털어놓을 이유가 있을까요. 뇌물을 주거나 받은 사람들은 다 같은 범법자들입니다. 케네디 암살범 오스왈드가 스스로 범죄 행위를 털어놓을 리 없잖아요."

"관련자들이 아무런 언급도 하지 않는데 당신은 그런 사실들을 어떻게 알게 되었죠?"

"1994년 초에 오르피아 시에서 발주한 공사를 수주한 업체들의 회계자료를 입수했어요. 오르피아 시가 공식적으로 밝힌 공사비용과 업체들의 회계자료를 분석해보았죠. 그 결과 업체들이 시에서 지급받은 공사비용이 계약 당시 금액보다 터무니없이 적다는 걸 알아냈어요."

데렉이 물었다.

"그 사실을 알아차린 사람이 당신밖에 없었나요?"

"나처럼 시와 입자들의 회계사료를 비교해볼 수 있는 기회가 주어져 깊이 조사해보지 않았다면 그런 사실을 알아내기란 쉽지 않았겠죠."

"당신은 고든 시장과 업자들이 뇌물을 주고받았다는 사실을 알아내고도 왜 보도하지 않았죠?"

"《오르피아크로니클》지에 관련 기사를 터뜨릴 생각으로 고든 시장을 만나러 갔죠. 주요 관련자인 그가 어떤 반론을 펼칠지 들어볼 필요가 있었으니까요."

$$\therefore$$

1994년 2월 15일
오르피아 시청, 고든 시장 집무실

고든 시장 집무실은 무거운 침묵에 휩싸여 있었고, 바늘 떨어지는 소리마저 들릴 듯했다. 그는 짐짓 여유 있는 표정으로 스티븐이 건넨 기사문을 읽고 있었다.

마침내 고든 시장이 읽고 있던 기사문을 테이블에 내려놓았다.

"오르피아에서 다양한 건설공사가 진행되는 과정에서 뇌물수수가 있었다는 지적이군요. 이 기사문을 신문에 실으려고요?"

"그렇습니다."

"뇌물수수 사실을 입증할 계약서 사본과 공사업체의 회계자료를 갖고 있습니까?"

"물론 확보해두고 있습니다."

"역시 준비가 철저하시네요. 그렇잖아도 당신을 한번 만나볼 생각이었는데 마침 잘 찾아왔습니다. 몇 달 후, 오르피아에서 연극제가 열린다는 사실을 알고 있죠?"

"당연하죠. 시장님의 뇌물수수 건과 연극제가 무슨 관련이 있을까요?"

"당신이 연극제와 관련해 책을 한 권 써줬으면 합니다. 연극제가 열리기까지의 전반적인 준비 과정을 담은 내용이면 됩니다. 물론 사진도 보기 좋게 곁들여 넣어야겠죠. 연극제를 보기 위해 오르피아에 온 관객들에게 매우 좋은 기념품이 될 겁니다. 자, 이제 본론으로 들어가 볼까요. 책을 써주는 대가로 얼마를 원하는지 말해보세요."

"글쎄요, 아직 그런 일은 해본 경험이 없어서요."

"십만 달러 정도면 괜찮겠습니까?"

"책을 쓰면 십만 달러를 주겠다고요?"

"당신처럼 수준 있는 필자에게 집필을 의뢰하려면 그 정도 대가는 지불해야죠. 그 대신 오늘 가져온 기사문은 신문에 내지 말고 잠시 서랍에 넣어두세요. 사람들은 내가 당신에게 책을 써준 대가로 그런 큰 금액을 지불했다는 사실을 알게 되면 좀처럼 수긍하지 못할 겁니다. 내 말이 무슨 뜻인지 아시겠죠?"

$$\therefore$$

내가 말했다.

"당신도 결국 그 더러운 밥그릇에 숟가락을 얹었네요."

"물론 나는 고든 시장의 제안을 거절하지 않았습니다. 큰돈을 손에 넣을 수 있는 기회였으니까요. 고든 시장은 내가 십만 달러를 챙기고 나면 마음이 달라질 수도 있으니 책이 나온 이후 돈을 주겠다고 하더군요. 그러다가 그는 살해되었고, 마음이 급해진 나는 시장직무 대행으로 있던 앨런 브라운을 찾아갔습니다. 고든 시장과 계약서를 공식 문서로 작성해두지 않았기 때문에 앨런 브라운을 만나 돈을 받을 수 있는지 확인해볼 요량이었습니다. 앨런 브라운이 그 일에 대해 잘 알고 있을 거라 생각했는데 전혀 아니었습니다. 그는 내가 하는 말을 묵묵히 듣고 나더니 당장 신문사를 그만두고 오르피아를 떠나라고 요구하더군요. 말을 듣지 않으면 고발하겠다고 윽박지르면서요. 결국 나는 《오르피아크로니클》지를 그만둘 수밖에 없었고, 글 솜씨가 형편없는 마이클이 내 후임자가 되었죠."

∴

샬롯 브라운은 〈카페아테나〉의 테라스 자리로 남편인 브라운 시장을 불러냈다. 브라운 시장은 몹시 피곤해 보이는 데다 걱정거리가 있는 듯 식사를 하는 둥 마는 둥했고, 표정이 표 나게 어두웠다. 식사가 끝날 무렵 브라운 시장의 휴대폰이 테이블 위에서 진동했다. 발신자를 확인한 그의 얼굴에 긴장감이 떠올랐다. 그는 테이블에서 몇 걸음 떨어져 전화를 받았다.

샬롯은 통화내용을 다 듣지는 못했지만 몇 마디는 알아들을 수 있었다. 남편의 흥분한 제스처로 볼 때 몹시 심각한 문제라는 사실을 알 수 있었다.

브라운 시장이 착잡한 표정으로 말했다.

"내가 해결책을 찾아보겠습니다."

통화를 마친 브라운 시장은 몹시 심란한 표정으로 자리로 돌아왔다. 웨이터가 다가와 테이블에 디저트를 내려놓았다.

브라운 시장이 인상을 찌푸리며 말했다.

"난 이만 들어가 봐야겠어."

"아무리 바빠도 그렇지 디저트 먹을 시간도 없어?"

"골치 아픈 문제가 생겼어. 조금 전 연극제 개막작을 공연하기로 한 극단의 매니저와 통화했는데 배우들의 안전이 염려스럽다며 돌연 참가를 포기하겠다는 거야."

브라운 시장은 한숨을 푹 쉬며 자리에서 일어났다. 그는 눈치 채지 못했지만 한 여자가 등을 돌리고 앉아 그가 하는 말을 한마디도 빼놓지 않고 듣고 있었다.

브라운 시장 부부가 테이블을 떠나자 여자는 즉시 휴대폰을 꺼내들었다.

"마이클, 실비아 테넨바움이에요. 지금 〈카페아테나〉로 와줄래요? 브라운 시장과 관련해 할 얘기가 있어요."

∴

스테파니가 실종되던 날 저녁 어디에서 무얼 했는지 묻자 스티븐은 기분이 몹시 상한 듯 인상을 찌푸리며 대답했다.

"어느 화랑에서 열린 미술전 개막 리셉션에 갔었습니다."

우리는 오르피아경찰서로 돌아오는 길에 스티븐의 진술이 사실인지 확인해보았다.

화랑 관계자는 스티븐이 분명 리셉션에 참석했고, 저녁 7시에 모든 행사가 끝났다는 사실을 알려주었다.

애나가 말했다.

"맨해튼에서 저녁 7시에 출발하면 10시 이전에 오르피아에 도착할 수 있어요."

내가 물었다.

"스티븐이 범인일 수도 있다고 생각해요?"

"스티븐은 《오르피아크로니클》지의 건물을 속속들이 잘 알기 때문에 어디로 들어가면 스테파니의 컴퓨터를 훔쳐 올 수 있을지 잘 알고 있는 인물입니다. 스테파니의 휴대폰으로 마이클에게 문자메시지를 보내면 시간을 벌 수 있다는 것도 쉽게 알 수 있었던 사람이죠. 게다가 오르피아에서 혹시 얼굴을 알아보는 사람이 있을지도 모르기 때문에 〈코디악그릴〉에서 만나기로 했던 약속을 번복하고 스테파니를 해변으로 유인한 것일 수도 있어요."

데렉이 끼어들었다.

"나름 합리적인 추론이지만 확실한 증거가 없는 이상 스티븐의 혐의를 입증할 수는 없어요. 스티븐이 화랑 리셉션에 참석한 사실을 알리바이로 내세운 걸 보면 스테파니가 살해된 시각을 모르고 있었다는 추측이 가능하기도 해요."

어쨌거나 나는 스티븐의 사진을 마그네틱보드에 붙여놓았다.

일전에 우리는 스테파니의 컴퓨터에서 찾아낸 소설에서 특히 눈길이 가는 몇 대목을 프린트해 마그네틱보드에 붙여놓았다. 애나가 그 대목들을 다시 언급했다.

"저는 스테파니의 소설에서 책을 써달라고 주문한 인물이 스티븐일 거라는 생각이 들어요. 스테파니는 소설을 써달라고 요구한 인물에게 왜 직접 쓰지 않고 대신 써줄 작가를 찾는지 물었어요. 그러자 그는 '내가 쓰면 사람들이 뭐라고 하겠어요?'라고 했죠. 그는 소설을 직접 써서는 안 되는 인물이었던 겁니다."

나는 스테파니가 쓴 소설 중에서 한 대목을 더 읽어 내려갔다.

"'그날 저녁 7시가 되기 전 거리로 나와 몇 걸음 옮겨놓았을 때 눈앞에서 지나가는 밴이 보였어요. 밴의 뒤창에 특이한 로고스티커가 붙어 있어 눈길이 갔죠. 얼마 후, 신문기사를 읽다가 밴이 테드 테넌바움의 차라는 사실을 알게 되었어요. 문제는 그때 밴을 몰았던 사람이 테드가 아니라는 점이었어요.' 스티븐은 테드를 범인으로 보는 시각에 회의적인 입장을 취하고 있어요."

애나가 말했다.

"그날 밤, 밴을 운전한 사람이 누구였는지 알아내는 게 관건이겠군요."

데렉이 거들었다.

"앨런 브라운은 왜 고든 시장의 뇌물수수 혐의를 우리에게 털어놓지 않았을까요? 우리가 그 사실을 알았더라면 수사방향이 바뀔 수도 있었어요. 고든 시장이 몬태나 주의 보즈먼 계좌로 옮겨놓은 돈이 건설업자들로부터 받은 뇌물이라고 친다면 테드가 계좌에서 인출한 50만 달러는 도대체 어디로 사라졌을까요? 그 점이 무엇보다 궁금해요. 앨런 브라운은 그 돈과 전혀 관련 없다는 사실을 아직 증명하지 못했어요."

애나가 물었다.

"테드는 어쩌다가 사망했죠?"

나는 짧게 대답했다.

"테드를 체포하는 과정에서 우리와 추격전을 벌이게 되었고, 차가 다리 아래로 추락해 사망했어요."

데렉이 말을 돌렸다.

"어디 가서 식사나 할까요? 아직 한 끼도 먹지 못했잖아요."

애나는 우리가 테드의 죽음에 대해 말하길 꺼려한다는 사실을 눈치 챈 듯했다.

$$\therefore$$

브라운 시장은 평소와 달리 일찍 귀가했다. 연극제가 취소될 경우 밀어닥칠 상황을 검토해볼 조용한 장소가 필요했기 때문이다.

샬롯이 남편의 머리카락을 손으로 다정하게 쓸어 넘기며 말했다.

"올 연극제는 포기하는 게 낫지 않을까?"

"연극제가 이 소도시에서 어떤 의미인지 당신도 잘 알잖아. 당신만이라도 나를 적극 지지해줘야지."

"개막작으로 선정되었던 작품이 불참을 결정했어."

"그래, 하긴 나도 뾰족한 대책이 보이지 않아."

브라운 시장은 한숨을 푹 내쉬었다.

"잘 될 거야."

"어떻게?"

샬롯 역시 뚜렷한 대책은 없었지만 남편을 위로하기 위해 한 말이었다.

"내가 연극계의 연줄을 동원해 알아볼게!"

"당신이 연극무대를 떠난 지 벌써 20년이나 지났어. 연극계의 인맥이 남아있을 리 없잖아."

브라운 시장은 팔을 둘러 샬롯을 감싸 안으며 말을 이었다.

"극단, 언론, 비평가들까지 모두 이번 연극제를 외면하고 있어. 초청장을 수십 군데 보냈는데 참석하겠다는 답신이 없어. 개막일까지 20일밖에 남지 않았는데 큰일이야. 자칫 연극제 자체가 무산될 위기야."

그때 현관문 벨이 울렸다.

샬롯이 물었다.

"누가 오기로 했어?"

"아니, 난 집에서 만나기로 약속한 사람이 없어."

브라운 시장이 현관문을 열어주기 위해 걸어갔다.

"마이클, 어서 와요."

"불쑥 찾아와 죄송합니다. 계속 휴대폰으로 전화했는데 꺼놓고 계시더군요."

"잠시 조용히 있고 싶었어요. 무슨 용무죠?"

"이번 연극제 때 개막공연으로 올릴 작품이 없다면서요?"

"누가 그런 얘기를 하고 다니던가요? 터무니없는 소문일 뿐입니다."

"개막공연을 하기로 했던 극단 매니저에게 전화해봤는데 공연이 취소되었다고 하던데요. 배우들이 안전문제를 우려해 오르피아에 오기를 꺼려한다고요."

브라운 시장은 냉정을 잃지 않으려고 애쓰며 말했다.

"아직 최종적으로 결정된 사항은 아무것도 없으니까 기사화 하지는 말아요. 만약 개막공연이 취소되더라도 대안을 가지고 있으니까."

"대안으로 올릴 작품이 뭔데요?"

"이번 금요일에 공식적인 기자회견을 열어 발표하겠습니다. 그때까지는 보도를 자제해주세요."

"내일 자 신문에 금요일에 기자회견이 열린다는 기사를 내보내 겠습니다."

브라운 시장이 애써 자신 있는 표정을 지어보이며 말했다.

"그러시든지."

마이클이 돌아가려고 몸을 일으키려는 순간 브라운 시상이 한 마디 덧붙였다.

"《오르피아크로니클》지가 시에서 보조금을 받아 운영되는 신문 이라는 사실을 잊지 마세요. 그 덕분에 건물임대료를 절약하고 있 잖아요."

"시장님, 대체 무슨 말씀을 하고 싶은데요?"

"개는 먹이를 주는 사람의 손을 물지 않는 법입니다."

"지금 저를 협박하시는 겁니까?"

"그럴 리가요? 그저 충고 한 마디를 했을 뿐입니다."

브라운 시장은 문을 닫고 나서 주먹을 불끈 쥐었다. 샬롯이 그의 어깨를 부드럽게 잡아주었다. 그녀는 대화내용을 전부 들은 듯 걱 정스러운 눈길을 보냈다.

"아무런 대안도 없는데 공식기자회견을 열어서 뭐하게?"

"이틀 사이에 기적이 일어나길 바라야지. 그때까지 대안을 마련 하지 못할 경우 시장 자리를 내놓아야 할 거야."

5장

다크 나이트(Dark Night)

2014년 7월 9일 수요일 – 7월 10일 목요일

제스 로젠버그

로스앤젤레스, 2014년 7월 9일 수요일

연극제 개막 17일전

2014년 7월 9일 수요일자《오르피아크로니클》지 1면 기사 발췌

연극제를 앞두고 베일에 싸인 개막작

연극제 프로그램에 변화가 생겼다. 오는 금요일에 앨런 브라운 시장은 개막작과 관련해 기자회견을 열 예정이다. 브라운 시장이 귀띔해준 바에 따르면 개막작은 획기적인 작품이며 이번 21회 연극제는 역사상 가장 인상적인 축제가 될 것이라고 한다.

비행기가 로스앤젤레스 공항에 착륙하는 순간 나는 손에 들고 있던 신문을 내려놓았다. 아침에 수사상황을 점검하기 위해 만났을 때 애나가 손에 들고 있던《오르피아크로니클》지 한 부를 내게 건네주며 말했다.

"로스앤젤레스로 가는 기내에서 읽으라고 가져왔어요."

나는 신문 1면을 훑어보며 말했다.

"브라운 시장은 지금 똥줄이 타겠어."

아침에 뉴욕을 출발해 6시간 30분간 날아왔지만 시차 덕분에 커크와 만나기로 약속한 시각까지 아직 여유가 있었다. 나는 자투리

시간을 이용해 스테파니의 행적을 따라가 보기로 했다. 다음날 오후에 뉴욕으로 돌아가기로 한 만큼 정확히 24시간이 남아 있었다.

캘리포니아 주 고속도로순찰대 소속인 크루즈 경사가 공항으로 마중 나와 있었다. 로스앤젤레스에 머무는 동안 그가 나를 수행하기로 되어 있었다. 나는 크루즈 경사에게 스테파니의 카드사용명세서에 기록되어 있던 호텔로 안내해달라고 부탁했다. 베스트웨스턴호텔 체인점으로 〈벨루가 바〉와 아주 가까운 거리였다. 숙박료가 제법 비싼 호텔이었고, 스테파니에게 돈은 그리 큰 문제가 아니었다는 사실을 알 수 있었다.

내가 스테파니의 사진을 내밀자 프런트 직원은 곧장 얼굴을 알아보았다.

"기억나요."

"이 여성과 관련해 특별히 눈에 띈 점은 없었습니까?"

"여성작가를 난생 처음 만나봤는데 얼굴도 예쁘고, 무척이나 예의 바르더군요."

"이 여성이 자신을 작가라고 소개하던가요?"

"실화를 바탕으로 하는 추리소설을 쓰고 있다고 했어요."

나는 베스트웨스턴호텔에 방을 잡고 나서 크루즈 경사의 안내를 받아 오후 5시 정각에 〈벨루가 바〉로 들어섰다. 카운터 여자가 내가 두리번거리는 걸 보더니 누구를 찾아왔는지 물었다.

"커크 하비를 만나러 왔는데요."

"길 건너편 초등학교 건물 지하에 가면 강당이 나올 거예요. 커크는 거기에 있어요."

여자의 말대로 초등학교에 가보니 지하로 내려가는 계단이 있었다. 지하의 육중한 문에 큼지막한 포스터가 붙어 있었다.

세기의 연극
다크 나이트
리허설 중

오디션을 보러온 배우들은 리허설이 끝난 뒤 커크 하비를 찾아와 면접을 보기 바람. 선물 환영.

절대 정숙!
잡담 금지!

휴대폰 카메라로 포스터를 찍어 애나와 데렉에게 전송했다. 강당 문 손잡이를 돌리려는 순간 문이 활짝 열렸다. 나는 문에서 나오는 사람과 부딪치지 않기 위해 한걸음 뒤로 물러섰다. 문을 나선 남자가 마치 도망치듯 계단을 뛰어올라갔다. 남자가 혼잣말로 중얼거리는 소리가 내 귀에까지 들려왔다.

"내참 더러워서! 왜 탈락했는지 말이라도 해줘야 하잖아."

나는 활짝 열린 문 안으로 발을 들여놓았다. 열 지어 늘어선 좌석 전면에 조명등이 뜨거운 빛을 쏟아 붓는 무대가 있었다. 빛을 받으며 서 있는 두 사람이 눈에 들어왔다. 뚱뚱한 여자와 체구가 작은 남자였다. 두 사람과 마주 보는 위치에 한 무리의 사람들이 모여 앉아 있었다. 그들이 마치 종교의식을 치르듯 무대 위의 두 사람을 몰입해 지켜보고 있는 모습이 인상적이었다.

나는 가장 가까이에 혼자 떨어져 나와 있는 사람에게 다가가 물었다.

"지금 무대 위에서 뭘 하고 있는 겁니까?"

" 보다시피 《다크 나이트》를 연습하고 있잖아요."

나는 상대의 표정을 조심스럽게 살피며 물었다.

"'다크 나이트'가 뭔데요?"

"커크 하비가 집필한 연극대본의 제목입니다."

"언제 무대에 오르는데요?"

"아직 결정되지 않았답니다. 커크는 지난 20년간 오로지 이 연극의 1막을 붙잡고 있었다니 얼마나 대단한 작품인지 짐작될 겁니다."

사람들이 연습에 방해가 된다는 듯 우리에게 험악한 시선을 쏘아 보냈다. 나는 남자에게 좀 더 가까이 다가서며 물었다.

"무리지어 앉아 있는 사람들은 누굽니까?"

"오디션을 보러온 사람들입니다."

"이 연극에 저렇게 많은 인물이 등장합니까?"

나는 앉아 있는 사람들의 수를 헤아리며 물었다.

"복수 캐스팅을 해야 하니까요."

"커크는 어디 있죠?"

"저기 맨 앞줄에 앉아 있는데요."

배우가 대본을 읽는 소리가 들려왔다.

비가 내리는 을씨년스러운 아침, 지방도로는 극심한 정체 현상을 빚고 있다. 차들이 꼬리를 물고 멈춰 서있다. 운전자들은 짜증을 내며 클랙슨을 눌러댄다. 갓길을 따라 젊은 여자 하나가 긴 자동차 행렬을 거슬러 올라간다. 경찰이 바리케이드를 쳐둔 곳까지 걸어간 여자가 경비를 서고 있는 경관에게 묻는다.

젊은 여자 : 무슨 일이죠?

경찰관 : 남자가 죽었어요. 오토바이를 타고 가다가 변을 당했어요.

그때 커크가 소리쳤다.

"컷! 불을 켜!"

일순간 전등이 켜지며 실내가 환하게 밝아졌다. 커크가 연극대본으로 보이는 종이뭉치를 들고 무대로 다가갔다. 잔뜩 구겨진 정장 차림에 방금 전 누군가와 머리카락을 쥐어뜯으며 싸운 것 같은 몰골이었다. 20년 만에 보는지라 얼굴이 폭삭 늙어 보이기도 했다.

커크가 무대 위에 있는 작은 체구의 남자를 향해 고함을 질렀다.

"목소리에 설득력이 없잖아!"

체구가 작은 남자가 가슴을 한껏 부풀어 올리며 소리쳤다.

"사람이 죽었어요!"

커크가 다시 화를 벌컥 냈다.

"목소리에 혼을 담으라니까."

"한 번만 더 기회를 주세요."

"마지막으로 한 번만 더 기회를 주지. 이번에도 마음에 안 들면 쫓겨날 줄 알아!"

나는 커크에게로 다가갔다.

"내가 누군지 알겠어요? 1994년 4인 살인사건 때 당신과 함께 수사를 맡았던 제스 로젠버그입니다."

"예전 모습 그대로군요. 무슨 일로 여기까지 나를 찾아온 거요?"

"오르피아경찰서의 애나 캐너 부서장과 오늘 오후 5시에 만나기로 약속했죠? 애나 대신 내가 왔어요."

"지금이 몇 시죠?"

"오후 5시."

"로젠버그 반장, 지금 당신 눈에 뭐가 보입니까?"

"무대밖에 안 보이는데요."

"조금 전, 무대에서 살인사건이 벌어졌는데 아무도 모르고 있어요. 여름이지만 차가운 비가 추적추적 내리고 있어 날씨가 쌀쌀한 편입니다. 경찰이 도로에 바리케이드를 치고 운행을 통제하고 있어 멈춰선 운전자들이 잔뜩 화를 내고 있는 상황이고요. 멍청한 운전자들이 한 시간 넘게 도로에 서 있었으면서도 시동을 끄지 않아 주변 공기가 몹시 탁합니다. 그때 한 여자가 안개 속에서 나타나 바리케이드를 치고 교통통제를 하고 있는 경관에게로 다가오고 있어요. 그 여자가 경관에게 '무슨 일이죠?'라고 물어요. 경관이 '남자가 죽었어요.'라고 대답해요. 그 장면 이후로 연극이 아니라 실제 상황이 벌어지는 겁니다. 관객들은 그야말로 혼비백산하게 되겠죠. 불 꺼! 불 끄라고! 저 불을 끄란 말이야. 빌어먹을!"

전등이 모두 꺼지고 다시 무대 위에 한 줄기 빛만 남았다.

커크가 무대 위 배우들에게 다시 연습을 시작하라는 신호를 보냈다.

여배우는 안개를 뚫고 나타난 여자 역할을 소화하느라 무대를 가로질러 걸어갔다. 경찰이 바리케이드를 쳐놓은 곳까지 걸어간 여자가 대사를 읊었다.

"무슨 일이죠?"

체구가 작은 남자가 헐렁한 경찰제복 안에서 가슴을 힘껏 부풀려 대답했다.

"남자가 죽었어요!"

커크는 이번에는 그나마 남자배우의 발성이 마음에 든 듯 고개를 끄덕이며 계속 진행하라는 신호를 보냈다. 여자가 쓰러져 있는 시체 가까이 다가갔다. 그녀는 어찌나 긴장했던지 시체 역할을 하는 남자의 손을 미처 보지 못하고 덥석 밟고 말았다.

시체 역할을 맡은 배우가 자지러지는 비명을 질렀다.

"컷! 불을 켜!"

커크가 무대 위로 뛰어올라가 시체 역할을 맡은 남자의 손을 주물렀다.

"그러게 여배우가 발 디딜 자리를 보고 누우라고 했잖아."

커크가 몸을 돌려 배우들을 노려보았다. 배우들은 숨소리조차 내지 못하고 커크를 주시했다.

"다들 말귀를 알아듣지 못하는 멍청이들이야. 오늘 리허설은 끝났으니까 모두들 썩 꺼져버려!"

배우들은 자리에서 일어나 강당을 빠져나갔다. 마지막 배우가 문을 닫고 나가자 커크는 바닥에 그대로 주저앉았다.

나는 눈앞에서 벌어지는 일이 당혹스러웠고, 손을 내밀어 커크를 일으켜 세웠다.

"제스 로젠버그 반장, 혹시 배우를 해볼 의향은 없어요?"

"아뇨, 전혀요."

커크는 나를 〈벨루가 바〉로 데려갔다. 우리는 맥주를 마셨고, 크루즈 경사는 옆 테이블에서 크로스워드를 하며 대기했다.

"스테파니 메일러 기자를 만난 적이 있죠?"

"바로 여기서 만났어요. 4인 살인사건을 다룬 소설을 쓰고 있다고 하더군요. 그런데 그 여자에 대해 왜 묻는 거요?"

"스테파니는 살해당했어요."

"빌어먹을!"

"스테파니가 살해된 이유는 1994년 사건과 연관이 있어 보여요.

당신은 그 사건과 관련해 스테파니에게 무슨 얘기를 해주었습니까?"

"당신들이 범인을 잘못 짚었다고 말해주었습니다."

"수사가 잘못되었다는 걸 알면서 왜 우리에게 말해주지 않았죠?"

"나도 사실은 수사가 모두 종결된 다음에야 알았으니까요."

"그 당시 우리의 수사에 어떤 오류가 있었는지 말해 봐요."

"지금은 말해줄 수 없어요. 아직은 때가 아니니까."

"난 당신에게 그 말을 듣기 위해 4천 킬로미터를 날아왔어요. 당신의 연극 제목인 《다크 나이트》는 무슨 뜻이죠? 1994년 사건과 관련 있습니까? 당신은 고든 시장 일가족과 메간을 죽인 사람이 누구라고 생각합니까?"

"나와 함께 가볼 데가 있어요. 거기에 가면 어느 정도 그 질문에 대한 해답이 될 겁니다."

크루즈 경사가 순찰차로 커크와 나를 할리우드 언덕 꼭대기에 데려다주었다. 나는 눈 아래 펼쳐진 도시를 내려다보다가 커크에게 물었다.

"여기로 나를 데려온 이유가 뭡니까?"

"로스앤젤레스에 대해 잘 압니까?"

"조금은……."

"당신은 예술에 대한 안목이 있다고 생각해요?"

"예술에는 문외한입니다."

"당신 눈에는 샤토마몽호텔, 나이스가이클럽, 로데오드라이브, 비벌리힐스처럼 화려한 곳들만 들어오겠군요."

"난 뉴욕 퀸스의 가난한 집 출신입니다."

"어디서 왔는지가 중요한 게 아니라 어디로 가느냐가 중요한 겁니다. 당신이 가고자하는 목적지는 어디입니까?"

"이제 사이비종교 교주 같은 말은 그만하세요."

"나는 지난 20년 동안 오로지 한 작품에만 매달려왔습니다. 내 연극의 모든 대사는 물론 배우들의 침묵에도 저마다 깊은 의미가 담겨 있지요. 당신은 예술에 대해 관심이 없는 사람이라니까 이해하기 쉽지 않을 겁니다. 물론 당신 잘못이 아닙니다. 그저 멍청이로 태어난 것뿐이니까."

"언제까지 모욕적인 언사를 참고 들어주어야 하죠?"

커크는 입을 다물고 눈 아래 펼쳐진 도시를 바라보았다. 그가 별안간 큰소리로 말했다.

"로스앤젤레스는 깨어진 꿈의 도시, 태양을 향해 날아오르다가 날개가 홀라당 타버린 천사들의 도시입니다."

커크는 맥도날드 앞에서 크루즈 경사에게 차를 세워달라고 하더니 나에게 햄버거 3인분을 사다달라고 했다. 햄버거를 사러 안으로 들어간 나는 계산대에 앉아 있는 몸집 작은 남자를 알아보았다. 두 시간 전 헐렁한 경찰관 제복을 입고 무대에 섰던 남자였다.

"손님, 무얼 주문하시겠습니까?"

"당신은 무대에서 《다크 나이트》 연습을 하고 있었죠?"

"어떻게 알았죠?"

"연습 장면을 봤어요."

커크가 당신들을 멍청이 취급하며 심하게 닦달하던데 그와 함께 하려는 이유가 뭡니까?"

"30년 전, 배우로 성공하기 위해 이 도시에 왔는데 어느새 나이는 쉰 살이 되었고, 맥도날드에서 시급 7달러를 받으며 겨우겨우 살아가고 있습니다. 아직 가정도 꾸리지 못했고, 그야말로 가진 게 아무것도 없는 빈털터리 신세죠. 커크가 공언하듯 연극이 대성공을 거두어 이름을 널리 알리고 싶습니다."

나는 햄버거와 감자튀김을 사들고 자동차로 돌아왔다.

내가 차에 오르자마자 커크가 말했다.

"크루즈 경사, 웨스트우드에 있는 〈플라밍고〉라는 바로 가주겠소? 거기 가서 한잔 더 마시며 이야기를 나눕시다."

크루즈 경사는 이의를 제기하지 않고 순순히 차를 출발시켰다. 나는 〈플라밍고〉 앞에 도착해 차에서 내려설 때 주차원이 누군지 알아보았다. 그 역시 무대에 섰던 배우였다. 〈플라밍고〉로 들어서자 이번에는 시체 역할을 맡았던 배우가 우리를 테이블로 안내했다. 웨이트리스가 다가오더니 메뉴판을 내려놓았다. 그녀 역시 지하 강당에서 본 배우였다.

"이 집에서 일하는 사람들은 하나같이 당신 연극에 나오는 배우들이군요?"

"유명해질 수 있기를 간절히 기다리는 사람들이죠. 사회가 우리에게 수시로 '유명해지지 않으면 죽음을'이라는 메시지를 보내오니까요. 저들은 내 연극이 대성공을 거두어 영광의 빛이 찾아들기를 고대하고 있습니다."

커크가 마티니를 목구멍 안으로 털어 넣더니 시계를 들여다보았다.

"이제 일하러 가야할 시간입니다. 나를 좀 데려다주겠소?"

커크가 우리를 데려간 곳은 로스앤젤레스 북부 교외지역에 있는 캠핑카 촌이었다.

"로젠버그 반장, 당신을 다시 만나게 되어 반가웠습니다. 나는 여기에서 살고 있어요. 이제 작업복으로 갈아입고 일터에 가봐야 합니다."

"무슨 일을 하는데요?"

"유니버설 스튜디오에서 청소부로 일하고 있어요. 내 처지 역시 오늘 당신이 만났던 배우들과 별반 다르지 않습니다. 위대한 연출가를 자처하는 내가 매일이다시피 위대한 연출가들이 드나드는 화장실을 청소하며 살아가고 있죠."

커크가 차에서 내렸다. 나도 따라 내려 차 트렁크를 열고, 가방에 든 지갑에서 명함을 꺼내 커크에게 건네주었다. 커크가 가방에 들어 있는 《오르피아크로니클》지를 힐끔 쳐다보았다.

"신문을 가져가도 될까요? 쉬는 시간에 심심풀이 삼아 보게요."

"가져가세요."

커크가 신문 1면 기사에 주목했다.

연극제를 앞두고 베일에 싸인 개막작

"이런 빌어먹을!"

"왜 그래요?"

"마침내 지난 20년간 기다려온 기회가 주어질 수도 있겠어요."

"기회라니요?"

커크가 이글거리는 눈빛으로 나를 바라보았다.

"《다크 나이트》가 오르피아 연극제의 개막작이 될 수 있다면요."

"연극제 개막일까지 불과 2주밖에 남지 않았어요. 아직 대본을 1막까지밖에 쓰지 않았다면서요?"

"《다크 나이트》가 개막작으로 선정된다면 당신이 품고 있는 모든 의문에 대한 해답을 얻게 될 겁니다."

"《다크 나이트》를 보게 되면 누가 고든 시장 일가족과 메간을 죽인 범인인지 알 수 있다는 말입니까?"

"내 연극이 모든 진실을 낱낱이 밝혀줄 테니까."

나는 즉시 애나에게 전화를 걸어 커크의 말을 전했다.

"커크가 말하길 자기가 대본을 쓴 《다크 나이트》를 개막작으로 무대에 올릴 수 있게 해준다면 고든 시장 일가족을 살해한 범인이 누군지 절로 알 수 있게 된다는 거예요."

"그렇다면 커크는 사건의 진상을 모두 알고 있다는 뜻이잖아요? 혹시 우리를 속이는 게 아닐까요?"

"커크의 말을 전적으로 믿을 수는 없지만 딱히 속이려 드는 것 같지는 않아요. 내가 범인이 누군지 물었을 때 줄곧 대답하지 않다가 내 가방에 들어있던 《오르피아크로니클》지 1면 기사를 보더니 즉각 반응하더군요. 애나, 당신이 브라운 시장을 만나 커크의 연극 이야기를 해봐요."

"커크에게 《다크 나이트》를 개막작으로 올릴 수 있게 애써보겠다고 전해주세요."

내가 애나와 통화하는 동안 커크는 캠핑카 앞에서 나를 기다리고 있었다.

"애나가 브라운 시장을 만나 당신 연극을 개막작으로 올릴 수 있는지 상의해보겠다고 했어요."

커크가 말했다.

"브라운 시장이 자필 서명한 계약서를 받아줘요. 그 전에 내 요구사항이 뭔지 알려줄게요."

∴

어느새 밤 11시가 되었지만 애나는 브라운 시장 자택으로 직접 찾아가보기로 했다. 그나마 브라운 시장의 집에 불이 켜져 있어 다행이었다.

브라운 시장은 내일 아침 출근해 사임의사를 밝히는 자리에서 읽을 성명문을 작성했고, 벌써 몇 번째 읽어보고 있었다. 그는 끝내 개막작으로 올릴 연극을 찾아내지 못했고, 결과적으로 연극제를 파행시킨 것에 대해 책임을 지고 사임의사를 밝힐 생각이었다. 21회 연극제에 참가하는 극단들 대부분이 그저 그런 수준이어서 관객들의 열광적인 호응을 기대하기 어려운 상황이었다. 연극제에 실패할 경우 텅 빈 좌석도 문제지만 어마어마한 재정적 타격을 입게 될 수밖에 없었다.

브라운 시장은 내일 아침에 시청 직원들을 소집해 사임의사를 밝힐 생각이었다. 금요일에는 예정대로 기자회견을 열어 연극제 포기를 공표하기로 마음먹었다.

브라운 시장은 어찌나 가슴이 답답한지 신선한 공기를 들이마시고 싶었다. 그는 정원으로 통하는 발코니 문을 열었고, 미지근한 밤공기가 방안으로 밀려들었다. 장미향기가 코끝을 스치며 조금이나마 우울한 기분을 가시게 해주었다.

브라운 시장은 다시 한 번 내일 아침에 발표할 성명문을 읽어 내려가기 시작했다.

친애하는 직원 여러분

오늘 이 자리에서 저는 연극제를 포기하기로 결정했다는 소식을 전하고자 합니다. 그동안 연극제를 야심차게 준비해온 여러분에게 거듭 유감의 뜻을 전합니다. 저 역시 가슴이 찢어지도록 아픕니다. 여러분들은 제가 그동안 연극제에 얼마나 큰 애착을 보여 왔는지 잘 알고 계실 겁니다. 오르피아 연극제는 지난 20년 동안 이 지역을 찾아주시는 관광객들이 필수적으로 관람하는 코스가 되어왔기에 더욱 착잡하고 아쉬운 마음을 금할 길이 없습니다. 저는 21회 연극제 역시 이 도시의 영광을 재현해줄 거라 기대하고 나름 충실하게 준비해왔지만 예기치 않은 악재가 터지는 바람에 부득이 포기할 수밖에 없는 상황에 봉착하게 되었습니다. 개막작으로 선정되었던 작품이 돌연 안전상 이유를 문제 삼으며 불참의사를 표명해왔습니다.

결과적으로 저는 시장으로서 여러분의 기대에 충실히 부합하지 못했습니다. 저는 오르피아의 경제에 더없이 중요한 연극제를 좌초하게 만든 책임을 지고 시장 직을 내려놓고자 합니다. 여러분에게 이런 입장을 전할 수밖에 없는 저의 마음 역시 안타깝기 그지없습니다. 아직 공식적으로 사임 의사를 발표하기 전인 만큼 내일 기자회견 전까지 보안을 유지해주시기 바랍니다.

브라운 시장은 성명문을 읽고 나자 조금은 마음이 가벼워진 느낌이 들었다. 그가 연극제를 처음 기획했을 당시에는 부시장이었다. 그는 오르피아 연극제를 뉴욕 주의 주요문화행사이자 선댄스 영화제처럼 연극계에서 가장 권위 있는 축제로 성장시킬 계획이었는데 결국 허망한 실패로 돌아가게 되었다.

그때 현관문에서 초인종이 울렸다. 브라운 시장은 현관문으로 다가갔다. 초인종 소리에 놀라 잠을 깬 샬롯이 가운 차림으로 2층에서 내려오고 있었다. 문을 열자 경찰제복 차림의 애나가 서 있었다.

"늦은 시간에 연락도 없이 찾아와 죄송합니다."

잠시 후, 주방에서 차를 준비하던 샬롯이 애나의 이야기를 듣다가 되물었다.

"커크 하비라고요?"

브라운 시장은 눈에 띄게 화난 모습이었다.

"그 미치광이가 뭘 원하던가요?"

"커크는 자기 작품을 개막작으로 올릴 수 있길 바랍니다."

브라운 시장은 이야기를 더 들어볼 필요도 없다는 듯 의자를 박차고 일어섰다.

"애나, 당신은 커크의 작품이 개막작으로 올릴 만큼 가치가 있을 거라고 생각해요?"

애나는 제스 로젠버그 반장이 사진을 찍어 보내준 포스터 사진을 시장에게 보여주며 말했다.

"커크의 작품을 개막작으로 선정해준다면 1994년에 발생한 4인 살인사건의 진상을 밝히기로 했습니다. 아마도 스테파니 메일러 사건의 진실을 풀어줄 열쇠도 포함되겠죠."

샬롯이 끼어들었다.

"여보, 그 미치광이의 말을 믿어?"

"어쩌면 하늘이 내려준 선물일지도 몰라."

브라운 시장의 얼굴에 갑자기 화색이 돌았다.

애나는 종이에 적어온 커크의 요구사항을 펼쳤다.

"커크는 최고급 호텔 스위트룸을 비롯한 체류경비 일체를 시에서 부담해주길 원하고, 연극제가 열리기 전까지 대극장을 연습장소로 사용할 수 있게 해달라고 요청했습니다. 요구조건을 이의 없이 받아들인다면 브라운 시장님이 자필 서명한 협약서를 보내달라더군요."

브라운 시장이 의외라는 듯 물었다.

"별도의 개런티를 요구하지는 않던가요?"

"그런 말은 없었습니다."

"그나마 다행이군요. 협약서에 서명해줄 테니 곧바로 커크에게 알려 내일 아침에 당장 오르피아에 와달라고 전하세요. 금요일 기자회견 때 커크가 반드시 내 옆에 있어야 하니까요."

"커크에게 그대로 전하겠습니다."

"수고 많았어요."

브라운 시장 집을 나와 현관계단을 내려올 때 닫힌 문 안쪽에서 브라운 시장과 샬롯이 대화를 나누는 소리가 들려왔다.

"당신, 미쳤어? 커크의 말을 믿다니?"

"어쩔 수 없었어. 지금은 썩은 동아줄이라도 잡아야 할 때니까."

∴

"브라운 시장이 당신이 제시한 요구조건을 받아들이기로 약속하고 자필로 서명했습니다. 금요일 기자회견 때 당신이 반드시 동석해주길 바라고 있어요."

내가 그 소식을 전하자 커크는 신이 난다는 듯 외쳤다.

"브라운 시장이 협약서에 서명했다면 당연히 가야지. 마침내 《다크 나이트》를 무대에 올릴 수 있게 되었어!"

커크를 지켜보던 내가 슬쩍 말을 꺼냈다.

"당신의 작품이 개막작으로 선정되었으니 이제 1994년 4인 살인 사건에 대해 알고 있는 진실을 모두 털어놔 봐요."

"내 연극을 보면 자연스럽게 알게 될 겁니다."

"개막공연은 7월 26일입니다. 그때까지 기다릴 수 없어요."

"난 7월 26일 이전에는 아무것도 말해줄 수 없어요."

나는 속이 부글부글 끓어올랐다.

"수사에 협조하지 않을 경우 공연을 취소시킬 수도 있습니다."

커크가 경멸을 담은 눈빛으로 나를 노려보았다.

"지금 나를 협박하는 겁니까?"

자제력을 잃은 나는 커크의 멱살을 잡고 벽을 향해 밀어붙였다.

"고든 시장 일가족을 살해한 범인이 누군지 당장 털어놓아요."

"이 손 놓지 못해요. 당신을 가만두지 않겠어!"

"당신이 입을 다물고 있는 바람에 무고한 사람들이 여럿 살해당했어요. 모든 진실을 털어놓을 때까지 멱살을 놓아주지 않을 거요."

크루즈 경사가 달려와 뜯어말리는 바람에 멱살을 쥔 손을 풀어줄 수밖에 없었다. 나는 분이 풀리지 않아 택시를 잡아타고 커크가 사는 캠핑카 촌으로 갔다. 커크의 캐러밴을 찾아낸 나는 문을 부수고 안으로 들어가 실내를 샅샅이 뒤지기 시작했다. 책상서랍을 열자 오르피아경찰서 로고가 새겨진 서류철이 나왔고, 고든 시장 일가족과 메간 패들린의 시신을 찍은 사진이 들어있었다. 서류를 넘기다 보니 1994년 4인 살인사건을 정리해둔 경찰수사기록 문서라는 사실을 알 수 있었다. 오르피아경찰서 수사기록보관실에서 사라져버린 바로 그 문서였다.

뒤따라온 커크가 캐러밴의 문밖에 버티고 서 있었다.

"무슨 짓이오? 당장 나오지 못해요!"

나는 또다시 그에게 달려들었고, 우리는 한동안 서로 엉겨 붙어 흙바닥을 나뒹굴었다.

나는 커크의 배와 얼굴에 연신 주먹을 날리며 소리쳤다.

"1994년 사건 때문에 얼마나 많은 사람들이 목숨을 잃었는지 모르지 않지? 그때 나는 내 인생의 전부나 나름없을 만큼 소중한 여자를 잃었어. 당신이 진실을 알고 있으면서도 입을 꾹 다물고 있었기 때문이야."

나는 분노를 토해내며 계속 주먹을 날렸고, 커크는 바닥에 널브러져버렸다.

"살인자가 누구야?"

"사실 난 아무것도 몰라! 나 역시 지난 20년간 그 질문을 움켜쥐고 살아왔어."

말초신경들이 일제히 곤두설 만큼 분노가 치밀었다. 1994년 사건이 나를 송두리째 집어삼키고 있었다. 과거의 악령들이 고개를 쳐들고 되살아났다.

데릭 스콧

1994년 8월 말, 4인 살인사건이 일어나고 한 달이 흘렀다. 우리는 테드를 유력한 용의자로 지목하고 그물을 죄어가고 있었다. 우리는 고든 시장이 〈카페아테나〉 공사를 방해하지 않는 조건으로 테드에게 돈을 요구했을 가능성에 주목했다.

테드의 계좌에서 인출한 돈과 고든 시장의 계좌로 입금된 돈이 액수와 날짜까지 일치했지만 범행을 입증할 결정적인 단서로는 부족했다. 우리는 테드를 심문해 인출한 돈을 어디에 썼는지 밝혀내기 위해 공식적인 소환장을 보내 뉴욕 주 경찰본부로 출석을 요구했다.

테드는 이번에도 유명 변호사인 로빈 스타를 대동하고 나타났다.

테드가 빙글거리며 우리에게 물었다.

"고든 시장이 나에게 뇌물을 요구했다고요? 점점 망상이 심해지는 것 아닙니까?"

내가 대답했다.

"당신 계좌에서 빠져나간 돈과 고든 시장 계좌로 예치된 돈의 액수가 일치할 뿐더러 출금과 입금이 같은 날에 이루어졌어요."

로빈 스타가 끼어들었다.

"수백만 명의 미국시민들이 매일 비슷한 액수를 이체하고 있습니다."

제스가 말했다.

"당신이 은행에서 **빼낸** 50만 달러를 고든 시장에게 주지 않았다면 그 돈을 어디에 썼는지 말해 봐요. 50만 달러는 결코 적은 액수가 아니잖아요. 우리는 당신이 사용한 식당 공사비 내역을 확보했습니다. 그 돈은 공사비로는 일절 사용하지 않았다는 걸 알고 있습니다."

로빈 스타 변호사가 테드 대신 나섰다.

"형사님들이 공사비 내역을 입수할 수 있었던 건 내 의뢰인의 호의 덕분입니다. 사실 내 의뢰인이 돈을 어디에 사용했는지 자세히 밝혀야 할 의무는 없거든요."

"그러니까 50만 달러를 어디에 썼는지 속 시원하게 밝히세요. 숨길 게 없다면서요?"

잠자코 듣고 있던 테드가 말했다.

"나는 근사한 식당에서 저녁식사를 하길 좋아하고, 고급 호텔에서 여성들과 데이트를 즐기는 사람입니다. 지극히 개인적인 부분에 지출한 돈까지 밝혀야 할 의무는 없잖아요."

"방금 말한 내용을 입증할 영수증을 갖고 있죠?"

"지금 농담하세요? 여자들을 만나 쓴 돈에 대해 영수증을 내놓으란 말입니까? 아버지가 물려준 재산을 처분한 돈이고, 내가 필요할 때마다 인출해 쓴다고 해도 전혀 법적으로 저촉되지 않는 돈인데 뭐가 문제죠?"

사실상 테드의 말은 조금도 틀리지 않았고, 우리는 더 이상 건질 게 없었다.

제스와 내가 수사로 찾아낸 단서들은 테드를 기소할 수 있는 증거로 불충분했다.

맥케나 과장이 단단히 화가 나 말했다.

"자네들이 지금껏 찾아낸 단서들은 증거 능력이 없어. 자네들은 테드가 검은색 밴을 운전했다는 사실조차 입증하지 못하고 있잖아. 고든 시장이 테드가 준 뇌물을 수수했다는 증거도 찾아내지 못했어. 지금 이대로라면 수사 실패야. 한시바삐 테드가 꼼짝없이 인정할 수밖에 없는 증거를 찾아내."

우리는 다시 원점으로 돌아가 혹시 놓친 부분이 있는지 찾아보기로 했다. 제스와 나는 나타샤의 거실에 수사자료들을 쌓아두고 그동안 확보한 단서들을 면밀히 재검토했다.

우리의 생활은 〈카페아테나〉와 〈더 리틀 러시아〉를 중심으로 돌아갔다. 달라와 나타샤는 주방에서 갖가지 레시피를 만들어 실험해본 뒤 노트에 꼼꼼하게 기록했다. 제스와 내가 언제나 처음 선보이는 요리를 맛보고 느낌을 말해주는 감별사가 되었다. 우리가 집으로 들어설 때마다 달라와 나타샤는 주방에서 요리를 만드느라 여념이 없었다.

우리는 수사를 원점에서부터 다시 시작한 결과 한 가지 중요한 사실을 알아냈다. 대극장 안에서 테드를 보았다는 증언을 모두 취합해본 결과 그가 보이지 않은 시간이 최소 20분 이상이었다는 사실을 알 수 있었다. 테드는 그날 저녁 대극장을 한 번도 떠나지 않았다는 주장을 굽히지 않았고, 우리는 그가 거짓말을 하고 있다는 사실을 입증할 필요가 있었다. 우리는 그동안 자원봉사자들을 만나 일일이 증언을 들었지만 무대에 올랐던 배우들과 접촉해본 적은 없다. 연극제가 끝난 시점에 테드가 용의자로 떠오른 탓이었다.

알바니대학 소속 극단은 연극제 공연을 마치고 일시적으로 해체된 상태였다. 극단 소속 학생들은 여기저기로 흩어져버렸다. 그나마 뉴욕 주에 두 사람이 남아 있어 제스와 나는 각각 한 사람씩 맡아서 만나보기로 했다.

연출자인 버즈 레너드는 아직 알바니대학에 남아있었다. 제스가 그를 찾아가 만나기로 했다.

제스가 테드 이야기를 꺼내자마자 버즈 레너드가 즉시 답변했다.

"구조대원의 행동에 이상한 점이 있었냐고요? 내가 아는 한 그 사람은 구조활동을 전혀 하지 않았어요. 그날 저녁 7시쯤 분장실에서 작은 화재가 발생했죠. 헤어드라이어에 불이 붙었는데 내가 아무리 소리쳐 불러도 구조대원이 나타나지 않더군요. 어쩔 수 없이 내가 주변을 둘러보다 소화기를 찾아내 불을 껐습니다. 하마터면 대형사고가 벌어질 수도 있는 상황이었죠."

"저녁 7시에 테드가 대극장 안에 없었다는 건가요?"

"내가 불이 났다고 크게 소리를 지르는 바람에 옆 분장실에 있던 배우들까지 죄다 모여들었거든요. 그런데 정작 가장 먼저 달려왔어야 할 구조대원은 어디에 갔었는지 7시 30분이 되어서야 어슬렁거리며 나타나더군요. 어찌나 화가 나던지 내가 한마디 해줬죠."

제스 로젠버그

2014년 7월 10일 목요일

연극제 개막 16일전

내가 오르피아로 날아오는 동안 애나와 데렉은 당시 개막작 연출자였던 버즈 레너드를 만나러갔다. 거주지를 뉴저지로 옮긴 버즈는 고등학교에서 연극을 가르치고 있었다.

뉴저지로 가는 동안 데렉은 1994년 수사 당시 밝혀진 몇 가지 중요한 사실을 말해주었다.

"그 당시 우리가 찾아낸 중요한 단서는 두 가지였어요. 하나는 고든 시장의 계좌에 입금된 50만 달러의 출처였는데 우리가 잘못 짚었다는 사실이 나중에야 밝혀지게 되었죠. 그 50만 달러는 테드의 계좌에서 나온 돈이 아니었어요. 다른 단서 하나는 분장실에서 화재사고가 났을 때 자원봉사대 구조대원인 테드가 현장에 나타나지 않았다는 거예요. 그가 화재가 날 뻔했던 긴급 상황이 발생했음에도 대극장에 있지 않았다는 사실을 증명할 수 있다면 결정적인 단서가 될 수도 있었죠. 레나 벨라미는 고든 시장의 집에서 총성이 울린 시각에 검은색 밴이 집 근처에 세워져 있었다고 증언했어요. 그 반면 테드는 대극장을 잠시도 떠난 적이 없었고, 고든 시장 일가족이 살해된 시각에도 분명 대극장 내부에 있었다고 주장했죠. 개막작 연출자인 버즈는 분장실 헤어드라이어에 불이 붙는 사고가 일어났는데 구조대원인 테드가 현장에 나타나지 않았다고 증언했고요."

"그 시각에 테드가 대극장에 없었다면 검은색 밴을 타고 나가 고든 시장 일가족을 살해했을 수도 있다는 뜻인가요?"

"바로 그겁니다."

버즈 레너드는 두 사람을 거실로 맞아들였다. 머리가 벗겨진 60대 남자로 1994년 공연 포스터를 액자에 넣어 간직하고 있었다.

"그해 공연했던 《엉클 바니아》는 아직도 기억이 생생해요. 처음 열리는 연극제라서 오르피아 시가 명성이 자자한 유명극단을 유치하기는 쉽지 않았죠. 하지만 우리는 열정적으로 공연을 준비했고, 관객들에게 수준 높은 무대를 선보일 수 있었습니다. 우리 연극은 열흘 동안 연일 매진을 기록했고, 비평가들로부터 극찬을 이끌어냈죠. 그야말로 대성공이었고, 반응이 뜨거웠던 만큼 당시 함께 공연했던 주요 배우들도 크게 성장하리라는 기대를 한 몸에 받게 되었습니다."

버즈의 얼굴 표정에서 그 당시 추억을 자랑스러워하고 있다는 사실을 감지할 수 있었다. 당시 오르피아에서 4인 살인사건이 일어났지만 그에게는 딱히 의미 부여가 되지 않는 듯했다.

데렉이 물었다.

"그 당시 함께 공연했던 배우들이 지금도 무대에 계속 오르고 있습니까?"

"다는 아니지만 아직 많은 배우들이 연극무대에서 활동하고 있습니다. 사실 우리들 중 샬롯은 연기를 계속했다면 대스타로 성장할 수 있었을 텐데 정말 많이 아쉽습니다. 재능이 탁월한 배우였고, 관객들의 시선을 잡아끄는 매력이 있었죠. 순진한 면과 어른스러운 면이 공존하는 스타일이라고 할까요. 아무튼 어느 누구도 흉내 내기 힘든 아우라를 발산하는 배우였습니다. 우리 연극이 크게 호평 받은 건 샬롯의 빼어난 연기 덕분이기도 했어요."

"샬롯은 왜 연극을 계속하지 않았죠?"

"원래 수의학을 전공했는데 연극에 그다지 애착이 없었어요. 오래 진이지만 샬롯이 동물병원을 개업했다는 편지를 보내왔을 때 정말이지 안타까운 마음을 금할 수 없었습니다."

애나는 그제야 이야기의 주인공이 누군지 알아차렸다.

"샬롯이 누군가 했더니 브라운 시장의 부인이죠?"

"샬롯이 브라운 시장을 만나게 된 것도 연극 덕분이었어요. 서로 보자마자 상대에게 반했다고 하더군요. 두 사람의 결혼식에 갔던 기억이 납니다. 세월이 흐르면서 자연스럽게 연락이 끊겼어요."

잠자코 대화를 듣고 있던 데렉이 나섰다.

"1994년에만 해도 샬롯은 커크 하비의 연인이었다고 하던데 사실인가요?"

"형사님은 커크에 대해 잘 아십니까?"

"안면은 있지만 잘 모릅니다."

"커크는 비열하고 어리석은 작자입니다. 허세에 찬 경찰이자 실패한 예술가이기도 했죠. 그는 빼어난 극작가이자 연출가가 되고 싶어 했지만 재능이라고는 손톱만큼도 없었어요."

"그나마 커크의 첫 번째 작품은 어느 정도 성공을 거뒀다던데요."

"그 작품이 성공한 이유는 오로지 샬롯이 배역을 맡아준 덕분이었어요. 원래는 매우 졸작인데 샬롯이 빛나는 광채를 입혀주었죠. 샬롯이 무대에 서면 관객들을 온통 휘어잡을 만큼 열연을 펼쳤으니까요. 난 지금도 샬롯이 왜 한때나마 커크와 사귀었는지 수수께끼를 풀지 못하고 있습니다. 간혹 비범하고 고상한 여자들이 멍청하고 저열한 남자에게 빠져 헤어나지 못하는 경우가 종종 있긴 하죠. 아무튼 커크는 결국 샬롯을 끝까지 붙잡아 두진 못했습니다."

"두 사람이 사귄 기간이 길었습니까?"

버즈가 잠시 생각하더니 대답했다.

"일 년쯤 만났어요. 커크와 샬롯은 브로드웨이 공연을 쫓아다니다가 눈이 맞아 사귀게 되었다더군요. 샬롯이 출연해준 덕분에 커크의 연극은 나름 성공을 거두었고, 날개를 달게 되었죠. 그때가 1993년 봄이었을 겁니다. 내가 《엉클 바니아》를 준비하던 무렵이었죠. 커크는 성공에 도취해 자기 재능을 굳게 믿었고, 이후 작품을 한편 더 썼습니다. 오르피아에서 열리는 제1회 연극제에서도 자기 연극이 메인으로 선택될 거라고 자신했죠. 그 당시 나도 커크가 쓴 대본을 읽어봤는데 한마디로 형편없는 졸작이었습니다. 나도 《엉클 바니아》를 연극제에 출품했고, 여러 번 오디션을 거친 끝에 메인 작품으로 선정되었죠."

"커크가 격분했겠군요."

"커크는 자기가 아니었다면 내가 연극제에 출품할 생각조차 못했을 텐데 결국 배신당했다며 울분을 토했죠. 내가 커크의 말을 듣고 오르피아 연극제에 출품한 건 사실입니다. 다만 내가 아니더라도 커크의 연극은 무대에 올릴 수 없을 만큼 내용이 형편없었죠. 고든 시장도 대본을 읽어보고 나서 무대에 올리는 걸 극력 반대했어요."

"그 정도로 형편없었습니까?"

"아마 그때가 6월 중순쯤이었는데 고든 시장이 하루는 나를 집무실로 불렀습니다. 나는 약속시간보다 조금 일찍 시청에 도착해 집무실 밖에서 대기하고 있었죠. 별안간 집무실 문이 활짝 열리더니 고든 시장이 악을 써대며 커크를 밖으로 내쫓더군요. '당신 연극은 끔찍해. 내가 살아있는 동안 이 도시에서 당신 연극을 공연하도록 허용하지 않겠어.' 고든 시장은 그 말을 하고 나서 커크에게서 받은 대본을 사람들이 보는 앞에서 찢어버렸죠."

데렉이 물었다.

"고든 시장이 정말 '내가 살아있는 동안'이라는 표현을 썼습니까?"

버즈는 자신의 기억을 확신했다.

"그런 탓에 연극단원들은 한때나마 커크가 4인 살인사건의 범인이 아닌지 의심하기도 했습니다. 의심을 뒷받침해주는 일도 있었는데, 고든 시장이 살해된 다음날부터 커크의 작품이 대극장 저녁 공연 2부 무대를 차지하게 된 거예요."

데렉이 물었다.

"커크의 작품을 무대에 올리도록 허가해준 사람이 누구였죠?"

"살인사건이 일어난 직후 커크는 자기 작품을 무대에 올리기로 고든 시장과 사전에 약속되어 있었다고 주장했습니다. 가뜩이나 살인사건의 여파로 무척이나 어수선한 때였기에 연극제 조직위에서는 어쩔 수 없이 커크가 공연을 할 수 있도록 내버려두었죠."

"고든 시장이 살아있는 동안 커크의 작품을 무대에 올리지 않겠다고 주장한 이야기를 왜 경찰에 말해주지 않았죠?"

"솔직히 말해 나는 커크와 엮이기 싫었습니다. 커크가 고든 시장 일가족을 살해했을 거라고 생각지도 않았고요. 커크의 일인극 공연이 하필이면 《엉클 바니아》 다음 순서였습니다. 나는 그가 무대 위로 올라와 '이제 《나, 커크 하비》가 시작됩니다. 위대한 연극인 커크 하비가 직접 대본을 쓰고, 연출하고, 연기를 맡은 불후의 명작입니다!'라며 떠들어대는 모습을 보는 게 얼마나 역겨웠는지 모롭니다."

애나가 웃음을 터뜨리며 물었다.

"커크가 정말 그렇게 말했습니까?"

"당연하죠. 커크는 부끄러움을 몰랐어요. 그는 그렇게 외치고 나서 진지한 독백을 늘어놓기 시작했는데 첫마디가 어찌나 우스꽝스러웠는지 아직도 기억이 생생합니다. '나, 커크 하비는 단 한 푼(원문 piece는 '돈 한 푼'이라는 의미 외에 '희곡 한 편'을 의미하기도 한다. : 옮긴이)도 없다네!'라는 독백이었는데 어린아이가 울면서 투정을 부리는 목소리와 흡사했죠. 우리 단원들이 그 모습을 보고 배를 잡고 웃어대더군요. 커크가 혼자서 징징대거나 고래고래 악을 써대는 모습은 꽤 흥미로운 구경거리였습니다. 관객들이 모두 퇴장해버려 극장이 텅 비어도 커크는 전혀 동요하지 않고 독백을 계속 하더군요. 박수치는 사람 하나 없었고, 심지어 청소도우미들이 커크의 독백 중에 끼어들어 '이봐요, 그만 끝내요! 극장 문을 닫고 집에 가야죠.'라고도 했어요. 커크가 들은 척도 하지 않고 독백을 이어가면 기다리다 못한 자원봉사자들이 무대조명등을 모두 꺼버리기까지 했죠. 커크가 굴욕을 당하는 동안 가끔 브라운 부시장이 객석에 혼자 앉아 있는 샬롯 옆에 슬쩍 앉곤 했습니다. 샬롯의 호감을 사기 위해서였을 거예요."

데렉이 말했다.

"《엉클 바니아》를 공연하기 직전 분장실에서 일어난 화재사고에 대해 궁금한 게 있습니다."

"그 당시 형사 한 명이 나를 찾아와 화재가 일어났을 당시 대극장 구조대원의 행동에 이상한 점이 없었는지 물은 적이 있습니다."

"그 당시 형사라면 바로 저의 동료인 제스 로젠버그였을 겁니다."

"맞아요, 이제야 그 이름이 기억나네요. 그날 내가 자원봉사대 구조대원에게 단단히 화가 났던 이유는 화재가 난 바로 그 시간에 자취를 감추었기 때문이었습니다. 내가 소화기를 찾아내 불이 크게 번지기 직전에 끌 수 있어서 천만다행이었죠. 만약 분장실 전체로 불이 옮겨 붙었더라면 큰 사고로 이어질 뻔했던 순간이었습니다."

"당시 수사기록을 살펴보니 그 구조대원은 저녁 7시 30분경에야 나타났다더군요."

"연극을 무대에 올리기 직전이라 구조대원이 나타난 시간을 분명하게 기억하고 있었습니다. 벌써 20년 전 일인데 나에게 더 듣고 싶은 이야기가 있습니까?"

"수사기록을 살펴보니 분장실 문틈으로 연기가 새어나오는 걸 보고 불이 났다고 소리쳤지만 구조대원이 나타나지 않았다고 증언하셨더군요."

"분장실 문을 열었을 때 헤어드라이어에서 진한 연기가 피어오르고 있었습니다. 불이 확산되기 직전이었는데 소화기를 찾아내 서둘러 꺼버렸죠."

"수사기록에서 선생님의 증언 내용을 보다가 궁금했던 점이 한 가지 있었는데 분장실 안에 있던 사람은 헤어드라이어에서 불꽃이 일기 시작했는데 왜 아무런 조치도 취하지 않고 있었을까요?"

"때마침 분장실에는 사람이 아무도 없었습니다. 텅 비어 있었죠."

"사람이 아무도 없었는데 헤어드라이어에서 불이 났다고요?"

버즈가 당황한 표정을 지었다.

"당시에는 불을 끄는 게 무엇보다 급해 이상하다는 생각을 할 겨를이 없었습니다. 어쨌든 분장실에는 사람이 아무도 없었어요."

애나가 대화에 끼어들었다.

"때로는 바로 눈앞에서 벌어지는 일도 보지 못하는 경우가 있죠."

데렉이 질문을 계속 이어갔다.

"그 분장실은 평소 누가 사용했죠?"

"샬롯이 그 방을 썼어요."

"20년이 지난 일인데 금세 기억해내는 이유라도 있습니까?"

"샬롯이 불량 헤어드라이어의 주인이었으니까요. 언젠가 그녀가 말하길 헤어드라이어가 고물이라 장시간 사용하면 심하게 과열돼 연기가 난다고 했거든요."

데렉이 다시 물었다.

"샬롯이 헤어드라이어를 고의적으로 과열시켰을 수도 있을까요?"

버즈는 고개를 저으며 기억을 더듬었다.

"그날 저녁에 정전사고가 한 번 있었습니다. 전력사용량이 갑자기 증가하는 바람에 퓨즈가 나간 거예요. 7시가 다 되어갈 무렵이었는데 공연시작 한 시간 전이라 몹시 당황했던 기억이 납니다. 정전이 한동안 지속되다가 다시 전기가 들어왔고, 얼마 후 헤어드라이어에서 연기가 난 거예요."

애나가 말했다.

"샬롯은 정전이 되었을 때 헤어드라이어를 켜둔 상태로 분장실을 떠났다는 뜻이네요. 샬롯이 자리를 비운 동안 헤어드라이어가 작동하기 시작했고요."

데렉이 혼잣말처럼 중얼거렸다.

"샬롯은 분장실을 나와 어디에 갔던 걸까요?"

버즈가 말했다.

"무대 뒤에 있었다면 불이 나서 다들 소리를 지르며 난리를 칠 때 달려왔을 텐데 내가 기억하기로는 그때 샬롯을 보지 못했습니다. 화재사고 30분 후에야 샬롯이 내 방으로 와서 하는 말이 누군가 헤어드라이어를 훔쳐갔다는 거예요. 나는 잔뜩 화가 나 '당신 헤어드라이어 때문에 하마터면 대형 화재가 날 뻔했어. 아직 머리 손질을 하지 않은 거야? 신발은 왜 푹 젖어있어?' 라고 따져 물었던 기억이 납니다. 공연이 30분밖에 남지 않았는데 무대에서 신어야 하는 구두가 물에 젖어 있었거든요."

데렉이 물었다.

"그런 소동이 벌어졌음에도 공연은 정상적으로 진행되었습니까?"

"다행스럽게도 나무랄 데 없이 잘 진행되었죠."

"고든 시장 일가족이 살해당했다는 소식은 언제 들었습니까?"

"그 시간에 우리는 공연 중이었고, 배우들은 연기에 집중하고 있었습니다. 2막이 시작되었을 때 객석에 드문드문 빈자리가 보여 이상하게 생각했지만 공연에 집중하느라 무슨 일이 벌어졌는지 신경 쓸 겨를이 없었어요. 맨 앞줄에 앉아 있던 브라운 부시장도 자리를 뜨고 없더군요."

"브라운 부시장이 자리를 비운 시각이 언제쯤이죠?"

"정확한 시간은 기억나지 않는데 공연을 녹화한 비디오테이프가 있으니 한 번 확인해보면 정확하게 알 수 있을 겁니다."

버즈는 서재로 가더니 비디오테이프 하나를 찾아들고 돌아왔다.

"화질이 좋지 않아 도움이 될지 모르겠네요. 내게는 중요한 자료니까 보고 나서 반드시 돌려줘야 합니다."

데렉이 답했다.

"당연히 돌려드려야죠."

버즈 레너드의 집을 나서면서 데렉이 말했다.

"샬롯의 신발이 물에 푹 젖어있었다는 말을 듣는 순간 한 가지 기억이 떠올랐어요. 사건이 일어나던 날 고든 시장의 집 앞 스프링클러의 노즐이 부러져 잔디밭에 물이 흥건하게 고여 있었죠."

"샬롯이 범행에 연루되었을 수도 있다는 건가요?"

"아직 단정할 수는 없지만 살인사건이 벌어지는 동안 샬롯이 대극장을 떠나 있었다는 거예요. 샬롯이 자리를 비운 시간이 대략 30분 정도이고, 그 시간이면 대극장에서 펜필드까지 왕복이 가능하죠. 스테파니가 했던 말이 생각나요. 제스와 내가 바로 눈앞에서 전개되는 상황을 보지 못했다고 했죠. 사건이 벌어진 날 저녁 오르피아 전 지역에서 검문검색이 이루어지고 차량 운행을 통제하는 동안 정작 살인자는 유유히 무대에 올랐을 수도 있습니다. 연극을 보고 있는 수많은 관객들이 알리바이를 증명해줄 테고요."

"비디오테이프를 보면 그 당시 상황을 좀 더 분명하게 알 수 있지 않을까요?"

"비디오테이프에 객석의 모습이 담겨 있다면 미처 몰랐던 사실들을 찾아낼 수 있겠죠. 이 사건을 수사하던 당시 제스와 나는 대극장에서 벌어진 일에 대해서는 주의를 집중하지 못했어요. 스테파니 메일러 사건이 벌어지고 나서야 우리가 놓친 부분들에 대해 눈길이 가기 시작했죠."

∴

브라운 시장은 짜증스러운 얼굴로 피터 프록 부시장의 말을 듣고 있었다.

"시장님이 감춰놓은 히든카드가 커크였습니까? 그의 작품 《나, 커크 하비》의 결과가 어땠는지 잘 아시잖아요?"

"이번 작품은 달라요."

"작품을 본 적도 없잖습니까?"

"커크에게서 어떤 작품인지 설명을 들었어요. 아주 획기적인 작품입니다."

"커크의 말만 듣고 어떻게 알죠? 이 상황에서 기자회견을 여는 건 무리입니다."

시장 집무실 문이 열리더니 여비서가 조심스레 머리를 들이밀었다.

"메타 오스트롭스키 씨가 오셨습니다."

프록 부시장이 갈수록 태산이라는 듯 난감한 표정을 지었다.

"이거야 원!"

잠시 후, 메타가 미소를 머금은 얼굴로 집무실로 들어와 브라운 시장의 맞은편 소파에 앉았다.

브라운 시장이 퉁명스러운 목소리로 물었다.

"오르피아에는 무슨 일로 오셨습니까?"

"시장님이 저에게 연극제에 참석할 달라고 하지 않았나요?"

"연극제는 2주 후에나 열리는데요."

"나를 오르피아에 초대한 사람은 시장님입니다. 나는 호의적인 생각을 품고 오르피아에 왔는데 설마 너무 일찍 왔으니 돌아가라는 뜻은 아니죠? 원하신다면 뉴욕으로 돌아가 시장님이 얼마나 약속을 지키지 않는 분인지 만천하에 공개하겠습니다."

브라운 시장의 머릿속에서 문득 한 가지 좋은 생각이 떠올랐다.

"오르피아에 오신 걸 환영합니다. 그 대신 내일 우리를 도와주실 일이 있는데 협조해주시겠습니까?"

"일단 무슨 일인지 들어봅시다."

"내일 기자회견을 열어 이번 연극제의 개막작이 뭔지 발표하기로 되어 있습니다. 개막일에 열리는 월드 프리미어에 앞서 특별히 작품을 기자들에게 소개하는 자리라고 할 수 있죠. 선생님께서 기자회견 때 우리와 자리를 함께 해 개막작에 대해 긍정적으로 말씀해주시면 감사하겠습니다. 지금껏 이처럼 특별한 작품을 본 적 없다고 해주시면 연극제 흥행에 큰 도움이 될 겁니다."

메타는 말문이 막힌다는 듯 브라운 시장을 빤히 쳐다보았다.

"기자들 앞에서 보지도 않은 작품을 극찬하라고요? 나에게 파렴치한 거짓말을 해달라는 겁니까?"

"우리 일에 협조해주시면 오늘부터 연극제가 끝날 때까지 레이크팰리스호텔 스위트룸에서 편안하게 지낼 수 있게 해드리겠습니다."

메타의 얼굴에 비로소 화색이 돌았다.

"시장님이 원하는 대로 해드리죠."

메타가 집무실을 나간 뒤 브라운 시장은 프록 부시장에게 말했다.

"메타 오스트롭스키 씨가 레이크팰리스호텔에 머물도록 편의를 봐주세요."

"레이크팰리스호텔 스위트룸 숙박비를 3주간이나 대주겠단 말입니까? 그 돈이 얼마인 줄 아시죠?"

"연극제만 성공하면 그깟 호텔 숙박비 정도는 문제될 게 없습니다. 내가 재선하려면 연극제를 반드시 성공시켜야 합니다."

$$\therefore$$

침대에 누워 천장을 바라보고 있는 다코타의 눈에서 눈물이 방울방울 흘러내렸다. 다코타는 마운트시나이 병원에 입원했다가 조금 전 집으로 돌아왔다.

지난 토요일에 집을 나간 뒤 레일라를 만나 케타민을 술에 섞어 마시고 환각 상태에 빠져든 상태로 거리를 헤매고 다녔다. 레일라와 헤어져 클럽에 들어갔고, 처음 만난 남자아이와 부둥켜안고 춤춘 기억도 희미하게 떠올랐다. 클럽을 나와 어느 집 옥상 위로 올라가 보드카 한 병을 마셨다. 옥상 가장자리에서 아래쪽을 내려다보는 동안 거리가 흔들려보이던 기억도 났다. 허공으로 몸을 날리고 싶었지만 차마 실행에 옮기지 못했다.

언젠가는 용기를 낼 수 있을 거야.

옥상을 내려와 거리를 헤매다가 어디에선가 쓰러져 까무룩 잠이 들었다. 경찰이 나타나 깨웠을 때 다코타는 여전히 환각제에 취해 있는 상태였다. 마운트시나이 병원 산부인과에서 검사를 받아본 결과 다행히 성폭행을 당한 흔적은 없었다.

눈물이 뺨을 타고 흘러내렸다. 입술에서 눈물의 짠맛이 느껴졌다.

내가 어쩌다 이렇게 되었을까?

다코타는 한때 다양한 분야에 재능이 있고, 성취욕도 있고, 어디서든 칭찬받는 아이였다. 유복한 가정환경에 다정한 부모가 언제나 든든하게 옆을 지켜주고 있어 걱정거리라고는 없었다.

태라 스칼리니 사건 이후 다코타는 자신을 파괴하고 싶었다. 피가 철철 흐르도록 살갗을 후벼 파 고통을 가하고 싶었다. 사람들이 상처를 보고 그녀가 얼마나 자신을 미워하고 고통스러워하는지 알게 해주고 싶었다.

제리가 딸의 방문에 귀를 가져다댔다. 아무런 소리도 들리지 않아 문을 조금 열어보았다. 제리가 침대로 다가가자 다코타는 재빨리 눈을 감고 자는 시늉을 했다. 딸이 잠든 걸 확인한 제리는 그대로 몸을 돌려 방을 나갔다. 다시 주방으로 가보니 신시아가 스툴에 앉아 그를 기다리고 있었다.

"다코타는 어때?"

"잠들었어."

제리는 물을 한 컵 따라 마시고 나서 신시아의 맞은편에 앉았다.

"어쩌면 좋을까?"

제리가 한숨을 푹 내쉬었다.

"나도 모르겠어. 지금은 백약이 무효하다는 생각이 들어. 희망이 보이지 않아."

"당신이 그런 식으로 말할 때마다 다코타를 포기했다는 느낌이 들어."

"그동안 내가 할 수 있는 일을 다해봤는데 아무런 성과도 없었어. 유명한 정신과의사를 찾아다니며 상담치료를 받게 했고, 요양소에 두 번이나 보내봤지만 모두 실패로 끝났어. 다코타가 내 딸이라는 사실이 믿어지지 않아."

"그래, 당신이 한 말은 모두 사실이야. 하지만 당신 자신이 직접 다코타를 도와주려고 나선 적은 없었어."

"정신과의사도 실패했는데 내가 뭘 할 수 있다는 거야?"

"당신은 아빠 역할을 다하지 않았어. 다코타와 많은 시간을 함께하며 보내던 시절을 벌써 잊어버린 거야?"

"그 사이 다코타에게는 견디기 힘들 만큼 불행한 일이 있었잖아."

"그러니까 당신이 다코타를 원래대로 회복시켜야 해. 이제 그 일을 할 수 있는 사람은 당신밖에 없어."

제리가 갈라진 목소리로 중얼거렸다.

"내가 죽은 아이를 어떻게 살려내지?"

"나도 당신도 다코타도 과거로 되돌아갈 수는 없어. 어느 누구든 그래. 차라리 다코타를 데리고 어디론가 떠나자. 죽은 아이의 망령이 다코타를 질식시키고 있어. 뉴욕에 남아있으면 전혀 달라지지 않을 거야."

"어디로 가는 게 좋을지 생각해봤어?"

"다코타에게는 지금 무엇보다 아빠가 필요해. 다코타를 구해줄 수 있는 사람은 당신밖에 없어. 어디든 그 아이의 망령으로부터 멀리 떨어진 곳으로 가자. 나도 우리의 소중한 딸을 되찾고 싶어."

제리는 눈물을 흘리는 신시아를 말없이 바라보다가 단호한 몸짓으로 다코타의 침실을 향해 걸어갔다. 그가 침실 문을 벌컥 열어젖히고 들어가 창문을 가린 블라인드를 활짝 열었다.

다코타가 침대에서 몸을 일으키며 쏘아붙였다.

"지금 뭐하는 거예요?"

"이미 오래 전에 했어야 할 일이야."

제리는 방 안의 서랍을 있는 대로 열고 내용물을 뒤지기 시작했다.

다코타가 펄쩍 놀라며 침대 밖으로 나왔다.

"아빠, 닥터 런이 프라이버시를 존중하라고 했잖아요."

다코타는 서랍을 뒤지는 제리를 가로막으려고 했지만 그가 완강하게 옆으로 밀어냈다.

제리가 서랍에서 마약봉지를 찾아내 흔들어 보였다.

"닥터 런은 마약을 끊어야한다고 했어."

다코타가 울부짖었다.

"그거 이리 줘요."

제리는 들은 척도 하지 않고 욕실로 들어갔다.

"다코타, 네가 원하는 게 뭐야? 죽고 싶어? 감방에서 인생을 끝내고 싶어?"

제리는 딸이 무기력하게 지켜보는 가운데 하얀 가루를 변기 안에 쏟아 붓고 물을 내렸다.

"죽고 싶어요. 더 이상 아빠를 보고 싶지 않아요."

제리는 서글픈 눈빛으로 다코타를 지켜보다가 놀랄 만큼 가라앉은 목소리로 말했다.

"당장 짐을 꾸려. 내일 아침에 떠나야 하니까."

"난 아무 데도 안 가요."

"네 의견을 듣기 위해 한 말이 아니야."

"어디로 가려고 하는지 말해줄 수는 있잖아요."

"오르피아로 갈 거야."

"오르피아에는 결코 가지 않을 거예요. 레일라의 친구가 몬탁에 집을 한 채 갖고 있는데 그 집에 가기로 했어요."

"그 계획은 잊어버려."

"아빠 말을 무조건 들어야 할 나이는 지났잖아요. 이제부터 내 계획대로 살아갈 거예요."

"널 너무 오랫동안 혼자 있도록 내버려두었어. 이제부터는 그러지 않을 거야. 그러니까 어서 짐을 꾸려."

"엄마는요?"

"엄마는 집에 있어야지. 이제부터 아빠가 항상 너의 곁에 있을 거야."

"내일 닥터 런과 상의해볼게요."

"닥터 런은 더 이상 만날 필요가 없어. 앞으로는 내가 그 역할을 대신할 거야."

"난 아빠를 따라가지 않을래요."

"아니, 넌 따라갈 수밖에 없을 거야. 난 너의 아빠이고 뭐든 지시를 내릴 권한이 있으니까."

"아빠가 미워요."

"나도 알고 있으니까 굳이 말해줄 필요는 없어. 내일 아침 일찍 떠나야하니까 어서 짐을 챙겨."

제리의 목소리가 그 어느 때보다 단호했다.

제리는 주방으로 돌아가 위스키를 목구멍으로 들이부었다. 그의 눈은 유리창 너머에 펼쳐져 있는 뉴욕의 밤풍경을 응시하고 있었다.

∴

스티븐의 몸에서 땀 냄새와 여자 냄새가 풍겼다. 아내에게는 전시회 초대전에 참석해야한다고 말했지만 사실은 앨리스와 함께 명품 상가를 한 바퀴 돌고 나서 100번가에 있는 그녀의 아파트에서 시간을 보냈다. 그는 마치 성난 고릴라처럼 그녀의 몸에 올라 열정적인 섹스를 즐겼다.

잠시 숨을 고르며 침대에 누워 있을 때 앨리스가 로맨틱한 주말 계획을 말했다.

"우리, 주말에도 오늘처럼 사랑에 빠져 지낼까?"

스티븐은 팬티를 다리에 꿰며 맥 빠진 어조로 말했다.

"난 좀 어렵겠어."

수중에 남은 돈이 한 푼도 없을뿐더러 가족들을 의식하지 않을 수 없었다.

앨리스가 칭얼거렸다.

"난 오르피아에 가보고 싶어. 지난봄에 갔을 때 정말 좋았잖아."

작년에는 연극제에 초대받았다는 핑계를 대고 아내를 속였지만 이번에는 내놓을 카드가 마땅찮았다.

"트레이시에게 둘러댈 말이 없어."

앨리스가 그의 얼굴을 향해 쿠션을 집어던지며 앙칼지게 쏘아붙였다.

"걸핏하면 트레이시야! 내 앞에서 한 번만 더 그 여자 얘기를 하면 가만 안 둬!"

스티븐은 그 즉시 쫓겨나 방금 전 집으로 돌아왔다. 트레이시와 아이들이 그에게 다정한 미소를 보냈다. 그는 다른 여자 냄새가 풍길지도 모른다는 생각에 트레이시를 포옹할 수 없었다.

딸이 자랑하듯 말했다.

"엄마가 옐로스톤 공원으로 휴가를 간대요."

아들이 신이 나서 덧붙였다.

"캠핑카에서 잘 거랬어요."

"우린 8월에 휴가를 떠날 거야. 언니가 캠핑카를 빌려주겠다고 했어."

"옐로스톤 공원은 불곰들이 득시글거리는 곳이야. 작년 한 해 동안 수십 명이 부상당했어. 어떤 여자는 들소에게 들이받혀 목숨을 잃었어. 불곰, 들소, 퓨마, 늑대에다가 펄펄 끓는 온천이 있어 위험하기 그지없는 곳이야."

"공원에서 지도하는 안전 매뉴얼을 따르면 아무런 문제없어."

"과연 내가 과장하는지 이 기사를 읽어 봐."

스티븐은 주머니에서 미리 프린트해놓은 신문기사를 꺼내 읽기 시작했다.

"1870년 이후 옐로스톤의 유황온천에 빠져 사망한 사람은 22명에 달한다. 지난봄에는 20세 청년이 위험경고 표지판을 무시하고 접근했다가 유황온천에 빠져 즉사했다. 기상악화로 다음날에야 청년의 시신을 수습하러 나선 구호대원들은 샌들밖에 찾아내지 못했다. 시신이 산성이 강한 유황 온천에 녹아버린 탓이었다."

딸이 말했다.

"유황온천에 들어가서는 안 된다는 위험경고 표지판을 무시한 탓이에요."

트레이시가 딸의 말에 맞장구를 쳤다.

"우리 딸은 위험경고를 잘 따를 테니까 문제없어."

아들이 걱정스레 물었다.

"엄마, 옐로스톤에 가면 다 죽어요?"

"전혀 아니야."

"아니, 죽어!"

스티븐은 버럭 소리를 지르고 나서 욕실로 들어갔다. 그는 수도꼭지를 틀어놓고 변기에 앉았다.

어떻게 말해야 아이들을 설득할 수 있을까?

아빠가 성욕을 참지 못해 돈을 다른 여자에게 전부 써버렸다고 해야 할까?

젊은 여직원과 부적절한 관계를 맺고 있는데다 비싼 선물을 사주느라 법인카드를 펑펑 써댄 사실이 발각될 경우 여지없이 해고당할 수밖에 없는 처지였다.

앨리스는 도무지 만족을 모르는 여자였다. 이제는 그녀로부터 벗어나고 싶었지만 약점을 너무 많이 잡혀 있었다.

무슨 수를 쓰든 이제는 앨리스와 헤어져야 해. 진작 죽었어야 할 사람은 스테파니가 아니라 앨리스야.

휴대폰에서 알림 음이 울렸고, 화면에 메일이 도착했다는 메시지가 떴다. 메일을 열어본 그의 얼굴에 화색이 돌았다. 오르피아의 브라운 시장이 보낸 메일이었다. 지난 해 그가 연극제와 관련해 글을 쓴 이후 브라운 시장의 메일 발송 명단에 그의 아이디가 포함돼 있었다.

내일 오전 11시에 기자회견이 있고, 브라운 시장이 연극제 개막작을 그 자리에서 공개할 예정이라는 소식이었다.

스티븐은 즉시 앨리스에게 문자메시지를 보내 내일 아침 일찍 오르피아에 가자는 소식을 전했다. 벌써부터 심장이 쿵쾅거리며 뛰었다. 그는 살아가면서 누군가를 살해해야 하는 일이 벌어지리라고는 꿈에도 상상하지 못했다.

앨리스에게서 벗어나려면 이 방법밖에 없어.

스티븐 버그도프

트레이시와 나는 아이들의 인터넷 사용을 정보검색과 학습할 때만으로 엄격히 제한했다. 특히 SNS에 가입하지 못하도록 단호히 막았다. 소아성애자들이 또래 행세를 하며 접근하는 경우가 많다는 얘기를 수없이 들은 탓이었다.

2013년 봄, 열 살이 된 딸이 페이스북에 가입하게 해달라고 졸라댔다.

"페이스북에 가입해서 뭐하게?"

"내 친구들은 전부 페이스북을 해요."

"아빠는 받아들일 수 없어. 페이스북은 나중에 커서 해도 늦지 않아."

내 말에 딸이 대답했다.

"메트로폴리탄 미술관도 페이스북 계정이 있어요. 뉴욕현대미술관, 내셔널지오그래픽, 상트페테르부르크 발레단도 마찬가지예요. 우리 가족들만 유난히 아미시공동체 사람들처럼 살고 있단 말이에요."

트레이시는 딸아이의 말이 틀리지 않다고 생각했다. 딸은 학교에서 외톨이가 되지 않으려면 또래 아이들과의 소통이 중요하다며 나를 설득했다.

가족회의를 열어 그 문제에 대해 상의했다. 나는 《뉴욕타임스》에 실린 기사를 읽어보라고 내놓았다. 바로 얼마 전 맨해튼의 어느 고교에서 동료학생들과 페이스북을 하던 여학생이 집단따돌림을 당한 끝에 자살했다는 기사였다.

고교 재학 중인 18세 여학생이 스스로 동성애자라는 사실을 밝힌 페이스북의 비밀 글이 자기도 모르게 공개되어 다수의 학생들로부터 욕설과 협박을 받은 끝에 자살했다. 여학생은 뉴욕 최고의 명문인 헤이페어사립고등학교 졸업반이었다.

"지난주에 뉴욕에서 일어난 사건이야."

딸이 대답했다.

"아빠, 난 그저 친구들과 서로 소통하며 지내고 싶을 뿐이에요."

트레이시가 딸의 말을 받았다.

"우리 딸은 페이스북에 가입해도 아무런 문제가 없을 만큼 분별력이 있어."

결국 나는 딸에게 페이스북 가입을 허락하는 대신 한 가지 조건을 달았다. 페이스북 계정을 나에게 공개해야 한다는 것이었다. 그래야만 내가 딸이 집단따돌림이나 괴롭힘을 당하지 않는지 확인할 수 있다는 게 이유였다. 딸은 내가 제시한 조건을 받아들였다.

나는 사실 인터넷에 그다지 능숙하지 않았다. 페이스북 계정을 만들기는 했는데 프로그램을 어떻게 활용하는지 전혀 몰라 누군가의 조언이 필요했다. 나는 《뉴욕문학리뷰》 휴게실에서 커피를 마시며 스테파니에게 페이스북의 기능과 활용법에 대해 간단한 설명을 들었다.

그날 앨리스가 우편물을 가져다주느라 내 사무실에 왔다.

"프로필 사진을 올려야 해요."

"내 프로필 사진? 어디요?"

"휴대폰카메라로 셀카를 찍어 페이스북 프로필에 올려요. 제가 편집장님을 친구로 받아줄게요."

"나랑 페이스북으로 만나자는 건가요?"

"제가 친구요청을 할 테니까 편집장님은 그냥 수락하면 돼요."

나는 앨리스의 페이스북에 들어가 사진들을 구경했다. 앨리스의 가족, 좋아하는 식당과 카페, 독서취향을 엿볼 수 있었다.

나는 앨리스에게 메시지를 보냈다.

휴가를 멕시코로 갔었어요?

앨리스가 내 메시지에 답을 보내왔다.

예, 지난겨울에요.

사진들이 멋지네요.

감사합니다.

그때부터 페이스북으로 앨리스와 메시지를 주고받기 시작했다. 대화 내용이 대체로 가벼웠지만 나름 재미있었다. 나는 책을 읽거나 트레이시와 영화를 보고 있어야 할 시간에 앨리스를 만나기 위해 페이스북에 접속했다.

나 : 《몬테크리스토 백작》 책을 찍은 사진을 봤어요. 프랑스 소설을 좋아하나 봐요?

앨리스 : 프랑스 소설을 정말 좋아해요. 대학 다닐 때 프랑스어 강의도 들었어요.

나 : 아, 그래요?

앨리스 : 작가가 되는 게 꿈이라 훗날 파리에서 살고 싶어요.

나 : 지금도 소설을 쓰고 있어요?

앨리스 : 네, 쓰고 있어요.

나 : 언젠가 읽어보고 싶어요.

앨리스 : 다 쓰면 보여드릴게요. 아직 사무실에 계세요?

나 : 집인데 방금 전에 저녁식사를 했어요.

트레이시는 소파에 기대 책을 읽고 있다가 고개를 들어 내가 뭘 하고 있는지 물었다.

"기사를 손보고 있는 중이야."

트레이시는 아무런 의심 없이 다시 책에 얼굴을 묻었다.

앨리스 : 저녁은 뭘 드셨어요?

나 : 피자, 당신은?

앨리스 : 잠시 후 저녁식사를 하러 가려고요.

나 : 어디로?

앨리스 : 아직 정하지 않았는데 친구들과 같이 갈 거예요.

나 : 즐거운 저녁 되세요.

몇 시간 후, 잠자리에 들기 전 나는 앨리스와 대화를 이어가고 싶었다.

나 : 저녁식사 했어요?

앨리스 : 좀 지루했어요.

나 : 지루했다니, 왜요?

앨리스 : 또래 사람들과 시간을 보내면 좀 지루해요. 차라리 연상과 어울리는 편이 좋아요.

트레이시가 침실에서 나를 불렀다.

"안 잘 거야?"

"먼저 자. 곧 갈 테니까."

나는 새벽 3시까지 앨리스와 메시지를 주고받았다.

며칠 후, 트레이시와 미술전시회에 초대받아 갔다가 앨리스와 맞닥뜨렸다. 짧은 원피스와 하이힐 차림의 그녀가 너무나 예뻤다.

나는 놀란 목소리로 인사를 건넸다.

"앨리스, 당신이 여기 온다는 걸 몰랐어요."

"저는 사실 편집장님이 전시회에 오신다는 걸 알고 있었어요."

"어떻게요?"

"페이스북으로 전시회 초대장이 왔을 때 편집장님이 참석한다는 답장을 보내셨잖아요."

"다른 사람 페이스북 페이지를 볼 수 있어요?"

"우리는 페친 사이니까 얼마든지 가능하죠."

"뭘 좀 마실래요?"

"마티니로 할게요."

나는 마티니를 주문해 앨리스에게 건네고, 와인 두 잔을 따로 주문했다.

"누구랑 함께 오셨나 봐요?"

"아내가 저쪽에서 기다리고 있어요. 이만 가봐야겠어요."

앨리스는 노골적으로 실망한 표정을 지었다.

그날 밤, 메시지 하나가 전시회에서 돌아온 나를 기다리고 있었다.

앨리스 : 편집장님과 단둘이 한잔 할 수 있었으면 좋겠어요.

한참 망설인 끝에 나는 답신을 보냈다.

나 : 내일 오후 4시에 플라자호텔 바에서 만날까요?

그때 무슨 생각으로 그런 제안을 하게 되었는지 모르겠다. 내가 앨리스에게 끌렸던 건 분명했다. 이제 스물다섯인 미모의 젊은 여성이 나와 함께 있으면서 즐거워하는 모습을 보자니 마음이 설레기까지 했다. 플라자호텔은 사실 내가 자주 드나들기에는 가격이 턱없이 비싼 장소였다. 나와 친하게 지내는 사람들이 애용하는 장소가 아니라서 누군가와 우연히 마주칠 위험이 적어 선택한 곳이었다. 그렇다고 처음부터 앨리스를 어떻게 해보려고 생각한 건 아니었다. 누군가 혹시 내가 앨리스와 함께 있는 걸 보고 오해하는 게 싫었을 뿐이었다.

앨리스는 먼저 와 기다리고 있었다. 나는 소파에서 다리를 꼬고 앉아 있는 그녀에게 무엇을 주문할지 물었다.

"스티븐, 난 지금 다른 무엇보다 당신이 필요해요."

한 시간 뒤, 샴페인에 흠씬 취한 나는 플라자호텔 객실에서 앨리스와 질펀하게 뒹굴었다. 그녀와 섹스하는 동안 일찍이 트레이시와는 경험해보지 못했던 짜릿한 느낌을 받았다.

집에 돌아와 보니 밤 10시였다. 여전히 섹스 장면이 떠올랐고,

가슴이 두근거렸다. 내가 안았던 탄력 있는 몸, 손에 한 가득 들어왔던 가슴, 팽팽한 피부가 눈앞에서 어른거렸다. 그때까지 나는 단 한 번도 바람을 피운 적이 없었다. 다른 여자와 자고 싶다고 생각해본 적도 없었다. 친구나 동료들 가운데 혼외정사를 즐기는 사람들이 많았지만 나는 완강한 도덕주의자 입장을 고수했다.

그날 밤 플라자호텔 객실로 앨리스를 데리고 들어가던 당시 내 머릿속에서 도덕주의자의 자제력은 전혀 가동되지 않았다. 객실에서 나올 때도 조만간 이런 기회를 또 만들어야겠다는 생각이 머릿속을 가득 채웠다. 어찌나 황홀한 느낌이었던지 트레이시를 속였음에도 전혀 죄책감이 들지 않았다.

현관문을 밀자 트레이시가 달려 나오며 반갑게 맞아주었다.

"연락도 없이 어디 있었던 거야? 얼마나 걱정했는지 알아?"

"회사에서 갑자기 일이 생겼는데 이렇게 늦게 끝날 줄 몰랐어."

"문자메시지를 열 개도 넘게 보냈어. 전화 한 통만 해주면 걱정하지 않잖아. 조금만 더 늦었으면 경찰에 신고했을 거야."

트레이시는 테이블과 개수대 사이를 오가며 아이들이 흘려놓은 음식찌꺼기를 치우고 있었다. 여전히 죄책감은 느껴지지 않았다.

다음날 아침, 앨리스가 우편물을 들고 사무실로 들어섰다.

"앨리스, 조만간 다시 만나고 싶어."

"나도 그래요. 오늘밤, 내 아파트에서 만나요."

앨리스는 메모지에 주소를 적어 우편물 사이에 끼워 넣었다.

"저는 오후 6시에 집에 가 있을 테니까 언제든 편한 시간에 오세요."

그날 나는 하루 종일 극도의 흥분 상태로 보냈다. 마침내 퇴근 시간이 다가왔고, 택시를 타고 100번가로 달려갔다. 일단 꽃가게에 들르기 위해 두 블록을 앞두고 택시에서 내렸다.

앨리스가 사는 아파트 건물에 당도해보니 현관문이 열려 있었다. 3층까지 걸어 올라가 좁은 복도를 따라 그녀의 아파트 앞으로 갔다. 초인종 위에 두 개의 이름이 붙어있었다. 집안에 혹시 다른 사람이 있을까 봐 걱정됐다.

앨리스가 문을 열어주었다. 반쯤 벗은 그녀의 모습을 보자 걱정이 눈 녹듯 사라졌다.

"집을 함께 쓰는 사람이 있어요?"

"지금은 집에 없으니까 걱정하지 말아요."

앨리스가 내 팔을 잡아끌어 집안으로 들어오게 한 다음 발끝으로 문을 밀어 닫았다.

그날 밤 늦게까지 앨리스의 방에 머물렀다. 다음날도, 그 다음날에도 마찬가지였다. 이제 내 머릿속은 온통 앨리스에 대한 생각으로 채워졌다. 나는 언제 어디서나 앨리스를 원했다.

어느 날, 앨리스가 플라자호텔 바에서 만나자고 했다. 호텔 객실을 예약해두고 트레이시에게는 일 때문에 워싱턴에 가야한다고 둘러댔다. 트레이시는 전혀 의심하지 않았고, 모든 일이 순조로워보였다.

우리는 호텔 객실에서 샴페인을 취할 정도로 마시고, 고급식당인 〈라 팔메라이〉에서 저녁식사를 했다. 그녀를 위해 한 턱 크게 쓰고 싶었다. 트레이시와 어디에 갈 때면 예산을 미리 정하고, 초과하지 않기 위해 늘 신경썼다. 아주 사소한 지출도 미리 의논해 결정했다. 여름휴가는 매년 처가 소유인 챔플레인 호수 근처 통나무집에서 처형 가족과 부대끼며 보냈다. 트레이시에게 여러 번 다른 곳으로 가자고 제안했지만 대답은 매번 똑같았다.

"아이들이 사촌들과 어울려 놀 수 있어 좋아하잖아. 게다가 차로 갈 수 있어 편하고 비용도 들지 않으니까 얼마나 좋아."

나는 플라자호텔에서 스물다섯 살짜리 여자와 저녁식사를 하는 동안 트레이시는 도무지 삶을 즐길 줄 모르는 여자라는 생각이 들었다.

앨리스가 바다가재 살을 발라내며 물었다.

"무슨 생각을 그리 골똘히 해?"

"당신 생각."

소믈리에가 값이 어마어마하게 비싼 와인을 잔에 따랐다. 와인 한 병이 바닥나자 나는 즉시 더 주문했다.

"당신이 배포 있는 남자라서 정말 좋아. 돈도 넉넉하게 있고, 책임감도 있고, 섹스도 잘하니까. 또래 남자들에게는 질렸어. 툭하면 피자가게에나 데려가는 좀생이들이거든."

앨리스는 나를 우쭐하게 만들어주는 재주가 있었다. 앨리스와 함께 있으면 마치 내가 대단한 능력자라도 된 기분이었다. 그녀에게 비싼 선물을 사서 안길 때면 정말이지 내가 더없이 화끈한 남자로 다시 태어난 듯했다.

다행스럽게 한동안 주머니 사정을 걱정할 필요는 없었다. 트레이시 몰래 모아둔 비상금이 있었다. 《뉴욕문학리뷰》의 경비로 처리한 상환금이 들어오는 계좌였다. 몇 년 동안 한 번도 건드리지 않고 모은 덕분에 제법 많은 금액이 쌓여 있었다.

$$\therefore$$

앨리스와 만나면서 자신감이 붙은 탓인지 성격이 밝아졌다. 운동을 열심히 해 체중을 줄였고, 앨리스와 함께 쇼핑을 하며 젊어 보이는 옷들을 사들였다.

트레이시가 내 옷장을 들여다보며 물었다.

"언제 이런 옷들을 샀어?"

"사무실 근처 부티크에서 샀어. 요즘은 통이 넓은 바지를 입고 다니면 다들 비웃거든."

트레이시는 못마땅한 눈치였다.

"조금이라도 젊어 보이려고 기를 쓰는 건 아니고?"

"이제 쉰 살이야. 난 아직 젊어."

나는 앨리스에게 완전히 빠져들었고, 트레이시와 이혼을 고려했다. 앨리스가 없는 미래를 상상할 수 없었다. 재산을 트레이시에게 전부 넘겨주고 앨리스의 비좁은 아파트에 들어가 살아도 상관없다고 생각했다.

아직 트레이시가 눈치 채지 못한 만큼 서둘지 않기로 했다. 씀씀이가 커지면서 감당해야할 비용이 점점 늘어나고 있었지만 앨리스에게 기쁨을 줄 수 있다면 충분히 감수할 수 있었다. 점차 부담이 되는 비용을 감당하기 위해 카드의 사용한도를 크게 늘리고, 일부 저녁식사 비용은 업무 경비로 처리했다.

2013년 5월 초, 나는 오르피아 시장이 《뉴욕문학리뷰》 편집장 앞으로 보내온 편지를 받았다. 체류경비를 시에서 전부 부담할 테니 햄프턴에서 주말을 보내고, 《뉴욕문학리뷰》 6월호에 연극제에 대한 기사를 실어달라는 제안이었다. 추가로 《뉴욕문학리뷰》의 광고 세 페이지도 사주었다.

나는 평소 앨리스를 데리고 로맨틱한 장소로 여행을 떠나는 상상을 해왔다. 다만 트레이시와 아이들을 속이고 그런 짓을 벌일 엄두가 나지 않았다. 앨리스도 바다와 숲, 호수가 아름다운 오르피아에서 주말을 보내자고 하면 무척이나 마음에 들어 할 듯했다.

주말에 연극제를 취재하러 오르피아에 가야한다고 하자 트레이시가 따라가겠다고 나섰다.

"아이들은 누가 돌보고?"

"언니에게 봐달라고 하면 되잖아. 당신과 단둘이 시간을 보낸 게 언제인지 기억조차 나지 않아."

"당신도 잘 알다시피 일과 사생활은 철저히 분리해야 하는 거야. 당신과 함께 출장을 가면 편집부 식원들이 뭐라고 하겠어. 경리부에서도 비용 문제가 걸려 있으니 못마땅해 할 거야. 아마 경비로 지출한 영수증을 일일이 확인하려 들겠지."

"내가 쓰는 비용은 내 카드로 계산할게."

"괜히 일을 복잡하게 만들지 말고 다음에 좋은 기회가 있으면 함께 가는 게 좋겠어."

"이번처럼 좋은 기회가 있을까? 최고급 호텔에서 이틀간 오붓한 시간을 보낼 수 있잖아."

"여행이 아니라 출장이야."

"당신 요즘 이상해졌어. 나를 안아주지도 않고, 대화도 회피하는 느낌이 들어. 일도 전에 없이 바빠 툭하면 야근이고, 아이들에게도 소홀해. 가족들이 한자리에 모인 자리에서도 정신이 다른 곳에 가 있는 듯 멍해 보여. 도대체 무슨 일이야?"

트레이시의 불만을 듣는 동안에도 이상스레 기분이 무덤덤했다. 그저 귀찮고 성가실 뿐 일일이 대응조차 하고 싶지 않았다. 내가 하는 짓이 마음에 들지 않으면 떠나도 무방하다는 심사였다. 머릿속에서 계속 하나의 문장이 맴돌았다.

그런 내 모습을 견딜 수 없으면 이혼하자.

다음날 나는 작가 인터뷰 때문에 피츠버그에 가야한다는 핑계를 대고 플라자호텔의 객실을 예약했다. 일이 끝나자마자 앨리스를 불러내 호텔 내부에 있는 〈라 팔메라이〉에서 식사하고 나서 객실로 들어갔다. 앨리스에게 주말에 오르뫼아에 가서 멋진 시간을 보내자고 제안했다.

다음날 숙박비를 계산할 때 프런트직원이 카드를 되돌려주며 한도초과로 결제요청이 거부되었다고 했다. 별안간 뱃속이 뒤틀리며 식은땀이 났다. 그나마 앨리스를 먼저 보내 다행이었다. 나는 즉시 은행에 전화해 한도초과에 대해 문의했다.

은행 직원이 말했다.

"한도액이 1만 달러인데 이미 초과해 쓰셨습니다."

"그 은행에서 발급한 다른 카드도 있는데요?"

"플래티넘 카드는 한도액이 2만5천 달러인데 역시 한도초과입니다."

"그럼 결제계좌에 남은 돈으로 카드 사용중지를 풀어주시죠."

"이미 고객님의 계좌는 1만 달러 마이너스 상태입니다."

나는 어찌나 당황스러운지 혼이 빠져 달아날 지경이었다.

"그렇다면 내가 은행에 결제해야 할 금액이 4만5천 달러나 된단 말입니까?"

"정확히 계산하면 5만8천480달러입니다. 또 다른 신용카드에 연체금 1만 달러가 있고, 연체이자를 합산한 금액이 그렇습니다."

"왜 진작 연체 중이라는 사실을 통보해주지 않았죠?"

"은행에서 고객님들의 재정 관리를 해주지는 않습니다."

나는 그 즉시 얼간이가 되었다. 트레이시에게 예산 관리를 맡겼다면 이런 황당한 실수를 저지르지 않았을 것이다. 돈 문제는 나중에 다시 따져보기로 했다. 은행직원이 급히 지출해야 할 일이 있을 경우 카드를 하나 더 발급해줄 수도 있다고 제안했고, 나는 즉시 받아들였다. 호텔 비용은 어쩔 수 없이 법인카드로 지불할 수밖에 없었다.

제2부
수면을 향해

4장

비밀들

2014년 6월 23일 월요일 – 7월 1일 화요일

제스 로젠버그

2014년 7월 11일 금요일

연극제 개막 15일전

애나와 나는 기자회견을 앞두고 있는 시장집무실로 들어섰다. 브라운 시장이 우리에게 경계의 눈빛을 보냈다.

내가 물었다.

"커크의 연극을 개막작으로 결정했다고요?"

"매우 특별한 작품입니다."

"커크는 연극이 아니라 사기극을 벌이려는 겁니다."

별안간 집무실 문이 활짝 열리더니 커크 하비가 안으로 들어섰다. 브라운 시장이 커크와 긴히 할 얘기가 있다며 우리에게 자리를 비켜달라고 했다. 나는 커크와 말을 섞고 싶지 않아 즉시 그 제안을 받아들였다.

우리가 시장 집무실을 나설 때 메타가 안으로 들어섰다. 메타가 잠시 커크를 위아래로 훑어보고 나서 자기소개를 했다.

"나는 메타 오스트롭스키라고 합니다."

커크가 상대를 쏘아보며 말했다.

"당신이 독이 잔뜩 오른 뱀의 혓바닥을 가진 비평가라는 걸 잘 알고 있어요. 20년 전 무자비한 독설로 나를 짓밟은 기억이 생생한데 모를 리 없지요."

"당신이 무대에 올린 연극은 나도 잘 기억하고 있어요. 지루하게 이어지는 고약한 독백을 듣느라 큰 고역을 치렀으니까."

"이번에는 금세기 최고의 명작을 선보일 테니 그 입 좀 다물고 있어요."

"작품에 대한 평가는 비평가에게 맡겨야지 미리부터 명작이라고 허풍을 떨어봐야 아무런 소용이 없어요. 비평가의 말 한 마디에 작품의 가치가 결정되는 거요."

브라운 시장이 화난 얼굴로 끼어들었다.

"이제 곧 기자회견을 열 테니까 그만하세요. 메타 오스트롭스키 씨는 저와 합의한 사항이 뭔지 잘 알고 계시죠?"

"매우 비범한 작품이라더니 대본을 쓰고 연출을 맡은 사람이 지금 이 자리에 있는 커크 하비라면 전혀 기대가 되지 않네요. 왜 진작 개막작이 누구의 작품인지 말해주지 않았죠?"

커크가 끼어들었다.

"브라운 시장님, 구태의연하고 진부한 글이나 써대는 한물 간 비평가를 심사위원으로 초대한 건 명백한 실수입니다."

메타가 몹시 화가 난 듯 일갈했다.

"내가 비록 예전만은 못하지만 당신 같은 얼치기 예술가를 골로 보낼 영향력은 남아 있어."

브라운 시장이 거칠게 소리를 질렀다.

"두 분은 마치 연극제를 망치고 싶어 안달하는 사람들 같아요. 기자들에게 특종거리를 만들어주고 싶어요?"

질책을 들은 메타와 커크는 갑자기 몸을 움츠리며 신발 끝을 내려다보았다.

브라운 시장이 옷매무새를 바로잡으며 커크를 향해 물었다.

"단원들은 어디에 있습니까?"

"아직 배우들을 캐스팅하지 않았어요. 오르피아에서 캐스팅할 생각입니다."

브라운 시장이 어찌나 놀랐는지 눈이 화등잔만해졌다.

"2주 후면 개막인데 아직 배역을 정하지 않았고, 이제야 캐스팅을 하셨다는 겁니까?"

"다음 주 월요일에 오디션을 시작해 배역이 정해지면 목요일쯤에는 리허설을 열 수 있습니다."

"목요일이면 겨우 9일밖에 남지 않았는데요?"

"20년 동안 연습을 되풀이해온 작품입니다. 내 연극이 세상을 떠들썩하게 만들 겁니다."

브라운 시장이 버럭 소리를 질렀다.

"예전과는 많이 달라졌을 거라 기대했는데 여전하네요. 차라리 연극제를 취소하는 편이 낫겠어요."

커크가 주머니에서 협약서를 꺼내 브라운 시장의 눈앞에 들이댔다.

"당신이 친필 서명한 협약서야. 이제 와서 딴소리 해봐야 소용없어."

그때 시장 비서가 문을 열고 안으로 들어왔다.

"기자들이 기다리고 있습니다."

브라운 시장은 땅이 꺼져라 한숨을 내쉬었다. 이제는 뒤로 물러설 수도 없는 상황이었다.

∴

스티븐은 시청에 들어서자마자 안내데스크로 갔다. 데스크 직원에게 이름을 말하고 방문객 명부에 서명했다. 시청건물 내에는 감시카메라가 설치돼 있었고, 기자회견이 알리바이가 되어줄 수 있었다. 바로 오늘이 앨리스를 죽일 수 있는 절호의 기회였다.

그날 아침 스티븐은 집을 나설 때 트레이시에게 교외지역에서 열리는 기자회견장에 간다고 둘러댔다. 그는 앨리스를 태우기 위해 100번가로 향했다. 앨리스의 여행가방을 차 트렁크에 실었다. 앨리스는 그가 짐을 챙겨오지 않았다는 사실을 알아차리지 못했다. 그녀는 금세 졸기 시작하더니 차를 달리는 내내 그의 어깨에 기대 잠을 잤다. 앨리스가 편안하게 잠든 모습을 보자 살의가 오간 데 없이 사라졌다. 그녀가 애처로워 보이기까지 했다.

이토록 사랑스러운 앨리스를 죽일 생각을 하다니?

스티븐은 지금 그녀와 함께 있다는 사실이 기뻤다. 일이 애초의 계획대로 진행되지 않아 천만다행이었다. 그는 도로를 달리는 동안 차분하게 생각한 끝에 한 가지 결론에 도달했다. 앨리스에게 온갖 곤란한 문제들에 대해 털어놓고, 관계를 정리할 결심이었다. 마리나에 도착해 바닷가를 산책하며 이제 더는 밀회를 지속할 수 없는 이유를 설명하면 앨리스도 흔쾌히 받아들일 거라고 생각했다.

오후 늦게 뉴욕으로 돌아가면 다시 모든 일이 제자리를 찾게 될 것이다. 예전처럼 단란하고 안정적인 가정생활을 누리고 싶었다. 챔플레인 호숫가 통나무집에서의 휴가도 되찾고 싶었고, 모든 지출을 트레이시에게 맡기고 마음 편히 살고 싶었다.

오르피아에 도착할 무렵 앨리스가 잠을 깼다.

"잘 잤어?"

"어찌나 피곤한지 몸이 너덜너덜해진 느낌이야. 호텔에서 좀 더 자야겠어. 작년에 묵었던 방이 정말 마음에 들었는데 아마 312호일 거야. 그 방을 내달라고 해."

"레이크팰리스호텔에 묵자고?"

"난 그 호텔이 좋았는데 당신은 아니었어? 설마 구질구질한 모텔로 가는 건 아니지?"

스티븐은 숨이 턱 막히는 기분이었다. 그는 일단 갓길에 차를 세우고 시동을 껐다.

"앨리스, 우리 이야기 좀 할까?"

"왜 갑자기 정색하고 그래?"

"이제 우리 끝내자."

앨리스가 놀란 얼굴로 빤히 쳐다보다가 갑자기 웃음을 터뜨렸다.

"하마터면 깜박 속을 뻔했네. 농담인지도 모르고 잔뜩 겁먹었잖아."

"절대로 농담이 아냐. 난 오늘 당신과 끝내려고 여행가방도 꾸려 오지 않았어."

그제야 앨리스는 시트에서 등을 떼었다.

"갑자기 왜 그래? 나랑 헤어지고 싶다면서 함께 주말여행을 떠나자고 한 이유가 뭐야?"

"당신과 주말여행을 하고 나면 기분전환이 될 듯해 제안했는데다 부질없다는 생각이 들어. 모든 상황이 점점 힘들어지고 있는데 계속 현실을 외면한다는 건 무모하다는 결론을 내렸어."

"뭐가 힘들어지고 있다는 거야?"

"당신은 오로지 내가 사주는 선물에만 관심이 있어 보여. 요즘은 잠자리도 뜸해졌어. 지금껏 나를 충분히 이용했으니 이제 그만 끝내자."

"당신의 관심사는 오로지 나랑 자는 거야?"

"난 이미 마음을 굳혔어. 이제 그만 뉴욕으로 돌아가자."

스티븐은 다시 차의 시동을 걸었다. 그때 앨리스가 불쑥 물었다.

"트레이시의 이메일 주소가 tracy.bergdorf@lightmail.com 맞아?"

"트레이시의 이메일 주소를 어떻게 알았지?"

"그건 알 필요 없고, 나는 트레이시가 우리 사이에 대해 알아야 할 권리가 있다고 생각해. 트레이시뿐만 아니라 세상 사람들 모두가 알아야 해."

"그래봐야 당신만 구질구질해질 뿐이야. 내가 모든 사실을 부인하면 그만이야. 당신이 뭘 증명할 수 있지?"

"경찰서를 찾아가 당신이 내 페이스북에 남겨놓은 메시지들을 보여줄 거야. 그 메시지들을 보고 나면 누구나 당신이 나를 유혹하기 위해 얼마나 애썼는지 자연스럽게 알게 될 테니까. 당신이 나를 플라자호텔로 유인해 술을 잔뜩 먹이고 객실로 데려가 농락한 사실에 대해서도 말할 거야. 나는 직장 상사인 당신의 보복이 두려워 입을 꾹 다물고 지낼 수밖에 없었어. 당신이 수하 직원이었던 스테파니를 어떤 식으로 농락했는지에 대해서도 증언할 거야. 스테파니와 나는 공동세입자였고, 당신이 그녀에게 저지른 짓을 어느 누구보다 잘 알기에 겁을 집어먹을 수밖에 없었다고 해야겠지. 경찰이나 세상 사람들이 누구의 말을 더 믿어줄까?"

"난 스테파니를 농락한 적 없어."

"스테파니가 관계를 끝내자고 하자 당신이 내쫓았어."

"스테파니를 해고한 건 당신 때문이었어."

"경찰이 직장상사였던 당신 말을 믿어줄까, 아니면 공동세입자였던 내 말을 믿어줄까?"

스티븐은 꼼짝없이 함정에 빠져들었다는 걸 알 수 있었다.

앨리스가 마치 부하직원을 격려하듯 그의 어깨를 툭툭 치더니 귓속말로 속삭였다.

"나를 레이크팰리스호텔 312호실로 데려가줘. 당신이 약속한 대로 나에게 황홀한 주말을 보내게 해주면 당분간 경찰서 방문은 미뤄둘게."

스티븐은 레이크팰리스호텔로 차를 운전해갔다. 312호실은 스위트룸이라서 하룻밤 숙박비만 해도 9백 달러였다. 앨리스가 방에 들어가자마자 다시 잠에 빠져들어 그녀를 내버려두고 시청으로 갔다. 연극세 관련 기자회견을 취재한 증거를 남겨두면 경리부에서 법인카드 사용내역에 대해 묻더라도 업무상 지출로 처리할 수 있었다. 만약 경찰에 출두했을 때 알리바이로도 활용 가능했다. 취재를 위해 오르피아에 왔고, 앨리스는 와있는지 전혀 몰랐다고 둘러댈 생각이었다.

스티븐은 시청 복도를 가로질러 기자회견장을 향해 걸어가면서 생각을 정리했다. 그가 앨리스와 레이크팰리스호텔에 함께 도착하는 모습을 본 호텔직원들이 문제였다. 결국 기자회견을 이용해 알리바이를 만들려던 생각을 접을 수밖에 없었다.

스티븐은 깊은 생각에 빠져 있다가 기자회견 안내를 맡은 시청직원이 손짓해 부르는 바람에 현실로 돌아왔다. 시청직원은 사람들이 가득 들어찬 실내로 그를 안내했다. 브라운 시장이 발표문을 낭독하고 있었다. 내용을 들어보니 발표문의 끝부분인 듯했다.

"…이러한 이유로 커크 하비의 《다크 나이트》를 오르피아 연극제의 첫 번째 무대를 장식할 개막작으로 선정했다는 사실을 알려드리는 바입니다."

스티븐은 자리에 앉아 주변을 둘러보다가 깜짝 놀랐다. 왼쪽에 메타가, 오른쪽에 커크가 앉아 있었다. 커크는 오르피아에 있을 당시 경찰서장을 지냈다. 커크가 마이크를 넘겨받더니 기자들 앞에 섰다.

"《다크 나이트》라는 작품을 준비해온 세월이 무려 20년입니다.

이제 비로소 제가 평생을 바친 역작을 선보일 수 있게 되어 감격스럽기 그지없습니다. 《다크 나이트》를 격찬한 비평가들이 여럿 계시지만 오늘은 특별히 메타 오스트롭스키 씨를 이 자리에 모셔서 작품에 대한 평을 들어보겠습니다."

카메라 기자들이 일제히 셔터를 누르자 메타가 고개를 몇 번 끄덕였다.

"《다크 나이트》는 매우 독창적인 연극입니다. 여러분도 잘 아시다시피 저는 칭찬에 인색한 사람이지만 《다크 나이트》는 예외로 할 수밖에 없군요. 《다크 나이트》는 그야말로 연극계의 부흥을 이끌 최고 수준의 작품입니다."

커크가 다시 마이크를 잡고 말을 이어갔다. 그는 스타 대접에 한껏 달아오른 모습이었다.

"저는 《다크 나이트》에 나올 배우들을 현지 오디션을 통해 선발할 계획입니다. 아마도 연극사상 처음 시도하는 방식일 겁니다. 브로드웨이나 할리우드에서 활동하는 최고의 배우들이 아니라 현지에서 선발된 배우들이 무대에서 어떤 연기를 펼치는지 지켜봐주시기 바랍니다."

마이클이 자리에서 일어나 말했다.

"직업 배우가 아니라 아마추어 배우들 위주로 연극을 만들겠다는 겁니까? 공연을 며칠 앞두고 현장에서 선발한 아마추어 배우들과 무명 연출가의 작품이라니. 브라운 시장님이 획기적인 연극공연을 준비한 게 맞네요."

장내에서 수군거리는 소리가 들려왔다.

브라운 시장이 나서서 분위기를 추슬렀다.

"커크 하비 씨가 공언한 대로 매우 특별한 퍼포먼스를 선보이게 될 테니 개막공연을 꼭 보세요."

마이클이 다시 일어서서 말했다.

"커크 하비 씨는 지난 20년 동안 단 한 편의 작품도 무대에 올린 적이 없는 연출가입니다. 제가 보기에는 재선을 노리는 브라운 시장님이 연극제가 고사될 위기에 처하자 무리수를 두는 게 분명해요."

커크가 단단히 화난 목소리로 말했다.

"내 작품을 통해 1994년에 벌어진 4인 살인사건의 전모를 밝힐 겁니다. 브라운 시장님이 내 작품을 개막공연으로 선택해준 덕분에 여러분은 지난 20년 동안 어둠의 장막 뒤에 감춰져 있던 진실을 볼 수 있게 되었습니다."

커크의 말이 기자석을 술렁거리게 했다.

브라운 시장이 다시 나섰다.

"커크 하비 씨와 저는 개막공연을 마치기 전까지 내용에 대해 철저히 함구하기로 약속했습니다. 개막공연을 마치고 나서 1994년 4인 살인사건과 관련해 취득한 모든 정보와 자료를 경찰에 넘기기로 했습니다."

커크가 브라운 시장에 이어 말했다.

"개막공연에서 전모를 밝힐 테니 많이 보러 와주세요."

브라운 시장이 커크의 말을 다시 한 번 더 반복했다.

"커크 하비 씨가 어둠의 심연 속에 묻혀 있던 진실을 밝히는 자리에 부디 많은 분들이 오셔서 응원해주길 바랍니다."

기자석은 일순 침묵에 빠져들었다. 모두들 크게 놀란 표정이었다. 잠시 후, 특종 냄새를 맡은 기자들이 바삐 움직이기 시작했다.

∴

애나와 데렉이 오르피아경찰서 사무실에 비디오플레이어를 설치해두고 나를 기다리고 있었다.

애나가 말했다.

"버즈 레너드가 1994년 연극제 개막공연을 담은 비디오테이프를 제공했어요."

내가 말했다.

"그를 찾아간 보람이 있었네요."

데렉이 마그네틱보드를 바라보았다. 지금껏 우리가 확보한 수사 정보가 빼곡하게 기록되어 있었다.

"고든 시장의 계좌에 입금된 돈은 테드가 제공한 게 아니라 건설업자들로부터 받은 뇌물이었어. 그럼 테드가 계좌에서 인출한 거액의 돈은 어디로 갔을까?"

"우리는 고든 시장 일가족이 살해될 당시 밴이 자택 근처에 세워져 있었다는 사실을 확인했을 뿐 테드가 직접 차를 운행했는지 여부는 밝혀내지 못했어. 범행이 벌어지던 시각에 테드가 대극장에 있었는지 버즈 레너드에게 물어봤어?"

"버즈 레너드는 그 시각에 테드가 대극장에 없었다고 확신했어. 30분 동안 행방이 묘연했던 사람은 테드뿐만이 아니야. 샬롯 역시 30분 동안 자리를 비웠어."

"커크의 애인이었다가 브라운 시장과 결혼한 그 여자 말이야?"

"샬롯이 사라졌던 저녁 7시 이전부터 7시 30분까지는 살인사건이 벌어졌던 시간대와 정확하게 일치해. 샬롯이 대극장으로 돌아왔을 때 신고 있는 구두가 물에 흠뻑 젖어들어 있었다는 점도 수상해."

"그 당시 고든 시장 집의 스프링클러 노즐이 부러져 잔디밭이 물

바다가 되었던 것과 연관이 있다는 거야?"

"바로 그거야."

우리는 벽에 붙여놓은 스테파니의 조사 자료들을 바라보았다. 자료들을 보던 내 눈길이 《오피아크로니클》지 1면 기사에 멎었다. 기사와 함께 고든 시장의 자택을 배경으로 데렉과 내가 메간의 시신을 바라보는 사진이 실려 있었다. 우리 바로 뒤에 서 있는 하비 서장과 브라운 부시장의 모습이 보였다. 나는 두 사람이 서로 마주보고 있는 모습을 꼼꼼히 훑어보았다. 브라운 부시장의 독특한 손 모양이 눈에 들어왔다. 마치 손가락으로 3이라는 숫자를 표현하고 있는 듯했다.

3이라는 숫자를 누구에게 내보인 걸까? 커크에게?

사진 아래쪽에 스테파니가 적어놓은 글자가 눈에 들어왔다.

'아무도 보지 못한 것.'

나는 데렉에게 물었다.

"앨런과 커크의 삶에서 서로 겹치는 부분이 있다면 무엇일까?"

"샬롯?"

"그래, 샬롯. 범인이 여자일 가능성은 없을까? 1994년에 우리가 보지 못하고 지나친 부분이 바로 그것일까?"

우리는 버즈 레너드가 준 비디오테이프를 보았다. 화질이 좋지 않은 데다가 카메라가 무대를 향하고 있어 객석 전체를 볼 수는 없었다. 다만 한 대목이 우리의 눈길을 끌었다. 브라운 부시장이 당황한 표정으로 무대에 올라가 마이크 앞에 선 장면이었다. 그는 잠시 머뭇거리다가 주머니에서 메모지를 꺼내 펼쳤다. 고든 시장이 불참하는 바람에 급히 적어온 개막 축하 인사말이라는 걸 짐작으로 알 수 있었다.

앨런이 손에 들고 있는 메모지를 참고해가며 축하 인사말을 시작했다.

'신사 숙녀 여러분, 오늘밤 갑자기 사정이 생겨 참석할 수 없게 된 조셉 고든 시장님을 대신해 부시장인 제가 인사를 드리게 된 점 널리 양해해주시기 바랍니다. 먼저 오르피아를 찾아주신 여러분들을 열렬히 환영하며 깊은 감사 인사를⋯⋯.'

그때 애나가 별안간 소리쳤다.

"잠깐 화면을 멈춰보세요."

데렉이 정지버튼을 눌렀다.

브라운 부시장이 메모지를 손에 들고 멈춰 선 장면이었다. 애나가 의자에서 일어서더니 벽에 붙어 있는 사진 한 장을 가져왔다. 이삿짐보관창고에서 찾아낸 사진이었다. 그 사진 속 장면과 정지 화면이 정확하게 일치했다. 브라운 부시장이 마이크 앞에 서 있었고, 스테파니가 사진 위에 붉은색 사인펜으로 동그라미를 쳐놓은 메모지가 그의 손에 들려 있었다.

애나가 말했다.

"이 사진은 공연녹화영상에서 캡처한 거예요."

내가 말을 받았다.

"그렇다면 스테파니도 비디오테이프를 보았다는 말이네. 누가 스테파니에게 비디오테이프를 보여주었을까?"

데렉이 나지막이 중얼거렸다.

"스테파니는 세상에 없지만 계속 우리보다 한 걸음 앞서가고 있어. 그녀는 무엇 때문에 메모지 위에 동그라미를 쳐놓았을까?"

우리는 브라운 부시장의 개막 인사 장면을 계속 이어서 재생해보았지만 딱히 흥미로운 부분은 없었다. 스테파니가 동그라미를 쳐놓은 건 브라운 부시장의 인사말 때문이었을까, 아니면 그 메모지에 뭔가가 적혀 있었기 때문일까?

∴

메타는 벤남로드를 따라 걷고 있었다. 스테파니와 통화하려고 해봤지만 전화기가 꺼져있었다.

전화번호를 바꿨나? 왜 전화를 받지 않지?

메타는 직접 스테파니를 찾아가보기로 결심하고 계속 걸은 끝에 마침내 그녀의 집 앞에 도착했다. 그는 깜짝 놀라 걸음을 멈췄다. 그녀의 집에 불이 났고, 경찰이 폴리스라인을 설치하고 출입을 통제하고 있었다.

마침 경찰차 한 대가 거리를 따라 천천히 거슬러 올라왔다. 그는 경찰차를 향해 손을 흔들었다. 운전대를 잡은 재스퍼가 차를 멈춰 세우고 창문을 내리더니 메타에게 물었다.

"무슨 문제라도 있습니까?"

"이 집에 불이 났었습니까?"

"네, 보시다시피."

"이 집에 살던 스테파니 메일러는 어떻게 되었죠?"

"스테파니는 살해당했어요. 어디서 오신 분이죠?"

메타는 순간적으로 말문이 막히며 멍하니 서 있었다.

재스퍼가 차창을 올리고 다시 출발하려는 순간 무전기가 울렸다. 마리나 주차장에서 남녀 커플이 싸우고 있다는 신고가 접수되었다. 재스퍼는 가장 가까운 위치라 즉시 현장으로 출동하겠다고 보고하고, 경광등과 사이렌을 켰다.

재스퍼가 현장에 도착했을 때 주차장 한복판에 검은색 포르쉐 한 대가 서 있었다. 포르쉐의 양쪽 문이 활짝 열려 있었고, 젊은 여자가 방파제를 향해 달려가는 모습이 눈에 들어왔다. 덩치 큰 남자가 젊은 여자를 추격하고 있었다. 경찰차의 사이렌 소리가 메아리치자 놀란 갈매기들이 마리나 위로 날아올랐다. 쫓고 쫓기던 남녀도 그 자리에 멈춰 섰다.

재스퍼가 남자에게 말했다.

"마리나 주차장에서 싸우는 커플이 있다는 신고를 받고 출동했습니다."

"저 아이는 내 딸입니다."

재스퍼가 젊은 여자에게 물었다.

"이 분이 아버지 맞아요?"

"인정하고 싶지는 않지만 아빠가 맞아요."

"어디서 오셨죠?"

제리가 대답했다.

"맨해튼."

재스퍼가 두 사람의 신분증을 건네받아 살펴보다가 다코타에게 물었다.

"아버지와 딸 사이라면서 왜 도망치려고 했죠? 혹시 당신 아버지가 폭력을 행사했습니까?"

제리가 버럭 화를 내며 항의했다.

"내가 딸에게 폭력을 행사할 사람처럼 보여요?"

재스퍼가 냉랭하게 대꾸했다.

"당신한테 물은 게 아닙니다,"

젊은 여자가 울면서 대답했다.

"아빠는 저를 때리지는 않았어요."

"그럼 왜 도망쳤는데요?"

"설명하자면 길어요."

재스퍼는 그쯤에서 조사를 포기하고 두 사람을 돌려보냈다.

제리가 포르쉐 문을 거칠게 닫았다. 차는 요란한 타이어 마찰음을 내며 주차상을 빠져나갔다.

잠시 후, 제리와 다코타는 레이크펠리스호텔에 도착했다. 벨보이가 그들의 짐을 스위트룸인 308호실로 옮겨주었다.

그 옆 310호실에서는 메타가 손에 사진을 들고 침대에 걸터앉아 있었다. 사진 속 여자가 환하게 미소 짓고 있었다. 메타는 한동안 사진을 응시하다가 이윽고 소리 내어 중얼거렸다.

"메간, 누가 당신에게 그런 몹쓸 짓을 저질렀을지? 내가 반드시 범인이 누군지 밝혀낼 거야."

312호실에서는 앨리스가 욕조에 몸을 담그고 있었다.

스티븐은 골똘히 생각에 잠겨 있었다. 그는 오르피아에 며칠 더 머물기로 했다. 단지 연극제 개막작이 관심을 불러일으켰기 때문만은 아니었다. 오르피아에서 며칠 더 머무르며 앨리스를 어떻게 처리할지 구상하기로 했다.

스티븐은 조용한 장소에서 통화하기 위해 테라스로 나갔다. 통화상대는 《뉴욕문학리뷰》 부편집장 스킵이었다.

"스킵, 나는 며칠간 더 자리를 비워야겠어."

스티븐은 조금 전 있었던 기자회견 내용을 스킵에게 자세히 설명해주었다.

"오르피아 경찰서장을 지낸 커크 하비가 연출자가 되어 나타나더니 연극을 통해 20년 전 범죄사건의 진상을 밝히겠다는 거야. 그는 당시 수사가 잘못되었고, 범인이 따로 있다고 주장하고 있어. 당분간 오르피아에서 지내며 커크의 작품이 20년 전에 벌어진 4인 살인사건과 어떤 연관성이 있는지 취재해야겠어. 매우 흥미로운 기사가 될 거야."

스티븐은 통화를 마치고 나서 트레이시에게 전화해 똑같은 내용으로 통화했다. 한동안 오르피아에 머물기로 했기 때문에 집에 돌아갈 수 없다고 양해를 구했다.

트레이시는 다 듣고 나서도 잠시 아무런 대답이 없더니 이윽고 걱정스러운 목소리로 물었다.

"스티븐, 당신 혹시 무슨 일 있는 건 아니지?"

"방금 전에 설명했듯 《뉴욕문학리뷰》의 매출을 증대시킬 수 있는 절호의 기회야. 당신도 우리 잡지의 판매부수가 급격히 떨어지고 있다는 걸 알잖아."

"뭔가 잘못되어가는 게 분명해. 은행에서 전화가 왔었는데 당신 계좌가 적자상태라고 했어."

트레이시의 목소리가 아직은 차분한 것으로 보아 가족계좌 역시 잔고가 바닥났다는 사실을 눈치 채지 못한 게 분명했다. 시간문제일 뿐 아마도 오래지 않아 그 사실을 눈치 챌 게 뻔했다.

"그동안 지출이 많았어. 이제 곧 안정될 테니까 걱정 마."

"당신이 하는 일이 잘되었으면 좋겠어."

"잘될 거야."

스티븐은 이번 기회를 이용해 무슨 방법을 쓰든 앨리스 문제를 해결하기로 결심했다. 서둘기보다는 여유를 갖고 앨리스를 설득할 생각이었다. 그는 앨리스를 죽이지 않고도 모든 걸 제자리로 돌려놓을 수 있기를 바랐다.

스티븐 버그도프

2013년 5월, 앨리스와 함께 보낸 주말은 더없이 황홀했다. 그 무렵에는 몸과 감정이 모두 후끈 달아올라 있어 즐거운 기분으로 《뉴욕문학리뷰》에 게재할 기사를 써냈다. 나는 기사에서 오르피아 연극제를 '가장 작은 대축제'로 소개하며 독자들이 한 번 꼭 봐주기를 바랐다.

8월에는 잠시 가족들과 함께 챔플레인 호숫가의 통나무집으로 휴가를 떠났다. 차에서 쉴 새 없이 재잘대는 아이들과 달리 트레이시는 못마땅한 일이 있는 듯 계속 뾰로통해 있었다. 우리는 정체 현상을 빚고 있는 도로를 무려 세 시간이나 달려 통나무집에 도착했다. 거실 한가운데에서 죽어 있는 다람쥐가 가장 먼저 우리를 맞이했다. 필시 굴뚝을 통해 집안으로 들어온 녀석은 TV케이블과 의자다리를 갉아놓는가 하면 카펫 위에 똥을 잔뜩 싸놓고 죽음을 맞이했다. 다람쥐의 사체에서 풍기는 끔찍한 냄새가 집안 가득 배어 있었다.

우리 가족은 무려 세 시간에 걸쳐 대청소를 했다. 트레이시가 카펫에 엎드려 다람쥐 똥을 닦아내며 짜증을 냈다.

"그렇게 오르피아로 갔더라면 좋았잖아."

트레이시가 구시렁거리는 소리를 들으며 혹시 뭔가 냄새를 맡은 건 아닌지 은근히 걱정되었다. 트레이시가 원한다면 언제든지 이혼을 받아들일 용의가 있었지만 속이 뜨끔했다. 사실 나는 지금 이대로가 좋았다. 트레이시와 이혼하고 앨리스와 함께 지내게 될 경우 아이들 양육 문제를 비롯해 재산 분할 문제, 주택 문제 따위로 골치를 썩일 생각을 하니 끔찍하기 그지없었다.

이따금 내가 너무 비겁하다는 자책감이 일기도 했다. 남자들은 다들 그랬다. 신이 남자에게 불알 두 쪽을 달아준 건 그게 원래 남자에게는 없기 때문이다('신이 여자를 빚을 때 불알을 달아주지 않은 건 여자가 이미 그걸 지니고 있기 때문이다.'의 대구이다. : 옮긴이).

통나무집 휴가는 내게 일종의 지옥이었다. 매일이다시피 산책을 다녀오겠다며 집밖으로 나왔다. 앨리스에게 전화를 걸기 위해 15분가량 숲으로 걸어 들어갔다. 개울가 그루터기에 앉아 앨리스와 한 시간 넘게 통화했다. 그 이상 시간이 길어지면 의심을 사게 될지도 모르니까 통화를 마쳐야 한다는 게 아쉬웠다.

나는 《뉴욕문학리뷰》에 급한 일이 생겼다는 핑계를 대고 가족들보다 하루 일찍 버스를 타고 뉴욕으로 돌아왔다. 그날 나는 앨리스의 집에서 잠을 잤다. 함께 피자를 먹고 네 번이나 침대에서 뒹굴고 나서야 우리는 잠들었다. 자정 무렵 목이 말라 팬티와 티셔츠만 꿰어 입고 방을 나왔다. 물을 마시러 주방에 갔다가 앨리스와 집을 함께 사용하는 공동세입자와 처음으로 맞닥뜨렸다. 그때까지 나는 앨리스와 같은 집에 사는 사람이 스테파니 메일러라는 사실을 전혀 모르고 있었기에 기겁하듯 놀랐다.

"스테파니?"

스테파니도 나만큼이나 놀란 눈치였다.

"스티븐, 여긴 웬일이세요?"

스테파니는 우스꽝스러운 내 차림새를 힐끗 보고나서야 사태를 짐작한 듯 표정이 묘해졌다.

"당신이 앨리스와 집을 같이 사용하는지 몰랐어."

"저도 앨리스가 남자친구를 데려온 건 알고 있었어요. 벽이 얇아 그 방에서 나는 소리가 다 들리거든요. 그 소리의 주인공이 편집장님인 줄은 미처 몰랐죠."

나는 몹시 당황해 얼굴이 붉게 달아올랐다.

스테파니가 주방에서 나가면서 말했다.

"서랑 아무런 상관도 없는 일이니까 입을 꾹 다물고 있을게요."

스테파니는 지적이고 품위 있는 여자였고, 다음날 편집실에서 마주쳤을 때 아무런 내색도 하지 않았다.

앨리스가 사무실에 왔을 때 나는 소리가 바깥으로 새어나가지 않도록 문을 닫고 말했다.

"진작 스테파니가 공동 세입자라는 말을 했어야지."

"그런다고 뭐가 달라지는데?"

"당연히 그 집에 가지 않았겠지. 사람들이 우리 사이를 눈치 채면 어쩌려고 그래?"

"사람들이 우리 사이를 알게 될까봐 겁나? 당신은 내가 부끄러워?"

"난 처자식이 있는 유부남이고 당신의 직장상사야. 구설수에 오르내리기 딱 좋은 구도야."

"매사를 너무 심각하게 볼 필요는 없어."

"아무튼 당신 집은 곤란하니까 앞으로는 다른 곳에서 만나."

지난 5개월 간 순탄하게 이어져온 관계가 흔들리기 시작했다.

"당신이 그리 대단한 사람이야? 왜 내 의사는 묻지도 않고 당신 맘대로 결정하지? 배포 있는 남자라고 생각했는데 착각이었어. 당신의 불알 두 쪽은 이미 형편없이 쪼그라들어 보이지도 않아."

앨리스는 보름간의 연차를 전부 포함시킨 휴가를 신청했다. 그녀는 열흘간 내 전화를 받지 않았다. 그 일을 계기로 나는 지금껏 크게 착각하고 있었다는 걸 깨달았다. 우리 둘 사이에서 명령권자는 내가 아니라 앨리스였다. 그녀는 나를 손 안에 꽉 움켜쥐고 있었고, 마음대로 조종했다.

트레이시가 심상치 않은 낌새를 챈 듯 내게 물었다.

"뭔가 걱정거리라도 있어?"

"아니, 그냥 일이 많아서 힘들 뿐이야."

앨리스가 우리 관계를 폭로할까 봐 걱정스러웠다. 한 달 전만 해도 앨리스와 함께 할 수 있다면 뭐든 버릴 수 있을 거라 생각했는데 지금은 아니었다. 혹시라도 소중한 가족과 직장을 한꺼번에 잃게 될까봐 걱정이 이만저만이 아니었다.

퇴근 후 모처럼 앨리스의 집을 찾아갔다. 우리 사이가 퍼져나가지 않도록 조심하라는 다짐을 받기 위해서였는지, 아니면 그녀가 보고 싶어서였는지 잘 모르겠다. 7시에 도착해 인터폰을 눌렀는데 대답이 없었다. 앨리스가 돌아올 때까지 계단에 앉아 기다리기로 했다. 그녀는 무려 세 시간이나 지나서야 돌아왔다. 가죽바지와 하이힐 차림이었고, 스테파니와 함께였다.

나는 계단에서 몸을 일으켰고, 스테파니는 반갑게 인사를 건네고 나서 곧장 집으로 향했다. 앨리스와 나만 남았다.

"연락도 없이 찾아온 용건이 뭐야?"

"당신에게 사과하려고 왔어."

나는 전혀 예기치 않게 바닥에 무릎을 꿇었다.

앨리스가 짐짓 감동한 얼굴로 나를 일으켜주더니 입술에 가볍게 키스하고 나서 집으로 데리고 들어갔다. 우리는 침실로 들어가자마자 서로의 옷을 벗기기 시작했다. 그녀가 손톱으로 내 어깨를 할퀴며 말했다.

"당신을 사랑하지만 선물을 받아야 용서해줄 수 있어. 내일 오후 5시에 플라자호텔로 와."

다음날 오후 5시, 플라자호텔 바에서 샴페인을 마시기 전 나는 앨리스에게 다이아몬드 팔찌를 선물했다. 구입비용은 트레이시와 내가 아이들의 학자금을 준비하기 위해 적금 형식으로 모으고 있는 세좌에서 인출했다. 조만간 돈을 다시 채워 넣으면 들키지 않을 거라 생각했다.

앨리스는 샴페인 잔을 들어 올려 단숨에 마시고 나서 자리에서 일어섰다.

"어디 가려고?"

"친구들과 약속이 있어. 내일 사무실에서 만나."

"객실을 예약해두었어."

내 목소리는 거의 신음에 가까웠다.

"혼자 방에서 푹 쉬다가 가면 되겠네."

앨리스는 떠났고, 나는 예약을 취소할 시간을 넘긴 탓에 혼자 객실로 들어갔다. 저녁 내내 햄버거를 꾸역꾸역 목구멍으로 밀어 넘기며 TV를 보았다.

앨리스는 나를 꼼짝 못하게 옭아맸다. 언제나 마음 내키는 대로였고, 내가 받아들이지 않으면 우리 관계를 폭로하겠다고 협박했다. 간혹 병 주고 약 주듯 나를 부드럽게 대해주는 날도 있었다. 무엇보다 내 성적 욕망을 받아주는 경우가 드물어져 견디기 힘들었다. 앨리스가 나를 좌지우지하는 지배력의 원천은 섹스였다.

2013년 9월이 지날 무렵 나는 앨리스가 금전적인 동기로 나를 만나온 건 아니라는 사실을 깨달았다. 나는 네 번째 카드를 만들고, 가끔 어쩔 수 없이 법인카드를 쓰고, 아이들 학자금을 마련하기 위해 개설해둔 계좌에서 돈을 빼내 쓰면서까지 선물을 사다 바쳤지만 사실 난 그리 돈 많은 남자는 아니었다. 만약 돈 많은 남자가 목표였다면 앨리스는 나를 굳이 타깃으로 삼지 않았을 것이다. 맨해튼에만 해도 나보다 돈 많은 남자는 부지기수로 널려 있었으니까.

앨리스는 작가가 되고 싶어 했고, 내가 다리를 놓아줄 거라 기대하고 있었다. 뉴욕의 차세대 인기작가가 되는 게 앨리스의 인생목표였다. 2013년 9월 14일, 토요일 아침에 모처럼 가족들과 마트에서 장을 보고 있을 때 앨리스로부터 전화가 왔다. 나는 그녀와 통화하기 위해 잠시 걸음을 늦추었다.

앨리스가 전화기에 대고 악을 써댔다.

"당신이 그 여자 이름을 표지에 올렸어?"

"무슨 말이야?"

앨리스는 《뉴욕문학리뷰》 가을호 표지를 말하고 있었다. 나는 스테파니가 쓴 평론을 높이 평가해 그녀의 이름과 평론 제목을 표지에 넣었다.

"스테파니가 쓴 평론은 표지에 넣을 만큼 가치가 있었어."

"가만두지 않겠어. 지금 어디야? 당장 만나."

나는 앨리스의 집 근처 카페로 가겠다고 하고 전화를 끊었다. 그날 오후, 나는 프랑스 산 스카프를 사들고 약속장소로 갔다.

앨리스는 스카프를 내 얼굴을 향해 집어던졌다.

"스테파니 이름을 표지에 넣어주면서 나에게는 뭘 해주었지? 나는 여전히 우편물이나 챙기는 심부름꾼 노릇이나 하고 있잖아."

"표지에 이름이 실리려면 글을 써야 하는 거야."

"당신도 내가 블로그에 올린 글을 보고 좋다고 칭찬했잖아. 내가 블로그에 올린 글을 몇 개 골라 《뉴욕문학리뷰》에 실어주는 게 그리 어려운 일이야?"

"잡지에 실을 글을 내 마음대로 선택할 권한은 없어. 반드시 편집회의를 거쳐야 하는 일이야."

앨리스는 더 이상 할 말이 없다는 듯 몸을 일으켰다. 나는 그녀를 다시 앉히려고 팔을 잡았다. 그러자 그녀가 손톱을 세워 내 팔을 할퀴며 말했다.

"내 말 똑똑히 들어. 월요일 아침에 스테파니를 해고해. 내 말을 듣지 않으면 우리 관계를 까발릴 거야."

그때 내가 스테파니를 해고하지 않았다면 앨리스가 나를 경찰에 고발하고, 우리 관계를 폭로해 나를 파렴치한으로 몰아갔을 테지만 내가 저지른 잘못에 대해 얼마간 대가를 치르고 적당히 마무리되었을 것이다. 그 당시 나는 또다시 비겁한 선택을 했다. 스테파니를 《뉴욕문학리뷰》에서 해고한 것이다.

스테파니는 짐을 챙겨 떠나기 전 내 사무실에 들렀다.

"나름 최선을 다해 일했는데 해고 결정이 내려진 이유가 뭐죠?"

"미안해. 예산을 대폭 축소해야 할 만큼 재정 형편이 어려워."

"앨리스가 뒤에서 조종했다는 걸 알지만 아무에게도 이야기하지 않을게요. 편집장님을 궁지로 몰아넣을 생각은 없어요."

스테파니가 짐을 싸 떠나자 앨리스는 크게 흡족해하며 소설 쓰기에 매달렸다. 2013년 12월 크리스마스 때 나는 1천5백 달러짜리 펜던트를 사서 앨리스에게 선물했고, 트레이시에게는 150달러짜리 모조보석 장신구를 선물했다. 트레이시는 남국의 태양 아래서 가족들 모두가 일주일 동안 휴가여행을 즐길 수 있는 선물을 마련해 팸플릿과 함께 꺼내놓았다.

"그동안 돈을 아껴 쓰느라 아무것도 하지 못하고 지냈잖아. 새해

벽두를 카리브 해에서 보내려고 월급을 아껴 여행할 돈을 모았어."

하루 세 끼 식사와 숙박비가 포함된 자메이카의 중급 호텔이 우리 가족이 일주일 동안 머물 장소였다. 수질이 별로 좋지 않은 수영장과 저급한 뷔페 식사를 제공하는 호텔이었다. 나는 자메이카 해안의 후 덥지근한 열기와 작열하는 태양을 피해 야자나무 그늘 아래에서 칵테일을 홀짝거리면서도 더할 수 없이 행복했다. 앨리스와 모든 근심으로부터 떨어져 지내자니 마음이 너무나 홀가분했다. 오랫동안 잊고 지낸 마음의 평화를 누렸고, 휴가를 마치고 돌아가면 뉴욕을 떠나는 걸 심각하게 고려해볼 생각이었다. 처음부터 다시 시작하고 싶었고, 나를 스스로 옭아매는 실수를 다시는 저지르고 싶지 않았다.

나는 내 구상을 털어놓으며 트레이시에게 물었다.

"당신은 뉴욕을 떠나고 싶지 않아?"

"당신이 왜 뉴욕을 떠나고 싶어 하는지 이유를 모르겠어."

"난 작은 도시에 가서 살고 싶어. 매일이다시피 바쁘고 복잡한 일에 부대끼느라 시간을 허비할 필요가 없는 곳 말이야."

"무슨 생뚱맞은 소리야. 뉴욕에 살면 불편한 점이 많긴 하지만 다양한 문화적 혜택을 누릴 수 있어. 아이들 교육을 위해서라도 당분간 뉴욕에 사는 게 좋아."

뉴욕에서 나고 자란 사람들이 대부분 그렇듯 트레이시 역시 다른 곳에서의 삶은 생각하고 있지 않았다. 작은 도시로 떠나 새로운 삶을 시작하려던 내 구상은 결국 시작해보지도 못하고 무산되었다.

∴

2014년 6월, 아이들 학자금을 위해 돈을 모아두었던 계좌도 바닥났다. 은행에서 텅 빈 계좌를 그대로 열어둘 수 없다는 방침을 통보해왔다. 나는 트레이시가 은행에서 온 전화를 받지 않도록 하느라 진땀을 흘렸다. 어쩔 수 없이 소액이나마 송금해 급한 불은 껐다. 상황이 절박하다보니 잠을 이룰 수 없었고, 잠이 들어도 끔찍한 악몽에 시달렸다.

앨리스가 처음 쓴 소설을 보여주며 솔직하게 평가해 달라고 했다. 도무지 무슨 이야기를 하는 건지 알 수 없는 소설이었다. 아무리 읽어봐도 쓰레기에 불과했지만 솔직한 의견을 제시하지 못하고, 처음 쓴 소설치고는 매우 훌륭하다는 말로 얼버무렸다.

우리는 소호의 식당에서 샴페인 잔을 부딪쳤다.

"당신이 내 소설을 호의적으로 평가해줘서 기뻐. 듣기 좋으라고 한 말은 아니지?"

"그럴 리가 없잖아."

"사실은 문학 에이전트 세 사람에게 소설을 보내봤는데 전부 거절당해서 걱정이 많았어."

"실망할 필요 없어. 처음에는 다들 에이전트나 출판사들로부터 문전박대를 당하는 법이야."

"그러니까 당신의 도움이 필요해. 메타 오스트롭스키에게 부탁해서 내 소설에 대한 리뷰를 쓰게 해줘."

나는 머릿속이 아득해질 만큼 불안감을 느끼며 되물었다.

"메타에게 리뷰를 쓰게 하자고?"

"메타가 호의적인 리뷰를 써주면 에이전트와 출판사들도 큰 관심을 보일 거야."

"메타는 냉정하게 혹평을 가할 수도 있어."

"당신이 그가 호평하는 글을 쓰도록 유도해야지."

"메타는 비평가야. 내가 원하는 대로 글을 쓰게 할 수는 없어."

"아니, 당신은 할 수 있어. 메타가 내 소설에 대해 열렬히 칭찬하는 글을 쓰게 만들어야 해."

나는 앨리스의 소설을 메타에게 보내고, 6월 30일에 내 사무실에서 만나 얘기하기로 했다. 메타가 내 사무실에 들어오기 직전 앨리스는 캐비닛 안에 몸을 숨겼다.

메타는 자리에 앉기 무섭게 앨리스의 소설에 대해 신랄한 혹평을 가했다.

"스티븐, 혹시 내게 악감정이 있어요? 왜 내게 함량미달의 졸작을 읽어보라고 한 거요?"

"나도 읽어봤지만 그 정도로 졸작은 아닌데요."

나는 그렇게 말하는 동안 얼굴이 후끈거렸다.

"솔직히 말해 봐요. 당신이 쓴 소설이죠?"

"아닌데요."

메타는 내 말을 믿지 못하겠다는 듯 고개를 절레절레 저었다.

"스티븐, 당신을 친구라 생각하고 말할게요. 괜히 돌려 말했다가는 헛된 희망을 품을 수도 있으니까. 이 소설은 한 마디로 쓰레기요. 차라리 원숭이도 이보다는 잘 쓸 거요. 만약 이 소설을 당신이 썼다면 작가가 되려는 생각을 즉시 포기하는 게 좋아요."

메타는 그 말을 남기고 돌아갔다. 그가 나가고 나서 앨리스가 캐비닛에서 튀어나왔다.

"메타를 당장 해고해."

"메타는 좋아하는 독자들이 있는 비평가야."

"그냥 무조건 쫓아내."

"있을 수 없는 일이야."

앨리스가 위협하듯 손가락으로 나를 겨누었다.

"감방에 들어가고 싶어? 인생 종치게 해줄까?"

나는 시간이 지나면 앨리스의 마음이 가라앉을 거라 생각하고 메타를 해고하지 않았다. 이틀 후 앨리스는 내 사무실에 와서 분노를 쏟아냈다.

"내 말을 무시하는 거야? 당장 메타에게 전화해서 해고시켜. 방금 전 그가 방으로 들어가는 걸 봤으니까."

나는 메타에게 전화했지만 받지 않았다. 전화는 자동으로 비서에게 연결되었고, 메타는 지금 프랑스의 잡지사와 전화 인터뷰를 하고 있다고 알려주었다.

앨리스는 붉게 달아오른 얼굴로 의자에 앉은 나를 거칠게 일으켜 세우더니 자기가 대신 앉았다. 그녀가 컴퓨터를 켜고 내 전자메일 주소록을 열었다.

"지금 뭐하는 거야?"

"당신이 진작 했어야 하는 일을 대신 해주는 거야."

앨리스는 메일 창을 열고 다음과 같이 썼다.

메타, 전화를 받지 않아 메일로 다음사항을 전달합니다. 오늘부로 《뉴욕문학리뷰》는 당신을 해고합니다. 스티븐 버그도프.

앨리스는 마우스버튼을 눌러 메일을 발송하고 나서 사무실을 나갔다.

나는 편집장으로서의 신뢰를 스스로 무너뜨렸다. 게다가 카드 결제대금을 돌려막기로 메우느라 이자 빚이 계속 불어나고 있었다. 그야말로 진퇴양난이었다.

제스 로젠버그

2014년 7월 12일 토요일

연극제 개막 14일전

버즈의 증언이 애나를 심란하게 만들었다.

1994년 개막공연이 열리기 직전 샬롯은 어디에 다녀왔을까? 샬롯은 중요한 공연을 앞두고 왜 잠시나마 자리를 비웠을까?

앨런과 샬롯은 애나가 오르피아에 처음 왔을 때 잘 적응할 수 있도록 세심하게 배려해준 사람들이었다. 그들은 자주 애나를 저녁 식사 자리에 불렀고, 요트놀이에도 초대했다. 애나는 퇴근 후 샬롯과 〈카페아테나〉에서 만나 이야기를 나누기도 했다. 애나는 주로 걸리버 서장을 비롯한 동료들로부터 따돌림을 당하는 문제에 대해 털어놓았고, 샬롯은 오르피아에 처음 이사와 겪었던 일들에 대해 이야기했다.

샬롯은 학업을 마친 직후 오르피아에 왔고, 동물병원에서 일하기 시작했다. 수의사는 틈만 나면 그녀의 엉덩이를 슬쩍 건드리며 능글맞게 웃어댔다. 수의사의 추행은 갈수록 심해져 결국 동물병원을 그만두고 개업을 모색하게 되었다. 친절하고 인간적인 샬롯이 고든 시장 일가족을 살해한 범인일 리 없었다.

애나는 비디오 영상을 보고 나서 버즈에게 전화를 걸었다. 확인이 필요한 두 가지 문제가 있었다. 개막공연이 있던 날에 단원들이 개별적으로 차를 운전해 대극장에 왔는지, 버즈 외에 비디오테이프를 갖고 있는 사람이 또 있는지 확인해보아야 했다.

버즈가 말했다.

"연극제 개막일에 단원들은 전부 버스를 타고 함께 이동했고, 개별적으로 차를 타고 온 사람은 없습니다. 그해에 공연 녹화테이프 사본을 6백 개 만들어 시에서 지정한 상점에서 위탁 판매했어요. 주로 중심가에 있는 식료품가게나 주유소에서 팔았죠. 1994년 가을부터 이듬해 여름까지 6백 개가 전량 판매되었다더군요."

그날, 샬롯은 30분가량 대극장에서 모습을 감추었다. 그 사이 어딘가에 다녀왔다면 도보로 30분 거리 이내여야 했다. 만약 택시를 타고 이동했고, 목적지가 펜필드였다면 택시기사가 추후에라도 그 사실을 경찰에 신고했어야 마땅했다.

애나는 대극장에서 고든 시장 자택이 있는 펜필드까지 도보로 왕복 몇 분이 걸리는지 체크해보았다. 도보로 오갈 경우 45분이 걸렸다. 샬롯이 대극장을 비운 시간은 대략 30분이었다. 빠르게 달릴 경우 25분이면 충분했다. 달리기에 적합하지 않은 신발을 신었다면 30분 정도 소요된다고 봐야했다. 산술적으로 보자면 샬롯이 범죄를 저지르고 돌아오기에 충분한 시간이었다.

애나가 고든 시장 자택 맞은편 공원의 벤치에 앉아 생각에 잠겨 있을 때 마이클에게서 전화가 왔다.

"편집실에 와줄 수 있어요? 방금 전 아주 묘한 일이 있었어요."

마이클은 편집실로 들어선 애나에게 조금 전에 있었던 일을 이야기해주었다.

"방금 전 메타가 다녀갔는데 스테파니에게 무슨 일이 있었는지 알고 싶어 했어요. 그녀가 살해당했다고 하자 왜 진작 알려주지 않았느냐며 화를 내더군요."

"메타와 스테파니는 어떻게 아는 사이였죠?"

"바로 그 부분이 이상해요. 메타는 그녀가 왜 죽었는지, 이유가 무엇인지, 수사는 어떻게 진행되고 있는지 꼬치꼬치 캐묻더군요. 나는 그냥 신문기사를 보면 알 수 있는 내용들 위주로 말해주었습니다."

"그랬더니 뭐라던가요?"

"스테파니의 실종을 다룬 기사들을 보고 싶다고 해서 신문을 챙겨주었더니 호텔로 돌아갔어요."

"그는 어느 호텔에 머무르고 있죠?"

"레이크팰리스호텔에 묵고 있어요."

애나는 서둘러 레이크팰리스호텔로 갔고, 바에서 메타를 만났다.

"《뉴욕문학리뷰》 시절부터 스테파니를 알고 지냈습니다. 대단히 명석하고 글쓰기에 재능이 있었죠. 나는 언젠가 그녀가 대작가가 될 거라고 생각했어요."

"스테파니는 무슨 일 때문에 오르피아에 오게 되었죠?"

"스테파니는 평온하고 조용한 곳에서 글을 쓰고 싶어 했어요."

"당신이 《오르피아크로니클》지의 마이클을 찾아가 스테파니에 대해 이것저것 캐물었다고 하더군요."

"과거의 동료이자 재능이 뛰어난 여성이 살해당했는데 잠자코 있는 게 더 이상한 일 아닌가요?"

"과거에 함께 일한 동료가 살해되었는데 전혀 몰랐습니까? 왜 아무도 그 사실을 당신에게 얘기해주지 않았을까요? 그런 소문일수록 빠르게 퍼지기 마련이잖아요?"

"나도 스테파니처럼 《뉴욕문학리뷰》에서 해고당했습니다. 편집장인 스티븐 버그도프가 느닷없이 메일을 보내 해고를 통보했죠.

오르피아를 방문해 스테파니를 만나고 싶었는데 마침 브라운 시장이 연극제 초대장을 보내주더군요. 스테파니에게 전화했는데 받지 않아 집주소를 들고 찾아갔다가 순찰 중이던 경관으로부터 그녀가 살해당했다는 얘기를 듣게 되었습니다. 정말이지 비통하고 분한 일입니다."

애나는 호텔 바를 나와 점심식사를 하려고 〈카페아테나〉에 갔다. 테이블에 앉으려는 순간 누군가 말을 걸었다.

"제복보다는 평상복이 잘 어울리네요."

실비아였다.

"그동안 테드 문제로 많이 속상하고 괴로웠죠? 저도 마음이 아파요."

실비아의 얼굴에 슬픈 기색이 떠올랐다.

"괜찮다면 나와 함께 식사할래요?"

그들은 테라스로 나가 다른 손님들과 조금 떨어진 자리에 앉았다.

"테드가 살인범으로 지목되고 나서 이곳 사람들은 내가 빨리 어디론가 떠나길 바랐죠."

"테드는 어떤 사람이었나요?"

"평소에는 다정하고 착한 아이였는데 욱하는 성격이라 화나는 일이 있으면 참고 넘어가지 못했어요. 아버지의 사업이 번창해 우리 남매는 맨해튼의 최고 명문 사립학교에 들어갔는데 테드는 번번이 싸움을 벌이다가 퇴학당했죠. 그 후로는 가정교사를 두고 집에서 공부하게 되었죠. 일 년 동안 열심히 공부한 끝에 스탠퍼드대학교에 들어갔는데 교수와 주먹질을 하며 싸우는 바람에 일 년 만에 퇴교 조치 당했어요. 오르피아에서 그리 멀지 않은 리지스포트에 아버지 소유의 별장이 있었는데 테드는 그 집에서 따로 살기 시작했죠. 식당에서 일을 시작해 곧 지배인이 되었는데 제 버릇을 버리지 못하고 건달들과 어울렸어요. 어느 날 환각상태로 난동을 부리다가 경찰에 체포 되었는데 다행히 훈방되었죠. 그 후 다시 싸움판에 끼어들었다가 6개월 금고형을 받았어요. 유치장을 나온 테드는 레이크팰리스호텔 벨보이로 채용되었죠. 한동안 모범적으로 일해 부지배인이 되었고, 연극제 준비 기간에는 자원봉사대 구조대원으로 활동했어요. 그때만 해도 모든 일이 순조롭게 잘 풀리나 했죠."

실비아는 더 이상 이야기하고 싶지 않다는 듯 잠시 아무 말 없이 앉아 있었다.

"그러다가 무슨 일이 있었죠?"

"테드는 레이크팰리스호텔에서 일하면서 많은 사람들이 오르피아의 식당들에 대해 불만이 많다는 걸 알아차렸죠. 그때만 해도 휴양지를 찾아온 관광객들의 눈높이에 맞는 식당이 없었어요. 테드는 아버지가 돌아가시면서 물려받은 돈으로 오르피아 중심가에 있는 낡은 건물 한 채를 구입했죠. 목이 좋은 곳이라 건물을 손봐 식당을 열 계획이었죠."

"화재사건이 난 건물 말인가요?"

"알다시피 화재가 발생해 건물이 홀라당 타버렸죠."

"테드와 고든 시장 사이에 상당한 알력이 있었다는 얘기를 들었어요. 고든 시장이 식당을 열기 위한 지목변경을 거부했다더군요. 개중에는 테드가 식당 사업허가를 따내기 위해 스스로 불을 질렀다고 말하는 사람도 있던데요."

"테드는 욱하는 성격이긴 해도 치졸한 스타일은 아니었어요. 화재사건 이후에도 동생과 고든 시장은 수시로 반목했죠. 두 사람이 시내 한복판에서 싸우는 장면을 본 사람이 많지만 다들 반목한 이유에 대해서는 제대로 알고 있지 않더군요."

∴

1994년 2월 21일, 오르피아 중심가

화재 발생 2주 뒤

테드는 건물 앞에 차를 세우다가 고든 시장을 발견했다.

고든 시장이 차 밖에서 그가 내리길 기다리고 있다가 말했다.

"자네는 뭐든 제멋대로군."

테드는 처음에는 무슨 뜻인지 이해하지 못했다.

"무슨 말씀이죠?"

고든 시장이 외투주머니에서 종이를 한 장 꺼냈다.

"내가 분명 일을 맡길 시공업체 명단을 적어주었는데 전혀 고려하지 않았더군."

"견적서를 받아보고 가장 유리한 조건을 제시한 업체를 택했는데 뭐가 문제죠?"

"식당을 열고 싶으면 내가 알려준 업체에 일을 맡겨."

"왜 시장님이 업체 선정 문제에 관여하죠?"

고든 시장이 인내심이 바닥난 듯 고함을 질렀다.

"자네 멋대로 하면 무슨 수를 써서라도 공사를 막을 거야."

두 사람이 언성을 높이며 싸우자 지나가던 행인들이 무슨 일인지 궁금해하며 걸음을 멈춰 세웠다.

테드가 고든 시장의 멱살을 움켜쥐며 소리쳤다.

"업체 선정을 좌지우지하려는 이유가 뭐야? 뇌물이라도 받아 챙긴 거야?"

"자네는 식당을 열려면 욱하는 성질머리부터 고쳐야 해!"

그때 순찰차 한 대가 달려왔다. 차에서 내린 걸리버 부서장이 곧

봉을 꺼내들고 테드를 제지했다.

"시장님, 괜찮으십니까?"

"난 괜찮아요."

∴

실비아가 말했다.

"테드와 고든 시장이 불화한 이유는 공사를 맡길 업체 선정 때문이었어요. 고든 시장은 업체들로부터 뇌물을 받아 챙기는 대신 뒤를 봐주었죠. 고든 시장이 각종 꼬투리를 잡아 일을 방해하자 테드는 어쩔 수 없이 타협을 시도했어요. 결국 고든 시장이 정해준 업체에 공사를 맡기게 되었고, 연극제 개막 일주일 전에 <카페아테나>를 오픈할 수 있게 되었죠. 갖은 우여곡절을 겪긴 했지만 테드는 결국 식당 개업의 꿈을 이루었어요. 그 당시 테드는 매우 흡족해 있었고, 고든 시장을 살해할 이유가 없었죠."

애나가 물었다.

"테드는 커크 하비와 잘 아는 사이였나요?"

"내가 아는 한 두 사람은 서로 모르는 사이였어요."

"초대 연극제가 열리기 한 해 전에 오르피아에 수수께끼 같은 낙서가 퍼진 적이 있어요. 그 낙서에 '다크 나이트'라는 제목이 등장했죠. 1994년 2월에 발생한 화재사고 때도 동일한 낙서가 등장했어요. 화재가 났던 건물 벽에도 낙서가 적혀있었다는데 전혀 모르고 있었나요?"

"처음 듣는 얘기네요. 내가 오르피아에 정착한 건 고든 시장 일가족이 살해된 이후였으니 그럴 수도 있겠죠. 그 당시 나는 맨해튼에 살고 있었는데 테드가 죽고 나서 〈카페아테나〉를 관리하기 시작했죠. 테드가 애정을 쏟아 부은 〈카페아테나〉를 팔고 싶지 않았고, 새 지배인을 고용해 사업을 이어나갔어요. 그 후 남편과 이혼하면서 아버지에게 물려받은 회사를 매각했죠. 결국 1998년에 오르피아로 아예 옮겨왔어요. 그래서인지 '다크 나이트'에 대해서는 아는 게 없어요. 당시 화재사건이 '다크 나이트'와 어떤 연관이 있는지에 대해서도 몰라요. 그렇지만 누가 화재를 냈는지는 알아요."

"방화범이 누군데요?"

애나는 가슴이 뛰는 걸 느꼈다.

"테드가 리조스포트에 있을 때 알고 지낸 제레미아 폴드라는 건달이 있어요. 사람들의 약점을 잡아 돈을 뜯어내는 작자였는데 어느 날 그가 오토바이를 타고 레이크팰리스호텔에 들이닥치더니 소란을 피웠나 봐요. 호텔에서는 제레미아가 마땅찮았지만 투숙을 거부했다가는 보복이 우려되는 상황이었죠. 그 당시 호텔에서 벨보이로 일하던 테드는 더 이상 제레미아의 과도한 행패를 지켜볼 수 없었나 봐요. 금고형을 살고 나온 테드에게 새 출발할 기회를 만들어준 호텔 사장에 대한 의리 차원에서라도 잠자코 있을 수 없었겠죠. 테드는 오토바이 뒷좌석에 여자를 태우고 호텔을 나서는 제레미아를 멈춰 세웠어요. 제레미아는 여자 앞에서 망신을 당했다고 생각했는지 테드에게 선방을 날렸다가 도리어 흠씬 두들겨 맞았죠. 얼마 후 제레미아는 덩치 큰 건달 두 명을 앞세우고 테드를 찾아왔어요. 건달 두 명이 한꺼번에 달려드는 바람에 테드는 죽도록 얻어맞을 수밖에 없었죠. 그런 일이 있고 나서 얼마 후 제레미아는 테드가 〈카페아테나〉를 개업하게 되었다는 정보를 입수하게 되었나 봐요. 그는 테드를 찾아와 '동업'을 제안했죠. 말이 동업이지 사실은 커미션을 요구한 거예요. 공사를 맡은 건설업자들이 군소리 없이 일할 수 있도복 관리해주는 대신 매출의 10퍼센트를 달라는 요구였죠."

"테드가 제안을 받아들였나요?"

"단칼에 거부했죠. 그러던 어느 날 건물에서 화재가 발생했어요."

"제레미아가 불을 질렀다는 건가요?"

"화재가 나던 날 밤 새벽 3시에 테드가 나를 찾아왔고, 그 당시 무슨 일이 있었는지 얘기해주었어요."

∴

1994년 2월 11일에서 12일 사이 한밤중
맨해튼, 실비아 테넌바움의 아파트

실비아는 전화벨 소리를 듣고 눈을 떴다. 새벽 2시 45분이었고, 아파트 경비실에서 인터폰을 한 것이었다. 경비가 말하길 아래에 동생이 와있다고 했다.

실비아는 동생을 집으로 올라오게 했다. 테드는 얼굴이 납빛이었고, 금방이라도 쓰러질 듯 위태로워 보였다.

실비아는 테드를 거실에 앉히고 차를 끓여 내왔다.

"건물에서 화재가 발생했어. 건물 안에 설계도면과 사업계획서, 자료들이 들어있었는데 고스란히 불에 타버렸어."

"건축사에게도 설계도면이 있잖아?"

테드는 대답 대신 호주머니에서 구겨진 종이 한 장을 꺼냈다. 누군가 익명으로 보낸 메모였다. 화재가 났다는 연락을 받고 집밖으로 뛰어나왔는데 자동차 와이퍼 뒤에 메모가 꽂혀있었다고 했다.

다음번에는 네가 사는 집을 태워주마.

"누가 고의로 불을 질렀다는 거야?"

"보나마나 제레미아 폴드의 짓이야."

테드가 그간 겪은 일을 다 털어놓고 나서 말했다.

"제레미아는 커미션을 요구하고 있어. 한몫 단단히 챙길 속셈이지."

"경찰에 신고해."

"아마도 조무래기를 시켜 불을 지르게 했을 거야. 경찰이 수사에 착수할 경우 빠져 나갈 구멍을 만들어놓는 게 그런 놈들의 철칙이지. 제레미아는 무슨 짓이든 저지를 수 있는 놈이야. 최악의 경우 놈이나 나 둘 중에서 하나는 죽어야 할지도 몰라."

"차라리 놈에게 돈을 주는 건 어때?"

"성질이 나긴 하지만 차라리 그러는 게 낫겠어."

∴

"테드는 일단 제레미아에게 돈을 주고 상황이 나아지기를 기다릴 작정이었어요. 고든 시장이 지정해준 시공업체에 공사를 맡겼고, 제레미아의 행패를 막기 위해 거액을 쥐어주었죠. 그 결과 〈카페 아테나〉를 제때에 오픈할 수 있었어요."

실비아의 말이 사실이라면 1994년 2월에서 7월 사이에 테드가 돈을 건넨 상대는 고든 시장이 아니라 제레미아였다.

"그 사실을 경찰에 알렸나요?"

"아뇨."

"왜 알리지 않았죠?"

"테드가 느닷없이 4인 살인사건의 유력한 용의자가 되었어요. 어느 날 테드는 경찰을 피해 달아나다가 다리 난간 아래로 추락해 죽음을 맞았죠. 나는 테드를 더 이상 욕되게 하고 싶지 않아요. 내가 아는 한 테드는 범인이 아니에요. 테드가 죽지 않았더라면 그 모든 의혹이 전부 밝혀질 수 있었겠죠."

∴

앨리스는 스티븐의 손을 잡아끌고 쇼핑가 상점을 돌아치고 있었다. 앨리스가 란제리 상점으로 들어서려던 순간 스티븐이 우뚝 멈춰 섰다.

"난 이제 그만 돌아갈래. 당신이 원하는 걸 전부 샀잖아."

"아직 사야 할 게 남았어."

앨리스가 스티븐을 상점 안으로 밀어 넣었다.

바로 그때 커크가 그들을 지나쳐 상점 앞에 멈춰 섰다. 그는 가방에서 포스터 한 장을 꺼내 벽에 붙였다.

캐스팅 공고

최고의 화제작
《다크 나이트》
개막공연을 위한 오디션

천재 연출가가 출연배우를 구함
무대경력 유무 불문

전 세계적인 성공 예약!

스타 등용문!

최고 수준의 출연료 보장!

오디션 일시와 장소

14일 월요일 오전 10시, 오르피아 대극장

주의 : 참가인원이 많으면 오디션 장 입장이 제한될 수 있음

중심가를 배회하던 제리와 다코타도 포스터를 보았다. 제리가 포스터를 읽으며 딸에게 말했다.

"연극 오디션이 있나보네. 오디션에 참가해볼까? 넌 어렸을 때부터 배우가 되고 싶어 했잖아."

다코타가 심드렁하게 대답했다.

"오디션 날짜가 월요일이라고 적혀있어요. 이 촌구석에 얼마나 더 있을 건데요?"

"그야 모르지. 우린 방금 전 여기에 도착했으니까."

그들은 이야기를 나누며 걷다가 코디의 서점 앞에 도착했다. 다코타가 서점 문을 밀고 안으로 들어가 서가의 책들을 훑어보았다. 서가 위에 사전이 놓여있었다. 다코타는 사전을 집어 들고 한 장씩 넘겨보았다.

코디가 다가와 말을 건넸다.

"특별히 찾는 책이 있어요?"

"이 사전을 사고 싶어요. 종이사전을 마지막으로 들춰본 게 언제인지 기억나지 않아요. 요즘은 대개 컴퓨터로 글을 쓰니까 사전을

볼 일이 없잖아요."

코디가 그 말에 공감한다는 듯 말했다.

"패러다임이 바뀌었잖아요."

다코타는 고개를 끄덕이고 나서 말을 이어갔다.

"어릴 때 철자경연대회에 나간 적이 있어요. 아빠와 틈만 나면 연습을 하자 엄마가 이제 그만하라며 화를 냈죠. 그때는 몇 시간 동안 계속 쉬지 않고 사전을 들여다보았어요. 철자가 복잡한 단어들을 골라 암기하면서요. 사전에서 아무 단어나 골라보세요."

다코타는 그렇게 말하고 나서 코디에게 사전을 내밀었다.

코디는 갑작스러운 철자 놀이 제안을 기꺼이 받아들였고, 아무 페이지나 펼치고 단어 하나를 골랐다.

"Holosystolique."

"그야 쉽죠. h-o-l-o-s-y-s-t-o-l-i-q-u-e."

코디의 얼굴에 장난꾸러기 같은 미소가 번졌다.

"어릴 때 사전을 펼치고 몇 시간씩 들여다봤다는 말이 거짓은 아니군요."

"온종일 사전과 함께 놀았어요."

다코타가 모처럼 활짝 웃었다.

"어디서 왔어요?"

"뉴욕에서요. 이름은 다코타 에덴이에요."

"나는 코디라고 해요."

"이 서점이 마음에 들어요. 작가가 되고 싶었는데……."

별안간 다코타의 표정이 시무룩해졌다.

"아직 스무 살도 안 되어 보이는데 작가의 꿈을 포기하기에는 일러요."

"저는 이제 글을 쓰지 못해요."

"무슨 뜻이죠?"

"제가 몹쓸 짓을 저지른 이후 글을 쓰는 게 불가능해졌어요."

"어떤 일이 있었는데요?"

"너무 끔찍한 일이라 말할 수 없어요."

"그 일에 대해 글을 써볼 수도 있을 텐데요."

"심리상담 의사도 그렇게 말하던데 글이 단 한 줄도 써지지 않아요. 그 일 때문에 제 감성이 바짝 메말라 있거든요."

그날 저녁, 제리와 다코타는 〈카페아테나〉에서 저녁식사를 했다. 제리는 다코타가 〈카페아테나〉에 올 때마다 좋아했던 걸 기억하고 있었다. 뿌루퉁한 표정을 짓고 있던 다코타가 해산물 스파게티를 휘저으며 물었다.

"왜 여기에 데려왔어요?"

"네가 이 식당을 좋아하는 줄 알았어."

"이 식당이 아니라 오르피아에 대해 말한 거예요."

"이곳에 오면 네 기분이 나아질 거라고 생각했어."

"내가 그 일을 잊는 건 불가능해요, 난 이 도시도 싫고, 사는 것 자체가 싫어요."

다코타의 눈에서 걷잡을 수 없이 눈물이 쏟아졌다. 화장실로 사라졌다가 20분이 지나서야 돌아온 다코타가 어서 레이크팰리스호텔로 돌아가자고 했다.

제리는 호텔 스위트룸에 미니바가 있다는 사실을 미처 생각하지 못했다. 다코타는 미니바에서 보드카를 꺼내 한 잔 마시고 나서 속옷을 넣어둔 서랍 안쪽을 뒤져 케타민 앰플 하나를 꺼냈다. 레일라의 말로는 앰플 형태가 분말보다 사용이 편하고 들킬 염려가 없다고 했다.

다코타는 앰플의 내용물을 술잔에 붓고 단숨에 들이켰다. 몇 분지나 가슴을 무겁게 억누르고 있던 부채감이 엷어지며 기분이 편안해졌다. 다코타는 침대에 누워 천장을 응시했다. 흰색 천장이 서서히 갈라지더니 화려한 프레스코벽화가 나타났다. 그 벽화 속에 오르피아의 별장이 보였고, 들어가서 집안을 둘러보고 싶었다.

∴

2004년 7월, 오르피아

가족들이 둘러앉아 식사를 마친 아침식사 테이블에 긴장감이 감돌았다. 대서양이 마주보이는 오션로드의 호화로운 여름별장이었다.

제리가 단어 하나를 외쳤다.

"Acuponcture."

다코타의 얼굴에는 장난기가 가득했다. 신시아의 얼굴에도 웃음이 번졌다. 다코타가 시리얼 대접에 담긴 스푼을 잡더니 우유를 휘저어가며 알파벳 모양 시리얼을 하나씩 건져 빈 접시 위에 올려놓으며 띄엄띄엄 발음했다.

"A-c-u-p-o-n-c-t-u-r-e."

마침내 단어가 완성되자 다코타는 결과물을 바라보며 활짝 웃었다.

"브라보!"

제리가 환호성을 질렀다.

신시아가 물었다.

"이 어려운 단어의 철자를 어떻게 다 외웠니?"

"사전에서 본 단어가 머릿속에 사진처럼 들어있어요. 그 사진을 떠올려보면 대부분 맞힐 수 있어요."

제리가 단어를 하나 더 골랐다.

"Rhododendron."

다코타는 다시 철자를 하나씩 맞혀나갔다. 단 한 글자, 'h'를 빠뜨렸을 뿐 이번에도 거의 다 맞혔다.

제리는 거듭 대견해하며 딸을 칭찬했다.

"대단해, 99점."

다코타가 의젓하게 말했다.

"앞으로 이 단어는 절대로 틀리지 않을 거예요. 지금 풀에서 수영해도 돼요?"

신시아가 미소를 지으며 대답했다.

"응, 얼른 수영복으로 갈아입어."

다코타는 환호성을 지르며 부리나케 테이블에서 일어났다. 제리는 딸이 복도를 뛰어가는 모습을 다정한 눈빛으로 바라보았다. 신시아는 이 평화로운 순간을 틈타 제리의 무릎에 앉았다.

"당신은 좋은 남편이야. 자상한 아빠이기도 하고."

"당신이 내 아내라서 고마워."

제리와 신시아의 눈은 서로에 대한 사랑으로 빛나고 있었다.

제리가 말했다.

"우리는 서로 운이 좋은 거야."

제스 로젠버그

2014년 7월 13일 일요일

연극제 개막 13일전

날씨가 무더운 일요일에 데렉과 달라 부부가 애나와 나를 집으로 초대했다. 하루쯤은 수사를 접고 맥주를 마시며 머리를 식히자는 의도였다. 달라와 아이들이 수영하느라 잠시 자리를 비운 사이 애나가 더는 견디지 못하고 수사 이야기를 꺼냈다.

애나는 〈카페아테나〉에서 실비아를 만나 들은 이야기를 우리에게 들려주었다. 테드가 고든 시장과 악명 높은 건달 제레미아로부터 동시에 압력을 받았다는 이야기였다. 고든 시장은 공사업체 선정에 개입했고, 제레미아는 돈을 갈취하려고 혈안이 되어 있었다는 얘기였다.

"제레미아의 신상을 더 자세히 캐볼 필요가 있어요. 방화사건 이후 테드는 제레미아의 협박에 굴복해 돈을 건넸다고 하더군요."

데렉이 확인하듯 물었다.

"테드의 계좌에서 인출된 뭉칫돈이 고든 시장이 아니라 제레미아에게 전달되었다는 거죠?"

"테드는 〈카페아테나〉를 연극제 개막 이전에 개업해야 한다는 목표가 있었던 만큼 제레미아에게 돈을 먹여서라도 다독거릴 필요가 있었겠죠. 고든 시장의 계좌에 입금된 돈은 아마도 〈카페아테나〉건축을 맡게 된 업체에서 받은 커미션일 공산이 커요. 실제로 고든 시장이 공사를 따내다시피 했으니까요."

데렉이 말했다.

"그 당시 우리는 고든 시장을 뒤가 조금 구린 사람 정도로 이해했어요. 설마 뇌물을 받아 챙기려고 그런 짓까지 할 줄은 몰랐어요."

내가 말했다.

"커크는 그런 내막을 어느 정도 꿰고 있었으리라는 생각이 들어. 커크가 본인이 작성한 수사관련 자료를 빼돌린 건 혹시 그런 이유 때문이 아닐까?"

데렉이 말을 받았다.

"나는 테드가 그런 일을 겪었으면서 경찰에 한 마디도 제보하지 않은 게 이상해. 제레미아에게 뭉칫돈을 건넸다면 수사를 받을 때 사실대로 털어놓을 수도 있었을 텐데 한마디도 하지 않았어."

애나가 자신의 생각을 말했다.

"제레미아의 보복이 두려웠던 건 아닐까요?"

데렉이 입술을 찡그리며 말했다.

"당시 우리는 수사 과정에서 제레미아를 아예 간과했어요. 이렇게 된 이상 사건의 전후관계를 원점에서 다시 따져봐야겠어요."

저녁이 되자 데렉이 피자를 주문했고, 우리는 모두 주방 식탁에 둘러앉았다. 벽에 걸린 사진 한 장이 애나의 눈에 들어왔다. 사진 속에는 달라와 데렉, 나타샤와 내가 있었다. 사진의 배경은 공사 중인 〈더 리틀 러시아〉였다.

애나가 물었다.

"저 사진에서 보이는 〈더 리틀 러시아〉라는 간판은 뭐죠?"

달라가 대답했다.

"우리가 열기로 했던 식당인데 결국 오픈하지 못했어요."

"반장님과 함께 있는 저 여자 분은 누군데요?"

"나타샤."

"반장님이 결혼하려 했던 바로 그 분이에요?"

"맞아요."

"무슨 일이 있었는지는 여전히 말해주기 곤란하시겠군요."

∴

스티븐과 앨리스는 이제 막 레이크팰리스호텔 수영장의 선베드에 자리 잡았다. 무더운 날이어서 수영장 안에는 제법 많은 사람이 있었고, 메타도 물방울을 튀겨가며 물속을 오가는 중이었다.

메타는 손가락 마디가 물에 퉁퉁 불어 쪼글쪼글해지고 나서야 물에서 나와 선베드로 갔다. 그 순간 그는 옆자리에 있는 스티븐을 발견하고 증오심이 솟구쳤다. 스티븐은 젊은 여자의 등에 선크림을 발라주고 있었다. 여자가 스티븐의 부인이 아니라는 건 금세 알 수 있었다.

메타가 갈라진 목소리로 외쳤다.

"스티븐!"

스티븐은 메타를 발견하고 마치 비명 같은 소리를 내질렀다.

"메타, 여기서 뭐하세요?"

스티븐은 기자회견장에서 메타를 봤지만 레이크팰리스호텔에 묵고 있을 줄은 몰랐다.

"조용히 있고 싶어 뉴욕을 떠나왔는데, 여기서 당신을 만나다니!"

"개막작을 취재하러 왔어요."

"내가 오르피아에 먼저 왔으니 당신은 이만 뉴욕으로 돌아가요."

앨리스가 보다 못해 쏘아붙였다.

"우리가 어디에 있든 당신과 무슨 상관이죠?"

메타는 그제야 그녀가 누군지 알아보았다. 《뉴욕문학리뷰》에서 우편물을 관리하는 여자가 아닌가?

메타가 야유하듯 휘파람소리를 넣어 말했다.

"일도 하고, 가끔 재미도 보고 정말 좋겠군. 당신 부인도 이런 사실을 알면 과연 좋아할까요?"

메타는 물건을 챙겨들고 그 자리를 떠났다. 스티븐이 부리나케 그를 뒤따라갔다.

"잠깐 나랑 이야기 좀 해요."

메타가 어깨를 으쓱 추어올리며 말했다.

"부인에게 고자질하지는 않을 테니 염려 마시오."

"언젠가 당신을 만나면 진심으로 사과하고 싶었어요. 그런 식으로 당신을 내보낸 건 명백한 불찰이었죠. 그 당시 난 뭔가에 홀려 제정신이 아니었어요."

메타는 스티븐의 말에 진심이 담겨 있다고 느꼈다.

"괜찮아요, 이미 지난 일이니까."

"혹시 《뉴욕타임스》에서 당신을 여기에 보냈나요?"

"난 아직 일자리를 얻지 못했어요. 한물 간 비평가를 누가 써주겠소."

"아니, 그렇지 않아요. 어느 잡지사든 당신과 일하길 원할 겁니다."

메타가 코웃음을 치다가 한숨을 내쉬었다.

"어제부터 줄곧 생각해봤는데 《다크 나이트》 오디션에 참가해보려고요."

"당신이 하겠다는데 누가 말리겠어요."

"연극 비평을 하는 사람이 직접 연기하는 걸 본 적 있어요? 문학 비평을 하는 사람이 직접 소설을 쓸 수 있을까요? 소설가가 비평을 하는 경우가 있을까요? 돈 데릴로(Don DeLillo 《화이트노이즈》, 《언더월드》를 쓴 소설가 : 옮긴이)가 데이비드 마멧(David Mamet 희곡 〈글렌게리 글렌 로스〉, 영화시나리오 〈언터처블〉을 쓴 극작가이자 영화감독 : 옮긴이)의 새 작품에 대해 《뉴요커》지에 비평을 싣는 경우를 상상할 수 있겠소? 시드니 폴락이 마크 로스코가 그린 그림에 대한 평론을 《뉴욕타임스》지에 기고하는 경우가 있을까요? 제프 쿤스가 데미언 허스트의 신작을 《워싱턴포스트》지에 소개하는 경우는? 스티븐 스필버그가 《LA타임스》지에서 프랜시스 포드 코폴라 감독의 새 영화에 대한 비평을 기고해 '형편없는 졸작', '이 영화를 보는 건 시간낭비'라고 쓴다면 어떤 반응이 나올 것 같습니까? 어떤 분야든 창작과 비평을 동시에 할 수는 없으니까 해본 말이오."

"당신은 비평가로 활동했지만 지금은 아니잖아요."

그 말을 듣는 순간 메타의 얼굴에 화색이 돌았다.

메타는 즉시 방으로 올라가 스테파니 메일러 실종사건 기사가 실린 《오르피아크로니클》지를 움켜잡았다. 그는 신문에서 기사들을 오려내 침대 위에 늘어놓았다. 침대에 놓인 메간 패들린의 사진이 그를 바라보고 있었다.

스티븐은 수영장을 나와 객실로 올라가는 동안 앨리스에게 잔소리를 했다.

"당신은 메타에게 그런 말을 할 자격이 없어. 그는 당신에게 아무런 잘못도 하지 않았잖아."

"그 빌어먹을 작자가 나를 어떤 눈으로 바라보는지 봤어? 마치 내가 매춘부라도 된다는 듯 멸시하는 눈으로 쳐다보더군. 다음에 만나면 면전에 대고 '내가 당신을 해고시켰어!'라고 말할 거야."

"당신 미쳤어?"

"내 말이 사실이잖아."

"난 당신 때문에 인생을 종치게 되었어."

"나 때문에 인생을 종치다니?"

"당신이 요구하는 선물들을 사느라 잔뜩 빚을 지게 되었어. 트레이시가 계좌에 들어있던 돈이 모두 사라져버렸다는 사실을 알게 되는 건 시간문제야."

"나 때문에 그렇다는 거야?"

"당신 때문에 내가 얼마나 많은 돈을 썼는지 알아? 이제 빈털터리가 되다 못해 빚까지 지게 되었어. 그야말로 멍청한 짓이었지."

앨리스는 말도 안 된다는 듯 스티븐을 쳐다보았다.

"왜 진작 말하지 않았어? 돈이 없다고 했어야지."

"뭐가 달라졌을까?"

"난 당신이 플라자호텔을 내 집처럼 드나들고 계속 선물을 사오기에 돈푼깨나 있는 줄 알았어. 나는 헤프게 몸을 내돌리는 여자도 아니고, 선물을 바라고 당신을 만난 게 아니야."

"그렇다면 왜 나를 붙잡았지?"

앨리스가 소리쳤다.

"사랑하니까."

앨리스의 뺨 위로 눈물이 주르륵 흘러내렸다.

"당신은 나를 사랑하지 않지? 지금도 내가 당신 앞길을 망쳤다며 원망하고 있잖아."

"당분간 냉각기를 가지며 우리 사이를 진지하게 고민해볼 시점이 되었어."

"난 당신을 떠나지 않을 거야. 차라리 트레이시와 이혼해. 내게
는 당신밖에 없어."

눈물에 젖은 마스카라가 앨리스의 뺨으로 흘러내렸다. 호텔손님
들이 그들을 힐끔 쳐다보고 지나갔다.

"앨리스, 나도 당신을 사랑하지만……."

"이 호텔에서 며칠 더 지내며 생각해보는 게 어때? 호텔숙박비용
은 잡지사에 청구하면 되잖아."

"그래, 일단 알았어. 이틀 동안 더 머물며 오디션을 취재하고 기
사를 써서 송고해주면 될 거야."

$$\therefore$$

어느새 바깥은 어둠에 잠겨있었다. 애나와 데렉이 저녁식사를
마친 주방 테이블을 치우는 동안 나는 정원으로 나가 수영장 옆 의
자에서 담배를 피우고 있는 달라의 옆에 다가가 앉았다. 밤이 되었
어도 공기는 여전히 후덥지근했고, 어디선가 귀뚜라미 우는 소리
가 들려왔다.

담배연기를 빨아들이던 달라가 한마디 툭 던졌다.

"난 식당을 열려고 했던 사람인데 일요일마다 피자를 주문해 먹
고 있어."

달라의 자조 섞인 말을 듣고 나는 그녀를 위로했다.

"원래부터 일요일마다 피자를 먹는 전통이 있었잖아."

"이렇게 살아가는데 지쳤어. 식당을 열길 원하면서도 정작 간호
조무사로 일하고 있어. 데렉은 지난 20년간 행정부서에 처박혀 지

내다가 당신과 손잡고 다시 수사현장에 나서더니 물 만난 고기처럼 생기가 돌더군."

"데렉은 원래 현장 체질이야."

"이번 수사에 한해 받아들인 거야. 데렉은 그 사건 이후 현장에 나가지 않았어."

"차라리 사표를 내고 나른 일을 시작하면 되잖아. 근무연한을 채웠으니 연금을 받으면서 다른 일을 알아볼 수 있을 거야."

"아직 이 집 융자금을 다 갚지 못했어."

"융자금이 부담되면 집을 팔아. 2년 뒤면 아이들도 대학교에 진학해 집을 떠나게 될 거야. 어디 조용한 곳에 둘이서 살 집을 찾아봐. 이 정글 같은 도시를 떠나는 거야."

"떠나서 뭘 하면서 살게?"

"이제부터 찾아보면 되지."

수영장 수면에서 반사된 빛이 달라의 얼굴을 비췄다.

잠시 침묵이 흘렀고, 내가 먼저 입을 열었다.

"내가 추진하는 계획이 뭔지 알려줄까?"

"뭔데?"

"아직 준비가 끝나지 않았지만 내가 뭘 하려는지 알려줄 테니까 따라와 봐."

우리는 데렉과 애나를 집안에 남겨두고 차에 올랐다. 나는 퀸스 쪽으로 달리다가 레고파크로 접어들었다. 내가 거리에 차를 세우자 달라는 곧바로 알아차렸다. 달라가 차에서 내려 가게를 바라보며 물었다.

"당신이 이 가게를 얻은 거야?"

"이제 곧 내부공사를 시작할 거야."

달라가 장막으로 가려놓은 간판을 쳐다보았다.

나는 가게 안으로 들어가 간판조명 스위치를 올린 나음 사다리를 타고 위로 올라가 장막을 잡아당겼다. 어둠 속에서 간판 글자가 반짝였다.

더 리틀 러시아

달라는 할 말을 잃은 듯 멍하니 간판을 바라보고 있었다.

"난 아직도 당신들이 조리법을 연구한 노트를 가지고 있어."

나는 나타샤가 조리법을 깨알같이 적어놓은 노트를 달라에게 보여주었다.

달라는 꿀 먹은 벙어리처럼 입을 다물었다.

"첫 번째 메뉴로 햄버거를 선보일 거야. 나타샤 소스 햄버거. 당신이 도와준다면 다른 요리도 선보일 수 있겠지. 달라, 나와 함께 일해 보는 건 어때?"

"무모한 짓이야! 왜 이런 일을 저질렀어?"

"지난날을 되찾고 싶었어."

"지난날을 다시 찾을 수는 없어."

달라는 울음을 터뜨리며 어둠 속으로 뛰어갔다.

3장

오디션

2014년 7월 14일 월요일 - 7월 16일 수요일

제스 로젠버그
2014년 7월 14일 월요일
연극제 개막 12일전

데렉과 나는 레이크팰리스호텔 식당 구석자리에 몸을 숨기고 조금 떨어진 거리에 앉아있는 커크를 지켜보고 있었다. 커크는 방금 전 아침 식사를 하기 위해 식당으로 내려왔다.

메타가 식당으로 들어오더니 커크를 알아보고는 그의 테이블로 다가가 앉았다.

"오늘은 수많은 좌절을 목도하겠군. 다 뽑아줄 수는 없으니까요."

"뜬금없이 무슨 말을 하는 거요?"

"당신은 모태 얼간이가 분명해요. 어쩜 그리 눈치가 없어요. 오늘 난 오르피아에서 최고의 배우들을 뽑는 오디션을 열 예정이오."

웨이터가 주문을 받으려고 테이블로 다가왔다. 메타는 커피와 계란반숙을 주문했다. 커크는 음식을 주문하는 대신 웨이터의 얼굴을 뚫어져라 쳐다보았다.

"무얼 드시겠습니까?"

커크가 버럭 화를 냈다.

"난 자네 같은 웨이터는 상대 안 해. 당장 가서 지배인을 불러와."

식당 안에 있던 사람들 모두가 커크를 한심하다는 듯 쳐다보았다.

지배인이 연락을 받고 달려왔다.

"감독님 무얼 드시겠습니까?"

"로열 에그와 캐비아를 먹겠소."

애나가 전화해 경찰서에서 우리를 기다리고 있다고 했다. 내가 레이스팰리스호텔에 있다고 하자 즉시 자리를 옮기라고 했다.

"커크의 뒤를 밟고 있는 걸 알면 브라운 시장이 문제 삼을 수도 있어요. 골지 아픈 일이 생길 수도 있으니까 경찰서로 오시는 게 좋겠어요."

데렉과 나는 레이크팰리스호텔을 나와 경찰서로 갔다. 제레미아 폴드에 대해 알아본 결과 그가 1994년 7월 16일에 교통사고로 사망했다는 사실을 알아냈다. 4인 살인사건보다 불과 2주 앞선 시점이었다. 제레미아는 이상하게도 전과기록이 전혀 없었다. 한때 ATF(미연방 화기 단속국)의 수사대상에 오른 적이 있었지만 혐의점을 찾지 못해 수사가 종결되었다. 리지스포트 경찰서에 연락해 어떤 사건이었는지 물었더니 신통찮은 대답이 돌아왔다.

"제레미아 폴드에 대한 수사기록이 전혀 남아있지 않습니다."

데렉이 말했다.

"제레미아의 사망 시점은 4인 살인사건이 일어나기 이주일 전이었어요. 그러니까 4인 살인사건에 연루되었을 가능성은 제로라고 봐야 해요."

우리는 일단 제레미아와 관련된 사항을 수사선상에서 제외시키고, 스테파니에게 소설을 쓰라고 부추긴 인물을 찾아내는 데 열중하기로 했다.

데렉이 애나와 나에게 설명했다.

"스테파니는 구인광고를 보고 문제의 인물을 찾아가 만났어요. 스테파니의 소설을 보면 문제의 인물이 지난 20년 동안 어떤 신문에 구인광고를 실었다고 술회하는 부분이 나와요."

데렉이 그 부분의 글을 소리 내어 읽었다.

그 이상한 구인광고는 구둣가게 광고와 어느 중국식당 광고 사이에 자리 잡고 있었다. 20달러도 안 되는 가격에 뷔페를 제공한다는 식당이었다.

성공작을 쓰고 싶습니까?
진지한 작업을 맡아줄 야망 있는 작가를 구함.
신원보증서 필수.

데렉이 말했다.

"스테파니가 정기 구독한 신문은 하나였어요. 그녀가 다닌 노틀담대학교 문학부에서 발행한 학보. 지난해 발행한 그 대학신문을 전부 모아왔어요."

애나는 데렉의 생각에 동의하지 않았다.

"우연히 들춰본 신문에서 광고를 보았을 수도 있잖아요. 카페, 지하철, 병원대기실, 어디에나 신문은 널려 있어요."

"물론 그렇지만 모든 신문을 다 조사해볼 수는 없잖아요. 일단 스테파니가 구독한 신문에서 찾아봐야죠."

∴

대극장은 오디션을 보러 몰려든 사람들로 북적거렸다. 커크가 무대 위에 테이블을 앞에 놓고 앉아 있었다. 오디션 참가자들이 두 사람씩 무대 위로 올라가 1막에 나오는 대사를 소리 내어 읽고 나면 커크가 합격 여부를 결정했다.

비가 내리는 을씨년스러운 아침, 지방도로는 극심한 정체 현상을 빚고 있다. 차들이 꼬리를 물고 멈춰 서 있다. 운전자들은 짜증을 내며 클랙슨을 눌러댄다. 갓길을 따라 젊은 여자 하나가 긴 자동차 행렬을 거슬러 올라간다. 경찰이 바리케이드를 쳐둔 곳까지 걸어간 여자가 경비를 서고 있는 경관에게 묻는다.

젊은 여자 : 무슨 일이죠?
경찰관 : 남자가 죽었어요. 오토바이를 타고 가다가 변을 당했어요.

"형편없군!"
커비가 불합격 판정을 내리면 오디션 참가자는 즉시 무대를 내려가야 했다. 몇몇 사람은 억울하다는 듯 버티고 서서 항의했다.
"도대체 합격 여부를 결정하는 판단 기준이 뭡니까?"
"이 연극의 연출자는 나야. 내 마음에 들어야 합격이야."
"한 번만 더 해보면 안 될까요?"
"누구에게나 기회는 한 번뿐이야."
"겨우 대사 한줄 읽고 끝나다니 너무 억울하잖아요."
"운이 없는 탓이라고 생각하고 내 눈앞에서 당장 꺼져!"

$$\therefore$$

다코타는 레이크팰리스호텔 스위트룸 308호실에서 거실 소파에 앉아 제리의 말을 듣고 있었다. 제리는 노트북을 테이블에 올려놓고 딸을 설득하는 중이었다.

"우리 연극오디션에 참가해볼까?"

"연극은 따분해."

"넌 지난날 연극대본을 직접 써본 적도 있잖아. 지금 생각해도 잘 쓴 대본이었는데 무대에 올리지 못해 정말 아쉬웠어."

다코타가 잘라 말했다.

"이제는 관심 없어요."

제리의 표정에 아쉬움이 묻어났다.

"넌 매사에 호기심이 많던 아이였는데 왜 이렇게 되었니? 책이라고는 한 줄도 읽지 않고, 점심에 먹은 음식 사진을 찍어 SNS에 올리는 게 고작 하루일과의 전부잖아."

"자꾸 그런 말을 하니까 꼰대 소리를 듣는 거예요."

"뭘 하고 싶니? 해변에 나가볼까?"

"뉴욕에는 언제 돌아가요?"

제리는 결국 역정을 냈다.

"너도 힘들겠지만 아빠를 봐서라도 조금 노력하는 모습을 보여 줄 수 있잖아. 나도 할 일이 없어서 이러고 있는 게 아니야. 〈채널 14〉는 저녁 6시 시간대를 선도할 프로그램을 만들기 위해 총력을 기울이고 있어."

"아빠가 원하는 일을 하세요. 누가 말려요."

다코타는 통명스럽게 말하고 나서 자기 방으로 들어가 문을 닫았다.

제리는 한숨을 푹 내쉬고 나서 노트북에 설치된 카메라를 작동시켜 방송사 임원들과 영상회의를 시작했다.

맨해튼의 〈채널14〉 타워 54층 회의실에서는 참석자들이 모여 초조한 얼굴로 회의 시작을 기다리고 있었다.

"사장님은 지금 어디에 계시죠?"

"햄프턴에 계세요."

"원래 재주는 곰이 부리고, 돈은 사장이 벌잖아요."

여직원이 말했다.

"사장님은 지금 오르피아에서 딸을 케어하고 있나 봐요. 마약중독에다 온갖 사고뭉치라더군요."

"요즘은 부잣집 애들이 더 방탕하게 놀아요. 부모 덕분에 굳이 노력할 필요가 없을수록 말썽을 부리게 되나 봐요."

영상회의가 연결되면서 모두들 입을 다물었다.

벽에 걸린 화면에 제리의 얼굴이 나타났다. 모두가 화면을 향해 인사를 건넸다.

제작부장이 먼저 말을 시작했다.

"단시간에 폭넓은 공감을 이끌어낼 수 있는 기획이 있어 집중적으로 추진하고 있습니다. 비만가족의 살을 빼는 과정을 담아내는 리얼리티 프로그램입니다. 모든 연령층의 시청자를 고르게 확보할 수 있는 콘셉트라고 할 수 있죠. 시청자 패널들을 대상으로 테스트를 해봤는데 대단히 성공적이었습니다."

제리의 얼굴에 화색이 돌았다.

"내가 보기에도 괜찮은 기획이네요."

제작부장이 프로그램 기획자에게 발언순서를 넘겼다.

"비만가족은 근육질 헬스코치의 지도를 받게 됩니다. 온몸이 근육인 헬스코치는 엄격하면서도 심술궂은 면이 있는 캐릭터입니다. 에피소드가 진행되면서 헬스코치 역시 과거 한 때는 뚱보였는데 비곗살과의 피나는 전쟁을 치른 끝에 당당하게 승리한 사실이 밝혀지는 거예요. 시청자들은 이처럼 다충적인 인물유형을 좋아합니다."

제작부장이 옆에서 거들었다.

"에피소드 진행 상 갈등구조가 절대적으로 필요합니다. 두세 가지 갈등구조를 준비했는데 하나같이 시청자들 사이에서 의견이 엇갈릴 수 있는 것들이죠. 예를 들면 체중조절에 실패해 좌절감을 느낀 출연자가 초콜릿 아이스크림을 앞에 두고 눈물을 흘리며 마구 퍼먹는 거예요. 헬스코치는 그 출연자의 울음소리를 들으면서도 아랑곳하지 않고 팔굽혀펴기와 복근운동을 하는 장면을 보여주는 식이죠."

제리가 말했다.

"다이어트를 소재로 한 프로그램인데 지나친 감동 코드로 몰아가는 건 오히려 역효과를 낼 수도 있어요. 시청자들은 오히려 첨예한 갈등구조를 좋아하죠. 다이어트에 실패한 출연자가 아이스크림을 먹으며 우는 장면은 너무 진부해 식상할 수도 있습니다. 다른 에피소드를 생각해봐요."

이번에도 제작부장이 나섰다.

"갈등구조를 늘리기 위해 내용전개에 변형을 줄 생각인데, 예를 들어 두 가족이 휴가를 떠나 동일한 별장에 묵게 하는 겁니다. 한 가족은 스포츠를 즐기는 편이라 부모와 자녀 모두 몸이 단단하고 건강합니다. 식사는 삶은 야채만 먹고 기름진 음식은 절대로 손에 대지 않아요. 다른 한 가족은 모두 비만체질이고, 하루 종일 TV 앞에 앉아 피자를 주문해먹습니다. 모든 면에서 상반된 두 가족의 아슬아슬한 대비를 보여주면 시청자들은 긴장과 스릴을 느끼게 될 겁니다. 스포츠를 즐기는 가족이 비만 가족에게 이렇게 말해요. '어이, 우리 함께 헬스클럽에 갈까? 운동을 하고 나서 다이어트 요리를 잘 하는 식당에 들르는 거야.' 그러면 비만 가족이 스포츠 가족에게 이렇게 말하는 거예요. '고맙지만 우리는 소파에 앉아 치즈 나초를 먹는 게 더 좋아. 얼음을 넣은 콜라를 곁들이면 제격이지.' 라고요."

회의 참석자들 모두 좋은 아이디어라며 환영했지만 법률고문이 우려를 표했다.

"비만 가족에게 단 음식을 먹게 하면 당뇨병에 걸릴 수도 있습니다. 그렇게 될 경우 나중에 우리가 치료비를 배상해야 할지도 모릅니다."

제리가 법률고문에게 말했다.

"비만 가족의 식습관을 따라 해서는 안 된다는 자막을 넣어주면 문제가 되지 않을 겁니다."

법률고문이 제리의 아이디어를 곧바로 메모했다.

이번에는 홍보국장이 나섰다.

"그라시토스(Grassitos '기름진 튀김'이라는 의미 : 옮긴이) 사에서 협찬을 원합니다. 그라시토스 칩이 체중감량에 도움이 된다는 내용을 에피소드에 넣어주면 제작비 일부를 지원하겠답니다. 얼마 전 그 회사는 살충제 사과 파동으로 브랜드이미지가 실추돼 회복 기회를 노리고 있는 실정이죠."

제리가 물었다.

"살충제 사과요?"

"몇 년 전, 그라시토스 사는 아이들이 과도한 지방을 섭취하게 만든다는 비난에 직면하자 뉴욕 주 빈민지역 학교들의 급식에 사과를 지급했습니다. 나중에 그 사과들이 암을 유발하는 살충제에 오염된 것으로 밝혀졌어요. 그 사건 이후 그라시토스 사의 브랜드

이미지가 폭락하게 되었죠."

제리가 고개를 끄덕였다.

홍보국장이 말을 이었다.

"그라시토스 사는 근육질 헬스코치가 방송에서 그 회사 스낵을 먹는 장면을 내보내달라더군요. 헬스코치나 스포츠 가족을 라티노로 섭외해주면 좋겠다는 요구도 했습니다. 라티노들이 주로 그 회사의 칩을 소비해준다고 하더군요."

"우선 우리가 요구조건을 수용할 경우 얼마나 투자할 수 있는지 알아봐요."

제리는 노트북화면에 집중하느라 다코타가 방에서 나와 등 뒤에 서 있는 걸 알아차리지 못했다. 다코타는 회의에 몰두해있는 제리를 바라보다가 출입문을 열고 밖으로 나갔다. 그녀는 일층 로비에서 도어맨에게 포르쉐를 내달라고 해 오르피아 중심가 방향으로 달렸다. 오션로드로 접어들었다가 주택가를 가로질러 해변으로 갔다.

다코타는 가족들이 여름휴가를 보냈던 별장 앞에 차를 세웠다. 한때 가족과 함께 행복한 시간을 보낸 집이었다. 대문 앞에 차를 세우고, 금속 주물로 새겨 넣은 글자를 바라보았다.

〈에덴동산〉

다코타는 핸들에 엎드려 오랫동안 울었다.

∴

애나와 데렉이 경찰서에서 《노틀담대학보》를 살펴보는 동안 나는 《오르피아크로니클》지를 방문했다. 4인 살인사건을 다룬 기사를 전부 찾아볼 생각이었다.

나는《오르피아크로니클》지의 편집실에서 마이클을 만나자마자 말했다.

"지난 신문들을 찾아보려고 왔습니다."

"당연히 협조해드려야죠."

마이클은 어깨를 으쓱 추어올리고 나서 지하 문서창고로 나를 데려갔다. 그는 내가 원하는 기사들을 모두 찾아내 복사해주었다.

"혹시 제레미아 폴드라는 이름을 들어봤습니까?"

"들어본 적 없는 이름인데, 누구죠?"

"리지스포트의 건달인데 테드가 〈카페아테나〉를 열기 위해 공사를 할 때 그를 협박해 거액의 돈을 뜯어냈나 봐요."

마이클이 깜짝 놀란 표정을 지었다.

"테드가 협박을 받고 돈을 뜯겼다고요?"

"그래요. 그런 사실을 1994년 수사 당시에서는 모르고 지나쳤죠."

마이클은 '다크 나이트'를 조사하는 데도 도움을 주었다. 그는 리지스포트에서 발행되는 일간지《리지스포트 이브닝스타》지에 연락해 '다크 나이트'라는 키워드가 들어간 모든 기사를 찾아달라고 부탁했다. 결과적으로 주목할 만한 성과는 없었다. '다크 나이트' 연관 기사는 1993년 가을에서 1994년 여름에 걸쳐 오르피아 지역에서 발행된 신문들에서만 찾아볼 수 있었다.

마이클이 내게 물었다.

"커크의 연극이 당시 사건과 무슨 연관이 있죠?"

"아직은 나도 아는 게 없어요. 나 역시 연극 내용이 궁금할 따름입니다."

나는 경찰서로 돌아와 복사해온 기사들을 꼼꼼히 읽어보며 참고가 될 만한 기사와 쓸모없는 기사를 분류했다.

《노틀담대학보》를 들춰보던 데렉의 입이서 별안간 탄성이 터져나왔다.

"빙고! 바로 이거야."

2013년 가을호 21페이지에 수수께끼 같은 광고가 실려 있었다.

성공작을 쓰고 싶습니까?

진지한 작업을 맡아줄 야망 있는 작가를 구함.

신원보증서 필수.

∴

다코타는 〈에덴동산〉 대문 앞에 차를 세워두고 한참 동안 가만히 앉아 있었다. 태라 스칼리니가 떠올랐다. 그녀는 태라에게 몹쓸 짓을 저지른 자신을 결코 용서할 수 없었다. 다시 눈물이 솟구치며 고통이 가슴을 짓눌렀다. 죽기 전까지 결코 사라지지 않을 고통이었다. 이제 더 이상 살고 싶지 않았다.

다코타는 서둘러 가방을 뒤져 케타민 앰플을 찾아보았지만 없었다. 그 대신 친구 레일라가 준 플라스틱상자가 손에 잡혔다. 상자 안에 코로 흡입하는 헤로인이 들어 있었다. 아직 헤로인을 흡입해본 적은 없었다. 그녀는 계기판에 백색가루를 한 줄로 늘어놓고 몸을 굽혀 코를 갖다 댔다.

집 안에 있던 제럴드 스칼리니는 수상한 차 한 대가 한참 전부터 대문 앞에 서 있었다는 아내의 말을 듣고 경찰에 신고했다.

브라운 시장은 오디션이 열리는 대극장으로 갔지만 참가자들이 온갖 수모를 당한 끝에 불합격 통보를 받고 물러서는 장면을 목도했다.

커크는 결국 맘에 드는 배우를 단 한 사람도 찾아내지 못했다.

"오늘 오디션은 이만 마치겠습니다."

무대 위로 올라간 브라운 시장이 커크에게 물었다.

"배우가 모두 몇 사람 필요하죠?"

"대강 여덟 명 정도면 될 겁니다."

브라운이 기가 막힌다는 표정으로 되물었다.

"대강이라니요? 아직 배우가 몇 명이 필요한지도 모르는 겁니까?"

커크가 똑같은 말을 되풀이 했다.

"대강 그렇다니까요."

브라운 시장은 어깨를 축 늘어뜨리고 발길을 돌리기 전에 한마디 했다.

"오디션을 볼 시간이 하루밖에 남지 않았어요. 서두르지 않으면 일정을 맞출 수 없어요."

경찰차 여러 대가 〈에덴동산〉 앞으로 몰려들었다. 다코타는 등 뒤로 두 손이 묶인 가운데 재스퍼의 차량 뒷좌석에서 앉아 있었다. 재스퍼가 열린 차창을 통해 다코타에게 물었다.

"여기서 무얼 하고 있었지? 그 빌어먹을 코카인을 팔려고 망을 보고 있었던 거야? 코카인을 살 사람이 여기에 오기로 되어 있었지?"

다코타가 울면서 말했다.

"코카인을 팔 생각은 없었어요. 당장 아빠에게 연락해줘요."

"차안에서 코카인을 흡입한 것만으로도 구속감이야."

샬롯은 동물병원 일을 마치고 조금 전 귀가해 현관 포치에 나와 남편을 기다렸다. 잠시 후 브라운 시장이 대극장에 들렀다 오는 길이라며 그녀 곁에 앉았다.

샬롯은 손을 내밀어 남편의 흘러내린 머리카락을 다정하게 쓸어 넘겨주었다.

"오디션은 잘 되어가고 있어?"

"그야말로 엉망이야."

샬롯은 담배를 한 대 피워 물었다.

"나도 오디션에 나가볼까?"

"당신이 원하면 해봐."

"무대에 오르지 않은 지 20년이나 지났어."

"당신은 연기에 재능이 있으니까 잘해낼 수 있을 거야."

샬롯은 대답 대신 근심스러운 표정으로 한숨을 쉬었다.

"당신, 무슨 일 있어?"

"조용히 비켜서있는 편이 나을 거야. 커크 가까이 가지 않는 편이 좋아."

"뭐가 두려운데?"

"커크가 어떤 사람인지 잘 알면서 그래."

제리는 방에 누워 있는 줄 알았던 다코타가 사라졌다는 사실을 깨닫고 어찌할 바를 몰라 했다. 그때 마침 휴대폰이 울리는 바람에 허둥지둥 전화를 받았다.

"다코타?"

"제리 에덴 씨죠? 오르피아경찰서의 재스퍼 몬테인입니다."

"다코타가 지금 경찰서에 잡혀 있나요?"

"따님은 마약소지혐의로 체포되었고, 내일 아침 판사 앞에 출두하게 될 겁니다. 오늘밤은 유치장에서 보내야할 테고요."

제리 에덴

1994년 여름, 나는 뉴욕의 한 라디오 방송국의 젊은 연출자였다. 고등학교 시절부터 서로 사랑한 신시아와 이제 막 결혼해 신혼생활을 시작했고, 수입은 그리 많지 않아 겨우 생활을 유지할 수 있는 정도였다.

그 시절, 우리는 서른 살이었고, 공기처럼 자유로웠다. 우리는 주말마다 중고 쉐보레 코르벳에 몸을 싣고 전국을 돌아다녔다. 잠은 모텔이나 여인숙에서 잤다.

신시아는 브로드웨이에 있는 소극장 서무과에서 일했고, 업무상 공연티켓을 쉽게 손에 넣을 수 있어 우리는 돈을 들이지 않고도 매주 연극을 보러 다녔다. 돈은 풍족하지 않았지만 우리는 충분히 행복했다.

우리는 1994년 1월에 결혼했는데 여행하기 좋은 여름이 될 때까지 신혼여행을 뒤로 미루었다. 주머니 사정상 목적지도 코르벳을 타고 이동할 수 있는 거리 내에서 선택하기로 했다. 그러던 중 오르피아에서 연극제가 열린다는 소식을 접했다. 예술계는 호의적인 전망을 쏟아냈고, 비평가들도 다수 참석하게 될 거라는 보도가 이어졌다.

나는 오르피아에 머무는 동안 지낼 멋진 집을 찾아냈다. 수국이 울타리를 이룬 목조가옥으로 바로 옆이 해변이었다. 그 집에서 보낼 열흘 동안의 시간이 우리에게 오랜 세월 잊지 못할 추억을 만들어줄 거라는 기대감이 일었다. 역시나 기대 이상으로 행복한 시간이었다. 여행을 마치고 뉴욕으로 돌아온 나는 신시아가 임신한 사실을 알게 되었다. 1995년 4월, 마침내 사랑스러운 외동딸 다코타가 태어났다.

다코타가 우리의 삶 속으로 들어온 이후 우리 부부의 일상은 온통 뒤죽박죽이 되었다. 나는 그렇게 빨리 아이가 생기리라고는 미처 예상하지 못했다. 그때까지 주말마다 2인승 스포츠카를 타고 전국을 누벼왔던 우리의 삶은 3인체제로 바뀌었다. 2인승 차를 팔고 새 차를 구입했고, 방이 하나 더 있는 아파트로 옮겨야 했고, 육아용품을 마련하느라 돈을 써야 했다. 갑자기 지출이 늘어난 상황인데 하필이면 신시아가 소극장에서 해고되었다. 내가 근무하던 라디오방송국이 재벌 방송그룹에 매각되면서 조직개편과 구조조정에 대한 살벌한 소문들이 나돌았다. 일자리를 잃게 될지도 모른다는 두려움 때문에 자발적으로 더 많은 행정업무를 떠맡아야 했다. 일을 마치고 집으로 돌아오고 나서도 해야 할 일이 산더미처럼 쌓여 있었다. 신시아 역시 새 직장을 구하기 위해 애쓰는 한편 다코타를 돌보느라 여념이 없었다. 힘들고 지친 날들이 계속되던 그해 여름 나는 신시아에게 아무리 바쁘더라도 오르피아의 민박집으로 며칠간 휴가를 다녀오자고 제안했다. 오르피아 민박집은 우리 부부에게 언제나 기적처럼 좋은 일들을 만들어준 추억의 장소였으니까.

휴가를 다녀온 후 신시아는 새 일자리를 구하게 되었다. 회사가 뉴저지에 있어 매일 세 시간가량 대중교통수단을 이용해 출퇴근했다. 나는 다코타를 유아원에 데려다주고 나서 회사에 출근했고, 끝나면 다시 데려오고 장까지 보느라 눈코 뜰 새 없이 바빴다.

휴가철에 오르피아에 가면 스트레스와 긴장감, 우리 부부가 서로를 이해 못해 쌓여온 불만들이 소리 없이 녹아내렸다. 오르피아의 공기는 깨끗했고, 살랑거리는 바람이 귀를 간질였고, 하늘은 높고 푸르렀다. 민박집 주인 부부는 다코타를 무척이나 귀여워했고, 우리 부부가 연극제 공연을 보러가는 날에는 기꺼이 맡아 돌봐주었다.

오르피아에서 휴가를 마치고 돌아올 때마다 우리는 다시 살아갈 수 있는 활기를 얻었다.

나는 야망이 그리 큰 사람이 아니었고, 신시아와 다코타가 없는 승진이나 성공은 의미가 없었다. 일 년에 일주일 이상을 오르피아에 머물고 싶었고, 작은 민박집보다는 좀 더 안락한 공간을 마련하고 싶었다. 신시아가 매일 세 시간씩 대중교통을 타고 출퇴근해야 하는 상황에서 벗어나게 해주고 싶었다. 다코타를 최고의 사립학교에 보내 양질의 교육을 받게 해주고 싶었다. 나는 승진과 성공, 더 많은 보수를 받기 위해 매진했다. 나는 연출 일을 접고 관리업무를 하기 시작했다. 일선에서 뛸 때보다 일이 훨씬 더 지루했고, 방송 일을 할 때마다 느껴지던 열정과 희열이 잦아들었지만 기꺼이 감수했다. 방송국에서 가장 먼저 출근하고 가장 늦게 퇴근하는 사람이 바로 나였고, 내게 주어진 승진 기회를 놓치지 않고 움켜쥐었다.

봉급이 세 배로 늘어나 경제적으로 윤택해졌고, 신시아는 일을 그만두고 다코타와 더 많은 시간을 보낼 수 있게 되었다. 오르피아로 휴가를 떠나서도 매번 호사스러운 집을 빌렸고, 청소도우미를 불러 집안청소와 식사 준비를 맡겨 여름 내내 여유 있는 시간을 보낼 수 있게 되었다. 내가 꿈꾸던 삶과 조금 다르기는 했지만 경제적으로 여유가 있다는 건 여러모로 편리했다.

나는 3년 만에 방송국 내에서 각각의 TV채널에서 방영할 시리즈물을 총괄 기획하는 책임자 자리에 올라섰다. 새로운 직책을 맡게 되면서 며칠씩 일을 떠나있기 힘들어졌다. 신시아와 다코타가 오르피아의 수영장에서 일광욕을 즐기며 두 달을 보내는 동안 나는 수시로 방송국으로 돌아와 시급한 현안을 처리했다. 신시아는 내가 좀 더 많은 시간을 가족과 함께 하지 못한다고 불평했지만 내 귀에는 온통 복에 겨운 소리로 들릴 뿐이었다.

나는 승진을 거듭했고, 수입은 계속 증가했고, 그만큼 일도 더 늘어났다. 내가 근무하는 방송국은 여러 미디어 계열사를 인수 합병해 초대형미디어그룹이 되었다. 나는 유리벽으로 이루어진 마천루의 넓은 사무실을 차지하게 되었고, 승진을 거듭할수록 더 높고 넓은 곳으로 옮겨갔다. 내 사무실이 마천루 꼭대기를 향해 올라갈수록 연봉도 더불어 뛰었다. 작은 라디오방송국 연출자이던 내가 10년 후 미국에서 선두를 달리는 TV방송국 〈채널14〉의 최고경영자가 되었다. 나는 유리로 된 54층 사무실에서 아래를 내려다보며 부하직원들을 지휘했고, 그 대가로 매달 75만 달러를 받았다.

신시아와 다코타가 바라는 선물이 있으면 거리낌 없이 사줄 수 있었다. 호화아파트와 스포츠카를 구입했고, 명품의류를 입었다. 다코타를 뉴욕 최고의 명문 사립학교에 입학시켰고, 방송국 전용기를 타고 세인트바스 섬으로 휴가를 떠나 일주일을 보내다가 왔다. 오르피아 바닷가에 내가 오랫동안 꿈꾸던 집을 짓고, 〈에덴동산〉이라는 이름을 대문에 새겨 넣었다.

신시아와 다코타에게 경제적인 여유와 안정된 생활을 제공하기 위해 나는 〈채널14〉에 내 모든 열정과 시간, 관심을 쏟아 부어야만 했다. 신시아와 다코타는 여름휴가 때마다 오르피아의 새로 지은 집에서 여름휴가를 보냈고, 날씨가 좋은 계절에는 주말마다 그곳으로 달려갔다. 나도 가족들과 좀 더 많은 시간을 보내기 위해 집 안에 서재 겸 사무실을 꾸미고, 화상회의를 통해 급한 업무를 처리했다.

겉보기에는 더할 수 없이 호화롭고 안락한 삶이었지만 갈수록 신시아와 불협화음이 커져가고 있었다. 신시아는 내가 가족을 위해 더 많은 시간을 할애해주길 바랐다. 휴가를 떠나와서도 손에서 일을 놓지 않는다고 불평했지만 내가 열정을 쏟아 부어 일하지 않는다면 과연 현재와 같은 경제적 여유를 누릴 수 있을지 의문이었다. 뱀이 자기 꼬리를 물고 빙빙 돌듯 나는 계속 출구 없는 질주를 벌였다. 그러는 사이 신시아의 불평은 더욱 늘어만 갔고, 우리 부부의 갈등도 점점 깊어졌다.

"서재에 틀어박혀 일만 하려면 여기에 올 필요가 없잖아?"

"당신이랑 다코타랑 좀 더 오래 있고 싶어 온 거야."

"아냐, 당신은 몸은 여기 있지만 마음은 다른 데 가 있어."

해변에서도, 저녁식사를 하러 나간 식당에서도 갈등은 끊임없이 이어졌다. 이따금 나는 혼자 예전 민박집에 가보곤 했다. 그 집 대문은 주인이 세상을 떠난 뒤로 굳게 닫혀 있었다. 그 작고 허름한 목조가옥을 바라보면서 나는 우리의 지난 시절 휴가를 떠올렸다. 돈을 아끼기 위해 어쩔 수 없이 선택했던 허름한 민박집이었지만 우리는 그곳에서 지낼 때 더없이 행복했다. 그 시절로 돌아가고 싶었지만 어떻게 해야 할지 방법을 알 수 없었다.

만약 누군가 나에게 신시아와 다코타를 위해 최선을 다했는지 묻는다면 나는 한시도 머뭇거리지 않고 그렇다고 대답할 수 있다.

만약 누군가 신시아와 다코타에게 제리 에덴이 가장 바람직한 남편이자 아버지였냐고 묻는다면 과연 어떻게 대답할까? 아마도 신시아와 다코타는 제리 에덴이 방송국 대표 자리까지 올라가기 위해 쏟아 부은 열정과 노력은 오로지 본인의 성공을 위한 것일 뿐이고, 자기도취와 일중독 탓이었다고 말하지 않을까?

누가 옳고 그르든 중요한 건 세월이 흐르는 동안 오르피아의 마법이 더 이상 통하지 않게 되었다는 점이었다. 우리 가족은 오르피아에 머무는 동안에도 신뢰와 사랑을 회복하지 못했다. 화해의 길로 나가는 비상구가 아예 닫혀버렸다.

그러다가 2013년 봄의 사건이 일어났고, 우리는 오르피아의 집을 팔아야만 했다.

제스 로젠버그

2014년 7월 15일 화요일

연극제 개막 11일전

《노틀담대학보》에서 문제의 광고를 찾아냈지만 의뢰한 사람을 찾아내기가 생각처럼 쉽지 않았다. 학보 편집실의 광고담당자는 의뢰인에 대해 아무런 정보도 갖고 있지 않았다. 프런트에서 광고를 접수받았고, 비용을 현금으로 지불해 의뢰인에 대한 신상자료를 남겨두지 않았다고 했다. 문제의 광고는 매년 가을 호에 꾸준히 게재되어오고 있었다.

"왜 하필 가을 호에 광고를 냈을까요? 가을 호에는 어떤 특별한 점이 있을까요?"

"가을 호가 개강 무렵 나오기 때문에 가장 많은 부수를 발행하죠."

대학이 가을에 개강하고, 신입생이 새롭게 들어오는 시즌이라 집필자를 만나는데 유리했을 거라는 생각이 들었다.

"내가 광고의뢰인의 입장이었다면 여러 대학신문에 동시에 광고를 냈을 거야."

뉴욕과 근교의 여러 대학 학보 편집실에 연락해본 결과 데릭의 추정이 옳았다. 수년 전부터 동일한 광고가 여러 학교의 학보 가을 호에 게재되었다는 걸 알 수 있었지만 여전히 광고의뢰인의 신원에 대해서는 아무런 단서도 찾을 수 없었다. 다만 광고의뢰인이 남자이고, 1994년에 오르피아에 있었고, 테드가 살인범이 아니라는 사실을 알고 있었던 것으로 추정되었다. 우리의 수사가 잘못되었다는 점이 광고의뢰인이 4인 살인사건에 대해 글을 쓰고자 한 이유로 짐작되었다. 어떤 이유인지 모르겠으나 광고의뢰인은 직접 글을 쓸 수 없는 사정이 있었다는 걸 알 수 있었다.

데렉이 혼잣말처럼 중얼거렸다.

"반드시 글을 쓰고 싶은데 쓸 수 없는 사람이 누굴까?"

"매년 학보에 광고를 내면서까지 글을 대신 써줄 작가를 구하려고 했던 인물이야."

애나가 검은 매직펜으로 마그네틱보드에 한 가지 질문을 적어 넣었다.

글을 쓰고 싶지만 쓸 수 없는 사람이 누굴까?

우리는 《오르피아크로니클》지를 복사한 기사들을 다시 뒤져보기로 했다. 기사를 살펴보던 데렉이 별안간 긴장하며 어떤 구절을 붉은 펜으로 표시했다. 그의 표정이 매우 신중해보여 우리도 덩달아 긴장했다.

애나가 물었다.

"뭔가 찾아내셨어요?"

데렉은 손에 든 기사에서 여전히 눈을 떼지 못했다. 그가 읽어준 부분은 1994년 8월 2일자 신문에 실린 기사 내용이었다.

경찰 내부 소식통에 따르면 곧 세 번째 증인이 등장할 예정이다. 범행에 대한 정보를 전혀 입수하지 못한 경찰 입장에서 보자면 증인의 등장은 수사에 진전을 이룰 수 있는 중요한 계기가 될 수 있을 것이다.

"세 번째 증인이라니, 도대체 무슨 소리야? 증인은 인근에 사는 주민 두 사람밖에 없었어."

데렉도 나만큼 어리둥절해하는 표정이었다.

애나는 즉시 마이클에게 연락해봤지만 세 번째 증인에 대해서는 아는 바가 없다고 했다. 다만 사건 발생 사흘 뒤 오르피아에 그런 소문이 퍼져나갔던 적이 있다는 걸 기억해냈다.

"문제의 기사를 쓴 기자가 10년 전에 사망해 정보를 얻게 된 경위를 알아낼 수는 없어요. 내가 추측하기로 기사에서 언급한 경찰 내부 소식통이란 걸리버 서장이 분명해요. 론 걸리버는 늘 입이 가볍기로 유명했던 사람이니까."

걸리버 서장은 자리를 비운 상태였고, 우리는 그가 돌아오기를 기다렸다. 경찰서로 돌아온 걸리버 서장이 애나의 방으로 우리를 찾아왔다.

내가 걸리버 서장에게 물었다.

"혹시 4인 살인사건 당시 세 번째 증인에 대한 언급이 신문에 실린 경위를 알고 있습니까?"

걸리버 서장은 잘 알고 있는 내용인 듯 즉시 대답했다.

"세 번째 증인에 대해 언급한 사람은 마티 코너스입니다. 펜필드 크레센트 가까이에 있는 주유소에서 일하던 사람이죠."

"당시 수사를 담당했던 우리는 왜 그 이름을 처음 듣는 걸까요. 당신은 그 사람이 주장한 말을 들었으면서 우리에게 알리지 않은 이유가 뭡니까?"

"내가 보기에는 마티의 증언이 전혀 신빙성이 없어보였어요."

내가 화가 나서 소리쳤다.

"수사상 매우 중요한 정보를 입수했으면 담당 형사들인 우리에게 직접 심문할 기회를 주었어야죠. 당신 마음대로 정보의 가치를 판단하고, 우리에게 토스하지 않았다는 게 말이 되는 소리입니까?"

"그 당시 우리에게는 무수한 제보가 들어오는 상황이었습니다. 그 모든 제보를 뉴욕 주 경찰본부 수사팀에 일일이 다 알릴 수는 없는 만큼 우선 정보의 진위와 가치를 확인해볼 필요가 있었어요. 우리가 입수한 모든 제보들을 옥석을 가리지 않고 모두 다 알려주었다면 오히려 수사를 방해한다는 질책을 들었을 겁니다. 마티가 제보한 사실은 우리가 조사해본 결과 가치가 없어 보였어요."

"그 사람을 직접 조사했었습니까?"

"내가 직접 조사한 기억이 나지 않는 걸 보면 누군가 다른 사람이 했을 겁니다."

걸리버 서장이 자리에서 일어나 방을 나가다가 문 앞에서 별안간 걸음을 멈추더니 말했다.

"손이 없는 사람. 마그네틱보드에 적어놓은 저 질문 말입니다. '글을 쓰고 싶지만 쓸 수 없는 사람이 누굴까?' 그 질문에 대한 답은 '손이 없는 사람'이 아닐까요?"

"그러네요."

우리는 걸리버 서장이 말한 주유소가 여전히 영업 중이라는 사실을 확인하고 전화를 걸어보았다. 마티 코너스는 20년이 흐른 지금도 그 주유소에서 일하고 있었다.

전화를 받은 주유소직원이 말했다.

"마티는 밤 11시부터 야간 근무를 합니다."

"오늘밤에도 일합니까?"

"네, 마티에게 경찰서에 가보라고 할까요?"

"그럴 필요는 없습니다. 내가 직접 만나러 가면 되니까."

∴

제리는 주차장에 차를 세워두고 운전석에 앉아 있었다. 헬리콥터가 도착하기를 기다리는 중이었다. 그는 헬리콥터의 프로펠러 소리가 요란하게 울리는 소리를 듣고 밖으로 나갔다. 이내 엔진이 멈추었고, 신시아가 헬리콥터에서 내렸다. 제리의 변호사 벤자민도 동행했다.

제리는 품으로 뛰어드는 신시아를 한 팔로 껴안고 변호사와 악수를 나누었다.

"다코타가 투옥될까요?"

"코카인을 얼마나 흡입했는데요?"

"모르겠어요."

"대개 이런 문제는 크게 걱정하지 않아도 되지만 다코타의 경우는 이미 태라 스칼리니 사건이 있다는 게 문제입니다. 판사는 그 사건에 주목할 것이고, 판결에 반영하려들겠죠. 다코타에게 매우 불리한 상황임에 틀림없어요."

잠시 후, 그들은 오르피아경찰서에 도착했다. 그들은 조사실로 들어갔고, 이내 다코타가 경관과 함께 들어왔다. 다코타의 손에 수갑이 채워져 있었다. 경관이 수갑을 풀어주자 다코타는 즉시 부모의 품으로 뛰어들었다. 신시아가 딸을 힘껏 끌어안았다.

경관은 그들을 조사실에 남겨두고 밖으로 나갔다. 에덴 가족과 벤자민 변호사는 탁자를 가운데 두고 둘러앉았다. 벤자민이 손가방에서 서류철과 수첩을 꺼냈다.

"다코타, 우선 경찰의 질문에 뭐라고 답변했는지 정확하게 말해
봐. 태라의 일에 대해서도 이야기했니?"

∴

대극장에서는 오디션이 계속되고 있었다. 여전히 그 어떤 배역
도 결정되지 않은 상태였다. 조바심이 난 브라운 시장이 시간이 없
다며 한시바삐 배역을 정해야 한다고 재촉했지만 커크는 전혀 서
두르는 기색 없이 느긋했다.

"다들 하나같이 형편없어요."

이번에 무대에 올라온 사람은 걸리버 서장과 메타였다.

커크가 퉁명스럽게 물었다.

"당신들도 오디션을 보려고 온 거요?"

메타가 역시 퉁명스럽게 받았다.

"난 오디션을 봐서는 안 될 사람이오?"

걸리버 서장도 뒤이어 말했다.

"나도 오디션을 보려고 왔습니다."

"분명 남녀가 짝을 지어 올라오라고 했는데 당신들은 제멋대로
군요. 둘 다 실격이니 당장 내려가요."

메타가 항의했다.

"내가 먼저 올라왔으니 난 실격이 아니잖아요."

"난 근무일이라 차례를 기다릴 시간이 없었어요."

브라운 시장이 인상을 찌푸리며 말했다.

"이봐요, 당신들은 지금껏 한 번도 연기를 해본 적이 없잖아요?"

걸리버 서장이 단호하게 말했다.

"나라고 연기를 하지 못할 이유는 없잖아요. 나도 무대에 한 번 서보고 싶어요. 커크도 1994년에 무대에 섰으니까."

커크가 무뚝뚝하게 말했다.

"기회를 줄 수는 있지만 둘 중 한 사람은 여자로 분장해야 합니다."

커크가 자원봉사자에게 여자가발을 구해오게 했다. 자원봉사자가 소품 창고에서 황금색 인조모발이 치렁치렁 늘어진 가발을 가져왔다. 메타가 가발을 건네받아 머리에 쓰고 나서 오디션 대본을 받아들었다. 커크가 연기지시문을 읽어 내려갔다.

비가 내리는 을씨년스러운 아침, 지방도로는 극심한 정체 현상을 빚고 있다. 차들이 꼬리를 물고 멈춰 서있다. 운전자들은 짜증을 내며 클랙슨을 눌러댄다. 갓길을 따라 젊은 여자 하나가 긴 자동차 행렬을 거슬러 올라간다. 경찰이 바리케이드를 쳐둔 곳까지 걸어간 여자가 경비를 서고 있는 경관에게 묻는다.

메타가 하이힐을 신고 걷는 시늉을 하며 걸리버 서장에게 다가갔다. 그가 긴장한 듯 잠시 뜸을 들이다가 목청을 높였다.

메타(악다구니를 쓰듯이) : 무슨 일이죠?

걸리버 서장(세 번째 시도 끝에) : 남자가 죽었어요. 오토바이를 타고 가다가 변을 당했어요.

커크가 의자에서 벌떡 일어서더니 박수를 치며 큰소리로 말했다.

"둘 다 합격!"

브라운 시장이 놀라 되물었다.

"내가 보기에는 형편없는 연기였는데요."

"내 눈에는 아주 훌륭한 연기였습니다."

커크가 웅성대는 오디션 참가자들을 향해 소리쳤다.

"마침내 첫 배역이 결정되었소, 여기 있는 두 사람입니다."

메타와 걸리버 서장이 참가자들의 박수를 받으며 무대에서 내려갔다. 《오르피아크로니클》지의 사진기자가 플래시 세례를 터뜨리며 그들을 맞이했다.

메타는 몹시 의기양양한 표정을 지었다.

커크가 내 연기 재능을 알아보는군.

앨리스는 대극장 앞 도로에 세워둔 차 안에서 스티븐을 기다렸다. 스티븐이 뉴욕으로 돌아가기 전 대극장에서 진행되는 오디션을 취재하러 갔다. 기사를 써야 오르피아에서 주말을 보낸 명분이 서기 때문이었다.

"5분이면 끝나."

스티븐은 투덜대는 앨리스에게 그렇게 말하고 대극장 안으로 사라졌다가 정말로 5분 만에 다시 나왔다. 스티븐이 차에 오르려는 순간 잡지사 부편집장인 스킵으로부터 전화가 걸려왔다.

"오늘 몇 시에 도착하죠? 긴히 상의할 문제가 있는데요."

스킵의 말투가 심상찮아 보였다.

"무슨 일인데 그래?"

"방금 전 경리담당자가 편집장님이 사용한 법인카드사용명세서를 보여주었어요. 명품 상점에서 다양한 물건을 구입하느라 어마어마한 돈을 썼더군요."

스티븐은 깜짝 놀라는 척하며 되물었다.

"명품 상점이라니? 누군가 법인카드를 복제해 사용했을 거야."

"플라자호텔 숙박비와 최고급 식당 결제 건도 많았어요."

스티븐은 또 다시 놀란 척 연기를 계속했다.

"난 최근에 그 호텔에 간 적이 없어."

"레이크팰리스호텔 일주일 숙박비도 나와 있었어요. 둘 다 동일한 법인카느로 되어 있던데요."

스티븐은 궁지에 몰렸지만 가급적 침착한 목소리를 내려고 애썼다.

"이상하네. 호텔 숙박비는 오르피아 시에서 부담하기로 했기 때문에 내가 결제했을 리 없잖아."

스킵은 이제야 의문이 풀린다는 듯 유쾌하게 대답했다.

"은행에서 그러는데 카드를 불법 복제해 사용하는 경우 전적으로 카드사에 책임이 있다고 하더군요. 불법복제카드 사용 사건이 더러 있나 봐요."

"그래, 그런 경우일 거야."

"지금 즉시 경찰에 신고하세요. 그래야만 은행 측에서 일단 카드대금을 떠맡을 수 있답니다."

스티븐은 다시 불안감에 휩싸였다. 경찰에 신고할 경우 카드사용자를 밝혀내는 건 시간문제였다. 몇몇 상점 판매원들이 그의 이름과 얼굴을 알고 있었다.

"그 문제는 내가 알아서 처리할 테니까 걱정 말게. 당분간 오르피아에 더 머물러 있어야 할 것 같네. 개막작의 오디션 과정이 독특해 심층 취재해보려고 하네. 내가 직접 오디션에 참가하고 배우로 나서 내부에서 바라본 연극비평을 시도해볼 생각이라네. 아마도 굉장한 글이 나올 거야."

스티븐은 전화를 끊고 앨리스에게 말했다.

"뉴욕으로 돌아가는 걸 잠시 보류하기로 했어."

"왜?"

스티븐은 억지 미소를 지어보이며 둘러댔다.

"개막작 오디션을 심층취재하기로 했어. 내가 당신과 함께 오디션에 참가하고 배우로 나서서 경험한 내용을 심층기사로 쓰는 거야. 이번 기사는 당신이 써. 그 기사를 메인으로 다루고 당신 사진을 표지에 넣어줄 테니까."

"내가 마침내 기사를 쓰게 된 거야?"

앨리스는 기쁜 표정을 감추지 못하며 스티븐을 포옹했다. 그들은 대극장으로 들어가 오디션을 받기 위해 몇 시간을 기다렸다. 그들이 무대에 올라갔을 때 브라운 시장은 조바심이 극에 달해 커크에게 어서 배역을 결정지으라고 성화를 부렸다. 커크는 눈살을 찌푸리며 두 사람의 합격을 선언했다.

브라운 시장이 다소 마음이 놓이는 듯 중얼거렸다.

"이제 절반의 배역이 정해졌군요. 나머지 배역도 어서 뽑아요."

∴

다코타는 한참 동안 대기한 끝에 재판정으로 들어섰다. 에이브 쿠퍼스틴 판사가 재판을 맡았다. 경관 한 사람이 다코타 옆에 붙어서 있었다. 다코타는 경찰서 유치장에서 하룻밤을 보낸 탓에 몹시 지쳐있었고, 얼마나 울었는지 눈이 퉁퉁 부어 있었다.

쿠퍼스틴 판사가 조서를 훑어보며 말했다.

"조서에 기록된 바와 같이 피의자는 어제 오후 차 안에서 코카인을 흡입한 혐의로 체포된 게 맞나요?"

다코타는 겁먹은 눈으로 벤자민 변호사를 쳐다보았다. 그가 연습한 대로 대답하라는 뜻으로 고개를 끄덕여보였다.

"네, 판사님."

"차 안에서 코카인을 흡입한 이유를 말해 봐요."

"제 잘못입니다. 뉴욕에서 심리불안으로 정신과 상담을 받고 있는데 여전히 치유되지 않고 있습니다."

"마약을 한 게 이번이 처음은 아니겠군요?"

"네, 그렇습니다."

"중독 상태인가요?"

"그렇지는 않습니다."

"경찰은 피의자가 상당한 양의 헤로인을 소지하고 있었다던데 맞습니까?"

"네, 맞습니다."

"현재 어떤 일을 하고 있죠?"

"현재 하는 일은 없습니다."

"경찰이 작성한 조서를 보고 한 가지 이상한 점을 발견했어요. 하필 그 집 앞에 차를 세우고 마약을 흡입한 이유가 뭐죠? 대개의 경우 사람들 눈에 띄지 않는 숲속이나 바닷가의 한적한 장소를 택하기 마련이거든요."

제리와 신시아는 더 이상 버틸 수 없을 만큼 긴장했다.

"그 집은 예전에 우리 가족의 별장이었어요. 저 때문에 그 집을 팔아야 했죠."

판사가 흥미로운 듯 되물었다.

"피의자 때문에 별장을 팔다니요?"

다코타가 대답을 우물쭈물하자 벤자민 변호사가 나섰다.

"판사님 제 의뢰인은 지금 새로운 삶을 찾을 수 있길 바랍니다. 어제 의뢰인이 코카인을 흡입한 건 일종의 구조요청이었습니다. 그 집 앞에 차를 세운 건 사람들의 눈에 띄길 바라고 한 행동입니다. 다코타가 부친과 함께 오르피아에 온 목적은 다시 예전의 삶으로 돌아가 새 출발하기 위해서입니다."

쿠퍼스틴 판사는 변호사를 잠시 바라보다가 다시 다코타에게 물었다.

"변호인의 말이 전부 사실인가요?"

"네, 사실입니다."

벤자민 변호사의 변론이 먹혀든 듯해 제리는 안도의 한숨을 내쉬었다.

쿠퍼스틴 판사가 방청석을 둘러보며 물었다.

"방청석에 피의자의 부친이 와 있습니까?"

제리가 즉시 몸을 일으켰다.

"제가 바로 다코타의 아버지입니다."

"피의자와 예전 관계를 회복하기 위해 이곳에 왔다고요?"

"네, 그렇습니다."

"오르피아에서 피의자의 불안정한 심리를 호전시키기 위해 어떤 일정을 계획하고 있었나요? 막연히 호텔 수영장에서 시간을 보내려고 온 건 아니잖습니까?"

"우리 부녀는 연극오디션에 참가하려 했습니다. 다코타는 어릴 때부터 배우가 되고 싶어 했거든요. 3년 전에는 직접 대본을 쓰기도 했습니다."

쿠퍼스틴 판사는 잠시 생각에 잠겼다가 마음을 정한 듯 말했다.

"좋습니다. 에덴 양이 부친과 함께 오디션에 참가한다는 조건으로 형의 선고를 유예하겠습니다."

제리와 신시아는 마침내 안도한 표정으로 서로를 마주보았다.

다코타가 기쁜 얼굴로 대답했다.

"판사님, 감사합니다. 실망시키지 않겠습니다."

"약속을 반드시 이행하길 바랍니다. 또다시 마약소지혐의로 체포될 경우 다시는 관용을 베풀 수 없습니다. 아마도 그럴 경우 뉴욕 주 법원에서 재판을 받게 될 겁니다. 교도소에 구속 수감될 거라는 뜻입니다."

에덴 가족은 재판을 마치고 레이크팰리스호텔로 돌아왔다. 다코타는 진이 빠진 듯 스위트룸 거실 소파에 앉자마자 잠이 들었다.

제리는 신시아를 데리고 테라스로 나갔다.

"당신도 이곳에서 함께 지내는 게 어때?"

"판사가 하는 말을 들었잖아. 다코타는 한 번만 더 마약을 하다가 적발되면 교도소에 가야해. 다코타가 교도소에서 생을 끝내는 걸 보고 싶지 않으면 한시바삐 다코타를 예전의 자랑스러운 딸로 돌려놓아야 해."

"그러니까 당신도 여기 남아 있길 바라는 거야."

"아니, 나는 뉴욕으로 돌아갈래. 다코타와 많은 이야기를 나눠봤지만 마음을 돌리는 데 실패했어. 당신이 다코타를 구해내길 바라. 다코타를 구해내지 못하면 나도 당신과 헤어질 거야. 지금 이대로는 더 이상 살 수 없으니까."

∴

데렉이 펜필드로드 끝에 자리 잡은 주유소를 가리켜보였다. 나는 핸들을 틀어 불이 켜진 주유소 건물 앞에 차를 세웠다. 밤 11시 15분이었고, 주유소에는 아예 인적이 없었다.

밤이 되었지만 여전히 날씨가 후덥지근했다. 주유소 사무실에는 에어컨디셔너가 돌아가고 있었고, 우리는 선반에 진열된 잡지와 음료수, 군것질거리들을 지나 계산대가 있는 곳으로 걸어 들어갔다. 카운터 뒤편에서 은발머리 남자가 TV를 보고 있었다.

내가 경찰배지를 내보이자 남자는 곧바로 TV를 끄고 몸을 일으켰다.

"무슨 일이죠?"

"마티 코너스 씨입니까?"

"예, 제가 마티 코너스인데 무슨 일이 생겼나요?"

"우리는 1994년에 벌어진 고든 시장 살인사건에 대해 수사 중입니다."

"벌써 20년 전에 일어났던 사건이잖아요?"

"그 당시 결론에 대해 이의가 제기되어 재수사에 착수했어요. 당신도 그 사건에 대해 증언할 말이 있을 텐데요?"

"그 당시에도 분명 경찰을 찾아가 증언했는데 귀 기울여 들으려 하지 않더군요."

"무엇을 목격했는지 다시 한 번 말해줄 수 있습니까?"

"검정색 밴이 펜필드로드 쪽에서 대단히 빠른 속도로 달려와 서튼스트리트 방향으로 사라졌어요. 지나치게 과속을 하는 바람에 눈여겨보게 되었죠."

"차량모델이 뭐였죠?"

"포드 E-150이었고, 뒤창에 그림 로고가 그려져 있었어요."

데렉과 나는 눈빛을 주고받았다. 테드의 차가 바로 포드 E-150

이었다.

"운전자를 볼 수 있었나요?"

"순식간에 지나쳐 운전자를 볼 수는 없었습니다."

"그때가 몇 시쯤이죠?"

"정확한 시간을 기억하지는 못해요. 정각 7시에서 7시 10분 사이 였을 겁니다. 고든 시장 사택에서 벌어진 살인사건을 알고 난 이후 에야 내가 본 밴이 혹시 사건과 연관되어 있을지도 모른다고 생각 해 경찰에 연락했죠."

"당신이 제보했을 때 담당 경찰이 누구였는지 기억합니까?"

"커크 하비 서장이었는데 내가 본 사실이 수사와 아무런 상관이 없다며 시큰둥한 반응을 보였습니다."

1994년에 레나 벨라미는 고든 시장의 집 앞에 있는 테드의 밴을 보았다. 마티 코너스도 밴이 펜필드로드 쪽에서 달려왔다는 점을 확인해주었다.

커크는 왜 우리에게 그 사실을 숨겼을까?

우리는 주유소를 나와 잠시 생각을 정리해보았다. 데렉이 오르 피아의 지도를 펼치고, 마티가 말한 방향을 따라 밴의 행로를 그려 보았다. 데렉이 손가락으로 지도에 나온 도로를 따라가며 말했다.

"밴이 서튼스트리트 방향으로 사라졌다고 했는데 지도에도 나와 있다시피 중심가가 끝나는 지점으로 연결되는 도로야."

"그날은 연극제 개막일이라 시내 중심가는 차량 진입이 통제되 었어. 다만 중심가 끝 지점 연결도로를 열어두고 대극장으로 가는 실무 차량들을 드나들게 했지."

"실무 차량 가운데 통행허가증이나 주차허가증을 부착한 자원봉 사대 구조대원의 차도 포함돼 있었겠지."

그 당시 우리는 테드가 교통 통제선을 넘어 대극장으로 가는 걸 목격한 사람이 있는지 탐문한 석이 있었나. 사원봉사자들과 도로에서 차량을 통제했던 경찰관들에게 일일이 확인해보았지만 목격자를 찾을 수 없었다. 그 당시 대극장 주변은 한 마디로 아수라장이 되어 있었다. 인파가 많아 자유롭게 걷기조차 힘들었고, 주차장에는 빈 곳이 없었다. 사람들은 공간만 있으면 여기저기에 차를 세우기 시작했다. 그런 상황에서 테드의 밴이 교통 통제선을 넘었는지 여부를 확인한다는 건 도저히 불가능했다.

데렉이 말했다.

"테드는 우리의 짐작대로 서튼스트리트를 통해 대극장으로 돌아왔어."

"커크는 그 사실을 왜 감추려고 했을까? 마티의 증언에 주목했다면 좀 더 일찍 테드를 체포해 조사할 수 있었을 거야. 테드가 빠져나갈 시간을 벌어주기 위해서였을까?"

별안간 마티가 주유소 건물을 나와 우리 쪽으로 뛰어왔다.

"방금 한 가지 사실이 더 생각났습니다. 그 당시 제가 밴을 목격했다는 말을 다른 사람에게도 한 적이 있어요."

데렉이 물었다.

"누구였죠?"

"이름은 기억나지 않는데 살인사건이 일어난 다음해에 오르피아에 왔던 사람입니다. 그가 살인사건에 대해 조사하고 있다고 하기에 그 이야기를 해주었죠."

제스 로젠버그

2014년 7월 16일 수요일

연극제 개막 10일 전

《오르피아크로니클》지 1면 머리기사

개막작 《다크 나이트》 1차 캐스팅 완료

연극제 개막작 오디션은 금일 마무리될 예정이다. 이번 오디션에는 수많은 지원자가 참가해 대성황을 이루었고, 오르피아 상권의 매출증대에도 크게 일조했다. 가장 먼저 배역을 따낸 참가자는 비평가인 메타 오스트롭스키(사진)이다. 그는 이번 작품을 아직 허물을 벗지 않은 유충에 비유하며 "징그러운 애벌레가 나중에 아름다운 나비로 다시 태어나는 법"이라고 말했다.

우리는 3일차 오디션을 앞두고 대극장으로 갔다. 아직 참가자들이 모이지 않아 홀 안은 썰렁했다. 커크가 무대 위에서 소리쳤다.

"당신네들은 여기 들어올 자격이 없습니다."

나는 무대로 올라가 커크의 멱살을 움켜쥐고, 사람들의 눈을 피해 무대 뒤로 끌고 갔다.

"당신은 진작부터 고든 시장의 집 앞에 세워져 있던 밴이 테드의 차라는 사실을 알고 있었지? 그 사실을 증언해주기 위해 찾아온 마티 코너스의 입을 틀어막은 이유가 뭐야?"

"난 도무지 무슨 말을 하는지 모르겠는데요."

나는 커크의 배에 주먹을 한 대 먹였다.

애나가 불편한 기색으로 나를 뜯어말렸다.

커크가 물었다.

"도대체 뭘 알고 싶은데 이 난리를 치는 거요?"

"1994년 낙서에 등장한 '다크 나이트'가 뭘 의미하지?"

"'다크 나이트'는 내가 쓴 연극대본 제목이었어요. 멍청한 고든 시장 때문에 이번에 작품을 다시 써야 했지만 제목은 그때나 지금이나 그대로요. 근사한 제목이잖아요."

"이 도시 곳곳에 '다크 나이트'라고 쓴 낙서가 등장했고, 〈카페아테나〉로 개축하려던 건물에 화재가 발생했어. 얼마 후 고든 시장일가족이 살해당했지."

커크가 버럭 소리를 질렀다.

"내가 작품에 대한 관심을 끌어 모으기 위해 여기저기에 낙서를하고 다녔어요. '다크 나이트'에 대한 관심이 높아지면 개막무대에올릴 수 있을 거라고 생각했던 겁니다. 사람들이 내 작품의 홍보포스터를 보게 되면 수수께끼 같은 낙서들을 떠올리게 될 테고, 최대관심사로 부상할 거라 생각했죠."

옆에서 듣고 있던 데렉이 물었다.

"불을 지른 사람이 당신이라는 거요?"

"내가 불을 지르지는 않았어요. 화재현장에 출동해 소방관들이진화작업을 마무리할 때까지 지켜보다가 밤늦게 불에 그은 건물벽에 '다크 나이트'라는 글자와 카운트다운을 적어놓았어요. 내가써놓은 낙서가 나중에 소방관들의 눈에 띄어 톡톡한 효과를 보게 되었을 뿐입니다. 카운트다운은 연극제 개막일까지 남은 시간을 암시했던 건데 다들 멍청하게 '다크 나이트'가 도래하는 날이 될 거라고 확신하더군요."

"그 소동들이 모두 당신의 연극 홍보를 위해 벌인 짓이라는 거요?"

"이미 말했잖아요."

그때 홀에서 시끌벅적한 소리가 들려왔다. 어느새 오디션 참가자들이 몰려와 있었다. 나는 어쩔 수 없이 커크의 멱살을 풀어주었다. 그는 셔츠 자락을 여미고 무대로 돌아갔다.

3일차 오디션이 시작되었고, 처음 무대로 올라온 참가자는 사무엘 패들린이었다. 그는 1994년에 살해된 메간의 넋을 위로하고자 오디션에 참가하게 되었다고 했다.

"내가 처음으로 메간의 시신을 수습했어요. 머리가 파열돼 여기저기에 한 점씩 나뒹굴고 있었죠."

"나도 현장에 가봐서 알고 있어요."

그 다음 오디션 참가자는 샬롯 브라운이었다. 그녀를 본 커크는 크게 동요했다. 샬롯이 그를 버리고 브라운 시장을 택해 모욕을 가했듯 그도 사람들이 보는 앞에서 보복하고 싶었겠지만 그러지 못했다. 그는 샬롯을 보는 순간 마치 자석에 끌려가는 쇠붙이처럼 무기력해졌다.

"샬롯, 당신은 예전 모습 그대로야."

샬롯은 조금 웃어 보였다.

"당신도 그대로야."

"무대에 다시 서고 싶어?"

"그러니까 오디션을 보러 왔지."

커크는 짤막하게 말했다.

"합격."

$$\therefore$$

브라운 시장에 대해서도 풀어야할 의문이 있었다. 스테파니는 개막공연을 담은 비디오테이프에 브라운 시장이 1994년 연극제 개막연설을 하는 장면을 잘라내 이삿짐보관창고 벽에 붙여두었다.

우리는 애나의 방에서 비디오테이프를 다시 돌려보았다. 브라운 시장의 개막 연설 자체는 그다지 흥미롭지 않았다. 우리는 데렉의 제안에 따라 비디오테이프를 뉴욕 주 경찰본부 영상 분석팀에 보내기로 했다.

애나가 허무한 듯 한숨을 쉬고 나서 말했다.

"'다크 나이트'가 커크가 쓴 연극대본 제목에 불과하다니 믿어지지 않아요."

데렉이 생각난 듯 말했다.

"스테파니가 말히길 '때로는 해답이 바로 눈앞에 있을 때도 있죠.'라고 했어. 그 말은 무슨 뜻이었을까?"

우리의 머릿속에서 항상 떠도는 말이었다.

나는 골똘히 생각에 잠겨 있는 데렉에게 물었다.

"뭔가 떠오르는 게 있어?"

데렉이 대답 대신 애나에게 물었다.

"지난 목요일에 우리가 버즈 레너드를 찾아갔을 때 그는 분명 커크의 일인극 제목을 《나, 커크 하비》라고 했었죠?"

"네, 맞아요."

"커크는 왜 《다크 나이트》 대신 일인극을 공연했을까요?"

그 순간 내 휴대폰이 울렸다. 주유소 직원 마티 코너스였다.

"방금 그 사람을 봤어요."

"그 사람이라뇨?"

"살인사건이 일어난 다음 해에 찾아와 이것저것 캐묻고 다니던 사람 말입니다. 방금 전 그 사람의 사진을 신문에서 봤어요. 오늘 자 《오르피아크로니클》지에 사진이 실렸는데 이름이 메타 오스트롭스키입니다."

∴

마침내 오디션 순서가 돌아온 제리와 다코타가 무대 위로 올라갔다.

커크가 제리를 쳐다보며 물었다.

"당신 이름과 사는 곳이 어딘지 말해 봐요."

"내 이름은 제리 에덴이고, 뉴욕에서 왔습니다."

"뉴욕에서 왔다고?"

"여기 있는 내 딸 다코타와 함께 연극에 출연하고 싶어요. 이 연극이 다코타에게 새로운 삶을 시작할 계기를 만들어주길 바랍니다."

잠시 침묵이 흘렀다. 커크는 앞에 서있는 제리를 빤히 쳐다보다가 말했다.

"딸도 조명 아래에 서봐요."

다코타가 무대 한가운데로 걸어 나오는 모습을 지켜보던 커크가 별안간 몸을 부르르 떨었다. 다코타의 시선이 너무 강렬해 몸이 오그라드는 느낌이 들었기 때문이다. 커크는 테이블에 놓인 대본을 쥐고 몸을 일으켰다. 대본을 건네주려 하자 다코타가 마다하며 말했다.

"대본은 필요 없어요. 다른 사람들이 하는 걸 보고 다 외웠으니까."

다코타는 눈을 지그시 감고 움직이지 않았다. 대극장 안에 있는 다른 지원자들도 다코타가 발산하는 강렬한 기운에 감염된 듯 다들 엄숙해졌다. 커크는 꼼짝도 하지 않고 무대를 홀린 듯 바라보고 있었다.

다코타가 연기를 시작했다.

비가 내리는 을씨년스러운 아침, 지방도로는 극심한 정체 현상을 빚고 있다. 차들이 꼬리를 물고 멈춰서있다. 운전자들은 짜증을 내며 클랙슨을 눌러댄다. 갓길을 따라 젊은 여자 하나가 긴 자동차 행렬을 거슬러 올라간다. 경찰이 바리케이드를 쳐둔 곳까지 걸어간 여자가 경비를 서고 있는 경관에게 묻는다.

다코타가 무대 위에서 몇 걸음 옮겨놓더니 입지도 않은 외투의 깃을 여미는 시늉을 하며 가상의 물웅덩이를 피해 커크에게 다가갔다. 쏟아지는 비를 그대로 맞고 있어 몸을 잔뜩 움츠린 자세였다.

다코타가 커크에게 물었다.

"무슨 일이죠?"

커크는 순간적으로 당황해 그녀를 멀뚱히 쳐다보기만 할 뿐이었다.

"이봐요, 경관 아저씨? 여기에서 무슨 일이 있었죠?"

커크는 서둘러 냉정을 되찾으며 주어진 역을 연기했다.

"남자가 죽었어요. 오토바이를 타고 가다가 변을 당했어요."

다코타를 뚫어져라 쳐다보던 커크의 얼굴이 활짝 펴졌다.

"드디어 마지막 배역이 정해졌습니다. 내일 아침 일찍 리허설을 시작합시다."

박수소리가 울려 퍼졌고, 브라운 시장은 비로소 한시름 던 듯 안도의 표정을 지었다.

커크가 다코타에게 말했다.

"연기공부를 한 적이 있어요?"

"아뇨, 처음인데요."

"아가씨가 수인공 역할을 맡아줘요."

커크와 다코타는 여전히 서로를 뚫어지게 쳐다보고 있었다.

"다코타 에덴, 아가씨는 누군가를 죽인 적이 있지요?"

다코타는 얼굴에 핏기가 가시며 몸을 떨었다.

"어떻게 알았죠?"

"아가씨처럼 음산한 느낌을 풍기는 사람은 드물어요. 내가 아가씨를 대스타로 만들어주겠소."

∴

밤 10시 30분, 애나는 차 안에 몸을 숨기고 〈카페아테나〉 내부를 주시하고 있었다. 방금 계산을 마친 메타가 테이블에서 몸을 일으키는 순간 애나는 무전기를 집어 들고 우리에게 보고했다.

"메타가 식당 밖으로 나옵니다."

나는 메타 앞으로 다가가 경찰차를 가리켜 보였다.

"함께 가주시겠습니까?"

잠시 후, 메타는 경찰서 애나의 방으로 들어섰다.

"당신이 4인 살인사건에 대해 이것저것 캐묻고 다녔다던데, 사실입니까?"

"연극제 개막작이 공연되던 시각에 살인사건이 벌어졌는데 아무도 자초지종을 이야기해주지 않더군요. 나도 호기심이 일어 그 사건의 진상을 알고 싶었을 뿐입니다."

데렉이 말했다.

"당신은 살인사건이 일어난 다음해에도 오르피아를 찾아왔더군요. 그때는 이미 수사가 종결된 다음이었는데 왜 그랬죠?"

"유력한 용의자는 사실 사건의 진상이 제대로 밝혀지기도 전에 사망했는데 경찰은 그의 유죄를 믿어 의심치 않더군요. 그 당시 나는 그 점이 도저히 납득되지 않았습니다. 자백도 받지 않고 범인으로 단정하는 건 무리였으니까."

데렉이 긴장한 얼굴로 내게 눈짓을 보냈다.

메타가 말을 이어갔다.

"오르피아는 해마다 휴가차 들르던 곳입니다. 그 사건에 대한 궁금증이 풀리지 않아 이것저것 물어보고 다녔을 뿐입니다."

"주유소 직원 마티 코너스가 그 사건과 관련해 뭔가 목격한 게 있다는 정보는 누구에게 들었죠?"

"어느 날 기름을 넣으려고 주유소에 갔는데 그 직원이 먼저 사건과 관련된 얘기를 꺼내더군요. 그 주유원이 말하길 눈으로 목격한 사실을 경찰에 제보했는데 쓸모없는 정보로 치부해버렸다는 거예요."

내가 물었다.

"그게 전부입니까?"

"당신들을 더 도와줄 수 없어서 유감입니다."

나는 수사에 협조해준 데 대해 감사를 표하고, 가는 곳까지 데려다주겠다고 제안했다.

"나는 혼자 밤길을 걸으면서 아름다운 야경을 감상하고 싶군요."

메타가 의자에서 일어나 우리에게 인사를 건네고 몸을 돌렸다.

그가 문을 나서기 전 우리를 돌아보더니 한 마디 던졌다.

"비평가."

"뭐라고요?"

"저 마그네틱보드에 적힌 수수께끼의 답입니다. 저 수수께끼가 눈에 들어오는 순간 답이 생각났어요. 글을 쓰고 싶지만 쓸 수 없는 사람은 비평가입니다."

메타는 우리에게 가볍게 목례를 하고 자리를 떠났다.

나는 흥분이 고조되는 목소리를 진정시키며 애나와 데렉에게 말했다.

"바로 저 사람이야."

두 사람은 내 말을 이해하지 못한 듯했다.

"글을 쓰고 싶지만 쓸 수 없는 사람, 범행이 일어나던 시각에 대극장에 있었던 사람은 바로 메타 오스트롭스키가 분명해요. 메타가 바로 스테파니에게 대신 책을 써달라고 주문한 사람입니다."

잠시 후, 메타는 분위기가 훨씬 우중충한 조사실에 앉아 있었다.

데렉이 질문을 시작했다.

"20년 전 당신은 뉴욕지역 문과대학 학보에 광고를 실었어요. 4인 살인사건에 대해 조사해 책을 써줄 사람을 찾는 광고였죠."

내가 질문을 이어갔다.

"소설을 써줄 사람을 구하기 위해 구인광고를 낸 이유에 대해 말해 봐요."

"가령 소설의 등급을 매기자면 최상위가 이해 불가능한 소설, 바로 아래가 지적인 소설입니다. 그 다음이 역사소설이고, 그 아래가 일반적인 소설입니다. 일반소설과 할리퀸 로맨스 소설 사이에 놓이는 게 바로 추리소설이죠."

데릭이 나섰다.

"우리가 소설에 대한 강의를 듣자고 당신을 여기에 데려온 건 아닙니다."

"그 살인사건이 일어난 직후 내 머릿속에서는 기가 막힌 추리소설 줄거리가 맴돌고 있었습니다. 문제는 내가 그 줄거리를 소설로 쓸 재주가 없었다는 거요."

∴

1994년 7월 30일, 오르피아
살인사건이 일어난 저녁

메타는 《엉클 바니아》 공연이 끝나고 나서 대극장을 나섰다. 맨 앞줄에 앉아 있던 그는 1막이 끝나고 나서 옆에 앉은 사람들이 웅성거리는 소리를 들었다. 몇몇 관객은 2막이 시작되었음에도 자리로 돌아오지 않았다. 그 이유가 뭔지 대극장 휴게실 앞을 지나면서 알게 되었다. 사람들이 휴게실에서 조금 전 일어난 4인 살인사건에 대해 한창 열을 올려 떠들어대고 있었기 때문이다.

메타는 대극장 계단을 내려오면서 사람들이 호기심에 사로잡혀 펜필드 쪽을 향해 몰려가는 걸 목도했다. 사방에서 금방이라도 터져버릴 것 같은 긴장감이 팽배했다. 그는 중심가를 가득 메운 사람들 물결에 합류했다. 수많은 인파가 펜필드크레센트 인근까지 이동했다. 사방에 경찰차들이 깔려 있었고, 경광등 불빛이 주택의 담장들을 붉고 푸르게 물들였다. 메타는 폴리스라인 앞에 잔뜩 모여든 사람들을 뚫고 앞으로 나아갔다. 한여름 밤공기는 숨 막히도록 무더웠고, 사람들은 몹시 흥분된 상태였다.

메타는 목을 길게 빼고 경찰통제선 너머를 기웃거렸다. 구경꾼들이 수군거리는 말을 들어본 결과 고든 시장 일가족이 살해당했다는 사실을 알 수 있었다. 메타는 현장에 한참 동안 머물렀다. 대극장 무대가 아닌 바로 그곳에서 그 어떤 작품보다 대단한 연극이 펼쳐지고 있다는 생각이 들었다.

고든 시장 일가족을 살해한 자는 누구인가?

메타는 궁금증을 참을 수 없었고, 여러 가지 가설과 추론이 머릿속에 자리 잡기 시작했다. 그는 레이크팰리스호텔로 돌아와 바에 자리 잡고 앉았다. 늦은 시각이었지만 잠을 이룰 수 없었다. 그는 웨이터에게 종이와 펜을 청해 생애 처음으로 소설을 구상했다. 머릿속에서 흥미진진한 줄거리가 떠올랐다.

연극제 개막일을 맞아 온 도시가 축제분위기에 빠져있는 동안 끔찍한 살인사건이 벌어진다. 메타는 종이에 대문자로 '눈속임 마술(LA PRESTIDIGITATION)'이라고 적고 나서 머릿속으로 생각했다.

소설의 제목으로 쓰면 제격이겠어!

메타는 기분이 들떠 내일 아침 일찍 일어나는 즉시 서점으로 달려가 추리소설을 전부 사들이기로 작정했다. 그러다가 잔인한 현실이 눈앞에 또렷이 보이며 멈칫했다. 만약 추리소설을 쓸 경우 비평가로 쌓아온 명성에 큰 타격을 입게 될 수도 있었다.

∴

메타가 말했다.

"나는 소설을 쓰고 싶었지만 단념했습니다. 비평가 추리소설을 쓴다는 건 너무 위험한 시도였으니까. 만약 졸작이라도 나올 경우 후폭풍을 감당할 자신이 없었어요."

"그래서 대신 소설을 써줄 사람을 구하려고 한 건가요?"

"기성작가에게 대필을 부탁할 수는 없었으니까. 그러다가 스테파니를 만나게 되었습니다. 나는 《뉴욕문학리뷰》에 있을 때부터 스테파니의 글 솜씨가 뛰어나다는 걸 알고 있었어요. 스테파니도 내 제안을 듣더니 오래전부터 소설로 쓰기에 좋은 소재를 찾고 있었다며 쾌히 받아들이더군요. 그야말로 서로에게 좋은 일이었어요."

"스테파니와는 정기적으로 만나 소설에 대한 이야기를 나누었나요?"

"스테파니가 뉴욕으로 찾아왔고, 우린 《뉴욕문학리뷰》 근처 카페에서 주로 만났어요. 스테파니는 나를 만날 때마다 그간 작업한 내용에 대해 이야기하거나 일부의 글을 읽어주기도 했죠. 스테파니가 조사에 몰두하느라 한동안 찾아오지 않은 적도 있었습니다. 얼마 전에도 스테파니와 꽤 오랫동안 연락이 되지 않았지만 크게 걱정하지 않았어요. 스테파니가 충분한 시간과 공을 들여 작품을 쓸 수 있도록 해주겠다는 게 내 생각이었고, 보수로 3만 달러를 지불했습니다. 나는 살인사건의 전모를 파헤치고 싶은 욕망에 사로잡혀 있기도 했으니까."

"테드가 범인이 아니라고 생각한 이유가 뭐죠?"

"목격자가 테드의 밴이 범행시각에 고든 시장의 집 앞에 세워져 있었다고 증언한 신문기사를 보았어요. 나는 범행당일 저녁에 문제의 밴을 본 적이 있습니다. 그날 오후 7시가 되기 직전에 테드의 밴이 대극장 앞을 지나가는 모습을 내 두 눈으로 똑똑히 보았죠. 그날 나는 대극장에 일찍 도착했는데 실내 공기가 후덥지근해 담배를 한 대 피우려고 바깥으로 나왔어요. 사람들로 북적거리는 대극장 앞 대로를 피해 샛길을 찾아들어갔는데 출연자 전용 출입구로 통하는 막다른 골목이었습니다. 그때 검정색 밴 한 대가 눈앞을 지나갔어요. 차 뒤창에 재미있는 그림이 붙어 있어 내 시선을 끌었나 봅니다. 얼마 후, 신문기사를 보고 나서 그때 내가 본 밴이 사건의 열쇠를 쥐고 있다는 걸 알게 되었어요."

"그날 밴을 운전한 사람이 테드가 아니었다는 건가요?"

메타가 단호하게 대답했다.

"그렇습니다."

데렉이 물었다.

"그럼 운전석에 앉아있던 사람은 누구였는데요?"

"브라운 시장의 부인인 샬롯 브라운이었습니다. 그 여자가 테드의 밴을 운전하고 있었어요."

2장

리허설

2014년 7월 17일 목요일 – 7월 19일 토요일

제스 로젠버그

2014년 7월 17일 목요일

연극제 개막 9일전

　오르피아 산업지구에 샬롯 브라운이 운영하는 동물병원이 있었고, 인근에 대형 쇼핑센터가 두 개 있었다. 샬롯은 평소와 다름없이 아침 7시 30분에 주차장에 도착해 차를 세웠다. 차에서 내린 그녀의 손에는 테이크아웃 커피가 들려 있었고, 표정은 편안해보였다. 그녀는 골똘히 생각에 잠겨 있었고, 내가 몇 미터 거리에 서있다는 사실을 알아차리지 못했다.

　"좋은 아침입니다, 브라운 부인. 저는 뉴욕 주 경찰본부에서 나온 제스 로젠버그 반장입니다."

　샬롯이 깜짝 놀라며 나를 돌아보았다.

　"당신이 누군지 알아요."

　샬롯의 눈길이 내 뒤편으로 옮겨가다가 경찰차에 기대 서있는 애나를 발견했다. 별안간 그녀의 안색이 바뀌었다.

　"앨런에게 무슨 일이 생겼나요?"

　"브라운 시장에게 문제가 생긴 건 아니니까 안심하세요. 부인께 몇 가지 물어보고 싶은 게 있어서 찾아왔습니다. 경찰서까지 같이 가주시겠습니까?"

　애나가 경찰차 뒷문을 열었다.

"네, 얼마든지요. 그런데 무슨 일인지 모르겠군요."

"이제 곧 아시게 될 겁니다."

우리는 샬롯을 경찰차에 태우고 오르피아경찰서로 왔다. 샬롯은 동물병원 비서에게 전화해 그날 예약된 일정을 모두 취소하는 한편 남편에게 연락해 경찰서로 와달라고 했다.

브라운 시장이 경찰서로 달려왔다. 그가 비록 시장이었지만 경찰조사에 참견할 수는 없었다.

걸리버 서장이 상황을 설명했다.

"뉴욕 주 경찰본부 형사들이 오르피아경찰서에서 부인을 조사하는 건 최대한 입장을 배려한 겁니다. 부인을 뉴욕 주 경찰본부로 연행해가는 대신 여기에서 신속하고 은밀하게 조사를 진행하려는 것이죠. 만약 뉴욕으로 부인을 연행해가면 그야말로 성가신 일이 아닐 수 없겠죠."

샬롯은 조사실에서 커피 잔을 앞에 두고 앉아 있었다. 안색이 몹시 초조해보였다. 내가 먼저 심문을 시작했다.

"1994년 7월 30일 저녁 7시가 조금 안 된 시각에 부인께서 테드의 밴을 끌고 대극장을 나서는 모습을 봤다는 목격자가 있습니다. 테드의 밴은 몇 분 뒤 고든 시장의 집 앞에서 목격됐습니다. 고든 시장의 일가족이 살해당한 바로 그 시각이었죠."

샬롯이 눈을 내리깔았다. 잠시 입을 꾹 다물고 망설이던 그녀가 나지막이 입을 열었다.

"연극제 개막일 저녁에 내가 테드의 밴을 운전한 건 사실이에요. 테드의 밴은 출연자전용 출입구 앞에 주차되어 있었죠. 뒤창에 붙은 올빼미 그림을 보고 테드의 밴이라는 걸 알아볼 수 있었어요. 연극제 개막일을 며칠 앞두고 출연배우 몇 명과 주로 〈카페아테나〉에서 저녁

식사를 했는데, 테드가 밴으로 우리 일행을 호텔로 데려다준 적이 있었거든요. 그날 저녁 7시 직전에 갑자기 차를 써야 할 일이 생겼는데 배우들 중에는 가져온 사람이 아무도 없었어요. 자원봉사대 구조대원 대기실로 테드를 만나러 갔죠. 분장실 바로 옆방이었는데 테드가 보이지 않았어요. 무대 뒤를 한 바퀴 둘러보았지만 끝내 그를 찾을 수 없었습니다. 선기퓨스에 문제가 생겨 그 일을 처리하느라 바쁜가보다 짐작했죠. 마침 차 열쇠가 구조대원 대기실 탁자 위에 놓여 있더군요. 나는 시간에 쫓기고 있었기 때문에 탁자 위에 놓인 차 열쇠를 집어 들었습니다. 공연이 진행되는 동안 테드는 구조대원으로 대기해야 하는 만큼 차를 쓸 일이 없을 거라 판단했죠. 나는 밴을 타고 사람들 눈을 피해 출연자 전용 출입구로 빠져나와 대극장을 떠났습니다."

"개막식 30분 전에 자리를 비워야할 만큼 시급했던 일이 뭐였죠?"

"고든 시장에게 급히 해야 할 말이 있어 찾아갔는데 정작 만나지 못했어요."

∴

1994년 7월 30일

살인사건 당일 저녁 6시 50분, 오르피아

밴에 오른 샬롯은 막다른 골목을 빠져나와 중심도로로 접어들면서 소스라치게 놀랐다. 사방에 사람들이 넘쳐났고, 도로는 차량 통행이 통제되어 있는 상태였다. 자원봉사자가 샬롯에게 중심가는 현재 차량통행금지 상태라며 폴리스라인을 잠시 걷어 구급차를 위해 확보해놓은 통로로 빠져나가게 했다. 그녀는 일단 서튼스트리트까지 간 다음 그 길을 따라 펜필드로드로 꺾어드는 교차로에 이

르렀다. 펜필드로드는 같은 이름의 주택가로 들어서는 통로이기도
했다. 어느 길에도 인적이 없어 마치 유령마을 같았다. 운동복을
입은 젊은 여자가 반원을 그리며 휘어져 돌아가는 도로 안쪽 작은
공원에서 운동을 하고 있었다.

샬롯은 길가에 차를 세우고 밴에서 내려 운동 중인 여자에게 길
을 물었다.

"실례합니다. 펜필드크레센트에 가려고 하는데 어디죠?"

"이 공원을 에워싸고 돌아가는 거리가 펜필드크레센트입니다."

"사실은 고든 시장의 집을 찾고 있어요."

여자는 거리 반대편 끝에 있는 집을 가리켜보였다.

"바로 저 집입니다."

샬롯은 고맙다고 인사하고 다시 밴에 올랐다. 펜필드크레센트를
돌아 고든 시장 집까지 이동해 밴에서 내렸다. 벌써 저녁 7시 4분
이었고, 시간이 촉박했다. 초인종을 눌렀지만 응답이 없었다. 초인
종을 한 번 더 누르고 나서 문에 귀를 대보았다. 집안에서 무슨 소
리가 난 것 같았다.

"계세요?"

역시 아무런 대답이 없었고, 샬롯은 현관 계단을 내려왔다. 그때
창문에 드리워진 커튼이 흔들리는 모습이 시야에 들어왔다. 한 소
년이 창문 너머로 그녀를 바라보다가 눈이 마주치자 곧바로 다시
커튼을 닫았다.

"얘야, 시장님이 집에 계시니?"

샬롯은 방금 전 커튼을 내린 창문으로 다가가기 위해 잔디밭을
가로질렀다. 잔디밭에 4센티쯤 물이 고여 있어 신고 있던 무대용
구두가 흠뻑 젖어들었다. 그녀는 다시 밴으로 돌아와 대극장을 향

해 전속력으로 달렸다. 계기판의 시계는 7시 9분을 가리키고 있었다. 이제 공연시간이 임박해 다른 생각을 할 겨를이 없었다.

∴

"그렇다면 살인범이 오기 직전에 펜필드크레센트를 떠났다는 말인가요?"

"일분만 더 시간을 끌었어도 나 역시 범인 손에 죽었을 거예요."

데렉이 말했다.

"어쩌면 범인이 이미 그곳에 와 있었을지도 모르죠. 어딘가 몸을 숨기고 부인이 떠나기를 기다리고 있었을 수도 있습니다."

"충분히 가능한 상상이죠."

내가 다시 물었다.

"뭔가 특별히 눈에 띈 게 있었나요?"

"아뇨, 아무것도. 나는 최대한 서둘러 대극장으로 돌아왔어요. 중심가는 인파로 메워져있었고, 차량통행이 막힌 상황이었죠. 개막식 전에 도착하기는 틀렸다고 생각했어요. 차에서 내려 뛰어가는 편이 빨랐겠지만, 테드의 밴을 버리고 갈 수는 없었죠. 결국 천신만고 끝에 대극장에 도착했습니다. 7시 30분 정각에요. 공식행사가 막 시작되었더군요. 나는 차 열쇠를 원래 있던 자리에 다시 놓아두고, 분장실로 뛰어 들어갔죠."

"그렇다면 테드는 부인과 한 번도 마주치지 않았다는 겁니까?"

"네, 그에게 밴을 잠시 이용했다는 말은 하지 않았어요. 어쨌거나 그 짧은 외출은 대실패로 돌아갔죠. 고든 시장을 만나지 못한데다 헤어드라이어에 불이 붙는 바람에 연출자 버즈에게 외출 사실을 들키고 말았으니까요. 버즈는 나를 심하게 몰아붙이지는 않았습니다. 내가 공연이 시작되기 전에 돌아왔다는 것만으로도 한시름 놓겠죠. 게다가 공연이 대단한 성공을 거둔 덕분에 버즈도 내 외출 건에 대해 더는 캐묻지 않았어요."

나는 이제 가장 중요한 질문을 던져야할 때라고 생각했다.

"고든 시장에게 급히 해야 할 말이 있었다고 했는데, 뭐였죠?"

"커크가 자신이 쓴 연극대본 《다크 나이트》를 고든 시장이 가져 갔다며 되찾아 달라고 졸랐어요."

∴

스티븐과 앨리스는 〈카페아테나〉의 테라스에서 말없이 아침 식사를 마쳤다. 앨리스가 스티븐을 노려보았다. 그는 눈을 마주볼 엄두를 내지 못하고 접시 위에 남은 감자튀김을 뚫어져라 쳐다보고 있었다.

"어쩜 나를 이 따위 삼류호텔에서 머물게 할 수 있어?"

스티븐은 《뉴욕문학리뷰》 법인카드를 더 이상 쓸 수 없게 된 탓에 싸구려 모텔로 방을 옮길 수밖에 없었다.

"당신도 사치에는 관심 없다고 했잖아."

"최소한 사람이 잠을 잘만한 수준은 되어야지."

이제 대극장에 가야할 시간이었다. 대극장을 향해 걸어가는 동안에도 앨리스의 잔소리가 이어졌다.

"여기서 대체 뭘 취재하자는 거야?"

"《뉴욕문학리뷰》 표지에 등장하려면 당신이 연극에 대한 기사를 써야해."

"이 따위 한심한 연극에 관심을 가질 사람이 있을까? 다른 주제로 기사를 쓰면 안 돼?"

그들이 대극장 계단을 올라가고 있을 때 제리와 다코타는 이제 막 주차장에 차를 대고 내려서는 중이었다. 걸리버 서장도 경찰서에 출근했다가 빠져나와 대극장으로 들어서고 있었다.

대극장 홀에서는 사무엘과 메타가 벌써부터 무대 앞에 자리 잡고 있었고, 커크는 무대 위 조명 아래에 서 있었다.

∴

우리는 커크가 굳이 샬롯에게 《다크 나이트》 원고를 되찾아달라는 임무를 맡긴 이유가 궁금했다.

샬롯이 말했다.

"커크가 며칠 동안 연극대본을 찾아달라고 집요하게 졸라댔어요. 고든 시장이 갖고 있는데 자기가 가면 돌려주지 않을 거라면서요. 개막일에는 분장실에까지 찾아와 귀찮게 굴었죠."

내가 물었다.

"그 당시에도 커크와 연인 사이였나요?"

"커크에 대한 내 감정은 끝난 상태였어요. 커크는 나를 놓아주려 하지 않았죠."

∴

1994년 7월 30일 오전 10시 10분, 오르피아
살인사건이 일어나기 9시간 전

샬롯은 분장실로 들어서다가 경찰제복 차림으로 소파에 앉아 있는 커크를 보고 깜짝 놀랐다.

"당신 지금 여기서 뭐하는 거야?"

"당신이 나를 떠나겠다고 하면 당장 이 자리에서 죽을 작정이야."

"농담이 심하잖아."

커크가 소리를 버럭 질렀다.

"내가 지금 한가하게 농담이나 하는 줄 알아?"

커크가 소파에서 벌떡 일어나 권총을 뽑아들더니 총구를 목에 가져다댔다.

"커크, 제발 그만둬!"

커크는 권총을 다시 허리춤에 꽂아 넣으며 말했다.

"나는 절대로 장난하는 게 아니야."

"우리 사이는 이미 끝났다는 걸 받아들여야 해."

"앨런이 나보다 나은 게 뭐야?"

"그 얘긴 이제 그만해. 연극제 개막일이라 많이 바쁠 텐데 어서 돌아가."

"경찰서 내에서 내 입지가 좋지 않아. 내게 힘과 용기를 줄 수 있는 사람은 당신밖에 없어. 제발 내 곁을 떠나지 마."

"우린 이미 끝났다니까 그러네."

"내 인생은 지금 엉망진창으로 꼬였어. 내 연극을 무대에 올렸어야 하는데 고든 시장이 불허하는 바람에 모든 걸 망쳐버렸어. 내 연극을 공연할 수 있었다면 난 당신을 주연배우로 썼을 거야."

"나도 당신이 쓴 대본을 읽어봤는데 신통치 않았어. 차라리 대본을 다시 손봐 내년에 무대에 올리면 되잖아."

"내가 대본을 손보면 당신이 주연배우를 맡아 줄 거야?"

샬롯은 상황을 모면하기 위해 마음에도 없는 말을 했다.

"물론이지."

"한 가지 부탁이 있어. 고든 시장에게 내 대본이 가 있는데 무슨 꿍꿍이속인지 돌려주지 않으려고 해. 당신이 그를 만나 내 대본을 찾아다줘."

"다른 복사본은 없어?"

"사실은 2주 전에 경찰서에서 큰 분란이 있었어. 부하들이 나를 오해해 방을 뒤집어엎어버렸고, 《다크 나이트》 원본은 물론 내가 쓰고 있던 습작과 초고까지 모두 없애버렸어. 이제 고든 시장이 가져간 한 부만 달랑 남게 되었지."

샬롯은 한때 사랑했던 남자를 말없이 바라보았다. 그가 그 대본을 쓰기 위해 얼마나 많은 노력을 기울였는지 잘 알고 있었다.

"내가 대본을 찾아다주면 나를 놓아주겠다고 약속할 수 있어?"

"약속할게."

"고든 시장의 집이 어디지? 내일 찾아가 만나볼게."

"펜필드크레센트에 있는데 내일이 아니라 오늘 당장 만나봐야 해."

"오늘은 불가능해. 리허설이 끝나려면 빨라도 오후 6시 30분쯤이 되어야 하니까."

"아니, 오늘 대본을 찾아와 막간을 이용해 내게 전달해줘. 만약 행운이 따라준다면 당신이 출연하는 연극이 끝난 직후 나도 무대에 설 기회가 있을지도 몰라. 내가 대본을 읽으면 관객들이 크게 매료되어 자리를 뜨지 못할 거야."

샬롯은 그가 한편으로 측은했다. 커크에게는 연극이 인생의 전부나 다름없었다.

"오후 9시 경에 다시 여기로 와. 내가 원고를 찾아올 테니까."

∴

샬롯의 설명을 듣고 있던 데렉이 물었다.

"커크가 그 당시 무대에 올리려고 했던 작품이 바로 《다크 나이트》였군요?"

"네, 맞아요."

"버즈 레너드는 그 당시 커크가 《나, 커크 하비》라는 제목의 일인극을 했다던데요?"

샬롯이 그 당시 상황을 설명해주었다.

"고든 시장이 살해당하는 바람에 커크는 갑자기 연극을 무대에 올릴 수 있게 되었어요. 커크는 《다크 나이트》의 연극대본이 없었기 때문에 《나, 커크 하비》라는 즉흥극을 하게 된 거예요. 그 즉흥극의 첫 대사는 항상 이런 식이었죠. '나, 커크 하비, 대본이 단 한 편도 없다네!'"

데렉이 혼잣말처럼 중얼거렸다.

"한 푼이 아니라 한 편이었군. 《다크 나이트》 대본을 잃어버렸으니 한 편도 없었던 게 맞네요."

내가 샬롯에게 물었다.

"그날 저녁 밴을 운전한 사실을 왜 증언하지 않았죠?"

"테드의 밴이 살인사건과 연관되어 수사 선상에 오르기 시작한 때는 연극제가 끝난 다음이었어요. 나는 알바니로 돌아가 잠시 지내다가 얼마 후 피츠버그의 동물병원에서 몇 달간 수련의로 근무하게 되었죠. 내가 다시 오르피아에 온 건 여섯 달이 지나서였고, 그때서야 무슨 일이 있었는지 알게 되었죠."

샬롯의 진술대로라면 그녀는 살인사건과 아무런 관련이 없었다. 샬롯은 조사가 끝나자마자 곧 대극장으로 갔다. 우리는 그런 사실을 대극장에 가 있는 마이클을 통해 알 수 있었다. 그가 무대 위 동향을 우리에게 전해주고 있었다.

샬롯이 대극장으로 들어서자 커크는 기쁨을 감추지 못했다.

"잘 왔어, 샬롯! 오늘은 일이 잘 풀리겠어. 사무엘이 시체 역할을 맡기로 했고, 제리가 경관 역할을 맡을 거야."

샬롯은 아무런 대꾸도 하지 않고 커크의 앞으로 걸어갔다. 커크가 심상찮은 분위기를 느끼며 물었다.

"샬롯, 무슨 일 있어?"

샬롯이 한참 동안 커크를 바라보다가 나지막한 소리로 물었다.

"당신은 나를 보호하기 위해 오르피아를 떠난 거였어?"

커크는 아무런 대답도 하지 않았다.

"내가 테드의 밴을 운전했으니 고든 시장 일가족을 살해했다고 생각한 거야?"

"내가 무슨 생각을 하고 있었는지는 중요하지 않아. 지금 이 시점에서 중요한 건 내가 무얼 알고 있냐는 거야. 나는 당신 남편과 약속했어. 내 연극을 무대에 올리게 해주면 모든 걸 알게 해주겠다고."

"얼마 전 젊은 여기자가 죽었어. 고든 시장 일가족을 살해한 범인이 스테파니 기자를 죽인 게 분명해. 개막 공연 때까지 기다릴 여유가 없어. 당신이 알고 있는 사실을 당장 털어놔."

"내 연극의 막이 오르면 모든 사실을 알게 될 거야."

"여러 사람이 죽은 사건이야. 장난할 때가 아니야."

"나 역시 그때 이미 죽었어!"

한참동안 실내에 침묵이 흘렀다. 모든 시선이 커크와 샬롯을 주시했다.

샬롯이 다시 입을 열었다.

"경찰은 다음 주 토요일에 연극이 끝날 때까지 기다리겠대? 당신이 아는 걸 모두 밝힐 때까지?"

커크는 그녀의 말에 정색하며 대답했다.

"연극이 끝날 때가 아니라 도중에 밝혀진다니까."

"나는 도대체 무슨 말인지 모르겠어."

샬롯은 마치 쓰러질듯 몸을 휘청거렸고, 그런 그녀를 보고 있던 커크가 속마음을 알 수 없는 눈빛으로 선언하듯 말했다.

"《다크 나이트》는 그 사건의 진실을 여는 열쇠야. 연극을 공연하는 당신네들의 입을 통해 모든 진실이 밝혀지게 될 거야."

데릭 스콧

1994년 9월 초

사건 발생 한 달 후, 제스와 나는 범인이 테드라고 확신했다. 고든 시장이 〈카페아테나〉 건물공사를 할 수 있게 해주겠다는 구실로 테드에게 돈을 뜯어내려다가 살해당한 사건으로 결론 내렸다. 두 사람 사이에 금전이 오간 정황을 테드의 계좌에서 인출된 액수와 고든 시장의 계좌에 입금된 액수가 일치한다는 점에서 확신했다.

테드는 범행이 발생했던 시각에 대극장에 없었고, 그의 밴이 고든 시장의 집 앞에 세워져 있었다는 증언이 확보되었다. 게다가 테드는 사격에 능한 사람이었다.

문제는 테드의 변호사가 증거불충분을 내세워 무죄판결을 이끌어낼 우려가 있다는 점이었다. 우리가 서둘러 테드를 체포하지 않은 이유였다. 맥케나 과장이 우리를 밀어주고 있는 만큼 조금 더 수사를 진행해 분명한 증거를 확보할 작정이었다. 시간은 아직 우리 편이었으니까.

우리는 테드가 시간이 흐를수록 긴장이 풀려 빈틈을 노출하게 될 거라 생각했다. 제스와 나는 인내심이 수사를 성공적으로 이끌 열쇠라고 믿었다. 아직 입증해야 할 부분이 많이 남아 있었다. 범행에 사용된 무기는 일련번호를 지운 베레타로 뒷골목 범법자들이 눈독을 들일만한 총이었다.

맨해튼의 부유한 집 출신인 테드가 베레타를 어디서 구했을까?

우리는 그 질문에 대한 답을 찾기 위해 햄프딘 지역을 구석구석 훑으며 은밀히 탐문수사를 펼쳤다. 특히 리지스포트의 한 술집에 주목했다. 평판이 좋지 않은 술집으로 수년 전 테드가 주차장에서 큰 싸움을 벌였다가 실형을 살았을 만큼 악연이 있는 곳이었다. 우리는 그 술집 주변에서 잠복하며 테드가 나타나기를 기다렸다. 하루는 잠복수사를 벌이다가 맥케나 과장에게 꼭두새벽부터 호출 당했다. 맥케나 과장의 방으로 들어서자 낯선 인물이 우리를 향해 으르렁댔다.

"나는 ATF(연방화기단속국) 특별수사관 그레이스 형사입니다. 당신들이 지금 FBI의 수사를 망치고 있다는 사실을 아십니까?"

초면인 그레이스 형사는 우리에게 매우 거칠게 나왔지만 나는 충분한 예의를 갖췄다.

"저는 뉴욕 주 경찰본부의 데렉 스콧 경사이고, 제 동료는 제스 로젠버그 경사입니다. 목소리 좀 낮추시죠."

그레이스 형사가 내 말에 아랑곳하지 않고 다시 목소리를 높였다.

"난 이미 당신들이 누군지 알고 있어요."

맥케나 과장이 재빨리 끼어들어 우리에게 상황을 설명했다.

"ATF는 자네들이 리지스포트에서 잠복수사 중이라는 걸 알고 있어. 사실 리지스포트의 술집은 ATF가 이미 감시하고 있는 곳이라는 거야."

그레이스 형사가 말했다.

"우리는 벌써 몇 달째 술집 맞은편 집을 임대해 감시해오고 있어요."

제스가 말했다.

"그 술집에 대한 정보를 우리에게 제공해줄 수 있습니까?"

"지난 2월에 롱아일랜드에서 은행을 털고 달아났다가 붙잡힌 작자가 있습니다. 그가 감형을 조건으로 우리에게 털어놓은 정보 중에 범행에 사용한 총을 그 술집에서 구했다는 진술이 들어 있었어요. 그 술집이 총기 밀거래 장소로 이용되고 있습니다. 예상컨대 현역 군인이 불법 무기 거래에 가담하고 있을 가능성이 농후해요. 당신들은 그 정도만 알아둬요. 매우 민감한 사안이니까."

제스가 말했다.

"그 술집에서 어떤 종류의 무기가 밀거래되고 있죠?

"일련번호를 지운 베레타가 주로 거래되고 있어요."

제스가 내게 눈짓을 보냈다. 마침내 게임을 끝낼 순간이 왔다는 뜻이었다. 범인은 그 술집에서 베레타를 구입해 네 사람을 살해한 것이다.

제스 로젠버그

2014년 7월 18일 금요일

연극제 개막 8일전

커크는 1994년 사건의 진범이 누구인지 연극을 보는 동안 밝혀
질 거라고 했다. 나는 커크가 뭔가를 알고 있을 리 없었고, 속임수
를 쓰고 있다고 생각했다. 그저 화제의 중심에 서기 위해 술수를
부리는 것으로 보였다.

애나와 데렉, 나는 햄프턴의 포트제퍼슨에서 출발해 코네티컷
주의 브리지포트로 가는 페리에 올랐다. 뉴 헤이븐에 산다는 고든
시장의 형 어네스트 고든을 만나볼 계획이었다. 어네스트는 예일
대학교 생물학교수로 일가족이 모두 사망한 고든 시장의 상속인
이었다. 당시 그가 고든 시장의 유품을 맡아 정리했던 만큼 커크의
원고를 보았을 가능성이 있었다.

이제 일흔 살인 어네스트 고든은 우리 일행을 차와 다과가 놓인
다이닝룸으로 안내했다.

"내 동생과 가족을 살해한 범인에 대해 새로운 정보를 입수하셨
다고요?"

어네스트의 아내는 초조한지 가만히 앉아 있지 못하고 자리에서
일어나 서성거렸다.

내가 대답했다.

"최근 우리는 몇 가지 사실들을 새롭게 알게 되었고, 20년 전 테드를 범인으로 결론내린 수사가 일부 잘못되었을 수도 있다는 결론을 얻게 되었습니다."

"테드가 범인이 아니라는 말인가요?"

"아직 그 부분에 대해서는 명확한 결론이 내려지지 않았습니다. 두고 보면 알 수 있겠죠. 혹시 고는 시장의 유품 가운데 연극대본을 본 적이 있습니까? 제목은 《다크 나이트》입니다."

어네스트는 난처한 표정을 지었다.

"동생은 집에 어마어마한 양의 문서를 쌓아두고 있었어요. 문서들을 계통에 따라 분류하고 정리하다가 양이 너무 많아 포기했습니다. 결국 전부 다 폐기처분해버렸죠."

"추측컨대 그 연극대본은 비밀스러운 장소에 숨겨두었을 가능성이 큽니다. 다른 사람의 눈에 띄지 않는 은밀한 곳에요."

잠시 침묵이 흐르는 동안 어네스트가 우리를 빤히 쳐다보았다.

어네스트의 부인이 마침내 입을 열었다.

"어네스트, 이젠 털어놓아야 해요. 일이 심각해보여요."

어네스트도 모두 털어놓기로 결심한 듯 말했다.

"동생이 죽고 나서 법률사무소에서 연락이 왔어요. 동생이 작성해둔 유언서가 있다는 거예요. 동생의 재산이라고는 살던 집과 어느 은행금고에 들어 있는 현금이 전부였어요."

데릭이 말했다.

"그 당시 우리는 은행금고에 대한 이야기는 듣지 못했는데요."

"내가 그 사실을 털어놓지 않았으니까요."

"왜 그랬죠?"

"은행금고를 열어보니 큰돈이 들어있었어요. 우리아이 셋을 대

학에 보내고도 남을 만큼 큰 액수였죠. 나는 돈의 존재를 알리지
않기로 마음먹었어요."

데렉이 말했다.

"고든 시장이 뇌물로 받은 돈입니다. 그가 몬태나에 개설한 계좌
로 미처 옮기지 못한 돈을 금고에 보관하고 있었을 겁니다."

내가 물었다.

"그 금고에 현금 말고 또 뭐가 있던가요?"

"문서가 있었지만 솔직히 관심이 없어 눈길도 주지 않았죠."

데렉이 한탄했다.

"문서를 확인해보지도 않고 버렸다는 겁니까?"

"솔직히 나는 그 은행에 동생의 사망사실을 알리지 않았습니다.
그 대신 유언공증인을 시켜 그 금고 임대시한을 내가 사망하는 시
점까지 연장하게 하고, 이용료도 미리 지불했죠. 나는 그 돈의 출
처가 그리 깨끗하지 않을 거라 짐작했고, 금고의 존재를 비밀에 부
쳐야 한다고 생각했으니까요."

데렉이 다급하게 물었다.

"어느 은행 금고죠?"

"그 돈은 내가 변상하겠습니다."

"일단 은행에 가서 고든 시장이 금고에 숨겨둔 문서가 무엇인지
확인해봐야겠습니다."

$$\therefore$$

몇 시간 후 애나와 데렉, 나는 맨해튼에 소재한 민간은행의 금고실
로 들어섰다. 은행직원이 금고 문을 열고 상자 하나를 꺼냈다. 상자

안에 제본된 책이 들어있었다. 표지에 적힌 글씨가 눈에 들어왔다.

《다크 나이트》
커크 하비 작

애나가 말했다.

"고든 시장은 왜 이 대본을 금고에 넣어두었을까요?"

데렉도 혼잣말처럼 중얼거렸다.

"이 대본과 살인사건은 어떤 연관이 있을까요?"

상자 안에는 은행거래내역서도 들어있었다. 데렉이 문서를 들춰보다가 눈을 빛냈다.

내가 물었다.

"데렉, 뭔가 찾아낸 거야?"

"고든 시장이 거액을 입금한 기록이 나와 있어. 뇌물로 받은 돈일 테지. 고든 시장이 도피준비를 하면서 몬태나로 미리 빼돌린 돈일 거야."

나는 이미 다 아는 사실인데 데렉이 새삼스럽게 흥분하는 이유를 알 수 없었다.

"고든 시장이 뇌물을 받았다는 건 이미 다 아는 사실이잖아."

"이 계좌는 고든 시장과 당시 부시장이었던 앨런 브라운이 공동명의로 개설했어."

그렇다면 브라운 시장도 뇌물과 연루되어 있다는 의미였다. 우리는 은행을 나와 다음 행선지인 뉴욕 주 경찰본부로 달려갔다. 초대 연극제 개막공연 녹화 비디오테이프에서 브라운 시장이 무대 위로 올라가 축사를 하는 장면의 분석을 의뢰해놓았는데 그 결과가 나오는 날이었다.

영상판독 전문요원들이 판독 결과를 우리 앞에 내밀었다. 앨런 브라운이 손에 들고 있는 종이가 극장조명에 노출된 순간을 포착한 확대사진이었다. 종이에 적힌 글자가 역광을 받아 투명하게 드러나 보였다.

'글자판독 결과, 영상 속 발언자의 말은 종이 위의 문구와 일치한다.'

나는 확대 사진을 들여다보다가 소스라치게 놀랐다.

내 표정을 본 데렉이 물었다.

"뭐가 이상해? 종이에 적힌 글자와 브라운 시장의 인사말이 일치한다는 거잖아?"

나는 확대사진을 흔들어 보이며 말했다.

"종이에 적힌 인사말이 타이핑한 글자라는 점이 이상하잖아. 앨런 브라운은 개막식 때 현장에서 즉흥적으로 인사말을 만들었다고 진술했어. 이제 보니 인사말은 미리 작성되어 있었어. 앨런 브라운은 고든 시장이 개막식에 오지 못하리라는 걸 이미 알고 있었던 거야."

제스 로젠버그

2014년 7월 19일 토요일

연극제 개막 7일 전

아침 일찍 우리는 브라운 시장 부부가 사는 집의 초인종을 눌렀다. 경찰 본부로 두 사람을 연행해갈 생각이었다. 우리는 샬롯 역시 앨런 브라운이 비리사건에 가담했다는 사실을 알고 있을 거라고 판단했다.

브라운 시장 부부가 뉴욕 주 경찰본부 차량에 실려 연행되는 모습을 이웃주민들 중 일부가 지켜보았고, 소문은 빠른 속도로 번져나갔다. 언론사들은 곧바로 기사를 썼다. 피터 프록 부시장은 연신 울려대는 전화벨 소리를 견디다 못해 외부와의 접촉을 아예 끊어버렸다. 걸리버 서장은 몰려드는 기자들을 맞아들이긴 했지만 그 상황에 대해 아는 게 아무것도 없었다.

커크가 리허설이 예정된 시각보다 조금 일찍 대극장에 도착했다. 그가 오기만 목을 빼고 기다리던 기자들이 질문을 쏟아냈다.

"이번에 공연할 《다크 나이트》와 브라운 시장 부부가 경찰에 체포된 일 사이에 어떤 연관이 있습니까?"

커크가 잠시 뜸을 들이다가 말했다.

"그러니까 내 연극을 보러 와야 한다는 거요. 모든 해답이 내 연극 안에 있으니까."

기자들이 일제히 술렁거렸다. 커크는 흥분으로 달아오른 분위기를 확인하며 슬그머니 웃었다. 이제 모두들 《다크 나이트》를 화제로 삼기 시작했다.

∴

우리는 뉴욕 주 경찰본부로 데려온 브라운 시장 부부를 각각 다른 방에서 조사했다. 애나가 샬롯에 대한 심문을 맡았다. 금고에서 찾아낸 거래 내역서를 눈앞에 내밀자 샬롯의 얼굴이 창백해졌다.

"앨런은 결코 뇌물을 받을 사람이 아니에요. 어느 누구보다 정직한 사람입니다."

"문서에 브라운 시장님이 서명한 친필 사인이 있습니다."

"앨런의 사인이라는 걸 인정하지만 분명 뭔가 이유가 있을 거예요. 앨런은 뭐라고 하던가요?"

"지금은 모든 사실을 부인하고 있습니다. 브라운 시장님이 진실을 말하지 않는 이상 우리도 도울 방법이 없어요. 일단 경찰서에서 조사를 받은 후 검찰에 송치될 거예요."

샬롯이 울음을 터뜨렸다.

"나는 이 일과 아무런 관련이 없어요."

애나는 위로하듯 샬롯의 손을 잡아주며 물었다.

"지난번에 우리에게 털어놓지 않은 사실이 있죠?"

샬롯이 울음을 추스르며 대답했다.

"앨런은 개막일 저녁에 고든 시장이 가족들을 데리고 몰래 오르피아를 떠날 거라는 사실을 알고 있었어요."

∴

1994년 7월 30일 오전 11시 30분, 오르피아

4인 살인사건이 일어나기 8시간 전

대극장 무대 위에서 버즈 레너드가 출연배우들을 모아놓고 최종 리허설을 하고 있었다. 샬롯은 자신이 능장하지 않는 장면이 시작된 틈을 이용해 휴게실에 있는 앨런 브라운에게로 갔다. 앨런은 사람들의 눈길이 닿지 않는 곳으로 그녀를 데려갔다.

"공연 준비는 잘 되어가고 있어?"

"문제없이 잘 되어가고 있어."

"커크에게서 들은 말은 없어?"

"커크가 한 가지 청을 들어주면 더 이상 귀찮게 하지 않겠다고 약속했어. 고든 시장을 찾아가 연극대본을 찾아와달라는 거야."

앨런이 불쾌한 기색을 내비쳤다.

"그건 흥정이지 약속이 아니잖아."

"커크는 그 대본을 쓰느라 온갖 정성을 쏟아 부었어. 경찰서에서 문제가 생겨 원고와 복사본을 몽땅 잃어버렸나 봐. 고든 시장이 갖고 있는 복사본이 마지막으로 남아 있는 대본이라는 거야. 당신이 고든 시장에게 부탁해 대본을 돌려달라고 해줄래? 당신이 대본을 받아주면 다시는 커크와 엮일 일이 없을 거야."

앨런은 즉시 거절했다.

"그 대본을 찾아다주지 않는 게 좋아."

"왜지?"

"커크는 한 번 된통 당해봐야 해."

"당신답지 않은 말이야. 커크가 이상한 사람인 건 분명하지만 자신이 쓴 대본을 되돌려 받을 권리는 있어. 제 딴에는 온갖 노력을 쏟아 부은 대본이니 커크에게 되돌려주는 게 마땅해."

"커크의 대본은 잊어. 고든 시장도 잊어버려."

샬롯은 고집을 굽히지 않았다.

"커크가 계속 찾아와 자살하겠다고 협박하는 걸 더는 지켜볼 수 없어."

"커크가 원한다면 자살하게 내버려둬!"

샬롯이 서운한 마음을 드러냈다.

"내가 당신에 대해 잘못 알고 있었나봐."

샬롯이 몸을 돌려 다시 무대로 돌아가려하는 순간 앨런이 그녀의 손을 붙잡았다.

"미안해, 내가 잘못했어. 나도 커크를 돕고 싶지만 일이 복잡하게 되었어."

"일이 복잡해지다니, 무슨 뜻이야?"

앨런은 잠시 망설이다가 솔직하게 털어놓았다.

"고든 시장은 오늘 저녁에 오르피아를 떠나기로 했어. 아마도 다시는 돌아오지 않을 거야."

"오늘 저녁에?"

"고든 시장이 가족들을 모두 데리고 떠난다니까."

∴

애나가 물었다.

"고든 시장과 일가족이 오르피아를 떠나야 했던 이유가 뭔가요?"

"나는 그 이유를 몰라요. 고든 시장은 언제나 내게는 요령부득의 인물로 비쳤으니까요. 난 연극대본을 되찾아 커크에게 돌려줄 수만 있으면 다른 건 상관없었어요. 그날 하루 종일 시간이 나지 않아 대극장을 빠져나갈 수 없었어요. 버즈는 리허설을 하염없이 반복했고, 이탈리아 기자와 인터뷰를 하느라 시간을 끌었죠. 출연배우들을 일일이 면담하며 연출자가 원하는 게 뭔지 다시 한 번 숙지시켰어요. 버즈는 처음으로 연출작을 무대에 올리는 날이었고, 극도로 긴장해 있었죠. 결국 늦은 오후가 되어서야 고든 시장을 찾아갈 틈을 낼 수 있었어요. 시간이 부족해 서둘러야 했죠. 고든 시장 가족이 아직 집에 있는지도 불확실한 상황이었어요. 이미 떠났을 수도 있었지만 기회를 놓치면 대본을 찾을 방법이 없다는 생각이 들어 초조했어요."

애나가 이야기를 재촉했다.

"그래서 결과는 어떻게 되었죠?"

"결과는 지난번에 얘기한 그대로예요. 고든 시장 일가족이 살해되었다는 말을 듣고 나서 내가 잠시 그 집에 갔었다는 이야기를 하려 했는데 앨런이 말렸어요. 몹시 피곤한 일을 겪어야할지도 모르니까 잠자코 있으라고 했죠. 나 역시 고든 시장 일가족이 살해되기 직전에 그 집에 갔었다는 사실이 마음에 걸렸어요. 앨런에게 공원에서 운동하고 있던 여자를 봤다는 이야기를 했어요. 앨런이 그 여자도 살해당했다고 말해주면서 몸서리를 치더군요."

'그 여자가 죽는 바람에 범행현장을 목격한 사람은 모두 사라졌어. 당신 역시 모른 체하는 게 좋아.'

∴

애나는 옆방에서 대기하고 있는 앨런 브라운을 만나 심문을 시작했다.

"브라운 시장님은 고든 시장이 개막식에 오지 않으리란 걸 진작부터 알고 있었습니다. 즉흥적으로 썼다고 주장한 인사말도 사실은 워드프로세로로 미리 타이핑해간 것이더군요."

브라운 시장은 시선을 아래로 떨어뜨렸다.

"나는 고든 시장 일가족이 죽은 일과 아무런 관련이 없어요."

애나는 은행거래내역서를 앨런 앞에 꺼내놓았다.

"1992년에 고든 시장과 공동명의로 계좌를 개설했더군요. 이 계좌에 2년 동안 50만 달러가 입금되었습니다. 오르피아 공공건물 개축공사와 관련해 끌어 모은 뇌물이었죠?"

"이 서류를 어디서 찾아냈죠?"

"고든 시장이 거래를 튼 은행금고에서요."

"맹세컨대 나는 뇌물을 한 푼도 받지 않았습니다."

"무조건 부인하는 건 시장님에게 결코 도움이 되지 않습니다."

한참 동안 망설이던 브라운 시장이 결국 입을 열었다.

"나는 1994년 초에 고든 시장이 뇌물을 수수하고 있다는 사실을 알게 되었습니다. 그 무렵 익명의 전화를 한 통 받았죠. 2월말이었고, 여자 목소리였어요. 시에서 발주한 공사에 하도급으로 참여한 업체들이 여럿 있었습니다. 전화를 건 여자가 나에게 그 업체들의 회계장부를 조사해보라고 하더군요. 회계장부를 구해 들여다봤더니 시와 계약한 금액과 실제로 받은 액수 간 차이가 상당했습니다. 모든 하도급업체들이 공사비용을 실제보다 부풀려 계산서를 발행한 겁니다. 누군가 중간에서 차액을 가로챘다는 의미였죠. 고든 시장이 하도급업체를 선정하는 최종결정권자였습니다."

"고든 시장에게 그 사실을 따져 물었나요?"

"고든 시장을 찾아가 해명을 요구했습니다. 일단 정확한 내막이 뭔지 알아보려는 의도였는데 예상과 달리 그의 반발이 강력했어요."

$$\therefore$$

1994년 2월 25일, 오르피아
고든 시장 집무실

브라운 부시장이 회계자료를 내밀자 고든 시장이 빠르게 훑어보았다. 고든 시장은 자료를 훑어보고도 별반 반응이 없었다.

브라운 부시장이 입을 열었다.

"설마 공사를 맡기는 대가로 돈을 요구한 겁니까?"

고든 시장은 서랍을 열더니 서류를 찾아 브라운 부시장에게 건네며 침울하게 말했다.

"이보게, 앨런. 우린 이미 같은 배를 탄 사람들이야."

앨런은 서류를 넘겨보면서 물었다.

"이 잔고증명서에 어째서 내 이름이 들어가 있죠?"

"2년 전, 우리가 공동명의로 이 계좌를 개설했으니까. 자네도 기억나지?"

"이 계좌를 개설할 당시 내가 동의한 이유는 시 업무를 위해서였습니다. 그 당시 시장님께서 저에게 명의를 빌려줘야 회계처리가 편하다고 했잖아요. 지금 여기 있는 잔고증명서의 계좌는 시 업무와 전혀 관련이 없는 것으로 되어 있는데 어떻게 된 일이죠?"

"그러게 서명하기 전에 꼼꼼히 살펴봤어야지 이제 와서 모른다고 잡아떼면 어쩌자는 건가?"

"저에게 올가미를 씌운 겁니까? 은행의 신원확인 절차가 필요하다고 해서 아무런 의심 없이 여권을 맡겼는데 실마 이런 짓을 꾸밀 줄은 몰랐어요."

"자네가 협조해줘서 고마워. 우린 공동명의로 계좌를 개설했고, 내가 뇌물을 수수한 혐의로 조사를 받게 되면 자네도 무사하지 못해. 어쨌거나 우리 두 사람 명의로 되어 있는 계좌니까. 경찰을 찾아가봐야 소용없을 거야. 비리 혐의로 연방교도소에 가고 싶지 않으면 입 닥치고 있는 게 신상에 이로울 거야."

"비리 사건은 언젠가 들통 나기 마련입니다. 오르피아의 하도급 업체들이 끝까지 비밀을 지켜줄 수 있을 거라고 생각하세요?"

"하도급 업체들은 모두 자네처럼 코를 꿰어두었어. 철창 행을 원하지 않는다면 입을 꾹 다물 수밖에 없을 테니까 걱정하지 말게. 자네가 눈을 감아주면 누이 좋고 매부 좋은 일이 될 거야. 어쨌든 하도급업체들은 내가 주선해준 덕분에 일을 하고 돈을 벌었잖아."

"아직 잘 모르시나본데 누군가 벌써 이 일을 눈치 채고 경찰을 찾아가려고 하고 있습니다. 어떤 여성으로부터 전화 한 통을 받았어요. 익명의 여성이 시장님이 뇌물을 수수한 사실을 저에게 귀띔해주었습니다."

고든 시장은 그 말을 듣고 나서야 비로소 불안감에 휩싸였다.

"어떤 여성인가?"

"저도 누군지는 모르죠. 조금 전에 이미 말했잖습니까? 이름을 밝히지 않은 익명의 제보였다고요."

∴

이야기를 마친 브라운 부시장은 애나를 말없이 마주보았다. 뉴욕 주 경찰본부 조사실은 잠시 정적에 휩싸였다.

브라운 부시장이 다시 입을 열었다.

"나는 뇌물사건이 나와는 전혀 관계가 없다는 사실을 입증할 방법이 없었습니다. 돈이 입금된 계좌의 공동명의자였으니까요. 고든 시장은 매우 음험한 사람이라 앞날을 예견하고 미리 함정을 파두었던 거예요. 나는 덫에 걸린 포로 신세였어요."

"그 다음에는 어떻게 되었나요?"

"고든 시장은 내가 익명의 여성으로부터 제보전화를 받았다고 하자 잔뜩 긴장했습니다. 나머지 사람들은 모두 입을 열 수 없도록 조치를 해두었기 때문에 걱정할 필요가 없었지만 일종의 돌발 사태가 발생한 셈이었죠. 여러 가지 정황으로 미루어볼 때 고든 시장의 부패행각은 내가 아는 게 전부가 아니었다고 생각합니다. 그 후 두어 달 동안 우리는 겉으로는 아무런 내색도 하지 않고 원만한 관계를 유지했죠. 4월 어느 날 고든 시장이 밤에 전화해 마리나 주차장에서 만나자고 해서 나갔더니 그가 '나는 조만간 오르피아를 떠날 생각이네.'라고 했습니다. 내가 어디로 갈 생각인지 물었죠. 그가 '어디든 상관없어.'라고 하더군요. 내가 다시 언제쯤 떠날 생각인지 물었죠. 그가 '성가신 일이 정리 되는대로 떠날 거야.'라고 했어요. 그 후로 두 달이 지난 1994년 6월 말에 그는 같은 장소로 나를 불러내더니 8월 말에 떠나겠다고 했습니다. '연극제가 끝나면 9월에 있을 시장 선거에 출마하지 않겠다고 선언하고 떠날 생각이네.'라고요. 내가 왜 두 달을 더 기다리려고 하는지 이유를 물었습니다. 그가 말하길 '지난 3월부터 계좌의 돈을 조금씩 인출해 옮기고 있어. 8월말쯤이면 돈을 전부 인출하고 계좌를 폐쇄할 거야. 그렇게 되면 자네도 더는 불안에 떨지 않아도 되겠지. 자네는 오르피아 시상이 되는 거야.' 라고 하더군요. 내가 그에게 '이 일은 언제라도 다시 들추어질 수 있습니다. 계좌를 폐쇄해도 은행에 거래 기록이 남으니까요.'라고 하자 고든 시장이 '걱정하지 말게. 모든 조치를 취해놓았으니까.'라고 하더군요."

애나가 확인하는 차원에서 물었다.

"모든 조치를 취해놓았다는 말이 무슨 뜻이죠?"

"고든 시장이 그 말을 할 때 지었던 차갑고 섬뜩한 표정을 결코 잊지 못할 겁니다. 고든 시장과 함께한 시간이 한두 해가 아니었지만 정작 나는 그가 어떤 사람인지 몰랐습니다. 상대가 누구든 앞길에 방해가 될 경우 가차 없이 제거할 사람으로 보였어요."

브라운 시장을 응시하던 애나가 다시 질문을 던졌다.

"고든 시장은 연극제가 끝나자마자 떠날 계획이었는데 왜 마음을 바꾸어 개막일 저녁에 떠나려고 했을까요?"

브라운 시장이 착잡한 표정을 지었다.

"사실 고든 시장은 연극제 준비 기간 동안 기여한 바가 전혀 없었습니다. 그가 연극제와 관련해 도움을 준 일이라고는 중심가에 설치하기로 되어 있는 이동가판대에 대한 허가를 내주는 대가로 뒷돈을 챙긴 것뿐이었죠. 그럼에도 그는 마치 시장이 주도해 연극제를 성공적으로 준비한 것처럼 홍보하는 소책자를 제작했습니다. 개막식장에서 홀로 월계관을 쓰고 거들먹거리는 그의 모습이 눈에 선했어요. 나는 시장 집무실로 그를 찾아가 다음 날 아침에 당장 오르피아를 떠나라고 요구했습니다. 연극제와 관련해 아무런 공헌도 하지 않은 그가 명예를 독차지하게 내버려둘 수는 없었죠. 고든 시장은 임기 마지막까지 오르피아를 위해 헌신한 시장이라는 말이 사람들의 입에 오르내리게 될 거라 계산했을 겁니다. 그 동안 연극제를 준비하느라 밤잠을 설쳐가며 일한 나를 들러리로 만들어버리려는 속셈이었죠. 나는 고든 시장의 의도를 좌시할 수 없었습니다. 고든 시장이 비 맞은 개처럼 궁상맞은 모습으로 떠나게 하고 싶었죠. 나는 그에게 7월 29일 밤에 떠나라고 요구했습니다. 그는 내 요구를 받아들이기는커녕 1994년 7월 30일 아침이 되자 개막식 준비상황을 점검한다는 명목으로 보란 듯이 중심가를 돌아치며 나를 자극하더군요. 나는 그에게 '당장 떠나지 않으면 모든 부정 수뢰 사실을 고발할 테니 알아서 하세요.'라고 한 다음 곧장 차에 올라 펜필드크레센트로 달려갔습니다. 일단 고든 시장의 부정 수뢰를 레슬리 고든에게 알릴 생각이었죠. 레슬리가 문을 열고 나를 맞아주는 순간 뒤따라온 고든 시장의 목소리가 들려왔습니다. 레슬리도 이미 모든 사실을 알고 있더군요. 나는 다이닝룸에 앉자마자 고든 부부에게 '오늘밤 오르피아를 떠나지 않을 경우 대극장 무대에 올라 부정 수뢰 행위를 낱낱이 까발릴 겁니다.' 라고 했죠. 고든 부부는 내 말이 결코 허풍이 아니라는 느낌을 받았는지 늦어도 그날 저녁 이전에 떠나겠다고 약속하더군요. 나는 고든 시장의 집을 나와 대극장으로 갔습니다. 샬롯이 당장 고든 시장을 만나 커크가 쓴 대본을 찾아오겠다고 하기에 내가 말렸습니다. 샬롯이 고집을 꺾지 않아 나는 어쩔 수 없이 고든 시장 일가족이 그날 저녁 오르피아를 떠날 거라는 사실을 말해주었죠."

애나가 물었다.

"고든 시장 일가족이 오르피아를 떠날 거라는 사실을 알고 있었던 사람이 시장님 부부 말고는 없었습니까?"

"내가 장담하건대 우리 부부만이 그 사실을 알고 있었습니다. 고든 시장이 도피계획을 발설할 리 없었으니까요. 그는 즉흥적인 결정을 싫어해 모든 일을 통제범위 안에 두고자 했습니다. 그런 탓에 나는 그가 집에서 살해당했다는 사실을 이해하기 힘들었습니다. 그 시각에 고든 시장이 집에 있을 거라는 사실을 아는 사람이 있었다는 게 신기할 지경입니다. 연극제 팸플릿에 나와 있는 프로그램에도 오후 7시에서 7시 30분까지 개막식이 열리고, 고든 시장이 대극장 무대에서 인사말을 하기로 되어 있었거든요."

애나가 물었다.

"공동명의로 되어 있는 은행계좌는 어떻게 처리되었죠?"

"나는 그 계좌에 일절 손대지 않고 내버려두었습니다."

"어떤 여성이 걸어온 익명의 전화에 대해서는 나름 조사해보셨나요?"

"아뇨, 나로서는 그 여성이 누구인지 알아볼 방법이 없었습니다."

∴

그날 저녁 애나는 데렉과 나를 집으로 초대해 저녁식사를 대접했다. 애나가 식사를 마친 후 보르도 산 와인을 따르며 말했다.

"손님용 침대가 있으니까 여기서 주무셔도 괜찮아요. 칫솔도 있고, 전남편이 입던 티셔츠도 있어요. 내가 왜 아직 전 남편의 옷을 버리지 않았는지는 모르지만 두 분에게는 잘 맞을 거예요."

데렉은 거실 탁자에 《다크 나이트》 연극대본이 놓여 있는 걸 발견했다. 그가 연극대본을 집어 들었다.

데렉이 말했다.

"애나는 집에서도 쉴 새 없이 일하는군요."

커크의 대본을 접하자 우리는 다시 진지해졌다.

애나가 머릿속으로 되뇌어온 의문을 말했다.

"고든 시장은 왜 대본을 은행 금고에 숨겨놓을 만큼 중요하게 생각했을까요?"

나도 사실 그 부분이 이상하다고 생각해왔다.

"금고에 보관한 은행거래내역서는 고든 시장의 유죄를 증명할 확실한 물증이었어요. 커크의 대본 역시 누군가로부터 자기 자신을 보호하기 위한 방패막이로 보관해두었던 게 아닐까요?"

내가 되물었다.

"그 누군가가 커크를 가리키는 걸까요?"

애나가 말했다.

"반드시 커크라고 할 수는 없겠죠. 브라운 시장이 말하기를 고든 시장이 커크의 희곡에 대해 말하는 걸 들어본 적이 없다니까요."

데렉이 나에게 말했다.

"브라운 시장의 말을 전적으로 신뢰할 수 있을까?"

"그가 거짓말을 할 이유는 없잖아. 브라운 시장은 범행 시각에 대극장에서 수십 명의 사람들과 악수를 나누고 있었어."

애나가 대본을 보고 나서 이상하다고 느낀 점을 말했다.

"대본을 보니 밑줄 친 단어들이 열두 개 정도 있던데 무엇과 관련 있을까요?"

데렉이 말했다.

"대본에서 수정하고 싶은 부분을 표시해둔 게 아닐까요?"

"제가 보기에 수정 표시와는 달랐어요."

우리는 대본을 둘러싸고 앉았다. 데렉이 대본에서 밑줄 친 단어들을 찾아내면 애나가 받아 적었다.

Jamais en retourne et monter interêt arrogant horizontal four-naise ouragan la destinée.

나는 당혹스러워서 혼자말로 중얼거렸다.

"도대체 무슨 의미일까?"

그 자체로 의미가 담겨있는 것 같지는 않았다.

데렉도 고개를 갸웃거렸다.

"마치 암호 같아."

애나는 단어들을 골똘히 응시하다가 단어마다 첫 글자를 따로 끌어내서 모아보았다.

Jamais En Retourne Et Monter Interêt Arrogant Horizontal Four-naise Ouragan La Destinée.

JEREMIAHFOLD 제레미아 폴드

데릭 스콧

1994년 9월 중순, 4인 살인사건이 벌어진 지 6주가 지난 시점이었다. ATF 특별수사관 그레이스 형사로부터 연락이 왔다. 대규모 인원을 동원해 리지스포트의 술집을 급습할 계획이니 제스와 나도 와달라고 했다. 술집을 급습한 결과 다수의 베레타와 탄환이 압수되었고, 현장에서 현재 미 육군에서 근무하는 지기 하사가 체포되었다. 지기 하사는 다소 어수룩해 보이는 사람이었고, 무기밀매조직의 중간연락책 정도 인물로 보였다. ATF와 육군 헌병대에서는 지기 하사가 독자적으로 무기를 조달할 능력이 없다고 판단하고 있었다. 아무튼 우리는 지기 하사가 베레타를 누구에게 팔았는지 알아내야 했다. ATF는 우리가 지기 하사를 직접 심문하게 해주었다.

제스가 테드의 사진을 보여주며 지기 하사를 추궁했다.

"자네가 계속 말하지 않고 버티면 법정 최고형을 받게 될 거야. 이 사람이 누군지 알지?"

"난 몰라요."

"이 사람이 자네가 판 베레타를 사용해 네 사람을 살해했어. 자네는 공범으로 기소될 거야."

지기 하사가 헐떡거리며 소리쳤다.

"난 아무 짓도 안했어요."

"아무리 부인해 봐야 소용없어. 우리가 현장에서 압수한 베레타와 탄환을 제시하면 판사는 유죄를 선고할 수밖에 없으니까."

지기 하사의 태도가 애원조로 바뀌었다.

"사진을 한 번 더 보여주세요."

지기 하사가 사진을 보고 나서 말했다.

"이 사람에게 베레타를 판 적 있어요."

"확실하지?"

"확실해요."

"언제지?"

"지난 2월에 팔았어요. 몇 년 전 그 술집에서 본 적 있는 남자였는데 현금을 줄 테니 베레타를 구해달라고 하더군요. 베레타 한 정과 탄환을 넘겨주고 나서는 한 번도 만난 적이 없어요."

제스와 나는 득의에 찬 눈빛을 주고받았다. 우리는 지기 하사에게 베레타를 판매한 고객 명단을 넘겨주면 감형을 받을 수 있게 해주겠다고 꼬드겼다. 예상대로 거래자 명단에 테드도 포함되어 있었고, ATF도 우리가 거둔 성과에 만족을 표했다.

1장

디에스 이레 : 분노의 날

2014년 7월 21일 월요일 – 7월 25일 금요일

제스 로젠버그

2014년 7월 21일 월요일

연극제 개막 5일전

연극제 개막작을 공연하는 동안 4인 살인사건의 진범이 누구인지 알게 될 거라는 소문이 번져나가며 대규모의 취재진이 몰려들었고, 관광객들이 거리를 가득 채웠다. 오르피아 주민들 역시 강한 호기심을 감추지 못했다. 시내 중심가는 인파로 넘쳐났고, 대목을 만난 상인들은 가판을 펼치고 음료수와 스낵을 팔았다. 노점상들이 파는 기념품들 중에 '나는 1994년 오르피아에서 벌어진 일을 알고 있다.'라는 문구가 인쇄된 티셔츠도 있었다. 경찰은 폴리스라인을 설치하고, 대극장으로 접근하려는 인파를 통제했다. 폴리스라인 앞에는 수십 대의 TV카메라가 설치되어 실시간으로 속보를 내보냈다.

"고든 시장 일가족과 공원에서 조깅하던 메간 패들린을 살해한 범인은 누구일까요? 1994년 7월에 발생한 이 사건을 파헤치던 스테파니 메일러 기자가 디어 호에서 살해된 변사체로 발견되면서 뉴욕 주의 작은 휴양도시 오르피아로 사람들의 이목이 쏠리고 있습니다. 과연 범인은 누구일까요? 이 의문이 바로 닷새 후 밝혀질 예정입니다. 지금까지 뉴욕 주의 휴양도시 오르피아에서 전해드렸습니다."

"닷새 후 가장 특별한 연극작품의 막이 오르고, 놀라운 비밀이 밝혀질 것으로 기대되고 있습니다."

"뉴욕 주의 평화로운 휴양도시에 살인자가 어슬렁거리고 있습니다. 이제 연극제 개막작이 공연 중에 살인자의 이름을 폭로할 것입니다."

"오르피아에서 소설보다 더 흥미로운 현실이 펼쳐지고 있습니다. 오르피아 시당국은 연극제 개막일 저녁에 이 소도시로 통하는 모든 도로를 봉쇄할 예정입니다. 원활한 교통통제를 위해 인근 경찰서에 지원 병력을 요청해두었고, 리허설이 열리는 대극장은 24시간 경계태세에 들어갔습니다."

오르피아경찰서 경찰들 역시 눈코 뜰 새 없이 바쁜 나날을 보내고 있었다. 걸리버 서장이 연극 리허설에 참가하느라 자리를 비운 동안 재스퍼가 대신 지휘를 맡았다. 인근 경찰서와 뉴욕 주 경찰본부에서 지원해준 병력이 몰려들고 있어 분위기가 어수선했다.

실비아는 과거사건이 재조명되고, 그 당시 수사에 문제가 있었다는 증거들이 드러나자 테드의 무죄를 공식화해달라는 청원을 넣었다. 실비아는 잘못된 경찰 수사에 대해 항의하는 시위대를 조직해 TV카메라 앞에서 '테드를 위한 정의'라고 쓴 플래카드를 흔들게 했다. 그녀는 그 당시 사건과 연관되어 있는 인물인 브라운 시장을 즉각 해임하고, 시장선거를 앞당겨 실시해야 한다며 자신이 직접 선거에 출마하겠다는 의사를 내비쳤다.

실비아는 언론이 관심을 보이자 기자들을 앞에 세워두고 목소리를 높였다.

"브라운 시장은 1994년 살인사건과 관련해 경찰조사를 받은 인물입니다. 그는 여전히 수사 대상인 만큼 시장 자리에서 즉각 물러나야 합니다."

실비아가 연일 목청을 높여 사퇴 압박을 가했지만 브라운 시장은 결코 물러날 생각이 없었다. 그는 그 어느 때보다 강력한 리더십이 절실히 필요한 이때 혼란을 가중시키는 결정을 하지 않겠다는 주장을 폈다. 수사 대상이라는 소문이 널리 퍼졌어도 브라운 시장에 대한 지지도는 여전히 높은 편이었다. 사람들은 가뜩이나 어수선한 분위기인데 시장 자리까지 공석이 되는 상황을 바라지 않았다. 상인들은 이제야 살맛난다는 듯 희색이 만면이었다. 식당과 호텔들은 사람들로 미어터질 지경이었고, 기념품가게들은 품절을 걱정해야 할 만큼 큰 소득을 올렸다. 연극제는 이유야 어찌 됐든 경제적으로 최고의 성과를 거두게 되었다.

대극장 안에서는 우려스러운 리허설이 진행되고 있었다. 관심이 집중된 폭로 장면은 아직 단 한 번도 진행되지 않았다. 우리에게 걱정스러운 상황을 귀띔해준 사람은 《오르피아크로니클》의 편집장 마이클이었다. 그는 커크의 신뢰를 얻은 덕분에 기자 중에는 유일하게 대극장에 출입할 수 있었다. 커크는 공연 전까지 연극 내용에 대해 한마디도 발설하지 않겠다는 약속을 받아내고 마이클에게 특별 취재를 허락해주었다.

우리는 마이클 덕분에 대극장에서 벌어지고 있는 상황들을 접할 수 있게 되었다. 마이클은 우리를 위해 연습 광경 일부를 동영상에 담아 오기도 했다. 마이클은 자신이 직접 찍어온 동영상을 돌려보자며 우리를 집으로 초대했다.

마이클은 오르피아 외곽에 위치한 아주 멋스러운 집에서 가족과 함께 살고 있었다.

마이클의 집 앞에 도착했을 때 데렉이 애나에게 물었다.

"지방 신문사 편집장이 이토록 호화스러운 집에 살 만큼 급여를 많이 받나요?"

"마이클의 장인이 돈이 많대요. 클라이브 데이비스라는 사람인데 몇 년 전 뉴욕시장 선거에 출마한 적이 있어요."

마이클의 부인이 우리 일행을 맞아주었다. 금발의 빼어난 미인으로 아무리 많아도 마흔 살은 넘지 않아보였다. 그녀가 우리를 거실로 안내했다. 마이클은 USB를 TV에 꽂고 동영상을 틀 준비를 하고 있었다.

마이클이 우리를 반갑게 맞아주며 말했다

"이렇게 와주셔서 감사합니다."

"도대체 대극장 안에서 무슨 일이 벌어지고 있죠?"

"커크는 완전히 미친 사람 같아요."

마이클이 동영상을 틀자 TV화면에 대극장 무대가 떠올랐다. 무대 위에서 시체 역을 맡은 사무엘 패들린이 누워있었고, 제리 에덴이 경관을 맡아 연기하고 있었다. 커크는 제본한 원고를 손에 들고 연기를 지켜보고 있었다.

별안간 커크가 얼굴을 일그러뜨리며 소리를 질렀다.

"사무엘, 당신은 죽은 시체 연기야. 제리는 오만한 경관 역할을 제대로 해보란 말이야."

커크는 손에 든 종이뭉치를 펼치고 읽어 내려가기 시작했다.

비가 내리는 을씨년스러운 아침, 지방도로는 극심한 정체 현상을 빚고 있다. 차들이 꼬리를 물고 멈춰서있다.

마이클이 말했다.

"커크가 손에 들고 있는 원고뭉치가 연극대본입니다. 그가 큰소리친 비밀이 저 연극대본 안에 담겨 있겠죠. 기회를 봐서 들춰보려고 했는데 끝내 손에서 내려놓지 않더군요. 커크는 대단히 민감한 내용인 만큼 리허설을 할 때마다 해당 장면을 찔끔찔끔 공개하겠답니다. 출연배우들조차 아직 대본을 다 읽어보지 못했습니다. 커크가 공연당일에 읽게 한다는 거예요."

커크 : 운전자들이 짜증을 내며 클랙슨을 눌러댄다.

앨리스와 스티븐이 운전자 역할을 맡아 도로에 갇혀 짜증이 난 커플 연기를 했다.
별안간 다코타가 화면에 등장했다.

커크 : 갓길을 따라 한 젊은 여자가 긴 자동차 행렬을 거슬러 올라간다. 경찰 바리케이드까지 걸어간 여자가 경비를 서고 있는 경관에게 묻는다.
다코타(젊은 여자) : 무슨 일이죠?
제리(경찰관) : 남자가 죽었어요. 오토바이를 타고 가다가 변을 당했어요.
다코타(젊은 여자) : 오토바이 사고라고요?
제리(경찰관) : 예, 전속력으로 달리다가 나무를 들이받았어요. 오토바이가 원래 형태를 알아볼 수 없을 만큼 찌그러졌어요.

애나가 고개를 갸우뚱했다.
"리허설을 한다면서 매번 똑같은 장면만 되풀이하고 있잖아요."
마이클이 말했다.
"다음 화면에 다른 장면이 나오긴 합니다."
커크가 화면 속에서 느닷없이 목청을 높였다.
"자 이제, '좀비들이 춤춘다!' 차례야."

무대 위의 배우들이 일제히 소리를 질러대기 시작했고, 메타와 걸리버 서장이 팬티 차림으로 등장했다.

"좀비들이 춤춘다!"

"좀비들이 춤춘다!"

데렉이 어이 없어하는 표정을 지었다.

"지금 뭐하자는 건지 모르겠네요."

메타와 걸리버 서장이 무대 맨 앞까지 달려 나왔다. 걸리버 서장은 박제된 동물을 손에 들고 있었다. 그가 그 동물을 잠시 바라보다가 대화를 나누듯 말을 걸었다.

"오소리야, 우리를 구해다오. 종말이 코앞에 닥쳐왔어!"

걸리버 서장이 오소리 박제에 입을 맞추고 나서 바닥을 뒹굴었다. 메타가 두 팔을 활짝 벌리며 텅 빈 객석을 응시하더니 큰소리로 외쳤다.

디에스 이레 디에스 일라 Dies irae, dies illa,

솔베트 새클룸 인 파빌라! solvet sæclum in favilla!

나는 어이가 없어 잠시 정신이 멍해졌다.

"지금 떠들고 있는 대사가 라틴어인가요?"

데렉이 중얼거렸다.

"기괴하군."

미리 자료를 찾아보았던 마이클이 설명해주었다.

"저 라틴어 대사는 사실 중세 진혼미사곡 가사입니다. 요한계시록에 나오는 구절이죠. 〈분노의 날〉에 대해 말하고 있어요."

신이 분노하는 날, 바로 그날,

온 천지는 잿더미가 되리니!

애나가 말했다.

"종말론을 믿는 신자들의 협박처럼 들리는데요."

데렉도 끼어들었다.

"1994년에 커크가 이 도시 여기저기에 남겨두었던 낙서처럼 혹시 저 '분노의 날'이 '다크 나이트'인 걸까요? 커크의 머릿속에는 도대체 뭐가 들어있는 거야?"

커크를 데려와 심문해볼 수도 없는 노릇이었다. 브라운 시장과 걸리버 서장도 연극을 무대에 올릴 때까지는 어쨌거나 커크를 보호하려 들 게 뻔했다.

이제 실마리를 풀어줄 인물은 제레미아 폴드밖에 없었다. 우리는 마이클에게 제레미아를 아는지 물었다.

"처음 듣는 이름입니다."

나는 애나를 향해 물었다.

"커크가 희곡에 밑줄 친 단어들을 조합했을 때 '제레미아 폴드' 말고 다른 단어가 나올 수는 없을까요?"

애나가 고개를 저으며 대답했다.

"어제 하루 종일 《다크 나이트》를 정독해보았어요. 밑줄 친 단어들을 가능한 모든 방식을 동원해 조합해보았지만 다른 의미 있는 단어를 찾아내지 못했습니다."

커크가 《다크 나이트》 원고에 굳이 비밀을 숨겨놓은 이유는 무엇일까? 커크는 도대체 무슨 일을 꾸미고 있는 걸까?

그 순간 애나의 휴대폰이 울렸다. 재스퍼에게서 온 전화였다.

"어디 있는지 한참 동안 찾았잖아. 급한 일이 생겼으니까 빨리 경찰서로 들어와. 누군가 경찰서의 당신 방에 침입한 흔적이 있어."

우리가 경찰서에 도착해보니 동료경찰들이 애나의 방 문 앞에 모여 있었다. 바닥에 흩어진 유리 파편과 망가진 셔터를 보며 도대체 어떻게 된 상황인지 한마디씩 의견을 말하고 있는 중이었다. 누군가 창문을 깨고 방에 들어왔다는 건 간단히 설명할 수 있었다. 경찰서 건물은 노로변에 있었고, 사무실은 건물 후면에 배치되어 작은 잔디밭을 내다보는 구조였다. 작은 잔디밭 주위에 목재 펜스가 설치되어 있었다. 각 건물의 출입구에 감시카메라가 설비되어 있었고, 주차장에도 있었다. 감시카메라를 피해 목재 펜스를 넘어 들어온 침입자는 잔디밭을 가로질러 사무실 창문까지 걸어와 셔터를 들어 올린 다음 유리를 깨 창문을 열고 방안으로 잠입한 게 분명했다. 동료 경관 하나가 애나에게 온 우편물을 전달하기 위해 방 안으로 들어서다가 외부자의 침입 흔적을 발견했다. 전날 오후에 다른 경관이 방 안을 들여다봤을 때만 해도 별다른 이상이 없었던 만큼 밤사이에 벌어진 일이었다.

내가 의아해하며 물었다.

"누군가 경찰서 사무실에 침입했는데 아무도 눈치 채지 못하다니 정말이지 황당한 일 아닌가요?"

재스퍼 몬테인이 설명했다.

"그 시간대에 대형교통사고가 발생하는 바람에 모두들 현장에 나가 있어 경찰서에 아무도 남아 있지 않았어요."

데렉이 중얼거렸다.

"셔터를 들어 올리자면 큰 소음이 났을 텐데 대담하게 경찰서 건물에 침입했다니 납득하기 어려워요."

경찰서에 아무도 없었다면 근처 소방서에 있던 대원들이 셔터를 들어 올릴 때 나는 소리를 들었을 수도 있었다. 소방서에 문의해 봤더니 소방대원들 역시 새벽 1시경 발생한 대형교통사고 때문에 전원이 현장에 출동했었다는 대답이 돌아왔다. 침입자는 경관들과 바로 옆 소방서 대원들이 전부 빠져나가 텅 빈 공간을 거침없이 돌아다녔다는 뜻이었다.

애나가 말했다.

"어딘가에 몸을 숨기고 있다가 잠입하기 좋은 시간을 노렸을 거예요. 근처에 잠복해 있으면서 기회를 노린 게 어제가 처음은 아닐 수도 있어요."

경찰서 내부의 감시카메라들을 전부 돌려본 결과 침입자가 건물 안으로 침입한 흔적은 없었다. 복도에도 감시카메라가 한 대 설비되어 있었는데 정확히 애나의 방 출입문을 향해 있었다. 영상에 등장하는 애나의 방문은 계속 닫힌 상태였다. 결국 침입자는 창문을 통해 애나의 방에 잠입했고, 계속 그 방에만 머물다 돌아간 게 분명했다. 침입자의 애초 목표가 애나의 방이었다는 의미였다.

애나가 말했다.

"훔쳐갈 만큼 중요한 물건도 없을 뿐더러 사라진 것도 없어요."

"뭔가 훔치기보다는 정보를 얻으려고 했을 수도 있잖아요."

나는 사건관련 수사 자료들로 빼곡하게 덮인 벽면과 메모가 가득 들어찬 마그네틱보드를 가리켜보였다.

"침입자는 수사가 어디까지 진척되었는지 알고 싶었을 테고, 스테파니가 남겨놓은 자료들과 우리가 모은 단서들을 확인했겠죠."

데렉이 끼어들었다.

"누군지는 모르지만 범인이 몹시 초조해하고 있다는 뜻이네요. 애나의 방이 어디인지 아는 사람이 얼마나 되죠?"

애나가 어깨를 으쓱해 보이며 말했다.

"아마도 이 경찰서에서 내 방이 어디인지 모르는 사람은 없다고 봐야겠죠. 민원 때문에 경찰서를 찾아온 사람들도 방 앞 복도를 지나가곤 해요. 문 위에 이름표가 붙어 있으니 누구 사무실인지 자연스럽게 알 수 있을 거예요."

네렉이 우리를 따로 구석으로 데려가더니 낮은 소리로 말했다.

"침입자가 위험을 무릅써가며 얻고 싶었던 게 뭐였을까요? 애나의 방에 무엇이 있는지 잘 알고 있는 사람이 아니고서는 위험을 감수하며 그런 짓을 할 이유가 없겠죠. 따라서 범인은 경찰서 내부 인물이 분명해요."

애나가 깜짝 놀라며 되물었다.

"그런 짓을 할 사람이 누구일까요?"

내가 끼어들었다.

"내부자의 소행이라면 굳이 창을 깰 필요 없이 애나가 자리를 비운 사이 슬쩍 방에 들어가 볼 수도 있었을 텐데요?"

데렉이 내 말을 받아 대답했다.

"만약 그랬다면 복도에 설치된 감시카메라에 찍혔겠지. 창문으로 침입할 경우 수사 방향을 돌려놓는 효과도 있어. 침입자는 분명 내부 인물 중 하나야."

그렇다면 애나의 방을 우리의 임시수사본부로 쓰는 건 안전하지 않다는 의미였다. 누군가 염탐할 우려가 없는 장소가 필요했다. 나는 《오르피아크로니클》지의 건물 지하에 있는 자료창고를 생각해 냈다. 그 건물 지하라면 후면에 난 쪽문을 통해 사람들 눈에 띄지 않고 드나들 수 있었다.

마이클은 우리의 부탁을 기꺼이 받아들였다.

마이클이 말했다.

"신문사 건물 지하에 임시수사본부를 설치하면 아무도 모를 겁니다. 기자들은 지하로 내려올 일이 없어요. 지하 방 열쇠를 드릴 테니까 앞으로 마음놓고 이용하세요. 후문 열쇠도 드릴 테니까 낮이든 밤이든 아무 때나 들락거려도 괜찮아요."

몇 시간 뒤, 우리는 《오르피아크로니클》지의 건물 지하로 수사본부를 옮겼다.

∴

그날 저녁 애나는 로렌 부부와 저녁식사 약속이 있었다. 그들 부부는 주말을 보내기위해 사우스햄프턴의 별장에 와 있었는데, 〈카페아테나〉에서 애나와 만나자고 했다.

애나는 집으로 돌아오던 길에 문득 한 가지 기억이 떠올랐다. 스티븐이 연극제 홍보용으로 썼다는 소책자에 대해 이야기해준 날 코디가 했던 말이었다. 코디는 1994년 봄 이 지역 작가들을 위해 서점에 별도 부스를 마련하고 책을 팔았다고 했다.

그렇다면 커크도 자기가 쓴 작품을 서점에 내놓고 싶어 하지 않았을까?

애나는 약속장소로 가기에 앞서 코디의 서점으로 달려갔다. 코디는 포치에 나와 앉아 위스키를 홀짝이며 초저녁의 아늑한 대기를 즐기고 있었다.

내 말을 들은 코디가 대답했다.

"이 지역 작가들의 작품을 판매하는 부스를 따로 마련한 적이 있어요. 원래는 비품창고로 쓰던 방이었는데, '우리지역 작가들'이라는 부스로 개조했었죠. 예상보다 반응이 좋았어요. 부스는 지금도 그 자리에 그대로 있어요. 다만 창고방 벽을 터 공간을 하나로 연결시켰죠."

"서점에 작품을 맡긴 작가들이 누구누군지 기억할 수 있어요?"

코디는 그 말을 듣고 사람 좋게 웃었다.

"내 기억력을 과대평가하시네요. 다만 1994년 초여름에《오르페아 크로니클》지에 관련기사가 실렸던 기억이 나요. 그 기사를 스크랩해두었는데 찾아줄까요?"

"지금은 시간이 없고, 내일 다시 들를게요."

"그럼 그렇게 하세요."

"네, 고마워요."

애나는 약속장소로 가다가 별안간 방향을 틀어《오르페아크로니클》지로 갔다. 약속시간에 늦더라도 어쩔 수 없었다. 지하의 임시수사본부로 내려간 그녀는 자료검색용 컴퓨터 앞에 앉았다. 검색 창에 '코디 일리노이', '서점', '지역작가'를 넣자 기사가 떴다. 1994년 6월 30일자 기사였다.

오르페아 서점에서 만나본
햄프턴의 작가들

보름 전 오르페아 서점은 이 지역 작가들만을 위한 특별 공간을 마련했다. 서점에 별도 부스가 마련되자 작품을 알릴 기회를 찾고 있던 이 지역 작가들 사이에서 뜨거운 호응을 불러 일으켰다. 독자들에게 소개되기를 원하는 작품들이 쇄도하는 바람에 서점주인 코디 일리노이는 모든 작가에게 공평한 기회가 주어지도록 작품 당 한 부씩만 부스에 진열한다는 방침을 세웠다.

기사에 코디의 사진이 실려 있었다. 코디는 출입문을 떼어내고 남은 문틀 한가운데에서 포즈를 취하고 있었고, 비품창고로 쓰인 그 방 앞에 '우리지역 작가들'이라고 새겨 넣은 목판이 보였다. 코디 뒤로 보이는 방은 책과 제본된 원고들로 가득 차 있었다.

애나는 확대경을 들고 몸을 기울여 서가에 진열된 책들을 한 권씩 주의 깊게 들여다보았다. 그녀는 마침내 책자들 중에서 찾고 있던 글자를 발견했다. 제본한 연극대본으로 표지에 대문자로《다크나이트》커크 하비 작이라는 글자가 뚜렷이 박혀 있었다.

애나는 비로소 고든 시장이 커크의 대본을 입수하게 된 경위를 알아냈다.

∴

메타는 레이크팰리스호텔을 나와 아늑한 밤공기를 만끽하며 산책을 나갔다가 돌아오는 길이었다. 그가 호텔로비로 들어서는 순간 프런트직원이 달려왔다.

"며칠째 방문 앞에 청소 거부 푯말을 걸어 놓으셨던데 이유가 궁금해 여쭤보고 싶었습니다."

"나는 늘 집필을 해야 하는 사람입니다. 그저 방해받고 싶지 않았을 뿐입니다."

"욕실 수건을 갈아드릴까요? 혹시 필요한 세면용품이 있으세요?"

"아직은 필요 없습니다."

메타는 비로소 딱 맞는 옷을 발견한 느낌이 들었다. 그는 스위트룸의 문을 열고 들어서면서 중얼거렸다.

"디에스 이레, 디에스 이레……."

전등을 켜자 한쪽 벽면에 가득 붙여놓은 글들이 눈에 들어왔다. 스테파니 메일러 실종사건에 대해 쓴 글이었다. 그는 한참동안 자신이 쓴 글을 바라보다가 책상에 앉았다. 눈앞에 놓인 액자 속에서 메간이 그를 바라보고 있었다. 그는 액자 유리에 입을 맞추고 나서 중얼거렸다.

"메간, 난 이제 작가가 되었어."

메타는 펜을 찾아들고 또다시 글을 써나가기 시작했다.

'디에스 이레, 분노의 날.'

∴

모텔17의 객실에서 앨리스와 스티븐은 격렬한 말다툼을 시작했다. 앨리스는 빈대가 우글거리는 모텔에 투숙할 수 없다며 뉴욕으로 돌아가겠다고 선언했다.

"나는 뉴욕으로 돌아갈 테니까 여기에 남든 떠나든 당신 마음대로 해. 나는 더 이상 이런 너저분한 모텔에서 지내고 싶지 않아."

스티븐은 노트북 화면에서 얼굴을 떼지도 않고 말했다.

"당신이 그토록 원한다면 떠나."

스티븐은 《뉴욕문학리뷰》에 기사를 써보내야 했기 때문에 앨리스와 다투고 있을 시간이 없었다.

스티븐이 떠나라는 말을 너무 쉽게 내뱉자 앨리스는 약이 바짝 올랐다.

"당신은 왜 뉴욕으로 돌아가지 않고 여기에 남으려는 거지?"

"연극제 개막작을 취재해야 하니까."

"엉터리 연극이야. 메타가 팬티 바람으로 돌아다니는 해괴한 짓을 연극이라고 부르기조차 민망해."

"알았으니까 당신은 어서 뉴욕으로 돌아가."

"차를 가져갈래."

"버스를 타고 가. 서두르면 뉴욕 행 버스를 탈 수 있어."

"내게 어쩜 그렇게 말할 수 있어? 나는 당신 말에 복종하는 개가 아니야. 한때는 나를 여왕처럼 떠받들더니 요즘은 왜 그래?"

"아주 성가신 일이 생겼어. 어쩜 나는 《뉴욕문학리뷰》에서 해고당할지도 몰라. 법인카드를 과도하게 사용한 게 화근이었어."

"툭하면 돈 얘기나 꺼내며 징징대는 사람인 줄 몰랐어."

"그래, 난 그런 사람이니까 당신 멋대로 생각해도 좋아."

"스킵에게 다 말할 거야. 당신이 직위를 이용해 나를 유혹했고, 단물을 쏙 빼먹고 나서 가차 없이 차버렸다고."

스티븐은 이제 대화하기 귀찮다는 듯 아무런 대꾸도 하지 않았다.

앨리스는 차 열쇠가 테이블 위에 놓여있는 것을 보았다. 그녀는 재빨리 열쇠를 움켜쥐고 소리쳤다.

"당신 인생을 망가뜨려줄게!"

앨리스는 미처 방문을 빠져나가지 못했다. 스티븐이 머리채를 잡고 뒤로 끌어당기는 바람에 그녀는 아파서 소리를 질렀다.

스티븐은 그녀를 벽으로 밀어붙이고 뺨을 후려갈겼다.

"넌 아무 데도 못가. 나를 오물구덩이에 빠뜨렸으니 너도 나처럼 여기에 죽치고 있어!"

앨리스는 잔뜩 겁을 집어먹은 눈빛으로 스티븐을 쳐다보다가 눈물을 펑펑 흘렸다. 별안간 스티븐이 얼굴표정을 바꾸며 다정하게 말했다.

"이런! 내가 무슨 짓을 한 거야? 요즘 일이 힘들어 정신이 나갔었나봐. 당신을 위해 더 나은 호텔을 찾아줄 테니까 용서해줘."

∴

바로 그 시간, 모텔17의 을씨년스러운 주차장 앞으로 포르쉐 한 대가 지나갔다. 운전대를 잡은 사람은 다코타였다. 제리에게 피트니스센터에 간다고 말하고 호텔을 빠져나온 길이었다. 그녀는 자신이 의식적으로 거짓말을 했는지 아니면 저절로 그런 말이 튀어나왔는지 알 수 없었다.

다코타는 오션로드를 지나 내친 김에 예전에 살던 집 앞까지 내달았다. 그녀는 〈에덴동산〉이라고 새겨진 대문 앞에 다다라 초인종을 물끄러미 바라보았다. 문패에 적혀있던 에덴이라는 이름은 이제 스칼리니로 바뀌어 있었다. 그녀는 집 바깥 울타리를 따라 걸으며 나뭇가지 사이로 드러난 안쪽 풍경을 바라보았다. 그러다가 마침내 집안으로 들어갈 수 있는 구멍을 찾아냈다. 방책을 뛰어넘어 울타리 안으로 몸을 밀어 넣는 순간 나뭇가지가 뺨에 가벼운 상처를 냈다. 잔디밭을 지나 수영장까지 걸어가는 동안 아무도 제지하지 않았고, 두 뺨 위로 소리 없이 눈물이 흘러내렸다.

다코타는 케타민을 보드카에 섞어 담아온 페트병을 꺼내들었다. 병에 든 액체를 단숨에 마셔버리고, 수영장 옆에 놓인 긴 의자에 누워 몸을 웅크렸다. 그녀는 찰랑거리는 물소리를 듣고 있다가 눈을 감았다. 어느 새 머릿속에 태라 스칼리니가 들어와 있었다.

다코타 에덴

2004년 9월에 태라 스칼리니를 처음 만났다. 그해 나는 아홉 살이었고, 뉴욕에서 열린 철자경연대회에 태라와 함께 참가했다. 우리 두 사람은 여러 경쟁자들을 물리치고 마지막까지 남아 우승을 다투게 되었다. 우리는 강렬한 우정을 느꼈고, 서로 상대방이 우승하길 원했기에 진행자가 문제를 낼 때마다 일부러 틀려주었다.

진행자가 말했다.

"다음 단어의 철자를 맞히면 우승하게 됩니다!"

동점 상황이 끝없이 이어졌다. 한 시간을 넘긴 끝에 결국 승부를 내지 못하자 진행자는 어쩔 수 없이 공동우승을 선언했다.

우리의 우정은 그렇게 시작되었고, 한시도 떨어지지 않고 같이 어울렸다.

태라의 아버지 제럴드 스칼리니는 투자신탁회사에서 일하는 사람이었고, 센트럴파크의 고급아파트에 살았다. 집에 운전기사와 요리사를 두고 있었고, 햄프턴에 근사한 별장도 있었다. 스칼리니 가족의 생활수준은 입이 딱 벌어질 만큼 호화스러웠다.

그때만 해도 아빠가 〈채널14〉의 최고경영자가 되기 전이었기 때문에 우리와 스칼리니 가족의 생활수준은 어마어마한 차이가 났다. 당시 아홉 살이었던 어린 아이의 감수성으로 보자면 제럴드는 다정하고 친절한 사람이었다. 그는 내가 태라와 함께 어울려 노는 걸 좋아했고, 어떤 때는 나를 그 집으로 데려가기 위해 운전기사를 보내기도 했다. 오르피아에서 여름휴가를 보낼 때면 이스트햄프턴에 있는 별장으로 우리 가족을 초대해 저녁식사를 함께 했다. 나는 어린 나이였지만 얼마 지나지 않아 그가 우리 가족에게 베푸는 친절이 일종의 자기 과시욕에서 비롯된 오만이라는 걸 깨달았다.

세릴드는 센트럴파크의 180평짜리 복층아파트로 우리 가족을 초대한 적이 있었다. 우리 부모는 답례 차원으로 그를 우리 집에 초대했다. 그는 우리 집에 들어서면서 "집이 아담하네요."라고 했다. 그의 초대를 받아 이스트햄프턴의 별장에 다녀온 내 부모는 얼마 후 조촐한 민박집으로 그를 초대했다. 민박집에 온 그는 엄마가 내온 커피를 마시며 "오두막집이 제법 괜찮네요." 라고 했다. 그런 말을 하는 순간이 그에게는 가장 큰 즐거움인 듯했다.

내 부모가 스칼리니 가족과 서로 왕래하며 지낸 건 오로지 나 때문이었다. 태라와 나는 서로를 끔찍이 좋아했다. 우리 둘 다 학교 성적이 좋았고, 문학에 탁월한 재능이 있었다. 우리 둘 다 책읽기를 좋아했고, 훗날 작가가 되고 싶어 했다. 우리는 틈날 때마다 소설 줄거리를 구상했고, 실제로 써보기도 했다.

4년 뒤인 2008년 봄, 태라와 나는 열세 살이 되었다. 아빠는 방송국에서 승진을 거듭하며 중요한 인물로 자리 잡았다. 경제전문지들이 앞 다투어 아빠의 성공스토리를 특집기사로 다루었다. 아빠는 마침내 〈채널14〉의 최고경영자가 되었고, 우리 가족의 삶은 빠른 속도로 바뀌었다. 우리도 센트럴파크의 고급아파트에서 살게 되었고, 오르피아에 근사한 별장을 짓고 있었다. 나는 태라가 다니는 명문사립학교 헤이페어에 편입했다.

아빠가 방송계에서 성공가도를 달리기 시작하면서 제럴드는 우리 가족을 종전과 다른 태도로 대하기 시작했다. 나를 대하는 태라의 태도도 많이 바뀌었다.

나는 오래전부터 노트북을 갖고 싶었고, 태라에게도 얘기한 적이 있었다. 부모에게 노트북을 사달라고 했더니 거실에 있는 컴퓨터를 사용해도 충분하다며 거절했다.

"내 방에서 혼자 조용히 글을 쓰고 싶어요."

엄마가 단호하게 말했다.

"거실도 충분히 조용해."

그해 봄에 태라는 노트북을 구입했다. 내가 갖고 싶어 했던 바로 그 모델이었다. 태라는 어딜 가든 보란 듯이 노트북을 들고 다녔다.

그 무렵 태라와 나는 교내 글짓기대회에 글을 출품할 계획이었다. 태라와 나는 함께 도서관에 남아 글짓기대회에 출품할 글을 썼다. 태라는 노트북으로, 나는 연필로 썼다. 노트에 적어온 글을 집에 돌아와 컴퓨터로 타이핑했다.

태라는 글짓기대회에 출품할 글을 제럴드가 소개해준 유명작가에게 보여주었는데 매우 잘 썼다는 칭찬을 들었다고 했다. 내가 쓴 글을 읽고 조언해줄 사람이 마땅찮아 태라에게 읽어봐달라고 부탁했다.

태라는 글을 읽고 나서 짧은 감상평을 말해주었다.

"괜찮네."

태라의 말투에서 제럴드가 연상되었다.

내가 글을 보여 달라고 하자 태라는 거절했다.

"네가 내 글을 베낄 수도 있잖아."

2008년 6월초, 교장이 학교강당에서 글짓기대회 입상자를 발표했다. 놀랍게도 나는 최우수상을 받았다.

일주일 뒤, 태라가 교실에서 훌쩍거리고 있었다. 내가 왜 우는지 묻자 누군가 노트북을 훔쳐갔다고 했다. 교장은 학생들이 사용하는 개인사물함을 조사하겠다고 나섰다. 내 차례가 되어 교장과 교감이 내 사물함을 열었다. 놀랍게도 내 사물함 안에 태라의 노트북이 들어 있었다.

교장은 내 부모를 학교로 오게 했다. 내 부모와 함께 교장실에 불려간 나는 결코 노트북을 훔치지 않았다고 몇 번이나 말했지만 소용없었다. 교장실에는 스칼리니 부부도 와 있었다. 그들 부부는 내 말을 듣고 나서 몹시 당황스럽다는 표정을 지었다. 나는 결국 학교 징계위원회에 회부되었고, 일주일 정학처분을 받았다.

그 일이 있은 이후 반 아이들이 나를 '도둑년'이라 부르기 시작했다. 태라는 아이들 앞에서 나를 용서했다고 떠들어댔다. 내가 노트북을 잠시 빌려달라고 했다면 주저 없이 그렇게 했을 거라고도 했다. 나는 태라가 거짓말을 하고 있다는 사실을 알고 있었다. 태라는 내 개인사물함의 비밀번호를 아는 유일한 아이였다. 나는 노트북 사건으로 지독히 외롭고 힘든 나날을 보냈지만 주눅 들지 않고 글쓰기에 집중했다. 방과 후, 대부분의 시간을 도서관에 틀어박혀 글을 쓰며 보냈다. 내가 노트에 적어나가는 단어와 문장들이 도피처가 되어주었다.

그로부터 몇 달 뒤 스칼리니 가족에게 예기치 않은 회오리바람이 몰아쳤다. 2008년 10월에 밀어닥친 세계 금융위기의 여파로 제럴드 스칼리니는 큰 타격을 입게 되었다. 그 결과 재산이 형편없이 쪼그라들었다.

제스 로젠버그
2014년 7월 22일 화요일
연극제 개막 4일전

데렉과 나는 《오르페아크로니클》지의 임시수사본부에서 애나
와 다시 만났다. 애나는 뭔가 좋은 일이 있는 듯 의기양양한 미소
를 짓고 있었다. 나는 애나에게 주려고 사 온 커피를 내밀며 무슨
일인지 궁금해 그녀의 얼굴을 바라보았다.

"간밤에 뭔가 찾아냈군요?"

애나는 고개를 끄덕이고 나서 1994년 6월 15일자 신문기사를 보
여주었다. 코디의 서점에 대한 기사였다.

"이 기사에 나온 사진을 봐요."

애나가 손가락으로 사진의 한 부분을 가리켰다. 서가의 오른쪽
구석자리에 커크가 쓴 연극대본 《다크 나이트》가 한 부 진열되어
있었다. 고든 시장은 코디의 서점에서 커크의 희곡을 구입한 게 분
명했다.

데렉이 말했다.

"고든 시장이 6월 초에 커크의 대본을 찢어버리고 나서 얼마 후
다시 구입한 이유가 뭘까요?"

"아직 저도 그 이유를 모르겠어요. 다만 현재 리허설 중인 《다크
나이트》와 제레미아 폴드 사이에 어떤 관련이 있는지 추적해볼 실

마리를 찾아냈습니다. 어젯밤, 경찰서에서 제레미아의 사망사고 관련 자료를 찾아봤는데 아들이 하나 있더군요. 제레미아가 사망하기 직전에 태어난 아들이었어요. 아이 엄마인 버지니아 파커와 통화해봤습니다. 그녀가 제레미아의 사망 당시 정황을 이야기해주더군요."

데렉은 여전히 애나가 왜 갑자기 제레미아를 거론하는지 의도를 짐작하지 못했다.

"제레미아는 알다시피 교통사고로 죽었잖아요."

"정확하게는 오토바이를 타고 가다가 나무를 들이받았어요."

내가 끼어들었다.

"제레미아의 오토바이 사망사고와 커크의 연극 도입부가 똑같다는 이야기를 하려는 거죠?"

"네, 바로 그 점이 이상하지 않아요?"

"당장 커크를 잡아다가 족쳐봐야겠어요."

데렉이 나를 제지했다.

"그러지 말고 차분하게 접근해보는 게 좋겠어. 지난 번 우리가 리지스포트경찰서에 문의했을 때 제레미아의 오토바이 사고기록을 감추고 보여주지 않았어. 그 이유가 뭘까?"

애나가 대답했다.

"그야 도로 상에서 일어난 사망사고는 뉴욕 주 고속도로순찰대 소관이니까 그랬겠지요."

"그럼 뉴욕 주 고속도로순찰대에 연락해 사고기록을 복사해와야겠어요."

애나가 서류 봉투 하나를 내밀었다.

"이미 복사해두었습니다."

데렉과 나는 문서를 살펴보았다. 제레미아의 오토바이 사고는 1994년 6월 15일에서 16일 사이 밤에 일어났다. 고속도로순찰대의 사고조서는 매우 간략했다.

주행 중 운전자의 조작실수로 오토바이가 도로에서 벗어나게 됨. 사망자인 제레미아 폴드는 헬멧 미착용 상태였음. 자정 무렵 제레미아가 〈리지스클럽〉을 떠나는 모습이 목격됨. 아침 7시경에 의식불명 상태로 발견됨. 도로를 달리던 자동차 운전자가 처음 현장을 목격했을 당시만 해도 미세하게나마 호흡이 살아있었지만 곧 의식불명 상태가 되었다가 병원으로 이송 뒤 사망.

사고조서에는 오토바이 사진들이 첨부되어 있었다. 오토바이는 형체를 알아보기 힘들 만큼 찌그러져 있었고, 도로 주변에 파편이 나뒹굴고 있었다. ATF의 요청으로 사고조서를 복사해 그레이스 형사에게 전달되었다는 내용도 기록되어 있었다.

데렉이 말했다.

"그레이스 형사라면 당시 우리가 테드를 범인으로 확신하게해준 인물입니다. 범죄에 사용된 베레타를 테드에게 팔아넘긴 자를 그레이스 형사가 체포했죠."

내가 끼어들었다.

"그레이스 형사를 찾아가 만나봐야겠어. 당시 나이가 쉰이 넘었으니까 지금은 은퇴했을 거야."

데렉이 말했다.

"제레미아의 내연녀였다는 버지니아 파커도 만나봐야 해."

데렉이 말을 마치자마자 애나가 대답했다.

"그렇잖아도 오는 길에 버지니아 파커와 통화했는데 집으로 찾아가겠다고 했어요."

버지니아 파커는 리지스포트 초입의 자그마한 집에 살고 있었다.

쉰 살쯤 되어 보이는 중년으로 젊은 시절에는 꽤나 미인이었을 듯했다.

"제레미아는 한 마디로 개자식이었어요. 그가 생전에 잘한 일이 있다면 내 아들을 남겨준 것뿐이죠. 아들은 조경업체에서 일하는데 주변사람들로부터 칭찬을 많이 받아요."

내가 물었다.

"제레미아와는 어떻게 만났나요?"

버지니아가 대답하기 전 담배를 한 개비 피워 물고 연기를 깊이 들이마셨다. 가늘고 긴 손가락과 새빨간 매니큐어를 칠한 손톱이 눈에 들어왔다.

"그 당시 〈리지스클럽〉 무대에서 노래를 불렀어요. 지금은 한물 갔지만 그 당시만 해도 인기클럽이었죠. 미스 파커가 내 예명이었고, 그 집의 스타였습니다. 남자들이 매일 밤 나를 보려고 몰려들었죠. 제레미아는 〈리지스클럽〉의 실소유주였습니다. 얼굴은 잘 생긴 편이었지만 성격이 대책 없이 거친 남자였는데 내 눈에는 이상하게 끌리더군요. 제레미아의 아이를 임신하고 나서야 그를 만난 걸 깊이 후회하게 되었죠."

∴

1993년 6월, 리지스포트

저녁 6시

버지니아는 온종일 입덧과 구토에 시달리다가 소파에 쓰러지듯 누웠다. 20분 전, 〈리지스클럽〉에 있는 제레미아에게 문자를 보내 오늘은 몸이 아파 노래하러 갈 수 없다고 전했다. 그때 누군가 집으로 찾아와 문을 두드렸다. 제레미아가 걱정이 되어서 달려왔을 거라 생각했는데 그가 수족처럼 부리는 코스티코였다. 그는 어깨가 떡 벌어진 체구의 냉혈동물로 사람을 패는 일이 두 팔의 주된 용도였다.

"무슨 일이야?"

"제레미아가 보내서 왔어. 널 클럽으로 데려오래."

"하루 종일 토해서 온몸이 기진맥진한 상태야."

"좋은 말로 할 때 빨리 일어나. 난 지금 너의 몸 상태가 어떤지 궁금해서 찾아온 게 아니야."

"지금은 노래를 할 수 없는 상태야."

"손님들이 널 기다리고 있어. 제레미아에게 가랑이를 벌려주었다고 해서 일하지 않아도 되는 권리가 주어진 건 아니야."

"제레미아는 뒤에서 박아대는 걸 좋아하기 때문에 내가 가랑이를 벌려줄 일은 없어."

"입 닥치고 어서 나와. 차에서 기다리고 있을 테니까."

∴

애나가 물었다.

"결국 클럽으로 노래를 하러 갔나요?"

"뾰족한 수가 없잖아요. 제레미아는 출산 바로 직전까지 나에게 노래를 부르게 했어요."

"그가 당신을 때렸나요?"

"수시로 맞았죠. 제레미아는 악당을 자임했고, 법을 지킬 생각이 아예 없었어요. 법을 지키지 않더라도 흔적을 남기지만 않으면 된다는 게 그의 신조였으니까요. 회계장부는 아예 만들지도 않았고, 이메일이나 편지, 증거가 남을 수 있는 기록은 절대로 이용하지 않았습니다. 누군가를 협박해 논을 뜯어내거나 무기와 마약을 밀매할 경우 확실한 '애프터서비스'를 제공했죠. 그가 부리는 하수인들이 애프터서비스를 제공하는 자들이었어요. 모든 거래가 점조직 형태로 이루어져 있어 그가 걸려들 일은 아예 없었습니다. 제레미아는 주로 처자식이 있는 자들을 하수인으로 만들었어요. 하수인들의 약점을 움켜쥐고 무조건 충성하게 만들었죠. 제레미아가 돈을 갈취할 대상을 정해주면 하수인들이 찾아가 개처럼 물어뜯었어요. 제레미아는 결코 표면에 나서지 않았죠. 하수인들에게 지시사항이 있을 경우에도 직접 전달하지 않고 심복인 코스티코를 통해서 했습니다. 〈리디스클럽〉은 제레미아가 불법으로 갈취한 돈을 세탁하는 곳으로도 활용되었죠. 부하들이 돈을 갈취해오면 일단 클럽의 금고에 입금했어요. 〈리디스클럽〉은 장사가 아주 잘되는 곳이라 수상쩍은 돈이 드러날 염려가 없었죠. 게다가 제레미아는 거액의 세금을 내고 있어 아무도 건드릴 수 없었어요. 경찰이 몇 번 뒷조사를 했지만 아무것도 건지지 못했죠. 겉으로는 합법적인 사업 형태를 취하고 있어 드러날 게 없었거든요. 하수인들 중에서 누군가 나서서 다 불어버리지 않는 한 걸려들 일이 없었죠. 하수인들도 대부분 강력범죄에 얽혀 있어 교도소에 들어갈 각오를 하지 않는 한 그를 고발한다는 건 불가능에 가까웠어요. 제레미아는 하수인들 중에서 누군가 반기를 들 낌새가 보이면 코스티코를

시켜 단단히 손을 보게 했죠. 그러니 경찰이 무슨 수로 그를 잡아
넣겠어요."

∴

1993년 리지스포트

〈리지스클럽〉 뒷방

제레미아는 창문이 없어 어두컴컴하고 냉기가 도는 뒷방에 앉아
있다가 문이 열리는 순간 눈을 들어 출입문 쪽을 쳐다보았다.

코스티코가 한 남자를 방 안으로 밀어 넣었다. 넥타이정장 차림
인 남자는 한눈에 보기에도 완력과는 거리가 먼 체구였다.

제레미아가 짐짓 다정하게 인사를 건넸다.

"어서와, 에브렛! 오랜만이야."

에브렛은 몸을 부들부들 떨기만 할 뿐 입을 떼지 못했다. 그는
평범한 가장으로 미성년 매춘부와 성매매를 했다가 코스티코의 함
정에 걸려들어 사진을 찍혔다.

"듣자하니 일을 그만두고 싶다며?"

"그 일은 위험하고 미친 짓입니다. 이러다가 경찰에 체포될 경우
족히 몇 년은 감방에서 썩어야 할 거예요."

"자네가 열다섯 살짜리 미성년자와 잘 때 찍어둔 사진이 있어.
판사가 그 사진을 보게 되면 어떻게 될지 생각해봤나?"

에브렛이 물에 빠져 허우적거리는 사람처럼 중얼거렸다.

"미성년자인 줄 몰랐습니다."

"일을 그만두고 감방에 가길 원하나? 미성년자와 성관계를 한 죄
로 감방에 잡혀 들어가면 동료 죄수들이 면도칼로 페니스를 잘라

버린다고 하던데 괜찮겠어?"

에브렛이 뭔가 하소연하려고 입을 열기도 전에 코스티코가 그의 목덜미를 잡고 세면대로 끌고 가 미리 물을 받아둔 구리대야에 머리를 밀어 넣었다. 코스티코가 20초가량 목을 누르고 있자 에브렛이 벗어나려고 발버둥 쳤다.

제레미아가 눈짓을 보내자 코스티코가 비로소 목덜미를 놔주었다.

"앞으로 내가 시키는 대로 할 수 있지?"

에브렛이 숨을 헐떡일 뿐 아무런 대답도 하지 않자 코스티코가 다시 그의 머리를 물속으로 처박았다. 그 이후로도 물고문은 몇 번이나 계속되었다.

∴

나는 버지니아에게서 물고문 얘기를 듣는 순간 갑자기 머릿속에서 스파크가 일며 하나의 장면이 떠올랐다. 디어 호에서 변사체로 발견된 스테파니도 누군가 목덜미를 잡고 머리를 물속으로 집어넣는 바람에 질식사했다.

"제레미아가 부하들을 닦달할 때 자주 물고문을 했나요?"

"제레미아와 코스티코의 장기나 다름없었죠. 툭하면 하수인들을 뒷방에 가두고 물고문을 가했으니까요. 하수인들 중 누군가 머리카락이 푹 젖어 있고, 얼굴이 온통 눈물범벅이 된 상태로 뒷방에서 나오는 모습을 볼 때마다 무슨 일이 벌어졌는지 알 수 있었죠. 모르긴 해도 그들은 뒷방에서 사람을 죽이기도 했을 거예요."

"제레미아가 살인을 저질렀다는 말인가요?"

"제레미아는 무슨 짓이든 할 수 있는 사람이었죠. 자주 눈에 띠던 하수인이 별안간 보이지 않는 경우가 종종 있었어요. 하수인을 죽이고 시신을 바다에 던져버리거나 불에 태워버리거나 땅속에 매장해 증거를 없앴겠죠. 농장에서 쓰는 분쇄기에 넣어 사료를 만들었을 수도 있어요. 제레미아는 감방에 잡혀가는 것만 빼면 두려운 게 없는 사람이었으니까. 그가 나름 철저히 세금을 내고, 불법을 저지를 때마다 증거인멸에 혈안이 되었던 건 오로지 감방이 겁나서였어요."

"아들을 출산했을 때 제레미아의 태도에 변화가 없었나요?"

"그다지 달라진 건 없었어요. 결혼은 고사하고 같이 살자는 말도 없었으니까. 그대신 양육비로 수표를 주거나 내 계좌로 입금을 했죠. 우리는 그가 죽은 7월까지 줄곧 그런 관계를 유지했어요."

"제레미아의 사망과 관련해 특별히 기억나는 일은 없습니까?"

"제레미아는 차보다 오토바이를 선호하면서도 헬멧을 착용하지 않았어요. 그가 출퇴근할 때 오가는 길은 매일 똑같았죠. 대부분 자정쯤 클럽을 나와 16번 도로를 이용해 집으로 돌아갔어요. 그가 술을 마시고 오토바이를 탈 때마다 언젠가 사고가 발생해 죽을지도 모른다고 생각했는데 정말 그렇게 되더군요. 솔직히 나는 그가 사망했다는 의사의 말을 들었을 때 비로소 마음이 놓였어요."

내가 물었다.

"혹시 고든 시장이 누군지 아세요? 1994년 7월 당시 오르피아 시장이었는데, 그와 일가족이 살해당했어요."

"저도 그 사건에 대해서는 잘 알지만 고든 시장을 개인적으로 알지는 못해요. 그걸 왜 묻죠?"

"고든 시장은 1994년에 직위를 이용해 부정한 뒷거래를 했습니다. 고든 시장과 제레미아는 분명 서로 연관되어 있었는데 어떤 사업이 매개가 되었는지 궁금해서요."

"나는 제레미아가 무슨 사업을 벌이든 알려고 하지 않았습니다. 모를수록 좋은 일이었으니까요."

"제레미아가 죽고 나서 생계비는 어떻게 꾸려왔죠?"

"〈리지스클럽〉에서 계속 노래를 불렀습니다. 제레미아가 죽은 후 코스티코가 〈리디스클럽〉을 대신 맡아 운영했어요. 제레미아 때보다는 비교적 보수를 후하게 받았죠. 코스티코라는 작자는 머리가 둔해 클럽에서 일하는 사람들이 카운터 금고에서 현금을 빼내가도 전혀 눈치 채지 못했어요. 마약밀매 혐의로 구속돼 감방에 다녀오기도 했죠."

버지니아 파커를 만나고 나서 우리는 코스티코를 만나보려고 〈리지스클럽〉에 갔다. 해가 진 이후 영업을 시작하는 술집이었지만 종업원들이 일찍부터 나와 청소를 하고 있었다. 술집은 지하에 위치한데다 실내인테리어가 지나치게 구식이었고, 시큼털털한 술 냄새가 배어 있었다. 1994년에는 사람들이 즐겨 찾는 업소였다지만 지금은 과거의 화려한 자취를 뒤로 하고 퇴락의 길을 걷고 있었다.

카운터 옆에 서있는 60대의 건장한 남자가 눈에 들어왔다. 나이가 들었어도 여전히 완력이 대단해 보였고, 언뜻 보기에도 인상이 고약한 인물이었다.

남자가 우리를 발견하고 짜증난다는 듯 말했다.

"아직 문을 열기 전입니다. 저녁 6시에 오픈하니까 그때 와요."

데렉이 경찰 배지를 내보이며 말했다.

"당신이 코스티코요?"

우리는 대답을 듣지 않아도 그가 바로 코스티코라는 걸 알 수 있었다. 그는 대답 대신 몸을 돌려 쏜살같이 달아나기 시작했다. 재빨리 홀을 빠져나간 그는 복도를 통해 비상구 쪽으로 달려갔다. 애나와 내가 그를 뒤쫓는 사이 데렉은 주출입구 계단으로 뛰어올라갔다. 코스티코는 바깥으로 통하는 비상구로 빠져나갔고, 이내 눈을 찌르는 한낮의 빛 속으로 사라졌다.

애나와 내가 숨을 헐떡이며 밖으로 나오자 데렉이 주차장에서 코스티코를 제압해 수갑을 채우는 중이었다.

"아직 예전 실력이 녹슬지 않았네."

데렉이 빙긋 웃었다.

"역시 형사는 현장에 있어야 힘이 나지."

코스티코의 본명은 코스타 수아레즈였고, 마약밀매로 감방에 들어갔다 나온 전력이 있었다. 그가 우리를 보자마자 달아난 이유는 윗저고리 주머니에 들어 있는 코카인 때문이었다. 여전히 마약밀매를 하고 있는 게 분명했다.

우리는 그를 다시 〈리디스클럽〉으로 데려갔다. 출입문에 '사무실'이라는 명패가 붙은 뒷방이 있었다. 버지니아가 이야기해준 대로 창문이 없었고, 구석에 위치한 세면대 위에 낡은 구리 대야가 놓여 있었다.

데렉이 말했다.

"우리는 제레미아에 대해 몇 가지 물어볼 게 있어서 당신을 찾아왔습니다."

코스티코가 화들짝 놀라는 표정을 지었다.

"제레미아? 그 이름을 들어본 지 벌써 20년이 지났습니다."

"제레미아와 당신이 이 방에서 맘에 안 드는 하수인들을 데려다가 물고문을 가했다는 사실을 알고 있어요."

"제레미아가 물고문을 좋아했습니다. 나는 차라리 정신이 번쩍

들도록 주먹으로 몇 대 갈겨주는 걸 선호했지요."

코스티코가 두툼한 손가락마디를 우리에게 내보였다. 손가락마다 뾰족한 징이 박힌 금속반지가 번쩍거렸다.

코스티코는 마약밀매혐의로 감방에 들어가느니 우리가 알아내고자하는 정보를 순순히 털어놓기로 작심한 듯했다.

"고든 시상이 누군지 알죠?"

"누군지는 알지만 만난 적은 없습니다."

"제레미아도 고든 시장과 서로 모르는 사이였나요?"

"그 당시 제레미아는 모든 일을 나를 시켜서 처리했고, 전면에 나서는 법이 없었습니다."

"테드 테넨바움도 만난 사실이 없다고 할 거요? 당신들이 〈카페아테나〉의 주인인 테드를 협박해 돈을 갈취한 사실을 알고 있어요."

테드의 이름이 나오자 코스티코는 깜짝 놀란 기색이었다.

"테드는 만만찮은 인물이었습니다. 제레미아는 평소 경찰에게 발각될 위험이 있는 일은 아예 하지 않았어요. 제레미아가 약점을 잡고 돈을 갈취한 작자들은 죄다 지독한 겁쟁이거나 멍청이들이었죠. 제레미아가 눈앞에 나타나기만 해도 잔뜩 겁을 집어먹고 바지에 오줌을 지리는 자들이었으니까. 테드는 그런 겁쟁이들과는 차원이 달랐어요. 제레미아가 어느 날 여자를 오토바이 뒤꽁무니에 태우고 오르피아의 레이크팰리스호텔에 놀러 갔다가 직원으로 있던 테드에게 흠씬 두들겨 맞는 일이 벌어졌죠. 제레미아는 나랑 주먹깨나 쓰는 부하 한 명을 더 데리고 테드를 찾아가 복수해주었는데 그 정도로는 성이 차지 않았는지 돈을 긁어내려고 했습니다. 제레미아는 절대로 리지스포트를 벗어나는 법이 없는 사람이었는데 매우 이례적인 경우였죠."

"테드가 구입한 건물에 불을 지른 사람이 누군지 알고 있습니까?"

"제레미아의 하수인들 가운데 한 놈이었을 겁니다. 그놈들은 제레미아가 시키면 뭐든 다 했으니까. 제레미아가 직접 나서는 경우는 결코 없었습니다. 대부분 하수인들에게 일을 맡겼죠. 하수인들이 알아서 마약을 들여오고, 중간 판매책들에게 물건을 넘겨주고, 돈을 수금해 제레미아에게 바치는 식이었습니다."

"그런 하수인들을 도대체 어디서 구한 겁니까?"

"미성년자 매춘부와 놀아보려다가 꼼짝없이 걸려든 작자들이었습니다. 16번 도로변에 모텔이 하나 있었는데 매춘부들이 장기 투숙하며 성매매를 하던 곳이었습니다. 이 지역 사람이면 누구나 그 모텔에서 성매매를 한다는 사실을 알고 있었죠. 제레미아는 모텔 주인과 공생관계를 유지하며 지내는 사이였습니다. 모텔 주인이 감당하기 어려운 일이 벌어지면 우리가 나서서 해결해주는 대신 객실을 하나 제공받았죠. 제레미아가 남자를 지목해주면 모텔 주인이 미성년자 매춘부를 보내 객실로 유인한 다음 옷을 홀라당 벗고 행위에 몰두할 때 방으로 들이닥쳐 사진을 찍는 식이었습니다. 매춘부 가운데 제법 똑똑한 여자아이가 있었어요. 제레미아가 지목한 남자들을 어김없이 방으로 데려오는 아이였죠. 제레미아는 주로 처자식이 있는 유부남이나 겁쟁이들을 노렸습니다. 미성년자 매춘부가 남자를 꼬드겨 방으로 데려와 말하길 '사실 난 아직 미성년자인 고등학생이에요. 어때요, 구미가 당겨요?'라고 물었어요. 남자가 좋다고 하면 그 아이는 터무니없이 비싼 화대를 요구했죠. 나는 그 방 커튼 뒤에 숨어 있다가 본격적인 행위를 시작하면 카메라 셔터를 눌렀습니다. 형사님들도 얼굴이 사색이 된 놈들을 보았다면 정말 웃겼을 겁니다. 매춘부 아이를 방에서 내보내고 옷을 홀

딱 벗은 놈을 쏘아보면 물건이 오그라들며 사시나무 떨 듯 몸을 떨어댔지요. 나는 일단 놈을 몇 대 두들겨 패고 나서 타협을 보자는 식으로 이야기를 꺼냈습니다. 놈의 바지 주머니에서 지갑을 꺼내 신용카드, 운전면허증 따위를 빼앗은 다음 우리가 시키는 일을 하지 않으면 어떻게 되는지 차분하게 설명해주었죠. 만약 거부하면 마누라와 근무하는 회사 사장 혹은 경찰서에 사진을 보내겠다고 협박했습니다. 그러면 다들 혼비백산해 제발 살려달라고 매달리더군요. 그럼 다음날 〈리디스클럽〉으로 나오라고 하는 겁니다. 그 다음부터는 놈들을 여러 가지 일에 하수인으로 부려먹을 수 있었죠."

"당신들이 부려먹은 하수인들의 명단을 갖고 있습니까?"

"내가 처음 갈취했던 지갑은 곧 돌려주었고, 몰래 찍은 사진은 얼마 후 전부 버렸습니다. 나중에 혹시 증거가 될 수도 있었으니까요. 기소장에 들어갈 수도 있는 증거물들을 전부 없애버려야 한다는 게 제레미아의 철칙이었죠. 가끔씩 놈들을 뒷방으로 불러 고문을 해주면 웬만해서는 토를 달지 않고 지시를 따랐어요. 아무튼 한 가지는 확실합니다. 고든 시장과 엮인 일은 없었어요."

∴

커크가 대본을 넘기면서 말했다.

"자, 이제 2막으로 넘어갑시다. 2막에서는 샬롯의 역할이 중요하니까 신경 써서 잘 해봐."

차례를 기다리던 샬롯이 무대 위로 올라왔다.

샬롯이 물었다.

"어떤 장면이지?"

"술집 장면인데 당신은 그 집에서 노래를 부르는 가수 역할이야."

손님 역을 맡은 제리가 홀에 앉아 칵테일을 마시는 시늉을 했다. 술집 주인 역할을 맡은 사무엘은 구석진 자리에 서서 여가수가 노래를 부르는 모습을 지켜보았다.

피아노 연주가 시작되었다.

커크가 고개를 끄덕이며 말했다.

"무대전환이 빠르게 이루어져야 해. 샬롯, 당신 발 아래에 마이크가 놓이면 여신처럼 우아하게 노래를 부르는 거야. 세상 남자들이 홀딱 반하도록 불러야 해."

샬롯이 물었다.

"어떤 노래를 불러야 하는 거야?"

커크가 노래가 나오는 대본 낱장을 샬롯에게 건네주었다.

샬롯이 대본을 받아 읽어내려가다가 격분한 표정을 지었다.

"노래 제목이 〈나는 부시장의 창녀〉가 맞아?"

"제목이 어때서 그래?"

"난 이 노래를 부르지 않을래."

"그럼 당장 배역을 포기하고 무대에서 내려가."

"당신은 나에 대해 복수를 하려는 거야. 메타와 걸리버 서장도 희화화시켜 복수하려는 꼼수가 분명해."

"도대체 무슨 말을 하는지 모르겠네."

"〈나는 부시장의 창녀〉라니? 당신 도대체 제정신이야?"

"배역을 맡기 싫으면 당장 무대에서 내려가."

마이클이 오늘 하루 무대 위에서 벌어진 일을 우리에게 알려주었다. 리지스포트에서 돌아온 우리는 《오르피아크로니클》지의 지하 임시수사본부에서 마이클을 만나 그날 대극장에서 벌어진 이야기를 전해 들었다.

"샬롯이 크게 격분해 배우들에게 출연거부를 종용했지만 다들 따르지 않더군요."

애나가 물었다.

"샬롯은 어떤 결정을 내렸죠?"

"연극에 출연하는 대신 〈나는 부시장의 창녀〉를 대본에서 지워 달라고 요구했고, 커크가 받아들이기로 해 일단락되었어요."

마이클이 우리에게 2막의 연습장면을 찍은 동영상을 보여주었 다. 샬롯이 가수를 연기하고, 나머지 출연자들은 술집 손님들로 분 해 모두들 홀린 표정으로 그녀를 바라보고 있었다.

데렉이 나지막하게 중얼거렸다.

"지금 저 장면은 〈리지스클럽〉을 무대에 옮겨놓은 거야."

마이클이 물었다.

"〈리지스클럽〉이라고요?"

"제레미아가 운영했던 술집이죠."

1막은 제레미아의 교통사고, 2막은 〈리지스클럽〉이 등장하는 장면이었다. 우리가 영상으로 확인한 장면들만 봐도 1막의 시체 역할과 2막의 술집 주인 역할을 동일한 배우가 맡고 있었다.

데렉이 나를 바라보며 말했다.

"2막은 제레미아가 과거를 회상하는 장면이야."

마이클이 중얼거렸다.

"커크의 연극을 보면 정말로 이 사건의 범인이 누군지 알 수 있 을까요?"

데렉이 말했다.

"아직 속단할 수는 없지만 커크 옆에서 한 발자국도 떨어지지 말고 리허설을 지켜보세요."

우리는 코디의 서점에서 《다크 나이트》 대본을 판매한 경위에 대해 자세히 알고 싶었다. 애나가 코디에게 전화를 걸어봤지만 연락이 되지 않아 서점으로 직접 찾아가보기로 했다. 서점에 도착해 점원을 만나본 결과 하루 종일 코디를 보지 못했다고 했다.

우리는 어쩔 수 없이 코디의 집으로 찾아가보기로 했다. 집 앞에 당도했을 때 애나는 주차된 코디의 차를 알아보았다. 코디가 집 안에 있다는 뜻이었지만 아무리 초인종을 눌러도 문을 열어주지 않았다. 애나가 문손잡이를 돌려보았더니 그대로 열렸다. 그 순간 머릿속에서 불길한 예감이 스쳐 지나갔다.

집 안에서 차가운 정적이 감돌았고, 대낮인데도 전등이 켜져 있었다. 우리는 거실로 들어서자마자 코디를 발견했다. 그는 무릎을 꿇은 자세로 널브러져 있었고, 바닥에 피가 홍건했다. 이미 숨이 끊어진 상태였다.

제스 로젠버그

2014년 7월 23일 수요일

연극제 개막 3일전

코디가 살해당한 소식이 알려지면서 오르피아는 다시 한 번 깊은 충격에 휩싸였다. 살인사건이 발생했다는 소식에 기자들과 호기심 많은 구경꾼들이 코디의 집 앞으로 몰려들었다. 스테파니에 이어 코디가 살해되자 연쇄살인 얘기가 나돌기 시작했고, 주민들이 자발적으로 조직한 자경단이 하나둘 생겨나기 시작했다. 뉴욕주 경찰본부와 오르피아경찰서는 오르피아의 치안을 강화하는 데 주력했다.

우리는 살인사건의 실마리를 찾기 위해 분주하게 움직였다. 사건 현장에 급파된 법의관 란지트 싱 박사가 일차 검시에 착수했다. 코디의 사인은 두개골 골절이었다. 누군가 뒤통수를 강하게 가격해 죽음에 이르렀다는 뜻이었다. 범행에 사용된 무기는 묵직한 금속램프였고, 피 칠갑이 된 가운데 시신 옆에 나뒹굴고 있었다. 시신이 취하고 있는 자세도 묘했다. 무릎을 꿇고 두 손을 얼굴에 대고 있었다. 눈을 가리거나 비빌 때의 자세였다.

애나가 물었다.

"범인에게 애원하는 자세일까요?"

란지트 싱 박사가 대답했다.

"피살자의 두개골 상처로 보아 범인이 뒤에서 몰래 내려친 게 아니라 정면에서 가격한 것으로 보입니다. 두개골이 저런 식으로 함몰되려면 범인이 피살자보다 훨씬 높은 위치에 있어야만 하죠."

데렉이 물었다.

"높은 위치에 있어야만 한다는 건 무슨 뜻이죠?"

란지트 싱 박사는 효과적인 설명을 위해 즉석에서 가설을 세웠다.

"피살자가 범인이 왔을 때 문을 스스로 열어주었다고 가정해봅시다. 범인은 평소 피살자가 익히 알고 지내던 사람이라 별 저항을 받지 않고 집안으로 들어올 수 있었을 겁니다. 격투를 벌인 흔적이 없는 걸 보면 피살자는 범인을 전혀 의심하지 않고 거실로 안내한 게 분명합니다. 피살자는 몸을 돌리는 순간 시력을 잃게 되어 두 손으로 눈을 감싸며 무릎을 꿇었겠지요. 범인은 탁자 위에 놓인 금속램프를 집어 들고 피살자의 뒤통수를 힘껏 내리쳤습니다. 피살자의 숨이 끊어진 이후에도 범인은 여러 번 더 가격했어요. 나름 숨을 확실히 끊어 놓아야할 이유가 있었겠지요."

데렉이 다시 끼어들었다.

"피살자가 시력을 잃게 되었다는 말은 무슨 뜻이죠?"

"범인은 가장 먼저 최루액분사기로 피살자에게 선제공격을 가한 것으로 보입니다. 그 증거로 얼굴에 눈물과 점액 자국이 남아 있더군요."

애나가 물었다.

"스테파니의 아파트에서 반장님을 기습 공격한 괴한도 최루액분사기를 사용했었는데 비슷한 경우인가요?"

란지트 싱 박사가 말했다.

"그렇다고 봐야겠죠."

나는 한 가지가 마음에 걸렸다.

"그러니까 박사님 생각은 범인이 처음부터 피살자의 숨을 끊어놓으려 했다는 거죠? 애초에 피살자를 죽이려고 작정하고 왔는데 왜 무기를 따로 준비하지 않고, 거실에 있는 금속램프를 사용했을까요? 살인을 치밀하게 계획한 범인이라면 그런 식으로 행동할 리 없잖습니까?"

"처음에는 죽일 계획이 없었는데 도중에 반드시 죽여야만 한다는 쪽으로 생각이 바뀌었을 수도 있겠죠."

데렉이 생각에 잠긴 얼굴로 중얼거렸다.

"범인은 과거의 모든 흔적을 지워나가고 있는 거예요."

란지트 싱 박사도 데렉의 의견에 동의했다.

"나도 같은 생각입니다. 이 소도시에 자신의 비밀을 지키기 위해서라면 무슨 짓이든 저지를 준비가 되어 있는 사람이 있다는 뜻입니다. 범인은 경찰이 이 수사를 끝까지 밀고나가도록 관망하지 않겠다는 메시지를 보낸 겁니다."

코디가 알고 있었던 비밀은 무엇일까? 코디는 4인 살인사건과 어떤 연관이 있을까?

우리는 코디의 집과 서점을 샅샅이 수색했지만 이렇다 할 단서를 찾아내지 못했다.

그날 아침, 미국 전역의 언론들은 서점주인 코디 일리노이가 살해된 사건을 뉴스특보로 전했다. 언론은 스테파니 메일러 기자의 죽음과 연관되어 있는 살인이라는 점에 주목했다.

연쇄살인에 대처하기 위해 시청에서 긴급회의가 열렸다. 브라운 시장과 뉴욕 주 경찰본부의 맥케나 형사과장, 걸리버 서장, 부서장인 재스퍼와 애나, 나와 데렉이 참석했다.

맥케나 과장이 걸리버 서장에게 물었다.

"오르피아에서 심각한 연쇄살인이 벌어지고 있는데 연극제를 예정대로 밀어붙이는 게 과연 옳을까요?"

걸리버 서장이 말했다.

"저는 이번 기회에 옷을 벗겠습니다."

브라운 시장이 어처구니없다는 듯 물었다.

"사직하겠다는 뜻입니까?"

"서장 자리에서 물러나 무대에 서고 싶습니다. 지금껏 살아오면서 이렇게 큰 성취감을 느껴본 적은 없었어요."

브라운 시장이 고개를 절레절레 저으며 내뱉듯이 말했다.

"앞으로 재스퍼 몬테인이 서장 직무를 대행하세요."

재스퍼는 회심의 미소를 지었고, 애나는 태연한 척하려고 애썼다. 지금은 승진문제로 논란을 야기할 때가 아니었다.

브라운 시장이 맥케나 과장을 바라보며 물었다.

"연극제를 중단해야 한다고 생각하십니까?"

"시장님이 결정할 일입니다. 물론 연극제를 취소한다고 해서 주민들의 안전문제가 저절로 해결되는 건 아닙니다. 다만 연극제를 강행하려면 시급히 안전문제에 대해 강력한 대책을 세워야 합니다."

브라운 시장은 잠시 생각에 잠겼다가 단호한 어조로 말했다.

"오르피아 전역에 비상경계령을 내리고 주민들의 안전을 우선적으로 고려하는 대신 연극제는 예정대로 밀고나가겠습니다."

맥케나 과장이 시급히 취해야할 조치들을 말해주었다. 그 결과 오르피아로 통하는 모든 도로에서 검문검색을 실시하기로 했다. 대극장이 위치한 오르피아 중심가는 차량통행을 전면 금지시키기로 결정했고, 연극제에 출연하는 연출자와 배우들의 숙소를 레이크펠리스호텔로 옮기기로 했다. 연극제 참가자들의 신변보호를 위해 경찰이 24시간 특별경호를 실시하기로 했다.

회의가 끝나고 브라운 시장을 뒤따라간 애나가 따져 물었다.

"시장님, 왜 재스퍼 몬테인을 서장 자리에 임명했죠? 원래는 저에게 서장 자리를 맡기기로 했잖습니까?"

"재스퍼 몬테인은 서장 직무대행일 뿐입니다. 정식 인사 조치가 아니니까 오해하지 말아요. 당신은 연쇄살인사건 수사에 집중해야 하니까."

"혹시 제가 시장님을 수사선상에 올려 나쁜 감정을 갖게 된 건 아니죠?"

"나를 범죄자 취급하며 집으로 들이닥치기 전에 귀띔이라도 해주었으면 좋았을 거라는 생각이 들긴 했지만 사사로운 감정을 개입시킨 조치는 아니었습니다."

"시장님이 수사 대상이 되기 전에 알고 있는 사실들을 모두 털어놓았더라면 갑작스럽게 댁으로 들이닥칠 일은 없었겠죠."

"서장이 되길 원하면 능력을 입증해 봐요. 이 도시를 불안에 빠뜨리고 있는 연쇄살인범을 잡아오란 말입니다."

∴

우리는 연쇄살인사건을 풀어가기 위해 한 가지 가정 해보았다. 코디가 제레미아와 연관되었을 수도 있다는 가정이었다. 우리는 코디가 제레미아가 쳐놓은 덫에 걸려들었을 가능성을 염두에 두고 〈리지스클럽〉에 가서 코스티코를 다그쳐보기로 했다.

내가 코디의 사진을 들이밀자 코스티코가 어리둥절한 표정을 지었다.

"이 사람은 누군데요?"

"어젯밤에 살해당한 서점주인입니다."

"빌어먹을! 살인사건이 발생할 때마다 나를 찾아오면 어쩌자는 겁니까?"

"이 사람을 〈리지스클럽〉이나 제레미아의 주변에서 본 기억이 없습니까?"

"내가 이 사람을 알고 있을 거라고 생각하는 이유가 뭔데요?"

"고든 시장이 커크가 쓴 연극대본《다크 나이트》를 코디의 서점에서 구입했어요. 연극대본에 제레미아의 이름이 암호 형태로 등장하더군요."

코스티코가 퉁명스럽게 내뱉었다.

"우리는 한가하게 연극쟁이나 쫓아다닐 시간이 없었습니다."

코스티코는 거짓말을 그럴싸하게 지어낼 만큼 두뇌회전이 빠른 사람이 아니었기에 그의 말은 대체로 믿을 만했다.

우리는 코스티코가 남자들을 덫에 빠뜨리기 위해 이용했던 모텔을 찾아가보기로 했다. 우리가 모텔에 도착해 차에서 내리자 주차장에 모여 있던 매춘부들이 애나의 경찰제복을 보고 잔뜩 겁을 집어먹은 눈치였다. 그 중에서 포주로 보이는 50대 여자가 앞으로 나섰다. 이름이 레지나였는데 1980년대 중반부터 이 모텔에서 일해왔다고 했다.

레지나는 우리를 모텔 객실로 데려갔다. 성매매를 하기 위해 찾아온 손님들이 경찰제복을 보고 놀라 달아나는 상황을 막기 위해 우리를 서둘러 객실로 데려온 듯했다.

레지나가 우리에게 앉으라는 뜻으로 인조가죽 소파를 가리켜 보이며 물었다.

"보아하니 당신들은 성매매단속반 형사들은 아닌 것 같은데 여기 무슨 일이죠? 그쪽 형사들을 많이 봐왔는데 당신들은 초면이거든요."

내가 대답했다.

"우리는 강력반 형사들입니다. 우리가 묻는 말에 알고 있는 대로 대답해주면 귀찮게 하지 않겠습니다. 제레미아가 누군지 알죠?"

레지나는 마치 유령 이름을 들은 것 같은 표정을 지었다.

"당연히 알죠."

"그럼 이 두 사람도 알아요?"

나는 고든 시장과 코디의 사진을 레지나의 눈앞으로 들이밀었다.

"둘 다 모르는 사람들이에요."

"이들 두 사람이 제레미아와 알고 지냈을 가능성은 없을까요?"

"그럴 가능성이야 충분하죠. 제레미아는 주로 뜨내기손님들의 약점을 잡아 하수인으로 이용했으니까요. 이 집에 자주 오는 단골 고객들은 대부분 상대를 정해두고 있어요. 밀라가 제레미아와 밀접하게 연결돼 있어 잘못 건드렸다가는 큰코다친다는 걸 모르지 않았죠."

데렉이 나섰다.

"밀라라면 미끼 역할을 한 여자 말인가요?"

"밀라 혼자 미끼 역할을 한 건 아니지만 어쨌거나 제레미아와 손발이 척척 맞아 오랫동안 여기서 일했어요. 그래봐야 2년이었지만요. 제레미아가 죽고 나서 밀라는 일을 그만 두었죠. 다른 애들은 석 달을 넘기지 못했어요."

"이유가 뭐죠?"

"다들 마약에 중독돼 일을 할 수 없었어요. 제레미아는 그런 아이들을 가차 없이 처분해버렸죠."

"처분해버리다니요?"

"마약을 치사량이 넘게 주입해 아예 보내버렸어요. 어딘가에 시체를 내다버리면 경찰은 과도하게 마약을 주입한 약쟁이 년 하나가 또 골로 갔나보다 치부해버리고 수사 종결이었죠."

"밀라는 마약을 하지 않았나요?"

"밀라는 똑똑한 아이라서 마약에는 아예 눈길조차 주지 않았어요. 많이 배운 아이였는데 어쩌다 제레미아의 마수에 걸려들었는지 모를 일이었죠. 정말 예쁜 아이였어요. 거리에서 몸을 파는 여자들이란 죄다 배알도 없는 잡년들인데 밀라는 달랐죠."

"제레미아는 어떤 식으로 남자들의 코를 꿰었죠?"

"밀라가 거리에 나가 제레미아가 지목한 남자를 유혹해 모텔로 데려왔어요. 제레미아의 심복인 코스티코가 누군지 알 거예요. 그가 미리 방에서 몸을 숨기고 있다가 결정적인 순간에 나타나 사진을 찍었으니 누구나 걸려들 수밖에 없었죠."

"덫에 빠진 남자들이 아무런 저항도 하지 않았다는 게 믿어지지 않아요."

"코스티코는 근육으로 뭉친 괴물이었어요. 더없이 포악하고 잔인한데다 완력이 어찌나 세던지 손으로 어떤 남자의 슬개골을 으스러뜨린 적도 있어요. 그러다가 마약 심부름을 하고 나면 더욱 경찰에 신고하기 어렵게 되죠. 괜히 신고했다가 쇠고랑을 차고 연방 교도소로 직행할 수도 있으니까요."

"당신은 그들이 무슨 짓을 하든지 그냥 보고만 있었나요?"

레지나는 서둘러 선을 그었다.

"제레미아 덕분에 우리가 장사하기에 편한 측면도 있었습니다. 아무도 제레미아와 코스티코를 건드릴 엄두를 내지 못했으니까. 다만 딱 한 번 어떤 남자가 코스티코를 쓰러뜨리는 장면을 본 적이 있어요."

"무슨 일이 있었는데요?"

"기억하기로 1994년 1월이었을 겁니다. 눈이 펑펑 쏟아지는 날이었어요. 남자 하나가 밀라의 방에서 알몸으로 뛰쳐나와 곧바로 차에 올라탔어요. 코스티코가 뒤따라 달려 나오자 남자는 차문을 열고 뭔가를 꺼냈어요. 나중에 알게 되었지만 차에서 최루액분사기를 꺼내 코스티코의 얼굴에 뿌린 거예요. 코스티코가 눈물을 질질 짜는 모습을 보자니 내심 얼마나 통쾌했는지 몰라요. 남자는 벌거숭이 상태로 차에 올라 도망쳤어요."

나는 새삼 긴장하며 되물었다.

"방금 최루액분사기라고 했나요?"

"네, 최루액분사기."

"혹시 그 남자의 얼굴을 기억합니까?"

"벌써 20년이 지난 일인데 기억날 리 없죠. 게다가 그날 내가 주로 본 건 남자의 벗은 몸이지 얼굴이 아니었어요."

"남자의 얼굴이나 몸에 특징은 없었나요?"

"나는 모르지만 아마도 코스티코는 기억하고 있을 거예요. 그 남자가 모텔 방에 놓아두고 간 옷과 지갑을 코스티코가 챙겨갔으니까."

"밀라는 어떻게 되었죠?"

"제레미아가 죽고 나서 그 아이도 어디론가 사라졌습니다. 어디선가 새 삶을 살고 있으면 좋겠네요."

"혹시 밀라의 본명이 뭔지 알고 있나요?"

"기억나지 않아요."

애나가 끼어들었다.

"우리는 반드시 밀라를 찾아내야 해요. 누군가 과거의 비밀을 유지하기 위해 무고한 사람들을 죽이고 있습니다. 우리는 살인범이 제레미아와 관련있을 거라 추측하고 있죠. 다시 한 번 물을게요. 밀라의 본명이 뭐죠?"

레지나는 우리를 빤히 쳐다보더니 몸을 일으켜 구석으로 갔다. 그녀는 상자를 한참 동안 뒤적이더니 신문조각을 하나 찾아내 가져왔다.

"밀라가 사라지고 나서 그 아이 방에 남아있던 신문조각이에요."

1992년 《뉴욕타임스》지에 실린 실종자 광고였다. 맨해튼의 실업가이자 정치인의 딸이 가출 이후 종적이 묘연해 찾고 있다는 내용이었다. 실종된 딸의 이름은 미란다 데이비스였다. 그 당시 17세였던 실종자의 사진이 첨부되어 있었다. 나는 사진을 보는 순간 그녀가 누구인지 금세 알아볼 수 있었다. 마이클의 부인 미란다였다.

다코타 에덴

내가 어릴 적에 엄마 아빠는 사람을 너무 쉽게 판단해서는 안 되는 만큼 인내심을 갖고 충분한 기회를 줄 필요가 있다고 했기에 태라를 용서하기 위해 애썼다.

2008년에 금융위기가 밀어닥치면서 제럴드는 심각한 손실을 입게 되었고, 센트럴파크의 아파트와 햄프턴의 별장을 처분할 수밖에 없었다. 스칼리니 가족은 눈물을 머금고 어퍼이스트사이드의 아파트로 이사할 수밖에 없었지만 태라를 사립학교에 보낼 정도의 형편은 되었다. 그 대신 운전기사와 요리사를 두고 있던 그들 가족의 여유로운 생활과 호화별장에서 보내던 주말은 사라졌다.

제럴드는 현실을 받아들이고 변화에 적응하려고 애썼지만 그의 부인은 누구든 붙잡고 신세한탄을 늘어놓기 일쑤였다.

"우리는 이제 망했어요. 매일 세탁소로 뛰어가 옷을 찾아오고, 태라를 데려오기 위해 학교로 달려가고, 매끼마다 식사를 차려내느라 여간 힘든 게 아니네요."

2009년 여름, 우리 가족은 오르피아에 〈에덴동산〉을 완공했다. 우리 가족의 별장이었다. 그해 여름, 나는 매일 아침 대서양을 바라보며 아침식사를 하게 되었다. 온종일 책을 읽고 글을 쓰며 시간을 보낼 수 있었다. 정말이지 글을 쓰기에는 너무나 이상적인 공간이었다.

여름이 끝나갈 무렵 엄마는 태라를 별장에 초대하자고 제안했지만 나는 그다지 마음이 내키지 않았다.

"태라가 여름 내내 뉴욕에 처박혀 있어야 할 텐데 너무 가엾잖아."

"나는 아직 태라를 마음 편히 대할 자신이 없어요."

"태라는 친구니까 너그럽게 용서하는 게 좋아."

"난 태라를 보면 화가 나요."

"태라에게 잘못을 뉘우칠 기회를 줘야해."

"태라가 저지른 짓을 용서할 수 없어요."

"너도 그 집 별장에 초대받았을 때 좋아했잖아."

나는 결국 엄마의 말을 따를 수밖에 없었다. 태라와 별장에서 함께 지내기 시작하면서 우리 사이는 금세 예전처럼 좋아졌다. 우리는 매일 저녁 잔디밭에 누워 이야기를 나누었다. 어느 날 태라는 노트북 사건은 나에게 누명을 씌우기 위해 꾸며낸 거짓이었다고 고백하며 눈물을 쏟았다. 태라는 진심으로 용서를 빌었고, 나는 이미 지나간 일이니 모두 잊어버리라고 했다.

우리는 다시 우정을 쌓아나갔다. 한때 소원하게 지내던 부모들 사이도 다시 돈독해졌다. 엄마 아빠는 스칼리니 가족을 〈에덴동산〉으로 초대했고, 일주일 동안 함께 지냈다. 제럴드는 여전히 우리 부모의 수준 낮은 취향을 지적하며 훈수를 두기도 했다.

"이런 가구를 고르다니 유감이네요. 나라면 절대로 들여놓지 않았을 거예요."

태라와 나는 예전처럼 단짝이 되었고, 서로의 집을 번갈아 오갔다. 그 무렵 나는 연극에 눈을 뜨게 되어 희곡을 열심히 읽었다. 언젠가 나도 연극대본을 써보고 싶었다. 아빠는 〈채널14〉의 업무상 연극 시연회의 초대장을 자주 받아왔고, 그 덕분에 태라와 나는

매주 한 번씩 연극을 보러갔다

2010년 봄, 아빠가 노트북을 사주어 더없이 기뻤다. 노트북이 생긴 그해 여름에는 별장 테라스에서 거의 나가지 않고 글을 쓰며 보냈다.

엄마 아빠는 내가 바닷가를 신나게 뛰어다니며 노는 대신 글을 쓰느라 줄곧 별장에 들어박혀 지내자 걱정이 되는지 자주 내 기분을 바꿔주려고 애썼다.

"해변에 나가 모래성을 쌓으며 놀까? 아니면 쇼핑센터에 들르는 건 어때?"

그럴 때마다 나는 단호하게 대답했다.

"지금은 글을 써야 해서 다른 데 신경 쓸 여력이 없어요."

나는 마침내 희곡 한 편을 완성했고, 제목을 《콘스탄틴 씨》라고 붙였다. 콘스탄틴 씨는 햄프턴의 대저택에서 사는 노인이었다. 일 년이 넘도록 자식들은 단 한 번도 노인을 찾아오지 않았다. 어느 날, 노인은 버림받았다는 생각에 침울해 있다가 연극을 꾸미기로 작정했다. 노인은 자식들에게 병이 들어 곧 죽게 되었다는 소식을 전했다. 상속에 눈이 먼 자식들이 저택으로 달려와 노인을 수발하기 시작했을 뿐만 아니라 온갖 변덕을 부려도 다 받아주었다.

나는 희곡에 모든 열정을 쏟아 부었다. 2011년 여름에 나는 비로소 《콘스탄틴 씨》를 완성했다. 9월에 개학과 더불어 학교로 돌아가 문학 선생에게 내가 쓴 희곡을 보여주었다. 문학 선생은 희곡을 읽고 나서 엄마 아빠에게 면담을 요청했다.

문학 선생이 학교에 온 엄마 아빠에게 물었다.

"혹시 다코타가 쓴 희곡을 읽어보셨습니까?"

"무슨 문제라도 있습니까?"

"한 가지 문제라면 학생이 쓴 희곡치고는 대단히 뛰어난 작품이라는 겁니다. 다코타는 작가적 재능이 있습니다. 제가 부모님을 뵙자고 한 건 아시다시피 이 학교 연극반을 맡고 있기 때문입니다. 매년 6월에 졸업기념 공연이 있는데 다코타의 희곡을 무대에 올리고자 합니다."

학교 전체가 내가 쓴 희곡에 대한 애기로 술렁거렸다. 나도 모르는 사이에 학교에서 내 이름을 모르는 사람이 없을 만큼 유명한 학생이 되어 있었다.

졸업기념 공연은 1월에 열릴 예정이어서 희곡을 다듬을 시간이 몇 달 더 남아 있었다. 크리스마스휴가까지 포함해 다시 희곡에 매달렸다. 그 무렵에도 태라는 매일이다시피 나를 찾아왔고, 우리는 함께 방안에 틀어박혀 지냈다. 내가 고쳐 쓴 희곡의 대사를 큰 소리로 읽어주면 태라가 주의 깊게 듣고 나서 의견을 말해주었다.

개학을 며칠 앞둔 일요일에 상상조차 할 수 없었던 일이 벌어졌다. 내가 희곡을 문학 선생에게 넘겨주기로 약속한 바로 전날이었다. 여느 날처럼 태라가 내 방에 와 있었다. 태라가 목이 마르다고 해서 나는 물을 가져다주기 위해 주방으로 갔다. 컵에 물을 따라 들고 돌아오는데 태라가 급히 집에 가봐야 할 일이 생겼다며 방을 나서는 길이었다.

"벌써 가려고?"

"시간이 이렇게 많이 지났는지 몰랐어. 집에 가봐야 해."

왠지 모르게 허둥댄다는 느낌이 들었다.

"괜찮니? 어디 아픈 건 아니지?"

태라는 아무 일 없다는 듯 고개를 저었다.

"난 괜찮아. 내일 학교에서 봐."

나는 현관문까지 태라를 배웅하고 돌아와 다시 노트북 앞에 앉았다. 분명 주방에 가기 전 노트북 화면에 희곡을 띄워놓았는데 보이지 않았다. 문서파일을 닫았으려니 생각했는데 파일 자체가 아예 사라지고 없었다. 그때까지만 해도 다른 폴더에 저장해두고 착각한 줄 알았는데 내가 쓴 희곡이 감쪽같이 사라져버렸다는 사실을 깨닫기까지 그리 오랜 시간이 걸리지 않았다. 휴지통을 열어보니 이미 비우기가 실행되어 있었다.

나는 까마득한 절망감에 빠져 비명을 질렀다. 엄마 아빠가 내 방으로 달려왔다.

아빠가 나를 달랬다.

"차분하게 생각해 봐. 어딘가에 문서를 복사해놓았을 거야."

"문서폴더 자체가 통째로 날아갔어요."

아빠가 그 와중에도 내 부주의를 지적하며 주의를 주었다.

"그러게 내가 중요한 문서는 메일이나 USB에 따로 보관해두라고 했잖아."

엄마가 상황이 심각하다는 걸 눈치 채고 끼어들었다.

"지금은 다코타의 부주의를 탓할 때가 아니잖아."

나는 엄마 아빠에게 자초지종을 설명했다. 주방에 물을 가지러 간 사이 태라가 방에 혼자 남아 있다가 서둘러 집으로 돌아갔고, 희곡문서 파일이 통째로 사라졌다고 말했다. 아무리 고쳐 생각해도 태라가 한 짓이 분명했다.

엄마는 태라를 탓하기 전에 먼저 사정을 알아봐야겠다고 했다.

"태라가 왜 그런 짓을 했을까?"

엄마는 우선 제럴드에게 전화해 무슨 일이 벌어졌는지 설명했다. 제럴드는 딸이 그런 짓을 했을 리 만무하다며 아무런 근거도 없이 의심하는 태도는 옳지 못하다며 오히려 엄마를 비난했다.

엄마가 전화기에 대고 말했다.

"노트북이 문서를 스스로 삭제하지는 않아요. 태라와 직접 이야기를 나눌 수 있을까요?"

잠시 후 제럴드는 태라가 지금은 어느 누구와도 대화를 나누고 싶어 하지 않는다는 말을 전했다.

지난 9월에 문학 선생에게 읽어보라고 준 희곡이 마지막으로 남은 희망이었다. 문학 선생은 지난 연말에 서재를 대대적으로 정리했는데 아마도 그때 내가 쓴 희곡도 폐기문서에 섞여 들어갔는지 아무리 찾아봐도 없다고 했다. 아빠가 노트북을 〈채널14〉의 보안전문가에게 가져가봤지만 복구가 불가능하다는 답변이 돌아왔다.

지난 일 년 동안 혼신의 힘을 기울여 쓴 희곡이 완벽하게 사라져버렸고, 말로 형언할 수 없는 감정이 밀어닥쳤다.

문학 선생이 무의미한 해결책을 제시했다.

"남아있는 기억을 바탕으로 희곡을 다시 써보는 건 어때? 넌 그 희곡을 거의 외우고 있다시피 하잖아."

글을 써본 적이 없는 사람들만이 제시할 수 있는 해결책이었다. 새로운 희곡을 써서 내년에 공연하자는 제안을 받았지만 나는 이제 더는 그 어떤 글도 쓰고 싶지 않았다.

그 후, 나는 깊은 우울감에 빠져들었다. 내 영혼 깊숙한 곳에서 치유할 수 없는 고통이 자리 잡았다. 이 결과에 대해 태라도 책임을 져야 마땅하다고 생각했다. 태라가 무슨 이유로 그런 짓을 저질렀는지 이해해주고 싶은 마음은 없었다. 나는 태라가 잘못한 만큼 응분의 대가를 치르게 해야 한다고 생각했다.

엄마 아빠는 학교로 교장을 만나러 갔다. 교장은 이 문제에 끼어들기를 꺼려했고, 그 어떤 책임도 지려하지 않았다.

"어찌 보면 사소한 문제이고, 학교 밖에서 발생한 일이라 제가 개입해 해결하기는 어렵습니다. 직접 태라의 부모님을 만나 해결책을 찾아보시는 게 좋겠습니다."

"사소한 문제라고요? 다코타가 지난 일 년 동안 희곡을 쓰기 위해 얼마나 힘들게 애써왔는지 아신다면 차마 그렇게 말씀하시지는 못할 겁니다. 다코타와 태라는 이 학교 학생입니다. 교장선생님께서 적절한 조치를 취해주시길 바랍니다."

"내가 알기로 예전에 다코타가 태라의 노트북을 훔친 적이 있죠? 서로 단짝으로 지내왔다면서 왜 번갈아가며 친구에게 해코지를 하는지 모르겠네요."

엄마가 더는 참지 못하고 화를 벌컥 냈다.

"다코타는 노트북을 훔치지 않았어요. 태라가 내 딸을 모함하기 위해 꾸며낸 일이라고 이미 오래 전에 고백했습니다."

교장이 한숨을 푹 내쉬었다.

"여기서 목청을 높여봐야 뾰족한 해결책이 나올 리 없습니다. 태라의 부모를 만나 해결하세요."

스칼리니 부부는 그 어떤 말도 들으려 하지 않았다. 그들은 태라를 필사적으로 방어하며 오히려 내가 없는 일을 꾸며냈다고 비난했다.

몇 달이 흐르자 나만 빼고 모두들 그 사건을 망각해버렸다. 엄마 아빠는 이제 그만 잊고 새롭게 시작하자고 했지만 내 상처는 쉽게 아물지 않았다.

학교 연극반은 졸업기념 공연으로 잭 런던의 작품을 무대에 올렸다. 나는 공연에 가지 않았고, 하루 종일 방에 틀어박혀 울었다.

엄마는 나를 위로하는 대신 조심스럽게 나무랐다.

"여섯 달이나 지난 일인데 이제 그만 잊어."

노트북 화면을 응시했지만 열망과 영감이 모두 사라져 버린 듯 글을 단 한 줄도 쓸 수 없었다. 나는 그 사건에 사로잡혀 한 발짝도 앞으로 나아갈 수 없었다. 부모에게 구조신호를 보냈지만 아빠는 일이 바빴고, 엄마는 번번이 이제 그만 잊으라는 말만 했다.

그해 여름 〈에덴동산〉에서 지내는 동안 주로 페이스북을 열어 두고 하루하루를 보냈다. 그동안 태라 말고는 내가 우정을 나눌 친구를 만들지 않았다는 사실을 깨달았다. 하루에도 몇 번씩 태라의 페이스북 계정을 기웃거렸다. 태라가 지금 무엇을 하고 있고, 누구와 만나는지 알고 싶었다. 태라가 마지막으로 우리 집에 왔던 그날 이후 우리는 말 한마디 나눠본 적 없었다. 나는 페이스북 계정을 통해 태라를 염탐했고, 그 아이가 올리는 글을 유치하다며 한껏 비웃어주었다.

2012년 11월, 태라와 말을 하지 않고 지낸 지 열 달이 되었다. 어느 늦은 저녁에 내 페이스북 계정으로 태라가 쓴 장문의 편지가 들어왔다. 친구 사이 편지가 아니라 일종의 러브레터나 다름없었다.

태라는 편지에서 자신이 얼마나 큰 고통을 겪고 있는지 이야기했다. 이미 여러 해 전부터 시작된 고통이라고 했다. 나에게 저지른 짓을 스스로도 결코 용서할 수 없다고 했다. 봄부터 정신과의사의 진료를 받고 있고, 그 덕분에 문제를 보다 명확하게 바라볼 수 있게 되었다고 했다. 태라는 이제 자신의 성 정체성을 있는 그대로 받아들이기로 했다며 동성애적 성향이 있고, 오래 전부터 나에게 사랑의 감정을 품어왔다고 고백했다. 이미 여러 번 간접적으로나마 사랑의 감정을 표현했지만 내가 알아차리지 못하더라고 했다.

심지어 내가 쓰고 있는 희곡에 대해 질투심을 느꼈다고 했다. 내 침대에 누워 사랑을 나눌 마음으로 충만해있는데 내가 컴퓨터 화면만 눈이 빠지도록 들여다보고 있는 게 미웠다고 했다.

태라는 자신이 저지른 행동에 대해 용서를 구했다. 동성애적 성향과 나에 대한 감정을 솔직하게 고백하는 이유는 그동안 자신이 저지른 어처구니없는 행동에 대해 내가 조금이나마 이해해주길 바라는 심정에서라고 했다. 정말이지 왜 그런 짓을 저질러야만 했는지 자신이 정말 밉다고 했다. 나를 사랑함에도 고백할 수 없었고, 그런 비감한 현실에 가슴이 아팠다고 했다.

나는 편지를 몇 번이고 되풀이해서 읽었다. 머릿속이 복잡하게 뒤엉키며 가슴이 울렁거렸다. 태라를 용서하기에는 내 안에 쌓인 분노가 너무 컸다. 나는 태라의 편지를 페이스북 단체메시지를 통해 반 아이들 모두에게 보냈다.

다음날 아침, 태라의 이름 앞에 '레즈비언'이라는 수식어가 붙게 되었다. 상상하기 힘들 만큼 온갖 경멸적인 말들이 태라를 수식하게 되었다.

태라가 돌팔매질 당하는 모습을 보면서도 나는 희열을 느꼈다. 태라는 내가 꼬박 일 년 동안 밤잠을 설쳐가며 써왔던 희곡을 지워버렸다. 내가 태라의 편지를 페이스북에 올린 이유는 백일하에 드러난 진실을 알리고자 했기 때문이었다. 결국 나는 위로를 얻었지만 다른 아이들이 주목한 부분은 내가 알리고자 했던 진실보다는 태라의 성 정체성 문제였다.

태라는 페이스북을 통해 내게 다시 메시지를 보내왔다.

'왜 그런 짓을 했지?'

'너를 증오하니까.'

나는 정말 증오심을 느꼈다. 내 분노는 여전히 태라가 희곡을 노트북에서 날려버린 일요일 저녁에 갇혀 있었다.

그 무렵 레일라를 만나기 시작했다. 사람들의 시선을 끄는 아이였다. 주위사람을 휘어잡는 힘이 있었고, 언제나 멋진 옷차림을 하고 다녔다. 학교식당에서 레일라가 내 옆으로 오더니 태라의 편지를 공개한 건 아주 잘한 일이라고 말해주었다. 레일라는 이미 오래전부터 태라를 거만한 아이로 생각해왔다고 했다.

레일라가 물었다.

"이번 토요일에 우리 집에 오지 않을래?"

매주 토요일마다 마치 정해진 의식처럼 레일라의 집에 가게 되었다. 우리 둘 말고 다른 친구들도 몇 명 더 모였다. 우리는 레일라의 방에 틀어박혀 아빠 몰래 가져온 술을 마시고, 담배를 피웠다. 태라의 페이스북 계정에 들어가 악의적인 댓글을 남기기도 했다.

'더러운 년, 똥이나 처먹어.'

나는 완전히 다른 아이가 되어버렸다. 일 년 전만 해도 엄마 아빠가 주말에 방에서만 틀어박혀 지내지 말고 친구들과 어울려 놀다가 오라고 등을 떠밀어도 끝내 노트북 앞에 붙어 앉아 글을 썼다. 이제는 레일라의 방에 모여 술을 마시고 담배를 피우며 태라에게 욕설을 담은 댓글을 남기는 게 일과처럼 되어버렸다. 내 댓글이 잔인할수록 태라가 움츠러드는 모습을 볼수록 쾌감을 느꼈다. 한때는 그토록 좋아했던 아이였는데 이제는 괴롭히면서 쾌감을 느끼고 있었다. 태라와 학교 복도에서 마주칠 때마다 어깨를 밀쳤다. 레일라와 함께 태라를 화장실로 끌고 가 때린 적도 있었다. 내가 처음 태라의 뺨을 갈길 때 어떤 반응을 보일지 겁이 났다. 나는 태라가 대들 거라고 예상했는데 그저 가만히 맞고 있었다. 태라가 눈물을 흘리는 모습을 보며 내가 권력자가 된 느낌이 들어 우쭐해지기도 했다. 나는 권력의 맛에 도취하게 되었다. 태라가 눈물을 흘리며 비참해지는 모습을 보는 게 좋았다. 레일라와 나는 틈만 나면 태라를 때렸다. 어느 날 내가 때리고 있을 때 태라가 선 자세 그대로 오줌을 쌌다. 그날도 태라의 페이스북에 들어가 욕설을 쏟아 부었다.

'오줌이나 지리는 년, 넌 차라리 죽어버리는 게 나아.'

2월 중순 어느 날 아침, 학교 앞에 경찰차가 와 있었다. 태라가 방에서 목을 맸다고 했다.

∴

태라가 죽고 나서 며칠 후 형사들이 집으로 찾아왔다. 그들은 내가 태라에게 보낸 페이스북 메시지들을 프린트한 서류를 내밀었다. 아빠는 변호사 벤자민 그래프를 집으로 불러들였다. 형사들이 돌아가고 나서 벤자민은 우리 가족을 안심시켰다. 경찰이 내가 보낸 페이스북 메시지와 태라의 죽음이 관련 있다는 사실을 입증해내기 어려울 거라고 했다. 벤자민의 말을 듣는 동안 내가 태라에게 퍼부은 욕설 중에 차라리 죽어버리라고 했던 말이 떠올랐다.

벤자민이 말했다.

"태라가 유서를 남기지 않아 다행입니다. 왜 자살하는지 이유를 남겼다면 곤란한 문제가 발생할 수도 있었겠죠."

엄마가 화가 나 항의했다.

"다행이라고요? 아이가 자살했는데 어쩜 그런 말을 할 수 있죠?"

벤자민이 무덤덤하게 대답했다.

"저는 변호사이고 제가 맡은 일을 할뿐입니다. 다코타를 감방에 들어가지 않게 하는 게 제가 해야 할 일이죠."

벤자민의 바람과 달리 태라는 편지 한 장을 남겼다. 비극이 벌어지고 나서 얼마 뒤 제럴드는 태라의 유품을 정리하다가 편지를 발견했다. 태라는 매일이다시피 나에게 모욕당하며 살아가느니 죽고 싶다는 심정을 편지에 털어놓았다.

제럴드는 그 편지를 근거로 나를 고발했다.

다시 형사들이 찾아왔고, 비로소 내가 무슨 짓을 저질렀는지 분명하게 깨닫게 되었다. 형사들이 나를 경찰서로 연행해갔고, 곧 피의자 신문이 시작되었다.

경찰서를 찾아온 벤자민의 얼굴에 자신감이 많이 사라져 있었다. 눈에 띄게 초조한 기색을 내비치기도 했다. 벤자민이 알아본 결과 이번 사건을 맡은 담당검사는 인터넷상에서 이루어지는 댓글 폭력이나 집단 따돌림 문제에 경종을 울리기 위해 내 사건을 본보기로 삼고 있다고 했다. 자살 교사죄도 일종의 살인 행위로 다루어야한다는 게 내 사건을 맡은 검사의 일관된 입장이었다.

벤자민이 나를 힐끔 쳐다보고 나서 엄마 아빠에게 말했다.

"검사의 주장이 받아들여질 경우 중형을 받을 수도 있습니다. 태라의 가족과 합의를 보지 못한다면 7년 형 정도가 예상됩니다. 시급히 스칼리니 가족과 합의해 고발을 취하토록 해야 합니다."

엄마가 되물었다.

"합의라면 가령 어떤 방법이 있을까요? 제럴드가 덮어놓고 합의해줄 리 없잖습니까?"

"스칼리니 가족에게 돈을 주고 고발을 취하하게 만들어 재판이 아예 열리지 않게 해야 합니다."

아빠는 벤자민에게 스칼리니 가족의 변호사와 접촉해보도록 했다. 벤자민은 제럴드를 만나 요구사항을 듣고 돌아왔다.

벤자민이 말했다.

"그들은 오르피아의 별장을 요구하고 있어요."

아빠는 귀가 의심스럽다는 표정을 지었다.

"별장을 내놓으라고요?"

"네, 그렇습니다."

아빠가 인상을 찌푸리며 말했다.

"지금 즉시 그쪽 변호인에게 연락해요. 고발을 취하하면 내일 공증인을 통해 별장 명의를 넘기겠다고 하세요."

전직 ATF특별수사관 그레이스 형사는 나이가 72세로 메인 주 포틀랜드에서 은퇴생활을 즐기고 있었다. 전화로 연락하자 그는 곧바로 수사에 대해 관심을 보였다.

그레이스가 말했다.

"꼭 보여줄 게 있는데 한 번 만날 수 있을까요?"

그레이스는 우리를 메인 주로 오게 하는 대신 중간지점인 매사추세츠 주 위체스터에서 만나자고 했다. 우리가 만나기로 한 장소인 작은 식당 주소도 알려주었다. 우리가 약속장소에 도착했을 때 그레이스는 이미 높이 쌓아올린 팬케이크 접시를 테이블에 올려두고 앉아 있었다. 전보다 호리호리해진 모습이었고, 얼굴에는 주름이 가득했다. 세월과 함께 늙었을 뿐 크게 변한 건 없어보였다.

그레이스는 우리를 보자 반갑게 웃어보였다. 그와 마주보고 앉자 한 순간 다시 과거로 되돌아간 느낌이었다.

내가 현재 진행되고 있는 수사상황을 말해주었고, 이야기를 다 듣고 난 그가 말했다.

"제레미아는 사방에 빠져나갈 구멍을 만들어두고 있는 작자였어요."

"ATF에서 제레미아에게 관심을 가졌던 이유가 궁금합니다."

"그때 우리는 군에서 총기를 훔쳐내 팔아먹는 밀매꾼들을 잡아내는 게 목표였어요. 무기밀매조직이 리지스포트에 본거지를 두고 있다는 첩보가 입수되었죠. 우리는 여러 달 동안 수사를 벌인 끝에 무기밀매조직의 거래가 이루어지는 술집을 급습하게 된 거요. 제 기억으로는 그 당시 제레미아를 수사하고 있던 두 형사님도 작전에 동참했었죠. 세레미아는 우리가 추적하던 무기밀매조직과 직접적인 관련이 없다는 사실이 확인되긴 했어도 그동안 수사해온 담당자 입장에서 보자면 도저히 용서할 수 없는 작자였어요. 한 마디로 지독한 악당이었죠. 1994년 7월 어느 날 아침 세상을 떠나기 전까지 그는 셀 수 없을 만큼 수많은 악행을 저질렀어요."

∴

리지스포트, ATF의 아지트
1994년 7월 16일 아침

아침 7시에 ATF의 릭 형사가 잠복초소에 도착했다. 밤샘근무를 한 그레이스 형사와 교대하기 위해서였다. 릭이 초소로 들어서면서 말했다.

"16번 도로에서 교통사고가 났어. 오토바이 운전자가 크게 다쳐 병원에 실려 갔는데 살아날 가망이 없나 봐. 사고를 당한 오토바이 운전자가 누군지 알아?"

그레이스는 밤샘근무를 한 직후라 몸이 몹시 피곤해 수수께끼 놀이를 할 기분이 아니었다.

"누군데 그래?"

"제레미아 폴드."

그레이스 형사는 벌떡 몸을 일으켰다.

"제레미아가 죽었어?"

"아직 숨이 붙어 있긴 하지만 죽기 직전이라고 봐야지. 미련하게 헬멧도 쓰지 않고 오토바이를 달렸으니 자업자득이야."

그레이스는 의아한 생각이 들었다. 매사에 신중하고 꼼꼼한 제레미아가 죽음을 자초한 사실이 믿기지 않았다. 그레이스는 16번 도로의 사고지점으로 가보았다. 고속도로순찰대 소속 차량 두 대와 견인차 한 대가 사고현장에 남아 있었다.

그레이스가 다가가 신분을 밝히자 고속도로순찰대 대원이 설명했다.

"오토바이 운전자가 순간적으로 핸들을 놓치며 도로를 벗어나 나무를 정면으로 들이받았습니다. 발견되기까지 몇 시간 동안 방치되어 피를 쏟았나 봐요. 응급대원들 말로는 가망이 없다더군요."

그레이스가 물었다.

"오토바이 주행 중에 핸들을 놓치는 일이 외부적인 영향 없이 발생할 수 있을까요?"

"도로에 브레이크를 밟은 흔적이 전혀 없더군요. ATF에서 왜 이번 사고에 관심을 보이는 거죠?"

"오토바이운전자가 바로 이 지역 마약밀매조직의 보스였어요. 대단히 꼼꼼한 인물인데 실수로 사망했다는 사실이 믿기지 않아서요."

"혹시 사고 원인을 마피아 간 전쟁에서 비롯되었다고 보십니까?"

"뭔가 찜찜한 부분이 있긴 한데 확실히 잡히지가 않네요."

"마피아 세계에서 사람을 죽이려고 했다면 오토바이 사고를 위장하기보다는 더욱 확실한 방법을 택하지 않았을까요? 아예 트럭으로 오토바이를 깔아뭉개거나 뒤에서 세게 들이받으면 간단하게 해결될 텐데 굳이 교통사로로 위장할 까닭이 있겠습니까? 오토바이운전자는 몇 시간이나 숨이 붙어 있는 가운데 도랑에 처박혀 있었습니다. 누군가 좀 더 일찍 발견했더라면 목숨을 구할 수도 있었죠. 마피아 세계에서 누군가를 제거할 때 쓰는 방법이 아닙니다."

그레이스 역시 그 생각에 동의했다. 그는 고속도로순찰대 경관에게 명함을 내밀며 말했다.

"사고조서를 올릴 때 내게도 한 부 복사해 보내주세요."

"네, 보내드리겠습니다."

그레이스는 한참동안 현장에 남아 그 일대를 둘러보았다. 고속도로순찰대 경관도 철수하고 시고현장에 혼자 남아 있을 때였다. 문득 플라스틱 조각 하나가 눈에 들어왔다. 불투명한 재질의 플라스틱 조각으로 풀숲에 떨어져 있어 감식반의 눈에 띄지 않은 듯했다. 그 일대 풀숲을 뒤져보자 플라스틱조각 몇 개가 더 나왔다. 불투명한 플라스틱조각은 차의 범퍼에서 떨어져 나온 듯했고, 다른 것들은 전조등 파편으로 보였다.

∴

그레이스가 팬케이크를 한 입 베어 물고 우물거리다가 말했다.

"사고 현장 주변을 샅샅이 살펴보았지만 그 플라스틱 조각 말고 다른 파편들은 찾아낼 수 없었죠. 그렇다면 누군가 다른 파편들을 수거해갔을 수도 있다는 뜻이겠지요. 그 파편들이 오토바이 사고와 상관없이 오래 전부터 그 자리에 남아 있었던 게 아니라면 말입니다."

"다른 증거물들을 치운 누군가가 제레미아를 살해한 범인일 거라는 말씀이죠?"

"도로에 급브레이크를 밟은 흔적이 남아 있지 않은 걸 보면 차가 고속으로 달리다가 오토바이를 그대로 추돌한 듯 보여요. 자동차 운전자는 사고를 낸 직후 현장 부근에 흩어져 있는 파편들을 수거해 달아났을 테고요."

내가 물었다.

"혹시 사고현장 부근 자동차정비센터도 탐문해보셨습니까?"

"아뇨. 아무튼 그 사건은 ATF의 소관이 아니라서 계속 캐볼 수는 없었어요. 얼마 후 우연히 제레미아가 헬멧을 쓰지 않은 이유를 알게 되었어요 제레미아는 폐소공포증이 있었다더군요. 아무리 빈틈없이 야무진 작자라도 물이 새는 구멍은 있기 마련인가 봐요."

"그냥 단순 교통사고로 처리되었겠군요?"

"그로부터 석 달 후인 1994년 10월 말에 오르피아경찰서장이 나를 찾아왔어요. 그 역시 제레미아의 죽음에 대해 나와 일치된 견해를 갖고 있더군요."

내가 놀라서 되물었다.

"커크 하비가 찾아왔다는 말입니까?"

"맞아요, 커크 하비. 그가 찾아와 오토바이 사고에 대해 짤막하게 이야기를 나눈 적이 있어요. 커크는 다시 연락하겠다고 하더니 종무소식이더군요. 그가 수사를 포기한 거라는 생각이 들었고, 나도 더 이상 관심을 두지 않았죠."

데렉이 물었다.

"그렇다면 전조등 파편들에 대해 성분분석을 의뢰해본 적도 없겠군요?"

"내가 형사님들을 보자고 한 이유입니다. 내가 차량의 범퍼 조각들을 보관해왔으니 지금이라도 성분 분석을 해볼 수 있을 테니까."

그레이스는 종이냅킨을 집어 들고 입을 닦고 나서 우리에게 비닐 팩 하나를 내밀었다. 안에는 검은색 범퍼 조각과 자잘한 전조등 파편들이 들어 있었다. 그레이스가 웃음을 머금은 얼굴로 우리를 쳐다보며 말했다.

"이제 두 형사님들이 나설 차례요."

매사추세츠 주까지 가서 그레이스를 만나본 수고가 헛되지는 않았다. 만약 제레미아가 누군가에게 살해되었다면 고든 시장 사건의 진상을 밝혀낼 실마리가 될 수도 있었다.

∴

데렉과 내가 매사추세츠 주에 다녀오는 동안 애나는 마이클의 부인 미란다를 찾아갔다. 미란다는 과거 모텔에서 제레미아와 코스티코를 도와 미끼 역할을 했던 여자였다.

미란다는 브리지햄프턴 중심가에서 〈키트 앤 대니〉라는 의류점을 운영하고 있었다. 애나가 문을 열고 들어섰을 때 의류점 안에는 미란다 혼자 있었다. 그녀는 애나가 무슨 일로 찾아왔는지 궁금해 하면서도 미소를 지어보이는 여유를 잊지 않았다.

"마이클을 만나러 온 거예요?"

애나도 마주 상냥하게 웃어 보였다.

"오늘은 마이클이 아니라 당신을 만나러왔어요."

애나가 들고 온 실종선고신고서를 미란다 앞에 내밀었다. 미란다의 얼굴이 일그러졌다.

애나가 말했다.

"긴히 할 이야기가 있어서 찾아왔어요."

"여기서 이럴 게 아니라 밖으로 나가면 안 될까요? 손님들이 있는 자리에서 이야기를 나누기에는 적절하지 않을 것 같네요."

미란다는 의류점 문을 닫고 애나의 차에 올랐다. 애나는 곧장 이스트햄프턴 방향으로 달리다가 어느 비포장도로로 접어들었다. 사람들의 눈을 피해 대화를 나누기에 적합한 장소였다. 숲이 시작되는 지점이었고, 주위는 온통 꽃이 우거진 들판이었다.

미란다가 자동차문을 열고 밖으로 나가더니 풀밭에 앉아 흐느껴 울기 시작했다. 애나가 옆에 앉아 달래보려고 했지만 20분 가까이 울고 나서야 겨우 울음이 잦아들었다.

"마이클과 아이들은 그 사실을 몰라요. 애나 제발 부탁인데 내 과거가 가족들에게 알려지지 않도록 해줘요."

미란다는 또 다시 눈물을 주체하지 못했다.

"당신의 과거 이야기가 새어나가는 일은 절대로 없을 거예요. 다만 제레미아에 대한 이야기를 허심탄회하게 털어놓아야 해요."

"제레미아에 대해 무엇을 알고 싶은데요?"

"제레미아가 1994년에 발생한 4인 살인사건과 어떤 방식으로든 연관되어 있는 것 같아요. 그의 사망시점이 4인 살인사건보다 앞서 있어 전혀 의심하지 않았는데 수사 과정에서 그의 이름이 곳곳에서 등장하더군요."

미란다는 슬픈 얼굴로 애나를 쳐다보았다. 한참동안 침묵을 지키던 그녀가 말을 시작했다.

"내가 태어난 날은 1975년 1월 3일이지만 비로소 새로운 생명을 얻어 살기 시작한 날은 1994년 7월 16일 이후라고 해도 과언이 아니죠. 제레미아가 죽은 날이 내가 다시 태어난 날입니다. 제레미아는 내가 지금껏 보아온 사람들 중에서 가장 사악하고 잔인한 인물로 기억되고 있어요. 그런 악당은 흔치 않으니까요. 그야말로 악의 화신이었어요. 1992년 부모님 집에서 가출했을 때 나는 열일곱 살이었고, 지금은 잘 납득이 되지 않는 이유로 세상 사람들을 원망했어요. 부모님과 툭하면 부딪쳤고, 어느 날 대판 싸운 끝에 집을 나왔죠. 여름이어서 노숙이 어려울 만큼 춥지는 않아 며칠 밤을 별을 보며 지새웠어요. 그러다가 우연히 만난 남자들을 따라 스콰이라고 불리는 곳으로 가게 되었어요. 빈 집에 들어가 불법으로 거주하는 거예요. 내가 남자들과 함께 간 집은 히피들이 공동생활을 하는 곳이었죠. 처음에는 히피들이 살아가는 방식이 마음에 들더군요. 수중에 얼마간의 돈을 지니고 있어 먹고사는 문제를 어렵지 않게 해결할 수 있었어요. 스콰에서 지내는 건달들이 내 수중에 돈이 있다는 사실을 눈치 챈 이후 모든 게 달라졌죠. 그들이 돈을 빼앗으려고 나를 마구 때리는 바람에 가까스로 도망쳐 큰길까지 나왔어요. 그들을 피해 도망치다가 하마터면 오토바이에 치일 뻔했어요. 오토바이에 탄 남자는 헬멧을 쓰고 있지 않아 얼굴을 볼 수 있었는데, 젊고 잘 생긴데다 세련된 옷차림에 멋진 구두를 신고 있었죠. 그가 얼빠진 얼굴을 하고 있는 나를 보더니 무슨 일인지 물었어요. 그러다가 건달들 셋이 나를 뒤따라오는 걸 목도하고는 모두 때려 눕혔죠. 마치 수호천사를 만난 느낌이었어요. 그는 나를 오토바이 뒷자리에 태우고 자기 집으로 데려갔죠. 그때만 해도 아주 친절하고 착한 남자로 보였어요."

∴

1992년 8월

제레미아가 미란다에게 물었다.

"집이 어디야? 내가 데려다줄게."

"집이 없는데 며칠 재워줄 수 있어요?"

제레미아는 그녀를 집으로 데려가 손님방을 내주었다. 그녀는 몇 주 만에 처음으로 침대에서 편안하게 잠들 수 있었다.

다음날 제레미아가 말했다.

"넌 열일곱 살이니까 아직 미성년자야. 너를 부모님에게 돌려보내지 않으면 문제가 생겨."

"얌전하게 지낼 테니까 여기서 머무르게 해줘요."

제레미아는 못이기는 척 미란다의 제안을 받아들였다. 처음에는 이틀만 더 머물기로 했는데 기한은 계속 연장되었다. 미란다는 그가 운영하는 클럽에서 일하게 해달라고 청했고, 입구에 서 있다가 손님들을 테이블로 안내하는 일을 하게 되었다.

미란다가 홀에서 본격적인 서빙을 해보겠다고 하자 제레미아는 고개를 저었다.

"넌 아직 법적으로 술집에서 일할 수 있는 나이가 아니기 때문에 홀 서빙은 곤란해."

미란다는 비록 클럽을 운영하고 있지만 배려심이 많은 제레미아에게 반했다. 어느 날 밤 제레미아에게 다가가 키스하려고 하자 그가 단호하게 밀쳐내며 말했다.

"넌 아직 미성년자야. 귀찮은 문제로 법정에 서기 싫어."

얼마 후 제레미아는 그녀를 밀라라는 이름으로 부르기 시작했다. 그녀는 영문을 몰랐지만 제레미아가 애칭을 붙여주어 좀 더 각별한 사이가 된 느낌이 들었다. 제레미아가 어느 날 그녀에게 심부름을 시켰다. 제레미아가 알려준 남자들에게 봉투에 든 물건들을 전해주거나 어떤 식당을 찾아가 큼지막한 꾸러미를 받아오는 일이었다. 미란다는 어느 날 마침내 제레미아가 무슨 사업을 하는지 알아차리게 되었다. 지금껏 봉투에 담아 전달한 물건이 마약이라는 사실도 알게 되었다. 그녀는 몹시 불안감을 느끼며 제레미아를 찾아왔다.

"당신이 좋은 사람이라고 생각했어요."

"난 좋은 사람이야."

"봉투를 열어봤어요. 내가 마약 심부름을 한다는 걸 알아요."

"밀라, 넌 괜한 짓을 한 거야."

"앞으로 나를 밀라라고 부르지 말아요."

미란다는 이제 다시는 마약 심부름을 할 일이 없으리라 믿었다. 제레미아가 다음날 마치 개를 부르듯 그녀를 부르더니 심부름을 시켰다.

"밀라! 이 봉투를 호텔에 전달해!"

미란다는 마침내 겁이 덜컥 나 도망쳐야겠다는 생각이 들었다. 그가 시키는 대로 봉투를 챙겨들고 나왔지만 그가 지정해준 목적지로 가지 않았다. 그녀는 봉투를 길가 쓰레기통에 버리고 나서 전철을 탔다. 이제 뉴욕의 부모에게로 돌아가 가족의 따스한 위안을 받으며 살아가고 싶었다. 전철에서 내려 택시를 타고 집에 갈 만큼의 돈은 남아 있었다. 택시가 마침내 그녀를 부모의 집 앞에 내려주었다. 가을밤이었고, 거리는 인기척 없이 고요히 잠들어 있었다. 별안간 그녀의 눈에 현관계단에 앉아 있는 제레미아가 보였다. 미란다는 달아나려고 했지만 제레미아의 심복 코스티코가 어느새 뒤를 막아섰다. 제레미아가 조용히 하라는 뜻으로 검지를 입에 가져다댔다.

제레미아는 그녀를 차에 태워 〈리지스클럽〉으로 다시 데려갔다. 그가 미란다를 뒷방으로 데리고 들어간 건 그때가 처음이었다. 제레미아가 봉투를 어떻게 했는지 물었고, 그녀는 울음을 터뜨렸다. 차마 쓰레기통에 버렸다고 말할 수는 없었다.

"잘못했어요. 다시는 그러지 않을게요."

제레미아가 말했다.

"넌 내게서 달아날 수 없어."

미란다는 흐느껴 울며 무릎을 꿇었다. 어찌나 겁이 나는지 정신을 차릴 수 없었다.

제레미아가 법정에서 선고를 내리는 판사처럼 말했다.

"상처가 남지 않는 벌을 줄게."

미란다는 처음에는 그 말이 무슨 뜻인지 이해하지 못했다. 제레미아가 그녀의 머리채를 움켜쥐고 세면대로 끌고 가더니 미리 물을 받아둔 청동대야 안으로 머리를 눌렀다. 미란다는 한참동안 물속에 처박혀 있는 동안 이러다가 죽을 수도 있겠다는 생각이 들었다. 긴 물고문이 끝났을 때 미란다는 바닥에 뻗어 있었다. 얼굴은 눈물과 콧물 범벅이었고 사지를 부들부들 떨었다. 코스티코가 그녀의 코앞에 가족사진을 들이밀었다. 사진에 부모의 얼굴이 있었다. 코스티코가 으르렁거렸다.

"만약 앞으로도 말을 듣지 않고 도망칠 경우 네 부모를 죽여 버리겠어."

∴

미란다는 잠시 이야기를 멈췄다. 애나가 손을 내밀어 그녀의 손 위에 포개 얹으며 위로했다.

"악몽을 떠올리게 해서 미안하지만 수사에 도움이 되는 이야기라 듣지 않을 수 없네요."

"그날 이후, 제레미아의 노예로 살기 시작했어요. 그는 어느 모텔에 방을 하나 잡아 나를 머물게 했어요. 16번 도로변에 있는 모텔인데 주로 거리의 여자들이 영업장소로 이용하는 곳이었죠."

∴

1992년 9월

제레미아가 모텔 방으로 들어서며 미란다에게 말했다.

"앞으로 네가 지내야 할 곳이야."

미란다는 침대에 힘없이 걸터앉았다.

"집으로 돌아가게 해주세요."

"이곳이 마음에 안 들어?"

제레미아의 목소리는 한없이 부드러웠지만 사악함이 배어 있었다. 제레미아는 어느 날 미란다를 거침없이 학대하고, 그 다음날에는 언제 그랬냐는 듯 쇼핑을 데리고 나가 처음 만났을 때처럼 친절하게 대해주었다.

미란다는 또다시 말했다.

"이제 떠나게 해줘요."

"문은 항상 열려 있으니까 떠나고 싶으면 언제든 가도 좋아. 만약 네가 떠나면 코스티코가 네 부모를 찾아가 가만두지 않을 텐데 괜찮겠어?"

제레미아는 그 말을 해주고 나서 방을 나갔다. 미란다는 오랫동안 문을 바라보았다. 문을 열고 나가 뉴욕 행 버스를 타면 간단한 일이었지만 부모를 살해한다는 협박 때문에 차마 그럴 수는 없었다. 그녀는 이제 제레미아의 포로가 되어 꼼짝달싹도 못하는 처지가 되었다는 걸 깨달았다.

제레미아는 그녀에게 또 다시 마약 배달을 시키는 한편 남자들을 덫에 빠뜨리는 미끼로 이용했다. 제레미아가 어느 날 그녀를 뒷방으로 불렀다. 미란다는 그가 이전처럼 물고문을 가할 거라 생각하고 벌벌 떨었다.

"인사부장을 새로 채용해야겠어. 마약을 과다투약해온 전임자에게 사고가 생겼어."

미란다는 불안감으로 심장이 조여들었다.

"미성년자와 섹스하고 싶어 하는 오입쟁이들이 아주 많아. 넌 아직 미성년자니까 인사부장 역할을 맡아줘야겠어."

미란다가 맡은 일은 간단했다. 모텔 주차장에서 손님을 유혹해 방으로 데려오는 일이었다. 먼저 옷을 벗고 남자도 벗게 한 다음 미성년자라는 사실을 밝히면 되었다. 몸이 잔뜩 달아오른 남자들은 아무런 문제도 없겠거니 생각하기 일쑤였지만 바로 그 순간 숨어있던 코스티코가 튀어나와 나머지 일들을 처리했다.

미란다가 그 일을 떠맡은 건 선택의 여지가 없어서이기도 했지만 제레미아가 세 번만 일을 잘 처리하면 떠나게 해주겠다고 약속했기 때문이었다. 미란다는 약속대로 세 번의 임무를 완수하고 나서 제레미아를 찾아가 떠나게 해달라고 요구했다. 제레미아는 그녀를 뒷방으로 데려가 청동대야에 머리를 처박았다.

"넌 몸을 파는 대가로 돈을 요구했기 때문에 여기서 달아난다고 해도 감방행을 면할 수 없어. 그들은 네 얼굴을 기억하고 있고, 본명까지 알고 있어. 넌 아무 데도 못가니까 내 옆에 남아 있을 수밖에 없어."

미란다에게 삶은 지옥이나 다름없었다. 마약 배달 건이 없을 때는 모텔 주차장에서 남자를 꼬드겼고, 저녁마다 〈리지스클럽〉에 나가 테이블을 안내했다. 클럽에는 그녀에게 눈독을 들이는 손님들이 많았다.

∴

애나가 물었다.

"제레미아가 덫에 빠뜨린 사람들이 몇 명쯤 되나요?"

"무려 2년 동안 그 짓을 했으니까 적어도 수십 명은 될 거예요. 제레미아는 하수인들을 자주 물갈이했어요. 너무 오래 부려먹게 되면 경찰의 눈에 띌 위험이 그만큼 커지니까요. 나는 앞으로 무슨 일이 닥칠지 몰라 두렵고 고통스러웠죠. 주변 매춘부들이 귀띔해준 얘기를 들어보니 나보다 앞서 미끼 노릇을 했던 여자들 모두가 마약 과다복용으로 죽거나 자살했다더군요."

"그 모텔에서 일한 여자에게 들은 말이 있어요. 코스티코가 어떤 남자와 싸움을 벌였다고 하더군요. 1994년 1월에 벌어진 일인데 그 남자는 미끼를 제대로 물지 않았다고 했어요. 함정이라는 걸 눈치 채고 걸려들지 않은 거죠."

"어렴풋이 기억 나요."

"그 남자를 찾아야 해요."

미란다가 깜짝 놀란 표정을 지었다.

"20년 전 일이라 정확하게 기억하기 어려운데 그 남자가 수사와 무슨 관계가 있죠?"

"추측컨대 그 남자는 코스티코의 얼굴에 최루액을 분사했을 거예요. 물론 우연의 일치일 수도 있지만 현재 우리가 추적하는 남자도 범행현장에서 최루액분사기를 사용했어요."

"20년이나 지난 일이고, 나는 그 남자의 이름이나 인상착의가 기억나지 않아요."

"그 남자는 코스티코의 얼굴에 최루액을 뿌리고 도주할 때 옷을 걸치지 않은 벌거숭이 상태였어요. 혹시 그 남자의 신체상 특이점은 없었나요?"

미란다가 기억을 떠올려보려는 듯 눈을 감고 있다가 말했다.

"아, 이제야 생각났어요. 어깨뼈 부분에 날개를 펼친 독수리문신이 있었어요."

애나는 반색하며 미란다의 증언을 수첩에 기록했다.

"마지막으로 한 가지만 더 물어볼게요."

애나는 고든 시장, 테드, 코디의 사진을 꺼내 미란다에게 차례로 보여주었다.

"혹시 이들 가운데 제레미아에게 약점을 잡혀 하수인 노릇을 한 사람이 있나요?"

"아뇨, 없어요."

"제레미아가 죽고 나서 당신은 무슨 일을 하며 살았죠?"

"뉴욕의 부모님에게로 돌아갔어요. 대학에 진학해 공부를 하며 어두운 기억을 떨쳐버리려고 애쓰다보니 상처가 조금씩 아물어가더군요. 그러다가 마이클을 만났고, 그가 살아갈 힘을 얻게 해주었어요."

"마이클은 좋은 사람이죠."

그들은 브리지햄프턴으로 다시 돌아왔다.

"힘든 일이겠지만 언젠가는 마이클에게 과거 이야기를 해야 할 수도 있어요. 살다보면 우연한 기회에 비밀이 드러나기 마련이니까."

미란다가 쓸쓸히 동의했다.

"알아요."

제스 로젠버그

2014년 7월 25일 금요일

연극제 개막 하루 전

우리는 제레미아가 오토바이 사고로 사망한 게 아니라 살해당했을 수도 있다는 사실을 알아냈다. 그레이스 형사가 당시 사고현장에서 찾아낸 범퍼 조각과 전조등 파편들을 과학수사대에 넘겨 분석을 의뢰했다.

미란다의 증언으로 최루액분사기를 사용한 남자의 어깨에 독수리문신이 있다는 사실도 알게 되었다. 우리는 고든 시장과 테드, 코디의 어깨에 독수리문신이 없다는 사실을 알고 있었다. 그나마 그 남자의 정체를 가장 잘 알고 있을 것으로 보이는 코스티코는 어제 이후 종적을 감춘 상태였다. 그는 집이나 클럽에 나타나지 않고 있었지만 차는 집 앞에 그대로 주차되어 있었다.

코스티코의 집을 찾아간 우리는 현관문이 잠겨 있지 않아 집안으로 곧장 들어가 보았다. TV가 켜져 있는 걸 보면 집에 있던 코스티코가 갑자기 시급한 일이 생겨 허둥지둥 뛰어나갔으리라 짐작되었다. 그의 신변에 위기가 닥쳤을 가능성도 배제할 수 없었다.

우리는 또다시 마이클을 만나 협조를 구할 생각으로 《오르피아 크로니클》지의 지하 임시수사본부로 갔다. 우리는 우선 최근에 수집한 단서들을 검토하고 나서 다른 수사 자료들 옆에 나란히 붙였다. 데렉이 별안간 벽에서 기사스크랩 하나를 떼어냈다. 스테파니가 붉은색으로 '우리 눈앞에 있었지만 아무도 보지 못한 것'이라고 적어놓은 기사였다.

데렉이 소리 내어 중얼거렸다.

"우리 눈앞에 있는데 보지 못한 게 뭘까?"

데렉이 신문기사에 실린 사진을 응시하다가 말했다.

"최초 범행 장소로 가볼까?"

10분 후, 우리는 펜필드크레센트에 도착했다. 20년 전 모든 일이 시작된 바로 그 장소였다. 우리는 한적한 도로변에 차를 세우고 한때 고든 시장이 살았던 집을 바라보았다. 신문기사의 사진에 등장했던 집과 비교해보니 외관상 달라진 부분은 없었다. 도로변의 다른 집들도 페인트칠을 다시 했다는 점을 빼면 대부분 그대로였다.

1997년에 은퇴한 부부가 고든 시장이 살던 집을 사들였다. 우리를 맞아들인 집주인이 말했다.

"이 집을 구입할 때 과거의 끔찍한 사건 때문에 많이 주저했지만 집값이 너무나 매력적이었죠. 우리가 언제 이런 집에 살아보겠어요."

나는 집을 둘러보기 위해 미리 허락을 구했다.

"집을 한 번 둘러봐도 괜찮겠습니까?"

"그럼요."

우리는 현관부터 시작해 예전의 수사기록을 재구성하며 집안을 한 바퀴 둘러보았다.

애나가 범인의 동선을 머릿속으로 그려보며 혼잣말처럼 중얼거렸다.

"범인이 문을 발로 차 부수고 집안으로 들어선다. 복도에 있던 레슬리 고든과 마주치자 총을 쏜다. 오른쪽으로 방향을 바꾸어 거실로 쓰는 방에서 시장의 아들을 발견하고 총을 쏜다. 그 다음 주방 쪽으로 가서 고든 시장을 죽이고 다시 현관문을 통해 나간다."

우리는 거실에서 주방까지 갔다가 다시 출입문 밖 계단까지 걸어 나왔다.

애나가 말했다.

"집밖으로 나오는 순간 메간 패들린과 마주친다. 메간은 달아나다가 총알을 등에 두 발, 머리에 한 발 맞고 즉사한다."

우리가 새롭게 알게 된 사실은 범인이 테드의 밴을 타고 온 게 아니라는 점이었다. 범인은 다른 차를 타고 왔거나 걸어왔다.

애나가 눈길을 정원 쪽으로 옮기더니 중얼거렸다.

"뭔가 아귀가 맞지 않아요."

내가 물었다.

"뭔데요?"

"범인은 오르피아 주민들이 연극제에 몰려간 시간을 이용해 범행을 저질렀어요. 범인은 처음부터 인적이 드문 시간에 찾아와 재빨리 고든 시장 일가족을 살해할 계획이었을 거예요. 그렇다면 범인은 집 주위를 어슬렁거리다가 정원으로 숨어들어와 유리창을 통해 집안을 엿보고 있었을 공산이 커요."

데렉이 고개를 끄덕이며 동의했다.

"아마도 그랬겠죠."

"사건이 일어나던 날 스프링클러에서 누수사고가 났어요. 멋모르고 잔디밭에 발을 들여놓았던 사람들은 죄다 신발이 물에 젖어들었죠. 범인이 만약 정원 쪽에서 염탐하다가 현관문을 부수고 안으로 들어갔다면 분명 집안에 물기가 묻어 있어야 마땅해요. 당시 수사기록을 살펴봤는데 집안에서 물기가 묻은 발자국이 발견되었다는 언급은 그 어디에도 없더군요."

데렉이 말했다.

"매우 날카로운 지적이에요. 그 당시 우리는 미처 그런 부분을 생각하지 못했어요."

애나가 말을 이었다.

"다른 한 가지는 타인의 시선을 의식했던 범인이 왜 주방문을 이용하지 않고 하필 현관문을 택해 안으로 들어갔느냐는 점이에요. 주방문은 유리문이고 덧문이 없어 집안으로 잠입하기에 훨씬 수월했을 텐데 굳이 현관문을 이용한 까닭이 뭘까요? 주방문을 통해 집안으로 들어갈 수 있는 방법을 몰랐다는 뜻이죠. 범인은 신속하고, 난폭하고, 잔인했어요. 현관문을 부수고 들어가자마자 고든 시장 일가족이 미처 몸을 피할 틈을 주지 않고 베레타를 쏘아 학살해버렸죠."

내가 말했다.

"나도 같은 생각이지만 그 부분에서 유추해낼 수 있는 게 뭐죠?"

"범인이 애초부터 고든 시장을 노렸다는 추론에는 분명 의심의 여지가 있어요. 고든 시장이 목표였다면 왜 굳이 현관문을 부수고 집안으로 들이닥쳤을까요? 사전 조사를 치밀하게 했다면 주방문을 통해 집안으로 들어갈 수 있는 방법을 알고 있었을 텐데요."

데렉이 잠시 뭔가를 생각하다가 고개를 돌려 집 옆 공원을 바라보았다. 그러다가 갑자기 걸음을 옮겨 공원 잔디밭에 앉았다. 우리도 뒤따라갔다.

데렉이 말했다.

"샬롯이 말하길 이곳에 도착했을 때 메간이 바로 이 자리에서 스트레칭을 하고 있었다고 했어. 당시 상황을 순차적으로 재구성해

보자면 범인이 여기에 도착한 시각은 샬롯이 떠난 직후였고, 메간은 계속 이 공원에 머물러 있었어. 만약 범인이 차에서 내려 고든 시장 집의 현관문을 부수었을 경우 메간은 혼비백산해 반대 방향으로 달아났어야 마땅한데 오히려 시장 집 쪽으로 뛰어가다가 베레타를 맞았어."

나도 모르게 신음소리가 터져 나왔다.

"맙소사!"

그렇다면 범인이 노린 살해대상은 고든 시장 일가족이 아니라 메간이었다는 의미였다. 범인은 메간의 평소 습관을 잘 알고 있었고, 그녀를 살해하기 위해 이곳에 왔다. 아마도 공원에서 일차 공격이 벌어졌을 테고, 메간은 달아났을 것이다. 뒤따라온 범인은 메간을 쏘아 쓰러뜨렸고, 고든 시장 일가족이 집을 비웠을 거라고 생각했다. 주민들 대부분이 대극장으로 몰려간 상황이었으니까. 그때 문득 고든 시장의 아들이 범인의 시야에 들어왔다. 고든 시장의 아들이 창을 통해 밖을 내다보고 있는 모습이었다. 범인은 목격자를 살려둘 수 없다고 판단하고 현관문을 부수고 집안으로 들어가 고든 시장 일가족을 살해했다.

이제야 스테파니가 눈앞에 있었지만 아무도 보지 못했다고 했던 게 뭔지 알게 되었다. 우리는 집 앞에 쓰러져있는 메간의 시신을 보고도 주목하지 않았다. 범인의 목표는 고든 시장 일가족이 아니라 메간이었다. 고든 시장 일가족은 메간을 살해하는 과정에서 부수적으로 희생되었다.

데릭 스콧

1994년 9월 중순. 4인 살인사건이 발생한 지 한 달 반이 지나갔다. 용의자로 지목된 테드는 빠져나갈 구멍이 없는 상태였다. 우리는 지기 하사를 심문한 결과 일련번호를 지운 베레타 한 정을 테드에게 팔았다는 진술을 얻어냈고, 그를 체포하기 위해 뉴욕 주 경찰 본부 2개 팀을 데리고 오르피아로 달려갔다. 제스를 조장으로 한 팀은 테드의 집을 포위했고, 내가 조장을 맡은 팀은 〈카페아테나〉로 달려갔지만 검거에 실패했다. 〈카페아테나〉의 지배인 말로는 테드가 전날 휴가를 떠났다고 했다.

"테드가 어디로 휴가를 떠났죠?"

"그냥 며칠 쉬다가 오겠다고 했을 뿐 행선지를 밝히지는 않았어요. 아마 월요일쯤이면 돌아올 겁니다."

테드의 집과 〈카페아테나〉 사무실을 수색해봤지만 딱히 소득이 없었다. 우리는 테드가 돌아오길 마냥 기다리고 있을 수는 없었다. 공항에 문의해 탑승자 기록을 확인해봤지만 테드의 이름은 없었다. 그가 타고 다니던 밴도 보이지 않았다. 우리는 공항과 국경 초소에 테드의 수배전단을 뿌리고, 밴의 차량번호를 전국의 경찰에 배포했다. 오르피아 지역의 모든 상점들과 주유소에 테드의 수배전단이 붙게 되었다.

우리는 테드가 인근 지역 어딘가에 숨어있을 거라고 생각했다. 그가 손바닥 들여다보듯 잘 아는 지역이었고, 여기저기 연줄도 많아 은신생활을 하는데 제격이었다. 법원의 허가를 얻어내 맨해튼에 사는 테드의 누나 실비아의 전화와 〈카페아테나〉의 전화를 감청했지만 역시 아무런 소득이 없었다. 맥케나 과장이 특별히 지원해준 경찰병력은 보다 시급한 임무를 수행하기 위해 뉴욕으로 복귀했다.

테드는 번번이 우리의 감시망을 유유히 빠져나가더니 이번에도 감쪽같이 자취를 감추었다. 우리는 잠을 이룰 수 없었고, 한시바삐 테드를 체포해 수사를 종결하고 싶었다.

테드가 사라지는 바람에 우리의 수사는 교착상태에 빠져버렸다. 달라와 나타샤는 〈더 리틀 러시아〉를 연말에 개업한다는 목표를 세우고 준비에 매진해왔는데 얼마 전부터 심각한 파열음이 흘러나오기 시작했다.

발단은 퀸스의 지역신문에 실린 기사 때문이었다. 퀸스 주민들은 미리부터 나붙은 식당 간판에 관심을 보였고, 그 앞을 지나가다가 이따금 고개를 들이밀고 몇 마디 물어보는 사람도 있었다. 두 여주인이 매력적이다 보니 얼마 지나지 않아 〈더 리틀 러시아〉는 미처 개업도 하기 전에 그 지역 주민들 사이에서 큰 화제가 되었다. 지역신문사 기자가 식당에 대한 기사를 쓰고 싶다고 연락해왔다. 기자는 식당 개업 준비를 취재하고 나서 동행한 카메라기자에게 자료 사진을 몇 장 찍게 했다. 카메라기자는 우선 〈더 리틀 러시아〉의 간판을 배경으로 달라와 나타샤의 독사진을 찍고, 둘이 함께 선 사진을 찍어갔다.

달라는 며칠 뒤 신문기사를 보고 무척이나 당혹스러웠다. 신문기사에 첨부되어 있는 사진을 보니 〈더 리틀 러시아〉 간판 앞에서 앞치마를 두른 나타샤의 독사진이었다. 사진 아래에 〈더 리틀 러시아〉의 주인 나타샤 다린스키'라는 설명이 붙어 있었다. 그 책임이 나타샤에게 있지는 않았지만 달라는 자존심에 큰 상처를 입게 되었다. 달라는 그 일이 있은 이후 나타샤가 사람들에게 얼마나 매력적인 존재인지 실감하게 되었다. 나타샤가 어디에서 누군가와 함께 있든 오로지 그녀에게로 눈길이 향하는 느낌이 들었다.

그 일을 계기로 두 사람의 관계가 표 나게 삐걱거리기 시작했다. 그들은 사사건건 의견대립을 보였고, 그때마다 달라는 빈정거렸다.

"나타샤, 네가 하자는 대로 따라야지 어쩌겠어. 어차피 모든 결정권은 식당주인인 너에게 있잖아."

"그 빌어먹을 기사 때문에 이러는 거야? 내가 그 일 때문에 다시 한 번 사과해야 하는 거야? 난 처음부터 개업 전에 신문에 기사가 게재되는 걸 원하지 않았어. 개업 준비를 철저히 하는 게 우선이고, 홍보는 식당을 열고나서 해도 늦지 않으니까."

"결국 내가 속이 좁았다는 말이네."

"그런 뜻으로 한 말이 아니잖아."

우리가 찾아갈 때마다 그들은 의기소침해 있었다. 과연 〈더 리틀 러시아〉를 차질 없이 개업할 수 있을지 의문이었다. 달라는 결국 나타샤의 그늘에 가려질 일을 계속하고 싶은 마음이 없었다. 나타샤는 본인의 의사와 상관없이 사람들의 시선을 독점하는 게 불편했다.

그들은 지난 10년 동안 〈더 리틀 러시아〉를 열기 위해 온갖 노력을 기울여왔지만 막판에 예기치 않게 앞을 막아선 장애물을 뛰어넘지 못하고 있었다. 그동안 〈블루라군〉에서 주방일과 서빙을 번갈아하며 받은 돈을 꼬박꼬박 저축해왔던 시간들, 오로지 식당을 열기 위해 쏟아 부었던 노력들이 물거품이 되어가고 있었다.

제스와 나는 두 사람이 서로에게 지나치게 민감해 있는 상황이어서 섣불리 끼어들 수도 없는 입장이었다. 그러던 어느 날 우리 네 사람은 모처럼 한 자리에 모였다. 나타샤의 주방에서 〈더 리틀 러시아〉의 메뉴로 선택된 요리를 맛보기로 한 날이었는데 내가 그만 최악의 실수를 저질렀다. 내가 로스트비프샌드위치를 맛보다가 나도 모르게 그만 '나타샤 소스'라는 표현을 입에 올리는 바람에 분위기가 냉랭해지게 되었다.

　달라가 낯선 목소리로 물었다.

　"뭐 '나타샤 소스'라고? 차라리 식당 이름을 '나타샤 식당'으로 바꾸지 그래?"

　나타샤가 분위기를 추스르기 위해 서둘러 말했다.

　"제스, 우리 두 사람의 식당이라는 걸 잘 알면서 그래."

　달라는 여전히 마음이 풀리지 않은 듯 나타샤에게 말했다.

　"나타샤, 나는 잘 모르겠어. 마치 난 주인이 아니라 고용인이 된 느낌이 들어."

　달라는 자리를 박차고 일어나 횡하니 떠나버렸다.

　1994년 10월 13일 목요일에 두 사람이 메뉴판을 만들기 위해 인쇄소에 가야한다며 함께 가달라고 제안했지만 우리는 부득이 사양했다. 수사가 가뜩이나 난항을 겪고 있어 두 사람의 갈등 문제에 일일이 신경 쓸 여력이 없었다.

　그날, 정오가 조금 지난 시각에 제스와 나는 뉴욕 주 경찰본부 사무실에서 샌드위치로 점심을 때우고 있었다. 그때 제스의 휴대폰이 울렸다. 나타샤가 울면서 롱아일랜드에 있는 어느 수렵장비점에서 전화를 건다고 했다.

　"메뉴판을 만들려고 인쇄소에 가던 길에 달라와 차안에서 다퉜어. 달라가 갓길에 차를 세우더니 나를 내려놓고 떠나버렸어. 가방을 차에 두고 내리는 바람에 차비도 없어서 막막해."

제스는 곧바로 데리러 가겠다고 했다. 우리가 달려갔을 때 나타샤는 얼마나 울었는지 얼굴이 온통 눈물범벅이었다. 우리는 나타샤를 다독거리며 모든 일이 잘 풀릴 테니까 너무 신경 쓰지 말라며 위로했다. 나타샤는 한사코 고개를 가로저으며 이제 식당 개업을 포기할 테니 그 얘기는 더 이상 꺼내지 말라고 했다.

그날, 우리는 차를 돌려 나타샤를 태우려고 되돌아온 달라와 간발의 차이로 길이 엇갈렸다. 달라는 자신이 저지른 행위에 대해 몹시 자책하고 있었고, 나타샤에게 사과하고 용서를 구할 생각이었다. 나타샤가 그 자리에 보이지 않자 달라는 망연자실한 가운데 도로변 수렵장비점 앞에 차를 세웠다. 상점주인은 어떤 여자가 상점에 들어와 전화를 빌려 누군가와 통화하더니 곧 남자들 두 명이 달려와 데려갔다는 사실을 알려주었다.

"방금 전에 떠났어요. 미처 일분도 안 되었을 거예요."

달라가 수십 초만 더 빨리 와 우리와 조우했더라면 모든 일이 달라졌을 수도 있었다. 우리가 나타샤를 태우고 달리고 있을 때 별안간 무선호출기가 울리기 시작했다. 방금 전, 테드를 근처 주유소에서 목격했다는 제보가 들어왔다, 나는 호출기마이크를 집어 들고 우리 위치를 본부에 알렸다. 제스가 경광등을 차 지붕에 올리고 나서 사이렌을 켰다.

0장

개막공연

2014년 7월 26일 토요일

제스 로젠버그

2014년 7월 26일 토요일

연극제 개막일

오후 5시 30분, 대극장은 인파로 넘쳐났다. 입장권을 손에 든 관객들이 아직 열리지 않은 경찰통제선 앞으로 몰려들었다. 입장권을 구하지 못한 사람들은 암표를 구하기 위해 여기저기 누비고 다녔다.

조금 앞서 TV뉴스에 출연배우들이 삼엄한 경호를 받으며 대극장 안으로 들어가는 모습이 생중계되었다. 그들은 출연자입구를 통해 대극장 안으로 들어가기 전 금속 탐지기로 몸수색을 받았다.

관객들이 길게 늘어서 대극장 안으로 밀려들어가고 있었다. 이제 개막작 《다크 나이트》의 서막이 오르기까지 두어 시간밖에 남지 않았다. 무대의 막이 오르면 1994년 벌어진 4인 살인사건의 범인이 누군지 드러나게 된다는 언론기사가 나간 뒤로 사람들의 비상한 관심이 촉발되었다.

우리는 《오르피아크로니클》지의 지하 임시수사본부에 모여 있었다. 대극장으로 이동할 생각이었지만 커크의 연극을 보고 싶은 마음은 없었다. 맥케나 과장은 데릭과 나에게 가급적 커크와 멀찍이 떨어져 지내라고 주의를 주며 무대 위에서 벌어지는 소동은 전혀 신경 쓰지 말고 수사에 매진하라고 했다. 성과가 나오지 않았을 뿐 우리는 사실 일분일초를 아껴가며 수사에 매달리고 있었다. 우리가 풀어야할 당면과제는 범인이 메간 패들린을 살해한 동기가 무엇이냐는 점이었다.

메간 패들린은 무슨 이유로 범인의 표적이 되었을까? 도대체 누가 겉으로 보자면 지극히 평범해 보이는 여자를 죽여야만 했을까?

마이클이 옆에서 우리를 많이 도와주었다. 그가 메간에 대한 자료를 모아 그녀의 생애를 재구성하게 해주었다. 메간은 피츠버그에서 태어났고, 뉴욕 주에 있는 어느 작은 대학교에서 문학을 공부했다. 뉴욕에서 잠시 거주하다가 1990년에 남편 사무엘과 함께 오르피아로 옮겨와 살게 되었다. 사무엘은 오르피아의 공장에서 일하는 엔지니어였다. 메간은 오르피아에서 살기 시작한 지 얼마 되지 않아 코디의 서점에서 일하게 되었다.

메간의 남편 사무엘 패들린은 어떤 인물인가? 메간이 사망하고 나서 재혼한 그는 사우스햄프턴으로 거주지를 옮겼다. 사무엘 역시 그동안 살아온 이력으로 보자면 지극히 평범한 사람이었다. 전과기록도 없었고, 각종 행사에 자원봉사자로 참여한 전력이 있었다. 사무엘과 재혼한 켈리 패들린은 의사였고, 10살과 12살짜리 아들이 있었다.

메간과 제레미아의 연결고리는 없을까? 사무엘과 제레미아가 연결되어 있었을 가능성이 있지 않을까?

ATF의 그레이스 형사에게 다시 연락해보았지만 그는 메간과 사무엘이라는 이름에 대해 기억나는 게 전혀 없다고 했다. 코스티코는 여전히 종적이 묘연한 상태였다. 우리는 〈리지스클럽〉의 가수이자 제레미아의 아이를 낳은 버지니아를 다시 한 번 찾아갔다. 버지니아 역시 메간과 사무엘에 대해서는 들어본 적이 없다고 했다.

아무리 찾아봐도 연결고리가 보이지 않아 우리가 억지로 별개의 두 사건을 이어붙이고 있는 건 아닌지 의구심이 들 정도였다.

데렉이 생각에 잠겨 말했다.

"고든 시장과 제레미아 사이에 뭔가 오간 게 있을지도 모르지만 그 문제와 메간 살인사건은 전혀 별개로 봐야 하지 않을까?"

내가 그 질문에 대답했다.

"시금껏 드러난 사실만 보자면 고든 시장도 제레미아와 밀접하게 연관되어 있다고 단정하기는 어려워."

애나의 생각은 달랐다.

"커크의 연극은 제레미아를 범인으로 지목하고 있어요. 고든 시장, 제레미아, 메간, 사무엘은 서로 하나의 고리로 연결되어 있는 게 분명해요."

옆에서 듣고 있던 마이클이 한 마디 거들었다.

"그들이 모두 연관되어 있는 듯 보이면서도 딱히 연결고리가 없네요. 정육면체 퍼즐을 맞추는 기분이 들어요."

애나가 풀죽은 표정으로 투덜거렸다.

"게다가 스테파니와 코디를 살해한 범인도 누군지 오리무중이에요. 이 모든 사건들이 과연 동일범의 소행일까요?"

데렉이 계속 생각에 잠겨 있다가 말했다.

"우리, 이 시점에서 각자 생각해봅시다. 만약 범인이 아직 오르피아에 남아 있다면 지금 이 순간 무엇을 계획하고 있을까요?"

내가 그 질문에 답했다.

"만약 내가 범인이라면 이미 오르피아에서 사라졌을 거야. 아직 범인인도협정이 체결되지 않은 베네수엘라로 떠나거나 무슨 수를 써서라도 커크의 연극공연을 막으려고 하겠지."

의자에 등을 기대고 있던 데렉이 별안간 몸을 곧추세웠다.

"연극공연을 막으려 했을 거라고? 일리 있는 지적이긴 한데 대극장은 지금 폭발물탐지견까지 동원해 철저하게 경계를 펴고 있어. 금속 탐지기가 동원된 몸수색을 거치지 않고는 극장 안으로 들어갈 수 없는 상황이야."

내가 그 말에 반박했다.

"범인은 집념이 강한 놈이라 기어코 대극장 안으로 들어가 관객들 사이에 끼어 앉을 거야."

우리는 대극장으로 자리를 옮겨 입장하는 관객들을 유심히 살펴보기로 했다. 혹시 남다른 행동을 하는 범인을 포착하거나 유난히 주의를 끄는 인물을 발견하게 될 수도 있으니까. 커크가 연극에 숨겨둔 비밀이 뭔지 알 수 있기를 바라는 마음도 있었다. 무대에 선 배우가 뭔가를 발설하기 전 우리가 먼저 범인이 누군지 알아낼 수만 있다면 그가 무슨 짓을 저지르기 전에 한 발 앞서서 체포할 수 있을 테니까.

커크의 머릿속에 들어 있는 생각을 알아내자면 그가 항상 지참하고 다니는 연극대본을 손에 넣어야했다. 오르피아경찰서 문서보관소에서 사라진 사건조서도 필요했다. 커크는 과거에 자기가 직접 작성했던 사건조서를 어딘가에 감춰두고 있을 게 분명했다. 우리는 그가 레이크팰리스호텔의 숙소를 비운 이때 마이클을 방으로 들여보내 숨겨둔 문서가 있는지 찾아보기로 했다.

마이클이 반문했다.

"설령 내가 과거의 문서를 찾아낸다고 해도 증거물로서의 효력은 없지 않나요?"

데렉이 그 질문에 대답했다.

"우리는 증거가 필요한 게 아니라 범인의 이름이 필요해요."

"레이크팰리스호텔 사방에 경찰이 깔려 있어 커크의 방에 접근하기 쉽지 않아요."

"경찰이 물으면 대극장 출입증을 보여주고 나서 커크가 심부름을 보내서 왔다고 해요. 호텔에 있는 경찰들에게 당신이 오면 안으로 들여보내달라고 미리 말해둘게요."

예상대로 경찰은 쉽게 통과했지만 호텔지배인은 커크의 방 열쇠를 내주려고 하지 않았다.

"커크 하비 씨가 누구든지 방 안으로 들여보내지 말라고 신신당부했어요."

마이클은 공연을 목전에 두고 있는 커크가 정신을 차릴 수 없을 만큼 바쁜 실정이라 직접 올 수 없기에 심부름을 보냈다며 막이 오르기 전 반드시 연출노트를 가져가야 한다고 지배인을 압박했다. 지배인은 주저하다가 결국 커크의 방문을 열어주었다.

마이클은 우선 연극대본이나 비밀문서가 있는지 살펴보았다. 지배인이 방을 떠나지 않고 등 뒤에서 의심의 눈초리를 거두지 않고 있는 상황이었다. 책상 서랍과 침대 머리맡 탁자의 작은 서랍까지 죄다 열어보았지만 문서를 발견하는 데 실패했다.

마이클이 욕실로 들어서려고 하자 지배인이 화난 목소리로 막아섰다.

"커크 하비 씨가 연출노트를 욕실에 놓아두었을 리 없잖습니까?"

마이클은 대극장 휴게실에서 기다리던 우리와 합류했다.

"커크의 방에서는 아무것도 찾아낼 수 없었어요."

오후 7시 30분이었고, 공연은 30분 후 시작될 예정이었다. 공연을 시작하기에 앞서 범인의 이름을 알아내려고 한 우리의 시도는 결국 실패로 돌아갔다. 우리 역시 극장을 찾은 수많은 관객들처럼 연극을 지켜보다가 무대에 오른 배우의 입을 통해 범인의 이름이 공표되는 보습을 지켜보는 수밖에 없었다. 만약 범인이 대극장 관객석에 있다면 두 손 놓고 기다릴 리 없기에 불안감이 가시지 않았다.

∴

막이 오르기 직전인 7시 58분에 커크는 무대로 나가는 대기실 통로에 출연배우들을 모이게 했다. 샬롯 브라운, 제리 에덴과 다코타 에덴, 사무엘 패들린, 론 걸리버, 메타 오스트롭스키, 스티븐 버그도프, 앨리스 필모어가 커크 하비와 마주 섰다.

커크가 입을 열었다.

"여러분, 이 연극은 동서고금을 막론하고 역사에 길이 남을 유일무이한 작품이 될 겁니다. 아마도 여러분이 공연하는 동안 전국이 뒤집어지게 될 테니까요."

∴

8시

객석의 조명이 꺼지고 홀은 어둠속에 잠겨들었다. 시끌벅적하던 관객들도 일순 말을 멈추고 무대 위를 주시했다. 긴장감이 고조되는 가운데 이제 곧 공연이 시작되었다. 데렉과 애나, 나는 객석 맨 뒷줄에 앉아 출입문을 각자 한 곳씩 나눠 맡아 감시하고 있었다.

브라운 시장이 개막 인사를 하기 위해 무대에 올랐다. 20년 전의 비슷한 장면이 떠올랐다. 스테파니 메일러가 사인펜으로 동그라미 표시를 해놓은 바로 그 장면이었다.

브라운 시장은 몇 마디 의례적인 말로 축사를 끝맺었다.

"여러분들의 뇌리에 오래도록 남을 연극제가 될 것입니다. 이제 연극제의 막을 올리겠습니다."

브라운 시장이 무대에서 내려와 객석 맨 앞줄 자리에 앉았다. 마침내 막이 올랐고, 관객들은 일제히 숨을 죽였다.

무대 위, 시체 역을 맡은 사무엘이 누워 있고, 옆에는 경찰 역을 맡은 제리가 서있다. 무대 한 귀퉁이에 스티븐과 앨리스가 각자 자동차 핸들을 부여잡고 교통체증에 지친 운전자 역할을 한다. 다코타가 천천히 앞으로 걸어 나온다. 커크의 내레이션이 시작된다.

비가 내리는 을씨년스러운 아침, 지방도로는 극심한 정체 현상을 빚고 있다. 차들이 꼬리를 물고 멈춰 서있다. 운전자들은 짜증을 내며 클랙슨을 눌러댄다. 갓길을 따라 젊은 여자 하나가 긴 자동차 행렬을 거슬러 올라간다. 경찰이 바리케이드를 쳐둔 곳까지 걸어간 여자가 경비를 서고 있는 경관에게 묻는다.

무대 귀퉁이에서 스티븐과 앨리스가 각자 클랙슨을 울리는 시늉을 한다. 두 사람은 뭔지 모를 대화를 나누느라 입을 벙긋거리고 있다.

"앨리스, 우리 이제 헤어지자."

"어림없는 소리야. 당신이 저지른 일이니까 끝까지 책임져야지."

다행히 두 사람이 다투는 소리는 객석에까지 들리지는 않는다.

커크가 내레이션을 이어간다.

갓길을 따라 젊은 여자 하나가 긴 자동차 행렬을 거슬러 올라간다.

젊은 여자(다코타) : 무슨 일이죠?

경관(제리) : 남자가 죽었어요. 오토바이를 타고 가다가 사고를 당했어요.

젊은 여자 : 오토바이 사고라고요?

경관 : 예, 전속력으로 달리다가 나무를 들이받았어요. 오토바이가 형체를 알아볼 수 없을 만큼 찌그러졌죠.

이어서 커크가 큰 소리로 외쳤다.

"좀비들이 춤춘다!"

무대 위의 배우들도 일제히 소리를 질러댔다.

"좀비들이 춤춘다!"

그때 느닷없이 메타와 걸리버 서장이 등장했고, 객석에서는 곧바로 폭소가 터져 나왔다.

걸리버 서장이 박제된 오소리를 눈앞에 쳐들고 외쳤다.

"공명정대한 오소리야, 우리를 구해다오. 종말이 코앞까지 밀어닥쳤어!"

걸리버 서장이 오소리박제에 입을 맞추고 나서 무대바닥에 몸을 던졌다. 메타가 두 팔을 활짝 벌리며 소리쳤다.

디에스 이레 디에스 일라

솔베트 새클룸 인 파빌라!

그 순간 나는 커크의 손에 대본이 들려있지 않다는 사실을 알아차리고 데렉에게 다가가 말했다.

"커크는 공연을 진행하면서 그때그때 배우들에게 대본을 내주겠다고 했는데 왜 빈손으로 서 있을까?"

"도대체 무슨 꿍꿍이 속인지 모르겠어."

클럽 장면이 시작되었고, 샬롯이 무대에 나와 노래를 부르는 동안 데렉과 나는 서둘러 홀을 빠져나가 무대 뒤로 달려갔다. 커크의 대기실 문이 굳게 잠겨 있었지만 더 이상 머뭇거릴 새가 없어 발로 차 열어젖혔다. 오르피아경찰서 기록보관실에서 사라졌던 20년 전 사건조서가 탁자 위에 놓여 있었다. 리허설 내내 보아 눈에 익숙해진 대본도 있었다. 이제 막 시작된 클럽 장면을 포함해 방금 전 무대에서 본 몇 개의 장면이었다. 대본에 적힌 대로라면 클럽 장면 뒤에는 메간의 유령이 나타나 다음과 같이 외쳐야 했다.

"진실의 시간이 왔다. 살인자의 이름은……."

그 문장은 말줄임표 여섯 개로 끝나 있었다. 다음 페이지들은 온통 백지였다. 한순간 백짓장을 노려보던 데렉이 소리쳤다.

"빌어먹을! 커크는 범인에 대해 아는 게 없는 거야. 연극을 미끼로 범인이 스스로 정체를 드러내기를 기다리고 있었을 뿐이야. 무대에서 살인자의 이름을 밝히겠다고 떠들어대면 범인이 공연을 가로막을 거라 기대한 거야."

다코타가 무대로 걸어 나가고 있었다. 무대 한가운데로 걸어간 다코타가 예언자 같은 목소리로 천천히 외치기 시작했다.

"진실의 시간이 왔다."

데렉과 나는 대기실을 뛰쳐나왔다. 사고가 발생하기 전에 연극을 중단시켜야 했지만 이미 때는 늦었다. 홀은 칠흑 같은 어둠 속에 잠겨 있었다. 그야말로 '다크 나이트'였다. 조명이 들어와 있는 곳은 무대뿐이었다. 우리는 무대 위로 올라갔다. 다코타가 다음 대사를 읊기 시작했다.

"살인자의 이름은……."

별안간 두 발의 총성이 울렸다. 다코타가 무대 바닥에 쓰러졌다.

관객들이 비명을 질렀다. 데렉과 나는 총을 빼들고 무대 한가운데로 달려나가며 무전기를 꺼내들고 소리쳤다.

"총격이 발생했다! 조명을 켜라."

극장 안 조명등이 일제히 켜졌다. 객석과 통로는 또 다른 무대가 되어 공황상태를 연출하고 있었다. 겁에 질린 관객들이 떼를 지어 출구로 몰려갔다. 출구를 찾지 못한 무리 역시 비상구를 찾아 우왕좌왕했다. 우리는 총을 쏜 자를 미처 보지 못했고, 비상구를 통해 빠져나가는 관객들의 물결을 막을 도리가 없었다. 관객들 속에 범인이 섞여 있을 게 뻔했다. 어쩌면 이미 극장을 빠져나갔을지도 모를 일이었다.

다코타가 무대 바닥에 쓰러져 있었고, 사지에서 경련을 일으켰다. 다코타의 주변에 피가 번져나갔다. 제리, 샬롯, 마이클이 차례로 달려와 다코타를 에워쌌다. 제리가 눈물을 멈추지 못하는 가운데 출혈을 막기 위해 상처부위를 압박했다.

데렉이 무전기에 대고 소리쳤다.

"총상환자가 발생했으니까 무대로 응급구조대를 보내!"

잔뜩 겁에 질린 관객들이 시내 중심가로 쏟아져나가면서 거대한 물결을 만들어냈다. 경찰들이 미처 통제할 수 없는 거센 파도가 시내 곳곳으로 번져갔다. 누군가 무대에서 총격이 벌어졌다고 쉴 새 없이 외쳐댔고, 다른 누군가는 비명을 질러댔다.

스티븐은 앨리스와 함께 극장을 빠져나갔다. 인파를 겨우 벗어나 보니 조용한 작은 공원에 다다라 있었다.

앨리스는 여전히 충격이 가시지 않은 상태였다.

"대체 무슨 일이지?"

"나도 모르겠어."

앨리스가 거리 쪽을 바라보았다. 이제 인적이 보이지 않는 대신 어디나 고요했다. 그들은 순식간에 꽤 멀리까지 달려왔다. 스티븐은 지금 이 순간 다시는 찾아오지 않을 기회를 잡았다는 걸 알고 있었다. 앨리스가 눈앞에서 그를 등지고 서 있었다. 그는 돌을 집어 들고 앨리스의 머리를 힘껏 내리쳤다. 머리가 부서져 내려앉는 감각이 손끝을 타고 전해졌다. 앨리스가 힘없이 바닥으로 무너져 내렸다.

스티븐은 방금 전 자신이 저지른 짓에 놀라 돌을 떨어뜨리고 뒷걸음질 쳤다. 그는 미동도 하지 않는 앨리스의 몸에서 시선을 뗄 수 없었다. 뱃속이 메슥거리며 구토가 치밀었다. 겁에 질려 주변을 둘러보았지만 인기척은 없었다. 아무도 그를 본 사람은 없었다. 그는 앨리스의 시체를 덤불 속에 감추고 레이크팰리스호텔 방향으로 달리기 시작했다.

오르피아 중심가는 여전히 사람들의 아우성과 경찰의 사이렌 소리로 뒤덮여있었다.

말 그대로 혼돈의 밤, '다크 나이트'였다.

애나 캐너

2012년 9월 21일 금요일, 그때까지만 해도 내 인생은 그런대로 잘 풀려가고 있었다. 경찰이라는 직업도, 마크와의 애정에도 문제가 없었다. 나는 맨해튼 55번가 경찰서의 강력반 형사였다. 마크는 아버지가 대표로 있는 로펌의 고용변호사로 경제계의 고객을 유치해 고액수입을 올리고 있었다. 마크와 나는 서로 사랑했고, 행복한 커플이었다. 직장에서든 집에서든 문제없이 살아가는 젊은 부부였다. 나는 우리 부부가 다른 커플들보다 사회적으로 매우 안정적인 생활을 누리고 있다고 생각했고, 상대적으로 훨씬 더 행복한 생을 살아간다고 느꼈다.

내가 경찰 내 직무를 변경하고 나서부터 우리 부부는 처음으로 암초에 부딪치게 되었다. 나는 경찰에 입문한 이후 빠르게 실력을 입증해보인 덕분에 상부로부터 인질협상 팀에 합류해 전문 협상가로 일해보라는 제안을 받았다. 나는 새로운 제안이 마음에 들었다.

2012년 초 퀸스의 어느 슈퍼마켓에서 인질극이 벌어졌고, TV 화면에 내 모습이 비치게 되었다. 나는 검은 제복에 방탄복을 껴입고 방탄모를 착용하고 있었다. 그런 내 모습을 가족과 친구들이 모두 보았다.

문제의 장면을 본 마크가 깜짝 놀랐다는 듯 말했다.

"난 당신이 협상 담당인줄 알았어."

"협상 담당 맞아."

"당신이 입고 있던 옷차림새를 보니 머리보다는 주로 몸을 써야 하는 사람으로 보였어."

"인질사건에 투입되는 경찰이 요가복장으로 문제를 해결할 수는 없잖아."

마크는 잠시 말을 끊고 걱정스러운 표정으로 술을 한잔 따라 들더니 내게로 다가와 말했다.

"나는 당신이 그처럼 위험한 일을 하게 내버려둘 수는 없어."

"내가 하는 일이 위험하다는 건 이미 결혼할 때부터 알고 있었잖아."

"그 당시 당신은 형사였을 뿐 위험하기 그지없는 인질극에 투입되지는 않았잖아."

"마크, 생명을 구하려면 위험을 감수할 수밖에 없어."

우리 사이의 갈등은 또다시 발생한 한 사건을 계기로 한층 더 악화일로로 치닫게 되었다. 브루클린 도로변에 순찰차를 세워두고 커피를 마시던 경관 두 명이 어느 미치광이의 총격을 받아 사망하는 사건이 발생했다.

마크는 몹시 불안해했고, 아침에 출근할 때마다 나를 붙잡고 말했다.

"오늘 밤에도 무사히 볼 수 있기를 바랄게."

마크는 나에게 더는 불안해서 견딜 수 없다며 전직을 요구했다.

"로펌에서 나와 함께 일하는 게 어때서 그래? 중요한 사건이 있을 때 나를 도와줄 사람이 필요해."

"당신의 조수가 되어 달라는 뜻이야? 당신은 내가 단독으로 사건을 수임할 능력이 없다고 생각하지? 이거 왜 이래? 나도 로스쿨을 우수한 성적으로 마친 변호사야."

"당신을 무시하는 뜻으로 한 말이 아니야. 우선 멀리 내다보고 파트타임으로 할 수 있는 일을 생각해봐."

"파트타임이라니? 내가 파트타임으로 일해야 한다는 뜻이야?"

"아이가 생겼을 때를 생각해야지. 온종일 아이를 떼어놓고 일에 매달릴 수는 없잖아."

마크의 부모는 성공지향적인 사람들이라 일을 우선하느라 자식들과 함께 지낼 시간이 별로 없었다. 마크가 남달리 열심히 일하는 이유는 바로 그런 점이 상처로 남았기 때문이었다. 혼자 열심히 일해 충분한 수입을 벌어들이는 대신 아내는 일을 하지 않고 가정생활에 전념하도록 만들고 싶어했다.

"난 집에 틀어박혀 가사 일에 전념할 생각은 없어. 당신도 내가 그럴 생각이 없다는 걸 알고 결혼했잖아."

"당신이 반드시 일을 해야 할 필요는 없어. 내가 혼자 벌어들이는 수입만으로도 충분히 먹고 살 수 있잖아!"

"당신이 못마땅하게 여겨서 유감이지만 나는 내 일이 좋아."

"충분히 생각해보고 다시 이야기했으면 좋겠어."

"아니, 다시 생각하고 싶지 않아. 당신 부모님처럼 일에만 매몰되지는 않을 테니까 걱정하지 마."

"우리 부부 문제인데 부모님을 끌어들일 필요는 없잖아."

그렇게 말했던 마크는 정작 아버지를 우리 부부 일에 끌어들였다. 마크는 아버지에게 우리의 의견 차이를 털어놓고 도움을 요청했다. 어느 날 아버지가 나와 단둘이 있게 되었을 때 말했다. 그날이 바로 내가 끝내 잊지 못하는 9월 21일 금요일이었다. 내가 기억하기로 그날은 인디언서머 기간으로 뉴욕에 따가운 햇살이 쏟아져 내렸고, 수은주가 섭씨 20도를 훌쩍 넘어갔다. 그날 비번이었던 나는 아버지와 점심식사 약속을 한 이탈리아식당으로 갔다. 아버지와 내가 좋아하는 식당이었다. 로펌에서 그다지 가까운 거리도 아닌데 아버지가 그 식당에서 나를 만나자고 한 걸 보면 뭔가 중요한 애깃거리가 있다는 뜻이었다.

예상대로 아버지가 테이블에 앉자마자 말을 꺼냈다.

"너희 부부 사이에 의견 대립이 있다는 말을 들었다."

나는 하마터면 마시던 물을 내뿜을 뻔했다.

"마크가 그래요?"

"너도 알잖아. 마크는 널 걱정해주는 거야."

"마크를 처음 만났을 때부터 경찰이었어요. 이제 와서 새삼 꺼낼 얘기는 아니잖아요."

"넌 로펌에서 안정적으로 일할 수도 있는데 왜 군이 힘든 일을 자처하는지 모르겠다."

"난 경찰 일이 좋아요."

"매일이다시피 살얼음판을 걸어야하는 직업이야."

"세상은 누구에게나 위험해요. 이 식당에서 나가다가 갑자기 차에 치여 죽을 수도 있어요."

"마크는 좋은 친구야. 너무 힘들게 하지 마라."

그날 저녁 마크와 나는 대판 싸웠다.

"우리 부부 일에 왜 아버지를 끌어들였지?"

"장인어른이 당신을 설득해주길 바랐어. 당신이 세상에서 유일하게 말을 들어주는 시늉이라도 하는 분이니까. 당신은 오로지 자기만족을 중시하는 이기주의자야."

"나는 경찰 일을 좋아하고, 유능하다는 평가를 받고 있어. 내가 좋아하는 일을 하겠다는데 이해해주기가 그리 힘들어?"

"날마다 당신이 걱정되어 미칠 지경인데 왜 내 마음을 이해하지 못해? 당신이 한밤중에 전화를 받고 급히 달려 나갈 때마다 내가 얼마나 두려움에 떠는지 알아?"

"내가 한밤에 전화를 받고 달려 나간 날이 얼마나 된다고 그래? 어쩌다 한두 번 있을까 말까 한 일을 마치 매일 겪는 듯 말하네."

"한두 번이라도 분명 그런 일이 벌어지고 있잖아. 위험한 일이고, 당신에게는 맞지 않아."

"나는 좋다는데 왜 당신이 맞지 않는 일이라고 단정하지?"

"장인어른도 나랑 생각이 같아."

"내 문제니까 아버지를 끌어들이지 마. 아버지의 생각이 어떻든 난 경찰 일을 그만둘 생각이 없으니까."

그때 하필이면 내 휴대폰이 울렸다. 화면을 보니 팀장에게서 온 전화였다. 이 시각에 전화한다는 건 긴급사태가 벌어졌다는 의미였다.

"그 전화, 받지 마."

"팀장에게서 온 전화야."

"지금은 근무시간이 아니잖아."

"근무시간도 아닌데 전화한 건 그만큼 긴급하고 중요한 일이 있다는 뜻이야."

나는 전화를 받았고, 팀장이 말했다.

"매디슨 애비뉴에서 57번가로 꺾어지는 모퉁이에 보석상이 하나 있어. 보석상 안에서 강도가 인질을 붙잡고 버티고 있어. 강도를 설득할 협상전문가가 필요해."

나는 팀장의 말을 메모하며 물었다.

"보석상 이름이 뭐죠?"

"새버 주얼리."

나는 전화를 끊고 가방을 둘러멨다. 유사시 급히 현장으로 달려 갈 수 있도록 준비물을 챙겨 문 앞에 놓아두는 가방이었다. 마크에 게 다녀오겠다는 말을 하려고 했지만 그는 어느새 주방으로 사라 지고 없었다. 출입문을 나서는데 유리창을 통해 다이닝룸에 마주 앉아 저녁식사를 하고 있는 이웃집 사람들의 모습이 눈에 들어왔 다. 평화롭고 행복해보였다. 나는 처음으로 다른 부부들이 우리보 다 더 멋진 삶을 살고 있을지도 모른다고 생각했다.

나는 차에 올라 경광등 스위치를 올리고 출발했다. 차가 밤하늘 에 섬광을 뿌리며 어둠 속으로 달려 나갔다.

데릭 스콧

1994년 10월 13일 목요일에 우리는 제보가 들어온 주유소를 향해 전속력으로 달려갔다. 나는 추격에 정신이 팔려 나타샤가 뒷좌석에 타고 있다는 사실을 깜박 잊었다. 나타샤는 미친 듯 질주하는 차 안에서 잔뜩 겁에 질려 몸을 웅크리고 있었다. 제스는 무선호출기로 접수되는 지시사항을 계속 확인하며 나를 인도했다.

차는 101번 도로에서 107번 도로로 접어들었다. 무선호출기에서 테드가 주유소를 나와 도주하고 있다는 소식을 전해왔다. 현재 경찰 차량 두 대가 추격하고 있고, 테드는 최대한 속력을 높여 도주 중이라고 했다.

제스가 말했다.

"직진하다가 94번 도로로 들어가. 차를 바리케이드삼아 테드의 도주로를 차단해버리는 거야."

나는 테드보다 먼저 도달하기 위해 가속페달을 끝까지 밟았다. 지름길인 94번 도로로 빠져나갔다가 다시 107번 도로로 진입하려는 순간 테드의 밴이 눈앞에서 휙 지나갔다.

나는 밴을 뒤쫓기 위해 최대한 속력을 높였다. 테드는 앞서 추격하던 차들을 멀찍이 따돌린 듯했다. 눈앞에 서펀트 강을 건너는 다리가 나타났다. 밴과의 거리가 범퍼가 닿을 듯 가까이 좁혀졌다.

"다리 위에서 밴을 난간 쪽으로 밀어붙일 테니까 조심해."

제스가 말했다.

"그래, 좋아. 한 번 해보는 거야."

다리 위로 진입하는 순간 나는 밴의 후미를 들이받았다. 밴은 균형을 잃고 난간으로 돌진했다. 밴이 난간을 부서뜨리며 허공으로 날아올랐다. 나 역시 브레이크를 밟을 기회를 놓쳤다.

테드의 밴이 거꾸로 뒤집힌 가운데 강물에 떨어졌다. 내가 운전하던 차 역시 물속으로 곤두박질쳤다.

제3부
상승

1장

나타샤

1994년 10월 13일 목요일

제스 로젠버그

1994년 10월 13일 목요일

데렉이 운전하던 차가 다리 난간을 부수고 허공을 날아 강물 속으로 추락하던 순간이 슬로모션처럼 머릿속에서 이어졌다. 눈 아래에 아득히 펼쳐진 수면이 다가온다. 추락은 단 몇 초 사이에 마무리된다. 차가 물에 닿으려는 순간 나는 안전벨트를 매고 있지 않다는 사실을 깨닫는다. 차체가 수면에 부딪친 충격의 반동으로 머리가 글러브박스에 부딪친다. 눈앞에서 검은 구멍이 열리며 나의 생이 지나간다. 나는 과거 어느 한때로 돌아와 있다.

1970년대 말, 나는 아홉 살이었고, 아버지가 세상을 떠나고 나서 얼마 후 퀸스 레고파크의 외갓집 근처로 이사했다. 생활비를 벌어야 하는 엄마는 내가 학교를 마치고 혼자 늦게까지 있어야 한다는 게 걱정스러웠기 때문이다. 나는 수업이 끝나면 학교 근처에 있는 외갓집으로 가서 엄마가 일을 마치고 데리러 올 때까지 기다려야 했다.

외조부모는 다정하거나 친절하지 않았지만 나는 그분들에게 깊은 애정을 느꼈다. 할아버지가 즐겨 쓰는 말은 '덜 떨어진 놈들!'이었다. 할머니의 입에서 가장 빈번하게 나오는 말은 '염병하네!'였다. 할아버지와 할머니는 그 욕설을 꽁지 빠진 앵무새처럼 입에 달고 살았다. 언제나 할아버지의 '덜 떨어진 놈들!'이 먼저 튀어나왔고, 할머니의 '염병하네!'가 매우 적절한 타이밍에 뒤따랐다.

슈퍼마켓 계산대에서 외조부모는 아무런 거리낌 없이 새치기를 했다. 만약 손님들이 항의하면 할아버지는 지체 없이 '덜 떨어진 놈들!'이라는 말로 되받아쳤다. 계산대의 직원이 구매물품의 바코드를 모두 스캔해 총액을 알려주면 할머니가 외쳤다.

"염병하네!"

핼러윈을 맞아 아이들이 상단에 맞춰 '사탕을 안 주면 장난칠 거야!'를 외치며 초인종을 누르면 할아버지는 문을 벌컥 열어젖히고 '덜 떨어진 놈들!'이라고 소리 질렀고, 할머니는 얼음물을 한 바가지 들고 나와 아이들의 얼굴에 쏟아 부으며 '염병하네!'를 내뱉었다. 핼러윈 분장을 한 아이들은 사탕을 받기는커녕 물을 흠뻑 뒤집어쓴 가운데 추운 거리로 나서야 했다. 아이들은 최소한 감기에 걸렸고 심한 경우 폐렴을 앓기도 했다.

외조부모는 가난한 사람들이 반사적으로 하게 되는 행동이 몸에 밴 분들이었다. 식당에 가면 할머니는 바구니에 담긴 빵을 가방에 몰래 담아 넣었다. 할아버지는 웨이터를 불러 빵을 더 가져다달라고 했고, 할머니는 또다시 챙겨 넣었다.

웨이터가 난감한 표정을 지으며 말했다.

"손님, 지금부터 빵을 더 달라고 하시면 다시 구워야 합니다."

당신은 식당에 가서 웨이터로부터 그런 말을 듣는 기분이 어떤지 아는가?

할아버지는 그런 말을 들어도 부끄러워하기는커녕 치아가 듬성듬성 빠진 입을 열어 '덜 떨어진 놈들!'이라고 일갈하며 빵조각을 집어던졌다. 그 다음에는 어김없이 할머니의 '염병하네!'라는 말이 뒤따랐다.

엄마가 부모와 주고받는 말은 단 몇 가지로 한정되었다.

'당장 그만 둬요.', '체통을 지키세요.', '제가 얼굴을 들 수가 없잖아요.', '최소한 제스에게 부끄러운 짓은 하지 말아야죠.' 따위였다. 엄마는 외갓집에 들러 나를 데리고 집으로 돌아갈 때 간혹 내 앞에서 부모가 부끄럽다고 했다. 그렇지만 나는 외조부모를 비난하고 싶지 않았다.

레고파크에 있는 학교로 전학하고 나서 몇 주가 지났을 때 반 아이가 내게 말했다.

"이름이 제스야? 내가 보기에 넌 제시카가 더 어울려 보여."

그날 하루 종일 나는 '제시카 양!'이라는 별명을 들으며 아이들에게 시달려야 했다. 나는 학교에서 돌아오는 동안 분한 마음을 참지 못해 눈물을 흘렸다.

할아버지가 울면서 집으로 들어서는 나를 보더니 말했다.

"계집애들이나 눈물을 질질 짜고 다니는 거야. 남자는 절대로 울어서는 안 돼!"

나는 훌쩍거리며 서러운 사정을 말했다.

"아이들이 제시카라고 부르며 놀렸어요."

"아이들이 놀릴 만하네."

할아버지는 나를 데리고 주방으로 갔다. 할머니는 내게 줄 간식을 만들고 있었다.

할머니가 할아버지에게 물었다.

"제스가 왜 울어요?"

"아이들이 계집애 같다며 놀렸다는군."

할머니가 잘라 말했다.

"계집애 맞네."

할아버지가 나에게 말했다.

"다들 널 계집애 취급하잖아."

할아버지가 가장 좋은 해결책을 일러주었다.

"누구든 너를 놀리면 당하지만 말고 두들겨 패버려!"

"엄마가 아이들과 싸우지 말라고 했어요."

나는 외조부모가 적절한 해결책을 찾아주길 기대하며 말했다.

"담임선생님을 찾아가 아이들이 놀린다고 이야기해주세요."

할머니가 잘라 말했다.

"담임선생님을 찾아가다니, 염병하네!"

냉장고 문을 열고 햄을 찾고 있던 할아버지도 한 마디 덧붙였다.

"덜 떨어진 놈들!"

할머니가 실전연습을 제안했다.

"주먹으로 네 할아버지 배를 힘껏 쳐봐."

"그래, 이리 와서 내 배때기를 쳐봐."

나는 두 분의 제안을 단호하게 거절했다.

할아버지가 말했다.

"그럼 아이들이 계집애라고 놀려도 질질 짜지 말고 받아들여."

할머니가 다시 한 번 나를 부추겼다.

"할아버지를 한 대 칠래, 아니면 계집애가 될래?"

나는 할아버지를 때리느니 계집애가 되기로 했다. 할아버지와 할머니는 그날 오후 내내 나를 '계집애'라고 불렀다.

다음날, 학교에서 돌아와 보니 주방 식탁에 포장지에 싸인 선물이 놓여 있었다. '제시카에게'라고 적힌 분홍스티커가 붙어 있는 선물이었다. 포장지를 풀자 여자아이용 금발가발이 나왔다.

할머니가 말했다.

"넌 제시카니까 이제부터 금발가발을 쓰고 다녀라."

할아버지가 내 머리에 가발을 씌워주었다.

"난 계집애가 아니니까 제시카라고 부르지 말아요."

할머니가 내 말을 믿지 못하겠다는 듯 말했다.

"계집애가 아니면 자동차에 가서 트렁크를 열고 장봐온 물건들을 가져다가 냉장고에 넣어."

나는 자동차로 달려가 할머니가 장봐온 물건들을 날랐다. 일을 마치고 머리에 씌운 가발을 벗겨달라고 하자 할머니는 아직 부족하다며 욕실 청소를 시켰다. 역시 훌륭하게 해치웠지만 할머니는 여전히 성이 차지 않는다는 듯 다른 일을 시켰다. 결국 이틀 동안 차고를 청소하고, 세탁소에서 옷을 찾아오고, 설거지를 하고, 구두에 와스칠을 해 번쩍번쩍 광을 내고 나서야 할머니의 노예 신세가 되었다는 걸 깨달았다.

나는 슈퍼마켓에서 벌어진 사건을 계기로 겨우 노예 신세에서 벗어나게 되었다. 평소 운전솜씨가 좋지 않은 할아버지가 주차장에 들어서다가 후진하던 차의 범퍼를 가볍게 들이받았다. 상대 운전자는 여자였는데 범퍼의 파손 상태를 확인하기 위해 조수석에 타고 있던 남편과 함께 차에서 내렸다. 외조부모도 밖으로 나갔고, 나는 뒷좌석에 그대로 앉아 있었다.

할아버지가 범퍼를 유심히 살피고 있는 상대 운전자와 남편을 향해 외쳤다.

"덜 떨어진 놈들!"

여자가 그 말을 듣고 발끈했다.

"경찰을 부르기 전에 말조심하세요."

할아버지와 평생 타이밍을 맞춰온 할머니가 소리쳤다.

"염병하네!"

여자는 화가 나서 어쩔 줄 몰라 하다가 남편에게 도와달라는 눈짓을 보냈다. 남편은 입을 꾹 다물고 차 앞에 쪼그리고 앉아 범퍼에 생긴 흠집을 손가락으로 슬슬 문질렀다. 이번에 생긴 흠집인지 예전부터 있었는지 가늠하느라 정신이 팔려있는 눈치였다.

여자가 남편에게 버럭 소리를 질렀다.

"빌어먹을! 저 분들이 계속 나를 도발하는데 마냥 가만히 있을 거야?"

남편은 아내를 멀뚱히 쳐다보기만 할뿐 무슨 말을 해야 할지 감을 잡지 못했다.

할아버지가 여자에게 말했다.

"글러브박스를 열어봐요. 댁의 남편이 불알을 떼어 거기 넣어두었을지도 모르니까."

그 말을 들은 남편이 벌떡 몸을 일으키더니 주먹을 치켜들었다.

"뭐, 내가 불알을 떼어냈다고?"

나는 남자가 할아버지를 한 대 칠 것 같은 분위기라 부리나케 차문을 열고 밖으로 나왔다.

"우리 할아버지를 때리면 가만두지 않을 거예요."

남자가 나를 힐끔 보고 나서 소리쳤다.

"저 계집애가 지금 뭐라는 거야?"

그 말을 듣는 순간 나는 도저히 참을 수 없었다. 내가 계집애가 아니라는 사실을 똑똑히 보여주어야만 했다. 나는 남자의 사타구니를 향해 발길질로 회심의 일타를 먹였다. 급소를 맞은 남자가 바닥에 나자빠졌다.

할머니가 재빨리 나를 차 뒷좌석으로 밀어 넣고 나서 차안으로 몸을 구겨 넣었다. 할아버지도 운전석에 올라 번개처럼 차를 출발시켰다. 몰려서 있던 구경꾼들이 차번호를 외워두었다가 경찰에 신고했다.

얼마 후, 경찰이 찾아와 문을 두드렸다.

할아버지가 문 앞에 서 있는 두 명의 경관에게 물었다.

"무슨 일이오?"

"어르신과 손녀가 커머셜센터 주차장에서 벌어진 차량 접촉사고와 연관이 있어 찾아왔습니다."

"나는 커머셜센터 주차장에는 간 적이 없소."

"접촉사고를 낸 차량번호가 이 집 차고에 세워져 있는 번호와 일치하더군요. 이미 여러 명의 증인도 확보되어 있어요. 이 집에 사는 금발머리 여자아이가 피해 차량 남자의 급소를 공격했다더군요."

"이 집에 금발머리 여자아이는 살지 않아요."

나는 방에서 할아버지와 이야기를 나누는 사람이 누구인지 보려고 현관 쪽을 기웃거렸다. 머리에는 여전히 금발가발을 쓰고 있었다.

경관이 나를 발견하고 소리쳤다.

"저기에 금발머리 여자아이가 있네요."

나는 애써 굵은 목소리를 짜내며 외쳤다.

"난 여자아이가 아니에요."

할아버지가 벽력같이 소리를 지르며 문을 가로막아 섰다.

"우리 제시카를 건드리지 마!"

바로 그 순간 이웃에 사는 에프럼 젠슨이 내 인생무대에 처음으로 등장했다. 내 고함소리를 듣고 달려온 그가 경찰배지를 꺼내보였다. 다 같은 경찰이었지만 에프럼 젠슨이 더 높은 사람이라는 걸 알 수 있었다. 두 경관은 할아버지에게 사과하고 돌아갔다.

오데사를 떠나온 이후 은연중 공권력과 제복에 대해 공포심을 품고 있던 할머니는 그날 이후 에프럼을 구원자로 여기게 되었다. 할머니는 고마운 마음을 전하기 위해 매주 금요일 오후만 되면 에프럼에게 주려고 치즈케이크를 만들었다.

금요일에 내가 학교에서 돌아오면 할머니는 치즈케이크가 들어 있는 상자를 내 손에 들려주며 말했다.

"에프럼에게 케이크를 전해주고 오너라. 에프럼은 우리의 라울 발렌베리(2차 대전 당시 나치로부터 수만 명의 유대인을 구해낸 스웨덴 외교관 : 옮긴이)니까."

나는 젠슨 부부에게 케이크를 전해주며 반드시 다음과 같은 인사말을 전했다.

"두 분이 우리의 생명을 구해주신 것에 대해 할아버지와 할머니께서 매우 감사하게 생각하십니다."

내가 한사코 사양해도 젠슨 부부는 나를 집안으로 데리고 들어가 치즈케이크를 큼지막하게 자른 다음 컵에 우유를 따라주며 먹게 했다. 치즈케이크 때문이 아니더라도 나는 젠슨 부부가 좋았다. 에프럼은 멋진 남자였고, 베키는 엄마와 떨어져 지내는 시간이 많은 나에게 모성애를 느끼게 해주었다. 주말을 맨해튼에서 보내는 젠슨 부부는 가끔 나를 데려가 그림전시회를 보여주기도 하고 공원을 산책하기도 했다. 그들이 초인종을 누르고 나를 맨해튼에 데려갔다가 와도 되는지 물을 때마다 주체할 수 없이 기뻤다.

할아버지는 슈퍼마켓 주차장 접촉사고 이후 나를 용감한 남자아이로 인정해주었다. 어느 날 오후 할아버지는 나를 코셔(유대교 율법에 따라 처리한 고기 : 옮긴이) 정육점으로 데려갔다. 천장에 고깃덩어리들을 매달아놓은 냉장실은 브라티슬라바 출신인 정육점 노인이 운영하는 변종 복싱클럽이기도 했다. 그는 아들에게 정육점을 물려주고, 친구 손자들에게 소일거리삼아 복싱을 가르쳤다. 쇠갈고리에 꿰어 매달아놓은 고깃덩어리가 샌드백 대용이었다.

나는 복싱을 배우기 위해 매일이다시피 정육점에 들르게 되었고, 그때마다 몇몇 유대인 노인들과 마주치게 되었다. 잔소리 많은 아내들로부터 잠시나마 벗어나기 위해 손자들을 데리고 정육점에 피신해온 노인들이었다. 그들은 플라스틱 간이의자에 앉아 블랙커피를 마시며 담배를 피웠고, 나를 포함한 조무래기들은 고깃덩어리를 주먹으로 열심히 두들겨댔다. 우리는 힘이 빠지면 바닥에 주저앉아 과거 한때 복싱선수로 활약한 정육점 노인으로부터 복싱 강의를 들었다.

정육점 노인은 나에게 복싱에 자질이 있다고 칭찬했다. 노인들이 내 복싱 실력을 보기 위해 모여들었다. 할아버지는 누군가와 눈이 마주칠 때마다 큰소리로 말했다.

"저 아이가 바로 내 손자요."

할아버지는 우리의 새로운 취미생활을 엄마에게 이야기해서는 안 된다고 신신당부했다. 나는 외갓집에서는 주로 할아버지가 사준 복싱트렁크를 입고 지냈다. 매일 밤 엄마와 함께 집으로 돌아가면 할머니는 복싱트렁크를 빨아두었다가 다음 날 내가 가면 꺼내주었다.

고기를 사먹은 누군가가 가벼운 식중독에 걸리는 바람에 위생감시반과 경찰이 정육점에 기습 출동한 4월 어느 날 오후까지 엄마는 아무것도 눈치 채지 못했다. 위생 감시반원들이 정육점 냉장실 문을 열고 들어선 직후 지어보였던 의아하고 황당해하던 표정을 지금도 선명하게 기억한다. 복싱트렁크를 입은 아이들과 담배를 피우며 연신 기침을 하던 노인들이 일제히 고개를 돌려 그들을 바라보았다. 고기를 보관하는 냉장실은 시큼한 땀 냄새와 담배연기에 찌들어 있었다.

경관이 물었다.

"이 아이들이 주먹으로 친 고기를 판매한 건가요?"

브라티슬라바 출신 노인이 당연하다는 듯 대답했다.

"고기를 주먹으로 쳐야 육질이 연해집니다. 아이들이 주먹으로 치기 전에 손을 깨끗이 씻었으니 괜한 오해는 하지 마시오."

잔뜩 겁을 집어먹은 한 아이가 홀쩍이며 말했다.

"저는 손을 씻지 않았어요."

정육점 노인이 버럭 소리를 질렀다.

"넌 복싱클럽에 있을 자격이 없으니까 당장 나가."

"여기가 정육점 냉장실이 아니라 복싱클럽입니까?"

경관은 여전히 상황을 제대로 파악하지 못했다.

"둘 다인 셈이지요."

에프럼과 위생 감시반에서 나온 검사관이 기가 찬다는 듯 고개를 절레절레 저으며 서류에 뭔가를 적어 넣었다.

나는 에프럼에게 궁금했던 질문을 했다.

"경찰은 어떤 일을 해요?"

"법을 어긴 사람들을 체포하는 일을 한단다."

"아저씨는 높은 사람이에요?"

"반장이니까 그렇다고 볼 수 있지."

나는 그제야 걱정거리를 털어놓았다.

"할아버지를 체포하지 않았으면 좋겠어요."

내 말을 들은 에프럼은 빙긋 웃어보였다.

"나보다는 네 엄마가 화가 나서 가만있지 않을 것 같구나."

에프럼의 예상대로 단단히 화가 난 엄마는 할아버지에게 전화해 따지듯 물었다.

"아버지, 너무 하잖아요. 제스가 비위생적인 곳에서 복싱연습을 하다가 세균에 감염되기라도 하면 어쩌려고 그래요?"

"제스는 튼튼한 아이라서 그깟 일로 병에 걸리지는 않아."

"의사도 아니면서 어쩜 그리 장담해요?"

"이제 정육점에서 복싱연습을 할 수 없게 되었으니까 걱정하지 않아도 돼."

할아버지가 내 손을 잡아 이끌어준 길은 더 멀리까지 뻗어 있었다. 할아버지 덕분에 복싱을 배우게 되었고, 마법사 하나가 나를 기다리고 있다가 내 삶으로 걸어 들어왔다.

몇 년 후, 내가 열일곱 살 생일을 막 지날 무렵 나타샤를 만났다. 그 당시 나는 외갓집 지하실을 복싱도장으로 꾸며두고 운동에 열심이었다. 매일이다시피 아령과 역기를 하고, 샌드백을 치며 훈련했다.

여름방학이던 어느 날 할머니가 말했다.

"방이 필요하니까 지하실에 있는 운동기구와 잡동사니들을 모두 치워라."

내가 이유를 묻자 할머니는 캐나다에서 먼 친척 여동생이 오기로 해 방을 내주어야 한다고 했다. 할아버지는 지하실 대신 차고에 운동할 수 있는 공간을 내주겠다고 약속했다. 기름 냄새가 나긴 했지만 복싱연습을 계속할 수 있어 다행이었다. 할머니는 친척 여동생이 오기로 한 날 나에게 퀸스의 자메이카 역으로 마중을 나가게 했다. 할아버지는 서로 얼굴을 모르니까 친척의 이름을 러시아어로 적은 푯말을 들고 나가라고 했다.

할아버지가 수고스럽게 푯말을 만들어주긴 했지만 나는 사용할 생각이 없었다. 자메이카 역 대합실에 도착해보니 여행객들이 홍수처럼 물결을 이루고 있었다. 할머니의 먼 친척이라고 해서 당연히 노부인일 거라 생각하고 몇 사람에게 다가가 보았지만 번번이 실패했다. 한동안 두리번거리다가 결국은 러시아어로 이름을 적은 푯말을 머리 위로 쳐들 수밖에 없었다.

스무 살가량 되는 아가씨가 미소를 지으며 내 앞에 다가와 섰다. 물결치는 금발머리에 새하얀 치아를 가진 그녀가 내가 머리 위로 쳐든 푯말을 보고 있었다.

"푯말을 거꾸로 들었어요."

나는 어깨를 으쓱해보였다.

"아, 그래요?"

"러시아어를 몰라요?"

나는 푯말을 뒤집어들며 대답했다.

"몰라요."

그녀가 장난기를 담은 목소리로 말했다.

"'크라사브치크(프리티 보이).'"

"러시아어를 할 줄 알아요?"

그녀가 나를 향해 웃어보였다.

"푯말에 적힌 이름이 나타샤이고, 바로 나예요."

나타샤가 내 삶 속으로 걸어 들어온 순간이었다.

∴

나타샤가 온 날부터 내 일상은 모든 게 달라졌다. 할머니의 먼

친척 동생이라고 해서 당연히 노부인일 거라고 예상했는데 귀여운 아가씨라니, 도무지 믿어지지 않았다. 나타샤는 뉴욕의 요리학교에서 공부하기 위해 왔다고 했다.

거실은 내가 좀처럼 발을 들여놓지 않는 공간이었다. 나타샤가 온 이후로는 거실에 자리 잡고 앉아 책을 읽거나 학교에서 내준 과제물을 했다. 향초를 피운 거실에서는 늘 향긋한 냄새가 떠돌았다. 고등학생인 내가 학교에서 돌아와 보면 나타샤는 거실에서 바인더 노트를 펴놓고 공부에 열중하고 있었고, 외조부모는 맞은편 소파에 앉아 차를 마시고 있었다.

나타샤는 낮이든 밤이든 자주 주방에서 요리를 했다. 집안이 온통 내가 한 번도 접해본 적 없는 음식냄새로 가득했다. 냉장고는 늘 식재료와 요리들로 가득 차 있었다. 나타샤가 주방에서 요리를 시작하면 외조부모는 작은 식탁에 앉아 기대에 찬 눈빛으로 그녀가 내올 요리를 기다렸다.

나타샤가 침실로 사용하게 된 지하 방은 그녀의 섬세한 손길을 거친 끝에 아늑한 소궁전이 되었다. 벽과 바닥을 따뜻한 색감의 태피스트리로 장식하고 늘 은은한 향을 피웠다. 그녀는 책장 가득 꽂힌 책을 읽으며 주말을 보냈다. 나는 자주 방문 앞까지 갔지만 끝내 노크할 용기를 낼 수 없었다.

할머니가 집안을 어슬렁거리고 있는 나에게 말했다.

"나타샤에게 가져다줘."

할머니의 두 손에 김이 모락모락 피어오르는 사모바르와 오븐에서 갓 꺼낸 스콘을 담은 쟁반이 들려 있었다.

"나타샤가 멀리서 혼자와 외로울 텐데 친절하게 대해줘야 해. 알았지?"

나는 내심 환호작약하며 지하방으로 내려갔다. 할머니는 그런 내 모습을 빙그레 웃으며 바라보았다. 나는 할머니가 쟁반 위에 찻 잔을 두 개 놓아두었다는 걸 미처 눈치 채지 못했다.

나타샤의 방문을 노크하자 들어오라는 목소리가 들려왔다. 심장 이 빠른 속도로 뛰기 시작했다. 나는 문을 살짝 열고 수줍게 말했다.

"할머니가 차를 끓여주셨어."

"고마워, '크라사브치크.'"

나타샤는 침대에서 책을 읽고 있었고, 나는 머리맡 탁자에 얌전 히 쟁반을 내려놓고 꿔다놓은 보리자루처럼 서 있었다.

나타샤가 멀뚱히 서있는 내게 물었다.

"계속 서 있지 말고 앉았다가 가."

가슴 속에서 심장이 쿵쾅 소리를 내며 뛰었다. 나는 나타샤의 옆 에 앉았다. 그녀는 잔에 차를 따르고 나서 담배를 말았다. 나는 매니 큐어를 칠한 그녀의 손가락이 담배를 마는 모습을 홀린 듯 바라보았 다. 종이 가장자리에 혀끝으로 침을 바르면 담배가 완성되었다.

나는 그녀의 매력에 눈이 멀었고, 다정한 모습에 녹아내렸다. 나 타샤는 어찌나 총명하던지 그 어떤 주제에 대해서도 막힘없이 이 야기할 수 있었다. 이 세상에 과연 나타샤가 읽지 않은 책이 있을 지 의문이 들 정도였다. 무엇보다 기쁜 사실은 나타샤가 할머니의 친척이고 공통의 조상을 두었다고는 하지만 무려 100년 이상 거슬 러 올라가야 접점을 찾을 수 있을 만큼 촌수가 멀다는 점이었다.

나타샤가 온 이후로 집안은 온통 활기가 돌았다. 나타샤는 종종 할아버지와 체스를 두며 정치에 대해 끝없는 대화를 나누었다. 할 머니와 함께 장을 보러 다녔고, 요리학교에서 돌아오면 가사 일을 거들었다. 나타샤는 언제나 할머니와 함께 식사준비를 했고, 어떤 음식이든 최고의 솜씨를 입증해보였다.

나타샤는 세계 각지에 흩어져 사는 사촌자매들과 전화로 이야기를 나눌 때가 많았다. 그녀가 전화기를 들고 재잘거리는 목소리만으로도 집안은 온통 전에 없었던 생기로 가득 찼다.

"우리 사촌자매들은 민들레 씨앗 같아. 원래는 한 지역에 살았는데 바람이 우리를 세계 각지로 날려 보냈어."

나타샤가 전화할 때면 세계 각지의 언어가 동원되었고, 시차 때문에 밤낮을 가릴 수도 없었다. 나타샤의 사촌들은 파리, 취리히, 텔아비브, 부에노스아이레스 등지에 흩어져 살고 있었다. 나타샤는 통화할 때 영어, 프랑스어, 히브리어, 독일어를 조금씩 섞어 쓰긴 했지만 주로 쓰는 언어는 러시아어였다.

전화통화료가 많이 나왔지만 할아버지는 불만을 토로하기는커녕 나타샤가 사촌자매들과 통화할 때마다 쓰는 러시아어를 들으며 향수에 젖어들곤 했다. 할아버지는 내가 옆에 있을 경우 굳이 원하지도 않는데 나지막한 목소리로 러시아어를 통역해주었다. 나타샤는 사촌자매들에게 나를 '잘생기고, 멋지고, 반짝이는 눈을 가진 아이'라고 소개했다.

어느 날 나타샤가 통화하는 소리를 듣고 있던 할아버지가 나에게 말했다.

"나타샤가 방금 너를 '크라사브치크'라고 했어. 크라사브치크는 러시아어로 '프리티 보이'라는 뜻이란다."

∴

핼러윈이 돌아왔다. 그날 밤, 아이들이 초인종을 누르며 사탕을

550

내놓으라고 하자 할머니는 찬물을 바가지에 담아들고 문으로 달려 나갔다.

나타샤가 깜짝 놀라 소리쳤다.

"할머니, 뭐하시게요?"

할머니는 걸음을 멈췄다가 이내 바가지의 물을 다시 주방으로 가셔섰다.

나타샤는 형형색색 사탕이 가득 담긴 바구니를 미리 준비해두었다가 외조부모에게 하나씩 건네주고 나서 문을 열어주라며 등을 떠밀었다. 사탕을 받은 아이들은 환호성을 지르며 어둠 속으로 사라졌다. 외조부모가 멀어져가는 아이들을 바라보고 있다가 소리쳤다.

"애들아, 즐거운 핼러윈!"

나타샤는 수업이 없는 날에는 종종 거리로 나가 사진을 찍거나 시립도서관에 갔고, 그럴 때마다 외조부모에게 어디 있는지 위치를 알려주었다. 가끔 불현듯 연락해 안부를 묻는 적도 있었다.

어느 날, 내가 학교에서 돌아왔을 때 할머니가 손가락으로 내 가슴을 누르며 버럭 소리를 질렀다.

"지금껏 어디에 있었니?"

"당연히 학교에 있었죠."

"넌 왜 어딘가에 가면 잘 있다고 연락 한 번 하지 않니?"

"학교에 갔을 때에도 연락을 해야 한다고요?"

"나타샤는 어딜 가든 늘 잘 있다고 연락해주잖아. 너도 좀 배워."

"걱정 마세요. 제가 학교에 가지 어딜 가겠어요?"

오이피클 병을 들고 주방으로 들어서던 할아버지가 소리쳤다.

"덜 떨어진 놈!"

할머니가 맞장구쳤다.

"염병하네!"

나타샤와 함께 지내면서 외조부모는 욕설을 거의 하지 않게 되었다. 할아버지는 식사 도중 종이에 싸구려담배를 말아 피우던 습관도 버렸다. 내가 새롭게 알게 된 사실은 외조부모도 식탁에서 얼마든지 품위 있게 행동할 수 있고, 점잖은 대화도 나눌 줄 안다는 것이었다.

어느 날 할아버지가 새 셔츠를 입고 있었다.

"나타샤가 내 셔츠에 구멍이 났다면서 사준 옷이야."

할머니는 머리에 못 보던 핀을 꽂고 있었다.

"나타샤가 새 머리핀을 꽂아주었어. 어때, 예쁘니?"

나타샤 덕분에 나는 문학과 예술에 깊은 관심을 갖게 되었다. 그녀는 나에게 새로운 세계를 보게 해주었다. 우리는 함께 서점, 미술관, 화랑을 돌아다녔다. 일요일에는 종종 지하철을 타고 맨해튼의 메트로폴리탄미술관이나 현대미술관, 자연사박물관, 휘트니미술관에 갔다. 시네마테크에 가서 영화를 보기도 했다. 대개는 내가 알아들을 수 없는 언어를 사용하는 영화였지만 상관없었다. 스크린보다는 나타샤를 보는 게 좋았으니까. 나는 묘하고 신비롭고 에로틱하기까지 한 나타샤를 스크린 대신 열렬하게 바라보았다. 내가 바라보는 동안 나타샤는 영화에 열중했다.

나타샤가 영화를 보고 나서 내게 물었다.

"영화, 어땠어?"

내가 대사를 한 마디도 알아들을 수 없었다고 하자 나타샤는 정말이지 안쓰럽다는 표정을 짓고 있다가 내용을 직접 설명해주겠다며 나를 근처 카페로 데려갔다. 내가 영화의 대사를 못 알아들어 못 견디게 궁금할 거라고 짐작한 그녀가 첫 장면부터 자세히 이야기를 시작했다. 나는 귀를 기울이는 척했지만 사실 그녀가 하는 말이 귀에 들어오지 않았다. 그녀의 입술이 나의 모든 지적 기능에 브레이크를 걸어버린 상태였으니까. 내 머릿속에서 작동하는 단 하나의 열망이 있다면 그녀의 입술에 키스하는 것이었다.

그 당시 뉴욕에는 서점이 많았고, 나타샤는 매번 책을 여러 권 샀다. 집으로 돌아오면 그녀는 내게 책 한권을 건네며 읽어보라고 하고는 의자에 기대 앉아 말없이 담배를 말아 피웠다.

12월 어느 날 저녁, 내가 러시아역사에 대한 책을 읽고 있을 때 였다. 나타샤가 내 어깨에 머리를 기대고 있다가 손을 내밀어 내 배를 만졌다. 그녀가 깜짝 놀란 표정을 짓더니 기대고 있던 머리를 일으켜 바른 자세로 앉았다.

"배가 어쩜 이리 단단할 수 있니?"

"운동을 많이 해서일 거야."

나타샤는 담배를 한 모금 깊이 빨아들이고 나서 재떨이에 내려 놓더니 별안간 내게 명령했다.

"티셔츠를 벗어봐. 네 몸을 보고 싶어."

나는 심장이 쿵쾅거리며 뛰는 반동으로 온몸이 떨리는 걸 느끼 며 주저 없이 명령에 복종했다. 내 몸을 가만히 응시하던 그녀가 손을 내밀어 가슴에 얹었다. 그녀의 손가락이 아래로 미끄러져 내 려가며 내 상반신을 가볍게 스쳤다.

"아름다운 몸이야."

"내 몸이 아름다워?"

나타샤가 키득거렸다.

"바보, 그럼 이 방에 너 말고 누가 또 있어?"

"내 몸이 아름답다고? 난 한 번도 그런 생각을 해본 적 없어."

"아름다운 사람들은 자신이 얼마나 아름다운지 모르는 법이야."

나타샤에게 매혹된 나는 몸이 마비된 듯 꼼짝도 하지 않고 서 있었다. 나는 신경이 팽팽하게 당겨질 만큼 긴장해 있다가 겨우 입을 열었다.

"남자친구 있어?"

나타샤가 짓궂게 눈썹을 찡긋해 보이며 대답했다.

"네가 내 남자친구인 줄 알았는데, 나 혼자 착각한 건가?"

나타샤가 가까이 다가와 내게 키스했다. 내 생애 첫 키스였다. 우리의 혀가 얽혀들며 한 덩어리가 되었다. 영혼이 모두 빠져 달아나는 느낌이 들었다. 짜릿한 감각이 머리끝에서 발끝까지 번져가는 동안 벅찬 감동이 밀려와 온몸을 감쌌다. 그때까지 한 번도 느껴보지 못한 황홀한 감정이 나를 사로잡았다.

그날 이후, 나는 수년간 나타샤 곁을 떠나지 않았다. 나타샤는 내 삶의 축이었다. 그녀는 내가 흥미를 느끼고 몰두하게 만드는 동인이자 내 삶의 중심이었다. 우리는 서로를 절절하게 사랑했다. 나타샤만 옆에 있으면 내게는 영화관, 지하철, 소극장, 도서관, 주방 식탁 등이 온통 낙원이었다.

나타샤는 요리공부를 하면서 조금이나마 생활비를 벌기 위해 외조부모의 단골식당인 〈카츠〉에서 서빙 아르바이트를 시작했다. 그 식당에서 또래 친구를 만나게 되었는데 그녀처럼 요리공부를 하는 달라였다.

∴

나는 고교를 졸업하고 뉴욕대학교에 입학했다. 오래 전부터 장

차 교수나 변호사가 되고 싶었다. 대학에 입학하면서 외조부모가 '의미 있는 사람이 되어라.'라고 했던 말뜻을 나름 이해하게 되었다. 나는 머릿속으로 의미 있는 삶을 살고 있는 사람이 누군지 떠올려보았다. 내가 기억하기로는 에프럼 젠슨 반장이 가장 의미 있게 사는 사람으로 보였다. 그는 그릇된 행위를 바로잡는 사람이었고, 강자로부터 약자를 보호하는 사람이었다. 외조부모가 세상에서 마음 깊이 존중하고 예의를 다해 대하는 사람이 바로 에프럼 반장이었다. 나는 에프럼 반장처럼 경찰이 되고 싶었다.

뉴욕대학교에서 4년간 공부하고 학위를 받은 나는 뉴욕 주 경찰 아카데미에 들어가 수석으로 과정을 이수했다. 사건현장에서 나름 실력을 보인 결과 뉴욕 주 경찰본부에 합류해 경력을 쌓아나갔다. 본부로 옮겨온 첫날 맥케나 과장에게 전입인사를 하러 갔다. 내 옆에 젊은 남자 하나가 앉아 있었다.

"제스 로젠버그, 자네는 경찰아카데미를 수석으로 졸업했군 그래. 수석 졸업 경력이 나를 감동시킬 거라고 생각하나?"

내가 말했다.

"아닙니다."

맥케나 과장이 내 옆에 앉아 있는 남자에게로 시선을 돌렸다.

"데렉 스콧, 자네는 뉴욕 주 경찰 사상 최연소로 경사로 진급했군 그래. 내가 자네의 최연소 진급에 화들짝 놀랄 거라 생각하나?"

"아닙니다."

맥케나 과장은 우리 두 사람을 요모조모 훑어보았다.

"인사를 결정한 수뇌부에서 자네들을 두 명의 에이스라고 하더군. 나는 자네들을 한조로 묶어 과연 에이스라는 말을 들을 싹수가 보이는지 지켜보겠네."

우리는 동시에 고개를 끄덕였다.

"자네들에게 서로 마주보이는 방을 배정해주겠네. 우선 고양이를 잃어버렸다고 신고한 부인네들을 맡아. 자네들이 문제를 어떻게 해결해나가는지 지켜보겠어."

〈카츠〉에서 만나 친구가 된 나타샤와 달라는 그동안 삶의 돌파구를 찾아내지 못하고 있었다. 두 사람은 〈카츠〉를 나와 〈블루라군〉에서 일하게 되었다. 주방 보조로 채용되었지만 식당 주인은 웨이트리스가 부족하다며 홀 서빙을 맡겼다.

내가 나타샤에게 말했다.

"주방 보조로 일하길 원했는데 웨이트리스 일을 시킨다는 건 부당해."

나타샤가 말했다.

"나도 불만이지만 주방 보조보다는 웨이트리스의 수입이 더 짭짤해. 달라와 내가 구상하는 생각을 현실화하려면 우선 돈을 모아야 해. 우리는 함께 돈을 모아 식당을 열 거야."

"어떤 식당을 구상하고 있는데? 미리 봐둔 장소는 있어?"

나타샤가 웃음을 터뜨렸다.

"아직 그런 단계는 아니야. 우선 돈을 모으고 나서 장소를 어디로 정할지, 어떤 메뉴를 만들어 팔지 구체적으로 생각해봐야지."

"그래, 멋진 생각이야. 반드시 뜻대로 될 수 있길 바라."

나타샤의 얼굴에 미소가 번졌다. 나는 다시 말을 이었다.

"언젠가 경찰 옷을 벗게 되면 당신과 함께 식당을 열고 싶어."

"나도 좋아."

2장

비탄

2014년 7월 27일 일요일 – 7월 30일 수요일

제스 로젠버그

2014년 7월 27일 일요일

개막공연 다음날

아침 7시, 날이 밝았지만 나는 간밤에 한시도 잠을 이루지 못했다. 중심가는 통행이 막힌 상태였고, 구급차량과 경찰차들만이 거리를 가득 메우고 있었다. 경찰은 한밤중이 되도록 오르피아로 진입하는 모든 도로를 봉쇄하고 범인 검거에 나섰지만 아무런 소득이 없었다. 구조대원들이 부상자들을 병원으로 옮겼다. 대부분 극장에서 한꺼번에 몰려나오다가 넘어져 다친 사람들이었다.

다코타 에덴은 헬리콥터로 맨해튼에 있는 병원으로 이송되었지만 생명이 위독한 상태였다. 날이 밝으면서 어느 정도 질서가 회복되었다. 우리는 대극장에서 벌어진 사건의 전모를 파악하는 일이 급선무였다.

총을 쏜 범인은 누구인가? 범인은 어떻게 철통같은 보안검색을 뚫고 대극장 안까지 총을 소지하고 입장할 수 있었을까?

우리는 연출자인 커크를 비롯해 무대에 섰던 배우들 전원을 소환해 조사에 착수했다. 그들은 총격사건을 가장 가까이에서 목격한 사람들이었다. 그들은 오르피아경찰서 회의실 바닥에 누워 잠을 자거나 의자에 앉아 심문 순서가 돌아오기를 기다리고 있었다. 연극에 출연한 배우들 가운데 제리와 앨리스의 모습이 보이지 않왔다. 제리는 다코타가 맨해튼의 병원으로 이송될 때 함께 헬리콥터에 탑승해 떠났고, 앨리스는 행방이 묘연했다.

데렉이 우선 커크를 불러 심문을 시작했다.

"이제 연극공연은 물 건너갔으니 당장 범인이 누군지 말해 봐요. 당신이 연극공연 중에 밝혀지게 될 거라고 큰소리친 범인이 누군지 어서 털어놓으라니까."

커크가 김빠지는 소리를 했다.

"나는 몰라요."

데렉이 벌떡 일어나 커크의 멱살을 잡고 벽으로 밀어붙였다.

"당신이 알고 있는 게 뭔지 어서 말해 보라니까."

커크가 얼굴을 일그러뜨리며 머리를 감싸 쥐었다.

"연극은 사기였어요. 나는 4인 살인사건의 범인에 대해 전혀 아는 바가 없으니까."

"1994년 7월 30일 저녁, 당신은 범인이 겨냥한 살해 대상이 고든 시장이 아니라 메간 패들린이라는 사실을 알고 있었지요?"

커크가 고개를 끄덕이고 나서 말했다.

"뉴욕 주 경찰본부는 최종 수사결과 테드 테넨바움이 4인 살인사건의 범인이라고 발표했지만 나는 잘못된 결론이라는 걸 알고 있었어요. 메타로부터 들은 말이 있었으니까. 메타가 말하길 샬롯이 테드의 밴을 운전하는 모습을 보았다고 했어요. 며칠 후 나는 고든 시장의 집 인근에 사는 이웃주민으로부터 한 가지 의미심장한 제보를 받게 되었어요. 이웃주민이 말하길 자기네 차고 문 옆에 총알 두 발이 박혀 있다는 것이었어요. 쉽게 눈에 띄는 위치가 아니라서 사건 발생 직후에는 몰랐는데 벽에 페인트를 다시 칠하다가 발견했다는 것이었습니다. 나는 그 집 차고로 달려가 벽에 박힌 두 발의 총알을 확보했어요. 4인 살인사건 희생자들의 시신에서 나온 총알들과 일치하는지 비교해보려고 뉴욕 주 경찰 과학수사대에 의뢰했습니다. 그 결과 모두 동일한 총에서 발사된 총알이라는 결과가 나왔어요. 차고 벽에 박힌 그 두 발의 총알이 날아온 방향으로 미루어볼 때 공원에서 발사되었다는 걸 알 수 있었습니다. 그 순간 나는 범인의 표적이 고든 시장 가족이 아니라 메간이었다는 사실을 깨닫게 된 거요. 범인은 처음에는 공원에서 메간을 쏘려 했지만 놓쳤어요. 메간은 고든 시장의 집 쪽으로 달아나며 도움을 청하려다가 결국 범인에게 따라잡혀 살해당한 겁니다. 범인 입장에서 보자면 고든 시장과 일가족은 살인현장의 목격자들이라 살려둘 수 없었겠지요."

나는 커크가 매우 뛰어난 경찰이라는 걸 인정하지 않을 수 없었다.

데렉이 물었다.

"그런 사실을 알아냈으면서 우리에게 말하지 않은 이유가 뭐요?"

"뉴욕 주 경찰본부로 복귀한 당신과 제스에게 여러 번 전화해봤지만 연락이 닿지 않았습니다. 전화를 받은 당신들의 동료가 하는 말이 사고를 당해 잠시 휴직했다고 하더군요. 4인 살인사건과 관련된 일이라고 용건을 말했지만 그 사건 수사는 이미 종결되었다고 했어요. 나는 당신들을 만나려고 집에 찾아가기까지 했습니다. 데렉, 당신 집을 찾아가 벨을 누르니 어떤 젊은 여자 하나가 현관문을 열더니 퀭한 눈으로 내다보더군요. 내가 4인 살인사건 수사와 관련해 찾아왔다고 하니까 당신을 더는 괴롭히지 말라며 문을 쾅 소리가 나게 닫아버렸어요. 제스, 당신 집에도 여러 번 찾아갔지만 매번 아무런 응답이 없었습니다."

데렉과 나는 서로 얼굴을 마주 보았다. 커크의 말이 사실에 부합

한다는 걸 자인하지 않을 수 없었다.

데렉이 심문을 이어갔다.

"그래서 어떻게 되었죠?"

"빌어먹을! 그야말로 뒤죽박죽이 되었습니다. 범행이 벌어지던 시각에 테드의 밴에 타고 있었던 사람이 샬롯이었다는 목격자의 증언이 있었음에도 당신들은 테드를 범인으로 확신하고 있었고, 공식적으로도 그렇게 발표했어요. 나는 당신들이 범인의 1차 표적을 잘못 짚는 바람에 오류를 저질렀다는 사실을 알아내긴 했지만 결과적으로 아무런 의미가 없다는 걸 깨달았죠. 내가 어렵게 알아낸 사실들을 토대로 재수사에 착수해야 한다고 생각했는데 다들 내 말을 들으려고 하지 않더군요. 오르피아경찰서의 동료들은 내가 부친의 암 발병을 내세워 휴가를 따낸 사실을 알게 된 이후 아무도 나와 말을 섞지 않으려고 했습니다. 게다가 4인 살인사건을 맡았던 담당형사들은 어디로 사라졌는지 종적을 알 수 없었어요. 한 마디로 설상가상이었습니다. 나는 혼자서라도 잘못 결론이 난 수사결과를 바로잡고 사건의 진상을 규명하기로 마음먹었어요. 그 시기에 혹시 오르피아 일대에서 다른 살인사건이 벌어졌는지 조사해봤지만 유의미한 정보를 얻지 못했습니다. 다만 리지스포트에서 일어난 교통사고가 내 관심을 부추기더군요. 오토바이 운전자가 사망한 사건인데 고속도로순찰대에 전화해 어떤 사건인지 상황을 체크해봤습니다. 그 사건을 담당했던 경관과 이야기를 나누다가 ATF수사관이 사고현장에 와서 몇 가지 물어보고 갔다는 사실을 알아냈죠. 사고로 숨진 오토바이 운전자가 마약밀매조직 보스인데 미꾸라지처럼 법망을 피해나가던 작자였다고 하더군요. 그는 분명 단순한 교통사고가 아닌 것 같다고 했어요. 그쯤 되자 나는 슬슬 겁이 나기 시작했습니다. 혹시 마피아 사업에 발을 들이민 건 아닌지 은근히 걱정스러웠지요. 오르피아경찰서에서 함께 일한 옛 동료 루이스 어반에게 사정 얘기를 털어놓으려고 했지만 그는 만나기로 한 약속장소에 나타나지 않았어요. 나는 외톨이 신세라는 걸 절실히 깨달았고, 결국 사라지기로 작정한 거요."

"당신은 진실을 감당하기 싫어 회피해놓고 이제 와서 핑계를 대고 있는 겁니다."

"나는 혼자라는 고립감을 더 이상 견딜 수 없었습니다. 내가 홀연히 사라지면 사람들이 내 안부를 걱정할 거라고 생각했는데 곧 섣부른 기대라는 걸 알게 되었어요. 내가 무슨 이유로 오르피아경찰서에 사직서를 냈는지 다들 궁금해 할 거라고 생각했는데 아무도 관심을 갖지 않더군요. 오르피아경찰서에 사직서를 내고 나서 처음 2주 동안 어디에 있었는지 알아요? 그냥 집에 남아 있었어요. 누군가 찾아와 내 안부를 물어주길 기다렸지만 아무도 오지 않더군요. 이웃사람들조차 내가 어떻게 됐는지 무관심하긴 마찬가지였어요. 나는 혹시라도 집을 비운 사이에 누군가 다녀가지 않을까 걱정돼 꼼짝도 하지 않고 집안에 남아 있었고, 심지어 식료품이 떨어졌지만 장을 보러 가지도 않았습니다. 아무리 기다려도 전화 한 통 걸려오지 않더군요. 단 한 번 부친이 내가 부탁한 물건을 가져다주려고 들른 걸 빼면 개미새끼 한 마리 얼씬거리지 않았어요. 부친은 몇 시간 동안 나와 함께 거실 소파에 앉아 있었습니다. 둘 다 할 말이 없어 입을 꾹 다물고 몇 시간을 버틴 거요. 결국 부친이 '누굴 기다리는 거냐?'라고 물었어요. 나는 '누군가를 기다리고 있는데 그가 누군지는 모르겠어요.'라고 대답했죠. 결국 나는 서부지역으로 터전을 옮겨 새로운 삶을 시작하기로 결심했습니다. 오랫동안 작가가 되고 싶다는 꿈을 꾸어온 만큼 창작에 몰두할 수 있는 절호의 기회라는 생각이 들더군요. 수사결과가 잘못된 범죄사건에 대한 연극대본을 써서 무대에 올리면 대중들의 관심이 집중될 거라는 확신이 섰죠. 사실 매우 흥미로운 소재이긴 하잖아요. 오르피아를 떠나기 전에 기회를 엿보다가 오르피아경찰서 기록보관실에 잠입해 4인 살인사건에 대한 사건조서를 챙겨 나오게 됐던 겁니다."

애나가 물었다.

"사건조서가 있어야 할 자리에 '여기서 다크 나이트가 시작된다.'라는 문구를 남겨놓은 이유가 뭐죠?"

"내 나름대로 사건 진상을 파헤치기 위한 노력을 계속하고 나서 오르피아로 돌아와 내가 알아낸 진실을 터뜨릴 생각이었습니다. 4인 살인사건을 다룬 연극을 무대에 올려 돌풍을 일으키고 싶었던 겁니다. 비록 초라한 신세로 오르피아를 떠나지만 훗날 성공한 작가가 되어 돌아오고 싶었어요. 내가 오르피아에서 《다크 나이트》를 무대에 올리기로 작심했던 이유입니다."

"제목을 《다크 나이트》로 정한 이유는 뭐죠?"

"처음에 《다크 나이트》라고 제목을 붙인 연극대본은 사라지고 없었습니다. 동료경찰들이 내가 부친의 암을 핑계로 휴가를 다녀온 것에 대한 분풀이로 사무실에 보관하고 있던 원고를 전부 폐기해버렸거든요. 서점에 위탁판매를 부탁한 한 부가 남아있었지만 어느새 고든 시장의 손에 들어가 있더군요."

내가 물었다.

"그 대본을 고든 시장이 가져갔을 거라 짐작한 근거가 뭐였죠?"

"당시 서점에서 일하던 메간이 내게 말해주더군요. 지역작가들을 위한 부스를 만들자고 제안한 사람도 메간이었습니다. 이따금

할리우드 유명인사들이 그 서점에 들르기도 하니까 누군가 내 작품을 읽고 좋아할 수도 있다고 여겼던 거예요. 1994년 7월 중순에 동료경찰들이 내가 쓴 연극대본을 가루로 만들어버리는 바람에 나는 서점에 맡겨두었던 사본을 되찾아오려고 했어요. 메간이 말하길 고든 시장이 연극대본을 구입해 가져갔다는 거예요. 고든 시장을 찾아가 연극대본을 돌려달라고 했더니 없다고 잡아떼더군요. 나는 어쩔 수 없이 부친에게 살던 집을 팔아달라고 부탁하고 캘리포니아로 떠났습니다. 몇 년 동안은 집을 판 돈이 있어 근근이 버틸 수 있었죠. 나는 사람들의 뇌리에 강하게 아로새겨질 연극대본을 쓰고 싶었는데 잘 되지 않더군요. 아무리 머리를 굴려보아도 누가 범인인지 알아낼 수 없었어요. 결과적으로 다람쥐 쳇바퀴 돌듯 시간만 흘려보냈습니다. 그럴수록 그 사건이 일종의 강박관념이 되어 나를 옭아매기 시작하더군요."

데렉이 물었다.

"지난 20년 동안 그 한 가지 사건을 곱씹은 결과 어떤 결론을 얻게 되었죠?"

"아직 결론을 얻지 못했다니까요. 오토바이 사고와 메간의 죽음 사이에서 연결고리를 찾아내 범인이 누군지 알아내려고 애써봤지만 끝내 그럴싸한 결론을 도출해내지 못했습니다."

"메간이 제레미아의 오토바이 사고를 조사하다가 살해당했을 거라고 생각하는 겁니까?"

"나는 두 사건의 연결고리를 찾아내는 데 실패했습니다."

"우리도 수사를 다시 시작한 이후 4인 살인사건과 제레미아의 오토바이 사건 사이에 뭔가 연결고리가 있을 거라 생각하고 있었어요. 우리도 아직 두 사건의 연결고리를 찾아내지는 못했습니다."

커크가 신중하게 말했다

"두 사건 사이에는 분명 연결고리가 있어요."

"당신은 범인이 누군지도 모르면서 왜 허풍을 떨었습니까? 당신 때문에 미 전역의 관심이 오르피아에 쏠리게 되었는데 결과를 어떻게 책임질 생각이죠? 완성된 대본도 없이 연극을 무대에 올리겠다는 빌상을 할 수 있다는 게 과연 제성신입니까?"

"미제로 끝난 4인 사건에 다시 이목을 집중시키려면 그 방법밖에 없었습니다. 나 혼자서 사건의 비밀을 풀려고 애써보았지만 결국 실패로 돌아갔으니까요. 지난 6월에 스테파니 메일러가 나를 만나러 로스앤젤레스에 왔습니다. 그녀를 만나보고 나서 혹시 내 연극대본을 완성할 수 있을지도 모른다는 기대를 품었던 게 사실입니다. 스테파니가 알고 있는 정보들을 모두 털어놓을 거라 기대하면서 나는 그녀에게 내가 알고 있는 모든 사실들을 이야기해주었어요."

"스테파니가 무슨 이야기를 해주던가요?"

"내가 범인이 누군지 모른다는 걸 알게 되자 곧바로 자리에서 일어나더군요. 내가 스테파니에게 알고 있는 걸 모두 털어놓으라고 하자 시간낭비일 뿐이라며 단호히 거절했어요. 우리는 카페에서 실랑이를 벌이게 되었고, 스테파니의 가방이 바닥으로 떨어져 안에 들어 있던 내용물이 모두 쏟아져 나왔습니다. 라이터, 우스꽝스러운 방울이 달린 열쇠고리, 취재한 내용을 적어놓은 메모지가 들어 있더군요. 소지품들을 가방에 담아주는 척하며 메모지를 슬쩍 **빼돌렸는데** 주목할 만한 내용은 없었습니다."

잠시 침묵이 흐르고 나서. 내가 입을 열었다.

"크게 보자면 당신의 추론은 틀리지 않았어요. 우린 당신이 쓴 연극대본을 찾아냈습니다. 고든 시장이 은행 금고에 숨겨놓았더군요. 그 대본에 일종의 암호형태로 제레미아의 이름이 숨겨져 있었습니다. 그런 사실들로 미루어 보건대 제레미아와 고든 시장, 메간은 어떤 식으로든 서로 연결되어 있는 게 분명해요. 당신은 일찍이 그럴 수도 있다는 걸 추론해낸 겁니다. 퍼즐조각들을 찾아내 손에 쥐고 있었던 셈이지요. 이제 그 퍼즐조각들을 이어 맞추는 일만 남았어요."

"나도 당신들을 도울 수 있었으면 좋겠습니다. 내가 막돼먹은 인간은 아니라는 걸 보여주고 싶어요."

나는 고개를 끄덕였다.

"이제 제발 미친 연극은 그만 둬요."

"제정신으로 살아가는 게 쉬운 일은 아니지만 한 번 애써보겠습니다."

우리는 개막공연 무대 위에서 벌어진 일들을 세밀히 되짚어보기로 했다.

커크가 말했다.

"나는 무대 옆에 서서 다코타를 바라보고 있었어요. 내 옆에는 앨리스와 제리가 있었고요. 그때 별안간 총성이 울렸고, 다코타가 총을 맞고 쓰러졌습니다. 제리와 내가 다코타에게로 달려갔고, 곧이어 샬롯도 달려왔어요."

데렉이 물었다.

"혹시 총알이 어느 방향에서 날아왔는지 알아요?"

"극장 안은 칠흑처럼 어두웠고, 무대에만 강한 조명이 쏟아지고 있어 총알이 어디에서 날아왔는지 알 수 없었어요. 다만 범인이 관객 사이에 섞여 있었던 건 분명해요. 다코타는 가슴 부근에 총상을 입었는데 마침 객석을 향해 정면으로 서 있던 자세였으니까요. 무엇보다 이해하기 힘든 일은 그토록 철저한 보안검색이 이루어졌는데 범인이 어떻게 무기를 소지하고 극장 안까지 들어올 수 있었느냐는 겁니다."

맥케나 과장이 우리를 호출해 잠시 조사를 중단해야 했다. 우리는 나머지 배우들에 대한 심문을 뒤로 미루고 맥케나 과장에게로 갔다. 재스퍼와 브라운 시장도 그 자리에 와 있었다. 총격사건 이후 처음 소집된 회의였다.

현재까지 범인을 추적할 단서를 아무것도 찾아내지 못했다. 대극장에 설치된 보안카메라들은 실내가 너무 어두웠던 탓에 제 역할을 하지 못했고, 관객들을 상대로 조사해봤지만 목격자는 없었다. 관객들의 진술은 천편일률적이었다. 주변이 너무 캄캄했고, 별안간 총성이 울렸다는 게 전부였다.

"다크 나이트가 따로 있나요. 두 발의 총성이 울리고, 무대 위 여배우가 쓰러지고 나서 온통 난장판이 되었죠."

맥케나 과장은 뉴욕 주 경찰이 극장 내부와 인근 거리를 수색했지만 아직 범행에 사용한 무기를 발견하지 못했다고 했다.

"범인은 혼란한 상황을 틈타 대극장을 빠져나간 뒤 검문을 피하기 위해 어딘가에 총을 버렸을 겁니다."

재스퍼는 자신의 입장을 변호했다.

"대극장을 나서는 사람들을 멈춰 세우고 검문을 실시할 필요가 있었지만 만약 그랬다가는 모두들 인파에 깔려죽을 수도 있었습니다. 보안검색을 철저히 했는데 어떻게 총을 들고 대극장 안으로 입장할 수 있었는지 알다가도 모를 일입니다."

아직 그럴싸한 단서는 없었지만 모두들 주목하는 부분이 바로 범인이 철저한 검문검색이 이루어진 가운데 어떻게 무기를 소지하고 대극장 안으로 잠입할 수 있었느냐는 점이었다.

맥케나 과장이 말했다.

"출입문에서 검색을 맡았던 친구들은 그 분야의 경험이 풍부한 베테랑들이었어. 정부에서 주최하는 국제회의나 공식행사의 안전을 담당했던 경험이 있는 팀이고, 뉴욕 주 행사 때마다 시장 경호를 맡았었지. 폭발물탐지견을 동원해 대극장 내부를 샅샅이 점검했으니 범인이 미리 총을 숨겨두었을 리도 없어. 비상경계령이 내려진 상태에서 밤사이 극장에 잠입하는 건 불가능한 상황이었지. 관객이든 배우든 금속 탐지기를 거치지 않고는 극장 내부로 입장할 수 없었는데 도대체 어찌된 일인지 모르겠어."

범인은 어떤 방법으로 총기를 극장 안까지 소지하고 들어올 수 있었을까?

우리가 우선적으로 풀어야할 과제였다. 맥케나 과장은 이 문제를 풀기 위해 극장보안임무를 맡았던 보안 책임자를 그 자리에 소환했다. 보안 책임자가 우리에게 설명한 내용은 맥케나 과장이 한 말과 다르지 않았다.

"극장 내부수색을 마친 상태에서 모든 출입문을 봉쇄했습니다. 혹시 미합중국 대통령이라면 모를까 검색대를 통과하지 않고는 아무도 들여보내지 않았습니다."

데렉이 확인하듯 물었다.

"모든 입장객이 검색대를 거쳤습니까?"

"단 한사람도 예외는 없었습니다."

애나가 반론을 제기했다.

"저와 여기 있는 두 형사들은 검색을 받지 않고 극장 안으로 들어갔는데요."

"경찰 신분증을 제시할 경우 몸수색을 하지 않았습니다."

내가 물었다.

"그렇다면 제법 여러 사람이 검색대를 통하지 않고 극장 내부로 들어갔다는 건가요?"

"이 자리에 계신 형사들과 우리 팀원늘만 예외를 적용했습니다. 우리 팀원들은 보안점검을 위해 수시로 극장 안팎을 드나들어야 했기 때문에 부득이 검색대를 거치지 않았습니다."

맥케나 과장이 나섰다.

"제스, 설마 우리 보안요원들을 의심하는 건 아니지?"

내가 말했다.

"설마 그럴 리가요. 그럼 이제부터 극장 내부 수색과정을 점검해볼 차례군요."

극장내부 안전점검을 담당했던 팀장은 나의 요청에 보다 정확한 답을 내놓기 위해 수색에 동원된 경찰탐지견 부대의 책임자를 불렀다.

"우리는 극장을 세 구역으로 나누어 수색을 실시했습니다. 휴게실이 있는 로비, 무대가 있는 주공연장 그리고 분장실을 포함한 무대 뒤편을 차례로 훑어나갔죠. 그 당시 무대에서는 배우들이 리허설을 하고 있었습니다. 우리는 우선 무대 뒤와 분장실부터 살펴보았습니다. 대극장 지하에 아주 넓은 공간이 있더군요. 그 구역 검색을 마치고 나서 배우들에게 공연장 내부를 수색하는 동안 잠시 리허설을 중단해달라고 요청했습니다. 탐지견들의 주의가 분산되어서는 곤란하니까요."

내가 물었다.

"리허설을 중단한 동안 배우들은 어디에 머물러 있었죠?"

"무대 뒤에 모여 있었는데 무대로 다시 돌아올 때는 보안검색규정에 따라 금속 탐지기를 통과하게 했습니다."

데렉이 이마를 짚으며 물었다.

"배우들이 대극장에 도착했을 당시에도 소지품 수색이 있었나요?"

"아뇨, 다만 배우들이 들고 온 소지품 일체를 분장실에 놓아두게 했습니다. 만약 배우들의 소지품들 중에 무기가 들어 있었다면 탐지견들이 분장실을 수색할 때 그냥 지나치지 않았을 겁니다."

데렉이 지적했다.

"만약 배우들 중 누군가가 총기를 숨겨 대극장으로 들어와 리허설 도중에도 몸에 지니고 있었다면 어떨까요? 수색 팀은 그때 분장실이 있는 무대 뒤쪽을 조사하고 있었다고 했잖아요. 만약 배우가 총기를 몸에 소지하고 있었다면 탐지견들이 공연장으로 옮겨왔을 때 수색이 끝난 분장실로 돌아가 총을 놓아둘 수도 있었을 텐데요. 금속 탐지기도 문제없이 통과해 무대로 돌아올 수 있었을 테고요."

"탐지견들을 배우들 쪽으로 접근시킨 적은 없으니까 그럴 수도 있었겠는데요."

내가 말했다.

"그렇다면 범인이 어떻게 총기를 들고 극장 내부로 들어왔는지 설명이 되었군요. 공연 전날 미리 총을 대극장 안에 가져다놓은 거죠. 언론에서 대극장 보안조치에 대해 대대적으로 떠들어대는 바람에 범인은 미리 대비할 수 있었던 겁니다. 총기를 전날 대극장 내부에 가져다놓고 나서 공연이 시작되기 직전 분장실에서 되찾아오기만 하면 되었으니까요."

브라운 시장이 불안한 표정으로 물었다.

"지금 그 말은 연극 출연진들 중에 범인이 있다는 뜻인가요?"

데렉이 대답했다.

"바로 그겁니다."

옆방에서 심문을 기다리는 배우들 중에 총을 쏜 범인이 있다는 뜻이었다. 우리는 우선 배우들 각각을 대상으로 초연반응이 있는지 알아보았다. 검사 결과 손이나 옷에 자주색(화약폭발흔적은 다이페닐아민을 이용한 초연반응검사에서 자주색으로 반응함 : 옮긴이) 반응이 나타난 사람은 없었다. 무대의상도 마찬가지 검사를 거쳤다. 수사팀을 보내 분장실과 호텔객실을 수색하게 했다. 역시 아무런 반응도 나오지 않았다. 초연반응이 나타나지 않는 걸 보면 범인은 장갑을 끼거나 외투 차림으로 총을 쏘았을 가능성이 컸다. 총을 어딘가에 버리고 옷을 갈아입고 장갑을 버렸다면 초연반응이 나타나지 않는 게 당연했다.

커크는 총이 발사되는 순간 앨리스와 제리가 옆에 있었다고 했다. 마침 우리는 맨해튼 병원에 가 있는 제리와 통화할 수 있게 되었다. 다코타는 몇 시간 전 수술실에 들어갔다고 했다. 제리에게서 딱히 주목할 만한 정보를 얻어내지 못했다. 그는 다코타가 총에 맞는 순간 커크와 앨리스가 옆에 있었다는 사실을 확인해주었다. 제리는 1994년의 4인 살인사건과는 아무런 관련이 없는 인물인데다 딸을 저격할 리 없는 만큼 용의선상에 제외해도 무방했다. 커크와 앨리스도 용의선상에서 배제했다.

나머지 배우들을 모두 심문했지만 아무런 소득이 없었다. 모두들 아무것도 보지 못했다고 했다. 총성이 울리던 순간 어디에 있었느냐는 질문에 각각 무대 뒤 어딘가에 있었거나 커크 옆에 있었다고 했다.

오후가 다 지나도록 우리는 여전히 답보상태를 면하지 못했다.

맥케나 과장이 아무런 진척이 없자 화를 냈다.

"아무도 초연반응을 보이지 않았어요. 게다가 모두들 아무것도 보지 못했다는 대답으로 일관하고 있습니다."

"그렇지만 배우들 가운데 범인이 있을 가능성이 높잖아."

"아직은 단서를 찾아내지 못했습니다. 실마리가 보이지 않아요."

"출연자들을 모두 조사해 봤나?"

"앨리스 필모어라는 여성만 빼고 다 조사했습니다."

"그 여자는 어디에 있는데?"

"현재 행방불명 상태인데 휴대폰도 꺼져있어요. 스티븐의 말로는 함께 극장에서 빠져나왔답니다. 그 여자는 잔뜩 겁먹은 상태였고, 뉴욕으로 돌아가겠다고 했대요. 제리가 증언하길 저격 순간에 그와 커크, 앨리스가 함께 있었다는군요."

"일단 혐의점이 없는 배우들은 모두 내보내. 달리 방법이 없잖아. 그 대신 뉴욕 주를 벗어나서는 안 된다고 일러둬."

애나가 물었다.

"다코타는 어떻게 되었어요?"

"방금 수술을 끝냈는데 총알 두 발을 꺼냈대. 현재는 코마상태이고, 의사들 말이 장기가 손상되고 출혈이 심해 오늘 밤이 고비라는군."

"총알을 과학수사대에 보내 분석을 의뢰해주세요."

"자네는 왜 총알 분석이 필요하다고 생각하지?"

"경찰용 총기에서 발사되었을 수도 있다는 생각이 들어서요."

애나의 말에 잠시 모두들 입을 다물었다.

맥케나 과장이 말했다.

"잠시 쉬면서 머리를 식혀. 산송장들이 다 되었어."

휴식을 취하려고 집으로 돌아온 애나는 전남편 마크가 현관 계단에 앉아 기다리고 있는 걸 보고 기분이 상했다.

"무슨 일로 왔어?"

"가족들 모두가 당신의 안위를 심각하게 걱정하고 있어. TV에서 연일 대극장 총격사건에 대해 보도하고 있는 상황이야. 벌써 여러 번 전화하고 메시지를 보냈는데 답을 주지 않아 미치는 줄 알았어."

"난 아무 일도 없으니까 그만 돌아가."

"대극장 총격사건을 보는 순간 새버 보석상 사건이 생각났어."

"이제 그 이야기는 제발 그만둬."

"장모님도 걱정이 이만저만이 아니야."

"어쩜 두 사람은 그리 죽이 잘 맞아. 당신은 차라리 내가 아니라 엄마와 결혼했어야 했나 봐."

마크는 계단에 걸터앉아 오도가도 하지 않았다. 애나는 피곤이 몰려와 마크 옆에 털썩 주저앉았다.

"나는 당신이 평온한 소도시 생활을 누리기 위해 오르피아로 옮겼다고 생각했어."

"맞아."

마크는 씁쓸한 표정을 지었다.

"그럼 뉴욕에 있을 때 인질협상팀에 들어간 건 순전히 나를 골탕 먹이기 위한 작전이었어?"

"다시 한 번 말하지만 나는 당신을 처음 만났을 때부터 이미 경찰이었어."

"당신은 단 한순간이라도 내 입장이 되어 생각해본 적 있어? 어느 날 한 여자를 만났어. 똑똑하고 아름답고, 유쾌한 여자였어. 나는 그녀와 결혼했고, 마침내 행복을 얻게 되었다고 확신했지. 결혼하고 나서 그녀가 매일 아침 방탄복을 입고 출근하고, 반자동 권총을 허리에 차고 집을 나서는 모습을 볼 때마다 과연 오늘 저녁에 살아서 돌아올 수 있을지 걱정되기 시작했어. 경찰차의 사이렌 소리가 들리거나 TV에서 총격전에 대해 보도하거나 인질사건이 발생하면 혹시나 하는 마음에 언제나 마음을 졸이게 되었지. 누군가 초인종을 누르면 혹시 경찰서에서 그녀가 임무수행 중 순직했다는 소식을 전하기 위해 온 건 아닌지 가슴이 조마조마해지곤 했어. 귀가시간이 늦어질 때마다 어쩌나 초조한지 한시도 마음 편히 지낼 수 없었어. 몇 번이나 메시지를 보냈는데 답이 없을 때마다 심장이 오그라드는 그 기분을 알아? 그녀는 근무시간도 불규칙하고, 시도 때도 없이 비상 출동이고, 허구한 날 내가 잠자리에서 일어날 때에야 침대에 들어와 눕곤 했지. 남들은 다 즐기는 주말에도 아무런 계획 없이 집안에 틀어박혀 그녀의 안위에 대해 걱정하느라 불안한 시간을 보내야했어. 그 마음이 어떤지 알아? 그녀와 함께 한 내 결혼생활이 그랬어."

"모두 지난 일이야. 우리는 이혼했고, 당신은 이제 그런 일을 겪지 않아도 돼."

마크는 멈출 생각이 없어보였다.

"나를 떠날 때 한 순간이라도 내 입장이 되어 생각해보았어? 내가 어떤 감정으로 살아갈지 이해하려고 해봤어? 우리가 함께 저녁 식사하기로 약속한 날 당신이 갑자기 위급한 일이 생겨 오지 못하는 바람에 몇 시간 동안 기다리다가 혼자 집으로 돌아갈 때의 그 심정이 어떨지 헤아려봤어? 당신이 내게 곧 간다고 말해놓고 갑자기 일이 생겨 오지 못한 게 몇 번인 줄 알아? 뉴욕 주 경찰본부에 소속된 수천 명의 경찰들 가운데 오로지 당신만이 대신 일해 줄 동료들이 없었어? 나는 당신이 안위를 지켜주고자 하는 8백만 뉴욕 시민 중에 8백만 번째로 밀려난 기분이었지. 경찰은 내게서 아내를 빼앗아간 거야."

"아니, 당신이 나를 잃어버린 거야. 당신이 나를 붙잡아두지 못했어!"

"내게 한 번만 더 기회를 줘."

애나는 한참 동안 망설이다가 대답했다.

"만나는 사람이 생겼어. 난 그 사람에 대해 좋은 감정을 갖고 있어. 미안해."

마크는 갑자기 충격을 받아 입이 얼어붙은 듯 한참 동안 그녀를 바라보았다.

"그래, 내가 당신을 붙잡아두지 못했어. 다만 새버 보석상 사건 이후로 당신도 변했어. 그날 밤 나는 당신을 보내고 싶지 않았어. 내가 팀장의 호출전화를 받지 말라고 애원했던 걸 기억할 거야."

"그래, 기억해."

"당신이 보석상에 가지 않았더라면, 그날 밤 내 애원을 들어주었더라면 우리는 헤어지지 않았을 거야."

애나 캐너

2012년 9월 21일 밤, 나는 맨해튼으로 빠르게 차를 몰았다. 새버 보석상이 있는 57번가에 다다라보니 경찰이 차량을 전면적으로 통제하고 있는 상태였다.

팀장이 임시 지휘실 역할을 하는 밴으로 나를 불러들였다.

"강도는 한 명인데 심리적으로 예민해진 상태라 몹시 위험해."

"보석상을 터는데 단독으로 움직였다고요?"

"보석상 주인이 두 딸과 함께 저 건물 내의 아파트에 거주하고 있었다는군. 범인이 아파트에 침입해 주인과 두 딸을 끌고 보석상으로 들어간 거야. 강도 입장으로는 날이 밝기 전에 일을 끝내고 도망칠 심산이었겠지. 마침 순찰을 돌던 경관이 보석상 안에서 희미한 불빛이 새어나오는 걸 발견하고 본부에 보고했어. 보고를 접수하자마자 우리는 곧바로 현장으로 출동했지."

"강도가 세 사람을 인질로 붙잡고 있는 건가요?"

"그래, 인질이 셋이야. 아직 강도의 신상은 밝혀지지 않았어."

"언제부터 대치가 시작되었죠?"

"벌써 세 시간째 대치하고 있어. 강도는 경찰이 철수하길 요구하고 있어. 협상을 시도해봤는데 소득이 없어서 자네를 부른 거야. 자네라면 강도와 협상의 여지를 만들어내지 않을까 생각한 거야. 휴식 중이었을 텐데 정말 미안해."

"괜찮습니다. 제 임무인걸요."

"자네 남편이 나를 많이 원망하겠군."

"아니, 이해할 겁니다."

강도가 전화 접촉을 꺼리는 형편이라 내가 보석상에 접근해 직접 부딪쳐보는 수밖에 없었다. 그때까지 한 번도 시도해보지 않은 방법이었나.

팀장이 말했다.

"강도와 직접 대면해 협상하는 건 이번이 처음이잖아. 마음이 내키지 않으면 포기해도 상관없어."

"일단 한 번 해보겠습니다."

"정면 건물에 저격수들이 배치되어 있어. 자네의 눈에 보석상 내부 상황이 들어오면 무선통신으로 알려주게. 필요할 경우 저격수들의 위치를 수정해야 하니까."

나는 방탄복을 착용하며 대답했다.

"잘 알겠습니다."

팀장은 내게 방탄모를 쓰라고 했지만 마다했다. 방탄모를 쓰고 강도와 대화를 트는 건 무리였다. 두려움이 고개를 치켜들며 심장 박동이 빨라졌다.

나는 손에 확성기를 들고 보석상이 있는 건물을 향해 걸어갔다. 보석상에서 10미터 떨어진 거리까지 접근한 나는 확성기를 입에 대고 대화를 시도했다.

잠시 후, 검은 가죽점퍼 차림에 복면을 한 남자가 보석상 문 앞에 나타났다. 두 딸 가운데 하나를 안고 뺨에 총구를 겨누고 있었다. 여자아이의 눈을 가리고 입을 테이프로 봉한 상태였다.

강도는 자신이 빠져나갈 수 있는 퇴로를 열어달라고 요구했다.

인질을 끌어안고 쉴 새 없이 움직이고 있어 저격수들이 조준사격을 하는 건 불가능한 상황이었다. 이어폰을 통해 작전지시를 내리는 팀장의 목소리가 들려왔다. 시야가 확보되면 저격해도 좋다는 지시가 떨어졌지만 저격수들은 계속 표적을 놓치고 있었다. 강도는 인근 지형지물을 재빨리 살피고 나서 다시 보석상 안으로 사라졌다.

강도는 전화로 요구사항을 제시하는 편이 안전했을 텐데 왜 저격수의 총구에 노출되는 위험을 무릅쓰고 문 앞으로 나섰을까?

20여 분이 지났을 때 보석상 출입문이 열리더니 잠시 전 강도에게 안겨 있었던 여자아이가 문 앞에 서 있었다. 눈을 가리고 입을 테이프로 봉해놓은 모습 그대로였다. 아이는 조심스럽게 바닥을 더듬으며 한 걸음씩 앞으로 걸어왔다. 내가 아이를 향해 다가가려는 순간 양손에 권총을 든 강도가 눈앞에 나타났다.

나는 확성기를 내던지고 나서 총을 뽑아들고 강도를 겨누었다.

"총을 내려놔!"

남자는 문에서 한걸음 안쪽에 있었기 때문에 저격수들은 여전히 그의 모습을 볼 수 없었다.

이어폰을 통해 팀장의 목소리가 들려왔다.

"애나, 무슨 일이야?"

"강도가 바깥으로 나오려하고 있어요. 조준이 가능하다면 지금이 바로 저격할 기회예요."

저격수들은 아직 표적이 보이지 않는다고 대답해왔다. 나는 강도의 머리를 향해 총을 겨누고 있는 상황이었다. 강도와 나 사이에 여자아이가 서 있었다. 그때까지도 나는 범인이 무슨 일을 꾸미고 있는지 눈치 채지 못했다. 별안간 강도가 내가 있는 곳을 향해 한 발자국 내디뎠고, 나는 방아쇠를 당겼다. 머리에 총알을 맞은 남자가 그 자리에 쓰러졌다.

내 귀에서 총성이 메아리쳤다. 시야가 좁아들며 잠시 눈앞이 아득했다. 이어폰에서 다급한 소리들이 울려나왔다. 뒤쪽에서 지원대가 달려왔고, 나는 간신히 정신을 차렸다. 지원대가 여자아이를 안전하게 대피시켰고, 나는 완전무장한 경찰들과 함께 보석상 안으로 진입했다. 여자아이가 두 손이 등 뒤로 묶인 가운데 바닥에 쓰러져 있었다. 역시 눈과 입이 봉해진 상태였지만 다친 곳 없이 무사했다. 보석상 주인은 상점 안쪽 내실에서 발견되었다. 전기케이블로 두 손이 묶이고 눈과 입이 봉해진 상태로 바닥에 쓰러져 있었다. 내가 달려가 케이블을 풀어주자 그가 왼팔로 자신의 가슴을 움켜잡으며 몸을 비틀었다. 처음에는 부상당한 부위인 줄 알았는데 다음 순간 그가 심장발작을 일으켰다는 사실을 알아차렸다. 지휘부에서 구급차를 불러 보석상 주인을 병원으로 이송했다.

보석상 앞에 쓰러진 강도의 시신을 살펴보던 경관이 소리쳤다.

"손에다가 총을 테이프로 붙여놓았잖아?"

누군가가 덧붙였다.

"진짜 총이 아니라 모형권총이야."

강도의 복면을 벗겼더니 입이 테이프로 단단히 봉해져 있었다.

"대체 어떻게 된 일이지?"

나는 휴대폰을 꺼내 인터넷 검색 창에 보석상 이름을 넣었다. 화면에 인물사진이 떴고, 나는 그 자리에 얼어붙었다.

내 목구멍에서 외마디 비명 같은 소리가 터져 나왔다.

"빌어먹을! 이 사람이 바로 보석상 주인이야."

옆에 서 있던 경관이 물었다.

"이 사람이 보석상 주인이면 강도는 어디로 갔지?"

그제야 강도가 위험을 무릅쓰고 바깥으로 나왔던 이유를 알아차렸다. 경찰에게 복면과 가죽점퍼를 입은 복장을 각인시키기 위해서였다. 강도가 보석상 주인 새버에게 가죽점퍼를 입히고 복면을 씌운 다음 양손에 모형권총을 들려 문밖으로 내보낸 것이다. 시키는 대로 하지 않을 경우 딸을 죽이겠다고 협박했을 것이다. 그런 다음 내실로 뛰어 들어가 문을 걸어 잠그고 스스로 눈과 입을 봉하고 케이블로 손을 묶어 보석상 주인으로 오인하도록 위장했다. 호주머니에 보석을 가득 챙겨 넣은 강도는 병원을 향해 달리는 구급차에 몸을 숨기고 사라졌다.

강도의 계획은 완벽하게 성공했다. 우리가 병원으로 달려갔을 때 강도는 이미 연기처럼 사라진 뒤였다. 구급차를 타고 병원까지 동행한 경관 두 사람은 환자를 응급실에 인계하고 복도에서 여유롭게 대기하고 있었다.

강도의 신원은 베일에 싸여 있었고, 행적도 오리무중이었다. 결과적으로 나는 명백한 실수를 저질렀고, 무고한 시민이 희생되었다. 다들 내 잘못이 아니라고 했다. 그 상황이었다면 다들 나처럼 행동할 수밖에 없었을 거라고 했다. 하지만 나는 그 장면을 머릿속에서 지워버릴 수 없었다.

팀장은 내 부담을 덜어주려고 강조했다.

"희생자는 말을 할 수 없는 상황이었어. 어찌됐든 총을 양손에 들고 있었으니 위협적으로 보이기도 했지. 어쩔 도리가 없는 상황이었어. 그가 불운했던 것뿐이야."

"내가 방아쇠를 당기기 전에 좀 더 신중했더라면 최악의 상황을 피할 수 있었을 거예요."

"만약 눈앞에 있던 사람이 강도였다면 당신이 먼저 총을 맞았을 거야."

마크는 내 고통을 헤아리기보다는 내가 말을 듣지 않고 현장에 나간 걸 들춰내 아픔을 배가시켰다.

"그날 밤, 당신은 비번이었어. 현장에 나가지 않아도 아무도 비난할 사람이 없지. 무엇보다 내가 당신을 잡아두지 못한 게 실수였어."

나는 휴가를 내고 집에 틀어박혀 우울한 기분에 휩싸였다. 마크는 내 기분을 바꿔보려고 산책을 나가자고 했다. 메트로폴리탄미술관에서 그림을 둘러보고 카페테리아에 앉아 카푸치노를 마실 때 그에게 말했다.

"눈을 감을 때마다 그 남자가 떠올라. 나는 복면 너머로 보이는 남자의 눈만 응시하고 있었어. 남자가 겁에 질려있다는 게 느껴졌어. 그 앞에는 눈이 가려진 여자아이가 걸어오고 있었어."

"이제 그 일은 잊어야 해."

"자꾸만 눈앞에 떠오르는 일을 어떻게 잊어?"

나는 심하게 반발하다가 카푸치노를 쏟았다. 주위 사람들이 우리를 힐끔거렸다. 피로감이 몰려왔다.

"내가 당신에게 다른 현실을 찾아줄게."

"잠시 혼자 걷고 싶어. 공원을 한 바퀴 돌고 갈 테니까 당신 먼저 들어가."

그 당시 나는 누군가가 내 이야기를 진지하게 들어주길 바랐다. 누군가에게 내 잘못이 아니라는 점을 인정받기 위해서가 아니었다. 마크는 내 말을 들어주는 대신 마치 아무 일도 일어나지 않은 듯 서둘러 넘기려고 했다.

경찰 심리상담 센터의 의사는 내게 동료들과 허심탄회하게 대화를 나누어보라고 조언했다. 동료들은 모두들 나를 깊이 배려하고 신경써주었다. 나는 동료 몇 사람과 저녁 늦게까지 술잔을 기울이거나 집으로 저녁초대를 받아 다녀오기도 했다. 동료들과 어울리는 동안 한결 기분이 가벼워졌지만 마크는 그 상황을 불편해했다. 내가 동료들 가운데 누군가와 연애한다고 의심한 까닭이었다.

마크가 비아냥거렸다.

"나랑 함께 있으면 그렇게 지루해하면서 누군가를 만나고 돌아올 때면 매번 그렇게 기분이 좋아?"

"동료를 만나 커피를 마시고 왔을 뿐이야. 두 아이가 있는 기혼남자야."

"결혼한 남자라니까 마음이 놓여. 기혼남은 절대로 부인을 속이지 않으니까."

"설마 지금 질투하는 거야?"

"당신은 나랑 함께 있을 때면 하루 종일 얼굴이 어두운데 외출했다가 돌아올 때 보면 늘 웃음이 가득해. 우리가 함께 잠자리를 한 게 언제인지 기억조차 가물가물해."

마크에게 뭐라고 설명할 방법이 없었다. 어쨌거나 머릿속을 짓누르는 일에 사로잡혀 그를 외롭게 내버려둔 건 내 잘못이었다. 마크는 결핍을 채우기 위해 동료 변호사와 만나게 되었다. 호시탐탐 기회를 노리던 여자였다. 모두들 두 사람이 만난다는 사실을 알게 되었고, 내 귀에도 그 소식이 들려왔다. 나는 그날 당장 짐을 싸들고 로렌의 집으로 갔다.

마크는 수시로 전화해 용서를 빌며 만나자고 했지만 거절했다. 급기야 마크는 아버지와 엄마를 찾아가 그간의 결혼생활에 대해 털어놓으며 용서를 구했다. 마크의 이야기를 들은 아버지와 엄마는 그의 입장을 두둔하게 되었다.

엄마가 내게 말했다.

"결혼한 여자가 넉 달 동안이나 부부관계를 마다한 건 너무 심했잖아. 마크가 그 이야기를 하며 펑펑 울더라."

"마크가 그런 얘기까지 했어요?"

"오죽 답답했으면 그랬겠니?"

내가 우리 사이에서 가장 심각하게 여긴 문제는 마크의 탈선이 아니었다. 약자를 보호해주던 너그러운 남자, 식당에서 위급환자를 구해 박수를 받았던 그 남자는 어디론가 사라지고 없었다. 그저 툭하면 처갓집을 찾아가 부부 문제를 하소연하는 남자가 있을 따름이었다. 2013년 6월에 마크는 결국 이혼에 합의했다.

나는 뉴욕의 그 열기, 끊임없는 소음과 결코 꺼지지 않는 불빛에 지쳐 있었다. 변화가 필요했고, 어딘가 다른 곳에 가서 살고 싶었다. 마침 구독 중이던 《뉴욕문학리뷰》에 다음과 같은 글이 실려 있었다. 오르피아에 대한 기사였다.

가장 매혹적인 연극제
스티븐 버그도프

햄프턴에 숨어있는 오르피아라는 보석을 아는가? 파라다이스를 닮은 소도시, 맑은 공기와 매혹적인 경치를 자랑하는 오르피아에서 매년 연극제가 열리며 개성 있고 수준 높은 작품을 선보이고 있다.

이 소도시의 중심가는 유유자적 평화롭게 거닐기에 더없이 적합하다. 아늑하고 쾌적한 카페와 식당들이 즐비하고, 상점들은 절로 발걸음을 돌려세울 만큼 매력이 넘친다. 오르피아는 생기발랄하고 유쾌한 곳이다. 기회가 된다면 레이크팰리스호텔을 경험해보라. 시 경계를 조금 벗어난 외곽에 위치한 호텔로 호수의 설경과 숲의 매혹을 동시에 누릴 수 있다. 마치 영화의 한 장면 속에 들어와 있다는 착각을 불러일으키는 호텔이다. 친절한 서비스와 넓고 고상한 객실, 세련된 식당도 빼놓을 수 없다. 오르피아에 한 번 발을 들여놓으면 떠나기 힘들다는 말을 레이크팰리스호텔에서 더욱 실감할 수 있을 것이다.

나는 연극제 기간에 레이크팰리스호텔에 예약하고 오르피아로 갔다. 잡지 기사는 거짓이 아니었다. 나는 오르피아에서 조용하고 평화로운 세계를 발견했다. 좁은 골목길, 모퉁이에 자리 잡은 영화관, 거리의 서점이 마음에 들었다. 오르피아는 삶의 변화가 필요했던 나에게 이상적인 장소로 각인되었다.

어느 날 아침, 마리나 해변 벤치에서 대서양을 바라보고 있을 때 수면 위로 물줄기를 뿜어내는 고래 한 마리가 보였다. 나는 그 순간을 누군가와 함께 나누고 싶었다. 조깅하러 나온 남자가 마침 옆을 지나가고 있었다. 내가 그 남자에게 손짓으로 바다를 가리켜보였다.

"무슨 일이죠?"

"저기 고래가 있어요!"

"여기서는 자주 볼 수 있는 광경이죠."

남자는 내가 흥분하는 모습이 오히려 재미있는 듯했다.

"오르피아에 처음 왔거든요."

"어디에서 오셨는데요?"

"뉴욕에서요."

"그다지 먼 곳에서 온 건 아니군요."

"가깝고도 먼 곳이죠."

그가 바로 앨런 브라운이었고, 알고 보니 오르피아의 시장이었다. 나도 그에게 개인적인 이야기를 조금 내비쳤다. 삶의 전환이 필요한 시점이고, 오르피아에서 새로운 생을 시작하고 싶다고 말했다.

"한 가지 제안하고 싶은데 오해하지는 말아줘요. 오늘 저녁에 우리 집에 들러줘요. 함께 저녁식사를 나누며 이야기를 나누고 싶군요."

나는 브라운 시장 부부와 함께 저녁식사를 하게 되었다. 두 사람은 잘 어울리는 커플이었다. 샬롯은 수의사였고, 작은 동물병원을 운영하고 있다고 했다. 그들 부부에게 아이는 없었다.

브라운 시장은 식사가 끝나고 디저트를 먹기에 앞서 나를 집으로 초대한 이유를 말했다.

"론 걸리버라는 사람이 이 지역 경찰서장인데 내년이면 은퇴해요. 현재 재스퍼 몬테인이라는 사람이 부서장으로 있는데 그를 서장으로 앉히자니 머리가 아둔한 사람이라 썩 달갑지 않아요. 나는 믿을 수 있는 사람을 경찰서장 자리에 앉히고 싶어요. 당신을 본 지 얼마 되지 않았지만 이상적인 지원자가 될 수 있을 거라는 생각이 들어요."

브라운 시장이 내가 미처 대답하지 않고 망설이자 한 마디 덧붙였다.

"오르피아는 뉴욕과 달리 아주 조용하고 평화로운 곳이죠."

"바로 그 점이 마음에 들어요."

나는 브라운 시장의 제안을 받아들였고, 2013년 9월에 오르피아로 옮겨왔다. 새로운 환경에서 나 자신을 되찾고 싶었다.

제스 로젠버그

2014년 7월 28일 월요일

개막공연 이틀 후

개막공연 현장에서 총격사건이 벌어진 지 서른여섯 시간이 지났고, 연극제는 공식적으로 취소되었다. 언론은 경찰이 시민의 안전을 보호해야 할 역할을 제대로 수행하지 못했다고 비난하는 기사를 연일 쏟아냈다. 앞서 스테파니와 코디가 살해되었고, 대극장에서 총격사건이 벌어졌다. 오르피아를 방문했던 많은 사람들이 짐을 싸 떠났고, 기존의 예약도 줄줄이 취소되었다. 오르피아에서 휴가를 보내려던 사람들도 모두 계획을 접었다.

뉴욕 주지사는 격앙된 어조로 브라운 시장과 관계자들에게 질책을 쏟아 부었다. 브라운 시장은 인기가 곤두박질쳤고, 맥케나 과장과 수사검사 역시 상급자들로부터 질책을 면치 못했다.

브라운 시장은 시청에서 기자회견을 열기로 자청했다. 내가 생각하기에 그 결정은 득보다는 실이 많을 거라 예상되었다. 기자회견을 열어봐야 당장 언론에 꺼내놓을 수 있는 실적이 없었다. 나는 마지막 순간까지 기자회견을 반대하며 말했다.

"지금 기자회견을 열어봐야 도움 될 게 없잖습니까?"

수사검사가 목소리를 높였다.

"당신들은 그동안 뭘 하고 있었기에 이 지경을 만들어놓은 거요?

사람이 줄줄이 죽어나가고, 도시 전체가 불안에 떨고 있어요. 당신들은 입이 열 개라도 할 말이 없습니다. 당신들이 얼마나 무능한 사람들인지 기자들에게 전부 털어놓을 테니 그리 알아요."

나는 도움을 청하는 눈길로 맥케나 과장을 바라보았다.

"우리가 이 모든 사태를 책임져야 한다는 겁니까? 과장님이 재스퍼와 함께 대극상과 오르피아의 안전 문제를 총괄 지휘했잖습니까?"

맥케나 과장의 안색이 붉게 달아올랐다.

"나는 지금껏 자네들을 적극적으로 옹호해주었는데 오히려 나를 물 먹일 생각인가? 어젯밤에는 뉴욕 주지사가 전화해 귀가 얼얼하도록 화를 퍼붓더니 오늘은 자네까지 나를 망신주고 싶나? 기자회견을 원한 사람은 뉴욕 주지사이지 내가 아니야."

"죄송합니다."

"데렉과 자네가 판도라 상자를 연 장본인이잖아. 자네들이 판을 벌렸으니 군소리가 나오지 않도록 어서 사건을 해결하란 말일세. 자네들은 불씨를 뒤적거리다가 큰불을 내버렸어. 미국 전역에서 이 사건이 화제의 중심으로 떠올랐어. 만약 일이 잘못되었다가는 나를 비롯해 몇몇 사람들의 목이 속절없이 날아가게 생겼어. 차라리 얌전히 은퇴나 했으면 이런 일이 없었잖아. 명예퇴임 수당을 챙겨 떠났더라면 좋았을 걸 왜 이리 사서 고생을 하나?"

나는 잠시 침묵하다가 대답했다.

"경찰이니까요."

"아무튼 이번 주말까지 이 사건을 해결해. 다음 주 월요일 아침까지 살인범을 잡지 못할 경우 자네와 데렉을 해임하겠네. 그 경우 아마 자네들은 연금을 받지 못하게 되겠지. 기자회견은 내가 알아서 할 테니 참견하지 말고 어서 나가서 살인범을 잡아들여."

브라운 시장이 애나를 쳐다보더니 퉁명스럽게 말했다.

"나는 재스퍼 몬테인을 오르피아경찰서의 자기 서장으로 임명할 생각입니다."

애나의 얼굴색이 달라졌다.

"약속과 다르잖아요."

"걸리버 서장은 이 상황을 만든 데 대한 책임을 지고 자리에서 물러나야 마땅해요. 당신도 눈에 띄는 실적이 없으니 재스퍼 몬테인을 택할 수밖에요."

"저는 서장 자리를 제안 받고 오르피아에 왔어요."

"그 사이 많은 일들이 있었고, 나는 당신에게 실망했어요."

나는 애나의 입장을 옹호해주고 싶었다.

"시장님이 뭔가 오해하셨나본데 애나는 뛰어난 경찰입니다."

"이 일은 내 소관이니 끼어들지 말아요."

브라운 시장은 몸을 돌려 프레스룸 안으로 사라졌다.

$$\therefore$$

레이크팰리스호텔은 객실을 비우고 떠나는 손님들로 북적거렸다. 지배인은 손님들에게 체크아웃을 미루고 조금 더 기다려달라고 호소하며 숙박료를 대폭 인하했지만 아무도 관심을 기울이지 않았다.

커크는 당분간 오르피아에 남아 수사에 협조하기로 결정한 만큼 호텔에 더 머물기로 했다. 메타도 마찬가지 입장이라 스위트룸으로 조식을 배달해주겠다는 약속까지 보너스로 챙겼다.

샬럿 브라운, 사무엘 패들린, 론 걸리버는 전날 이미 집으로 돌아갔다. 312호실의 스티븐은 짐을 다 꾸리고 떠날 준비를 했다. 트레이시가 여행가방을 챙기는 그를 지켜보고 있었다. 트레이시는 간밤에 아이들을 친구에게 맡기고 호텔로 달려왔다. 그녀는 모든 걸 원래대로 되돌려놓을 수만 있다면 남편의 일탈을 용서할 준비가 되어 있었다.

트레이시가 남편에게 물었다.

"지금 떠나도 문제가 없을까?"

"경찰 말로는 뉴욕 주 경계를 넘지만 않으면 괜찮다고 했어."

"그렇다면 떠나자. 어서 집으로 돌아가고 싶어."

스티븐은 가방을 끌고 앞장섰다.

"가방이 무거워 보여. 벨보이를 불러 차에 실어달라고 해야겠어."

스티븐이 질겁했다.

"절대 안 돼!"

"왜?"

"나 혼자서도 충분히 끌 수 있어."

"그래, 알았어."

두 사람은 방을 나섰다. 트레이시는 별안간 남편의 허리를 끌어안았다.

"사랑해."

"나도 당신이 그리웠어."

두 사람은 엘리베이터를 타고 내려와 호텔 로비를 가로질렀다. 로비는 떠나려는 사람들로 북적거렸다. 스티븐은 프런트직원들의 눈길을 피해 곧장 출입문으로 향했다. 그는 아직 숙박비를 계산하지 않은 상태였지만 누군가 앨리스에 대해 물어볼까 봐 겁이 나 한시바삐 몸을 숨기고 싶었다.

그를 발견한 호텔직원 하나가 다가오며 물었다.

"도와드릴까요?"

"아뇨, 필요 없어요."

스티븐은 한층 더 빨리 걸음을 떼어놓았다. 트레이시가 뒤따라오느라 가쁜 숨을 쉬었다.

스티븐은 트렁크를 열고 가방을 실었다.

트레이시가 조수석에 타자마자 스티븐은 차를 출발시켰다. 오르피아 시 경계를 넘어서고 나서야 스티븐은 안도의 숨을 내쉬었다. 지금까지는 아무도 눈치 채지 못했다. 앨리스의 시체는 아직 냄새를 풍기지 않았다. 식품포장용 랩으로 꼼꼼히 싸놓은 덕분이었다. 그는 내심 이 방법을 생각해낸 자신을 칭찬했다.

트레이시가 라디오를 켰다. 기분이 평온해진 그녀는 곧 잠에 빠져들었다. 바깥은 푹푹 찌는 날씨였고, 스티븐은 계속해서 차를 달렸다. 그동안 모든 일이 정신없이 진행된 탓에 그는 생각을 가다듬을 여유가 없었다. 앨리스를 살해하고, 시체를 덤불숲에 숨겨두고 레이크팰리스호텔로 돌아왔다가 다시 차를 운전해 범행 장소로 갔다. 축 늘어진 앨리스의 시체를 트렁크에 싣는 동안 셔츠가 온통 피범벅이 되었다. 그나마 본 사람이 없어 다행이었다. 지금은 다들 오르피아를 빠져나가느라 여념이 없었고, 경찰은 시내 중심가에 몰려 있었다. 그는 24시간 편의점에서 식품포장용 랩을 구입했고, 어느 숲 기슭의 한적한 장소를 찾아냈다. 이제 앨리스의 시체를 랩으로 꼼꼼하게 감쌌다. 시체를 다른 곳으로 옮기려면 무엇보다 냄새를 차단해야 했다. 그는 자신이 생각해낸 포장방법이 조금이나마 시간을 벌어주기를 기대했다.

스티븐은 트렁크에 시체를 싣고 레이크팰리스호텔로 돌아왔다.

마침 차에 놓아두었던 스웨터로 피 묻은 셔츠가 보이지 않게 걸쳐 입고 방으로 돌아왔다. 긴 시간을 들여 몸을 깨끗이 씻고 나서 잠시 잠들었다가 소스라쳐 깨어났다. 앨리스의 소지품을 치우는 걸 깜박 잊었다는 생각이 떠올랐다. 앨리스가 가져온 가방에 그녀의 물건을 모두 쓸어 담고 나서 다시 호텔을 나섰다. 총격 사건의 여파가 호텔까지 빌려온 덕분에 그를 주목하는 사람은 없었다. 그는 다시 차에 올라 시 경계를 넘어갔다. 인근 여러 지역을 돌며 앨리스의 물건들을 쓰레기통에 나누어 버렸다. 빈 가방도 인적 없는 도로변에 차를 세우고 멀찍이 던져버렸다. 어느 경찰이 가방을 버리는 장면을 지켜보았을지도 모른다는 생각이 들며 심장이 터져버릴 듯했다. 만약 경찰이 그 장면을 보았다면 뒤따라와 차를 세우라고 해야 마땅할 텐데 호텔로 돌아올 때까지 그런 일은 벌어지지 않았다.

새벽 5시에 레이크팰리스호텔로 돌아왔다. 이제 앨리스의 흔적은 그 어디에도 없었다. 잠시 눈을 붙이고 있을 때 문을 두드리는 소리가 들려왔다. 갑자기 창문으로 몸을 던져버리고 싶은 충동이 일었다. 그는 온몸을 부들부들 떨며 문을 열었다. 제복 경찰 두 명이 눈앞에 서 있었다.

"스티븐 버그도프 씨죠?"

"그렇습니다."

"로젠버그 반장님이 연극 출연자 전원을 데려오라고 지시했습니다. 대극장 총격사건에 대해 질문할 게 있답니다."

스티븐은 침착하게 행동하려고 애쓰며 대답했다.

"기꺼이 함께 가겠습니다."

스티븐은 혹시 앨리스 양을 보았는지 묻는 경관의 질문에 대극장에서 빠져나오는 동안 그녀와 헤어진 이후 한 번도 보지 못했다고 둘러댔다.

스티븐은 뉴욕에 다다라서야 비로소 생각을 가다듬을 수 있었다. 앨리스를 어떻게 처리할지 궁리하다가 옐로스톤 국립공원이 떠올랐다.

∴

센트럴파크 맞은편에 있는 마운트시나이 병원에서 제리와 신시아는 중환자실에 누워있는 다코타를 지켜보고 있었다. 담당의사가 그들에게 다가왔다.

"수술이 잘 끝나 한 고비를 넘겼습니다만 어떤 식으로든 신경계 쪽에 후유증이 나타날 수 있어 안심하기에는 이릅니다. 총알이 장기에도 상당한 손상을 입혔습니다. 폐에 구멍이 났고, 비장도 크게 다쳤습니다."

제리가 초조하게 물었다.

"다코타가 살아날 수 있을까요?"

"현재로서는 확답을 드릴 수 없습니다."

∴

애나와 데렉, 나는 차를 타고 중심가를 거슬러 올라가고 있었다. 중심가는 여전히 일반인의 통행이 금지된 상태였다. 태양이 눈부시게 빛나고 있었고, 거리에는 인적이 없었다. 마리나 역시 보도처럼 적막했다. 흡사 유령도시 같은 분위기가 감돌았다.

대극장 앞에서 경찰관 몇 명이 경비를 서고 있었다. 청소원들이

거리에 굴러다니는 쓰레기들을 치우는 중이었다.

애나가 티셔츠 하나를 주워들었다.

'2014년 7월 26일에 나는 오르피아에 있었다.'라는 글귀가 인쇄되어 있는 서츠였다.

애나가 말했다.

"니는 차라리 여기에 없었더라면 너 좋았겠어요."

데렉이 한숨을 내쉬며 말을 받았다.

"나 역시 그래요."

우리는 썰렁한 정적에 잠겨 있는 대극장 안으로 들어갔다. 무대 위에 피가 말라붙은 큰 얼룩이 보였다. 다코타의 수술을 집도한 의사는 총알이 60도 각도로 위에서 아래 방향으로 박혔다고 증언했다. 총알이 박힌 각도를 바탕으로 저격자의 위치를 추정해볼 필요가 있었다. 데렉이 총격이 벌어진 순간에 각각의 인물들이 어디에 위치해 있었는지 말해주었다,

"다코타는 무대 한가운데 있었고, 커크는 여기 왼쪽에 있었어. 제리와 앨리스도 옆에 함께 있었지."

내가 다코타의 역할을 맡아 무대 한가운데에 가서 섰다.

애나가 객석으로 가더니 고개를 갸웃했다.

"객석에서는 아예 60도 각도가 나오지 않아요. 객석의 가장 높은 곳이 마지막 열 좌석인데 60도 각도는 어림없어요."

애나는 이리저리 발걸음을 옮겨놓으며 생각에 잠겼다. 나는 객석을 바라보던 시선을 위로 옮겼다. 머리 위에 설치된 안전난간이 눈에 들어왔다. 조명장치로 접근하는 통로였다.

내가 소리쳤다.

"범인은 저 난간 위에서 총을 쐈을 거야."

데렉과 애나는 난간 위로 올라갈 방법을 찾느라 주위를 두리번
거렸다. 작은 계단 하나가 무대 뒤 분장실 부근에서 시작해 안전난
간까지 이어져 있었다. 난간은 무대 둘레에 설치된 조명등을 따라
무대 위를 길게 한 바퀴 도는 형태로 설치돼 있었다. 난간 위로 올
라가 내가 선 위치까지 온 데렉이 그 지점에서 손가락으로 나를 겨
냥했다. 발사각도가 정확히 일치했다. 데렉이 선 위치는 무대와의
거리가 무척이나 가까웠다. 저격수가 아니더라도 충분히 명중시킬
수 있는 거리였다.

　"홀 안은 어두웠고, 다코타는 조명을 정면으로 받고 있는 상태였
어. 아마도 눈이 부셔서 아무것도 보이지 않았을 거야. 그 반면 저
격범은 무대 위를 정확히 볼 수 있었겠지. 아무에게도 들키지 않고
난간 위로 올라간 범인은 다코타가 무대 한가운데로 나오는 순간
을 기다렸다가 총을 쏘고 곧바로 비상구를 통해 달아난 거야."

　애나가 지적했다.

　"난간 위로 올라가려면 무대 뒤로 들어갈 수 있어야 해요. 무대
뒤를 오갈 수 있는 사람은 극소수죠. 출입증이 없는 사람은 아예
들어가지 못해요."

　데렉이 말했다.

　"그렇다면 용의자를 다섯 명으로 압축할 수 있겠어요. 스티븐 버
그도프, 메타 오스트롭스키, 론 걸리버, 사무엘 패들린 그리고 샬
롯 브라운 중에 범인이 있어요."

　내가 말했다.

　"샬롯은 저격 직후 다코타 옆으로 달려왔다는 증언이 있어."

　데렉의 생각은 달랐다.

　"그런 사실만으로 용의자 명단에서 지울 수는 없어. 총을 쏘고

나서 얼른 내려와 다코타에게 달려갔을 수도 있으니까. 범인이 희생자를 돌보다니 멋진 시나리오잖아."

그때 내 휴대폰이 울렸다.

"네 과장님, 지금 대극장에 있습니다. 범인이 총을 발사한 지점을 찾아냈어요. 무대 뒤를 통해서만 올라갈 수 있는 안전난간이 저격범이 총을 쏜 지점이 분명합니다."

"방금 전 총알 분석결과를 전달받았어. 다코타를 저격한 총기는 베레타야."

"메간과 고든 시장 일가족을 살해한 총도 베레타였어요."

"과학수사대의 총기 전문가에게 1994년의 총기분석결과와 이번 총을 비교해달라고 해두었어. 1994년 사건과 이번 사건에 동일한 무기가 사용되었다는 점에 주목할 필요가 있어 보여."

데렉이 전화를 받는 내 표정을 보고 무슨 일인지 물었다.

"다코타를 저격한 범인은 고든 시장과 메간을 살해한 범인과 동일인일 가능성이 커. 범인은 지난 20년 동안 오르피아에서 맘껏 활개 치며 살아온 거야."

데렉의 표정이 굳어지며 입에서 욕설이 흘러나왔다.

"빌어먹을! 이번에는 용서 없어."

데릭 스콧

1994년 11월 12일, 나는 끔찍한 사고 이후 무공훈장을 받았다. 뉴욕 주 경찰본부 대강당에서 경찰청장이 직접 참석해 내 목에 훈장을 걸어주었다.

그날 나는 어깨에 휘장을 두르고 있었지만 고개를 아래로 떨어뜨리고 있었다. 나는 훈장을 받을 입장이 아니었고, 거창한 행사에 참석하고 싶지도 않았지만 맥케나 과장이 집요하게 나를 설득했다. 내가 훈장을 거절할 경우 상급자들의 오해를 사게 될 거라고 했다.

제스도 행사장 구석자리에 와서 앉아 있었고, 사람들과 가급적 눈을 마주치려 하지 않았다. 나는 제스의 얼굴을 마주할 용기가 나지 않았다.

경찰청장은 일장연설을 끝내고 나서 내게로 다가와 훈장을 걸어주며 말했다.

"데릭 스콧 경사, 귀하가 임무수행 중 안위를 돌보지 않고 한 생명을 구한 데 대하여 깊이 치하하는 바입니다. 귀하는 경찰의 귀감입니다."

경찰청장이 훈장을 걸어주고 나서 경찰군악대가 개선행진곡을 연주했다. 나는 앞쪽으로 멍한 시선을 던지다가 우연히 제스의 모습을 발견했다. 제스는 울고 있었고, 나도 왈칵 눈물이 솟구쳤다.

나는 단상에서 뛰어 내려가 샛문을 통해 행사장을 빠져나갔다. 나는 목에서 훈장을 벗겨내 바닥에 내동댕이치고 간이의자에 주저앉아 하염없이 울었다.

제스 로젠버그

2014년 7월 29일 화요일

개막공연 사흘 후

고든 시장 일가족과 메간을 살해할 때 사용한 총기가 다코타를 저격하는데 사용되었다. 스테파니의 말이 옳았다는 뜻이었다. 테드는 고든 시장 일가족과 메간을 죽이지 않았다.

맥케나 과장이 본부로 데렉과 나를 불러들였다.

"테드가 범인이 아니라는 사실이 밝혀진 이상 실비아에게 모든 사실을 알려야 마땅할 거야. 검찰도 재심 절차를 밟아야겠지."

내가 말했다.

"이해합니다. 당연히 그래야겠지요."

검사가 말했다.

"실비아는 경찰을 상대로 소송을 제기할 가능성이 큽니다. 물론 검찰을 상대로도 소송을 제기하겠죠."

내가 항변했다.

"테드가 4인 살인사건의 범인은 아닐지라도 경찰과 추격전을 벌였다는 사실은 부인할 수 없습니다. 그가 경찰의 정지 명령을 순순히 따랐더라면 벌어지지 않았을 불상사입니다."

검사가 힐난조로 말했다.

"데렉이 그가 타고 있던 차량과 고의로 충돌해 교각 밖으로 밀어낸 점이 잘못입니다."

데렉이 목소리를 높였다.

"테드를 멈춰 세우려고 했을 뿐입니다."

"아무리 급하더라도 다른 방법을 썼어야죠."

데렉이 발끈하며 맞받아쳤다.

"검사님은 과연 그 상황에서 어떤 방법이 있었을지 말씀해보세요."

맥케나 과장이 중재에 나섰다.

"자네들을 비난하려는 게 아니야. 수사기록을 다시 검토해봤는데 모든 정황이 테드가 범인인 쪽으로 모아지고 있더군. 테드의 밴이 범행이 일어나기 직전 현장에서 목격되었고, 고든 시장으로부터 협박을 받은 정황도 있었어. 게다가 은행에서 거액을 빼내 어디론가 옮겼는데, 그 돈이 고든 시장의 호주머니로 들어갔다고 의심할 만한 여지가 충분했어. 테드는 범행에 사용된 베레타와 동일한 모델을 구입하기도 했고, 수준급 저격수였지. 모아둔 증거들만 보자면 테드를 범인으로 의심하는데 전혀 무리가 없었다는 뜻이야."

나는 풀이 죽어 말했다.

"그 증거들은 이제 모두 쓰레기통으로 들어가야겠죠."

맥케나 과장의 목소리에 질책의 기미는 없었다.

"그 당시 어느 누가 수사를 했더라도 오류에 빠질 수밖에 없었을 거야. 자네들이 죄책감을 느껴야할 이유는 없어. 다만 내가 걱정하는 건 실비아가 우리의 제반 사정을 전혀 고려해주지 않을 거라는 점이야. 가능한 한 모든 방법을 동원해 배상을 받아내려 하겠지."

새롭게 드러난 사실 덕분에 우리는 그동안 끊어져있던 수사의 연결고리를 다시 이을 수 있게 되었다. 1994년 메간을 죽인 자는 범행을 목격한 고든 시장 일가족마저 살해했다. 데렉과 나는 일차 범행 대상이 고든 시장 일가족이었을 거라고 추측하는 바람에 테드의 유죄를 입증할 증거를 모으느라 시간을 보낼 수밖에 없었고, 진범은 두 발 뻗고 잠을 잘 수 있게 되었다.

한편 메타는 테드의 밴을 운전한 사람이 다른 인물이라는 걸 목격한 이후 줄곧 수사결과에 의혹을 품어오다가 스테파니를 만나 이 사건의 재조사와 소설 집필을 제안했다. 스테파니는 소설을 쓰기 위해 메타의 제안을 받아들였고, 위기감을 느낀 살인범은 지난날의 진실을 밝힐 위험인물을 한 사람씩 제거해나갔다. 스테파니를 살해한 범인은 코디를 제거했고, 다코타의 입을 막으려다가 마침내 경찰의 레이더 망 안으로 들어오게 되었다. 이제 살인범은 바로 우리 눈앞에 있었다.

맥케나 과장의 방을 나온 우리는 란지트 싱 박사의 방에 들렀다 가기로 했다. 란지트 싱 박사는 명망이 높은 법의학자였다. 란지트 싱 박사는 우리가 보내준 수사 자료를 꼼꼼히 들여다보았다고 했다.

"보내준 수사 자료를 꼼꼼하게 훑어보았어요. 우선 이 사건의 범인은 남자가 분명해요. 통계상으로 여성이 여성을 살해할 확률은 2퍼센트에 불과하죠. 이 사건의 경우에는 보다 구체적인 증거가 있어요. 범인은 순간적인 충동으로 고든 시장의 자택 문을 부수었고, 거침없이 일가족을 살해했어요. 그 다음에는 스테파니 메일러를 죽였고, 코디의 두개골을 무자비하게 가격해 살해했어요. 이런 형태의 폭력을 사용하는 범인은 대부분 남성이죠."

"범인이 여성일 가능성은 전혀 없다고 보십니까?"

"아무리 남성이 범인일 확률이 높더라도 모든 가능성을 배제할 수는 없어요. 남성의 저지른 범죄로 보았는데 실제로는 여성이 범인인 경우도 이미 여러 건 있긴 했으니까. 다만 수사기록을 살펴본 내 느낌상 남성이 범인이라는 쪽에 무게가 실리는 게 사실입니다. 법의학자의 시각으로 볼 때 범인은 결코 일반적인 유형이 아닙니다. 여러 사람을 살해한 범인이라면 대개 사이코패스나 냉혈한인 경우가 많죠. 사이코패스가 저지른 범행은 논리적인 동기가 결여되어 있기 마련입니다. 그 반면 이번 사건은 아주 명확한 동기가 있어요. 범인은 진실이 드러나는 걸 두려워할뿐더러 그다지 냉혈한도 아닌 것 같아요. 메간을 살해할 당시 첫발을 놓친 걸 보면 심리적으로 흔들렸다는 의미입니다. 범인은 흥분을 잘하고, 신경질적인 면이 있는 인물이었습니다. 첫발을 놓치고 나서 총을 난사했고, 결국 메간의 머리에도 마지막 한 발을 박아 넣었죠. 몹시 흥분해 자기통제가 안 된 겁니다. 고든 시장 일가족이 범행을 목격한 사실을 알아차리는 순간 모두를 몰살시킨 것만 봐도 얼마나 흥분을 잘하는 사람인지 알 수 있습니다. 고든 시장의 자택 출입문이 잠겨있지 않았음에도 발로 차 부수고 들어가 총구를 들이댄 것만 봐도 범인의 성격이 어떤지 능히 짐작할 수 있을 겁니다."

데렉이 말했다.

"어쨌거나 사격이 능한 자는 분명하군요."

"분명 사격에 능한 사람으로 보입니다. 아마도 범행을 저지르기 전에 사격연습을 충분히 했을 겁니다. 그만큼 용의주도한 인물이지만 실제 행동에 나선 순간에는 심리적으로 크게 흔들리는 모습을 보였습니다. 냉혹한 킬러라기보다는 어쩔 수 없다고 판단해 살인을 저질렀다고 봐야 합니다. 그 나름 살인 말고는 달리 방법이 없다고 생각했겠죠."

나는 란지트 싱 박사의 말에 의구심을 표했다.

"달리 방법이 없어서 살인을 저질렀다는 말입니까?"

"평소 살인을 저지르리라고는 생각해보지도 않은 사람이었을 거라는 뜻입니다. 보통사람들과 마찬가지로 살인행위를 비난했을 사람인데 불가항력이라고 판단해 살인을 선택할 수밖에 없었던 겁니다. 명예나 지위를 지키기 위해서이거나 교도소에 가지 않기 위해서요."

이번에는 애나가 나섰다.

"무기를 구입하고, 행동에 나서기에 앞서 사격연습까지 했다면 사전에 충분히 계획된 범행 아닌가요?"

란지트 싱 박사가 말했다.

"계획된 범행이 아니라는 말은 하지 않았어요. 내가 말하고자 하는 건 범인의 입장으로는 반드시 메간을 살해해야만 하는 이유가 있었을 겁니다. 메간이 범인에 대해 알고 있는 어떤 사실을 털어놓기 전에 입을 막을 필요가 있었겠죠. 범인이 권총을 무기로 선택한 것만 봐도 알 수 있습니다. 사람을 죽이는 데 익숙하지 않은 자들이 흔히 총을 범행 도구로 선택합니다. 범행 대상과 적당한 거리를 유지할 수 있고, 확실하게 목숨을 끊어버릴 수 있으니까요. 한 발만 제대로 맞히면 끝나잖아요. 그 반면 칼은 총보다 확률이 매우 낮다고 봐야 합니다. 많은 사람들이 자살도구로 총기를 택하는 이유입니다. 칼로 손목을 긋거나 건물 옥상에서 뛰어내리거나 목을 매거나 약을 먹는 것보다 총을 사용하는 편이 가장 쉽고 간단하니까요."

데렉이 물었다.

"고든 시장 일가족, 메간, 스테파니, 코디를 살해한 자가 모두 동일인물이라고 보십니까? 이번에 다코타를 살해하려고 했던 범인이 스테파니와 코디를 죽인 인물이라면 왜 그때는 총을 사용하지 않고 다른 방법을 동원했을까요?"

"지금껏 범인은 그 어떤 단서도 남기지 않으려고 애써왔습니다. 범인은 1994년 사건과 연결고리를 만들지 않으려고 한 겁니다. 20년 동안 모두를 속여 왔는데 이제 와서 일을 그르칠 수야 없었겠죠. 내가 보기에 이 사건의 범인은 이미 여섯 명을 죽였지만 맞물려 돌아가는 톱니바퀴를 멈추지 못해서였지 연쇄살인마는 아닙니다. 그저 치부를 가리고 싶은데 마땅한 방법을 찾아내지 못해 살인을 저지르는 유형이죠."

"범인은 왜 멀리 달아나지 않고 오르피아에 머물러 있었을까요?"

"지난 20년 동안 범인은 비밀을 완벽하게 숨기게 되었다고 확신하며 살아왔을 겁니다. 그 덕분에 경계심을 늦추고 다른 사람들과 어울려 지냈겠죠. 지금껏 그가 매우 큰 위험을 무릅쓰면서 신원을 숨기려 한 점은 바로 그런 이유 때문입니다. 다시 말해 범인은 오르피아를 떠나고 싶다고 해서 당장 떠날 수 있는 사람이 아닙니다. 당장 떠났다가는 오히려 의심을 자초하게 될 테니까요. 범인은 시간을 벌려고 할 테고, 아무런 의심도 받지 않고 오르피아를 떠날 구실을 만들려고 하겠지요. 직장을 새로 얻었다거나 부모가 아프다는 말을 둘러대면서요. 범인은 대단히 영리하고 치밀한 인물입니다. 두 분은 1994년에 메간을 죽여야 할 이유가 있었던 사람이 누구인지 찾아내야 합니다. 그 질문에 해답이 있습니다."

'메간을 죽여야 할 이유가 있었던 사람은 누구인가?'

데렉은 마그네틱보드에 그 질문을 써넣었다. 데렉과 애나, 나는 《오르피아크로니클》지의 임시수사본부로 돌아와 있었다. 우리가 잠시나마 머리를 식힐 수 있는 유일한 장소였다. 우리 말고도 커크와 마이클도 자리를 함께 했다. 커크가 1994년에 작성한 사건조서는 그가 예리한 눈을 지닌 경찰이었다는 사실을 새삼 확인시켜주었다.

우리는 한자리에 모인 기회를 이용해 지금까지 찾아낸 단서들을 한 가지씩 검토해보았다.

애나가 고개를 갸웃거리며 나와 데렉을 향해 물었다.

"테드가 범인이 아니라는 건 알겠는데 1994년에 그가 베레타를 구입한 건 분명한 사실이잖아요?"

"테드와 범인이 비슷한 시기에 베레타를 구입했다고 봐야겠죠. 당시에는 총기를 입수하려고 마음먹을 경우 그다지 어려운 일은 아니었어요."

애나가 말했다.

"우연의 일치로 보기에는 뭔가 이상하지 않아요? 첫째, 테드의 밴이 범행 장소에 세워져 있었지만 운전자는 그가 아니었어요. 둘째, 테드는 베레타를 구입했고, 누군가 비슷한 시기에 동일한 구입처에서 베레타를 따로 구입했어요. 우연의 일치가 연속으로 겹친다면 뭔가 의심해봐야 하지 않을까요?"

마이클이 대화에 끼어들었다.

"테드는 어떤 용도로 베레타를 구입했을까요?"

데렉이 말했다.

"테드는 이 지역의 지독한 악당인 제레미아에게 시달리고 있었어요. 제레미아는 하수인을 시켜 개업을 준비하는 테드의 식당 건물에 불을 지르기도 했죠. 제레미아의 위협으로부터 자신을 보호하기 위해 베레타가 필요했을 수도 있습니다."

커크가 물었다.

"제레미아가 과연 오토바이 사고로 죽었을까요?"

내가 대답했다.

"오토바이 사고를 위장한 계획적 살인이 분명해요."

데렉이 마그네틱보드에 써놓은 '메간을 죽여야 할 이유가 있었던 사람은 누구인가?'를 손끝으로 두드리며 말했다.

"우리는 메간을 주목할 필요가 있어요."

내가 데렉에게 말했다.

"메간이 오토바이 사고로 위장해 제레미아를 죽였다는 가정이 성립될 수 있을까? 그에 대한 복수 차원에서 하수인인 코스티코가 메간을 죽인 거라면?"

"이미 우리가 확인했듯이 메간과 제레미아는 아무런 연결고리가 없었어. 더구나 메간의 성품이나 행적을 보더라도 오토바이 사고를 위장해 제레미아를 살해할 수 있는 인물로 보이지는 않아."

"전 ATF수사관 그레이스 형사가 모아온 차량파편들에 대한 분석은 어떻게 되어가고 있을까?"

데렉이 아쉬운 듯 말했다.

"결과가 아직 나오지 않았어. 내일쯤 결과가 나올 거야."

수사기록을 훑어보던 애나가 심문조서 한 장을 집어 들었다.

"지난 주 브라운 시장을 데려와 조사했을 때 1994년에 익명의 전화 한 통을 받은 적이 있다고 진술했어요. '나는 고든 시장이 뇌물을 받고 있다는 걸 1994년 초에 알았어요.', '그래요?', '네, 그 당시 익명의 전화 한 통을 받았죠. 2월말이었어요. 여자 목소리였어요.'라고요."

데렉이 브라운 시장의 진술 기록을 다시 한 번 살펴보더니 중얼거렸다.

"여자 목소리였다고? 그렇다면 혹시 메간이 그 목소리의 주인공이었을 가능성은 없을까요?"

내가 말했다.

"메간이 아니었다고 단정할 증거는 없지. 그럴 가능성은 충분해."

애나가 말했다.

"브라운 시장이 메간을 죽이고, 고든 시장 일가족까지 죽였을 가능성은 없을까요?"

데렉이 말했다.

"그럴 리 없어요. 1994년 4인 살인사건이 일어났던 시각에 브라운 시장을 대극장에서 보았다는 사람이 많았어요. 그는 용의선상에서 제외시켜야 해요.

애나가 말했다.

"고든 시장이 오르피아에서 달아날 결심을 하게 된 이유는 브라운 시장에게 고든 시장의 비리를 제보한 전화가 걸려오고 난 다음입니다. 고든 시장은 몬태나 주에 개설한 은행계좌로 돈을 이체하고, 보즈먼으로 이주해 살 집을 물색했죠."

데렉이 말했다.

"그렇다면 고든 시장이야말로 메간을 죽일 동기가 분명했네요. 게다가 란지트 싱 박사가 말한 범인의 됨됨이를 고려해보면 고든 시장이야말로 딱 들어맞는 인물이죠. 사람을 죽일 의사는 없었지만 궁지에서 벗어날 다른 방법이 없었고, 명예를 지키기 위해 어쩔 수 없이 살인을 저지른 자라면 고든 시장 말고는 없어요."

데렉의 말을 듣고 있던 내가 지적했다.

"그 가설은 지극히 타당하지만 고든 시장이 가해자가 아니라 희생자라는 점이 문제야."

옆에서 듣고 있던 커크가 입을 열었다.

"그 당시 내가 주목했던 건 범인이 메간의 습관을 알고 있었다는 점이었어요. 메간은 매일 같은 시각에 조깅을 했고, 펜필드크레센트 한가운데의 작은 공원에서 스트레칭을 했어요. 사실 그 정도는 친숙한 사이가 아니더라도 쉽게 알 수 있는 일이긴 하지만 범인은 매우 특별한 사실을 한 가지 더 알고 있었습니다. 메간이 연극제 개막행사에 가지 않을 거라는 사실 말입니다. 범인은 그 시간에 거리는 텅텅 비게 될 테고, 메간이 혼자 작은 공원에 있으리라는 걸 알고 있었던 겁니다. 범인 입장에서 보자면 일을 치르기에 더없이 좋은 기회였겠지요."

마이클이 물었다.

"그렇다면 범인은 메간의 주변인물일 가능성이 크네요?"

처음 수사 당시 우리는 고든 시장이 연극제 개막식에 참석하지 않으리라는 걸 미리 알고 있었던 사람이 누군지에 주목했다. 이제는 동일한 질문을 메간에게로 옮겨야 했다.

메간이 그날 그 시각에 작은 공원에 혼자 있으리라는 사실을 알고 있었던 자는 누구인가?

우리는 우선 용의선상에 올릴 수 있는 이름을 마그네틱보드에 모두 적어보았다.

메타 오스트롭스키
론 걸리버
스티븐 버그도프
샬롯 브라운

사무엘 패들린

데렉이 제안했다.

"우선 가능성 없는 인물부터 한 사람씩 지워나가 봅시다. 범인이 남성이라고 본다면 일단 샬롯 브라운을 빼야겠네요. 게다가 그 당시 샬롯은 오르피아에 거주하지 않았으니 메간과 친분이 전혀 없었죠."

애나가 말했다.

"란지트 싱 박사의 말에 따르자면 범인은 1994년 4인 살인사건이 재조명되는 상황이 달갑지 않았을 거예요. 그렇다면 메타 오스트롭스키도 용의선상에서 제외시켜야 해요. 스테파니에게 사건의 재조사를 제안한 인물이니까. 메타 역시 오르피아에 거주하지 않았고, 메간과 개인적인 친분이 없었어요."

데렉이 말했다.

"그렇다면 론 걸리버, 스티븐 버그도프, 사무엘 패들린만이 남는군요."

애나가 말했다.

"걸리버 서장은 두 달 후 은퇴가 예정되어 있었어요. 란지트 싱 박사의 추론에 따르면 범인은 타당한 명분을 만든 후 도주할 궁리를 하고 있는 사람이어야 해요. 과연 걸리버 서장이 범인인도협정이 맺어지지 않은 다른 나라로 도주할 계획을 갖고 있었을까요? 저는 그럴 가능성은 없다고 봐요."

데렉이 말을 이어갔다.

"스티븐 버그도프는 1994년 4인 살인사건 직후에 뉴욕으로 옮겨갔어요. 그러다가 느닷없이 오르피아에 다시 나타나 연극에 출연하겠다고 했어요. 이미 연극 공연 중에 범인의 이름을 폭로할 거라는 기사가 대대적으로 보도된 상황이었죠."

다음 말은 내가 넘겨받았다.

"우리는 사무엘 패들린에 대해 뭘 알고 있을까요? 그 당시 사무엘은 아내를 잃고 비탄에 잠긴 남편 역할에 충실했어요. 그가 메간을 죽였을지도 모른다는 가정은 전혀 해보지 않았어요. 그에 대해 좀 더 알아볼 필요가 있다고 생각해요. 그가 이번 연극에서 배역을 얻으려고 자원한 이유가 뭔지에 대해서도 알아내야겠죠. 메간의 습관을 누구보다 잘 알고 있었고, 그녀가 개막공연에 가지 않으리라는 걸 가장 잘 아는 인물이 범인이라면 사무엘이 가장 근접한 인물이니까요."

마이클이 사무엘 패들린에 대해 알아봐둔 게 있다며 조사결과를 우리 앞에 꺼내놓았다.

"사무엘과 메간은 금슬이 좋은 부부였어요. 잉꼬부부로 소문났고, 트러블도 없었죠. 그들 부부와 이웃해 살았던 몇 사람과 이야기를 나누어봤는데, 그 점에 대해서는 다들 인정하더군요. 다른 어떤 부부보다 다정했다는 거예요. 사무엘은 메간의 죽음으로 견딜 수 없을 만큼 큰 상처를 입었어요. 이웃 사람들은 사무엘이 메간을 잃은 충격 때문에 혹시 자살하지는 않을지 걱정했다더군요. 어쨌거나 지금은 상처를 잊고 재혼해 살고 있지만요."

커크도 맞장구쳤다.

"그 당시 나도 사무엘을 그런 사람으로 인식했었어요."

"론 걸리버, 스티븐 버그도프, 사무엘 패들린은 지금까지 밝혀진 행적을 보자면 메간을 죽여야 할 이유가 없었어요. 다시 처음 질문으로 돌아가 봅시다. '메간을 죽여야 할 이유가 있었던 사람은 누구인가?' 그 질문에 대한 답에 살인범의 이름이 들어있어요."

　우리는 메간에 대해 더 알아볼 필요가 있다고 판단하고 사무엘을 찾아가보기로 했다.

∴

　스티븐은 뉴욕의 아파트에 돌아오자마자 트레이시에게 옐로스톤으로 여행을 떠나자고 했다.

　"경찰이 뉴욕 주를 벗어나면 안 된다고 했잖아. 그냥 이번에는 챔플레인 호수로 가는 게 좋겠어."

　"당신과 아이들이 하나같이 옐로스톤에 가길 원했잖아."

　"3주 전만해도 옐로스톤이라는 말은 아예 꺼내지도 못하게 하더니 웬일이야?"

　"난 당신과 아이들을 기쁘게 해주고 싶어."

　"옐로스톤에는 내년에 가면 돼. 경찰의 권고를 무시해서 좋을 건 없잖아."

　"당신은 내가 살인범이라고 생각해?"

　"무슨 말도 안 되는 소리야?"

　"그러니까 경찰이 살인범도 아닌 나를 찾아올 일은 없어. 당신은 얼마 전까지 옐로스톤에 가자고 입버릇처럼 말해놓고 이제 와서 딴소리를 하는 이유가 뭐야? 그럼 나는 집에 남아 있을 테니까 처형 가족과 챔플레인 호수에서 지내다가 와."

　트레이시는 한참 동안 망설인 끝에 결국 옐로스톤으로 떠나기로 했다. 스티븐과 원만한 관계를 회복하기 위해서라도 함께 지낼 수 있는 시간이 필요하다는 생각이 들었기 때문이다.

"그래, 당신 말대로 옐로스톤으로 떠나자."

스티븐이 시무룩해 있다가 금세 반색했다.

"나는 잡지사에 가서 기사를 넘기고 밤늦게까지 두세 가지 일을 더 처리해야 하니까 당신이 여행에 필요한 짐을 꾸려줘. 나는 내일 아침 일찍 처형네로 가서 캠핑카를 빌려올게. 내일 일찌감치 옐로스돈으로 떠나는 거야."

트레이시가 미간을 찌푸렸다.

"뭘 그리 일을 복잡하게 만들어? 일단 우리 차에 짐을 싣고 내일 아침에 언니네 집으로 가서 캠핑카에 옮겨 싣고 떠나면 돼."

"우리 차는 아이들을 뒷좌석에 태우면 짐을 실을 공간이 없어."

"트렁크에 실으면 되잖아."

"잠금장치가 고장 났는지 트렁크가 열리지 않아."

"트렁크가 열리지 않는다니? 내가 내려가서 차를 살펴봐야겠어."

"지금은 그럴 시간이 없어. 차를 타고 나가봐야 하니까."

"지금껏 한 번도 차를 타고 출근한 적은 없었잖아?"

"엔진소리가 이상해서 차를 점검해보려는 거야."

"차라리 차를 놓아두고 가. 내가 카센터에 가서 엔진소리도 점검하고 트렁크도 고쳐올 테니까."

스티븐이 버럭 소리를 질렀다.

"카센터는 안 돼. 아무튼 나는 우리 차를 여행할 때 가져갈 거야. 캠핑카 뒤에 연결하고 가면 돼."

"캠핑카도 있는데 굳이 우리 차를 옐로스톤까지 끌고 갈 필요는 없잖아?"

"캠핑카는 덩치가 커서 캠핑장에 늘 세워두어야 하니까 공원을 둘러보거나 인근 지역에 다녀올 때는 차가 필요해."

"그런가?"

"옐로스톤에 가는 사람들은 다들 그런 식으로 다녀."

"좋아, 그렇게 하자."

트레이시는 결국 수긍했다.

"처형에게는 내가 내일 아침 7시 반에 들를 거라고 말해줘. 9시면 우리는 옐로스톤을 향해 달리고 있을 거야."

스티븐은 아파트를 나서자마자 길가에 세워둔 차를 향해 걸어갔다. 트렁크에서 시신이 부패하는 냄새가 흘러나오는 듯했다. 그는 차를 몰고 《뉴욕문학리뷰》로 갔다. 잡지사에서는 마치 영웅을 대하듯 그를 맞이했다. 스티븐은 웬일인지 반갑게 인사를 건네는 사람들의 목소리가 들리지 않았다. 사람들이 그의 주변에서 빙글빙글 맴을 도는 듯했다. 갑자기 어지럼증이 일며 속이 울렁거렸다. 사무실에 들어서고 나서야 그는 자신이 살인을 저질렀다는 사실을 깊이 인식하게 되었다. 그는 화장실에 들어가 한참동안 얼굴을 씻고 나서 부편집장 스킵과 마주 앉았다.

"어디 안 좋으세요? 안색이 몹시 창백해요."

"피곤해서 그래. 연극제 탐방 기사를 이메일로 보내줄게. 읽어보고 나서 달리 생각하는 게 있으면 알려줘."

"오늘부터 회사에 출근하는 게 아니었어요?"

"내일 가족들과 여행을 떠날 거야. 근래에 너무 정신없이 지내다 보니 여유를 찾아야겠다는 생각이 들어."

스킵이 수긍한다는 듯 고개를 끄덕이고 나서 물었다.

"앨리스는 오늘 돌아오죠?"

스티븐은 힘겹게 침을 꿀꺽 삼켰다.

"자네에게 이야기해둘 게 있어."

스티븐이 심각한 표정을 짓는 바람에 스킵은 초조해졌다.

"무슨 일인데요?"

"앨리스가 내 신용카드를 몰래 훔쳐서 사용했어. 고급호텔과 명품상가에서 고액의 결제를 한 사람이 누군지 알아봤더니 바로 앨리스였어. 내가 그 사실을 알아내고 추궁하자 종적을 감춰버렸어."

"제대로 뒤통수를 맞았군요. 근래 들어 앨리스의 행태가 이상해 보이긴 했어요. 제가 경찰에 신고해 일을 처리할 테니 편안하게 여행을 다녀오세요."

스킵에게 고맙다는 인사를 하고 나서 스티븐은 책상에 쌓여 있는 서류들을 처리한 뒤 이메일로 탐방 기사를 전송했다. 그는 인터넷으로 시체의 부패에 대한 정보를 재빨리 검색해보았다. 차에서 풍기는 냄새 때문에 모든 사실이 들통 나지 않을까 불안했다. 트렁크에서 적어도 사흘은 더 버텨줘야만 했다. 수요일인 내일 출발하면 옐로스톤에 도착하는 날은 토요일이었다. 옐로스톤에 가면 시체를 어떻게 처리해야 할지 복안을 가지고 있었다.

스티븐은 인터넷 검색기록을 지우고 나서 컴퓨터를 끄고 사무실을 나섰다. 다시 거리로 나와 호주머니에 넣어 다닌 앨리스의 휴대폰을 꺼냈다. 전원을 켜고 연락처 목록에서 앨리스의 부모와 친구 몇 사람을 골라 다음과 같은 문자메시지를 보냈다.

머리를 식히기 위해 잠시 여행을 떠나 바람 좀 쐬고 올게요. 곧 전화할 게요.

앨리스.

스티븐은 휴대폰을 쓰레기통에 던져 넣었다.

마지막으로 해결해야 할 일이 한 가지 더 남아 있었다. 그는 앨리스의 아파트로 가서 지니고 있던 열쇠로 문을 열고 들어가 자신이 선물한 보석과 값나가는 물건들을 모두 챙겨 담았다. 그런 다음 전당포에 가서 전부 현금으로 바꿨다. 일부나마 빚을 갚을 수 있는 돈이었다.

$$\therefore$$

우리 세 사람은 사우스햄프턴으로 사무엘을 찾아갔다. 방금 전 우리는 그에게 1994년 4인 살인사건에 대해 사실대로 털어놓았다. 범행의 표적은 메간이었고, 고든 시장 일가족은 살해 현장을 목격하는 바람에 희생되었다는 사실을 사무엘에게 이야기해주었다.

사무엘은 도무지 믿기지 않는다는 듯 같은 말을 반복했다.

"범인이 처음부터 메간을 노렸다고요? 대체 무슨 말입니까?"

우리는 그의 반응을 유심히 관찰했다. 그는 우리의 말을 듣고 나서 심하게 동요하고 있었다.

데렉이 설명했다.

"그 당시 우리는 범인이 노린 대상을 제대로 파악하지 못해 수사상 오류를 범했습니다. 범인이 노린 대상은 메간이었고, 고든 시장 일가족은 부수적으로 희생된 겁니다."

"범인은 무슨 이유로 메간을 살해하려고 했을까요?"

내가 대답했다.

"우리가 알고 싶은 게 바로 그 부분입니다."

"메간은 어느 누구에게나 친절하고 상냥한 사람이었어요. 서점을 찾은 손님들 모두가 메간을 좋아했죠. 이웃사람들도 그랬어요."

"우리도 메간의 성품에 대해서는 잘 알고 있습니다. 다만 메간에게 깊은 원한을 품은 사람이 있었습니다."

사무엘은 할 말을 잃은 듯 얼빠진 표정을 지었다.

데렉이 물었다.

"혹시 메간이 누군가로부터 위협을 받거나 위험한 자들의 일에 연관된 적이 있습니까? 메간에게 위해를 가할 만큼 위험한 자들을 말하는 겁니다."

사무엘이 강하게 반박했다.

"전혀 없었어요."

"혹시 제레미아 폴드가 누군지 아십니까?"

"전혀 모르는 이름입니다."

"메간이 살해당하기 전에 뭔가에 대해 걱정하거나 초조해하는 기색을 보인 적이 있습니까? 혹시 무슨 일 때문에 불안하다는 말을 하지는 않던가요?"

"그런 일은 없었습니다."

"그날 메간이 연극제 개막행사에 가지 않을 거라는 사실을 알고 있었던 사람이 누구일까요? 그날 저녁, 주민들 대부분이 개막행사를 보기 위해 대극장으로 갔지만 메간은 늘 하던 대로 조깅을 했습니다. 범인은 메간의 일상적인 습관을 꿰고 있었던 인물입니다."

사무엘은 잠시 생각에 잠겼다가 입을 열었다.

"그 당시에는 이웃사람을 만나도, 쇼핑을 가도, 서점 손님들까지도 모두들 연극제 이야기만 했죠. 개막작 티켓을 구하지 못한 사람들도 중심가에 나가 축제분위기를 즐기려고 했어요. 메간은 공연을 보거나 중심가에 나가 인파에 휩싸일 생각이 전혀 없었습니다. 밤샘파티를 좋아하지 않는 사람이었죠. 파티가 열리는 날에는 오히려 일찍 잠자리에 들었어요. 사람들이 메간에게 연극제 기간 중에 무얼 하며 지낼지 물으면 '테라스에 나가 책을 읽을까 해요. 모처럼 조용한 저녁시간을 보내겠네요.' 라고 했습니다."

애나가 물었다.

"메간이 글쓰기를 좋아했다던데 어떤 글을 썼죠?"

"자잘한 신변잡기에 대해 썼어요. 소설을 쓰고 싶어 했지만 플롯을 짜기가 쉽지 않다고 하더군요. 그 대신 일기를 아주 열심히 썼어요."

"혹시 일기를 간직하고 계십니까?"

"메간이 쓴 일기를 아직 간직해오고 있어요. 스무 권쯤 됩니다."

사무엘은 잠시 거실을 떠났다가 먼지가 잔뜩 쌓인 마분지상자를 들고 돌아왔다. 상자 안에 스무 권쯤 되는 작은 수첩이 들어있었다. 모두 동일한 수첩이었다.

애나가 그중 한 권을 꺼내 펼쳐보았다. 마지막 장까지 작은 글씨로 섬세하게 채워져 있었다.

애나가 사무엘에게 허락을 구했다.

"우리가 일기를 잠시 가져가서 봐도 될까요?"

"원하신다면 그렇게 하세요."

"일기를 읽어보셨나요?"

"페이지를 듬성듬성 건너뛰며 몇 권 읽었어요. 일기들을 읽으면서 메간을 다시 만나는 느낌이 들었죠. 일기를 읽기 시작하고 얼마 지나지 않아 메간이 권태에 시달리고 있었다는 사실을 알게 되었어요. 메간은 나와 함께 하는 결혼생활을 지루하게 생각했어요. 서점에서 있었던 일이나 누가 어떤 책을 구입했는지에 대해서도 써놓았어요. 형사님들 앞에서 이런 이야기를 털어놓기가 부끄럽지만 일기를 읽다보니 저 자신이 초라하게 느껴지더군요. 그 후로는 비참한 기분이 들어 읽지 않았어요."

사무엘이 왜 일기장을 지하실 구석에 방치해두었는지 알 수 있었다. 우리는 일기장이 든 상자를 들고 사무엘의 집을 나섰다. 현관에 놓인 짐 가방들이 눈에 들어왔다.

데렉이 물었다.

"여행을 떠나시게요?"

"아내가 싸놓은 짐입니다. 아내가 아이들을 데리고 코네티컷의 처가에 다녀오겠다고 하더군요. 아내는 최근 벌어진 사건들 때문에 심리적으로 크게 불안해하고 있어요. 저도 함께 떠나고 싶지만 뉴욕 주를 벗어나서는 안 된다고 해서 남아 있기로 했습니다."

맥케나 과장이 수사상황을 듣기 위해 데렉과 나를 뉴욕 주 경찰본부로 호출했다. 애나가 혼자 있는 동안 메간의 일기를 읽어보겠다고 했다.

내가 말했다.

"혼자 읽기에는 분량이 너무 많으니까 나눠서 읽어요."

"아니, 그냥 혼자 읽을래요. 지금은 뭔가 집중할 일이 필요해요."

"애나가 서장 자리를 빼앗긴 것에 대해 우리도 분개하고 있어요."

애나는 우리 앞에서 감정에 휩쓸리지 않으려고 애썼다.

"그냥 그러려니 하려고요."

데렉과 나는 뉴욕 주 경찰본부를 향해 차를 달렸다.

애나는 오르피아경찰서로 갔다. 동료들이 휴게실에 모여 있는 가운데 재스퍼 몬테인이 서장으로 임명된 걸 자축하며 신나게 떠들어대고 있었다.

애나는 그런 분위기에 휩쓸리기 싫어 집으로 돌아가기로 했다.

집에서 차분히 메간의 일기를 읽어볼 생각이었다. 경찰서 문을 나서다가 브라운 시장과 마주쳤다.

애나는 말없이 브라운 시장을 노려보다가 물었다.

"저에게 왜 그러셨죠?"

"당신도 현재 벌어지고 있는 상황이 얼마나 어수선한지 보세요. 범인이 누군지 여전히 오리무중이고, 당신도 책임이 큽니다. 당신은 이번 수사를 자원한 만큼 지금쯤 결과를 내놓아야 마땅해요."

"설마 제가 시장님 부부를 심문한 것에 대해 앙심을 품은 건 아니죠? 아무리 시장님이라고 해도 특별대우를 받을 수는 없어요. 커크의 연극 때문에 이 모든 불상사가 벌어졌습니다. 커크의 작품을 무대에 올리기로 결정한 사람이 시장님이라는 사실을 잊지 말았으면 합니다."

"이제 그만 가 봐요. 오르피아경찰서가 마음에 들지 않으면 당장 사직서를 내도록 해요."

애나는 가까스로 화를 억누르며 집으로 돌아왔다. 그녀는 현관문을 열고 집안으로 들어서자마자 무너지듯 그대로 주저앉았다. 한참동안 바닥에 주저앉아 소리 내어 울었다. 실컷 울고 나자 그나마 조금 마음이 가라앉아 메간의 일기를 읽어보기로 했다. 그녀는 와인 한 잔을 따라 들고 소파에 앉았다.

우선 1993년 중반부터 1994년 7월까지의 일기를 읽기 시작했다. 처음에는 하품이 절로 나올 만큼 지루한 글들이 이어졌다. 메간은 삶에서 느끼는 권태를 구구절절 글로 적어놓았다. 사무엘이 일기를 읽는 동안 어떤 감정을 느꼈을지 알 수 있었다.

1994년 1월 1일의 일기는 달랐다. 메간은 브리지햄프턴에 있는 노던로즈호텔에서 벌어진 신년 경축파티에 대해 언급하고 있었다.

그 파티에서 '이 지역 사람이 아닌' 남자를 만났고, '강렬하게 끌렸다.'고 써놓았다.

그 다음 일기는 1994년 2월로 넘어갔다. 눈앞의 일기에 뜻밖의 내용이 담겨있어 흠칫 놀랐다.

메간 패들린
일기 발췌

1994년 1월 1일

우리는 어제 브리지햄프턴에 위치한 노던로즈호텔에서 열린 새해맞이 파티에 갔었다. 나는 그 자리에서 한 남자를 만났다. 그는 이 지역 사람이 아니었다. 지금껏 그 어떤 남자에게서도 이런 느낌을 받은 적이 없었다. 어제부터 새 한 마리가 부리로 내 뱃속을 콕콕 건드리고 있다.

1994년 2월 25일

오늘 시청에 전화해 브라운 부시장을 연결해달라고 했다. 브라운 부시장은 나름 신뢰가 가는 인물이었다. 나는 고든 시장에 대해 알고 있는 모든 걸 브라운 부시장에게 털어놓았다.

결과는 기다려보면 알게 되겠지?

펠리시티에게 전화해 내가 방금 브라운 부시장에게 고든 시장의 비리를 모두 털어놓았다고 말했다. 펠리시티는 크게 화를 내고 나서 나 때문에 앞으로 더욱 힘든 나날을 보내게 될 거라며 불만을 토로했다.

화를 내려면 아예 이야기를 털어놓지 말았어야지.

아무튼 고든 시장은 쓰레기가 틀림없다. 세상 사람들이 그 사실을 분명하게 알아야 한다.

1994년 3월 8일

그 남자를 다시 만났다. 이제부터 매주 만나기로 했다. 그는 나를 정말이지 행복하게 해주는 사람이다.

1994년 4월 1일

오늘 고든 시장이 서점에 왔다. 마침 그 시간에 서점에는 고든 시장과 나밖에 없었다. 나는 그에게 "당신이 저지른 모든 비리를 알고 있어요. 당신은 범법자니까 달게 벌을 받아야 해요."라고 말해주었다. 지난 두 달 동안 머릿속으로 되뇌었던 그 말이 단번에 입 밖으로 터져 나왔다. 고든 시장은 부인했다. 그는 "나 때문에 무슨 일이 벌어졌는지 알아봐야겠군요."라고 말했다. 신문기자들에게도 알리고 싶었지만 펠리시티가 나를 말렸다.

1994년 4월 2일

어제 이후로 기분이 한결 나아졌다. 펠리시티는 나를 나무랐지만 어제 나는 마땅히 해야 할 일을 했을 뿐이다.

1994년 4월 3일

어제 조깅을 하느라 펜필드크레센트까지 갔다. 마침 귀가하던 고든 시장과 마주쳤다. 나는 다시 한 번 고든 시장을 향해 "그런 짓을 하다니 부끄러운 줄 알아요."라고 말해주었다. 내 말을 들은 고든 시장은 어쩔 줄 몰라 했다. 내가 카인에게 죄를 묻는 신의 눈이 된 기분이었다. 이제 매일 고든 시장의 퇴근을 기다렸다가 그의 집 앞으로 가서 죄를 일깨워주기로 결심했다.

1994년 4월 7일

스프링스에서 그와 함께 하루를 보냈다. 나는 그에게 매혹 당했고, 사랑에 빠졌다. 사무엘은 조금도 눈치 채지 못하고 있다. 만사 순조롭다.

1994년 5월 2일

케이트와 커피를 마셨다. 케이트에게 그 사람 이야기를 털어놓았다. 한순간 밀어닥친 사랑의 열병 때문에 결혼생활을 위태롭게 해서는 안 된다는 조언을 들었다. 아니면 아예 사무엘과 헤어지는 편이 낫다고 했다. 내게 결단을 내릴 용기가 있는지 모르겠다. 지금 이 상황이 편하다.

1994년 6월 25일

특별한 일은 없다. 요즘 서점은 제법 붐비는 편이다. 이제 곧 중심가에 새로운 식당이 문을 연다. 〈카페아테나〉라는 식당으로 매력이 있어 보인다. 주인은 테드 테넨바움이라는 남자인데, 서점에 자주 오는 사람이다. 나름 좋은 사람이다.

1994년 7월 1일

고든 시장은 그날 이후 서점에 발걸음을 하지 않다가 오늘 오후에 나타나 꽤 오래 머물다가 돌아갔다. 그는 이 지역 출신 작가가 쓴 책을 사고 싶다며 지역작가들의 작품을 모아놓은 부스에서 한참 동안 시간을 보냈다. 그가 무슨 짓을 꾸미고 있는지 전혀 감이 잡히지 않았다. 다른 손님들이 있어 그의 행위를 계속 지켜보지는 못했다. 얼마 후, 고든 시장은 커크의 연극대본 《다크 나이트》를 계산대로 들고 오더니 사겠다고 했다. 나중에야 그 비열한 작자가 졸렬한 짓을 해놓은 걸 발견했다. 스티븐 버그도프가 연극제에 대해 쓴 책을 골라 책표지 한 귀퉁이를 접어놓은 것이다. 서점에 맡겨놓은 책의 물량을 확인하고, 자기가 받아 챙겨야 할 몫을 제대로 계산해놓으려는 심산이 분명했다.

1994년 7월 18일

커크가 서점에 들러 연극대본을 돌려달라고 하기에 이미 팔렸다는 사실을 알려주었다. 그가 기뻐할 거라 생각했는데 뜻밖으로 화를 냈다. 누가 연극대본을 사갔는지 알고 싶어 하기에 고든 시장이라고 귀띔해주었다. 커크는 작가 몫인 10달러를 마다하고 당장 서점에서 뛰어나갔다.

1994년 7월 20일

커크가 다시 서점에 와서 말하길 고든 시장은 연극대본을 구입한 적이 없다고 잘라 말하더라고 했다. 나는 고든 시장이 커크의 연극대본을 사간 사실을 분명하게 기억하고 있다. 나는 그 사실을 커크에게 거듭 이야기해주었다. 나는 그 일을 일기에 적어놓기까지 했다. 7월 1일자 일기를 보면 분명히 알 수 있다.

제스 로젠버그

2014년 7월 30일 수요일

개막공연 나흘 후

그날 아침, 데렉과 내가 《오르피아크로니클》지의 임시수사본부에 도착해보니 애나가 메간 패들린의 일기에서 발췌한 내용을 일부 복사해 붙여둔 게 눈에 들어왔다.

애나가 우리를 보더니 설명했다,

"1994년에 브라운 부시장에게 익명으로 전화한 여자는 짐작대로 메간이었어요. 고든 시장이 저지른 비리를 브라운 부시장에게 알려주려고 전화한 거예요. 일기에 적힌 내용대로라면 메간은 고든 시장의 비리를 펠리시티라는 여자를 통해 들어서 알게 되었죠. 메간이 브라운 부시장에게 익명으로 제보하고 나서 두 달 가량 지난 시점인 1994년 4월 1일에 고든 시장이 서점에 왔고, 두 사람이 정면으로 맞닥뜨리게 되었어요. 그날 메간은 고든 시장을 범법자로 몰아붙인 사실을 일기에 적어두었더군요."

애나가 일기장의 페이지를 넘기면서 말했다.

"이틀 후, 메간은 조깅을 하다가 고든 시장과 우연히 마주쳤어요. 그때에도 비난을 쏟아 부었죠. 메간은 일기장에 이렇게 쓰고 있어요. '내가 카인에게 죄를 묻는 신의 눈이 된 기분이었다.'라고요."

내가 말했다.

"카인에게 죄를 묻는 신의 눈이란 살인죄를 추궁하는 신을 의미하잖아요. 고든 시장이 누군가를 죽였을 거란 뜻일까요?"

애나가 말했다.

"저도 그 점이 궁금하지만 아직 무슨 의미인지 모르겠어요. 아무튼 메간은 살해당하기 직전까지 몇 달 동안 조깅도 할 겸 저녁마다 고든 시장의 자택 앞으로 갔어요. 작은 공원에서 스트레칭을 하며 지켜보다가 고든 시장이 나타나면 달려가 비난을 퍼부었죠."

데렉이 말했다.

"그렇다면 고든 시장은 메간을 살해할 이유가 있었네요."

"어쩔 수 없어서 살인을 저지른 범인이라는 가정에 딱 들어맞긴 하죠. 다만 그는 메간과 같은 날에 살해당했어요."

내가 물었다.

"펠리시티라는 여자에 대해서는 알아봤어요?"

"사무엘에게 전화해 물어보니 금세 알려주더군요. 펠리시티는 현재 코램에 살고 있어요. 펠리시티에게 전화해 만나자고 했더니 언제든지 찾아오라고 하더군요. 당장 가서 만나볼까요?"

펠리시티는 나이가 예순 살이었고, 코램 커머셜센터에 있는 가전제품 매장에서 일하고 있었다. 펠리시티가 매장에서 가까운 카페로 우리를 안내했다.

"양해해주신다면 샌드위치를 먹어야겠어요. 어찌나 바쁘던지 아직 식사 전이거든요."

애나가 대답했다.

"얼마든지 드셔도 됩니다."

펠리시티는 웨이터를 불러 샌드위치를 주문하고 나서 말했다.

"메간에 대한 이야기를 듣고 싶다고요?"

"이미 알고 계시겠지만 우리는 그 사건에 대해 재수사하고 있어요. 메간과 친하게 지낸 걸로 알고 있는데, 맞나요?"

"테니스클럽에서 메간을 처음 만났는데 서로 마음이 잘 맞았어요. 메간이 나보다 10년 가까이 어렸지만 테니스 등급이 같아 함께 게임하는 경우가 많았죠. 테니스 게임을 하고나서 한잔 나누며 이야기할 기회가 많아 서로를 깊이 이해할 수 있게 되었어요."

"메간은 어떤 사람이었나요?"

"공상가인데다 순진했죠. 꽤나 감상적인 성격이었다고 말할 수도 있어요."

"코램에 거주한 지는 얼마나 되었죠?"

"20년이 조금 넘었어요. 남편이 세상을 뜨고 나서 아이들과 함께 코램에 왔어요. 남편은 1993년 11월 16일에 세상을 떠났는데 하필이면 그의 생일이었죠."

"코램으로 이사하고 나서도 메간과 자주 만났나요?"

"메간이 자주 코램에 왔어요. 요리를 만들어 가져다줄 때도 있었고, 책을 들고 오기도 했어요. 메간은 꼬박꼬박 나를 챙겨주려고 애썼죠."

"메간은 남자들에게는 어떤 여자였나요?"

"남자들에게 인기가 많았어요. 다들 메간 앞에 서면 얼빠진 얼굴이 되었죠. 그 당시에 오르피아 서점이 잘 된 이유도 메간을 보려는 남자들이 줄을 섰기 때문이라는 말이 나돌았어요."

"메간이 부득이 사무엘을 속이는 일도 종종 있었겠군요?"

"내가 말실수를 했네요. 메간이 인기가 좋은 건 분명했지만 섣불리 바람을 피우지는 않았어요."

"남자들이 그녀를 가만 내버려두지 않았을 텐데요?"

펠리시티는 금방 대답하지 못하고 잠시 망설였다.

"메간은 바람을 피울 용기가 없었어요. 위험한 상황을 즐기는 성격이 아니었죠."

애나가 말했다.

"메간의 일기를 읽어봤는데 살해당하기 직전까지 몇 달 동안 어떤 남자와 내연관계를 맺어왔던데요."

펠리시티는 의외라는 반응을 보였다.

"나도 그런 일이 있는 줄은 전혀 몰랐어요."

"1993년 12월 31일에 브리지햄프턴의 노던로즈호텔에서 열린 새해맞이 파티에서 만난 남자였어요. 메간의 일기에 그 남자와 만난 얘기가 1994년 6월 초까지 계속 등장해요. 혹시 메간이 그 남자 얘기를 들려준 적이 없나요?"

펠리시티는 잘라 말했다.

"단 한 번도 듣지 못했어요. 그 남자는 어떤 사람이었죠?"

"일기에 나와 있는 정도밖에는 몰라요. 혹시 메간이 신변에 위협을 느끼고 있다는 이야기를 한 적 있나요? 부인이 고든 시장의 비리에 대해 메간에게 이야기해주었고, 그녀가 몹시 분개한 사실이 일기장에 고스란히 나와 있더군요."

펠리시티는 당혹스러운 듯 중얼거렸다.

"맙소사!"

"무슨 일인지 말씀해주시겠어요?"

펠리시티가 기어들어가는 목소리로 대답했다.

"내 남편 루크에 대한 이야기였어요. 메간에게 그 이야기를 털어놓은 걸 후회해요."

"댁의 부군에게 어떤 일이 있었는데요?"

"루크는 빚에 시달리고 있었어요. 냉방설비업체를 운영하고 있었는데 부도가 났죠. 직원들을 전부 내보내야 했어요. 궁지에 몰려 꼼짝도 못할 상황이었나 봐요. 루크는 몇 달 동안 자세한 사정을 아무에게도 이야기하지 않고 혼자만 알고 있었어요. 나도 루크가 죽기 전날에야 진상을 알게 되었으니까요. 남편이 죽고 나서 돌아온 어음을 막기 위해 집을 팔아야 했어요. 나는 부랴부랴 아이들을 데리고 오르피아를 떠났고, 판매원 자리를 구해 어렵사리 살아오고 있어요."

"부군께서 세상을 떠난 이유가 뭐였죠?"

"생일날 저녁에 침실에서 목을 맸어요."

∴

1994년 2월 3일

펠리시티가 코램에 작은 아파트를 구한 날 메간이 찾아왔다. 손수 만든 라자냐를 해지기 전에 가져다주기 위해서였다. 펠리시티와 아이들은 절망에 빠져 있었고, 거실은 엉망으로 어질러져 있었다. 펠리시티는 상황을 수습할 수 없을 만큼 무력감에 휩싸여 있었다.

메간이 아이들의 숙제를 도와주었고, 욕실로 들여보내 몸을 씻게 했다. 그 사이 저녁식사를 만들었다. 아이들을 잠자리에 들게 한 다음 메간은 집에서 가져온 와인 한 병을 따더니 펠리시티에게 한 잔 따라 건넸다.

펠리시티는 마음을 터놓을 사람이 없어 가뜩이나 답답해하던 차여서 메간에게 그동안 벌어진 일들에 대해 다 털어놓았다.

"루크는 너무 정직한 사람이라서 그 꼴이 된 거야."

메간이 물었다.

"무슨 말이에요?"

"아무 일도 아냐."

"그러지 말고 허심탄회하게 이야기해 봐요."

"내가 들려주는 얘기를 아무에게도 말하지 않겠다고 약속할 수 있어?"

"물론이죠. 나를 못 믿겠어요?"

"최근 몇 년 동안 루크의 사업은 제법 벌이가 괜찮았어. 모든 일이 잘 풀리고 있었지. 고든 시장이 한 번 만나자며 사무실로 부르기 전까지는 그랬어. 고든 시장은 루크에게 새로 발주할 냉방설비 공사를 맡게 해주겠다며 리베이트를 요구했어."

"뇌물을 말하는 건가요?"

펠리시티는 고개를 끄덕였다.

"루크는 그 제안을 에둘러 거절했나 봐. 불법으로 리베이트를 주고 공사를 따냈다가 발각될 경우 감방에 들어갈 수도 있으니까 빠지려고 한 거야. 그러자 고든 시장이 사업을 망하게 하겠다고 협박했다는군. 앞으로 오르피아에서 일감을 따낼 생각은 아예 하지 말라고 하더라는 거야. 루크는 그 어떤 협박에도 뜻을 꺾지 않았나 봐. 결국 루크는 시에서 발주한 공사를 단 한 건도 따내지 못했어. 그 후로는 그 어떤 공사도 맡을 수 없었지. 고든 시장이 자신의 제안을 거절한 것에 대한 보복으로 뒤에서 손을 쓴 거야. 고든 시장은 루크의 사업을 사사건건 방해하는 한편 악의적인 소문을 퍼뜨렸어. 루크에게 공사를 맡기려는 사람이 있으면 수단과 방법을 가리지 않고 단념하게 만들었다는군. 루크는 곧 고객들을 전부 잃게 되었어. 그 지경이 될 때까지 루크는 내게 일언반구의 말도 하지 않은 거야. 나는 루크가 죽기 전날에야 그 사실을 알았어. 루크 회사의 재무담당자가 나를 찾아와 파산이 임박했고, 직원들도 전원 실직하게 되었다는 말을 해주었지. 나는 그때까지 아무것도 모르고 있었던 거야. 그날 밤에 루크에게 사실대로 말해달라고 했더니 그제야 그동안 겪은 일들을 모두 이야기해주었어. 나는 이대로 망할 수는 없다며 맞서 싸우자고 했지. 루크는 고든 시장을 상대로 싸워봤자 가망이 없다고 하더군. 내가 경찰에 고발하자고 하니까 루크가 절망적인 눈빛으로 말했어. '당신은 모를 거야. 이 도시 전체가 뇌물로 얽혀있어. 우리가 아는 사람들 전부가 뇌물에 발을 담그고 있어. 모르긴 해도 처남도 분명 발을 담그고 있을 거야. 지난 2년간 처남이 어떻게 그 모든 공사를 수주했을 거라고 생각해? 누군가 고발해 뇌물사건이 밝혀지면 관련자들은 모든 걸 잃게 될 거야. 그러니까 어느 누구도 말 한 마디 하지 못하고 입을 꾹 다물고 있는 거야. 모두가 손발이 꽁꽁 묶여 옴짝달싹 못하고 있지.'라고 하더군. 그 다음날 루크는 목을 맸어."

그 말을 들은 메간은 경악했다.

"고든 시장이 그 모든 짓을 저지른 주범이란 말이죠?"

"어느 누구에게도 고든 시장 얘기를 해서는 안 돼."

"고든 시장이 불법을 저질렀다는 사실을 세상에 알려야 해요."

"만약 고든 시장의 비리를 알렸다가는 수많은 업체가 문을 닫고, 사장들은 체포되고, 직원들은 직장을 잃게 될 거야."

"아무리 그렇더라도 고든 시장이 죄를 짓고도 뻔뻔하게 살아가도록 내버려둘 수는 없어요."

"고든 시장은 무서운 사람이야."

"조금도 겁나지 않아요."

"제발 아무에게도 말하지 않겠다고 약속해줘. 나는 이미 당한 일만으로도 너무 고통스러워."

$$\therefore$$

애나가 말했다.

"메간은 그 사실을 묻어두지 않았군요."

"브라운 부시장에게 전화해 고든 시장의 비리를 털어놓았다고 하더군요. 나는 메간이 말을 듣지 않아 무척이나 화가 났어요."

"어째서죠?"

"고든 시장에 대한 비리 수사가 시작되면 다치게 될 사람들이 많았어요. 그중에는 나와 관련된 사람들도 여럿 있었죠. 나는 불같이 화를 냈고, 메간과 연락을 끊었어요. 그 후로는 메간과 말을 나눠본 적이 없어요. 메간에게 너무 화가 났거든요. 내가 진정한 친구라면 그런 식으로 비밀을 떠들고 다니지는 말았어야죠."

애나가 나서서 메간을 두둔했다.

"메간은 부인을 보호하고 싶어서 그랬을 거예요. 어떤 식으로든 정의를 구현하고 싶었겠죠. 메간은 매일 고든 시장의 집 앞에서 그를 기다리고 있다가 부군의 목숨을 잃게 만든 것에 대해 따져 물었어요. 메간은 부군이 비겁자가 아니라는 사실을 입증해보이려고 한 거예요. 그런 그녀를 용기가 없다고 말할 수 있을까요? 메간은 매우 용기 있는 사람이었어요. 고든 시장과 맞서 싸울 용기를 낸 유일한 사람이었죠. 메간은 오르피아에서 아무도 해내지 못한 일을 한 거예요. 그 대가로 목숨을 잃게 되었죠."

펠리시티는 아연실색한 표정을 지었다.

"살인범이 애초에 노린 사람이 메간이었다는 뜻인가요?"

옆에서 듣고 있던 데렉이 대답했다.

"우리는 그렇게 생각하고 있습니다."

"대체 누가 그런 짓을 저질렀을까요? 고든 시장은 그날 메간과 함께 죽었잖아요."

데렉이 밀했다.

"우리도 메간을 살해한 범인이 누군지 눈에 불을 켜고 찾고 있습니다."

애나가 말했다.

"혹시 메간과 친하게 지낸 사람들에 대해 알고 있나요? 메간에 대해 뭔가 말해줄 수 있는 사람이 필요해요. 일기에는 케이트라는 친구가 언급되어 있더군요."

"케이트 역시 테니스클럽 회원이었어요. 메간과 가까운 사이였죠."

데렉은 코램 커머셜센터를 나서다가 과학수사대에서 걸려온 전화를 받았다.

과학수사대 연구원이 말했다.

"의뢰한 차량파편의 분석 결과가 나왔습니다."

"어떤 결론이 나왔죠?"

"오른쪽 측면 범퍼 조각입니다. 둘레에 푸른색 페인트가 남아있는 걸 보면 차량 색깔이 파란색이었어요. 파편에 회색페인트가 점점이 묻어 있더군요. 1994년 7월 16일에 사망사고가 난 오토바이의 색깔과 동일한 색입니다."

데렉이 물었다.

"빠른 속도로 달려온 차가 오토바이를 추돌했군요."

"바로 그렇습니다. 파란색 차량이 뒤에서 오토바이를 들이받은 겁니다."

∴

버그도프 가족은 캠핑카에 올라탔다. 스티븐이 차의 시동을 걸며 외쳤다.

"자, 떠나자!"

조수석에 탄 트레이시는 안전벨트를 매고 나서 뒷좌석에 앉은 아이들을 돌아보았다.

"다들 기분이 어때?"

딸이 대답했다.

"기분 좋아요. 한데 왜 뒤에 차를 매달고 가는 거예요?"

스티븐이 냉큼 대답했다.

"차를 써야 할 일이 있어."

트레이시가 구시렁거렸다.

"트렁크를 고쳐온다니까 왜 고집을 부리는지 모르겠어."

"당장은 트렁크를 쓸 필요가 없잖아."

스티븐이 히죽거렸다.

캠핑카는 맨해튼브리지 쪽으로 방향을 잡았다.

아들이 물었다.

"옐로스톤에는 언제 도착해요?"

스티븐이 또 재빨리 대답했다.

"며칠 이내에 도착할 거야."

트레이시가 옆에서 거들었다.

"여기저기 둘러보면서 천천히 가면 돼!"

스티븐이 신난다는 듯 소리쳤다.

"여러분은 지금 '아메리칸 특급'에 탑승하셨습니다! 뉴욕에서 옐로스톤까지 가장 빠르게 모시겠습니다."

아들이 소리쳤다.

"야호, 빨리 날려요."

트레이시가 버럭 소리를 질렀다.

"아냐, 빨리 달릴 필요 없어. 무엇보다 안전 운전을 하는 게 중요해."

캠핑카는 맨해튼 섬을 가로질러 홀랜드 터널을 통과했다. 뉴저지로 들어섰던 차는 이내 서부로 향하는 78번 하이웨이로 올라섰다.

마운트시나이 병원에서는 신시아 에덴이 다코타의 병실에서 뛰어나오며 다급히 간호사에게 말했다.

"의사선생님을 불러줘요. 다코타가 눈을 떴어요!"

∴

우리는 마이클과 함께 다시 《오르피아크로니클》지의 임시수사본부에 모여 앉았다. 제레미아를 덮친 교통사고는 뒤따라온 파란 자동차가 고의로 추돌해 발생했다.

데렉이 상황을 설명했다.

"과학수사대가 분석한 결과로는 오토바이가 앞으로 튕겨나가면서 나무와 충돌했어요."

마이클이 중얼거렸다.

"제레미아도 결국 살해당했다는 뜻이군요."

애나가 말했다.

"제레미아는 오토바이 사고 후 방치되어 있다가 죽었어요. 오토바이를 추돌한 차량 운전자는 이런 일에 아주 서툰 자가 분명해요."

데릭이 말을 받았다.

"어쩔 수 없이 살인을 저질렀다는 뜻이죠? 란지트 싱 박사가 얘기해준 살인범의 범주에 딱 들어맞네요. 손에 피를 묻히고 싶지는 않은데 달리 방법이 없어 살인에 나선 자라고 볼 수 있잖아요."

내가 지적했다.

"제레미아를 죽이고 싶어 했던 사람은 많았어."

데릭이 수사기록에 첨부된 사진 한 장을 내보였다. 고든 시장의 집 차고 사진이었다. 주차된 빨간색 차의 트렁크에 여행가방들이 실려 있는 게 보였다.

데릭이 사진 속의 자동차를 손가락으로 짚었다.

"고든 시장의 차는 빨간색이었어."

커크가 몸을 앞으로 기울여 사진 속의 차를 바라보았다.

"내가 기억하기로 고든 시장은 파란색 컨버터블을 몰고 다녔어요."

커크의 말을 들은 순간 내 머릿속에서 한 가지 기억이 스쳐지나갔다. 1994년 수사기록을 부리나케 집어 들어 한 장씩 넘겨보았다.

"고든 시장이 차를 타고 찍은 사진이 있었어."

조서와 사진자료, 증인심문기록, 은행계좌명세서들을 샅샅이 들춰본 끝에 나는 마침내 사진 한 장을 찾아냈다. 몬태나 주의 부동산업자가 몰래 찍어두었다는 사진이었다. 고든 시장이 보즈먼에 임대한 집을 배경으로 차 트렁크에서 상자를 내리는 모습이 찍혀 있었다. 척 보기에도 파란색 컨버터블이었다.

데릭도 기억난다는 듯 말했다.

"몬태나의 부동산업자는 고든 시장이 미심쩍어 차량번호판과 얼굴을 남겨놓으려고 몰래 사진을 찍어두었다고 했어."

커크가 고든의 집 차고 사진을 한참 동안 들여다보았다. 그가 사진 속의 한 부분을 손가락으로 짚으며 말했다.

"차 뒤창을 자세히 봐요. 자동차딜러의 이름이 나와 있어요. 이 딜러가 아직 영업을 하고 있을지도 몰라요."

커크의 예상이 맞았다. 딜러는 몬탁으로 가는 도로변에 위치한 자동차 전시장에서 40년 동안 영업을 해오고 있었다. 우리는 즉시 딜러를 만나러 갔다. 그는 자동차 전시장 안쪽 사무실에 있었다.

딜러가 우리를 쳐다보며 물었다.

"무슨 일로 나를 찾아왔죠?"

"당신이 1994년에 판매한 차에 대해 알아보려고요."

딜러는 어이없다는 듯 되물었다.

"1994년이라면 도움을 드릴 수 없을 것 같네요. 그 당시 일이 기억날 만큼 머리가 좋지 않아요."

데렉이 그의 눈앞으로 사진을 내밀었다.

"일단 차를 한 번 봐주시죠."

딜러가 사진을 향해 흘깃 눈길을 던졌다.

"그 당시 셀 수도 없이 많이 팔았던 차종입니다. 구입자의 이름을 갖고 계세요?"

"조셉 고든입니다. 오르피아 시장이었던 사람이죠."

딜러의 얼굴색이 갑자기 달라졌다.

"고든 시장에게 판 차라면 잊을 리 없죠. 그는 이 차를 구입하고 나서 2주 후에 목숨을 잃었습니다. 일가족이 한꺼번에 살해당했죠."

내가 물었다.

"이 차를 판매한 시점은 7월 중순이었겠군요?"

"그 무렵이었죠. 어느 날 아침에 출근해보니 고든 시장이 사무실에 먼저 와서 기다리고 있더군요. 차량전시장을 오픈하기도 전이었죠. 밤새 한 잠도 못 잔 몰골인데다 술 냄새가 진동하더군요. 고든 시장이 타고 온 차는 오른쪽이 완전히 부서져있었어요. 갑자기 길로 뛰어든 사슴을 들이받았다고 하면서 차를 바꿔야겠다고 하더군요. 마침 빨간색 닷지 세 대가 재고로 남아 있었는데 고든 시장은 두 말 없이 한 대를 구입했어요. 차 값을 현금으로 지불했죠. 고든 시장이 말하길 음주운전을 하는 바람에 차가 파손되었다면서 그 사실이 알려지면 9월에 치를 선거에서 재선하기 어려울 거라고 걱정하더군요. 고든 시장은 내가 부서진 차를 당장 폐차해주는 조건으로 5천 달러를 더 얹어주었죠. 그는 새 차를 몰고 떠났고, 나도 주머니를 두둑하게 챙겼으니 서로에게 좋은 일이었죠."

"뭔가 수상해보이지는 않던가요?"

"자동차정비센터를 겸하고 있어 그런 일은 자주 보게 되죠. 내가 이 업종에서 이렇게 오래 버틴 비결이 뭔지 아십니까?"

"뭔데요?"

"입을 굳게 다물 줄 안다는 거죠. 이 지역 사람들은 내가 입이 무겁다는 걸 다 알아요."

조사 결과 고든 시장이 제레미아를 죽였을 가능성이 컸다. 제레미아는 고든 시장과 아무런 원한 관계가 없었는데 왜 그를 죽인 것일까?

그날 저녁 오르피아를 떠나 뉴욕으로 돌아오면서 우리는 머릿속을 가득 채우고 있는 질문들 때문에 각자 생각에 잠겨 있었다. 데렉의 집까지 와서 차를 세웠다. 데렉이 나를 포옹해주고 나서 집으로 들어갔다.

나는 집으로 곧장 들어가는 게 내키지 않았다. 나타샤가 보고 싶어 묘원까지 갔다. 묘원 출입문은 이미 닫혀있을 시각이었다. 담장을 가볍게 뛰어넘어 고요한 오솔길을 따라 걸어갔다. 무덤들 사이를 지나는 동안 촘촘한 잔디가 내 발자국을 지웠다. 모든 게 평온하고 아름다웠다. 마침내 나타샤의 무덤까지 왔다. 한참 동안 무덤 앞에 앉아있었다. 별안간 등 뒤에서 발자국 소리가 들려왔다. 달라였다.

"내가 여기 있으리라는 걸 어떻게 알았어?"

달라가 조용히 미소 지었다.

"나타샤를 만나려고 담장을 뛰어넘는 사람이 당신 혼자인 줄 알았지?"

달라의 미소를 받아 나도 슬며시 웃어보였다.

달라가 내 곁에 다가와 앉았다.

내가 말했다.

"그날 나타샤를 우리 차에 태우지 말았어야 했어. 모든 게 내 잘못이야."

"그럼 나는? 나타샤를 차에서 내리라고 하지 말았어야지. 어리석은 말싸움을 아예 시작하지도 말았어야 해,"

내가 나지막이 중얼거렸다.

"그러니까 우리 둘 다 죄인인 건가?"

달라가 고개를 끄덕였다.

내가 말을 이었다.

"나타샤가 나와 함께 있다는 생각이 들 때가 있어. 저녁에 집에 들어설 때마다 문득 그녀가 집안에서 나를 기다리고 있었다는 느껌이 들어."

"나타샤는 우리 모두의 가슴에 빈자리를 남겨두었어. 우리는 매일 나타샤를 그리워하지. 하지만 당신은 이제 한 걸음 더 앞으로 나가야 해. 더 이상 과거에 파묻혀 살아서는 안 돼."

"상처로 내 몸이 심하게 갈라졌어. 벌어진 몸이 언제 봉합될지 모르겠어."

"어차피 우리의 삶이란 치유의 과정이야."

달라가 내 어깨에 머리를 기댔다. 우리는 한참 동안 눈앞의 비석을 바라보고 있었다.

나타샤 다린스키
1968.04.02 - 1994.10.13

데렉 스콧

1994년 10월 13일

우리가 탄 차는 교각 난간을 부수고 강물 속으로 떨어졌다. 차가 난간을 들이받는 순간부터 나는 반사적으로 안전벨트를 풀고 차창을 열었다. 경찰학교에서 배운 대로였다. 나타샤는 뒷좌석에서 겁에 질려 비명을 질렀고, 제스는 안전벨트를 매지 않았던 탓에 글러브박스에 머리를 부딪쳐 의식을 잃었다.

차가 물속으로 완전히 잠겨들기까지 불과 몇 초도 걸리지 않았다. 나는 나타샤에게 안전벨트를 풀고 창문을 빠져나가라고 소리 질렀다. 나타샤의 안전벨트가 풀리지 않는다는 걸 뒤늦게 알아차렸다. 그녀 쪽으로 몸을 기울여 안전벨트의 잠금장치를 풀어보려고 했지만 뜻대로 되지 않았다. 안전벨트를 잘라버리려고 했지만 마땅한 도구가 없었다. 무슨 수를 써서라도 잠금장치에서 안전벨트를 뽑아내야 했다. 나는 미친 사람처럼 안전벨트를 움켜쥐고 잡아당겼지만 소용없었다. 강물은 이미 어깨까지 차올랐다.

나타샤가 내게 소리쳤다.

"안전벨트는 내가 풀어볼 테니까 어서 제스를 구해줘."

나는 순간적으로 망설였다. 나타샤가 또 다시 소리쳤다.

"데렉! 어서 제스를 구해!"

물은 어느새 턱까지 차올랐다. 창문을 통해 바깥으로 빠져 나온 나는 손을 뻗어 제스를 내 쪽으로 잡아당겨 차에서 빼냈다.

이제 우리는 물속으로 완전히 잠겨 들어갔다. 차는 바닥을 향해 가라앉고 있었다. 숨을 최대한 참고 창문 안을 들여다보았다. 나타샤는 어느새 머리끝까지 완전히 잠겨 있었다. 여전히 안전벨트에 묶인 상태였고, 차안에 갇혀 꼼짝도 하지 못했다. 나는 더 이상 숨을 참기 어려웠다. 제스의 몸무게가 나를 바닥으로 잡아당기고 있었다. 나타샤와 나는 마지막으로 눈길을 주고받았다. 유리창 너머에서 나를 바라보던 그녀의 눈을 나는 죽는 날까지 잊지 못할 것이다.

산소부족으로 몽롱해진 의식을 다잡아 필사적으로 제스를 수면 위로 끌고 올라왔다. 그런 다음 강둑까지 죽을힘을 다해 헤엄쳤다. 순찰차들의 사이렌 소리가 이어졌고, 경관들이 경사진 강둑을 내려오는 모습이 보였다. 나는 의식이 없는 제스를 그들에게 맡기고, 나타샤를 구하기 위해 물 속으로 헤엄쳐 들어갔다. 차가 가라앉은 지점이 어디인지 가늠되지 않았다. 흙탕물이 일어 시야가 막혀있었다. 나타샤가 마지막으로 나를 바라보던 눈빛이 떠올랐다.

그때 내가 만약 실신한 제스를 차에서 꺼내는 대신 나타샤의 안전벨트를 풀어주었더라면 그녀를 구할 수 있었을까?

3장

교환

2014년 7월 31일 목요일 – 8월 1일 금요일

제스 로젠버그

2014년 7월 31일 목요일

개막공연 닷새 후

이제 우리에게는 사흘이라는 시간이 남아 있었다. 맥케나 과장이 경고한대로 사흘 안으로 사건의 비밀을 풀어야 했다. 그날 아침, 애나가 〈카페아테나〉에서 식사를 하자면서 우리를 오르피아로 불렀다.

데렉이 오르피아를 향해 달려가는 차 안에서 구시렁거렸다.

"여유롭게 아침식사 메뉴를 고르고 있을 때가 아니잖아."

"애나가 아침 일찍 우리를 부른 이유가 아침 식사 때문만은 아니겠지."

"하필이면 왜 〈카페아테나〉에서 보자고 했을까? 거긴 테드가 운영하던 식당이잖아."

나는 슬며시 웃었다.

"왜 웃어?"

"자네가 성질을 내는 모습이 우스워보여서 그래."

"난 성질을 내는 게 아니야."

"자네를 알고 지낸 지 한두 해가 아니잖아. 자네 얼굴만 봐도 무슨 생각을 하는지 알아."

데렉이 재촉했다.

"어서 달리기나 해. 애나가 무슨 생각을 하고 있는지 알아보자."

데렉이 경광등을 켜 차 지붕에 얹었다.

〈카페아테나〉에 도착해보니 애나가 구석 테이블에 자리 잡고 앉아 있었다. 몇 사람이 함께 식사할 수 있는 큰 테이블이었다. 테이블에는 이미 커피가 놓여 있었다.

애나가 초소한 얼굴로 기다리다가 우리를 보자 반색했다.

내가 물었다.

"무슨 일이에요?"

"계속 생각해왔어요."

"무슨 생각을 했는데요?"

"고든 시장이 메간을 살해하려고 했던 건 분명해요. 메간이 그의 비밀을 너무 많이 알고 있었으니까요. 고든 시장은 몬태나로 도망치기보다는 오르피아에 계속 살고 싶었을 거예요. 메간의 친구였다는 케이트에게 연락해봤어요. 지금 휴가를 떠나 이곳에 없어서 묵고 있는 호텔에 메시지를 남겨두었어요. 케이트가 연락해오길 기다리는 중이에요. 아무튼 고든 시장은 메간을 살해하고자 했고, 뜻대로 되었어요."

데렉이 심드렁하게 대답했다.

"고든 시장이 죽인 사람은 제레미아였지 메간이 아니었다는 게 문제죠."

데렉은 지금 애나가 무슨 말을 하고 싶어 하는지 알아차리지 못하고 있었다.

애나가 툭 던지듯이 말했다.

"고든 시장은 표적을 맞바꾸는 방법을 쓴 거예요. 누군가를 대신해 제레미아를 죽인 거죠. 그 누군가는 고든 시장을 대신해 메간을 죽였고요. 그 누군가와 고든 시장은 표적을 맞교환한 거예요. 제레미아를 죽여 가장 큰 이득을 볼 수 있는 사람은 누구였을까요? 아마도 테드였을 거예요. 테드는 돈을 뜯어내기 위해 혈안이 되어 있는 제레미아가 지긋지긋했겠죠."

데릭의 얼굴에 짜증이 묻어났다.

"테드는 범인이 아니라는 결론이 내려졌잖아요. 검찰은 테드의 명예회복을 위해 공식적으로 재심을 신청했어요."

애나는 주눅 드는 기색 없이 말을 이어갔다.

"1994년 7월 1일에 쓴 메간의 일기를 읽어봤어요. 고든 시장이 한동안 서점에 발길을 끊었다가 별안간 다시 나타나 커크의 연극 대본을 구입했어요. 고든 시장이 살해할 대상의 이름을 암호로 만들어 책에 숨겨둔 사람이 있었죠. 제레미아를 살해해달라는 암호였어요."

"왜 그런 암호가 필요했을까요? 은밀히 만나 의견을 주고받으면 되었을 텐데요."

"고든 시장과 테드는 서로 모르는 사이였어요. 사람들에게 두 사람의 관계를 노출시키고 싶지 않았겠죠. 고든 시장과 테드가 서로 모르는 사이라는 가정이 성립되면 보다 완벽한 알리바이를 만들 수 있을 테니까요. 두 사람이 서로 은밀하게 공모해 뭔가 일을 꾸밀 거라고는 아무도 상상하지 못하게요."

"그런 추론이 가능하려면 고든 시장이 암호를 어떤 책에 숨겨두었는지 미리 알고 있었어야 하잖아요?"

애나가 이미 그 문제를 생각해봤다는 듯 말했다.

"가령 책표지 귀퉁이를 접어놓는 방식으로 표시해두었을 수도 있겠죠."

내가 물었다.

"그날 서점에 온 고든 시장이 스티븐의 책표지 귀퉁이를 접어놓은 것처럼 말인가요?"

메간이 일기에서 그 부분을 언급한 기억이 났다.

"맞아요."

내가 말했다.

"그렇다면 암호가 들어 있는 책을 반드시 찾아내야 했겠군요. 표지 귀퉁이가 접힌 스티븐의 책 말입니다."

"제가 두 분을 아침 일찍 오시라고 한 이유입니다."

그 순간 〈카페아테나〉의 문이 열리더니 실비아가 나타났다. 그녀는 데렉과 나를 성난 눈초리로 쏘아보았다.

실비아가 애나에게 물었다.

"저 두 사람이 같이 올 거라는 말은 하지 않았잖아요?"

애나가 부드럽게 대답했다.

"함께 이야기를 나눌 자리가 필요했어요."

실비아가 싸늘하게 말했다.

"난 저 두 사람과는 대화를 나눌 생각이 없어요. 내 변호사가 이제 곧 경찰을 상대로 소송을 제기할 겁니다."

애나가 말했다.

"실비아, 일단 내 이야기를 들어봐요. 테드는 메간과 고든 시장 일가족이 살해당한 그 사건과 깊은 관련이 있어요. 나는 그 증거가 자택에 있을 거라고 믿어요."

실비아는 방금 들은 말에 큰 충격을 받은 듯 멍한 표정을 짓더니 큰소리로 반문했다.

"당신도 저 사람들 편에 서서 한몫 거들어보겠다는 건가요?"

"실비아, 당신에게 보여주고 싶은 게 있으니 이리 와서 앉아 봐요."

실비아는 잠깐 망설이다가 가까이 다가와 앉았다. 애나가 그녀에게 상황을 설명하고 나서 메간의 일기를 보여주었다.

"당신이 테드의 집을 그대로 물려받아 살고 있다고 들었어요. 테드가 살인사건과 관련이 있다면 방금 말씀드린 책자가 댁에 남아있을 거예요. 우리는 그 책을 찾아봐야 해요."

"나는 그 집을 대대적으로 수리했지만 서재만큼은 건드리지 않고 그대로 놓아두었어요."

"우리가 서재를 둘러보도록 허락해 주시겠어요? 그 책이 댁의 서가에 있다면 우리가 풀지 못한 문제의 해답을 찾을 수 있어요."

실비아는 담배 한 개비를 다 피우도록 마음을 정하지 못하다가 마침내 요구를 받아들였다. 우리는 실비아의 집으로 갔다. 데렉과나는 20년 전 수색영장을 발부받아 그 집을 방문한 이후 처음으로다시 가보는 셈이었다. 당시 가택수사에서는 아무것도 찾아내지못했다.

스티븐이 쓴《오르피아 연극제의 역사》가 아직 표지 귀퉁이가접힌 그대로 미국문호들 작품 사이에 꽂혀 있었다.

애나가 책을 꺼내 펼쳤다. 우리도 그녀의 곁에 둘러섰다.

애나가 천천히 페이지를 넘겼다. 펜으로 표시해놓은 단어들이나타났다. 고든 시장이 보관해놓은 커크의 연극대본에서 본 방식그대로였다. 표시된 단어들의 첫 글자를 나란히 모아보았다. 다음과 같은 이름이 만들어졌다.

MEGHAN PADALIN 메간 페들린

∴

뉴욕 마운트시나이 병원에서 의식을 되찾은 다코타는 점차 회복세를 보이고 있었다. 담당의사는 다코타의 상태를 보러왔다가 환자가 햄버거를 먹고 있는 모습을 보았다. 환자의 아버지인 제리 에덴이 사온 햄버거였나.

의사가 웃으며 말했다.

"천천히 꼭꼭 씹어 먹어야 해요."

다코타가 햄버거를 한 입 베어 물며 대답했다.

"배가 너무 고파요."

"햄버거를 먹는 모습을 보니 나도 기뻐요."

"고맙습니다. 의사선생님 덕분에 살아났어요."

의사가 어깨를 추어올렸다.

"내 덕이라기보다는 환자가 살고자하는 의지를 놓지 않았기 때문이죠."

다코타가 눈을 내리 깔았다. 의사는 그녀의 가슴을 두르고 있는 붕대를 풀고 상처를 살폈다.

의사가 말했다.

"상처 자국은 크게 걱정하지 않아도 돼요. 피부 재생 수술로 흉터를 없앨 수 있으니까."

다코타가 나직이 대답했다.

"피부 재생 수술은 하지 않을 거예요. 내가 하마터면 죽을 수도 있는 위기에서 살아났다는 증표니까요."

버그도프 가족을 태운 캠핑카는 94번 하이웨이를 달려 마침내 위스콘신 주 경계를 넘어섰다. 그들이 미니애폴리스 부근까지 왔을 때 스티븐은 차에 기름을 채우기 위해 주유소를 찾아들어갔다.

아이들은 차에서 내려 주위를 어슬렁거리며 굳은 다리를 폈다. 트레이시도 차에서 내려 남편에게로 다가왔다.

"미니애폴리스에 들렀다 가자."

스티븐은 아내의 제안을 단번에 뿌리쳤다.

"절대로 안 돼. 원래 계획대로 곧장 갈 거야."

"여행 하는 동안 아이들에게 여기저기 보여주려는 게 원래의 계획이었어. 어제는 시카고에 들러 가자니까 반대하더니 미니애폴리스에도 가지 않겠다니 도대체 이번 여행의 목적이 뭐야? 아무데도 가지 않을 거라면 왜 이 먼 길을 떠나자고 한 거야?"

"우린 옐로스톤으로 가고 있잖아. 여기저기 들르기 시작하면 옐로스톤에는 언제 가려고?"

"바쁜 일이라도 있어?"

"우리는 옐로스톤에 가기로 했지 시카고나 미니애폴리스에 가려고 한 건 아니잖아. 한시바삐 옐로스톤의 대자연을 보고 싶어. 자꾸 미적거리다가는 아이들도 진이 빠져 여행이 시들해질 거야."

그때 아이들이 코를 감싸 쥐고 달려왔다.

딸이 인상을 찌푸리며 말했다.

"자동차가 썩고 있어요."

스티븐은 질겁한 얼굴로 차를 향해 달려갔다. 차 주변으로 고약한 냄새가 스멀스멀 새어나오고 있었다. 시체가 부패하는 냄새였다.

스티븐이 짐짓 웃음을 지으며 소리쳤다.

"빌어먹을! 오는 길에 스컹크를 치었나봐."

트레이시가 나무랐다.

"그리 심각한 일도 아닌데 욕설은 하지 마."

"빌어먹을!"

아들이 아빠의 말을 따라하며 키득거렸다.

트레이시가 아들을 야단쳤다.

"너 자꾸 그러면 혼날 줄 알아."

스티븐이 연료가 아직 다 채워지지 않았음에도 주유노즐을 제자리에 걸어놓으며 말했다.

"자, 모두들 다시 캠핑카에 올라타. 앞으로 차 가까이 가지 마. 지독한 냄새도 문제지만 세균이 득시글거릴 수도 있어. 스컹크 냄새는 쉽게 없어지지 않아. 시체 썩는 냄새 같잖아. 망할 놈의 스컹크 같으니!"

∴

우리는 1994년 7월 1일에 벌어졌던 장면을 메간의 일기에 적힌 그대로 재현해보기 위해 오르피아의 코디 서점으로 갔다. 마이클과 커크도 서점으로 오라고 했다. 그들이 와서 함께 재현 장면을 지켜보면 좀 더 상황을 명확하게 하는데 도움이 되리라 판단했다.

애나가 서점 계산대에 자리 잡고 메간의 역할을 했다. 커크와 마이클, 나는 손님 역할을 했다. 데렉이 지역작가 부스로 가서 서가 앞에 섰다. 애나는 1994년 6월 30일자 《오르피아크로니클》지 기사를 프린트해 손에 들고 있었다. 코디가 살해당하기 전날 찾아낸 기사였다. 기사에는 서가를 배경으로 찍은 코디의 사진이 실려 있었다. 사진을 들여다보던 애나가 말했다.

"당시 지역작가 부스는 구석에 있는 방에 있었고, 서점과는 벽으로 분리되어 있었어요. 한참 나중에야 지역작가 부스를 막고 있는 벽을 허물고 트인 공간으로 만들었죠."

데렉이 서가 앞에서 계산대 쪽을 바라보며 말했다.

"계산대에서 보자면 지역작가 부스에서 무슨 일이 벌어지는지 전혀 몰랐겠군요."

"1994년 7월 1일에 몇 달 동안 서점에 발길을 끊었던 고든 시장이 찾아왔고, 메간은 그가 무슨 의도로 찾아왔는지 의심스러워 잔뜩 주목하고 있었어요. 그 덕분에 고든 시장이 지역작가 부스에서 무슨 짓을 했는지 알아낼 수 있었죠."

커크가 끼어들었다.

"그날 고든 시장과 테드는 이 은밀한 방에서 각자 없애고 싶은 인물의 이름을 암호로 표시했군요."

마이클이 중얼거렸다.

"두 건의 살인지령이 내려진 셈인가?"

애나가 말했다.

"얼마 전 코디가 살해된 이유도 미루어 짐작할 수 있어요. 메간을 살해한 범인과 코디는 서점에서 자주 마주치는 사이였을 겁니다. 범인은 메간이 알고 있는 사실을 코디에게 말해주었을까 봐 두려웠던 거예요."

나는 애나의 추론에 동의했지만 데렉은 여전히 미심쩍은 눈치였다.

"애나, 당신의 추론대로라면 그 다음은 어떻게 되죠?"

"고든 시장과 테드가 살해대상을 교환한 날은 7월 1일이었어요. 제레미아는 7월 16일에 살해되었죠. 고든 시장은 2주가량 제레미아의 습관을 파악했겠죠. 그 결과 제레미아가 매일 밤 〈리지스클럽〉에서 오토바이를 타고 집으로 돌아간다는 사실을 알아냈을 거예요. 고든 시장은 마침내 테드와 교환한 살인지령을 실행에 옮겼어요. 다만 그는 아마추어 킬러였기 때문에 냉정을 유지하며 살인을 저지르는 훈련이 되어있지 않았죠. 그는 차로 오토바이를 들이받았고, 제레미아의 숨이 붙어있는 상황이었음에도 도로변에 방치하고 사라졌어요. 그는 공황상태에 빠져 현장에 떨어져 있는 파편만 수거해 달아난 거예요. 극도로 마음이 불안했던 고든 시장은 다음 날 범행이 발각될 위험을 무릅쓰고 딜러를 찾아가 차를 팔아버렸죠. 고든 시장이 제레미아를 죽인 이유는 오로지 메간을 제거하기 위해서였어요. 메간이 비리 혐의를 고발해 궁지로 몰아넣을까봐 두려웠으니까. 그는 비리를 감추기 위해 어쩔 수 없이 살인을 저지른 거예요. 란지트 싱 박사가 말했던 범인의 범주에 딱 들어맞는 인물이죠."

모두들 잠시 침묵을 지켰다.

데릭이 침묵을 깼다.

"애나, 당신의 추론이 모두 옳다고 가정해봅시다. 제레미아는 고든 시장이 죽였어요. 그럼 메간은 누가 죽였죠?"

애나가 계속 추론을 이어갔다.

"테드는 자주 서점을 찾아 메간을 염탐했어요. 메간의 일기를 보면 테드는 자주 서점에 들르는 단골손님이기도 했죠. 어느 날 테드는 서점에 와서 어슬렁거리다가 우연히 메간이 연극제 개막 공연에 가지 않을 거라는 말을 듣게 되었어요. 그 말을 듣는 순간 테드의 머릿속에 메간이 평소처럼 조깅을 할 때 살해하면 감쪽같겠다는 생각이 떠올랐을 거예요. 그 시간이면 오르피아 주민들 대부분이 중심가로 몰려나갈 테니까 살인을 저지르기에 더없이 좋은 기회라는 계산을 했겠죠."

데렉이 말했다.

"당신의 추론에는 한 가지 문제가 있어요. 메간을 살해한 범인이 테드가 아니라는 점이에요. 테드는 우리와 추격전 끝에 강물에 빠져 익사했어요. 지난 20년 동안 메간과 고든 시장 일가족을 쏘았던 총은 지금껏 발견되지 않았다가 지난 토요일 대극장에서 다코타 에덴을 쏘는 데 사용되었어요."

애나가 말했다.

"당연히 제3의 인물이 있다고 봐야죠. 테드는 스티븐이 쓴 책 속에 제레미아를 죽여 달라는 메시지를 남겼어요. 그의 바람대로 제레미아는 제거되었고, 이득을 본 사람이 또 있었어요. 그가 바로 제3의 인물이고, 20년 만에 다시 등장해 지난날 자신이 저지른 범행과 연관된 흔적을 지우고 있는 거예요."

"최루액분사기를 사용하고, 몸에 독수리문신이 있는 놈이겠네요."

내가 말했다.

"아마도 코스티코는 독수리문신 남자를 찾아냈을 거예요. 그 남자가 모텔 방에 바지를 벗어두고 줄행랑칠 때 지갑을 놓아두고 갔다니까요. 코스티코는 거리의 여자들이 지켜보는 가운데 독수리문신 남자에게 수모를 당한 만큼 잔뜩 독이 올라 있었을 테고, 반드시 찾아내 복수하고 싶었을 거예요. 독수리문신 남자는 그리 호락호락 당하고 있을 위인이 아니었겠죠. 그는 궁지에서 벗어나려면 코스티코가 아니라 제레미아를 제거해야 한다는 사실을 알고 있었을 거예요."

시급히 코스티코를 찾아내 독수리문신 남자에 대한 단서를 캐낼 필요가 있었다. 코스티코는 이미 지명 수배를 해놓았지만 아직까지 행방이 묘연했다. 뉴욕 주 경찰본부의 지원을 받아 코스티코의 주변 인물들을 조사해 보았으나 행방을 아는 사람이 아무도 없었다. 그는 돈과 휴대폰, 개인 소지품들을 남겨두고 어디론가 증발해 버렸다.

잠자코 듣고 있던 커크가 말했다.

"코스티코는 이미 숙었다고 봐야 할 겁니다. 스테파니와 코디를 살해한 범인이 코스티코를 가만 놔둘 리 없잖아요. 범인은 자신의 정체를 노출시킬 수도 있는 사람들을 여지없이 죽이고 있어요."

내가 말했다.

"커크의 말대로 코스티코는 살해당했을 가능성이 크고, 이제 우리는 한시바삐 독수리문신 남자를 찾아내야 해요."

마이클이 말했다.

"몸에 독수리문신이 있다는 정보만으로는 찾아내기 어렵겠는데요. 뭔가 더 알고 있는 게 없어요?"

데렉이 말했다.

"그 당시에는 오르피아에 거주하고 있었고, 서점에 자주 드나들었던 남자입니다."

애나도 한 마디 보탰다.

"테드와도 알고 지낸 사이입니다."

커크가 말했다.

"테드가 고든 시장과 은밀한 거래를 했듯이 독수리문신 남자와도 공모할 수 있는 사이였겠군요. 그 당시 오르피아에서는 모두들 서로 알고 지냈으니까."

내가 말했다.

"독수리문신 남자는 지난 토요일 밤에 대극장에 있었어요. 연극 출연자 전용 출입구를 통과할 수 있는 인물이었죠."

애나가 메모지 한 장을 꺼내들며 말했다.

"원점으로 돌아가 용의자 명단을 다시 한 번 작성해볼까요?"

애나가 메모지 위에 연극 출연자들의 이름을 적어 내려갔다.

샬롯 브라운

다코타 에덴

앨리스 필모어

스티븐 버그도프

제리 에덴

론 걸리버

메타 오스트롭스키

사무엘 패들린

마이클이 말했다.

"나랑 커크도 무대 뒤에 있었으니까 이름을 넣어요. 내 몸에 독수리문신 같은 건 없지만요."

마이클이 셔츠를 들어 올리더니 등을 내보였다.

커크도 셔츠를 들어 올리며 말했다.

"나도 문신 따위는 없어요!"

데렉이 말했다.

"앞서도 말했지만 샬롯은 용의자 명단에서 지워야 해요. 우리가 찾는 범인은 남자이니까. 앨리스와 제리도 빼야겠죠."

명단은 줄어들어 이제 네 사람의 이름이 남았다.

메타 오스트롭스키

론 걸리버

사무엘 패들린

스티븐 버그도프

애나가 말했나.

"메타의 이름도 지워야 해요. 그는 오르피아에 거주한 적이 없으니까요. 그가 오르피아를 방문한 건 연극제 때문이었어요."

나도 애나의 말에 동의했다.

"메타와 걸리버는 무대에서 팬티만 걸치고 있었던 적이 있는데 어깨에 독수리문신은 없었어요."

데릭이 말했다.

"그렇다면 남은 사람은 사무엘과 스티븐밖에 없네요."

그날 오후 애나는 메간의 친구 케이트와 연락이 닿았다. 그녀는 노스캐롤라이나 주의 호텔에서 애나에게 전화를 걸어왔다. 애나가 그녀에게 상황을 설명했다.

"메간의 일기를 읽다가 한 가지 사실을 알게 되었어요. 1994년 초에 메간이 어떤 남자를 만나 사귀었는데 당신에게 그 이야기를 한 적이 있다더군요. 그 남자에 대해 뭔가 기억나는 게 있나요?"

"메간이 그 남자와 연애한 건 사실이에요. 메간에게 얘기를 듣긴 했지만 그를 만나본 적은 없어요. 다만 연애의 끝이 좋지 않았다는 건 기억해요."

"끝이 좋지 않았다는 게 무슨 뜻이죠?"

"사무엘에게 들키는 바람에 흠씬 두들겨 맞았어요. 그날 메간이 잠옷차림으로 우리 집으로 피신해왔는데 얼굴에 시퍼런 멍 자국이

나 있었고, 입술이 터져 피가 철철 흐르더군요. 그날 밤, 메간은 집에 돌아가지 않고 우리 집에 머물렀어요."

"그때 말고도 사무엘이 폭력을 행사한 적이 있었나요?

"그건 잘 모르겠지만 적어도 그날은 생명의 위협을 느꼈다고 하더군요. 메간에게 경찰에 신고하라고 했더니 그럴 생각이 없다고 했어요. 그 사건 이후 메간은 연애를 청산했어요."

"사무엘이 두려웠기 때문이었나요?"

"그럴지도 모르죠. 메간은 그 사건 이후 저와도 의식적으로 거리를 두려고 했어요. 사무엘이 저랑 가깝게 지내는 걸 싫어한다면서요."

"사무엘이 메간을 살해했을 수도 있다고 생각해요?"

케이트는 대답하기 전에 잠시 망설였다.

"메간이 살해되기 한 달 전, 사무엘은 아내 명의로 수령 액수가 백만 달러인 생명보험에 가입했어요. 남편이 보험회사에 다니는데 그 계약을 담당해 알게 되었죠. 저는 늘 경찰이 왜 보험 문제를 수사하지 않는지 의아했어요."

"사무엘이 보험금을 수령했나요?"

"당연하죠. 보험금을 받아 현재 살고 있는 사우스햄프턴의 집을 구입했어요."

데릭 스콧

1994년 12월 초, 뉴욕 주 경찰본부

맥케나 과장은 내가 방금 전에 내민 신청서를 훑어보았다.

"부서이동 신청을 하겠다는 건가? 대체 어디로 가려고?"

"행정부서로 옮겨주십시오."

맥케나 과장이 당혹스러운 듯 되물었다.

"사무실에서 근무하려고?"

"이제 사건현장에는 발을 들여놓고 싶지 않습니다."

"자네는 내가 아는 최고의 형사야. 자네의 심정은 충분히 이해하지만 앞날을 고려해 선택해야 하네."

나는 울컥하는 심사를 억누르며 되물었다.

"대체 어떤 앞날을 말씀하시는 겁니까?"

"자네가 얼마나 큰 충격을 받았는지 알아. 우선 심리 상담을 받아보는 게 어때? 아니면 몇 주 휴가를 내고 쉬다가 와도 좋아. 행정부서로 옮기는 건 자네의 재능 낭비야."

맥케나 과장과 나는 서로를 마주보았다.

내가 먼저 입을 열었다.

"그럼 사직서를 내겠습니다."

"사직서를 받을 수는 없어. 자네가 원하니까 일단 한시적으로 행정부서로 보내주겠네. 잠시 행정부서에서 일하다가 안정을 찾으면 범죄수사부로 되돌아와야 하네."

내가 사무실을 나서려는 순간 맥케나 과장이 물었다.

"제스에게서는 아무런 연락도 없나?"

"제스는 아무도 만나고 싶어 하지 않습니다."

제스는 집에 들어박혀 나타샤의 물건들을 정리하고 있었다.

텅 빈 마음을 그 무엇으로도 채울 수 없었다. 어느 날은 나타샤의 물건을 말끔히 치웠다가 다른 날은 다시 꺼내놓으며 하루하루를 보냈다.

이제 그만 잊어야해. 홀홀 털고 다시 시작하는 거야.

제스는 그런 생각이 들 때면 나타샤의 유품을 모두 내다버릴 생각으로 상자에 쓸어 담았다. 그러다가 문득 추억이 어려 있는 어느 물건에 눈길이 가닿았고, 그 순간부터 모든 결심이 흔들렸다. 그럴 때마다 상자에 담았던 사진액자, 잉크가 마른 펜, 빛바랜 종이쪽지들을 다시 꺼내 들고 오랫동안 바라보았다. 그는 유품을 버리지 말고 간직하자는 생각이 들며 다시 상자에 담았던 물건들을 죄다 꺼내 원래의 위치에 내려놓았다. 그러기를 벌써 몇 번이나 반복하고 있는 중이었다. 그럴 때마다 긴 의자에 앉아 제스를 바라보고 있던 할아버지와 할머니는 눈물을 글썽이며 중얼거렸다.

"염병하네!"

∴

12월 중순, 달라는 〈더 리틀 러시아〉의 간판을 떼어내 폐기하고, 가구와 집기를 되팔아 최근 몇 달간 밀린 월세를 냈다. 남은 돈은 임대차계약을 해지하는 위약금으로 들어갔다. 용역업체에서 나온 인부들이 집기들을 들어내 트럭에 실었다. 테이블과 의자는 새로 문을 열기로 한 식당에 일괄적으로 팔아넘겼다.

인부 하나가 상자 하나를 들고 달라에게로 왔다.

"주방 한쪽 구석에서 찾아낸 상자입니다. 버려도 되는 물건 같지 않아서요."

달라는 상자를 열어보았다. 나타샤가 남겨놓은 메모들, 구상해놓은 메뉴들, 조리법 그리고 제스, 나타샤, 데렉, 달라 넷이 함께 찍은 사진도 한 장 들어있었다.

달라는 사진을 집어 들고 한참 동안 들여다보았다.

"이 사진은 제가 가질게요. 나머지는 버려도 돼요."

인부는 상자를 다시 받아들고 트럭으로 돌아갔다.

달라는 트럭에 실린 집기들을 망연히 바라보다가 울음을 터뜨렸다.

제스 로젠버그

2014년 8월 1일 금요일

개막공연 엿새 후

그날 아침, 사무엘을 찾아갔지만 집에 없어 회사로 찾아가보기로 했다. 사무엘이 사무실로 찾아간 우리를 말없이 맞아들였다. 그가 등 뒤의 문이 닫히기를 기다렸다가 불만을 토로했다.

"일하는 사무실로 불쑥 찾아오면 어쩌자는 겁니까?"

애나가 물었다.

"평소 화를 잘 내는 성격인가 봐요? 부인에게도 폭력을 사용했다던데요."

사무엘이 발끈했다.

"누가 그따위 소리를 하던가요?"

애나가 쏘아붙였다.

"다 알고 왔으니까 속일 생각은 말아요."

"메간이 죽기 한 달 전 크게 다투다가 한순간 이성을 잃는 바람에 뺨을 한 대 올려붙였을 뿐 수시로 폭력을 행사한 적은 없어요. 변명의 여지없이 내 잘못이죠. 그날 말고는 메간을 때린 적이 없습니다."

"그날 크게 다툰 이유가 뭐죠?"

"메간이 나를 속이고 다른 남자를 만나고 있었어요."

∴

1994년 6월 6일 월요일

그날 아침 사무엘이 커피를 거의 다 마시고 출근하려고 할 때 메간이 잠옷 차림으로 침실에서 나왔다.

"오늘은 서점이 문을 열지 않는 날이야?"

"피곤해서인지 몸에 열이 나고 기운이 없어. 코디에게 전화해 오늘은 집에서 쉬겠다고 해야겠어."

사무엘은 잔에 남은 커피를 마저 마셨다.

"그럼 잠을 좀 더 자두는 게 좋겠어."

사무엘은 커피 잔을 개수대에 두고, 메간의 이마에 입을 맞추고 나서 회사에 출근했다.

한 시간 뒤, 사무엘은 주말에 집에서 머무는 동안 검토하기 위해 가져왔던 서류를 깜박 잊고 거실 탁자에 놓아두고 출근하는 바람에 다시 돌아왔다. 그가 집 앞 도로에 왔을 때 메간이 집에서 나오는 모습이 보였다. 화사한 민소매 원피스에 우아한 샌들을 신고 있었다. 무척이나 행복해 보였고, 기분이 들떠 있는 얼굴이었다. 분명 한 시간 전만 해도 몸에 열이 난다고 했었는데 아무리 봐도 아픈 사람 같지 않았다. 그는 메간을 뒤따라가 보기로 마음먹었다.

메간의 차는 브리지햄프턴으로 향했다. 몇 대의 차가 그녀의 뒤에서 달리고 있었다. 메간의 차는 시내 중심가를 가로질러 새그하버로 통하는 도로로 접어들더니 2백 미터쯤 가다가 방향을 바꾸어 노던로즈호텔 진입로로 빠져 들어갔다. 규모는 작아도 호화스러운 호텔로 고객들의 사생활을 철저하게 관리해줘 뉴욕의 저명한 인사들이 애용하는 곳이었다.

호텔본관에 도착한 메간은 차를 주차요원에게 맡기고 안으로 들어갔다. 사무엘은 들키지 않도록 잠시 간격을 두었다가 뒤따라 들어갔다. 메간이 호텔 안 어디에서도 보이지 않는 걸 보면 객실로 곧장 올라간 듯했다.

그날 사무엘은 회사 사무실로 돌아가지 않았다. 메간이 호텔 밖으로 나올 때까지 주차장에서 몇 시간 동안 기다렸다. 어떻게 된 일인지 메간은 좀처럼 나타나지 않았다. 집으로 돌아온 그는 메간의 서랍을 뒤져 일기를 찾아냈다. 그는 일기를 읽어보다가 메간이 몇 달 전부터 노던로즈호텔에서 밀회를 즐겨왔다는 사실을 알게 되었다.

메간의 상대 남자는 누구일까?

일기에는 그냥 새해맞이 파티에서 만난 남자라고 적혀 있었다. 그도 파티에 함께 있었던 만큼 상대 남자를 보았을 것이다. 평소 잘 알고지내는 사람일 수도 있었다. 집을 나선 그는 차를 타고 한참동안 목적지도 없이 돌아다녔다. 집으로 돌아오자 메간은 잠옷 차림으로 자리에 누워 환자 시늉을 하고 있었다.

사무엘이 감정을 지그시 억누르며 물었다.

"여전히 열이 많아?"

"하루 종일 누워 있었는데 열이 내리지 않네."

사무엘은 더 이상 참지 못하고 분노를 터뜨렸다.

"난 당신이 노던로즈호텔에 다녀왔다는 걸 알고 있어."

새파랗게 질린 메간은 몸을 떨었지만 부인하지 않았다.

"당장 이 집에서 나가. 역겨우니까."

메간은 얼굴이 사색이 되어 용서를 빌었다.

"한 번만 용서해줘."

"어서 짐을 챙겨서 나가. 꼴도 보기 싫으니까."

"제발, 그러지 마. 당신을 잃고 싶지 않아. 내가 사랑한 남자는 당신뿐이야."

"몸을 함부로 굴린 주제에 할 말은 아니지."

"그 남자에게는 아무런 감정도 없어. 일생일대의 실수였어."

"당신이 써놓은 일기를 봤는데 단순한 불장난이 아니던데? 당신이 그 남자에 대해 뭐라고 써놓았는지 기억 안 나? 노던로즈호텔에서 만날 때마다 꼬박꼬박 일기를 적어두었더군."

메간이 더는 못 참겠다는 듯 되받아 소리쳤다,

"당신은 늘 나를 본체만체했어. 그럴 때마다 내 마음이 얼마나 초라하게 느껴졌는지 알아? 당신에게 무시당한다는 느낌이 들었어. 그 남자에게 마음이 끌린 건 사실이야. 그 남자를 만나면 즐거웠고, 가벼운 불장난은 했지만 결코 같이 자지는 않았어."

"바람을 피우다가 들키니까 이제 내 탓을 하는 거야?"

"당신이 나를 거들떠보지도 않아 외로웠어."

"새해맞이 파티에서 만났으면 내가 있는 자리에서 눈이 맞았다는 뜻이네. 도대체 그 빌어먹을 작자가 누구야?"

메간은 어찌할 바를 몰라 하다가 울음을 터뜨렸다. 아무리 궁지에 몰려 있는 상황이라지만 상대 남자가 누군지 털어놓을 수는 없었다.

"그가 누구든 무슨 상관이야?"

"뭐, 무슨 상관?"

"당신이 조금이나마 다정하게 대했다면 내가 다른 남자를 만나고 다니겠어?"

"일기를 보니 나를 보면 마음이 전혀 설레지 않는다고 써놓았더군. 그런 나는 당신을 보면 마음이 설렐 거라고 생각해? 당신은 생기가 모두 빠져 달아난 쭉정이야. 머리가 텅 비어 화젯거리가 없다보니 서점에서 있었던 너절한 일들이나 주워섬기지."

메간은 화가 치밀어 순간석으로 샤무엘의 얼굴에 침을 뱉었다. 그는 반사적으로 메간의 뺨을 후려갈겼다. 메간은 혀를 심하게 깨물었고, 입 안에 피가 고였다. 입안에서 비릿한 맛이 느껴졌고, 그녀는 차 열쇠를 집어 들고 집을 나왔다. 입고 있던 잠옷 차림 그대로였다.

∴

사무엘이 우리에게 말했다.

"다음날 메간은 집으로 돌아왔어요. 그 남자와의 일은 실수였고, 그 일을 계기로 나를 얼마나 사랑하는지 알게 되었다고 하더군요. 나는 우리 부부가 다시 예전처럼 다정하게 살 수 있길 바랐어요. 그 후 나는 메간에게 더욱 신경 쓰게 되었죠. 메간 역시 한층 더 행복감을 느꼈어요. 그 사건이 우리 부부사이를 뒤바꾸어놓았죠. 우리는 전처럼 다시 화목하게 지냈고, 꿈같은 두 달이 흘렀어요."

애나가 물었다.

"그 남자는 어떻게 되었죠?"

"그야 모르죠. 메간은 그 남자와 관계를 끊었다고 했어요."

"혹시 메간의 이별통보를 받은 남자가 어떤 반응을 보였는지 아세요?"

"그야 난 모르죠."

"그럼 상대남자가 누군지도 몰랐어요?"

"아직도 그 남자가 누군지 몰라요."

잠시 침묵이 흘렀다.

애나가 물었다.

"그런 일 때문에 메간의 일기를 지하실 구석에 처박아둔 건가요?"

사무엘은 말없이 고개를 끄덕였다.

이번에는 데렉이 나섰다.

"마지막으로 한 가지만 더 묻겠습니다. 혹시 몸에 문신이 있습니까?"

"아뇨."

"실례지만 셔츠를 늘어올려 주실 수 있습니까? 그냥 통상적인 확인절차일 뿐입니다."

사무엘은 말없이 셔츠를 걷어 올렸고, 독수리문신은 없었다.

우리는 사무엘을 만나보고 나서 브리지햄프턴의 노던로즈호텔로 갔다. 프런트 직원에게 1994년 6월 6일에 투숙했던 남자의 신원을 알아내기 위해 찾아왔다고 하자 코웃음을 쳤다.

"1994년 6월 5일부터 7일까지 이 호텔을 예약한 고객명단을 구할 수 있을까요?"

프런트직원이 대답했다.

"1994년만 해도 예약 장부를 수기로 작성하던 시절입니다. 예약자 명단을 보여주고 싶어도 전산화된 자료가 없어 도와드릴 수 없네요."

내가 프런트 직원과 이야기를 나누는 동안 데렉은 호텔로비를 둘러보고 있었다. 데렉의 눈길이 한쪽 벽에 멎었다. 그 벽면에 이 호텔에 묵었던 유명인사들, 배우, 작가, 연출가들의 사진이 걸려 있었다.

데렉이 사진액자 하나를 집어 들었다. 직원이 데렉의 행동을 제지했다.

"거기서 뭐하시는 겁니까?"

데렉이 우리를 소리쳐 불렀다.

"잠시 이리 와봐!"

데렉이 우리에게 보여주고자 한 건 메타 오스트롭스키가 메간과 함께 찍은 사진이었다. 20년 전 정장을 갖춰 입은 메타가 환하게 미소 짓는 얼굴로 메간 옆에 서 있었다.

내가 호텔 직원에게 물었다.

"이 사진은 어디서 찍은 겁니까?"

"1994년에 열린 새해맞이 파티 때의 사진입니다."

애나가 흥분한 목소리로 말했다.

"메타가 바로 메간의 연인이었군요."

우리는 즉시 레이크팰리스호텔로 갔다. 로비로 들어서다가 호텔 지배인과 마주쳤다.

우리를 보자 지배인이 말했다.

"방금 전에 전화했는데 벌써 오신 겁니까?"

데릭이 물었다.

"전화하다니, 누구에게요?"

지배인이 대답했다.

"메타 오스트롭스키 씨에 대해 말씀드릴 게 있어 경찰에 전화했었는데요. 방금 전 그는 뉴욕에 급한 일이 있다며 호텔을 떠났습니다. 방을 치우던 직원이 제게 알려준 겁니다."

데릭이 조바심치며 물었다.

"도대체 뭘 알려주었다는 건가요?"

"잠깐 저를 따라와 보세요."

지배인은 메타가 묵었던 310호로 우리를 데려갔다. 방안으로 들어서는 순간 우리 눈앞에 나타난 건 벽에 붙은 신문기사와 사진들이었다. 1994년의 4인 살인사건, 스테파니 메일러 실종사건, 경찰 수사에 관한 온갖 기사들 그리고 무엇보다 메간의 사진들이 벽면을 가득 메우고 있었다.

4장

스테파니 메일러의 실종

2014년 8월 2일 토요일 – 8월 4일 월요일

제스 로젠버그

2014년 8월 2일 토요일

개막공연 이레 후

우리가 가진 정보는 메타가 뉴욕으로 되돌아갔다는 것뿐이었다. 뉴욕시경 감시카메라에 메타가 차를 운전해 맨해튼브리지를 건너가는 모습이 담겨 있었다. 우리는 그의 아파트를 방문했지만 비어 있었고, 휴대폰은 전원이 꺼져 위치추적이 불가능했다. 그의 가족이라고는 누나 하나가 전부였는데 어디론가 자취를 감추고 없었다. 데렉과 나는 메타의 아파트 앞에서 무작정 대기할 수밖에 없었다.

메타는 1994년 1월부터 6월까지 메간의 연인이었다. 노던로즈 호텔의 관계자는 메타가 그 당시 매우 빈번하게 호텔을 이용했다는 사실을 확인해주었다. 메타가 1994년에 햄프턴에 온 건 오르피아 연극제 때문만이 아니라 메간을 만나기 위해서였다. 메간에게 그토록 열정을 보였던 만큼 떠나겠다고 하자 격분했을 가능성이 컸다. 그가 연극제개막식이 열리던 날 메간을 죽이고, 범행을 목격한 고든 시장 일가족을 죽였을 가능성이 있었다. 대극장에서 고든 시장의 집까지 다른 사람의 이목을 끌지 않고 도보로 다녀올 시간은 충분했다. 메타가 연극을 보고 나서 각종 신문에 평론을 실은 건 그날 저녁 대극장에 있었다는 사실을 완벽하게 각인시켜주는 알리바이였다.

그날 애나는 미란다를 찾아가 메타의 사진을 내밀었다. 메타를 첫눈에 알아보리라 기대했는데 미란다는 확실한 대답을 내놓지 못했다.

"이 사람 같긴 한데 20년이나 지난 일이라 기억이 분명하지 않네요."

애나가 물었다.

"그 당시 남자의 몸에 독수리문신이 있었던 건 확실한가요?"

메타는 이미 몸에 문신이 없다는 사실이 확인되었다.

"그 무엇이든 확신할 수는 없어요, 기억이 헷갈릴 수도 있으니까요."

우리가 뉴욕에 있는 동안 오르피아에 남은 애나는 마이클과 커크와 함께 《오르피아크로니클》지의 임시수사본부에 모여 지금껏 모아둔 수사자료를 다시 한 번 검토했다. 그들은 하루 종일 마이클이 제공한 과자와 초콜릿을 먹으며 자료 검토에 매달렸다.

커크가 벽면을 가득 메운 수사 자료를 보고 있다가 애나에게 물었다.

"다른 증인들은 모두 이름을 적어놓았는데 독수리문신을 한 범인에 대해 진술했다는 그녀는 '16번 도로변 모텔의 여자'라고만 적어놓았네요."

마이클도 고개를 끄덕이며 물었다.

"정말 그러네요. 그 여자 이름이 뭐죠?"

애나가 대답했다.

"그 여자는 로젠버그 반장님이 조사했어요. 그 여자를 만나 메타의 사진을 보여주었는데 기억나지 않는다고 했어요."

커크는 그 문제를 쉽게 넘어갈 생각이 없는 듯했다.

"1994년에 뉴욕 주 경찰본부에서 작성한 수사기록을 봤는데 그 여자에 대한 기록이 없었어요. 그렇다면 재수사 때 찾아낸 인물이라는 뜻이잖아요?"

애나가 같은 대답을 했다.

"로젠버그 반장님에게 물어봐야 해요."

마이클이 먹을거리를 찾아오려고 잠시 자리를 비운 사이 애나는 커크에게 재빨리 상황을 설명했다. 그 여자는 현재 마이클의 부인이니 다시는 그 이야기를 꺼내지 말아달라는 것이었다.

커크도 목소리를 낮추었다.

"마이클의 부인이 제레미아 수하에서 매춘부 노릇을 했단 말입니까?"

"마이클 앞에서 그 이야기를 꺼내면 가만두지 않겠어요."

애나는 커크에게 미란다 얘기를 해준 게 벌써부터 후회되기 시작했다. 마이클이 초콜릿과 사탕을 들고 돌아왔다.

마이클이 물었다.

"그 여자 이름을 확인해봤어요?"

애나가 마이클을 향해 미소를 지어보였다.

"우리는 지금 메타에 대해 진지하게 이야기하는 중이었어요."

마이클이 말했다.

"내가 생각하기에 메타는 일가족을 살해할 인물이 못됩니다."

커크가 그 말을 반박했다.

"평소 잘 안다고 생각한 사람도 놀라운 비밀을 감추고 있는 경우가 많아요."

∴

밤 10시 30분 뉴욕

데렉과 내가 잠복을 포기하려는 순간 보도를 따라 걸어오는 메타가 보였다. 몹시 지친 듯 발걸음이 무거워 보였다. 우리는 권총을 빼들고 달려가 그를 체포했다.

메타가 얼굴을 일그러뜨리며 신음을 내뱉었고, 나는 지체 없이 그의 손목에 수갑을 채웠다.

"우리가 다 알아냈어요."

"뭘 알아냈다는 거요?"

"당신은 1994년에 메간과 고든 시장 일가족을 살해했고, 20년 만에 범행이 들통 날 위기에 처하자 스테파니와 코디를 살해했어."

메타가 말도 안 된다는 듯 기겁하며 외쳤다.

"뭐야? 당신들 지금 제정신이야?"

어느새 구경꾼들이 우리 주변으로 몰려들었다. 이미 몇 사람은 휴대폰으로 우리를 동영상에 담고 있었다.

메타가 구경꾼들을 향해 소리쳤다.

"이 사람들은 경찰이 아니라 정신이 나간 작자들이오."

우리는 구경꾼들에게 경찰신분증을 꺼내 보일 수밖에 없었다. 우리는 구경꾼들을 피해 메타를 아파트 건물 안으로 데리고 들어갔다.

"우리는 당신이 묵었던 레이크팰리스호텔의 객실에 들어가 봤어. 4인 살인사건을 다룬 신문기사와 메간의 사진을 벽에 잔뜩 붙여놓았더군."

"지난 20년간 나는 진실을 밝혀내기 위해 애써왔어. 내가 범인이라면 호텔 객실에 그런 자료들을 붙여둘 리 없잖아."

데렉이 빈정거렸다.

"스테파니에게 사건 조사를 맡겼던 걸 말하는 건가? 스테파니가 과연 당신이 저지른 범죄를 밝혀낼 수 있을지 시험해보려는 수작 아니었어? 스테파니가 결국 당신의 정체를 알아내자 살해한 거지?"

"나는 당신들이 1994년에 마땅히 했어야 할 일을 대신 해본 것뿐이야."

"당신은 제레미아의 하수인이었고, 고든 시장을 이용해 그를 제거할 계획을 세웠지."

메타가 격분해서 소리쳤다.

"저명한 비평가인 내가 누군가의 하수인이라니 말도 안 돼."

데렉은 틈을 주지 않고 메타를 몰아붙였다.

"왜 갑자기 오르피아를 떠났지?"

"어제 누나가 뇌졸중으로 쓰러져 응급수술을 받았어. 병원에서 밤을 꼬박 새우고 오는 길이야."

"어느 병원이지?"

"뉴욕 프레스비테리안 병원."

데렉이 즉시 병원에 연락해본 결과 메타의 말은 틀림없는 사실이었다. 나는 그의 손목을 채웠던 수갑을 벗겨주었다.

내가 물었다.

"당신이 지난 20년 동안 4인 살인사건을 끈질기게 추적해온 이유가 뭡니까?"

"메간을 사랑했는데 누군가 영원히 빼앗아가 버렸어요. 당신들은 감정이 메마른 사람들이라 일생일대의 사랑을 잃어버린다는 게 어떤 의미인지 이해하기 어려울 겁니다."

나는 메타를 한참 동안 바라보았다. 그의 눈에는 비통한 슬픔이 담겨 있었다.

"그런 감정이라면 나도 지긋지긋하게 잘 압니다."

우리는 메타에게 혐의가 없는 것으로 결론 내렸다. 귀중한 시간만 낭비한 셈이어서 기운이 빠졌다. 월요일 아침까지 수사를 마무리하지 못할 경우 명예퇴진은커녕 경찰서에서 쫓겨나야 할 판이었다.

이제 최종적으로 남은 용의자는 걸리버 서장과 스티븐밖에 없었다. 우리는 이왕 뉴욕에 왔으니 스티븐부터 조사해보기로 했다. 그는 20년 전 《오르피아크로니클》지의 편집장이었고, 스테파니의 상사였다. 4인 살인사건 직후 오르피아를 떠났다가 다시 나타나 살인범의 이름이 폭로될 거라는 연극에 출연자로 나섰다.

우리는 브루클린에 있는 그의 아파트를 찾아갔지만 집이 비어있었다. 문을 부수고 들어갈 생각을 하는 순간 같은 층에 사는 이웃이 얼굴을 내밀더니 말했다.

"버그도프 가족은 그제 캠핑카를 타고 여행을 떠났어요."

"스티븐 버그도프도 함께 떠났습니까?"

"스티븐이 가족 모두를 이끌고 갔어요."

데렉이 중얼거렸다.

"스티븐은 뉴욕 주를 떠나서는 안 된다는 경고를 무시했어."

∴

오후 9시, 옐로스톤 국립공원

한 시간 전 옐로스톤에 도착한 버그도프 가족은 공원 동편 캠프장에 자리 잡았다. 어둠이 깊어지고 있었고, 밤공기는 온화했다. 아이들이 뛰어노는 동안 트레이시는 캠핑카 안에서 파스타를 삶기 위해 물을 끓였다. 분명 가져왔다고 생각한 스파게티 면이 보이지 않자 짜증이 난 그녀가 스티븐에게 말했다.

"귀신이 곡할 노릇이네. 어제 분명 스파게티 면을 챙겨왔는데 어디에 두었지?"

"오는 길에 식료품 가게를 봐두었어. 내가 가서 사올 테니까 잠깐만 기다려."

"캠핑카를 끌고 가려고?"

"아니, 우리 차를 가져가야지. 그러게 차를 가져오자고 했잖아. 가게에서 냄새제거제도 찾아볼게. 어서 스컹크 냄새를 없애야할 텐데."

트레이시가 반색했다.

"냄새제거제가 있으면 꼭 사와. 냄새가 너무 지독해. 스컹크 냄새가 그토록 지독한 줄은 미처 몰랐어."

"그야말로 끔찍한 냄새를 풍기는 짐승이지. 하느님은 왜 그런 짐승을 만들었는지 몰라."

스티븐은 차를 세워둔 곳으로 걸어갔다. 차에 올라 캠핑장을 빠져나온 그는 식료품점을 그냥 지나쳐 뱃저 유황온천으로 갔다. 온천 주차장에 도착했을 때에는 차들이 모두 빠져나가고 인적이 끊어진 뒤였다. 사방이 어두웠지만 발을 어디에 디뎌야할지 분간할 수 있는 만큼의 빛은 남아 있었다. 유황온천은 주차장에서 작은 나무다리를 건너 수십 미터를 더 들어간 곳에 있었다.

스티븐은 혹시 주변에 사람이 있는지를 확인했다. 멀리서 주차장으로 다가오는 헤드라이트 불빛이 있는지도 조심스럽게 살폈다. 다행히 사람이나 차량은 보이지 않았다.

스티븐은 자동차 트렁크를 열었다. 그 즉시 고약한 냄새가 코를 덮쳐왔다. 잠시 호흡을 멈추고 티셔츠를 들어 올려 입을 틀어막은 다음 최대한 들숨을 참았다. 그는 랩을 둘둘 말아놓은 앨리스의 시신을 들쳐 메고 펄펄 끓는 물이 부글거리는 유황온천까지 갔다. 그는 시신을 땅에 내려놓고 발을 사용해 힘껏 밀었다. 경사진 둑을 굴러 내려간 시신이 펄펄 끓는 온천물 속으로 떨어졌다. 그는 시신이 온천물 속으로 서서히 가라앉는 모습을 지켜보았다.

그는 혼잣말로 중얼거렸다.

"안녕, 앨리스."

별안간 웃음이 터져 나왔다가 이내 눈물이 쏟아졌고, 다시 구역질이 났다. 그 순간 밝은 불빛이 그의 얼굴을 비추었다.

위압적인 남자 목소리가 들려왔다.

"당신 거기서 뭐하는 거요?"

공원 경비원이었다. 스티븐은 심장이 터져나가는 느낌이 들며 잠시 뭐라고 둘러댈지 생각했다. 길을 잃었다고 대답하려 했지만 공포에 짓눌려 몇 마디 더듬거리는 말이 흘러나왔다. 도무지 알아들을 수 없는 소리였다.

경비원이 손전등으로 여전히 그를 비추며 말했다.

"잠깐 이리 와 봐요. 여기서 뭘 하고 있었는지 물었잖아요."

스티븐은 가까스로 냉정을 되찾았다.

"산책을 하고 있었는데요."

경비원이 의심스럽다는 듯 그를 요모조모 살폈다.

"여긴 야간 출입이 금지된 곳입니다. 경고문을 보지 못했어요?"

"오늘 도착했는데 미처 보지 못했습니다."

스티븐은 대답하면서 얼굴을 일그러뜨렸다.

"어디 불편한 데라도 있어요?"

"아니, 괜찮아요."

경비원은 별일 아니라고 판단한 듯 스티븐에게 한 마디 충고했다.

"여긴 산책이 금지된 곳입니다. 만약 발을 헛디뎌 온천물에 빠지기라도 할 경우 흔적도 없이 사라지게 될 거요."

"아, 그 정도로 위험한 곳입니까?"

"작년에 뉴스에서 시끌벅적하게 떠들었는데 보지 못했어요? 어떤 남자가 여동생이 보는 앞에서 유황온천에 빠지는 사고가 발생했어요. 구급대원들이 달려왔지만 날씨 때문에 구출에 실패해 다음날 다시 왔는데 흔적도 없이 사라져 버렸습니다."

∴

데렉과 나는 스티븐 버그도프에 대한 수배를 요청하고 나서 오르피아로 향했다. 우리는 가는 길에 여전히 임시수사본부에 있는 애나와 통화했다.

애나가 마이클과 커크에게 말했다.

"로젠버그 반장님 전화인데 메타는 혐의가 없는 것으로 밝혀졌대요."

마이클이 말했다.

"내 생각에도 그럴 거라 짐작했어요. 이제 어떻게 하죠?"

애나가 말했다.

"긴 밤을 보내야할 것 같은데 일단 뭘 좀 먹어야겠어요."

마이클이 제안했다.

"〈코디악그릴〉로 갑시다!"

커크도 반색했다.

"벌써부터 먹음직스러운 스테이크가 눈앞에 어른거리는군."

애나는 커크가 마이클 앞에서 말실수를 할까봐 걱정됐다.

"누군가는 남아서 이곳을 지켜야 해요. 커크, 당신이 남아 있는 게 좋겠어요."

커크가 의아한 듯 물었다.

"뭘 시키라는 거요?"

애나가 구시렁거리는 커크를 단호하게 물리쳤다.

"우리가 애써 모아둔 수사 자료를 지켜야죠."

애나는 마이클과 함께 뒷문으로 빠져나가 좁은 골목길을 통해 도로변으로 나섰다. 그들은 주차해놓은 애나의 차에 올랐다.

혼자 남게 된 커크는 못마땅하다는 듯 투덜거렸다. 그의 머릿속에서 '나홀로 서장'이 되어 지하 골방으로 내몰렸던 기억이 떠올랐다. 혼자 있게 되었으니 테이블 위에 펼쳐둔 수사 자료들이나 들여다보는 수밖에 없었다. 그는 남아 있는 초콜릿을 먹으며 수사 자료를 집어 들고 천천히 페이지를 넘겼다.

$$\therefore$$

애나와 마이클은 중심가를 거슬러 올라갔다.

마이클이 말했다.

"잠시 우리 집에 들렀다 가면 안 될까요? 딸들이 잠들기 전에 뽀뽀를 해주고 싶어요. 아이들 얼굴을 보지 못한 지 벌써 일주일째거든요."

애나가 고개를 끄덕이며 브리지햄프턴 쪽으로 방향을 틀었다.

마이클의 집은 불이 모두 꺼져있었다.

"집에 아무도 없나?"

애나가 집 앞에 차를 세웠다.

"부인이 아이들을 데리고 외출한 게 아닐까요?"

"아마 피자를 먹으러 갔을 거예요. 전화를 걸어볼게요."

마이클은 호주머니에서 휴대폰을 꺼내 통화버튼을 눌렀다. 화면을 들여다보던 마이클이 전화가 안 터진다며 짜증을 냈다.

"이 동네는 간혹 전파가 안 잡힐 때가 있어요."

애나도 휴대폰 화면을 들여다보며 대답했다.

"내 휴대폰도 마찬가지네요."

"여기서 잠시만 기다려요. 집안으로 들어가 유선전화로 걸어봐야겠어요."

애나가 물었다.

"나도 따라 들어가 잠시 화장실을 써도 될까요?"

"물론이죠. 어서 들어와요."

그들은 집안으로 들어갔다. 마이클이 애나에게 화장실을 가리켜 보이고는 거실에 놓인 전화기를 집어들었다.

∴

데렉과 내가 오르피아에 거의 다와 갈 무렵 호출이 왔다. 커크가 급히 연락할 일이 있는데 휴대폰번호를 모른다며 도움을 요청해왔다고 했다. 별안간 무전기에서 커크의 목소리가 들려왔다.

커크가 다급하게 소리쳤다.

"열쇠를 찾아냈어요."

"열쇠라니요?"

"편집실에 있는 마이클의 방에서 열쇠를 찾아냈어요."

우리는 커크가 무슨 말을 하고 있는지 알아들을 수 없었다.

"무슨 열쇠를 찾아냈다는 겁니까?"

"스테파니 메일러의 열쇠를 찾아냈다니까!"

커크는 초콜릿이 더 남아있는지 보려고 마이클의 사무실로 올라가 시럽을 뒤지다가 우연히 열쇠꾸러미를 발견했다고 했다. 열쇠고리에 노란 플라스틱 방울이 달려있었고, 어디선가 본 기억이 났다. 기억을 더듬다가 로스앤젤레스에서 스테파니가 가방을 떨어뜨리는 바람에 안에 들어있는 내용물이 쏟아졌을 때 보았던 바로 그 열쇠고리라는 걸 알 수 있었다. 커크는 노란 플라스틱 방울을 분명하게 기억한다고 했다.

내가 물었다.

"스테파니의 열쇠가 확실해요?"

"마쯔다 열쇠도 달려 있는데 스테파니가 어떤 차를 타고 다녔죠?"

내가 즉시 대답했다.

"스테파니는 마쯔다를 타고 다녔어요. 그렇다면 스테파니의 열쇠고리가 확실해요. 마이클이 눈치 채지 않게 조심해요. 무슨 수를 쓰든 마이클을 옆에 붙잡아둬야 해요."

"이미 애나와 함께 나가고 없는데요."

∴

애나가 볼 일을 마치고 화장실에서 나와 보니 집안이 온통 고요했다. 애나는 마이클이 어디 있는지 찾아보기 위해 주변을 두리번

거리며 거실을 가로질렀다. 마이클의 자취가 보이지 않았다. 애나의 눈이 서랍장 위에 놓여 있는 사진액자들에 멎었다. 마이클의 가족사진이었다. 예전 사진들과 근래에 찍은 사진들이 두루 섞여 있었다. 딸들의 출생, 휴가여행 사진도 보였다. 미란다가 유난히 젊어 보이는 사진이 한 장 있었다. 마이클과 함께 찍은 사진이었고, 크리스마스 때였다. 사진 한쪽 귀퉁이에 트리가 있었고, 창문 너머로 흰 눈이 쌓인 바깥 풍경이 보였다. 무인즉석사진기가 유행하던 시절에 찍은 사진들이 다 그렇듯 오른쪽 하단에 촬영날짜가 나와 있었다. 1994년 12월 23일에 찍은 사진이었다.

애나는 별안간 심장박동이 빨라졌다. 미란다는 제레미아가 죽고 나서 몇 년 뒤 마이클을 만났다고 했었다. 그 사진은 미란다의 말이 거짓이었다는 걸 말해주고 있었다.

애나는 방을 둘러보았다. 여전히 고요했다.

마이클은 어디에 있지?

불안감이 들어 손을 권총 손잡이에 올려놓고 조심스럽게 주방 쪽으로 발걸음을 옮겼다. 마치 집안 전체가 텅 빈 듯했다. 애나는 총을 뽑아들고 어둑한 복도로 들어서며 전등 스위치를 올렸지만 불이 들어오지 않았다. 별안간 그녀는 등에 일격을 받고 앞으로 쓰러지며 총을 놓쳤다. 곧바로 몸을 돌리려 했지만 얼굴에 최루액이 쏟아졌다. 그녀는 두 눈이 타들어가는 느낌을 받으며 고통스러운 비명을 질렀다. 곧이어 머리를 한 차례 더 가격 당했고, 의식이 흐려졌다.

∴

우리의 지원요청을 받은 재스퍼가 〈코디악그릴〉과 마이클의 집으로 경찰병력을 급파했다. 애나와 마이클이 그 어디에도 보이지 않는다는 보고가 들어왔다. 오르피아에 도착한 우리는 즉시 마이클의 집으로 달려갔다. 현장에 출동해있던 경찰이 방금 전에 생긴 혈흔을 보여주었다.

　바로 그새 딸들과 피자가게에 갔던 미란다가 집으로 돌아왔다.

　미란다가 경찰이 와 있는 걸 보고 물었다.

　"무슨 일이죠?"

　내가 다그쳐 물었다.

　"마이클은 어디에 있습니까?"

　"저도 몰라요. 방금 전 마이클의 전화를 받았는데 애나와 함께 집에 와있다고 했어요."

　"당신은 어디에 있었죠?"

　"아이들과 피자를 먹으러 갔었어요. 대체 무슨 일이죠?"

∴

　애나는 비로소 의식을 되찾았다. 두 손이 등 뒤로 묶여 있었고, 머리에 자루를 씌워놓은 듯 앞을 볼 수 없었다. 그녀는 귀를 쫑긋 세우고 미세한 소리도 놓치지 않으려고 애썼다. 몸에 진동이 느껴지는 걸 보니 자동차 뒷좌석에 몸이 눕혀져 있는 듯했다. 이내 차가 비포장도로를 달리고 있다는 걸 알 수 있었다. 맨흙이거나 자갈길이었다. 별안간 자동차가 멈춰 섰고, 누군가가 그녀를 바닥으로 끌어내렸다. 아무것도 보이지 않았고, 어디에 와 있는지도 알 수 없었다. 가까이에서 개구리 울음소리가 들리는 것으로 보아 호수 근처라는 걸 알 수 있었다.

∴

미란다는 남편이 살인사건에 연루되었다는 사실을 믿으려 하지
않았다.

"마이클이 범인이라니 가당치 않은 일입니다. 집에서 발견된 혈
흔은 남편의 것일 수도 있잖아요."

내가 말했다.

"스테파니의 열쇠꾸러미가 마이클의 책상 서랍에 들어있었습니다."

미란다는 내 말을 듣고도 좀처럼 믿으려 하지 않았다.

"당신들은 귀중한 시간을 낭비하고 있는 거예요. 마이클이 지금
심각한 위험에 처해 있을지도 몰라요."

나는 옆방에 있는 데렉에게로 갔다. 데렉은 이 지역 지도를 앞에
펼쳐놓고 란지트 싱 박사와 전화로 이야기를 나누고 있었다.

스피커에서 란지트 싱 박사가 말했다.

"범인은 명석하고 치밀한 인물입니다. 애나를 데리고 그리 멀리
까지 갈 계제가 아니라는 걸 잘 알 거예요. 검문을 받아야 하는 상
황을 최소화해야 할 테니까요. 신중하고 냉정한 인물입니다. 어떻
게든 경찰과 맞닥뜨리지 않는 장소를 찾으려고 할 거예요."

내가 물었다.

"그렇다면 이 지역 내에 있을 거란 뜻인가요?"

"범인이 가장 잘 아는 장소에 있을 겁니다. 스스로 안전하다고
느끼는 장소가 있을 거예요."

데렉이 지도를 들여다보면서 물었다.

"스테파니를 납치했을 때도 그랬겠군요?"

"아마도요."

데렉이 지도 위의 한 지점에 동그라미를 쳤다. 스테파니의 자동차가 발견된 장소에서 가까운 해변이었다.

데렉이 말했다.

"범인은 이 지점에서 스테파니와 만날 약속을 했어. 그렇다면 여기서 가까운 어딘가로 그녀를 데려갈 계획이었다는 뜻이지."

나는 손가락으로 22번 도로를 따라가 보았다. 디어 호로 연결되는 도로였다. 나는 디어 호에 붉은색 동그라미를 치고 나서 지도를 미란다에게로 가져갔다.

"혹시 이 집 말고 근방에 또 다른 집을 갖고 있습니까? 주거용이든 별장이든 남편이 종종 들르는 장소가 있나요?"

미란다는 지도를 쳐다보며 잠시 눈으로 디어 호를 더듬더니 손가락으로 인근의 또 다른 호수를 가리켰다. 비버 호였다.

"마이클은 비버 호에 보트를 매어 놓았어요. 보트를 타고 호수 안에 있는 작은 섬에 갈 수 있죠. 기가 막히게 예쁜 섬이에요. 우린 아이들을 데리고 종종 그 섬으로 소풍을 가곤 했어요. 우리만이 아는 섬이죠. 마이클은 그 섬에 갈 때마다 세상에서 우리만 아는 곳이라고 했어요."

데렉과 나는 서로 얼굴을 마주보다가 누가 먼저라고 할 것도 없이 뛰어나가 차에 올라탔다.

∴

애나는 온몸에 전해져오는 감각으로 보트에 실렸다는 걸 알 수 있었다. 그녀는 여전히 의식이 없는 척하고 있었다. 출렁거리는 보트의 진동이 느껴졌고, 노를 젓는 소리가 들려왔다. 누군가 보트를 타고 어디론가 가고 있는 게 분명했다.

∴

데렉과 나는 56번 도로를 전속력으로 질주했다. 디어 호가 곧 시야에 나타났다.

데렉이 사이렌을 끄면서 말했다.

"이제 오른편으로 갈라지는 길이 나올 거야. 비버 호로 들어가는 좁은 흙길이지."

미친 속도로 달리다가 하마터면 길을 지나칠 뻔했다. 겨우 샛길로 접어든 우리는 가속페달을 끝까지 밟았다. 애나의 차가 물가에 새워져있는 게 보였고, 바로 옆에 부교가 있었다.

우리는 차를 세우고 밖으로 뛰어나갔다. 어두웠지만 호수 위에 떠있는 보트가 눈에 들어왔다. 보트는 작은 섬을 향해 가고 있었다.

내가 총을 뽑아들고 소리쳤다.

"경찰이다! 보트를 멈춰 세워!"

나는 경고의 의미로 허공에 대고 총을 한 발 쏘았다.

이내 도움을 요청하는 애나의 목소리가 들려왔다. 노를 쥔 사람이 애나를 가격하는 모습이 보였고, 그녀의 비명이 울려 퍼졌다. 우리는 호수로 뛰어들었고, 애나가 물속으로 처박히는 모습이 눈에 잡혔다. 애나의 모습이 호수 속으로 사라졌다가 다시 수면 위로 올라왔다.

데렉과 나는 최대한 빠르게 헤엄쳤다. 보트는 헤엄치는 우리를 우회해 물가로 나가고 있었다. 애나의 차를 세워둔 지점으로 가는 게 분명했다. 우리는 애나를 구해야 했기에 도주하는 보트를 잡을 겨를이 없었다. 수면에 떠 있던 애나는 탈진한 듯 다시 호수바닥으로 가라앉고 있었다.

네렉이 먼저 불속으로 자맥질해 들어갔다. 나도 뒤따라 들어갔다. 물이 탁해 시야가 막혀있었다. 데렉이 호수바닥을 더듬고 있었다. 마침내 그가 애나를 찾아내 수면 위로 끌어올렸다. 나는 데렉을 도와 애나를 섬 기슭까지 끌어내는데 성공했다.

맞은편 기슭에 가닿은 보트가 부교에 선체를 바짝 붙였다. 이어서 애나의 차에 시동이 걸리더니 빠른 속도로 출발했다.

∴

두 시간 뒤 어느 외딴 주유소의 직원은 휴게실에 있다가 한 남자가 안으로 들어서는 걸 보았다. 남자는 피투성이였고, 겁에 질려 몸을 떨고 있었다.

두 손이 밧줄로 묶인 마이클이었다.

남자가 다급하게 소리쳤다.

"경찰을 불러줘요. 놈이 따라오고 있어요."

스테파니 메일러 실종사건 685

제스 로젠버그

2014년 8월 3일 일요일

개막공연 여드레 후

　마이클은 병원에 입원해 상처를 치료 받으며 밤을 보낸 후 하루 전에 있었던 일을 우리에게 설명했다. 집의 문을 열고 나왔는데 별 안간 누군가 공격해왔다고 했다.

　"아내와 통화한 직후 주방에 있었는데 바깥에서 어떤 소리가 들려왔어요. 애나는 화장실에 있었고, 무슨 일인지 알아보려고 밖으로 나갔다가 곧바로 최루액을 덮어썼죠. 정신을 못 차리는 사이 얼굴에 제대로 한 방 맞고 정신을 잃었어요. 다시 깨어나 보니 어느 자동차의 트렁크 안이었고, 두 손이 결박되어 있더군요. 트렁크가 갑자기 열리기에 의식이 없는 척했더니 내 몸을 바닥으로 끌어내리더군요. 흙냄새와 풀냄새가 나고 어떤 소리가 들려왔는데 삽으로 땅을 파는 소리 같았어요. 눈을 살짝 뜨고 주위를 둘러보았는데 숲속이더군요. 몇 미터 떨어진 곳에서 두건으로 얼굴을 가린 남자가 땅을 파고 있었어요. 내 무덤이 될 구덩이였죠. 아내와 딸들의 얼굴이 떠올랐고, 죽고 싶지 않았어요. 몸을 일으키면서 죽기 살기로 뛰었어요. 가파른 비탈을 구르다시피 내려와 숲길을 미친 듯이 달렸죠. 뒤에서 쫓아오는 소리가 들려왔지만 다행히 붙잡히지는 않았어요. 도로로 내려와 지나가는 차를 만날 수 있길 기대하며 계속 달렸죠. 그러다가 마침내 주유소를 발견하고 들어간 거예요."

마이클의 이야기를 잠자코 듣고 있던 데렉이 불쑥 말했다.

"당신 책상 서랍에 스테파니의 열쇠꾸러미가 들어 있던데 어찌된 일인지 설명해 봐요."

마이클은 믿을 수 없다는 듯 어리둥절한 표정을 지었다,

"스테파니의 열쇠가 왜 거기에 들어있었죠? 도무지 이해할 수 없는 일입니다."

"열쇠꾸러미에 스테파니의 집 열쇠, 일기장 열쇠, 차 열쇠, 이삿짐보관창고 열쇠가 달려있었어요."

마이클은 여전히 믿을 수 없다는 듯 얼빠진 표정을 지었다.

"단언컨대 나는 모르는 일입니다."

내가 물었다.

"당신이 스테파니를 살해했죠? 다른 사람들도 모두 당신이 죽였죠?"

"내가 사람을 죽여요? 일이 점점 이상한 방향으로 꼬여가네요. 난 어느 누구도 살해한 적 없어요. 스테파니의 열쇠꾸러미를 내 책상서랍에서 찾아낸 사람은 누구죠?

"커크가 발견했어요."

"커크가 내 책상을 뒤져보았는데 스테파니의 열쇠가 나왔다고요? 커크 혼자였습니까?"

"혼자였어요."

"내 말을 잘 들어봐요. 커크가 뭔가 일을 꾸미고 있다는 생각이 들지 않나요? 알다시피 커크는 이번 연극제에서도 어마어마한 사기극을 벌인 장본인입니다. 당신들은 이번에도 또 속고 있는 겁니다. 그나저나 당신들은 지금 나를 유력한 용의자로 단정하고 심문

하는 건가요?"

내가 대답했다.

"당신은 지금 연쇄살인범으로 조사를 받고 있어요."

스테파니의 열쇠꾸러미를 책상에 감춰두고 있었다는 것만으로는 증거가 부족했다. 더욱 확실한 증거를 찾아내야 했다. 마이클의 얼굴에 난 상처는 봉합수술을 해야 할 정도로 심했다. 그의 집 현관계단에서 발견한 혈흔은 그의 것이었다. 추가로 증거를 찾아내기 위해 그의 집과 《오르피아크로니클》지 편집실을 샅샅이 수색해 봤지만 이렇다 할 성과가 없었다.

데렉과 나는 다른 병실에 입원해 있는 애나를 만나보러 갔다. 애나는 이마에 큼지막한 혈종이 생기고, 눈언저리가 시퍼렇게 멍들긴 했지만 다행히 큰 상처는 없었다. 우리가 조금만 늦었어도 애나는 목숨을 잃을 뻔했다. 우리는 호수의 그 작은 섬에서 코스티코의 시신을 찾아냈다. 총격을 받고 살해된 코스티코는 섬에 묻혀 있었다.

애나는 최루액을 맞고 일시적으로 앞을 볼 수 없는 상황에서 일격을 당해 의식을 잃었다고 했다. 의식이 돌아왔을 때는 머리에 자루가 씌워져 있었다.

애나는 퇴원 준비를 마친 상태였고, 우리에게 집까지 데려다 달라고 부탁했다.

내가 물었다.

"비버 호에 도착했을 때 뭔가 눈에 들어온 건 없었나요?"

"자루를 뒤집어쓰고 있어서 아무것도 보지 못했어요."

"마이클의 범행을 입증할 결정적인 증거가 있어야 하는데 우린 아직 아무것도 확보하지 못하고 있어요. 추가 증거를 찾아내지 못할 경우 마이클을 놓아줄 수밖에 없어요."

애나는 마음에 걸리는 일이 있다는 듯 잠시 생각에 잠겼다.

"미란다는 우리에게 제레미아가 죽고 나서 몇 년 후 마이클을 만났다고 했어요. 그 집 거실에 미란다와 마이클이 함께 찍은 사진이 있었는데 날짜를 보니 1994년 크리스마스더군요. 제레미아가 죽고 나서 여섯 달 후에 찍은 사진이죠. 미란다의 말대로라면 뉴욕의 부모 집에 돌아가 있을 때였어요. 결국 미란다와 마이클이 만난 시점은 제레미아가 죽기 전이었고, 그녀가 모텔에 잡혀 지낼 때라고 봐야겠죠."

내가 물었다.

"마이클이 모텔에서 도망친 독수리문신 남자일 거라고 생각해요?"

애나가 대답했다.

"제 생각에는 그래요. 독수리문신은 미란다가 수사에 혼선을 초래하기 위해 꾸며낸 얘기 같아요."

그때 마이클을 보러 병원에 온 미란다가 맞은편에서 걸어오는 모습이 보였다.

미란다가 애나의 얼굴에 난 상처를 보며 걱정스레 말했다.

"많이 아프겠어요. 몸을 움직이기에 불편하지는 않아요?"

"괜찮아요."

"그나마 상처가 깊지 않아 다행이네요."

애나는 잠시 할 얘기가 있다며 미란다를 데리고 비어 있는 보호자 대기실로 들어갔다. 우리도 뒤따라가 의자에 앉았다.

애나가 자리에 앉자마자 미란다에게 물었다.

"미란다, 당신은 왜 내게 거짓말을 했죠?"

"내가 거짓말을 하다니요?"

"지난번에 만났을 때 당신은 제레미아가 죽고 나서 몇 년 후 마이클을 만났다고 했어요. 내가 알아본 바에 따르면 당신은 리지스포트에 있을 때 이미 마이클을 알고 있었어요."

미란다는 당황한 기색을 감추지 못하며 대답을 망설였다.

"마이클을 언제 만났는지 말해 봐요."

"정확히 언제였는지 기억나지 않아요."

애나가 질문을 바꾸어 물었다.

"마이클이 모텔 주차장에서 코스티코에게 최루액을 뿌리고 도망친 남자가 맞죠?"

"애나, 갑자기 물으니까 당황스럽네요. 이제부터 난 그 어떤 질문에도 대답하지 않을래요."

"내 질문에 대답하지 않을 경우 수갑을 채워 경찰서로 연행해갈 수밖에 없어요."

미란다의 얼굴이 일그러졌다.

마침내 그녀가 지난 일을 털어놓기 시작했다.

"〈리지스클럽〉에서 일하던 1993년 말에 마이클을 알게 되었어요. 코스티코가 그를 모텔로 유인하라고 지시해 그대로 했는데 마이클은 다른 남자들처럼 순순히 당하고 있지만은 않았어요."

"독수리문신은 당신이 수사에 혼선을 주기 위해 꾸며낸 얘기였죠? 왜 그런 짓을 했죠?"

"마이클을 보호해야 하니까요. 경찰이 그 사실을 알게 되면……."

미란다는 너무 많은 걸 털어놓고 있다고 생각한 듯 갑자기 말을 멈췄다.

"경찰이 알게 되면 어떤 문제가 발생할 거라 생각했는데요?"

미란다의 뺨 위로 눈물이 흘러내렸다.

"마이클이 제레미아를 죽였다는 사실을 알게 될 테니까요."

우리가 내린 결론과는 동떨어진 증언이었다. 우리는 여태껏 제레미아를 살해한 범인은 고든 시장이라 믿어 의심치 않았다.

애나가 말했다.

"제레미아를 죽인 사람은 마이클이 아니라 고든 시장이었어요. 우린 이미 돌이킬 수 없는 증거를 확보하고 있어요."

미란다의 표정이 일순간 밝아졌다. 마치 긴 악몽에서 벗어난 사람같았다.

"당신은 왜 마이클이 제레미아를 죽였을 거라 생각했죠?"

"모텔 주차장 일이 있고 나서 마이클을 자주 만났어요. 우리는 서로 진심으로 사랑했죠. 마이클은 틈날 때마다 나를 제레미아의 손아귀에서 벗어나게 해줄 방법을 모색했어요. 어느 날 제레미아가 죽었고, 나는 보나마나 마이클이 그랬을 거라 짐작했죠. 오, 하느님, 이제야 마음이 놓여요."

"마이클과 부부 사이인데 제레미아의 죽음에 대해 단 한 번도 얘기를 나눈 적이 없다는 게 언뜻 이해되지 않아요."

"제레미아가 죽고 나서 우리는 리지스포트의 일들에 대해 일절 말을 꺼내지 않았어요. 우리의 상처를 치유하려면 그때 일을 깡그리 잊어야 했으니까요. 지난날들을 시간의 심연에 묻어버리고 앞날만 생각해야 했죠."

∴

우리는 애나의 사무실에서 지금까지의 수사결과를 검토했다. 마이클이 범인이라는 사실은 의심할 여지가 없었다. 마이클은 스테파니와 같은 신문사에서 일하는 사이였고, 대극장 출입증이 있어 마음대로 무대 뒤로 드나들 수 있었고, 범행에 사용할 총을 숨겨둘 기회가 있었다. 마이클은 《오르피아크로니클》지의 자료창고를 임시수사본부로 사용하게 해준 이후 수사 진행과정을 가까이에서 지켜본 인물이기도 했다. 마이클은 손쉽게 확보한 수사정보를 토대로 앞으로 위협이 될 만한 사람들을 차례로 제거했다.

모든 실마리가 마이클에게로 모아지고 있었지만 확실한 증거가 없다는 게 문제였다. 아무리 그가 범인이라고 해도 능력이 뛰어난 변호사라면 증거 불충분으로 무죄를 받아낼 게 뻔했다.

맥케나 과장이 얼마나 급했는지 오후 늦은 시각에 오르피아경찰서에 나타났다. 일요일이었지만 우리를 만나기 위해 찾아온 것이었다.

"내일 아침까지 결론을 내려야 해. 만약 내일까지 수사결과를 내놓지 못할 경우 자네들을 해임시켜야 한다는 게 주지사의 생각이야. 자네들이 일을 너무 크게 만들었어."

내가 말했다.

"마이클이 범인이라는 사실을 아무도 부정할 수 없어요."

"확실한 증거가 없으면 기소해봐야 무죄야."

"마이클의 사무실에서 찾아낸 스테파니의 열쇠꾸러미가 있잖아요."

"열쇠꾸러미는 증거로 불충분해. 어느 누구도 반박할 수 없는 증거가 필요해. 아니면 피의자 자백이라도 받아내."

데렉이 생각을 말했다.

"미란다는 제레미아를 죽인 범인이 줄곧 마이클이라고 믿어왔어요. 마이클이 그녀를 보호하기 위해서라면 뭐든 하는 인물이라는 뜻이죠."

내가 물었다.

"무슨 묘안이라도 떠올랐어?"

"자백을 받아낼 방법이 있어."

제스 로젠버그

2014년 8월 4일 월요일

개막공연 아흐레 후

아침 7시, 우리는 마이클의 집으로 갔다. 마이클은 전날 저녁 병원에서 퇴원했다. 데렉이 집으로 들어서자마자 문을 열어준 미란다의 손목에 수갑을 채웠다.

"미란다, 거짓 진술로 수사를 방해한 혐의로 당신을 체포합니다."

주방에 있던 마이클과 아이들이 놀란 얼굴로 달려 나왔다.

마이클이 소리쳤다.

"당신들 미쳤어요? 미란다에게는 아무런 죄도 없어요."

아이들이 울음을 터뜨렸다. 데렉이 미란다를 차에 태우는 동안 나는 아이들을 다독여주고 나서 마이클을 따로 데려가 짐짓 진지하게 말했다.

"상황이 대단히 심각해요. 미란다가 거짓 진술을 해 수사를 교란했다며 검사가 반드시 감방에 집어넣겠다고 칼을 갈고 있어요. 아마도 실형을 면하지 못할 겁니다."

마이클이 다급하게 말했다.

"분명 뭔가 오해가 있을 거예요. 내가 검사를 만나봐야겠어요."

"아이들이 정말 안됐네요. 당신도 곧 감방에 들어가야 할 텐데 아이들은 누가 돌보죠?"

나는 그 말을 하고 나서 차를 향해 걸어갔다.

마이클이 허둥지둥 뒤따라오며 소리를 질렀다.

"미란다를 풀어줘요. 전부 다 털어놓을 테니까."

내가 시치미를 떼며 물었다.

"뭘 털어놓는다는 겁니까?"

"미란다를 풀어주겠다고 약속하면 전부 털어놓을게요."

"약속할 수 있어요?"

"우선 미란다에게 그 어떤 책임도 묻지 않겠다는 검사 동의서가
필요해요."

내가 대답했다.

"애써볼게요."

한 시간 뒤, 뉴욕 주 경찰본부에 출두한 마이클은 검사가 서명한
동의서를 읽고 있었다. 거짓 진술을 했다는 죄목으로 미란다를 기
소하지 않겠다는 내용이었다. 마이클 역시 담담한 태도로 동의서
에 서명했다.

"내가 메간과 고든 시장 일가족, 스테파니, 코디, 코스티코를 죽
였어요."

한동안 긴 침묵이 이어졌다.

내가 침묵을 깨고 물었다.

"그들을 죽인 이유가 뭐죠?"

마이클이 어깨를 으쓱하더니 말했다.

"자백했으면 됐지 굳이 이유를 말해야 합니까?"

"마이클, 내가 상대해본 당신은 살인행위에 어울리지 않는 사람
이었어요. 당신처럼 집에서나 직장에서나 모범적이었던 사람이 어
쩌다 일곱 명이나 되는 사람을 살해하게 되었죠?"

마이클은 잠시 머뭇거리다가 나직이 말했다,

"어디서부터 이야기를 시작해야 할지 모르겠군요."

"처음부터 자세히 이야기해 봐요."

마이클은 기억 속으로 깊이 빠져들었다가 이야기를 털어놓기 시작했다.

"모든 일은 1993년 밀 어느 저녁에 시작되었어요."

∴

1993년 12월 초

마이클은 그날 처음 〈리지스클럽〉을 찾았다. 그가 평소 저녁 시간을 보내기위해 즐겨 가는 클럽들과는 분위기가 전혀 다른 곳이었다. 그날 저녁, 가까이 지내는 친구 하나가 〈리지스클럽〉에 가자며 그를 꼬드겼다.

친구가 장담했다.

"〈리지스클럽〉에서 노래를 부르는 여자가 있는데 기막히게 예쁜데다 목소리도 끝내준다니까."

마이클은 막상 클럽에 들어섰을 때 노래하는 여자보다는 입구에서 안내를 해주는 웨이트리스에게 매료되었다. 그 여자가 미란다였다. 그날 이후, 오로지 웨이트리스를 보기 위해 〈리지스클럽〉에 드나들기 시작했다. 마이클은 비록 말 한 번 제대로 붙여보지 못했지만 그녀를 미친 듯이 사랑했다.

미란다는 그의 구애를 받아들이지 않았고, 가까이 다가와서는 안 된다는 걸 이해시키려고 했다. 마이클은 처음에는 그녀의 태도를 단지 밀고 당기기 정도로 이해했다. 결국 그는 코스티코의 눈에 띄게 되었다. 코스티코는 그를 모텔로 유인하라고 미란다에게 지시를 내렸다. 미란다는 평소와 달리 코스티코의 지시를 거부했다. 사무실 뒷방의 물이 담긴 청동대야가 미란다를 기다리고 있었다. 그녀는 지독한 물고문을 당한 끝에 결국 코스티코의 지시를 따랐다.

1월 어느 날 저녁에 마이클이 클럽을 방문했고, 미란다는 그에게 다가가 모텔에서 만나자고 했다. 다음날 오후에 두 사람은 모텔에 함께 투숙했고, 옷을 벗고 침대에 나란히 누웠다. 알몸으로 침대에 누운 미란다가 마이클에게 말했다.

"사실 난 아직 고등학생이고 미성년자예요. 어때요, 구미가 당겨요?"

마이클은 멈칫했다.

"〈리지스클럽〉에서 봤을 때는 열아홉 살이라고 했잖아요. 나이를 속이다니, 왜 그런 짓을 했어요? 당신이 미성년자라면 옷을 벗고 함께 누워있어서는 안되겠어요."

마이클이 서둘러 옷을 입으려고 할 때 커튼 뒤에 숨어 있던 코스티코가 나타났다. 마이클은 잠깐 엎치락뒤치락 코스티코와 몸싸움을 벌이다가 벗은 몸 그대로 방을 나와 주차장으로 달아났다. 그 와중에도 침대맡 탁자에 놓아둔 차 열쇠를 움켜잡는데 성공했다. 코스티코는 헐레벌떡 그를 뒤따라왔고, 마이클은 차 문을 열고 그를 향해 최루액을 뿌렸다. 코스티코가 정신을 못 차리는 사이 그는 차를 타고 달아날 수 있었다.

코스티코는 쉽사리 마이클을 찾아냈고, 집으로 쳐들어가 그를 죽도록 패준 다음 한밤중에 강제로 〈리지스클럽〉으로 끌고 왔다. 클럽은 영업시간이 끝나 있었고, 마이클은 사무실 뒷방으로 끌려들어갔다. 제레미아와 미란다가 그곳에 있었다. 제레미아는 자기가 시키는 일을 하지 않으면 미란다에게 물고문을 가하겠다고 했다.

제레미아가 말했다.

"내가 시키는 대로 하면 미란다의 머리를 물에 처박는 일은 없을 거야."

코스티코가 마치 시범을 보이듯 미란다의 머리채를 감아쥐고 세면대로 끌고 가더니 물이 가득 차 있는 청동대야에 집어넣고 한참 동안 눌러댔다.

마이클이 울부짖으며 소리쳤다.

"시키는 대로 다할 테니 미란다를 놓아줘요."

∴

"그날 이후 나는 제레미아의 하수인이 되었죠. 어떤 일을 시켜도 마다하는 법이 없었어요. 내가 말을 듣지 않을 경우 미란다를 고문할 게 뻔해 무조건 따를 수밖에 없었어요."

"왜 경찰에 신고하지 않았죠?"

"제레미아는 내 부모형제들이 어디에 사는지 전부 파악하고 있었어요. 언젠가 부모님 집에 갔는데, 제레미아가 거실에서 차를 마시고 있더군요. 더구나 미란다가 볼모로 잡혀있다시피 했기 때문에 경찰에 신고하기가 두려웠어요. 나는 미란다를 사랑했고, 그녀도 나를 사랑했어요. 나는 매일 밤 모텔로 미란다를 찾아갔어요. 미란다에게 함께 도망치자고 해봤지만 제레미아와 코스티코가 두렵다며 말을 듣지 않았죠. 미란다는 우리가 어디에 숨든 제레미아가 기어코 찾아낼 거라고 했어요. '만약 도망쳤다가 잡힐 경우 제레미아는 우리를 죽일 거야. 그는 쥐도 새도 모르게 사람을 죽이고, 시체를 처리하는 방법을 알고 있으니까.'라고 하더군요. 나는 언젠가 그녀를 반드시 악마의 구렁텅이에서 구해주기로 결심했어요. 일이 복잡한 양상으로 꼬이려고 그랬던시 세레미아가 갑자기 〈카페아테나〉에 눈독을 들이기 시작했어요."

"테드를 협박해 돈을 갈취하기 시작했군요."

"더구나 매주 테드의 사무실에 들러 돈을 긁어오는 일을 내게 맡겼어요. 그 당시 오르피아 사람들은 누구나 서로 알고 지내는 사이였죠. 테드를 찾아가 제레미아가 보내서 왔다고 하니까 갑자기 총을 꺼내더니 내 이마에 총구를 들이대더군요. 나는 사랑하는 여자의 목숨이 달려 있는 문제라서 어쩔 수 없이 제레미아의 수금원 노릇을 하고 있다고 털어놓았어요. 나를 테드에게 보낸 건 제레미아의 실수였죠. 내가 테드와 손잡고 복수에 나설 거라고는 미처 상상하지 못했으니까."

옆에서 듣고 있던 데렉이 확인하듯 물었다.

"제레미아를 죽이기로 했군요."

"일단 테드와 제레미아를 죽이기로 합의했지만 쉽지 않은 일이었어요. 테드는 싸움판을 휘어잡은 친구였지만 살인자는 아니었으니까요. 제레미아가 혼자 있을 때를 노리기로 했어요. 코스티코나 다른 똘마니들이 옆에 있을 때는 피해야했죠. 테드와 나는 제레미아의 습관이 뭔지 관찰했어요. 혼자 나다니거나 걸어서 숲속을 산책할 때가 언제인지 체크했죠. 제레미아를 죽이고 시체를 처리하기에 가장 적절한 기회를 잡아야했으니까요. 제레미아는 역시 꼼꼼하고 철저한 사람이더군요. 제레미아의 하수인들은 서로를 염탐했고, 그는 거미줄 같은 정보망을 한 손에 틀어쥐고 있었어요. 그는 경찰과도 거래를 튼 사이였어요. 말하자면 무슨 짓을 저질러도 걸려들지 않을 만반의 준비를 갖추고 있었죠."

∴

1994년 5월

마이클은 이틀 전부터 제레미아의 집 부근에 차를 세워두고 그를 염탐하고 있었다. 별안간 차 문이 열리더니 얼굴 한가운데로 코스티코의 주먹이 날아들었다. 코스티코는 그를 차에서 강제로 끌어내려 〈리지스클럽〉으로 데려갔다. 제레미아와 미란다가 사무실 뒷방에서 기다리고 있었다.

제레미아는 화가 단단히 나 있었다.

"나를 염탐해 경찰에 신고할 생각이었나?"

마이클은 미란다와 함께 초죽음이 되도록 고문을 당했다. 길고 끔찍한 고문이었다. 미란다는 고문 후유증으로 몇 주 동안 집밖으로 나오지 못했다.

그 일이 있은 후 마이클은 테드를 만날 때에도 한층 더 은밀하게 행동했다. 테드와 함께 있는 모습이 발각되지 않도록 가급적 오르피아에서 멀리 떨어진 장소를 택해 만났다.

테드는 어느 날 마이클에게 제레미아를 제거할 수 있는 방법을 말해주었다.

"우리가 제레미아를 처치하기는 어려워요. 제레미아와 아무런 관련이 없는 인물을 구해 일을 맡겨야겠어요."

"제레미아와 아무런 이해관계도 없는 사람이 굳이 그런 일을 맡을 까닭이 없잖아요?"

"가령 우리처럼 누군가를 죽이고자 하는 사람이 있다고 생각해봐요. 서로 표적을 바꾸는 방법을 쓰자는 거예요. 우리는 그가 죽이고자 하는 사람을 처리해주고, 그는 제레미아를 우리 대신 죽여주는 거예요. 피해자와 가해자 간에 아무런 연결고리가 없을 경우 경찰도 수사를 용이하게 할 수 없겠죠."

"아무리 그래도 그렇지 우리와 아무런 이해관계도 없는 인물을 죽이자는 거예요?"

"나도 결코 마음이 가볍지는 않지만 다른 방법이 없잖아요."

마이클은 한참 동안 생각한 끝에 미란다를 구해내려면 그런 방법이라도 동원할 수밖에 없다는 결론을 내렸다. 그는 미란다를 구할 수만 있다면 지옥불구덩이에라도 뛰어들 수 있었다.

문제는 표적을 서로 교환할 파트너를 구하는 일이었다. 테드가 그 이야기를 꺼낸 지 한 달하고도 2주가 더 흘러갔다. 6월 중순에 테드가 마이클을 만나자고 했다.

"표적을 교환할 파트너를 찾아냈어요."

"누군데요?"

"당신은 모르는 편이 더 나아요."

∴

데렉이 물었다.

"그렇다면 당신은 테드가 찾아낸 파트너가 누구인지 몰랐다는 거예요?"

"나는 파트너가 누군지 까마득히 몰랐어요. 테드가 중개자 역할을 맡아 실제 행동에 나설 두 사람을 연결시켜주었죠. 우리는 경찰이 추적할 여지를 남겨두어서는 안된다고 생각했어요. 테드는 파트너와 의논해 표적의 이름을 교환할 방법을 모색했어요. 그 결과 한 가지 묘안을 도출하게 되었죠. '우리는 서로 말을 주고받지도 말고, 만나지도 말자. 7월 1일 서점으로 가라. 지역작가들의 작품을 모아놓은 부스가 있는데 드나드는 사람이 많지 않은 공간이다. 지역작가 부스에서 책을 한 권 선택하고 표적의 이름을 책에 표시해두어라. 표적의 이름을 대놓고 적어놓으라는 뜻이 아니라 단어의 첫 글자를 모으면 이름이 만들어지는 방식을 써야한다. 표적의 이름을 표시해둔 책의 표지 모서리를 접어두어라.'"

애나가 말했다.

"당신은 커크의 연극대본에 첫 글자를 따면 제레미아 폴드가 되는 단어들을 표시해두었겠군요."

"네, 그래요. 파트너도 역시 연극제에 관한 책자를 골랐더군요. 첫 글자를 연결해봤더니 메간 패들린이었어요. 우리가 제거해야 할 표적은 서점에서 일하는 여자였죠. 우리는 메간의 일상적인 습관을 관찰하기 시작했는데 매일 펜필드크레센트 공원까지 조깅을 하더군요. 처음에는 자동차로 치는 방법을 고려했어요. 상대 파트너도 우리처럼 차로 치는 방법을 생각한 게 분명했어요. 7월 16일에 제레미아가 교통사고로 죽었으니까요. 제레미아는 현장에서 즉사하지 않았는데 과다출혈로 죽었어요. 테드와 나는 둘 다 총을 쏴본 경험이 있었죠. 우리는 교통사고로 위장하기보다는 총을 사용해 죽이기로 결정했죠. 그 방법이 더 확실했으니까."

∴

1994년 7월 20일

테드는 인적 없는 주차장에서 마이클을 만났다.

"파트너가 약속대로 제레미아를 죽였으니 우리도 한시바삐 약속을 지켜야 해요."

"우리가 목표로 했던 제레미아가 죽었으니 손을 떼면 안 될까요?"

"나도 마음 같아서는 그만두고 싶지만 약속을 해놓고 외면할 수는 없어요. 파트너가 우리에게 이용당했다고 판단할 경우 가만있지 않을 거예요. 서점에서 메간이 하는 이야기를 들었어요. 연극제 개막행사에 가지 않는다고 했으니 평소처럼 조깅을 하러 나올 거예요. 연극제 개막행사 때문에 그 일대에는 인적이 드물겠죠. 우리에게는 두 번 다시 오지 않을 절호의 기회라고 할 수 있어요."

테드는 말을 마치고 나서 마이클에게 베레타 한 정을 건네주었다.

"일련번호를 지운 총이니까 어떤 경우에도 추적당할 염려는 없어요."

"왜 당신이 아니라 내가 나서야 하죠?"

"나는 중개자 역할을 했잖아요. 나는 당신도 알고, 우리와 손을 잡은 파트너에 대해서도 알아요. 이제 내가 나설 수 없는 이유가 뭔지 알겠어요? 경찰에게 추격의 실마리를 주지 않기 위해서죠. 당신이 나서야 해요. 만약 경찰이 당신을 조사한다고 해도 혐의점을 찾아내기 힘들 거예요. 그냥 사격장에 있는 표적이라 생각하고 방아쇠를 당기면 돼요."

∴

데렉이 말했다.

"그 결과 당신은 1994년 7월 30일을 기해 메간을 제거하기 위해 나섰군요."

"테드는 함께 가줄 테니 대극장으로 오라고 했어요. 그날 그는 대극장에서 구조원으로 자원봉사를 하고 있었어요. 그는 완벽한 알리바이를 만들기 위해 평소 타고 다니는 밴을 사람들이 오며가며 볼 수 있도록 출연자 전용 출입구 앞에 세워두었죠. 테드와 나는 펜필드 공원으로 갔어요. 가는 길에 보니 동네 전체가 텅 비어 있더군요. 메간은 우리의 추측대로 공원에서 조깅을 하고 있었어요. 시계를 보니 저녁 7시 10분이었죠. 1994년 7월 30일 저녁 7시 10분, 나는 심호흡을 하고 나서 메간을 향해 뛰어갔어요. 메간은 여전히 어떤 위험이 밀어닥쳤는지 눈치 채지 못했어요. 총을 겨누고 연이어 두 발을 쐈는데 모두 빗나갔어요. 메간이 공포에 질려 고든 시장 집 쪽으로 뛰어가더군요. 나는 뒤따라가며 메간을 다시 쏘았어요. 그녀가 이내 길바닥에 쓰러졌고, 나는 가까이 다가가 머리에 한 발을 더 쏘았죠. 그때 문득 거실의 창문 틈으로 내다보고 있는 고든 시장의 아들이 눈에 들어왔어요. 나는 범행이 발각되었을지도 모른다는 생각에 깜짝 놀라 고든 시장의 집으로 달려갔죠. 문을 발로 차 열었어요. 바로 눈앞에서 고든 시장의 부인인 레슬리가 여행가방을 꾸리고 있더군요. 마치 총이 살아서 저절로 방아쇠를 당기는 느낌이 들었고, 이내 레슬리가 쓰러졌어요. 뒤이어 거실에 있는 아이를 겨누었죠. 아이가 재빨리 달아나 숨으려는 바람에 여러 발을 쏘았어요. 그런 다음 레슬리에게 한 발을 더 쏘았죠. 완벽하게 숨통을 끊어놓아야 뒤탈이 없을 테니까요. 주방에서 뭔가 소리가 나더군요. 고든 시장이 뒷문 쪽으로 달아나고 있었어요. 그를 향해 총을 쏘았죠. 달리 방법이 없잖아요. 고든 시장의 집에서 나오자 테드는 이미 사라지고 없더군요. 나는 대극장에 가서 마치 아무 일도 없었다는 듯 연극제 개막공연을 관람했어요. 가급적 많은 사람들이 나를 봐주길 바랐죠."

모두들 입을 꾹 다물고 있었다.

데렉이 침묵을 깼다.

"그 후로는 어떻게 되었죠?"

"한동안 테드와 연락하지 않고 지냈어요. 경찰은 고든 시장이 범행의 표적이었고, 메간은 부수적으로 희생된 것으로 보더군요. 경찰이 아무리 정교한 수사를 하더라도 나에게까지 혐의를 두긴 어려울 거라고 생각했어요."

"샬롯이 테드의 밴을 운전해 고든 시장을 만나러가지 않았다면 수사는 더욱 미궁 속으로 빠져들었겠죠. 샬롯이 고든 시장 집에 간 건 당신이 도착하기 직전이었어요."

"예기치 않은 목격자가 나타나면서 경찰 수사는 급반전하기 시작했죠. 목격자가 범행현장에 세워져 있던 밴을 〈카페아테나〉 앞에서 본 적이 있다고 증언했으니까요. 위기감을 느낀 테드가 나에게 연락해왔어요. 우리는 은밀한 곳에서 다시 만났죠. 테드는 극도로 불안해하면서 나에게 '어쩌자고 고든 시장 일가족을 모두 죽인 거요?'라고 하더군요. 나는 그에게 '고든 시장 일가족이 나를 보았어요. 발각되지 않으려면 달리 방법이 없었어요.'라고 했죠. 그러자 테드는 '고든 시장이 파트너였어요. 그가 바로 메간을 죽여달라고 한 사람이었단 말입니다. 당신이 죽지 않았더라도 고든 시장 일가족은 결코 입을 열지 않았을 거요.'라고 하더군요. 테드는 고든 시장이 어떻게 파트너가 되었는지 이야기해주었어요. 6월 중순의 일이었죠."

$$\therefore$$

1994년 6월 중순

그날, 테드는 〈카페아테나〉 문제를 상의하기 위해 고든 시장을 찾아갔다. 그는 고든 시장과 타협을 이끌어내 지겹게 이어진 분쟁을 끝내고 싶었다. 고든 시장이 그를 거실로 맞아들였다. 창밖으로 공원이 내다보였다. 고든 시장은 공원에 있는 누군가를 바라보았다. 테드가 앉은 위치에서는 공원에 있는 사람이 누구인지 보이지 않았다.

문득 고든 시장이 침울한 어조로 말했다.

"세상에는 살아있어서는 안 될 사람이 있어."

"누가 그런 사람인데요?

"자네와는 상관없는 사람이야."

그 순간 테드는 고든 시장이 자신이 찾는 인물일 수도 있다는 걸 직감했다. 그는 고든 시장에게 자신의 계획을 제안해보기로 결심했다.

∴

마이클은 계속 진술을 이어나갔다.

"나는 고든 시장이 파트너일 거라고는 전혀 생각지 못했어요. 완벽하게 마무리되리라 예견했던 우리의 계획은 테드가 경찰의 수사선상에 오르면서 실패로 돌아갈 위기에 처했어요. 나는 아무런 증거가 없기 때문에 경찰이 테드를 기소하지 못할 거라고 생각했어요. 게다가 테드는 살인을 저지른 장본인도 아니었으니까요. 다만 범행에 사용한 권총을 어디서 구입했는지 경찰이 찾아낼 가능성을 배제할 수 없었죠. 권총을 팔아넘긴 자가 누군지 밝혀지면 경찰의 촉수가 테드에게로 뻗어올 테니까요. 테드는 어느 날 경찰의 추적을 피해 나를 찾아왔고, 그날부터 우리 집에 머물기 시작했어요. 그의 밴이 우리 집 차고에 세워져 있어 더욱 겁이 나 미칠 지경이었죠. 경찰이 테드를 찾아낼 경우 나도 끝장날 수 있다는 생각이 들더군요. 결국 나는 총으로 그를 위협해 밖으로 쫓아냈어요. 30분 후, 그의 위치가 경찰에 포착되었고, 결국 도주하다 다리 아래로 추락해 죽었죠. 경찰 수사는 그가 범인이라는 결론을 내리고 종결되었어요. 그날부터 나는 안전해졌어요. 나는 미란다를 자유롭게 만날 수 있게 되었죠. 나는 미란다에게 일단 가족들에게로 돌아가 있으라고 했어요. 부모님이 지난 2년 동안 어디서 무얼 하며 지냈는지 물으면 스쾃에서 지냈다고 둘러대라고 말하고 용서를 구하라고 했죠."

"미란다는 당신이 메간과 고든 시장 일가족을 살해했다는 걸 알고 있었나요?"

"전혀 몰랐어요. 그저 내가 제레미아를 죽였을 거라 미루어 짐작하는 듯했어요."

애나가 말했다.

"지난번에 내가 제레미아의 일에 대해 물었을 때 거짓말을 했군요."

"독수리문신 이야기를 꾸며낸 건 나를 보호하기 위해서였죠. 경찰 수사가 제레미아의 일까지 캐고 있다는 걸 알고 나서 추적당할까봐 두려웠어요."

데렉이 물었다.

"스테파니 메일러는 왜 죽였죠?"

"메타가 스테파니를 시켜 1994년 사건을 조사하게 했어요. 그녀가 어느 날 오르피아에 나타나 무엇 때문에 왔는지 이유를 설명하며 그 당시 신문자료를 보여 달라고 하더군요. 나는 스테파니가 지하 자료창고를 이용할 수 있도록 허락해주는 한편 《오르피아크로니클》지에서 일하지 않겠느냐고 제안했죠. 그녀를 눈앞에 두고 감시할 필요가 있었으니까요. 몇 달 동안 스테파니는 여기저기 동분서주하며 조사를 벌였지만 이렇다 할 진척이 없었죠. 나는 그녀에게 연극제에 대한 기사를 써보라고 종용하며 조사방향을 자원봉사자들에게로 돌리게 했어요. 그녀 앞에 가짜 단서들을 뿌려놓은 거예요. 익명의 전화로 그녀와 〈코디악그릴〉에서 만나자는 약속을 잡고 나서 나가지 않은 적도 몇 번 있었어요. 그런 식으로 나름 그녀의 조사를 방해했죠. 그러던 어느 날 스테파니는 커크가 어디에 머무르는지 알아내고 그를 찾아갔어요. 스테파니는 커크를 만나 애초에 범행의 표적은 메간이었지 고든 시장이 아니었다는 말을 전해 듣게 되었죠. 스테파니는 친절하게도 자신이 알아낸 사실들을 나에게 말해주었어요. 그녀는 뉴욕 주 경찰을 찾아가 그 사실을 알려야겠다고 하면서 우선 뉴욕 주 경찰 수사기록부터 확인해봐야겠다고 했어요. 나는 일이 점점 더 심상치 않은 방향으로 흐른다는 느낌이 들면서 뭔가 조치를 취해야겠다고 생각했어요. 두 손을 놓고 있다가는 끝내 스테파니에게 덜미를 잡힐 것 같았죠. 그녀에게 다시 한 번 익명의 전화를 걸어 엄청난 비밀을 알려주겠다면서 6월 30일에 〈코디악그릴〉에서 만나기로 약속을 잡았어요."

내가 말했다.

"스테파니가 뉴욕 주 경찰본부로 나를 찾아온 날이군요."

"네, 그날일 거예요. 스테파니는 약속대로 저녁 6시에 〈코디악그릴〉에 도착했어요. 나는 구석 테이블에 몸을 숨기고 그녀의 일거수일투족을 지켜보고 있었어요. 10시가 되자 그녀는 자리에서 일어나더군요. 나는 공중전화로 그녀에게 전화를 걸어 해변 주차장에서 만나자고 했죠."

"결국 해변 주차장에서 스테파니를 만났겠군요."

"스테파니는 내가 익명의 전화를 걸었던 주인공이라는 걸 알고 깜짝 놀라더군요. 그녀에게 모든 걸 설명해주기 전에 보여줄 게 있다며 같이 가자고 했죠. 그렇게 해서 어렵지 않게 그녀를 내 차에 태웠어요."

"비버 호에 있는 작은 섬으로 데려가 죽일 작정이었군요?"

"그 작은 섬이라면 시신이 눈에 띌 염려가 없었죠. 그녀는 차가 디어 호를 지날 무렵 본능적으로 내 계획을 알아차린 눈치였어요. 그녀가 별안간 차 문을 열어젖히고 밖으로 뛰어내리더니 숲으로 달아나기 시작했죠. 나는 그녀를 뒤따라가 디어 호 제방에서 겨우 붙잡았어요. 그녀의 목을 호수에 대고 눌러 익사시키고 나서 시체를 물속으로 밀어 넣었어요. 시체가 빠르게 가라앉더군요. 나는 차를 세워둔 곳으로 돌아왔어요. 그때 차 한 대가 도로 위에 나타나는 바람에 황급히 몸을 숨겼던 기억이 나요. 스테파니가 차에 놓아둔 가방에 열쇠꾸러미가 들어 있어 그녀의 아파트를 찾아가 집안에 혹시 뭐가 있는지 뒤져봐야겠다고 생각했죠."

데렉이 말했다.

"스테파니의 조사기록을 찾아내려 했군요. 그녀가 밝혀낸 자료들이 다른 누군가의 눈에 띄기 전에 없애야 했을 테니까. 하지만 이렇다 할 자료를 발견하지 못했고, 시간을 벌기 위해 스테파니의 휴대폰으로 당신 휴대폰에 문자메시지를 보냈겠죠. 스테파니가 잠시 여행을 떠난 것으로 꾸미기 위해서요. 그 다음에는 신문사에 도둑이 든 것처럼 위장해 스테파니의 컴퓨터를 훔치려 했겠죠. 정작 그녀의 조사기록이 담긴 컴퓨터는 며칠 후에야 모습을 드러낼 텐데 말입니다."

"잘 아시네요. 아무튼 그날 밤 스테파니의 가방과 휴대폰을 버렸어요. 열쇠는 쓸모가 있을 것 같아 지니고 있었죠. 사흘 후 제스가 오르피아에 나타나는 바람에 겁이 더럭 났어요. 그날 밤 나는 스테파니의 아파트에 다시 가 집안을 샅샅이 뒤졌어요. 그때 바로 제스가 거기 나타난 거예요. 나는 제스가 뉴욕으로 돌아갔으리라고 생각하고 있었거든요. 어쨌거나 위기를 모면하기 위해 최루액을 뿌릴 수밖에 없었죠."

"당신은 그런 짓을 저지르고 나서도 뻔뻔하게 연극 리허설과 수사진행 과정을 가까이에서 지켜보고 있었죠."

"수사진행을 지켜보다가 코디의 입을 막아야 한다는 걸 깨달았어요. 코디가 스티븐의 책자에 대해 당신들에게 귀띔해주었다는 사실을 알아냈거든요. 그 책에 고든 시장이 표시해놓은 메간의 이름이 들어있었어요. 자칫하면 1994년에 내가 저지른 일이 세상에 드러날 수도 있겠다는 생각이 들었죠."

"코스티코도 비슷한 이유로 죽였겠군요. 그가 당신을 추적해낼 통로 역할을 할 수 있었으니까."

"미란다에게서 경찰이 다녀갔다는 말을 들었을 때 나는 당신들이 코스티코도 조사할 거라고 짐작했어요. 코스티코가 내 이름을 기억하는지는 알 수 없었지만 어쨌거나 잠자코 지켜볼 수만은 없는 상황이었죠. 코스티코를 클럽에서부터 미행해서 그의 집을 알아냈어요. 밤이 되기를 기다려 초인종을 누르고 들어가 권총을 겨누었죠. 그를 위협해 비버 호까지 차를 운전하게 한 다음 보트에 태워 작은 섬까지 노를 젓게 했어요. 그런 다음 그를 총으로 쏴죽이고, 시체를 섬에 묻었죠."

"그 다음이 개막공연이었어요. 커크가 당신의 정체를 알고 있다고 생각했었나요?"

"그저 모든 가능성에 대비하기 위해서였어요. 공연 전날 대극장에 총을 반입해 숨겨두었죠. 전날만 해도 금속 탐지기를 동원한 몸수색은 없었으니까요. 공연 당일에는 무대 위쪽 난간에 몸을 숨기고 무대를 내려다보고 있었죠. 여차하면 배우들을 쏘려고요."

"결국 다코타를 쏘았죠. 다코타가 당신의 이름을 폭로할 거라고 생각했나요?"

"솔직히 난 그 순간에 망상에 사로잡혀 있었어요. 내 자신이 아니었던 거죠."

애나가 물었다.

"그럼 나는 왜 죽이려고 한 거죠?"

"토요일 저녁에 우리 집에 들렀다가 가자고 한 건 정말로 딸들이 보고 싶어서였어요. 당신이 화장실에서 나와 그 사진을 유심히 들여다보고 있는 모습을 보고, 곧바로 뭔가 알아냈으리라는 걸 깨달았죠. 비버 호에서 도망쳐 나와 당신 차를 숲에 버렸어요. 돌로 내 머리를 스스로 내리쳐 상처를 내고 노끈으로 손을 결박했죠."

내가 말했다.

"그러니까 비밀을 지키기 위해 자해행위를 했군요?"

마이클이 나를 정면으로 응시했다.

"사람을 한 번 죽이고 나면 두 번도 죽일 수 있어요. 두 번 죽이고 나니까 모든 인간을 다 죽일 수도 있겠다는 생각이 들더군요. 살인에 대한 양심의 가책이나 두려움이 모두 사라져버렸죠."

∴

맥케나 과장이 조사실을 나오며 우리에게 말했다.

"처음부터 자네들이 옳았던 거야. 어쨌든 테드도 범인이었으니까. 아무튼 그동안 정말 수고가 많았어."

내가 대답했다.

"감사합니다, 과장님."

"이보게 제스, 이왕 공을 세웠는데 경찰에 좀 더 남아있을 생각은 없나? 벌써 자네의 방을 원래대로 쓸 수 있게 조치해두었네. 데렉은 범죄수사부로 복귀하게. 자네 자리도 이미 마련해두었으니까."

데렉과 나는 생각해보겠다고 대답했다.

뉴욕 주 경찰본부를 나왔을 때 데렉이 애나와 나에게 제안했다.

"오늘 저녁에는 수사종결을 자축하는 의미로 우리 집에서 저녁 식사를 하고 가는 게 어때? 달라가 로스트비프를 만들어두겠다고 했어."

애나가 말했다.

"정말 고맙지만 로렌의 집에서 식사하기로 했어요."

데렉이 몹시 아쉬워했다.

"제스, 자네는 어때?"

나는 빙긋 웃으며 말했다.

"나도 오늘 저녁에는 약속이 있어."

데렉이 몹시 놀랐다는 반응이었다.

"정말이야?"

애나가 물었다.

"누구를 만나는데요? 비밀인가요?"

"다음번에 말해줄게요."

"대체 자네가 언제부터 비밀의 수인공이 된 거야?"

데렉은 나를 놀리고 싶어 하는 눈치였다.

∴

그날 저녁 나는 새그하버에 있는 작은 프랑스 식당으로 갔다. 내가 아주 좋아하는 식당이었다. 나는 준비한 꽃을 들고 상대가 오기를 기다렸다. 이윽고 그녀가 식당으로 들어서는 모습이 보였다.

"애나!"

그녀가 나를 포옹했다. 나는 그녀의 상처를 감싼 붕대에 다정하게 손을 얹었다. 그녀가 나를 향해 미소 지었다. 우리는 긴 키스를 나누었다.

애나가 물었다.

"데렉이 눈치 챘을까요?"

"까맣게 모를걸요."

왠지 나는 숨바꼭질을 하듯 즐거운 기분이었다.

나는 그녀에게 다시 한 번 키스했다.

2016년 가을, 뉴욕의 한 소극장에서 《스테파니 메일러의 다크 나이트》라는 제목의 연극이 무대에 올랐다. 메타 오스트롭스키 원작에 커크 하비가 연출한 연극이었는데 전혀 주목받지 못했다.

메타는 연극이 흥행에 실패했지만 마음만은 몹시 뿌듯했다.

"원래 흥행에 성공하지 못한 작품이 수작인 법이야."

메타와 커크는 현재 전국 순회공연 중이었고, 둘 다 자신이 하는 일에 매우 만족해하고 있었다.

스티븐은 옐로스톤에 다녀온 이듬해까지 앨리스의 환영에 쫓기며 지냈다. 어디를 가든 앨리스가 따라다녔다. 그녀의 목소리가 어디서나 수시로 들려왔다. 지하철, 사무실, 욕실에서 그녀가 문득 튀어나오기도 했다.

스티븐은 양심의 가책을 견딜 수 없어 트레이시에게 모든 비밀을 털어놓을 결심을 했다. 그는 말할 용기가 나지 않아 글을 써서 전하기로 했다. 그는 플라자호텔에서부터 옐로스톤 국립공원에 이르기까지 이어진 모든 이야기를 낱낱이 글로 적었다.

비로소 글을 다 적은 날 저녁, 스티븐은 트레이시에게 읽어달라고 말했다. 트레이시는 친구들과 저녁식사 약속이 있어 외출준비에 바빴다. 그녀는 남편이 내미는 두툼한 종이뭉치를 보며 물었다.

"이게 뭐야?"

"당신이 지금 즉시 읽어야 하는 글이야."

"저녁식사 약속이 있는데 늦었어. 지금은 시간이 안 되지만 조만간 읽을게."

"지금 읽어줘. 글을 읽고 나면 내가 왜 이러는지 알게 될 거야."

트레이시는 남편의 표정에서 심상치 않은 기색을 감지하고 첫 페이지를 읽었다. 궁금증이 일어 두 번째 페이지로 넘어갔다. 그러다가 외투와 구두를 벗고, 거실 소파에 눌러앉아 계속 읽었다. 그녀는 남편이 쓴 글에서 눈을 뗄 수 없었고, 저녁 약속마저 잊고 단숨에 읽어 내려갔다. 그 글을 읽기 시작한 순간부터 말 한마디도 꺼내놓을 수 없었다.

스티븐은 침실에 들어와 있었고, 침대에 걸터앉아 절망감에 빠져들었다. 트레이시가 보일 반응을 마주하는 게 두려웠다. 창문을 열고 12층 아래를 내려다보았다. 뛰어내리면 즉사할 높이였다.

스티븐이 뛰어내리려고 다리를 들어 올리려는 순간 침실 문이 벌컥 열렸다.

트레이시가 감탄 어린 목소리로 말했다.

"당신이 추리소설을 쓰고 있는지 몰랐어. 당신은 역시 천재적인 작가야."

스티븐이 입속말로 웅얼거렸다.

"뭐, 추리소설?"

"내가 읽어본 추리소설 중 최고의 수작이야."

"그게 아니라……."

트레이시는 한껏 흥분된 상태였기 때문에 남편의 말이 귀에 들어오지 않았다.

"지금 즉시 문학에이전시에서 일하는 빅토리아에게 원고를 보여 줘야겠어."

"안 돼."

"스티븐, 책을 내면 무조건 성공이라니까!"

스티븐의 반대에도 아랑곳하지 않고 트레이시는 남편이 쓴 글을 빅토리아에게 보여주었다. 원고를 읽어본 빅토리아는 즉시 사장에게 가져갔다. 문학에이전시 사장도 글을 읽어보고 깜짝 놀라 저명한 출판사들과 접촉해 출간을 문의했다.

스티븐이 쓴 책은 일 년 뒤 세상에 나왔고, 엄청난 성공을 거두었다. 현재는 작품을 영화로 제작하기 위해 시나리오 작업 중이다.

앨런 브라운은 2014년 9월에 치러진 시장선거에 나서지 않았다. 그대신 샬롯과 함께 워싱턴으로 떠나 상원의원 비서실에 들어갔다.

실비아 테넌바움이 오르피아 시장 선거에 출마해 당선되었다. 그녀는 오르피아 주민들에게 큰 인기를 얻었다. 새 시장은 연극제 대신 봄맞이 문학제를 개최해 대성공을 거두었다.

다코타 에덴은 뉴욕대학교에 진학해 문학을 공부하고 있다. 제리 에덴은 방송국에 사표를 던지고 신시아와 함께 맨해튼을 떠나 오르피아에 정착했다. 에덴 부부는 코디의 서점을 인수해 〈다코타의 세계〉라는 간판을 내걸었다. 에덴의 서점은 햄프턴 지역의 명소로 자리 잡게 되었다.

제스와 데렉, 애나는 스테파니 메일러 실종사건 수사에서 세운 공로를 인정받아 뉴욕 주지사의 표창을 받았다.

데렉은 본인의 의향에 따라 행정부에서 범죄수사부로 자리를 옮겼다.

애나는 오르피아경찰서를 떠나 뉴욕 주 경찰본부 범죄수사부에 합류했다.

제스는 경찰에 남아있기로 결정한 뒤 경정으로 진급할 기회를 얻었지만 본인이 고사했다. 그 대신 자신과 애나, 데렉이 3인조로 일하게 해달라고 요청했다. 현재 그들은 뉴욕 주 경찰본부 내 유일한 3인조 수사팀으로 활약하고 있다. 3인조로 움직이기 시작하면서 그들은 맡은 사건을 기민하게 해결하는 능력을 선보이고 있다. 동료들은 그들을 백퍼센트 팀이라고 부른다. 그들은 가장 어려운 수사에 우선적으로 투입된다.

그들 세 사람은 사건현장에 나가있지 않을 때면 오르피아에서 시간을 보낸다. 지금은 셋 모두 오르피아에 거주한다. 그들을 만나고 싶으면 벤담로드 77번지에 있는 멋진 식당으로 가보라. 과거 그 자리에는 철물점이 있었는데 2014년 6월 말에 화재가 나는 바람에 폐업하고 지금의 식당으로 바뀌었다. 식당 이름은 〈나타샤 식당〉이고, 달라 스콧이 운영한다.

혹시 그 식당에 가면 백퍼센트 팀을 만나러 왔다고 말해보라. 그들이 유쾌하게 대해줄 것이다. 그들은 늘 구석자리 테이블에 앉아있다. 그들 머리 위에는 할아버지와 할머니의 사진이 걸려있다. 다른 초상화도 하나 걸려있는데 나타샤이다. 그 식당에 들어간 손님들은 세 영혼이 그곳을 지켜주는 느낌을 받게 될 것이다.

그런 이유로 그곳에 가면 삶이 우리에게 보다 친절해 보인다.

〈끝〉

주요등장인물

제스 로젠버그 : 뉴욕 주 경찰본부 강력반장. 경감

데렉 스콧 : 뉴욕 주 경찰본부 수사관. 경사. 과거사건 수사에서
제스와 함께 2인조로 활약함

애나 캐너 : 오르피아경찰서 부서장

달라 스콧 : 데렉 스콧의 아내

나타샤 다린스키 : 제스의 연인

제스의 외조부모

앨런 브라운 : 오르피아 시장

샬롯 브라운 : 앨런 브라운의 아내

론 걸리버 : 현 오르피아경찰서장

재스퍼 몬테인 : 오르피아경찰서 부서장

메간 패들린 : 1994년 4인 살인사건의 희생자

사무엘 패들린 : 메간 패들린의 남편

조셉 고든 : 1994년 당시 오르피아 시장

레슬리 고든 : 조셉 고든의 아내

버즈 레너드 : 1994년 당시 연극제 개막작《엉클 바니아》연출자

테드 테넌바움 : 과거 〈카페아테나〉소유주
실비아 테넌바움 : 현 〈카페아테나〉소유주, 테드 테넌바움의
누나

마이클 버드 :《오르피아크로니클》편집장
미란다 버드 : 마이클 버드의 아내

스티븐 버그도프 :《뉴욕문학리뷰》편집장
트레이시 버그도프 : 스티븐 버그도프의 아내
스킵 넬런 :《뉴욕문학리뷰》부편집장
앨리스 필모어 :《뉴욕문학리뷰》직원

메타 오스트롭스키 :《뉴욕문학리뷰》의 비평가
커크 하비 : 과거 오르피아경찰서장

제리 에덴 : 〈채널14〉최고경영자
신시아 에덴 : 제리 에덴의 아내
다코타 에덴 : 제리와 신시아의 딸

태라 스칼리니 : 다코타 에덴의 유년시절 친구
제럴드 스칼리니 : 태라의 아버지

옮긴이의 말

실종과 귀환

《HQ 해리 쿼버트 사건의 진실》과 《볼티모어의 서》로 연이어 전 세계 독자를 열광시킨 조엘 디케르가 신작 《스테파니 메일러의 실종사건》을 들고 돌아왔다.

프랑스어로 글을 쓰는 스위스 작가인 디케르는 앞서 두 작품에서 미국을 배경으로 이야기를 펼쳐보였는데, 이번 신작에서도 역시 독자를 미국 뉴욕의 롱아일랜드로 데려간다. 하지만 이 롱아일랜드라는 지명에 대해 독자가 일반적으로 품게 되는 모든 기대를 배반하면서 작가가 불쑥 들이미는 첫 장면은 폴리스라인에 둘러싸인 끔찍한 살인 현장이다.

1994년 7월 30일, 햄프턴의 평화로운 해변휴양지 오르피아. 이 소도시가 공들여 준비해온 연극제 개막일에 이곳 시장이 아내와 어린 아들과 함께 집에서 살해된다. 범행의 목격자로 추정되는 한 여자도 집 앞에서 역시 살해당한 시신으로 발견된다. 뉴욕 주 경찰의 젊고 패기만만한 두 수사관 제스 로젠버그와 데렉 스콧이 이 사건의 수사를 맡게 된다. 두 사람의 열정적이고 끈질긴 추적 끝에 결국 범인이 밝혀지고 수사는 종결된다. 그로부터 20년의 시간이 흐른 뒤, 제스 로젠버그 앞에 자신을 신문기자로 소개하는 스테파니 메일러가 나타난다. 스테파니가 제스에게 하는 말이란 과거 그 사건의 수사가 틀렸다는 것이다. 당시 제스와 데렉은 "해답이 바로 눈앞에 있었는데도 그걸 보지 못해" 범인을 헛짚었고, 그 바람에 진짜 범인은 따로 아무 문제없이 지내왔다는 것이다. 또한 자신은 그 사건을 조사했다면서, 이제 곧 진실에 도달할 수 있을 거라고 장담한다.

두 수사관은 처음에는 자신들의 수사에 오류가 있었다는 사실을 선뜻 받아들이지 못하지만, 스테파니가 실종되고 이어서 살해당한 시신으로 발견되자 그녀가 과거 범죄사건의 진실에 어느 정도는 접근했으며, 살해된 이유도 분명 그것과 연관되어 있을 거라는 점을 인정하게 된다. 20년 전 수사가 범인을 잘못 짚었다는 사실 역시 분명해진다. 이제 스테파니 메일러를 살해한 범인을 찾기 위해서라도 과거 사건의 진실을 다시금 파헤쳐야 한다. 이렇게 해서 20년 전 살인사건에 대해 다시 수사가 시작된다. 이번에는 오르피아의 경찰 애나가 합류해 3인조가 사건해결에 뛰어든다.

이상과 같은 도입부 줄거리만 놓고 보면 《스테파니 메일러 실종 사건》은 흥미진진한 본격추리소설의 매력으로 독자를 유혹할 작정인 듯이 보인다. 과거 살인사건의 진짜 범인은 누구인가? 일가족을 포함해 네 사람을 무참히 학살한 그 범인이 스테파니 메일러마저 살해한 것일까? 그렇다면 지금 그 범인이 태연한 얼굴을 하고 오르피아를 활보하고 있다는 의미가 아닌가? 주인공 두 수사관은 과거에 저지른 오류를 어떤 방법으로 만회할 것인가? 독자들은 스릴러의 긴장감 속으로 빠져들 준비를 하게 된다. 작가의 전작 《볼티모어의 서》가 인간의 삶이 욕망에 의해 스스로 붕괴되는 과정을 일종의 가족연대기로 그려내는데 집중했다면, 이번 《스테파니 메일러 실종사건》은 20년 전 사건의 '진실 파헤치기'라는 모티브를 전면에 내세움으로써 일단 탐정스릴러물로서 착실한 발걸음을 떼어놓는다. 독자 중에는 이 작가가 해리 쿼버트 사건의 '진실을 파헤치려 했던' 2012년 작품의 대성공에 향수를 느낀 거라고 넘겨짚을 사람이 있을지도 모르겠다.

하지만 작가는 이 지점에서 숨겨놓은 카드를 꺼내든다. 과거 사건의 진실을 파헤치는 일과 나란히 작가는 또 하나의 진실 찾기 여정을 준비해놓은 것이다. 첫 장의 살인사건은 등장인물들의 과거와 현재를 한꺼번에 담아내기 위한 그릇이자 인물들 서로를 연결해 연쇄반응을 끌어낼 방법일 뿐이었다. 스테파니의 실종을 계기로 과거를 향해 다시 시작된 수사가 의미하는 것은 그 사건과 연결되어 깊숙이 봉인되어 있던 인물들의 과거 역시 각자의 내면에서다시 열리게 된다는 점이다. 과거 사건을 파헤치면서 인물들은 두려움과 절망과 슬픔 때문에 틀어막아놓았던 자신의 과거를, 자기 안의 심연을 열어젖힐 수밖에 없는 상황이 된다.

제스와 데렉, 두 사람은 과거에 수사를 맡아 사건을 해결하고 수사를 매듭지었다. 그럼으로써 그들은 표창을 받고 승진하고 경찰의 모범으로 칭송되었지만, 사실은 그 사건을 해결한 값으로 자신들의 삶을 지불해야 했다. 제스의 경우, 사랑하는 약혼녀 나타샤가 범인과의 추격전 도중에 목숨을 잃었다. 생명 같은 그 사랑이 꺼지면서 제스 내면의 삶의 불꽃도 꺼져버렸다. 데렉 역시 물속에 잠긴 나타샤의 눈빛을 마주보면서도 그녀를 구할 수 없었던 그 절망의 순간에 경찰로서 촉망받던 자신의 미래를 스스로 수장시킨다. 이후 그의 삶은 물속에 자신을 가두듯 무료한 행정부서에 자신을 가두고 그저 시간만 흘려보내는 날들이었다. 수사에 새로 합류한 애나 역시 과거의 트라우마를 품고 오르피아로 온 사람이다. 이렇게 인물들은 각자 추락한 삶을 내면에 품은 채 어찌할 바를 모르고 있다. 작가가 과거 살인사건을 통해 그려 보인 것은 삶의 이 내면적 추락, 바닥으로 굴러 떨어지기였다. 이제 작품이 밟아갈 또 하나의 길은 이 추락한 삶을 품은 인물들이 과거로 다시 돌아가 그 삶을 건져내는, 상처를 치유하는 여정이다. 물론 과거 살인사건의 재수사를 계기로 말이다.

주로 살인사건을 통해 얽히게 된 다른 여러 등장인물들도 이 여정에 동참한다. 이 인물들 역시 털어놓을 수 없는 비밀을 품고 내면적으로 추락해있는 상황이다. 연극의 영광이라는 환상에 취해 변두리 밑바닥 생활을 전전하는 전직 경찰서장, 자리에서 쫓겨난 독선적인 비평가, 욕망의 일탈로 인해 모든 것을 잃어버릴 궁지에 몰린 문학지편집장, 작은 셈에만 능한 지역정치인과 그의 아내…… 모두가 각자의 방식으로 과거에 붙잡혀있다. 이들의 과거는 회한, 분노, 상실과 애도, 사랑 없는 결혼, 행복과는 거리가 먼 생활 등이 들러붙어 견딜 수 없이 무겁다. 살인과는 거리가 먼 사람이 살인을 저지르고 괴물이 되는 삶의 아이러니도 그 무게에 덧붙는다. 그렇지만 이제 과거사건을 다시 수사하면서 닫혀 있던 시간의 뚜껑이 열린다. 이렇게 과거 시간을 열어젖힘으로써 인물들은 지나온 것들을 이해하고, 용서하고, 어쩌면 회복하는 일까지도 가능해진다.

한 인터뷰에서 조엘 디케르가 만난 질문 중에는 작품제목에 스테파니 매일러라는 이름이 내걸렸는데 정작 작품 속에서는 이 인물이 금방 사라져버리는 게 모순이 아니냐는 질문이 있었다. 그에 대한 대답으로 작가는 다음과 같이 말한다. "등장하는 지면으로만 치면 스테파니 메일러라는 인물의 비중은 극히 적다. 하지만 이런 빈약한 분량에도 불구하고, 분명한 건 이 인물의 실종이 작품의 토대라는 점이다. 스테파니 메일러의 실종은 제스와 데렉이 사건을 재수사하게 되는, 즉 과거로 되돌아가는 출발점이다. 제스로서는 매일 자신의 상을 치르는 대신 새로 삶을 빚어낼 용기를 내게 되는 첫걸음이며, 데렉으로서는 물속에서 애나를 구해내 수면 위로 올라옴으로써 과거에 수장시켰던 자신의 삶을 다시 건져낼 기회를 얻는다. 마찬가지로 스테파니의 이 실종은 작중인물 모두에게 과거를 돌아보고 상처의 치유로 발걸음을 옮겨놓을 여정의 출발점이다. 따라서 이 실종은 삶의 귀환을 가능하게 해주는 토대이다. 되돌아오는 일은 우선 사라져야 가능하니까 말이다. 스테파니 메일러가 제스 로젠버그에게 20년 전 사건수사가 오류이며 재수사가 필요하다는 이야기를 하지 않았다면, 그녀가 1994년의 사건을 2014년에 이어놓지 않았다면, 그리고 나서 사라지지 않았다면, 제스 로젠버그가 삶으로 다시 돌아올 기회는 없었을 것이다."

작가가 이 책에서 그려내려 한 것이 살아있는 자들의 '치유'와 '삶의 회복'이라고 할 때 스테파니의 실종은 이 치유와 회복 기제를 작동시키는 촉매이다. 그런데 주목해야할 것은 스테파니 메일러가 글을 쓰는 사람이라는 점이다. 과거 살인사건을 소재로 글을 쓰는 것이 그녀의 목표였고, 그녀가 세상에 남겨놓은 것도 바로 그 사건에 관한 '책'이다. 즉 이 작품에서 스테파니 메일러라는 인물은 글쓰기의 구현이다. 이 말을 뒤집어 해보면 글쓰기란 우리의 삶을 치유하고 회복시키는 촉매인 것이다. 작품을 이런 의미로 읽을 때, 디어 호수에 넌져신 스테파니의 시신은 이미 죽은 삶들, 가령 두 수사관의 질식한 내면의 삶을 다시 숨 쉬게 하려는 굿판에 바친 제물이었다고 말할 수도 있을 것이다. 작가의 상상력 속에서 글쓰기는 삶을 되살려내는 영매일 수도 있을 것이다. 혹은 나타샤와 함께 바닥으로 가라앉은 삶을 다시 수면위로 떠오르게 하기 위해 바친 것이 스테파니라는 제물, 글쓰기라는 제물일 수도 있지 않은가. 조엘 디케르에게 글쓰기는 삶을 치유하고 회복하는 한 방법이니까 말이다. 작가의 전작 《볼티모어의 서》에서 주인공 마커스 골드만의 입을 빌려 글쓰기는 모든 것을 치유하고 삶을 되돌려준다고 말하던 작가의 목소리가 이처럼 《스테파니 메일러 실종사건》에서도 여전히 선명하게 울리고 있다.

작품의 이 주제는 오르피아라는 지명에서도 읽어낼 수 있다. 작가가 창조한 가상의 도시는 이 이름을 통해 고대그리스 연극무대에 이어진다. 소도시 오르피아 자체가 말하자면 연극무대이다. 범죄가 발생하고 폴리스라인이 세워지며, 이 폴리스라인이 관객을 불러 모아 인물과 사건을 지켜보게 만든다. 즉 폴리스라인은 독자를 연극의 관객으로 만드는 장치이다. 인간존재의 근원을 묻고 운명을 이야기하던 그리스비극의 자리, 여러 목소리가 한데 울려나오는 합창의 장소로서 오르피아는 그 자체가 한편의 연극무대가 되어 그리스비극이 그러했듯이 개개인의 속죄를 유도하고 삶을 회복시키는 것이다. 한편 작가에 따르면 이 이름이 지닌 또 하나의 배경은 '오르페우스 신화'이다. 신화 속의 오르페우스는 사라진 아내 에우리디케를 다시 삶으로 불러내려고 했다. 이처럼 오르페우스는 '귀환'의 가능성을 상징하며, 그런 오르페우스의 도시 오르피아는 '실종'을 통해 '귀환'을 실현하는 장소, 그리하여 마침내 치유되고 새로 태어나는 삶의 장소가 되는 것이다.

한편 이 작품에서 얻는 또 하나의 인상은 집중을 통해 긴장감을 유지하려는 여느 스릴러 소설과는 달리 수많은 인물과 여러 샛래 에피소드들이, 작가의 솜씨부족 탓이 아닌 어떤 의도에 뿌리를 두고 계속 가지를 쳐나간다는 점이다. 현재의 이야기 속으로 과거가 끊임없이 플래시백으로 끼어든다. 게다가 현재를 푸는 열쇠는 거꾸로 그 과거이야기 속으로 들어가 찾아내야 한다. 작품 구성상의 이런 특징이 읽기의 재미를 거스르지는 않지만, 수많은 등장인물, 쉼 없이 새로 방향을 트는 전개로 복잡하게 얽힌 줄거리를 따라가는 일이 애초에 긴밀한 추리소설구조를 기대한 독자들에게는 독서 도중에 낭패감을 불러일으킬지도 모르겠다. 사실 사건의 실마리를 잡았다고 생각하는 순간 또 다른 과거사실이 밝혀지면서 수사는 새로운 국면을 맞고 방향은 굴절되고, 손아귀는 다시 허전하고 민망해진다.

그러나 많은 수의 인물과 에피소드가 하염없이 얽힌다고 해서 작가가 이 인물과 사건들을 잡아 쥔 끈을 놓치는 법은 없다. 오히려 작가는 매복지와 길모퉁이의 수를 늘리고, 수시로 커브를 돌고 새 출구를 찾아냄으로써 독자로 하여금 손에서 책을 놓을 수 없게 만든다. 독자는 책이 달려가는 방향을 대강 감 잡고 마침내 범인의 정체를 알게 되리라고 기대하지만, 다음 순간 범인은 더 깊숙이 숨어 버리는 탓에 진실을 발견하기 위해서는 또 다시 기다려야 한다는 걸 확인하게 된다. 수시로 헛발질을 해대는 수사관들 덕분에 진실을 찾아 나선 길 위에서 뜻밖의 오류에 빠지는 재미, 결론에 도달하기 전에 멈춰 서서 잘못을 곱씹는 재미도 얻을 수 있다. 나시 말해 이 책은 끝없이 다시 읽어나가게 만든다. 어쩌면 독자는 다음 모퉁이까지만 읽고 책장을 덮고 말겠다고 다짐할지도 모르지만, 더 심한 경우 당장 책장을 덮겠다는 충동을 느낄지도 모르지만, 그럼에도 불구하고 책장을 넘기는 손짓은 계속 이어질 것이다. 이렇게 끝없이 페이지를 넘길 수밖에 없는 유혹, 이 '읽기의 유혹'이야말로 조엘 디케르의 작품세계를 요약해주는 말이다.

조엘 디케르는 독자와의 긴장관계를 놓지 않는, 그 긴장관계를 결코 포기하지 않는 작가이다. 그는 자신의 글이 읽히기를 열망하며 읽히기 위해 글을 쓴다고 말한다. 그런 만큼 글쓰기 자체에 대해, 글쓰기가 지니는 가능성에 대해 끊임없이 질문을 던진다. 이 작가의 문체가 단어 하나 문장 하나를 세밀하게 조탁해내는 글쓰기는 아니다. 그에게서 장인의 섬세함과 고뇌를 발견하기는 어려울지 모르겠다. 어쨌거나 그의 이야기는 꼬리에 꼬리를 물고, 쉽게, 빠르게, 아주 길고 길게, 하염없이 풀려나간다. 능숙한, 혹은 상투적인 솜씨로 서스펜스가 배치되고, 사실적 혹은 일상적인, 그러나 인물과 밀착된 대화가 서스펜스들 사이에 벌어진 느슨한 빈틈을 메운다. 여러 인물이 등장해 와글거리고 사건은 쉼 없이 방향을 트는 글쓰기이지만, 어쨌거나 이 글쓰기가 마침내 보여주는 것은 무너졌던 삶이 치유되고 회복되는 모습이다. 사라진 것이 되돌아오는 것이다. 삶을 다시 살아갈 힘을 되살린다는 것이다. 이것이 스테파니 메일러의 실종이 되살려낸 삶이다. 작가의 글쓰기가 겨냥하는 목적지가 바로 이것이다.

조엘 디케르가 글쓰기에 쏟아 붓는 이 열정은 작가가 작품을 발표할 때마다 수많은 독자들이 보여주는 뜨거운 반응으로 보상받고 있다. 하지만 인기작가에게 따라붙을 수밖에 없는 그늘도 있다. 대중적 인기가 큰 만큼 그에게 적용되는 잣대는 더 냉정하고 가혹해진다. 평론가들은 점차 인색해지고, 어느덧 독자들의 갈채에도 유보가 붙는다. 이제 조엘 디케르는 별안간 나타나 독자들을 매혹한 그 젊은 신인작가가 아니라는 사실은 분명하다. 비평가들 가운데는 조엘 디케르를 가리켜 그저 인기작가일 뿐 그에게 '문학'이 있느냐고 묻는 경우도 있다. 디케르에게 기존 문단이 정의한 '문학'은 아마도 없거나, 있다 해도 아주 작은 부분일 것이다. 하지만 또 한 가지 말할 수 있는 건 조엘 디케르가 생각하는 문학은 기존의 문학과는 다른 지평선을 바라본다는 점이다. 그것이 오늘날 문학이 모색하는 새로운 길 가운데 하나일지는 앞으로 이 작가가 작품으로 보여줄 테지만, 어느 정도 확신을 갖고 말할 수 있는 건 문학이 본래 그렇듯 이 작가가 생각하는 문학 역시도 인간의 삶과 아주 강하게 연결되어 있다는 점이다.

임미경